송시선
宋詩選

한중역대한시선 ❸

송시선
宋詩選

기태완 선역

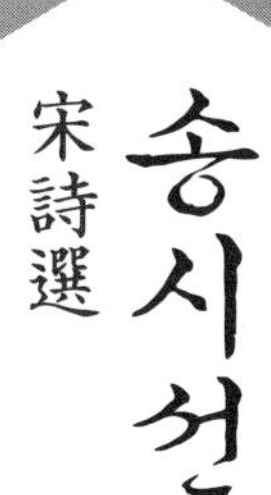

보고사

머리말

송시(宋詩)는 조송(趙宋), 즉 북송(北宋: 960-1127)과 남송(南宋: 1127-1279) 연간에 제작된 한시(漢詩)를 말한다. 송시는 흔히 당시(唐詩)와 함께 병칭되어 '당송시'라고 불리는데, 이는 송시가 당시와 쌍벽을 이루기 때문이다. 송시는 당시를 계승했지만, 당시와는 다른 풍격(風格)을 이루었다.

당시와는 다른 송시의 풍격에 대해서, 송인(宋人) 스스로가 이미 지적한 바가 있다.

> 근대의 여러 사람들은 기이하고 독특하게 이해를 해서, 마침내 문자(文字)로써 시를 짓고, 재학(才學)으로써 시를 짓고, 의론(議論)으로써 시를 짓는다. 대저 어찌 공교롭지 않겠는가만, 끝내 옛 사람의 시가 아니다. 대개 일창삼탄(一唱三嘆)하는 음(音)에 있어서는 부족한 바가 있다. 게다가 그 작품들은 사사(使事)에만 힘씀이 많고, 전아한 홍치는 묻지 않으며, 글자를 사용함에 있어서는 반드시 내력(來歷)을 있게 하고, 압운(押韻)을 할 때에는 반드시 출처(出處)가 있도록 했는데, 그것들을 반복하여 끝까지 읽어보아도 끝내 어디에 이르는지 알 수가 없다. 그 말류(末流)에 있어서 심한 것은 시끄럽게 부르짖고, 화난 기색을 펼쳐내어서 특히 충후(忠厚)한 기풍에 어긋나고, 거의 욕설로써 시를 지었다. 시를 짓는 것이 여기에 이르렀으니, 한 재앙이라고 할 만하다. 그렇다면 근대의 시에서는 취할 것이 없는가? 있다고 하겠다. 나는 그 중에서 옛 사람에게 합치하는 것만 취할 뿐이다. 국초(國初: 북송 초기)의 시는 오히려 당인(唐人)을 계승했다. 왕황주(王黃州: 王禹偁)는 백락천(白樂天: 白居易)을 배웠고, 양문공(楊文公: 楊億)과 유

중산(劉中山: 劉筠)은 이상은(李商隱)을 배웠고, 성문숙(盛文肅: 盛度)은 위소주(韋蘇州: 韋應物)를 배웠다. 구양공(歐陽公: 歐陽修)은 한퇴지(韓退之: 韓愈)의 고시(古詩)를 배웠고, 매성유(梅聖俞: 梅堯臣)는 당인(唐人)의 평담처(平淡處)를 배웠다. 동파(東坡: 蘇軾)와 산곡(山谷: 黃庭堅)에 이르러서 비로소 스스로 자기의 뜻을 내어서 시를 지었는데, 당인(唐人)의 작풍(作風)이 변하게 되었다. 산곡은 공력을 기울인 것이 더욱 심각했다. 그 후 법석(法席)이 해내(海內)에서 성행(盛行)하였는데, 강서종파(江西宗派)라고 불려졌다. 근세의 조자지(趙紫芝: 趙師秀)와 옹령서(翁靈舒: 翁卷)의 무리는 유독 가도(賈島)와 요합(姚合)의 시를 좋아했는데, 점차 다시 청고(淸苦)한 작풍으로 나아갔다. 강호시인(江湖詩人)들이 그 체(體)를 본받음이 많았는데, 한 때 스스로 그것을 당종(唐宗)이라고 했으나, 단지 성문벽지과(聲聞辟支果)로 들어간 것을 몰랐다. 어찌 성당(盛唐) 제공(諸公)들의 대승정법안(大乘正法眼)이겠는가? 아! 정법안(正法眼)이 전해지지 못함이 오래되었다. (엄우(嚴羽)의 『창랑시화(滄浪詩話) · 시변(詩辯)』 중에서)

이는 남송(南宋)의 엄우가 당시의 작풍과는 다른 송시의 작풍을 매우 부정적인 시각으로 비판한 글이다.

엄우는 또 『창랑시화(滄浪詩話) · 시평(詩評)』에서 "시에는 사(詞)와 이(理)와 의흥(意興)이 있다. …… 본조인(本朝人: 宋人)은 이치를 숭상했는데, 의흥(意興)에서 병들었고, 당인(唐人)은 의흥(意興)을 숭상했는데, 이치가 그 안에 있다"고 했다. 송시가 "이치를 숭상한다는 것"은 곧 엄우가 앞에서 말한 바의 "문자(文字)로써 시를 짓고, 재학(才學)으로써 시를 짓고, 의론(議論)으로써 시를 짓는다"는 것이다. 이는 의흥을 추구하는 당시와 매우 다른 송시의 일면이다.

당인(唐人)의 시는 정(情)을 위주로 하여서 『삼백편(三百篇: 시경)』과의 거리가 가깝다. 송인(宋人)의 시는 이치를 위주로 하여서 『삼백편』과의 거리가 멀다. (명나라 양신(楊愼)의 『승암시화(升巖詩話)』 중에서)

이치를 말함에 있어서는 송인에 이르러서야 정밀해졌고, 부분을 말함에 있어서는 송인에 이르러서야 풍부해졌다. 시는 송인에 이르러서야 더욱 세밀함을 가했는데, 대개 각결(刻抉)하여 안에다 넣었다. 실로 당인이 소유할 수 없는 것이었다. (청나라 옹방강(翁方綱)의 『석주시화(石洲詩話)』 중에서)

당시는 의도함이 있으면, 비흥(比興)으로써 섞어서 내기 때문에 그 말이 완곡하고 은미하여 마치 사람이 의관을 갖추고 있는 것 같다. 송시는 의도함이 있으면, 단지 곧장 늘어놓고[賦], 비흥(比興)이 적기 때문에 그 말은 직접적이고 솔직하여 마치 사람이 벌거벗고 있는 것 같다. (청나라 오교(吳喬)의 『위로시화(圍爐詩話)』 중에서)

당시는 온축(蘊蓄)적이고, 송시는 발로(發露)적이다. 온축적이면 운(韻)이 언외로 흘러가고, 발로적이면 뜻이 말 안에서 다 드러나게 된다. (청나라 심덕잠(沈德潛)의 『청시별재집(淸詩別裁集)』 중에서)

당시는 봉신정운(丰神情韻)으로써 뛰어남이 많고, 송시는 근골사리(筋骨思理)로써 뛰어남을 드러냄이 많다. (중국 전종서(錢鍾書)의 『담예록(談藝錄)』 중에서)

이들 인용문들은 송시에 대한 호오(好惡)의 태도가 각기 다르지만, 이를 통하여 송시와 당시의 차이를 대략 알 수 있다.

송시와 당시는 이처럼 풍격이 다르기 때문에, '송시풍(宋詩風)'이니, '당시풍(唐詩風)'이니 하는 말은 후대 시를 품평하는 특정한 미학의 범주를 지적하는 용어로서 사용되었다.

한국에서 송시는 이미 고려 때부터 한시 작법의 전범으로서 널리 읽혀졌다. 어린아이들의 시문의 교과서로서 송인의 시문선집인 『송현집(宋賢集)』과 『송문감(宋文鑑)』 등이 널리 유행했으며, 또 고려 말에서 조선 초에 걸쳐 한국에서 간행된 송의 시문에 관련된 서책이 적지 않다. 『팔가시선(八家詩

選)』 10권 · 『완릉매선생시선(宛陵梅先生詩選)』 2권 · 『반산정화(半山精華)』 6권 · 『산곡정수(山谷精粹) 등을 그 예로 들 수 있는데, 이밖에도 다수가 있다. 이는 모두 송시풍을 존숭한 결과물이라 할 것이다.

한국 한시는 대략 고려와 조선 초까지는 송시풍이 유행하였고, 조선중기는 당시풍이 유행했고, 조선후기는 다시 송시풍이 유행했다. 이런 관계로 한국 한시를 이해하기 위해서는 중요한 당시와 송시를 읽는 것은 필수적이라 하겠다. 그러나 송시를 상세하게 소개한 저작이나 역서가 드문 것이 지금 우리의 현실이기도 하다.

이 『송시선』은 송나라 시인 129가(家)의 시 481수를 선발하여, 작가 소전과 함께 작품에 대한 상세한 주석을 붙이고, 역대의 몇몇 평설을 소개하여서 시의 감상과 이해에 도움을 주고자 했다. 시의 배치는 대략 작가의 생몰 편년에 따랐으며, 번역은 직역을 원칙으로 했다. 또 작품의 글자 출입은 『송시기사(宋詩紀事)』의 것을 저본으로 했다. 그러나 명백한 오자일 경우에는 수정을 가했다.

2009년 초여름 황매(黃梅) 시절에 정취재(情趣齋)에서 기태완

차 례

왕부 王溥

왕부(?-982), 자는 제물(齊物), 병주(幷州) 기(祁: 지금의 산서성 祁縣) 사람. 북한(北漢) 건우(乾祐) 중에 진사(進士)에 합격하여 비서랑(祕書郎)이 되었다. 후주(後周) 광순(廣順) 초에 단명전학사(端明殿學士)를 지내고, 공제(恭帝)가 즉위하자, 우복야(右僕射)가 되었다. 송(宋)나라 초에 사공(司空)이 되고, 태자태사(太子太師)를 지냈다. 기국공(祁國公)에 봉해지고, 사후 시중(侍中)에 추증되었다.

모란을 읊다 詠牡丹

棗花至小能成實　대추 꽃은 매우 작지만 열매를 맺을 수 있고
桑葉雖柔解吐絲　뽕잎은 부드럽지만 명주실을 토하게 한다네
堪笑牡丹如斗大　우습구나 모란꽃은 됫박만큼 크건만
不成一事又空枝　한 가지 일도 이루지 못하고 또 빈 가지가 되었네

평설

- 송나라 장자(張鎡)의 『사학규범(仕學規範)』에 "왕문강공(王文康公: 왕부)은 천자(天姿)가 질실후중(質實厚重)한데, 시를 짓기를 '棗花至小能成實……'라고 했다. 이는 또한 질실후중한 자의 말이다"라고 했다.

- 송나라 공평중(孔平仲)의 『담원(談苑)』에 "왕문강공의 시에 '……'라고 했는데, 또한 중후(重厚)한 자의 말이다"라고 했다.

- 송나라 갈립방(葛立方)의 『운어양추(韻語陽秋)』에 "왕문강공의 시에 '……'라고 했는데, 모두 말폐(末弊)를 좇는 자들에게 격분한 것이다"라고 했다.

조한 曹翰

조한(924-992), 대명(大名: 지금의 하북성) 사람. 행오(行伍) 출신. 후주(後周) 세종(世宗) 때 덕천자사(德州刺史)를 지냈다. 송(宋)나라에 들어와서 위새군절도사(威塞軍節度使)를 지냈다. 판영주(判潁州)를 지내다가 사건에 연좌되어 삭관(削官)되었다. 옹희(雍熙) 2년(985)에 다시 관직에 나아가서 좌천우위상장군(左千牛衛上將軍)으로 마쳤다. 사후 태위(太尉)에 추증되었다.

은퇴한 장군 退將軍[1)]

三十年前學六韜[2)]　삼십 년 전 〈육도〉를 읽고
英名嘗得預時髦[3)]　명성이 항상 당대 준걸들에 참여했네
曾因國難披金甲　일찍이 국난 때문에 금갑을 걸치고
不爲家貧賣寶刀　집안 가난해도 보도를 팔지 못했네
臂健尙嫌弓力輭　팔 건장하여 오히려 활의 힘이 연약함을 꺼리고
眼明猶識陣雲高[4)]　시력 밝아서 여전히 진운이 높음을 식별하네
庭前昨夜秋風起　어젯밤 마당 앞에 가을바람 일어나니
羞睹盤花舊戰袍　꽃문양 옛 전포를 부끄럽게 바라보네

주석

1) 제목이 『송시기사(宋詩紀事)』에는 〈내연봉조작(內宴奉詔作)〉이라고 되어 있다. 『송사(宋史)·조한전(曹翰傳)』에 "일찍이 〈퇴장시(退將詩)〉를 지었는데, '曾因國難披金甲, 不爲家貧賣寶刀'라고 했다. 한(翰)이 궁궐에 수직하던 날에 이를 언급하자, 임금이 그 뜻을 민망히 여기고 은전(銀錢)을 하사함이 있었다"라고 했다. 『송시기사』는 『청상잡기(靑箱雜記)』를 인용하여 잘못 전한 것이다.

2) 六韜(육도): 고대의 병서(兵書). 주(周)나라 여상(呂尙: 姜太公)이 지었다고 전하나, 후인들은 전국시대(戰國時代)의 작품으로 인정한다.

3) 時髦(시모): 당대의 준걸(俊傑).

4) 陣雲(진운): 전장(戰場)의 풍운(風雲).

평설

- 송나라 오처후(吳處厚)의 『청상잡기(青箱雜記)』에 "조한(曹翰)이 일찍이 강남(江南)을 평정한 공을 세운 후 돌아와서, 환위(環衛)로 있은 지 수년 간인데 조정해줌이 없었다. 하루는 내연(內宴)에 태종(太宗)의 시신(侍臣)들이 모두 시를 지었다. 한(翰)은 무인(武人)이기 때문에 참여하지 못했다. 곧 스스로 진언하기를 '신 또한 젊어서 시를 배웠으니, 응조(應詔)하기를 청합니다'라고 했다. 태종이 웃으면서 허락하며 '경(卿)은 무인(武人)이니 마땅히 도(刀) 자로써 운(韻)을 삼으시오'라고 했다. 한이 붓을 들자, 즉시 올렸다. 그로 인하여 뜻을 붙이기를 '三十年前學六韜……' 라고 했다. 태종이 열람해보고, 측연(惻然)하여 즉시 환위로부터 수급(數級)으로 특별히 승진하게 했다"라고 했다.

유겸 劉兼

유겸, 장안(長安: 섬서성 西安市) 사람. 오대(五代)에서 송(宋)나라로 들어왔다. 영주자사(滎州刺史)를 지냈다. 시집 1권이 전한다.

강가 누대에서 고향을 바라보며 아내에게 부치다

江樓望鄕寄內

獨上江樓望故鄕	홀로 강 누대에 올라 고향을 바라보니
淚襟霜笛共淒涼	눈물 젖은 옷깃과 서리 맞은 피리가 모두 처량하네
雲生隴首秋初早[1]	구름이 농수에서 오르고 초가을 기운이 이른데
月在天心夜正長	달은 하늘 가운데에 있고 밤이 진정 기네
魂夢只能隨蛺蝶[2]	꿈속의 혼은 다만 호랑나비를 따르고
烽烟無計學鴛鴦	봉수의 연기 속에 원앙을 배울 계책이 없네
蜀箋都有三千幅[3]	촉전이 모두 삼천 폭인데
總寫離情寄孟光[4]	모두 이별의 정을 적어서 맹광에게 부치네

주석

1) 隴首(농수): 농두(隴頭). 지명. 지금의 섬서성 농현(隴縣) 서북.

2) 蛺蝶(협접): 호접(蝴蝶)의 일종. 장자(莊子)가 꿈속에서 호랑나비가 되었다는 전고(典故)를 사용했다.

3) 蜀箋(촉전): 당나라 이래 촉(蜀) 지역에서 제조한 정치(精致)하고 화미(華美)한 종이의 총칭.

4) 孟光(맹광): 동한(東漢) 부풍(扶風) 평릉(平陵: 섬서성 함양(咸陽) 서북) 사람. 자는 덕요(德曜), 양홍(梁鴻)의 처. 부부가 은거하여 경직(耕織)으로 생계를 꾸렸음. 평생 남편을 공경하여 거안제미(擧案齊眉)의 고사를 이루었음.

여몽정 呂蒙正

여몽정(944-1011), 자는 성공(聖功). 낙양(洛陽) 사람. 태평흥국(太平興國) 2년(977)에 진사에 합격하고, 지제고(知制誥)를 거쳐 한림학사(翰林學士)가 되었다. 사공(司空) 겸 문하시랑(門下侍郎)과 동평장사(同平章事)를 지내고, 허국공(許國公)에 봉해졌다. 중서령(中書令)에 추증되었다.

홍구 鴻溝[1]

溝中流水已成塵　홍구의 흐르는 물은 이미 말라 먼지 날리고
溝畔荒涼起暮雲　홍구 가엔 황량하게 저녁 구름 오르네
大抵關河須一統[2]　대저 관하를 반드시 통일하여
可能天地更平分　천지를 다시 고르게 나눌 수 있겠는가?
烟横綠野山空在　연기 비낀 초록 들과 산이 공연히 남아있는데
樹倚高原日漸曛　나무들 퍼진 고원엔 해가 점차 저물어가네
方凭征鞍思往事　지금 나그네 안장에 기대어 지난 일 생각하는데
數聲風笛馬前聞　여러 번 바람 속 피리 소리를 말 앞에서 듣네

주석

1) 鴻溝(홍구): 옛 운하(運河)의 이름. 원주에 "하음현(河陰縣)에 있는데, 곧 초(楚)나라와 한(漢)나라가 경계를 나눈 곳이다"라고 했다. 한(漢)나라 이후에는 낭탕거(狼湯渠)라고 불렀다.

2) 關河(관하): 관산(關山)과 하천(河川). 산하(山河)와 같음.

유개 柳開

유개(947-1000), 자는 중도(仲塗), 호는 동교야부(東郊野夫)·보망선생(補亡先生). 대명(大名: 하북성 大名縣) 사람. 개보(開寶) 6년(973)에 진사가 되어, 여러 주군(州郡)의 수령을 지냈다. 지창주(知滄州)로 부임하던 도중에 죽었다.

유개는 고문(古文)에서 성취한 바 있다. 한유(韓愈)와 유종원(柳宗元)의 산문을 제창했는데, 일찍이 이름을 견유(肩愈)라고 바꾸고, 자를 소원(紹元)으로 바꾼 적이 있었다. 오대(五代) 이래 부미(浮靡)한 문풍을 힘써 바로 잡아서 북송(北宋) 시문을 혁신하는 선봉이 되었다. 『하동집(河東集)』이 있다.

새상곡 塞上曲

鳴骹直上一千尺[1)] 우는 화살이 곧장 일천 길을 올라가니
天靜無風聲更乾 하늘 고요하고 바람 없어 소리가 더욱 크네
碧眼胡兒三百騎[2)] 푸른 눈동자의 호아 삼백 기병이
盡提金勒向雲看[3)] 모두 금 굴레를 당기며 구름을 바라보네

주석

1) 鳴骹(명교): 효시(嚆矢). 쏘면 날면서 소리를 내는 화살.

2) 碧眼胡兒(벽안호아): 푸른 눈동자를 가진 중국 서북쪽의 이민족.

3) 金勒(금륵): 금속으로 만든 말의 굴레.

평설

- 송나라 장사정(張師正)의 『권유잡록(倦遊雜錄)』에 "풍태부(馮太傅) 단(端)이 일찍이 이 시를 써 놓고, 좌객을 돌아보며 '이는 병장(屛障)에다 그려둘 만하다'고 했다"라고 했다.

정문보 鄭文寶

정문보(952-1012), 자는 중현(仲賢), 영화(寧化: 福建省 寧化縣) 사람. 남당(南唐)에서 교서랑(校書郞)을 지내고, 송(宋)나라 태평흥국(太平興國) 8년(983)에 진사가 되었다. 섬서전운사(陝西轉運使)와 병부원외랑(兵部員外郞) 등을 지냈다.

정문보는 시의 명가(名家)로서 경구(警句)가 많았고, 전서(篆書)를 잘 썼고, 금(琴)을 잘 탔다. 시풍은 경영섬유(輕盈纖柔)했다. 저서로 문집 20권 등 다수의 저술이 있었으나 이미 실전(失傳)된 것이 많다.

유지사 柳枝詞[1)]

亭亭畵舸繫寒潭[2)]	못가에 아름다운 채색 배를 매어놓으니
直到行人酒半酣	곧장 이른 나그네는 술에 반쯤 취했네
不管烟波與風雨	연파와 풍우를 관리하지 않고
載將離恨過江南	이별의 한을 싣고 강남을 지나가네

주석

1) 柳枝詞(유지사): 당나라 시인 백거이(白居易)와 유우석(劉禹錫)이 〈절양류(折楊柳)〉 고곡(古曲)을 번안하여 신가(新歌) 〈양류지사(楊柳枝詞)〉를 지었는데, 후대의 시인들이 이를 모방한 작품들을 많이 지었다. 내용은 버드나무를 읊어서 회포를 편 것이 많다.

2) 亭亭(정정): 아름다운 모양. 畵舸(화가): 화려하게 채색한 배.

평설

- 송나라 호자(胡仔)의 『초계어은총화(苕溪漁隱叢話)』에 "『북재만록(復齋漫錄)』에 '「亭亭畵舸繫春潭……載將離恨過江南」은 장문잠(張文潛: 張耒)의 시이다. 왕평보(王平甫)가 일찍이 사랑하여 암송했다. 그러나 내가 생각건대, 장(張)은 다만 동파(東坡: 蘇軾)의 장단구 「無情汴水自東流, 只載一船離恨向西州」의 구를 취한 것이다'라고 했다. 초계어은(苕溪漁隱)이 말한다. 내가 장우사(張右史: 장뢰)의 집(集)에서 두루 찾아보았으나, 이 시가 없었다. 『채관부시화(蔡寬夫詩話)』에서는 이 시가 어떤 사람이 객사의 벽에서 본 것인데, 누가 지은 것인지는 알 수 없다고 했다. 어떤 이는 정병부(鄭兵部) 중현(仲賢)이라고 한다. 그러나 집(集) 중에 없다. 두 설은 끝내 누구인지 알지 못했다"라고 했다.

진세경 陳世卿

진세경(953-1016), 자는 광원(光遠), 남검주(南劍州) 사현(沙縣: 지금의 복건성) 사람. 옹희(雍熙) 2년(985) 진사. 진종(眞宗)조에서 탁지원외랑(度支員外郞)・형호북로전운사(荊湖北路轉運使)를 지내고, 비서소감(祕書少監)으로서 진광주(知廣州)를 지냈다.

사고당 思古堂[1]

思古堂前酒一尊	사고당 앞에 술 한 동이
共談時事出孤村	함께 시사를 나누다 외로운 마을을 나서네
臨期上馬無他囑	기한되어 말에 오르니 다른 부탁은 없지만
多買詩書教子孫	시서를 많이 사서 자손들을 가르치시오

주석

1) 思古堂(사고당): 작자의 객청(客廳).

손면 孫冕

손면, 자는 백순(伯純), 신감(新淦: 강서성 新干縣) 사람. 옹희(雍熙) 진사(進士). 천희(天禧) 중에 상서예부랑중(尚書禮部郎中)과 직사관(直史館)을 지내고, 소주(蘇州) 태수로 나갔다.

소주 관청의 벽에 적다 書蘇州廳壁[1]

人生七十鬼爲鄰　인생 칠십은 귀신이 이웃이니
已覺風光屬別人　풍광이 다른 사람의 것임을 이미 깨달았네
莫待朝廷差致仕[2]　조정에서 치사를 명함을 기다리지 않고
早謀泉石養閒身[3]　일찍 천석에서 한가한 몸을 양생하려 하네
去年河北曾逢李　거년엔 하북에서 늙은 이공을 만나고
今日淮西又見陳　금일엔 회서에서 또 늙은 진공을 보았네
寄語姑蘇孫太守[4]　고소의 손태수여
也須抖擻舊精神[5]　부디 옛 정신을 분발하시오

주석

1) 송나라 문보(文寶)의 『상산야록(湘山野錄)』에 "손집현(孫集賢) 면(冕)은 천희(天禧) 중에 직사관(直史館)을 지냈는데, 만년에 소주태수(蘇州太守)가 되었다. 이미 인년(引年)에 이르자, 관청에 큰 글씨로 시를 적어놓고 옷자락을 떨치며 떠나갔다. 조서가 내려왔는데 공이 이미 돌아간 뒤였다"라고 했다.
2) 致仕(치사): 관직을 떠나는 것. 퇴휴(退休).
3) 泉石(천석): 산수(山水)나 원림(園林)의 승경지.
4) 姑蘇(고소): 소주(蘇州)의 별칭.
5) 抖擻(두수): 분발(奮發). 진작(振作).

양박 楊朴

양박, 자는 계원(契元), 정주(鄭州: 지금의 하남성에 속함) 사람. 젊어서 필사안(畢士安)과 동학(同學)했는데, 사안이 그를 추천하자, 태종(太宗)이 포의(布衣)로서 불러 보았다. 〈사의시(莎衣詩)〉를 지어서 관직을 사양하고 돌아갔다. 『동리집(東里集)』이 있다.

절구 絶句[1]

昨夜西風爛漫秋　어젯밤 서풍이 난만한 가을이 되니
今朝東岸獨垂鉤　오늘 아침 동쪽 언덕에서 홀로 낚시 드리우네
紫袍不識莎衣客　붉은 도포의 관리는 도롱이 걸친 객이
曾對君王十二旒　일찍이 군왕의 열두 면류를 대했음을 모르네

주석

1) 『동강시화(桐江詩話)』에 "양박(楊朴) 계원(契元)이 어느 맑은 가을날 길가 개울에서 낚시를 하고 있다가 조대(漕臺) 진문혜(陳文惠)의 행차와 마주쳤다. 따르던 시종이 그를 꾸짖었으나, 계원은 끝내 돌아보지 않았다. 문혜는 분노하여 그를 우정(郵亭)으로 끌어와서 힐문했다. 계원은 종이와 붓을 달라 하여 서면으로 진술했는데, 곧 절구를 지어 운운했다. 문혜가 사례하고 그를 보내주었다"라고 했다.

2) 紫袍(자포): 자색 도포를 입은 고급관리를 말함. 莎衣客(사의객): 작가의 자칭. 사의는 사의(蓑衣)와 통용, 도롱이.

3) 十二旒(십이류): 제왕의 면류관(冕旒冠).

왕우칭 王禹偁

왕우칭(954-1001), 자는 원지(元之), 제주(濟州) 거야(鉅野: 산동성 鉅野縣) 사람. 농가의 한미한 출신으로 9세에 이미 글을 지을 줄 알았다. 태평흥국(太平興國) 8년(983)에 진사가 되어, 우습유(右拾遺)·좌사간(左司諫)·지제고(知制誥)·대리평사(大理評事) 등을 역임하고 한림학사(翰林學士)에 이르렀다. 직언으로 간하고 아부를 싫어하여, 8년 동안 3번이나 축출당했으나 〈삼출부(三黜賦)〉를 지어서 자신의 뜻을 굽히지 않았다. 황주지주(黃州知州)로 관직을 마쳤다.

왕우칭은 시문에 모두 일정한 성취가 있었는데, 송나라 초의 부미(浮靡)한 문풍에 반대하고, 문은 한유(韓愈)와 유종원(柳宗元)을 배울 것을 제창하고, 시는 두보(杜甫)와 백거이(白居易)의 현실주의 전통을 배울 것을 제창했다. 그래서 그의 시는 송시의 의론화(議論化)와 산문화(散文化)의 풍격특징을 여는 데 선봉에서 기여한 바가 있다. 또한 그의 사경(寫景)한 소시(小詩)는 명정(明淨)하고, 세련되어 자못 정취가 있다. 『소축집(小畜集)』이 있다.

『창랑시화』에 "국초(國初)의 시는 오히려 당인(唐人)을 연습(沿襲)했는데, 왕황주(王黃州: 왕우칭)는 백락청(白樂天: 白居易)을 배웠다"라고 했다.

눈발을 대하고 對雪

帝鄉歲云暮[1]	제향의 한 해가 저무니
衡門晝長閉[2]	형문은 낮에도 오래 닫혀 있네
五日免常參[3]	오일마다의 상참을 면제하니
三館無公事[4]	삼관엔 공사가 없네
讀書夜臥遲	독서하느라 밤에 눕는 것이 더디니
多成日高睡	대낮에 잠듦이 많네
睡起毛骨寒	잠을 깨니 모골이 춥고
窗牖瓊花墜[5]	창가에 경화가 떨어지고 있네
披衣出戶看	옷 걸치고 문을 나가 보니
飄飄滿天地	휘날리며 천지에 가득하니
豈敢患貧居	어찌 감히 가난한 거처를 근심하랴?
聊將賀豐歲	애로라지 풍년을 축하하려네
月俸雖無餘	월봉은 비록 넉넉하지 않지만
晨炊且相繼	아침밥 짓는 것을 이어갈 수 있고
薪芻未闕供	땔나무도 공급하지 못한 적이 없고
酒肴亦能備	술과 안주 역시 준비할 수 있으니
數杯奉親老	여러 잔을 노친에게 올리고
一酌均兄弟	한 잔씩 형제들에게 고르게 나누네
妻子不饑寒	처자도 춥고 굶주리지 않아서
相聚謌時瑞[6]	서로 모여서 이 상서로움을 노래하네
因思河朔民[7]	그로 인해 하삭 백성들을 생각하니
輸挽供邊鄙[8]	수레를 끌어 변방 마을에 공급하는데

車重數十斛[9]	수레 무게가 수십 곡이고
路遙幾百里	길이 멀어 몇 백리인데
羸蹄凍不行	여윈 말발굽은 얼어서 가지 못하고
死轍氷難曳[10]	달라붙은 바퀴도 얼어서 끌기가 어렵네
夜來何處宿	밤이 되면 어디서 숙박하는가?
闃寂荒陂裏[11]	적막한 황량한 언덕 안이네
又思邊塞兵	또한 변새의 병사들을 생각하니
荷戈禦敵騎	창을 들고 적의 기병을 방어하는데
城上卓旌旗	성 위엔 깃발들 높이 세우고
樓中望烽燧	누대 안에서 봉수를 바라보네
弓勁添氣力	활이 굳세어 기력을 더 보태야 하고
甲寒侵骨髓	갑옷 차가움은 골수까지 끼쳐오네
今日何處行	오늘은 어디로 출동하는가?
牢落窮沙際	뇌락하여 사막의 끝에 있네
自念亦何人	스스로를 생각건대 또한 어떤 사람이던가?
偷安得如是	안일만을 탐하여 이와 같이 되었네!
深爲蒼生蠹	몹시 창생의 좀벌레가 되어서
仍尸諫官位[12]	간함도 없이 관직에 있네
謇諤無一言[13]	곧은 말이 한 마디도 없으니
豈得爲直士	어찌 강직한 사대부가 될 것인가?
褒貶無一詞	포폄에 한 의견도 없으니
豈得爲良史	어찌 양사가 되겠는가?
不耕一畝田	한 묘의 밭도 갈지 않고

不持一隻矢	한 짝의 화살도 지니지 않았으니
多慙富人術	백성들을 부유하게 할 계책에 몹시 부끄럽고
且乏安邊議	변방을 편안케 할 의론이 부족하네
空作對雪吟	공연히 〈대설음〉을 지어서
勤勤謝知己	근근이 지기에게 사례하네

주석

1) 帝鄉(제향): 경성(京城). 북송의 수도 변경(汴京)을 말함.

2) 衡門(형문): 횡목(橫木)으로 문을 삼은 것. 가난한 집을 말함.

3) 常參(상참): 5일마다 조정에 가서 황제를 배알(拜謁)하는 것.

4) 三館(삼관): 소문관(昭文館)·국사관(國史館)·집현관(集賢館). 작가는 단공(端拱) 초에 우습유직사관(右拾遺直史官)에 임명되었음.

5) 瓊花(경화): 설화(雪花). 눈발을 말함.

6) 時瑞(시서): 당시의 상서로움. 서설(瑞雪)을 말함.

7) 河朔(하삭): 황하 이북지역을 말함.

8) 邊鄙(변비): 변읍(邊邑).

9) 斛(곡): 용량의 단위. 10말[斗]이 1곡임.

10) 死轍(사철): 눈과 추위로 바닥에 달라붙어버린 수레바퀴.

11) 閴寂(격적): 적막(寂寞).

12) 尸諫官位(시동관위): 간관의 지위에 있으면서 그 책임을 다하지 못하고 지내는 것. 간관은 우습유(右拾遺)를 말함.

13) 謇諤(건악): 바른 말을 곧장 말하는 것.

시골길 村行[1]

馬穿山徑菊初黃　말이 뚫어가는 산길엔 국화가 막 노래졌고
信馬悠悠野興長[2]　말 가는 대로 따라가니 유유하게 들판 흥취가 기네
萬壑有聲含晚籟[3]　온 골짜기의 소리는 저녁소리를 머금고
數峰無語立斜陽　여러 산봉우리는 말없이 석양에 서있네
棠梨葉落胭脂色[4]　팥배 잎 떨어지니 연지 색이고
蕎麥花開白雪香[5]　메밀꽃 피니 백설의 향이 나네
何事吟餘忽惆悵　무슨 일로 읊조린 후 갑자기 슬퍼지는가?
村橋原樹似吾鄉　마을 다리와 들 숲이 내 고향과 같네

주석

1) 작가가 순화(淳化) 3년(992) 상주(常州)에서 귀양생활을 할 때의 작품.
2) 信馬(신마): 말이 가는 대로 따라감.
3) 晚籟(만뢰): 석양에 부는 바람소리.
4) 棠梨(당리): 팥배나무. 일명 두리(杜梨). 낙엽교목.
5) 蕎麥(교맥): 메밀. 초가을에 하얀 꽃이 핌. 白雪(백설): 메밀의 하얀 꽃을 말함.

여전사 畬田詞[1] 병서 幷序

상락군(上洛郡) 남쪽 6백 리에 속읍(屬邑) 풍양(豐陽)과 상진(上津)이 있다. 모두 심산궁곡(深山窮谷)으로서 수레가 통하지 못한다. 그곳 백성들

은 힘써 화전[火種]을 경작하는데, 대저 먼저 산전(山田)을 깎는다. 비록 높은 언덕이나 절벽일지라도 나무를 다 베어내고, 그것이 말라서 건조되기를 기다려서 불을 지른다. 불이 아직 타고 있을 때 곧 파종을 한다. 그런 후에 기장으로 술을 빚고 닭과 돼지를 삶고 미리 약속하기를 "아무개 집이 어느 날에 밭을 일굴 일이 있소"라고 한다. 비록 수백 리 먼 곳일지라도 그 날에 괭이와 도끼를 들고 모인다. 모이면 술을 따르고 구운 고기를 먹고, 떠들썩하게 나무를 베어내며 그 땅을 뒤덮는다. 개간을 마치면 파종을 하고 다시 김매지 않는다. 북채를 쥔 자가 면려(勉勵)하고 일과를 살핀다는 말을 하는데, 마치 가곡(歌曲)과 같다. 또한 그 풍속이 서로 힘써 개간해주며, 사람마다 스스로 부지런하다. 나는 그들이 의리가 있음을 사랑하여 〈여전(畬田)〉 5수를 지어서 그들 기운을 북돋아주고, 또한 채시관(採詩官)이 듣고서 집정자(執政者)에게 전해주기를 바랐다. 만약 어진 주(州) 장관과 현명한 현(縣)의 장관을 택한다면, 천하를 이 백성들의 의리처럼 교화시켜서 황무지를 모두 개간하게 될 것이다. 그 가사를 비리한 데서 취한 것은 대개 산민(山民)들이 쉽게 알 수 있도록 하고자 한 것이다.

1

大家齊力斸孱顔[2]	온 집안이 힘을 합해 높은 산을 개간하는데
耳聽田歌手莫閑	귀로는 전가를 들으면서 손은 한가롭지 않네
各願種成千百索[3]	각자 너른 산전에 씨를 뿌려
豆萁禾穗滿青山	콩대와 벼이삭이 푸른 산에 가득하길 바라네

주석

1) 일작 여전조(畬田調). 여전(畬田)은 산지를 개간한 화전(火田). 모두 5수임.

2) 孱顔(잔안): 산이 높은 모양.

3) 千百索(천백삭): 삭(索)은 승삭(繩索). 원주에 "산전(山田)에서는 밭이랑[畎畝]을 모르고 다만 백 척(尺)의 끈[繩]으로써 측량하며 '아무개 집은 금년 파종이 약간의 삭(索)을 얻었다'라고 하며 밭의 숫자로 삼는다"라고 했다.

2

北山種了種南山　북산에 파종을 마치고 남산에 파종하며
相助力耕豈有偏[1]　서로 도와 힘써 밭 가는 데 어찌 사심이 있으리오?
願得人間皆似我[2]　세상이 모두 우리와 같기를 바란다면
也應四海少荒田[3]　또한 마땅히 천하에 황폐한 밭이 없으리라

주석

1) 偏(편): 편심(偏心). 사심(私心).

2) 人間(인간): 인간세상.

3) 四海(사해): 천하.

봄날의 잡흥 春日雜興

兩株桃杏映籬斜　두 그루 복사꽃 살구꽃이 울타리 비추며
粧點商州副使家　상주 부사의 집을 단장했네

何事春風容不得　어찌하여 봄바람은 용납하지 못하고
和鶯吹折數枝花　꾀꼬리와 함께 여러 꽃가지를 불어 꺾는가?

평설

- 송나라 채거후(蔡居厚)의 『채관부시화(蔡寬夫詩話)』에 "원지(元之)는 일찍이 백락천(白樂天)의 시를 배웠는데, 상주(商州)에 있을 때 〈춘일잡흥〉을 지어 운운(云云)했다. 그 아들 가우(嘉祐)가 말하기를 '노두(老杜: 杜甫)에게 일찍이 「恰似春風相欺得, 夜來吹折數枝花」라는 구가 있는데, 말이 자못 서로 비슷하니, 고치시기를 바랍니다'라고 했다. 원지가 흔연(欣然)해 하며 '내 시의 정예(精詣)가 마침내 자미(子美: 두보)와 암합(暗合)하게 되었던가?'라고 했다. 다시 시를 짓기를 '본래 낙천(樂天)을 본받아 후진(後進)이 되려고 했으나, 감히 두보(杜甫)가 전신(前身)임을 기약하게 되었네'라고 하고는, 끝내 다시 고치지 않았다"라고 했다.

청명 清明

無花無酒過清明　꽃도 없고 술도 없이 청명날을 지내니
興味蕭然似野僧　흥미가 쓸쓸하여 시골 중과 같네
昨日鄰家乞新火　어제 이웃에서 새 불씨를 구하러 왔는데
曉窗分與讀書燈　새벽 창가의 독서등불을 나눠 주었네

평설

- 『초계어은총화』에 "〈사연청명일(錫宴淸明日)〉 절구에는 '宴罷回來日欲斜, 平康坊裏那人家. 幾多紅袖迎門笑, 爭乞釵頭利市花'라고 했고, 〈청명〉 절구에는 '無花無酒過淸明……'이라 했는데, 두 시는 어찌 상황의 맛이 이처럼 서로 다른가? 또한 그 노소(老少)의 정회(情懷)의 차이가 있다"라고 했다.

위야 魏野

위야(960-1019), 자는 중선(仲先), 호는 초당거사(草堂居士), 촉(蜀) 사람. 나중에 섬주(陜州) 동교(東郊)로 옮겨 살았다. 진종(眞宗)이 서사(西祀)할 때 그 명성을 듣고 중사(中使)를 파견하여 불렀으나, 위야는 문을 닫아걸어 놓고 담을 넘어 달아났다. 평생 공명이나 문달에 뜻을 두지 않고 은둔했다.

위야의 시는 평이(平易)하고 박실(朴實)하여 허어(虛語)를 섞기지 않았다. 원래 『초당집(草堂集)』 10권이 있었는데, 그 아들이 『거록동관집(鉅鹿東觀集)』으로 다시 편찬했다.

구래공의 방문을 받고 사례하다 謝寇萊公見訪[1)]

晝睡方濃向竹齋　　낮잠이 곤하면 죽재로 향하고
柴門日午尙慵開　　사립문은 정오에도 여전히 게을리 열고
驚回一覺遊仙夢[2)]　문득 놀라서 유선몽을 한 차례 깨니
村巷傳呼宰相來　　마을 골목에서 재상이 오셨다고 소리치네

주석

1) 寇萊公(구래공): 구준(寇準). 진종(眞宗) 때 재상을 지내고 내국공(萊國公)에 봉해졌음.

2) 遊仙夢(유선몽): 신선이 되어 노니는 꿈.

평설

● 송나라 채정손(蔡正孫)의 『시림광기(詩林廣記)』에 “『고금시화(古今詩話)』에 ‘내공(萊公)이 낙(洛)을 다스릴 때, 모두 3번이나 위야를 불렀으나 오지 않았다. 내공이 휴가일에 명함을 써서 방문했다. 위야는 갈건(葛巾)과 무명 도포를 걸치고, 내공에게 장읍(長揖)했는데, 예(禮)가 몹시 평간(平簡)했다. 얼마 후 소아(騷雅)를 의론했는데, 서로 큰 즐거움을 얻었다. 이별하려고 할 때, 내공에게 말하기를 「성대한 명함은 다시 돌려가지 마시고, 남겨주셔서 산가(山家)의 보물로 삼게 해주십시오」라고 했다. 공이 다시 균축(鈞軸)을 잡자, 위야가 문하에서 종유했는데, 시를 바치기를 「好去上天辭富貴, 却來平地作神仙」이라고 했다. 공이 시를 받아서 보고 기뻐하지 않았다. 나중 2년 뒤에 통주(通州)로 좇겨났을 때, 앞의 시를 창에다 써놓고, 아침저녁으로 암송했다’고 했다”라고 했다.

구준 寇準

구준(961-103), 자는 평중(平仲), 화주(華州) 하규(下邽: 섬서성 渭南縣) 사람. 태평흥국(太平興國) 5년(980)에 진사가 됨. 진종(眞宗) 때 재상을 지내고, 내국공(萊國公)에 봉해졌다. 일찍이 진종에게 친정(親征)하여 요병(遼兵)을 격퇴할 것을 권했고, 나중에 요(遼)와 전연(澶淵)의 맹약을 맺도록 촉구했다. 후에 참훼를 당하여 뇌주(雷州) 등지로 축출되었다가 죽었다. 구준의 시는 왕유(王維)와 유응물(柳應物)의 영향을 받았는데, 칠언절구에 뛰어났다. 『파동집(巴東集)』이 있다.

『초계어은총화』에 "충민공(忠愍公: 구준)의 시는 생각이 처완(悽婉)한데, 대개 정(情)에서 풍부했다"라고 했다.

강남춘 江南春

1

波淼淼[1)]	물은 아득히 넘실대고
柳依依[2)]	버들은 무성하네
孤村芳草遠	외딴 마을에 향기로운 화초가 먼데
斜日杏花飛	석양에 살구꽃이 날리네
江南春盡離腸斷	강남에 봄이 다하니 이별의 정이 슬픈데
蘋滿汀洲人未歸[3)]	네가래 가득한 강섬엔 사람이 돌아오지 않았네

주석

1) 淼淼(묘묘): 수세(水勢)가 넓고 큰 모양.

2) 依依(의의): 초목이 무성한 모양.

3) 蘋(빈): 네가래. 일종의 수생식물. 흰 꽃이 피므로 백빈(白蘋)이라 함. 汀洲(정주): 강안에 있는 섬.

2

杳杳煙波隔千里	아득한 연파가 천리를 격했는데
白蘋香散東風起	네가래 향기 흩어지고 봄바람 일어나네
日落汀洲一望時	해지는 강섬을 한 번 조망할 때
愁情不斷如春水	근심이 끊이지 않는 것이 봄물과 같네

평설

- 청나라 하상(賀裳)의 『재주원시화(載酒園詩話)』에 "구래공에 대해, 사람들이 그의 '孤村芳草遠, 斜日杏花飛'를 몹시 좋아한다. 나는 그 '數峰橫夕照, 孤笛起江船'을 더욱 좋아하는데, 미리(迷離)한 정황을 잘 묘사했다"라고 했다.

봄날 누대에 올라 귀향을 생각하다 春日登樓懷歸[1)]

高樓聊引望[2)]	높은 누대에서 잠시 멀리 바라보니
杳杳一川平[3)]	아득히 한 냇물이 평평하네
野水無人渡	들판 물에는 건너는 사람이 없고
孤舟盡日橫[4)]	외로운 배는 종일 가로로 매어 있네
荒村生斷靄	황량한 마을에 끊긴 이내가 피고
古寺語流鶯	오래된 절엔 꾀꼬리가 우네
舊業遙淸渭	옛 사업은 맑은 위수처럼 멀고
沈思忽自驚	깊은 생각에서 문득 스스로 깨어나네

주석

1) 작자가 19세 때 진사에 합격하고 파동지현(巴東知縣)으로 나갔을 때의 작품.

2) 聊(료): 잠시. 引望(인망): 원망(遠望).

3) 杳杳(묘묘): 아득한 모양.

4) 3·4구는 인구에 회자된 구절인데, 이는 위응물(韋應物)의 〈저주서간(滁州西澗)〉 "野渡無人舟自橫" 구를 2구로 만든 것임.

평설

- 조선 이수광(李睟光)의 『지봉유설(芝峯類說)』에 "구래공(寇萊公)의 시에 '野水無人渡, 孤舟盡日橫'이라고 했는데, 위소주(韋蘇州: 韋應物)의 '野渡無人舟自橫' 구를 완전히 도습한 것이다. 그런데 후인들은 유독 내공이 상업(相業)을 이루게 된 것이라고 칭찬하는데, 무엇 때문인가?"라고 했다.

- 『시림광기』에 "『정요(政要)』에 '공이 일찍이 읊은 시에 「野水無人渡, 孤舟盡日橫」이란 구가 있었는데, 당시 사람들이 이것으로써 그 상업(相業)을 기다린 것이라고 여겼다'고 했다"라고 했다.

- 송나라 오자량(吳子良)의 『형계림하우담(荊溪林下偶談)』에 "내공(萊公)의 시 '野水無人渡, 孤舟盡日橫'에 대하여, 사람들이 그에게 재상(宰相)의 기량이 있었다고 했다. 그러나 위응물(韋應物) 또한 '野水無人舟'라는 구가 있는데, 어찌 또한 그가 재상이 될 것이라고 비견할 수 있겠는가?"라고 했다.

- 명나라 호응린(胡應麟)의 『시수(詩藪)』에 "송초(宋初)의 여러 사람들과 구승(九僧)의 무리는 오히려 당운(唐韻)이 많다. …… 구래공의 '野水無人渡, 孤舟盡日橫'은 사(詞) 중의 말이다"라고 했다.

하수 가의 정자 벽에 적다 書於河上亭壁[1)]

岸闊檣稀浪渺茫　언덕 넓고 돛대 드문데 물결 아득하고
獨凭危檻思何長[2)]　홀로 높은 난간에 기대 사념이 얼마나 긴가?
蕭蕭遠樹疏林外[3)]　소소한 바람소리는 먼 나무의 성긴 숲 밖에 있고

一半秋山帶夕陽　반쯤 가을 산은 석양빛을 띠고 있네

주석

1) 본래 4수로서 각각 4계절을 읊었음. 이 시는 가을을 읊은 것이다.

2) 危檻(위함): 높은 난간.

3) 蕭蕭(소소): 바람이 부는 소리.

여름날 夏日

離心杳杳思遲遲[1]　이별의 마음 아득하니 그리움 오래인데
深院無人柳自垂　깊은 담 안엔 인적 없이 버들만 절로 드리웠네
日暮長廊聞燕語　해 지는 긴 회랑에서 제비소리 듣는데
輕寒微雨麥秋時　서늘한 보슬비 오는 보리 익는 시절이네

주석

1) 杳杳(묘묘): 아득한 모양. 遲遲(지지): 장구(長久)한 모양.

임포 林逋

임포(967-1028), 자는 군복(君復), 전당(錢塘: 절강성 杭州市) 사람. 서호(西湖)의 고산(孤山)에 은거하여 20년 동안 성시(城市)에 출입하지 않았다. 처자가 없는 독신으로 매화를 심고 학을 기르는 것을 혹애(酷愛)하여 당시 사람들이 "매화를 처로 삼고, 학을 자식으로 삼았다[梅妻鶴子]"라고 했다. 사후 화정선생(和靖先生)이란 시호(謚號)를 받았다.

임포의 시는 만당(晩唐)의 가도(賈島)와 요합(姚合)의 영향으로 평담청준(平淡淸雋)한 풍격을 보이고 있다. 그 내용은 주로 산림의 은거생활을 묘사한 것이 많다. 또 매화시로써 명성을 얻었다. 『임화정선생시집(林和靖先生詩集)』이 있다.

산원의 작은 매화 山園小梅[1)]

衆芳搖落獨暄姸[2)]	모든 꽃들 졌는데 홀로 화사하게 피어
占盡風情向小園[3)]	풍정을 독점하고 소원을 향했네
疎影橫斜水淸淺[4)]	물 맑고 얕은 곳에 성긴 그림자 기울어 있고
暗香浮動月黃昏	달빛 황혼 속에 은근한 향기 끼쳐오네
霜禽欲下先偸眼[5)]	흰 새가 내려오다 먼저 훔쳐보고
粉蝶如知合斷魂[6)]	흰 나비도 알면 마땅히 애끓으리라
幸有微吟可相狎	다행히 나직한 읊조림이 있어 서로 친할 수 있으니
不須檀板共金樽[7)]	단판이나 금 술잔이 필요치 않으리라

주석

1) 본래 2수임.

2) 暄姸(훤연): 선명하고 미려(美麗)함.

3) 風情(풍정): 풍채(風采), 정운(情韻).

4) 疎影(소영): 매화의 가지를 말함.

5) 霜禽(상금): 흰 새.

6) 合(합): 응해(應該). 마땅히 ……할 것이다. 斷魂(단혼): 소혼(消魂). 애상(哀傷)하다.

7) 檀板(단판): 박달나무로 만든 노래에 박자를 맞추는 판.

평설

- 조선 이익(李瀷)의 『성호사설(星湖僿說)』에 "임화정(林和靖)의 '月黃昏' 1구는, 사람들이 모두 그것이 아름답다는 것을 아는데, 그러나 '황혼'이

무슨 말인지는 이해하지 못한다. 그런데 고금에서 절창이라고 부르는 것은 무엇 때문인가? 내가 생각건대, 이는 천근어(淺近語)에 근본을 두었다. 황혼에 달이 나오면 꽃의 흰색은 흐려지고, 다만 향기가 오는 것만 맡을 뿐이어서, 암향이라고 하는 바이다. 물이 맑고 얕기 때문에 그림자가 반드시 횡사(橫斜)하게 되는데, 모두 즉사(卽事)로써 말한 것이다. 어떤 이는 이것은 '월황혼(月黃昏)'이고 일황혼(日黃昏)이 아니므로, 달이 장차 떨어지려는 때라고 한다. 공천서(孔天瑞)가 '매화의 향은 사고(四鼓) 후에 피어나는데, 달이 이미 서쪽으로 지면, 색이 오시(午時)에 가깝고, 황색이 더욱 어두워진다. 매화뿐만이 아니고, 대개 향기가 있는 꽃들은 모두 그러하다. 대낮 후에 음기가 작용하면, 꽃은 오므라들고 향기가 감춰지며, 한밤중 후에 양기가 작용하면, 꽃은 피어나서 향기를 분산할 뿐이다'고 했다. 이 설은 비록 이치가 있는 듯한데, 화정이 시를 지을 때 생각이 여기에 이르렀는지는 모르겠다"라고 했다.

- 『시림광기』에 "『채관부시화』에 '화정(和靖)의 매시(梅詩) 「疎影暗香」 1연은 참으로 경절(警絶)하다. 그러나 그 아래 「霜禽粉蝶」 1연은 위의 연과 기격(氣格)이 전혀 서로 같지 않아서, 마치 두 사람에게서 나온 것 같다. 이에 시란 전편(全篇)이 아름답기가 참으로 어렵다는 것을 깨닫는다"라고 했다.

- 원나라 방회(方回)의 『영규율수휘평(瀛奎律髓彙評)』에 "방회가 말하기를, '「疎影」과 「暗香」의 연은, 처음에 구양문충공(歐陽文忠公: 歐陽修)이 지극히 칭찬했는데 천하에서 다른 말이 없었다. 왕진경(王晉卿: 王詵)이 일찍이 말하기를 「이 두 구는 살구꽃 · 복사꽃 · 오얏꽃에 모두 사용할 수 있다」고 했다. 소동파(蘇東坡: 蘇軾)가 말하기를 「사용하려면 사용할 수도 있다. 다만 살구꽃 · 복사꽃 · 오얏꽃이 감히 당할 수 있을 것인지 의심스러울 뿐이다」고 했다. 나는 생각하기를, 저 살구꽃 · 복사

꽃·오얏꽃의 그림자가 성글 수 있는가? 향기가 은근할 수 있는가? 번다하고 짙은 꽃들이 또한 「月黃昏」·「水清淺」과 어떻게 교섭하겠는가? 또한 「橫斜」와 「浮動」 4글자는 고정되어 옮길 수 없는 것이다'라고 여겼다"라고 했다.

- 송나라 비곤(費袞)의 『양계만지(梁谿漫志)』에 "진보지(陳輔之)가 말하기를 '임화정(林和靖)의 「疎影橫斜水清淺, 暗香浮動月黃昏」은 거의 야장미(野薔薇: 찔레꽃) 같다'고 했다. 이는 시를 모르는 자이다. 나는 일찍이 달빛을 밟으며 물가에서 땅에 어린 매화 그림자를 보니, 소수(疎瘦)하고 청절(清絶)했다. 이 시를 깊이 음미해보니, 참으로 매화에게 전신(傳神)할 수 있었다. 야장미는 총생(叢生)함으로 처음부터 소영(疎影)이 없고, 꽃그늘이 산만(散蔓)한데 어찌 횡사(橫斜)를 얻을 수 있겠는가?"라고 했다.

매화 梅花

吟懷長恨負芳時[1)] 시정이 매화시절을 저버림을 오래 한스러워
爲見梅花輒入詩 매화를 보자 곧 시 속으로 들여오네
雪後園林纔半樹 눈 내린 원림에 겨우 반 나무에 피었는데
水邊籬落忽橫枝 물가 울타리에 문득 비낀 가지가 있네
人憐紅豔多應俗 사람들이 붉은 꽃을 사랑함은 세속에 응함이 많고
天與清香似有私 하늘이 맑은 향을 준 것은 편애함이 있는 듯하네
堪笑胡姬亦風味[2)] 우습구나 호희도 또한 풍미가 있어서
解將聲調角中吹[3)] 매화가락을 알아서 뿔피리로 부네

주석

1) 吟懷(음회): 시를 읊고자 하는 정(情). 시정(詩情).

2) 胡姬(호희): 북방 이민족의 여인을 말함.

3) 聲調(성조): 〈매화락(梅花落)〉과 같은 〈매화곡〉을 말함.

평설

- 『영규율수』에 "화정(和靖)의 매화(梅花) 칠언율(七言律)은 모두 8수인데, 전배(前輩)들이 고산팔매(孤山八梅)라고 했다. 호담암(胡澹菴: 胡銓)이 일찍이 그것에 화답하여 16수를 지었다. 산곡(山谷: 黃庭堅)이 '水邊籬落忽橫枝' 1연이 소영(疎影)과 암향(暗香) 1연보다 낫다고 하면서 구공(歐公: 歐陽修)이 옳지 않다고 의심했다. 산곡은 오로지 격(格)을 논했고, 구공은 오로지 의미와 정신을 취했을 뿐이다"라고 했다.

고산사 단상인 방에 조망을 적다 孤山寺端上人房, 寫望[1)]

底處憑闌思渺然[2)]	어느 곳 난간에 기대어 생각이 아득한가?
孤山塔後閣西偏	고산사 탑 뒤의 전각 서편이네
陰沈畵軸林間寺	음침한 그림두루마리 같은 숲 사이의 절이고
零落棊枰葑上田[3)]	영락한 바둑판 같은 봉상전이네
秋景有時飛獨鳥	가을풍경에 때때로 외로운 새가 날아가고
夕陽無事起寒煙	석양에 일도 없는데 찬 연기가 피어오르네
遲留更愛吾廬近	지체하며 더욱 내 여막 근처를 사랑하는데
祗待重來看雪天	다만 다시 와서 눈 오는 하늘을 보길 기대하네

주석

1) 孤山寺(고산사): 항주(杭州) 서호(西湖)의 고산(孤山)에 있음. 上人(상인): 승려의 존칭.

2) 底處(저처): 하처(何處).

3) 棊枰(기평): 바둑판. 葑上田(봉상전): 가전(架田). 봉(葑)은 줄[菰米]의 뿌리. 나무시렁을 물 위에 띄우고 위에 줄 뿌리의 진흙을 놓아 만든 밭. 물 위로 이동할 수 있음.

가을 강의 조망을 적다 秋江寫望

蒼茫沙觜鷺鷥眠[1]　드넓은 여울 입구에 해오라기 잠들고
片水無痕浸碧天　작은 물결은 자국도 없이 푸른 하늘에 닿았네
最愛蘆花經雨後　갈꽃들이 비 맞은 후를 가장 사랑하는데
一篷烟火飯漁船[2]　한 거룻배의 연기불은 밥 짓는 어선이네

주석

1) 蒼茫(창망): 광활하여 끝이 없는 모양. 沙觜(사취): 사탄구(沙灘口). 모래밭 여울의 입구. 鷺鷥(노사): 해오라기.

2) 篷(봉): 주(舟). 거룻배.

반랑 潘閬

반랑(?-1009), 자는 소요(逍遙), 대명(大名: 하북성) 사람. 태종(太宗) 때 시에 능하다고 추천되어, 진사출신을 하사하고 사문국자박사(四門國子博士)에 임명했다. 나중에 사건에 연루되어 변성명을 하고 도망쳤다가, 함평(咸平) 초에 체포되었다. 진종(眞宗)이 그 죄를 풀어주고 저주참군(滁州參軍)에 임명했다. 나중에 사상(泗上)에서 죽었다. 『소요집(逍遙集)』이 있다.

세모에 동려에서 전당으로 돌아가다 歲暮, 自桐廬歸錢塘[1)]

久客見華髮[2)]	오랜 객지생활에서 백발을 보고
孤櫂桐廬歸	외로운 배로 동려에서 돌아가네
新月無朗照	새 달엔 밝은 비춤이 없는데
落日有餘暉	지는 해엔 남은 빛이 있네
漁浦風水急[3)]	어포엔 바람 부는 물결이 세차고
龍山烟火微[4)]	용산엔 연기불이 희미하네
時聞沙上雁	때때로 모래 위 기러기소리를 들으니
一一皆南飛	하나하나 모두 남쪽으로 날아가네

주석

1) 桐廬(동려): 현(縣) 이름. 지금의 절강성 건덕현(建德縣) 북쪽. 현성(縣城)은 전당강(錢塘江) 서안(西岸) 물가에 있음. 錢塘(전당): 항주(杭州)의 옛 이름.

2) 華髮(화발): 백발(白髮).

3) 漁浦(어포): 포구의 이름. 절강성 소산현(蕭山縣) 남쪽.

4) 龍山(용산): 일명 와룡산(臥龍山). 부춘강(富春江) 남안(南岸)에 있음.

평설

- 송나라 유반(劉攽)의 『중산시화(中山詩話)』에 "반랑의 시는 당인(唐人)의 풍격(風格)이 있다. 나는 이 시는 유장경(劉長卿: 劉禹錫)에 뒤지지 않는다고 여긴다"라고 했다.

유균 劉筠

유균(971-1031), 자는 자의(子儀), 대명(大名: 하북성) 사람. 진종(眞宗) 함평(咸平) 원년(998) 진사. 어사중승(御史中丞)·지제고(知制誥)·한림승지(翰林承旨) 겸 용도각직학사(龍圖閣直學士) 등을 지냈다.

유균은 문사(文辭)에서 대우(對偶)에 뛰어나고, 시를 잘 지었다. 양억(楊億)과 제명(齊名)하여 '양류(楊劉)'라고 불렸다. 양억·전유연(錢惟演) 등과 창화(唱和)한 작품들은 『서곤수창집(西崑酬唱集)』에 편입되었는데, 서곤체(西崑體)라고 불렸다. 『책부응언(冊府應言)』·『영우(榮遇)』·『금림(禁林)』·『비천(肥川)』·『중사(中司)』·『여음(汝陰)』·『삼입옥당(三入玉堂)』 등 7집(集)이 있다.

옛 장군 舊將

丈八蛇矛戰血乾[1)] 장팔사모에 전혈이 마르고

子孫今已列材官[2)] 자손들은 지금 이미 재관이 되었네

青烟碧瓦開新第 푸른 연기와 푸른 기와의 새 저택을 여니

白草黃雲廢舊壇[3)] 백초와 누런 구름 속 옛날의 단은 황폐하네

勞薄可甘先藺舌[4)] 공로가 얇지만 인설을 기꺼이 앞세우고

爵高還許戴劉冠[5)] 작위 높으니 도리어 유관 쓰는 것 허락하네

秋來從獵長楊榭[6)] 가을 되어 장양궁으로 사냥을 따르고

矍鑠猶能一據鞍[7)] 건장하여 여전히 한 안장에 걸터앉았네

주석

1) 丈八蛇矛(장팔사모): 1장(丈) 8척(尺)의 사모(蛇矛). 일종의 긴 창.

2) 材官(재관): 관명(官名). 군사교관(軍事敎官)에 해당함.

3) 白草(백초): 백모(白茅). 띠 풀. 舊壇(구단): 배장단(拜將壇)을 말함.

4) 藺舌(인설): 인(藺)은 전국시대 조(趙)나라 대신(大臣) 인상여(藺相如). 『사기(史記)·염파인상여열전(廉頗·藺相如列傳)』에 "조왕(趙王)이 이미 귀국을 마치자, 상여의 공이 크다고 여기고, 상상(上相)에 임명했다. 지위가 염파의 위에 있었다. 염파가 말하기를 '나는 조나라 장군이 되어 공성야전(攻城野戰)에서 큰 공이 있는데, 인상여는 단지 구설(口舌)만을 수고스럽게 했을 뿐인데 지위가 나의 위에 있다. 게다가 상여는 본래 천인인데, 나는 수치스러워서 차마 그 아래에 있을 수가 없다'고 했다"라고 했다.

5) 劉冠(유관): 죽피관(竹皮冠)을 말함. 한고조 유방(劉邦)이 정장(亭長)이 되었을 때 대나무껍질로 관을 만들어 썼는데, 귀하게 되었을 때도 항상 그것을 관으로 썼기 때문에 '유씨관(劉氏冠)'이라고 했음.

6) 長楊榭(장양사): 장양궁(長楊宮)의 사대(榭臺). 장양궁은 본래 진(秦)나라 궁전인데, 한(漢)나라 때 행궁(行宮)으로 사용했다. 진나라 한나라 때 사냥터였음. 그 옛터는 섬서성 주지현(周至縣) 동남에 있음.

7) 矍鑠(확삭): 노인의 정신이 건강하고 왕성한 모양.

양억 楊億

양억(947-1020), 자는 대년(大年), 건주(建州) 포성(浦城: 복건성) 사람. 어려서부터 글을 잘 지었는데, 태종이 몹시 칭찬하고, 순화(淳化) 3년(992)에 진사급제를 하사했다. 진종조(眞宗朝)에서 지제고(知制誥)를 역임하고, 천희(天禧) 중에 공부시랑(工部侍郎)·한림학사(翰林學士) 겸 사관수찬(史館修撰)을 지냈다.

양억은 비각(秘閣)에 재임할 때 유균(劉筠)·전유연(錢惟演) 등과 함께 시가를 창화했는데, 나중에 『서곤수창집(西崑酬唱集)』으로 편집되었다. 이를 서곤체라고 하는데, 또한 이들 시인들을 서곤파(西崑派)라고 부른다. 형식상으로는 이상은(李商隱)을 배워서, 사조(詞藻)의 화려함을 추구하고, 전고(典故)를 대량으로 사용하고, 성률(聲律)을 강구하고, 장구(章句)를 조탁(彫琢)했다. 양억의 저술은 대부분 산실되고, 『무이신집(武夷新集)』만 남아 있다.

『산호구시화(珊瑚鉤詩話)』에 "편장(篇章)은 함축천성(含蓄天成)을 상(上)으로 삼고, 파쇄조수(破碎雕鎪)를 하(下)로 삼는다. 양대년(楊大年)의 서곤체(西崐體)는 아름답지 않은 것이 없다. 그러나 농근조부(弄斤操斧)가 너무 심하여, 이른 바 칠일 만에 혼돈(混沌)이 죽었다는 것이다"라고 했다.

괴뢰를 읊다 詠傀儡[1]

鮑老當筵笑郭郎[2]	포노인이 연회에서 곽랑을 비웃는데
笑他舞袖太郎當[3]	그 춤옷 소매가 헐렁함을 비웃는 것이네
若教鮑老當筵舞	포노인에게 연회의 춤을 추게 한다면
轉更郎當舞袖長	도리어 헐렁한 춤옷 소매 길이를 더해야 하리라

주석

1) 傀儡(괴뢰): 흙이나 나무로 만든 우상(偶像). 송나라 시대에는 괴뢰희(傀儡戲)가 성행했음.

2) 鮑老(포로): 송나라 때 무대(舞隊)와 잡극(雜劇) 중에서 사람을 웃고 즐겁게 하는 등장인물. 무대에 나올 때 맨발로 큰 동라(銅鑼: 구리 징)를 가지고서, 춤추며 진퇴(進退)를 하기 때문에 또한 포라(抱鑼)라고 부름. 郭郎(곽랑): 곽독(郭禿)이라고도 함. 괴뢰희 중의 골계각색(滑稽角色). 각색은 극 중의 등장인물. 곽랑은 어릿광대로서 대머리이고, 잘 웃음.

3) 郎當(낭당): 의복이 넓고 커서 몸에 맞지 않는 모양.

평설

- 송나라 진사도(陳師道)의 『후산시화(后山詩話)』에 "양대년(楊大年)의 〈괴뢰(傀儡)〉 시는 말은 속되지만 뜻은 절실한데, 서로 전하여 웃음거리로 삼을 만하다"라고 했다.

한나라 무제 漢武

蓬萊銀闕浪漫漫[1)] 봉래 은궐엔 파도가 넘실대고
弱水回風欲到難[2)] 약수의 돌개바람에 도달하기가 어렵네
光照竹宮勞夜拜[3)] 죽궁에 불 비추고 밤의 망배에 열심이니
露漙金掌費朝餐[4)] 이슬이 금장에 가득하여 조찬으로 사용하네
力通青海求龍種[5)] 힘써 청해에 통하여 용종을 구했는데
死諱文成食馬肝[6)] 죽음을 감추려고 문성이 말의 간을 먹었다 했네
待詔先生齒編貝[7)] 대조선생은 치아가 희고 가지런한데
那教索米向長安[8)] 어찌 양식 구하려고 장안을 향했던가?

주석

1) 蓬萊(봉래): 전설 속의 발해(渤海) 안에 있다는 방장(方丈)·영주(瀛洲) 등과 함께 삼신산(三神山) 중의 하나. 그 안에 여러 신선들이 살며, 불사약이 있고, 금과 은으로 된 궁궐이 있다고 함. 그곳에 다가가면 곧 바람이 일어나서 끌어가버리기 때문에 이를 수 없다고 함.

2) 弱水(약수): 전설 속의 약(弱)하여 배를 띄울 수 없다는 물 이름. 『십주기(十洲記)』에 "봉린주(鳳麟洲)는 서해의 중앙에 있는데, 땅이 사방 1천5백 리이고, 주(洲)의 사면에는 약수(弱水)가 둘러싸고 있는데 기러기깃털도 뜰 수가 없어서 건널 수가 없다"라고 했다. 回風(회풍): 선풍(旋風).

3) 竹宮(죽궁): 감천궁(甘泉宮) 안의 사궁(祀宮). 한무제가 일찍이 죽궁에서 천신(天神)에게 망배(望拜)하였음.

4) 漙(단): 이슬이 많은 모양. 金掌(금장): 이슬을 받는 선인장(仙人掌)을 말함. 구리로 만들었기 때문에 금장이라 했음. 한무제는 건장궁(建章宮)에 승로반(承露盤)을 세워서 구름 표면의 이슬을 받아서, 옥가루와 섞어서 마시고서 불로장생을 구했음.

5) **青海**(청해): 호수 이름. 옛 이름은 선수(鮮水)・서해(西海)・비화강해(卑禾羌海). 북위(北魏) 때 비로소 청해라고 했음. **龍種**(용종): 청해(青海)에서 생산되는 준마. 청해마(青海馬) 또는 청해총(青海驄)이라고 함. 또한 널리 준마(駿馬)를 말함. 한무제는 일찍이 돈황(敦煌) 악와수(渥洼水) 가에서 신마(神馬)를 얻었고, 대완(大宛)에서 천리마(千里馬)를 얻은 바가 있으나, 청해에서 말을 구한 적은 없음.

6) **文成**(문성): 한무제는 제(齊)나라 사람인 방사(方士) 소옹(少翁)을 문성장군(文成將軍)으로 봉하고서, 귀신을 구하려고 했음. 그러나 효과가 없자 문성은 피살되었다. 나중에 소옹의 동학(同學) 난대(欒大)가 불사약을 구할 수 있다며 한무제를 찾아오자, 한무제는 차마 문성이 피살된 것을 난대에게 밝힐 수가 없어서 문성이 말의 간을 먹고 죽었다고 거짓말을 했다. 나중에 난대 또한 피살되었다.

7) **待詔先生**(대조선생): 동방삭(東方朔)을 말함. 『한서(漢書)・동방삭전』에 “동방삭은 자가 만천(曼倩)이고, 평원(平原) 염차(厭次) 사람이다. 무제가 처음 즉위했을 때, 삭이 처음으로 와서 글을 올리기를 ‘신(臣) 삭은 나이가 22살이고, 신장은 9척 3촌이고, 눈동자는 구슬을 매달아 놓은 것 같고, 이는 조개껍질을 엮어놓은 것 같고, 용맹함은 맹분(孟賁) 같고, 청렴함은 포숙(鮑叔) 같고, 신의는 미생(尾生)과 같습니다. 이와 같으니 천자의 대신(大臣)이 될 수 있습니다’라고 했다”라고 했다. 무제가 그를 대조공거(待詔公車)에 명했다. **齒編貝**(치편차): 이가 희고 가지런한 것.

8) 동방삭이 처음 대조공거(待詔公車)가 되어서, 봉록(俸祿)이 박하여 주목을 받지 못했다. 익살광대인 난쟁이가 자신보다 봉록이 많음을 보고, 이에 무제에게 아뢰기를 “난쟁이는 배가 불러서 죽으려고 하고, 신은 굶주려서 죽으려고 합니다. 신의 말을 채용할 수 있다면 부디 그 육체를 버리지 말아주십시오. 채용할 수 없다면 파직시키시어, 단지 장안(長安)의 쌀을 구하지 말도록 해주십시오”라고 했다. 무제가 크게 웃고는 대조금마문(待詔金馬門)을 시켰다고 했다.

평설

- 『영규율수』에 "이 시에는 설(說)이 있다. 무제(武帝)가 신선을 구하면서 심력을 낭비하고, 용병(用兵)에는 그 교만함을 이기지 못하고, 인재에 대해서는 뜻을 두지 않았음을 비난한 것이다. 시화(詩話)에서 5·6구를 칭찬했다"라고 했다.

- 『중산시화』에 "상부(祥符)와 천희(天禧) 중에는 양대년(楊大年: 楊億)·전문희(錢文僖: 錢惟演)·안원헌(晏元獻: 晏殊)·유자의(劉子儀: 劉筠) 등이 문장으로써 입조(立朝)했다. 시는 모두 이의산(李義山: 李商隱)을 종(宗)으로 숭상했는데, 서곤체(西崑體)라고 불렀다. 후진(後進)들이 의산의 어구를 훔치는 것이 많았다. 사연(賜宴)에서 우인(優人) 중에 의산을 가장한 자의 의복이 낡고 해졌는데, 사람들에게 고하기를 '나는 여러 관직(館職)에서 잠차(撏撦)하다가 이에 이르렀다'고 하니, 듣는 자들이 즐겁게 웃었다. 대년(大年)의 〈한무(漢武)〉 시에 '力通青海求龍種, 死諱文成食馬肝. 待詔先生齒編貝, 忍令索米向長安'이라 했는데, 의산도 뛰어넘을 수가 없다"라고 했다.

범중엄 范仲淹

범중엄(989-1052), 자는 희문(希文), 소주(蘇州) 오현(吳縣: 강소성) 사람. 상부(祥符) 8년(1015) 진사. 인종조(仁宗朝)에서 우사간(右司諫)에 발탁되고, 추밀부사(樞密副使)·참지정사(參知政事)를 지내고, 자정전학사(資政殿學士)로서 섬서사로선무사(陝西四路宣撫使)로 나갔다. 나중에 지빈주(知邠州)가 되어, 등주(鄧州)·형남(荊南)·항주(杭州)·청주(青州) 등지로 옮겨 다니다가 죽었다. 『범문정공집(范文正公集)』이 있다.

강 위의 어부 江上漁者

江上往來人　　강 위로 왕래하는 사람들은
但愛鱸魚美[1)]　　다만 농어의 좋은 맛만 사랑하는데
君看一葉舟　　그대는 일엽편주를 보구려
出沒風波裏　　풍파 속에 출몰함을!

주석

1) 鱸魚(노어): 농어. 여기서의 농어는 바닷물고기 농어가 아닌 민물고기 꺽정이를 말함. 둑중갯과의 민물고기로서, 몸의 길이는 대략 17cm 정도이고, 모양은 둥글며, 옆은 갈색이고, 등 쪽에 가로띠가 있다. 입이 크며 주둥이가 길고, 아가미 뚜껑에 네 개의 가시가 있고, 비늘은 없다. 한국, 중국 등지에 분포한다. 학명은 Trachidermus fasciatus.

평설

- 『시림광기』에 "『한부명담(翰府名談)』에 '범희문(范希文)의 〈증조자(贈釣者)〉 시는 실로 깊은 뜻을 붙였으니, 단순한 작품이 아니다'라고 했다"라고 했다.

모기 蚊

飽去櫻桃重　　배불러서 가니 앵두가 무겁고
飢來柳絮輕　　굶주려서 오니 버들솜이 가볍네

但知求旦暮　　다만 아침저녁만 구할 줄 알고
休更問前程　　다시 앞길은 묻지 않네

평설

- 『초계어은총화』에 "오흥(吳興)은 택국(澤國)이라서 봄과 여름의 교체기에는 땅이 더욱 낮고 습해져서 곧 모기와 파리들이 많게 된다. 동파(東坡)가 수령이었을 때 시를 짓기를 '風定軒窗飛豹脚, 雨餘欄楯上蝸牛'라고 했는데, 참으로 사실을 기록한 것이다. 구설(舊說)에 '태주(泰州) 서계(西溪) 빈해(濱海)에 모기가 많은데, 범문정(范文正)이 염장(鹽場)을 살펴보던 날에 이 시를 지어서 오흥(吳興)과 더불어 근심한 것'이라고 했다"라고 했다.

안수 晏殊

안수(991-1055), 자는 동숙(同叔), 무주(撫州) 임천(臨川: 강소성 撫州市) 사람. 진종(眞宗) 경덕(景德) 초 14살 때 신동(神童)으로서 불려가서 시험 보고, 진사출신(進士出身)을 하사받았다. 지제고(知制誥)·한림학사(翰林學士)를 지내고, 경력(慶歷) 중에 집현전학사(集賢殿學士)·동중서문하평장사(同中書門下平章事)·추밀원사(樞密院使)가 되었다. 시호는 원헌(元獻)으로서 안원헌(晏元獻)으로 불린다.

안수는 시문과 사(詞)에 뛰어났는데, 시에 있어서는 이상은을 추구한 서곤파의 한 사람이었다. 또한 후진양성을 중시하여 범중엄·부필(富弼)·구양수(歐陽修)·한기(韓琦) 등이 그 문하에서 나왔다. 저작이 많았으나 모두 산실되고, 『주옥사(珠玉詞)』와 청인(淸人)이 편찬한 『안원헌유문(晏元獻遺文)』이 있다.

뜻을 붙이다 寓意

油壁香車不再逢[1]　유벽향거를 다시 만나지 못하는데
峽雲無迹任西東[2]　무협의 구름은 흔적 없이 동서로 퍼졌네
梨花院落溶溶月[3]　배꽃 핀 담장엔 용용한 달빛이고
柳絮池塘淡淡風[4]　버들 솜 날리는 못에는 담담히 바람 부네
幾日寂寥傷酒後[5]　몇 날이나 쓸쓸히 술에 취했던가?
一番蕭索禁烟中[6]　한 번은 삭막한 한식날이었네
魚書欲寄何由達[7]　편지를 부치려는데 어디로 보내야 하나?
水遠山長處處同　물은 멀고 산은 긴데 곳곳이 똑같네

주석

1) 油壁香車(유벽향차): 수레의 벽에 향기로운 기름을 칠한 수레. 여성들이 타는 고급수레임.

2) 峽雲(협운): 무협(武峽)의 구름. 무산(巫山) 신녀(神女)의 고사를 빌렸음.

3) 溶溶(용용): 달빛이 밝고 결백(潔白)한 모양.

4) 淡淡(담담): 경담(輕談), 미약(微弱).

5) 傷酒(상주): 중주(中酒). 숙취한 것.

6) 禁烟(금연): 불을 피우지 않는 한식날을 말함.

7) 魚書(어서): 편지를 말함. 고시(古詩) 〈음마장성굴(飮馬長城窟)〉에서 "客從遠方來, 遺我雙鯉魚. 呼兒烹鯉魚, 中有尺素書"라고 했음.

평설

● 『지봉유설』에 "안원헌(晏元獻)의 시에 '梨花院落溶溶月, 柳絮池塘淡淡

風'이라고 했는데, …… 이런 등의 구어(句語)는 곤체(崑體)와 같지 않아서 암송할 만하다"라고 했다.

- 『청상잡기』에 "안원헌(晏元獻) 공은 비록 전리(田里)에서 일어났지만 문장(文章)의 부귀(富貴)함이 천연에서 나왔다. 일찍이 이경손(李慶孫)의 〈부귀곡(富貴曲)〉의 '軸裝曲譜金書字, 樹記花名玉篆牌'를 읽고, 공이 말하기를 '이는 곧 걸아상(乞兒相)이고, 일찍이 부귀를 알지 못한 자이다. 그래서 나는 매번 부귀를 읊을 때마다 금옥(金玉)과 금수(錦繡)를 말하지 않고, 오직 그 기상(氣象)만 말한다. 「樓臺側畔楊花過, 簾幕中間燕子飛」와 「梨花院落溶溶月, 柳絮池塘淡淡風」과 같은 종류가 그것이다'라고 했다. 그래서 공은 스스로 이들 구로써 남들에게 말하기를 '궁벽한 사람의 집에 이런 경치가 있겠는가?'라고 했다"라고 했다.

- 명나라 구우(瞿佑)의 『귀전시화(歸田詩話)』에 "안원헌공의 시는 진보(珍寶) 글자를 사용하지 않았으나, 자연히 부귀기상이 있다. 예컨대 '梨花院落溶溶月, 柳絮池塘淡淡風'과 '樓臺側畔楊花過, 簾幕中間燕子飛' 같은 등의 구이다"라고 했다.

- 청나라 오교(吳喬)의 『위로시화(圍爐詩話)』에 "'梨花院落溶溶月, 柳絮池塘淡淡風'을 부귀기상이 있다고 말하는데, 바로 송인(宋人)의 사구(死句)이다"라고 했다. 또 "서곤시(西崑詩)에 오히려 당인(唐人)과 방불한 것이 있는데, 예를 들면 안수(晏殊)의 '油壁香車不再逢……水遠山長處處同' 같은 것이다. 제목을 〈우의〉라고 하고, 시 전체를 설명하지 않은 것은 오히려 의산(義山: 李商隱)의 〈무제(無題)〉의 체를 지녔다. 구양수와 매요신의 변체(變體) 이후, 이런 종류의 당인의 뜻을 잃지 않은 것은 마침내 끊어졌다. 이 시의 제3연에서 '적료(寂寥)'와 '소삭(蕭索)'이라 했는데, 다음 연에서 이 때문에 농려(濃麗)한 경치의 구를 내었음을 알 수 있다. 한루(寒陋)함에 이르지 못하게 했지만, 부귀기상을 그려낸 것은 아니다"라고 했다.

석연년 石延年

석연년(994-1041), 자는 만경(曼卿), 또 다른 자는 안인(安仁). 송주(宋州) 송성(宋城: 하남성 商丘) 사람. 여러 번 과거에 응시했으나 낙방하고, 나중에 진중(眞宗) 때 최하급 무관인 삼반보직(三班奉職)을 지내고, 태자중윤(太子中允)과 비각교리(秘閣校理)를 지냈다.

석연년은 성격이 호방하고, 서법에 뛰어났으며, 시에서도 일정 정도 명성이 있었다. 석개(石介)·소순흠(蘇舜欽)·구양수(歐陽修) 등의 추숭을 받았다. 『석만경시집(石曼卿詩集)』이 있다.

구양수(歐陽修)의 『육일거사시화(六一居士詩話)』에 "만경(曼卿)은 젊어서부터 시주(詩酒)로써 호방자득(豪放自得)했다. 그 기모(氣貌)는 위연(偉然)했고, 시격(詩格)은 기초(奇峭)했다"라고 했다.

고송 古松

直氣森森恥屈盤[1]　곧은 기운 서늘하여 굴반을 수치스러워하고
鐵衣生澀紫鱗乾[2]　철의는 거칠고 붉은 비늘은 메말랐네
影搖千尺龍蛇動[3]　그림자 천 길로 흔들리니 용사가 꿈틀대고
聲撼半天風雨寒　소리가 반 하늘에 울리니 풍우가 차갑네
蒼蘚靜緣離石上　푸른 이끼는 고요히 얽혀 바위 위를 벗어났고
絲蘿高附入雲端[4]　토사와 여라는 높이 붙어서 구름 끝으로 들어갔네
報言帝室掄材者[5]　제실에서 재목을 선발하는 자에게 호소하니
便作明堂一柱看[6]　곧 명당의 한 기둥이 됨을 보게 되리라

주석

1) 森森(삼삼): 서늘한 모양. 한기가 끼쳐오는 모양. 屈盤(굴반): 굽어서 서린 모양.

2) 鐵衣(철의): 고송의 껍질을 말함. 生澀(생삽): 매끄럽지 않고 거친 감각을 말함. 紫鱗(자린): 고송 껍질의 주름진 문양.

3) 고송이 바람에 흔들리는 것이 용이나 뱀이 꿈틀대는 것과 같다는 것.

4) 絲蘿(사라): 토사(菟絲)와 여라(女蘿). 모두 덩굴식물임.

5) 帝室(제실): 조정(朝廷). 掄材(윤재): 인재(人才)를 선발함을 말한 것.

6) 明堂(명당): 고대 제왕이 정교(政教)를 펴는 장소. 조정을 말함.

평설

- 『초계어은총화』에 "왕직방시화(王直方詩話)』에 '어떤 사람이 〈영송(詠松)〉 구 「影搖千尺龍蛇動, 聲撼半天風雨寒」을 칭찬했는데, 한 중이 앉아

있다가 말하기를, 「雲影亂鋪地, 濤聲寒在空」 구만 못하다고 했다. 어떤 이가 성유(聖兪: 梅堯臣)에게 말하니, 성유가 말하기를 「말은 간약하면서 뜻은 남김이 없어야 하는데, 마땅히 중의 시어가 우수하다」고 했다' 라고 했다"라고 했다.

고언 高言

고언, 자는 명도(明道), 변(汴: 하남성 開封市) 사람. 학문을 좋아하고, 호걸로서 소절(小節)에 얽매이지 않았다. 나중에 살인을 하고 국외로 달아났다. 북으로는 대막(大漠)에 이르고, 서남으로는 대식국(大食國)·임명국(林明國)·여자국(女子國)·일경국(日慶國)에 이르렀다. 이처럼 남북으로 돌아다닌 것이 20년이었다. 나중에 대식국에서 항해하여 광주(廣州)에 도착하여, 다시 변경(汴京)으로 돌아갔다.

우인에게 주다 呈友人

昨夜陰風透簷寒[1] 어젯밤 북풍이 처마를 지나며 차가웠는데
地爐無火酒缾乾 화로엔 불도 없고 술병도 말라버렸네
男兒慷慨平生事 남아가 평생의 일에 강개하니
時復挑燈把劒看 때때로 다시 등불 키우고 검을 쥐고 살펴보네

주석

1) 陰風(음풍): 북풍.

증공량 曾公亮

증공량(999-1078), 자는 명중(明仲), 천주(泉州) 진강(晉江: 복건성) 사람. 인종(仁宗) 천성(天聖) 2년(1024) 진사. 가우(嘉祐) 중에 이부시랑(吏部侍郎)·동중서문하평장사(同中書門下平章事)를 지냈다. 희녕(熙寧) 2년(1069)에 소문관학사(昭文館大學士)가 되고, 노국공(魯國公)에 봉해졌다. 곧 태보(太保)로서 치사(致仕)했다.

감로승사에 묵다 宿甘露僧舍[1]

枕中雲氣千峯近　　베개 안의 구름기운 천 봉우리가 가깝고
牀底松聲萬壑哀　　침상 아래 솔바람소리 만 골짜기가 슬퍼하네
要看銀山拍天浪[2]　　은산이 하늘을 치는 물결을 보구려
開窗放入大江來　　창을 열어 큰 강이 흘러들어오게 하시오

주석

1) 甘露僧舍(감로승사): 감로사(甘露寺). 강소성 진강(鎭江) 북고산(北固山) 후봉(後峰) 위에 있음.

2) 銀山(은산): 산과 같은 흰 물결을 말함.

3) 大江(대강): 장강(長江).

매요신 梅堯臣

매요신(1002-1060), 자는 성유(聖兪), 선주(宣州) 선성(宣城: 안휘성) 사람. 선성의 옛 이름이 완릉(宛陵)이기 때문에 매완릉(梅宛陵)이라 칭했다. 부친 순(詢)의 음보(蔭補)로 하남주부(河南主簿)가 되고, 덕흥현령(德興縣令) 등을 지냈다. 가우(嘉祐) 초에 불러서 시험보고, 진사출신을 하사했다. 국자감직강(國子監直講)과 상서도관원외랑(尙書都官員外郎)을 지냈다. 소순흠(蘇舜欽)과 제명하여 세칭 '소매(蘇梅)'라고 불렀다.

『송사(宋史)·문원전(文苑傳)』에 "(매요신이) 일찍이 남에게 말하기를 '대개 시는 뜻이 새롭고 말이 공교로워야 하는데, 전인(前人)이 말하지 못했던 바를 얻은 것을 훌륭하다고 한다. 반드시 묘사하기 어려운 광경을 눈앞에 있는 것처럼 형상하여 언외에 드러낸 연후에야 지극한 것이 된다'고 말했다"라고 했다. 『완릉선생집(宛陵先生集)』이 있다.

고려 이규보(李奎報)의 『백운소설(白雲小說)』에 "나는 지난날 매성유(梅聖兪)의 시를 읽어보았는데, 내 마음속으로 남몰래 그것을 박대했다. 옛사람이 시옹(詩翁)이라고 부른 까닭을 알 수 없었다. 지금에 와서 그것을 열람해보니, 밖으로는 날약(茶弱)한 것 같지만, 안에는 골경(骨骾)을 머금고 있어서, 참으로 시 중의 정전(精雋)이었다. 매시(梅詩)를 안 연후에야 시를 아는 자라고 할 수 있다"라고 했다.

채정손(蔡正孫)의 『시림광기(詩林廣記)』에 "유후촌(劉後村: 劉克莊)이 '본조(本朝)의 시는 오직 완릉(宛陵)이 개산조사(開山祖師)가 된다. 완릉이 나온 이후 상복(桑濮)의 왜음(哇淫)이 점차 없어지고, 풍아(風雅)의 기맥(氣脉)이 다시 이어졌다. 그 공은 구윤(歐尹) 아래에 있지 않다'고 했다"라고 했다.

엄우(嚴羽)의 『창랑시화(滄浪詩話)』에 "국초의 시는 당인(唐人)을 연습(沿襲)했는데, 매성유는 당인의 평담처(平淡處)를 배웠다"라고 했다.

범요주의 좌중에서 객이 하돈어를 먹는 것을 말하다
范饒州坐中, 客語食河豚魚[1]

春洲生荻芽[2]	봄 강섬에 물억새 순이 돋아나고
春岸飛楊花	봄 언덕에 버들꽃 날면
河豚當是時	하돈이 이때에 당도하는데
貴不數魚鰕	귀해서 물고기나 새우는 꼽지도 않네
其狀已可怪	그 모양이 몹시 괴이한데
其毒亦莫加	그 독은 또한 더할 것이 없네
忿腹若封豕[3]	화난 배는 큰 돼지 같고
怒目猶吳蛙	노한 눈은 오 땅의 두꺼비 같네
庖煎苟失所	부엌에서 요리할 때 실수를 한다면
入喉爲鏌鋣[4]	목구멍으로 들어갈 때 막야검이 되리라
若此喪軀體	이처럼 신체를 상실하게 하면
何須資齒牙	어찌 치아를 사용하겠는가?
持問南方人	남방인에게 가지고 가서 물으니
黨護復矜誇	비호하며 다시 자랑하네
皆言美無度	모두가 맛있음을 헤아릴 수 없다 하는데
誰謂死如麻	누가 삼대처럼 많이 죽는다고 말했던가?
吾語不能屈	내 말을 굽힐 수가 없어서
自思空咄嗟	스스로 생각하며 공연히 탄식하네
退之來潮陽[5]	퇴지는 조양에 와서
始憚飡籠蛇	처음엔 밥그릇의 뱀을 꺼렸고
子厚居柳州[6]	자후는 유주에 살면서

而甘食蝦蟆[7]　　두꺼비를 달게 먹었네
二物雖可憎　　두 물건은 가증스럽지만
性命無舛差　　생명에는 어긋남이 없네
斯味曾不比　　이 맛이 어찌 그것들과 비하지 못하겠는가만
中藏禍無涯　　안에 지닌 화가 끝이 없다네
甚美惡亦稱[8]　　너무 아름다운 것은 추악함도 또한 상당하니
此言誠可嘉　　이 말은 참으로 칭찬할 만하네

주석

1) 范饒州(범요주): 범중엄(范仲淹). 당시 요주지주(饒州知州)로 있었음. 요주는 지금의 강서성 파양(波陽). 坐(좌): 좌(座)와 통용. 河豚魚(하돈어): 봄에 강으로 올라오는 복어(鰒魚)의 일종.

2) 荻芽(적아): 물억새의 순. 구양수(歐陽修)의 『육일시화(六一詩話)』에서 남방 사람들은 하돈을 물억새의 순과 함께 국을 끓여먹는다고 했음. 소식(蘇軾)의 〈惠崇春江晩景〉 시에서 "蔞蒿滿地蘆芽短, 正是河豚欲上時"라고 했음.

3) 封豕(봉시): 대시(大豕). 큰 돼지.

4) 鏌鋣(막야): 보검의 이름. 막야(莫邪)라고도 씀.

5) 退之(퇴지): 당나라 한유(韓愈)의 자(字). 한유가 조양(潮陽)으로 귀양 와서 지은 〈初南食貽元十八協律〉 시에 "惟蛇舊所識, 實憚口眼獰. 開籠聽其去, 鬱屈尙不平"이라 했음.

6) 子厚(자후): 당나라 유종원(柳宗元)의 자. 유주자사(柳州刺史)로 좌천되었음.

7) 한유의 〈答柳柳州食蝦蟆〉 시에 "余初不下喉, 近亦能稍稍. 常懼染蠻夷, 失平生好樂. 而君復何爲, 甘食比豢豹"라고 했음.

8) 『좌전(左傳) · 소공(昭公) 28년』에 "진숙향(晉叔向)이 신공무신씨(申公巫臣氏)를 아내로 맞으려고 하니, 숙향의 어머니가 그녀가 하희(夏姬)의 딸이라고 하

여 저지하면서, '내 들으니, 지나친 아름다움은 반드시 지나친 추악함이 있다고 한다'고 했다"라고 했다. 稱(칭): 상당(相當)함.

평설

- 송나라 구양수(歐陽修)의 『육일시화(六日詩話)』에 "파제(破題) 2구는 이미 하돈의 좋은 곳을 다 말했다. 성유는 평생 음영(吟詠)에 고심했는데, 한원고담(閑遠古淡)을 뜻으로 삼았다. 그래서 그 구사(構思)가 지극히 어려웠다. 이 시작(詩作)은 준조(罇俎)의 사이에 필력(筆力)이 웅섬(雄贍)하고, 경각(頃刻)에 이루어져서, 마침내 절창(絶唱)이 되었다"라고 했다.

- 『초계어은총화』에 "『공의부잡기(孔毅夫雜記』에 '영숙(永叔: 歐陽修)이 성유(聖兪: 매요신)의 〈하돈시〉「春洲生荻牙, 春岸飛楊花. 河豚於此時, 貴不數魚鰕」구를 칭찬하며, 하돈이 유서(柳絮)를 먹고 살찌는데, 성유의 파제(破題) 두 구는 곧 하돈의 좋은 곳을 다 말했다고 여겼다. 영숙의 칭찬의 말은, 곧 실상이 그렇지 않다. 이 물고기는 2월에 많이 생산되다가, 유서(柳絮) 때에는 물고기 철이 이미 지난 때이다'고 했다"라고 했다.

- 송나라 완열(阮閱)의 『시구총화(詩龜總話)』에서 "매성유(梅聖兪)의 〈하돈시(河豚詩)〉에 '春洲生荻芽, 春岸飛楊花. 河豚於此時, 貴不數魚蝦'라고 했는데, 유후보(劉厚甫)가 농담하기를 '정도관(鄭都官: 鄭谷)에게 〈자고시(鷓鴣詩)〉가 있어서 정자고(鄭鷓鴣)라고 했으니, 성유(聖兪)에게 〈하돈시〉가 있으니 마땅히 매하돈(梅河豚)이라 불러야 할 것이다'고 했다"라고 했다.

- 청나라 왕사정(王士禎)의 『어양시화(漁洋詩話)』에 "소동파의 시 '蔞蒿滿地蘆芽短, 正是河豚欲上時'는 풍운(風韻)의 묘(妙)일 뿐만 아니라, 대개 하돈(河豚)은 호로(蒿蘆)를 먹고서 살찌는 것이다. 또한 매성유(梅聖兪)

의 '春洲生荻芽, 春岸飛楊花'는 한 글자도 범설(汎設)이 없다.

- 청나라 옹방강(翁方綱)의 『석주시화(石洲詩話)』에 "완릉(宛陵)은 〈하돈시(河豚詩)〉로써 명성을 얻었는데, 그러나 이 시 또한 스스로 일으킨 곳에 신(神)이 있을 뿐이다"라고 했다.

전가어 田家語

경진(庚辰: 1040)년 조서(詔書)에 의하여, 대개 백성들 3정(丁)에 1명씩을 징집하여 두령[校]과 대장(隊長)을 세워서 궁전수(弓箭手)라고 부르고, 예측할 수 없는 사태에 대비하도록 했다. 주사(主司)는 많은 숫자로써 상관에게 아부하려고 군리(郡吏)에게 다급하게 요구하니, 군리는 두려워서 감히 분별하지 못하고, 마침내 현령(縣令)에게 위촉했다. 서로 백성들을 수색하니, 비록 늙은이나 어린애일지라도 벗어날 수 없었다. 상하가 원망하고, 장맛비가 오래인데, 어찌 성상(聖上)의 무육(撫育)하는 뜻을 돕는 것이겠는가? 이로 인하여 전가(田家)의 말을 기록하고, 다음으로 시를 지어서 채시자(採詩者)를 기다리려고 한다.

庚辰詔書, 凡民三丁籍一, 立校與長, 號弓箭手, 用備不虞. 主司欲以多媚上, 急責郡吏, 郡吏畏不敢辨, 遂以屬縣令. 互搜民口, 雖老幼不得免, 上下愁怨, 天雨淫淫, 豈助聖上撫育之意耶? 因錄田家之言, 次爲文, 以俟採詩者云.

誰道田家樂	누가 전가의 즐거움을 말하는가?
春稅秋未足	봄의 세금을 가을에도 갚을 수 없네
里胥扣我門[1]	이서가 내 문을 두드리며

日夕苦煎促	밤낮으로 괴롭게 볶아대네
盛夏流潦多[2)]	한여름 홍수가 많아서
白水高於屋	흰 물이 지붕보다 더 높고
水旣害我菽	물이 이미 내 콩을 해쳤는데
蝗又食我粟	메뚜기가 또한 내 벼를 먹었네
前月詔書來	전번 달에 조서가 내려와서
生齒復板錄[3)]	사람들을 다시 등록하고
三丁籍一壯	삼정마다 한 장정을 징발하여
惡使操弓韣[4)]	어찌 활과 활집을 쥐게 하는가?
州符今又嚴[5)]	주의 명령이 또한 엄하니
老吏持鞭朴[6)]	늙은 관리가 채찍 들고 치네
搜索稚與艾[7)]	어린애와 늙은이까지 수색하니
唯存跛無目[8)]	오직 남은 것은 절름발이와 장님뿐인데
田閭敢怨嗟	마을에서 어찌 감히 원망하랴!
父子各悲哭	부자가 각각 비통하게 통곡하네
南畝焉可事	남쪽 밭에 어찌 농사일을 하겠는가?
買箭賣牛犢	화살을 사려고 소와 송아지를 팔았네
愁氣變久雨	수심의 기운이 오랜 장마로 변하니
鐺缶空無粥	솥과 질항아리는 비어서 죽도 없네
盲跛不能耕	장님과 절름발이는 밭을 갈 수 없어
死亡在遲速	사망에 빠르고 늦음이 있을 뿐이네
我聞誠所慚	내 듣고서 참으로 부끄러운데
徒爾叨君祿	한낱 임금의 봉록만 탐할 뿐이니

却詠歸去來　　　도리어 〈귀거래사〉를 부르며
刈薪向㴱谷　　　땔나무 하러 깊은 골짜기로 향하네

주석

1) 里胥(이서): 이정(里正). 扣(구): 고(叩).

2) 流潦(유료): 장맛비로 흐르는 물.

3) 生齒(생치): 인구(人口). 板錄(판록): 등기(登記). 등록(登錄).

4) 弓韣(궁독): 활과 활집.

5) 州符(주부): 주의 명령.

6) 朴(박): 복(扑)과 통용. 매질하다. 치다.

7) 稚與艾(치여애): 어린애와 늙은이. 애(艾)는 50살의 노인을 말함.

8) 跛無目(파무목): 절름발이와 장님.

노산을 산행하다 魯山山行[1]

適與野情愜[2]　　　진정 야정이 흡족하니
千山高復低　　　많은 산이 높고도 낮네
好峰隨處改　　　좋은 봉우리가 가는 곳마다 바뀌고
幽徑獨行迷　　　깊은 길을 홀로 가며 헤매네
霜落熊升樹　　　서리 내려서 곰이 나무 위로 올라갔고
林空鹿飮溪　　　숲 비어서 사슴이 개울물을 마시네
人家在何許　　　인가는 어디쯤에 있는가?
雲外一聲鷄　　　구름 너머로 닭 우는 소리가 들려오네

주석

1) 魯山(노산): 일명 노산(露山). 하남성 노산현(魯山縣) 동북.

2) 野情(야정): 산야의 경색을 사랑하는 정취.

평설

- 『영규율수』에 "미구(尾句)는 자연스럽고, 웅록(熊鹿) 1연은 사람들이 모두 그 공교함을 칭찬하지만, 앞 연이 더욱 그윽하고 맛이 있다"라고 했다.

봄추위 春寒

春晝自陰陰	봄 대낮이 절로 어두우니
雲容薄更深	구름이 열다가 더욱 깊어지네
蝶寒方斂翅	나비는 추워서 방금 날개를 접고
花冷不開心	꽃은 차가워 꽃술을 열지 않네
亞樹青帘動[1]	나무에 드리운 푸른 술집깃발 날리고
依山片雨臨	산에 의지한 빗방울이 임하네
未嘗辜景物	경물을 탓한 적이 없건만
多病不能尋	병이 많아서 찾아갈 수가 없네

주석

1) 亞樹(아수): 아(亞)는 수(垂). 나무에 드리운 것. 青帘(청불): 푸른 술집깃발.

평설

- 『영규율수』에 "매(梅)의 시는 담박한 듯하지만 실은 화려하다. 비록 공교함을 사용했지만 힘을 들이지 않았다"라고 했다.

아내를 애도하다 悼亡[1]

1

結髮爲夫婦	머리 묶어 부부가 되어
于今十七年[2]	지금 십칠 년인데
相看猶不足	서로 보아도 오히려 부족하건만
何況是長捐	하물며 영원히 세상을 떠남에랴!
我鬢已多白	내 머리털 이미 백발이 많으니
此身寧久全	이 몸을 어찌 오래 보존하겠는가?
終當與同穴[3]	끝내 마땅히 동혈을 이루지 못하고
未死淚漣漣	죽지 못하여 눈물만 줄줄 흐르네

주석

1) 원래 3수임.

2) 작자는 그 처 사씨(謝氏: 謝濤의 딸)와 천성(天聖) 6년(1028)에 결혼했는데, 경력(慶曆) 2년(1044)에 사씨가 세상을 떠났다.

3) 同穴(동혈): 합장(合葬).

2

每出身如夢　　매번 나갈 때마다 몸이 꿈결 같고
逢人强意多[1)]　　사람 만나면 억지로 다정하네
歸來仍寂寞　　돌아오면 곧 적막하니
欲語向誰何　　말을 하려 해도 누구에게 하겠는가?
窗冷孤螢入　　창문 차가운데 외로운 개똥벌레 들어오고
宵長一鴈過　　밤이 긴데 한 기러기가 지나가네
世間無最苦　　세간에 이 같은 큰 고통이 없으니
精爽此銷磨[2)]　　정신이 이처럼 다 없어지네

주석

1) 强意多(강의다): 억지로 즐거운 표정을 짓는 것.

2) 精爽(정상): 정신(情神).

동쪽 개울 東溪[1)]

行到東溪看水時　　동쪽 개울에 이르러 물을 구경할 때
坐臨孤嶼發船遲　　앉아서 외딴 강섬에서 느리게 떠나는 배를 보네
野鳧眠岸有閑意　　야생오리는 강 언덕에서 졸며 한가로운 뜻이 있고
老樹著花無醜枝　　늙은 나무는 꽃을 피우고 추한 가지가 없네
短短蒲茸齊似翦　　짧고 짧은 부들 싹은 가위질한 듯 고르고
平平沙石淨於篩　　평평한 모래자갈은 체질한 듯 정결하네

情雖不厭住不得　　정이 싫증나지 않지만 더 머물 수가 없어서
薄暮歸來車馬疲　　어스름 속에 돌아오니 수레의 말이 피로하네

주석

1) 東溪(동계): 완계(宛溪). 작자의 고향 선성(宣城)에 있음. 지화(至和) 2년(1055), 작자가 고향에 있을 때의 작품임.

평설

- 『초계어은총화』에 "성유의 시는 평담(平淡)에서 뛰어난데, 자성일가(自成一家)했다. 〈동계〉 시에서 '野鳧眠岸有閑意, 老樹著花無醜枝'라고 했는데, 이런 구들은 반드시 자세히 음미해야만 바야흐로 그 용의(用意)를 볼 수 있다"라고 했다.
- 『영규율수』에 "3 · 4구는 당세의 명구로서, 사람들에게 회자되었다"라고 했다.

도공 陶者

陶盡門前土　　온 문전의 흙으로 기와를 구웠지만
屋上無片瓦　　지붕 위엔 한 조각의 기와도 없고
十指不霑泥　　열 손가락에 진흙을 묻히지 않았지만
鱗鱗居大廈[1]　　물고기 비늘 같은 기와들이 큰 집에 있네

주석

1) 鱗鱗(인린): 물고기 비늘처럼 늘어진 지붕 위의 기와를 말함.

잡시 절구 雜詩絶句[1]

度水紅蜻蜓	물을 건너는 고추잠자리
傍人飛款款[2]	사람 곁에서 팔랑팔랑 나는데
但知隨船輕	다만 배의 경쾌함만 따르고
不知船去遠	배가 멀리 감을 모르네

주석

1) 작자의 원주(原注)에 "自此寶應道中, 起慶歷七年夏"라 했음. 모두 17수임.

2) 款款(관관): 가볍고 느리게 나는 모양. 두보(杜甫)의 〈곡강(曲江)〉 시 "穿花蛺蝶深深見, 點水蜻蜓款款飛"를 점화한 것임.

구양수 歐陽修

구양수(1007-1072), 자는 영숙(永叔), 호는 취옹(醉翁)·육일거사(六一居士). 길주(吉州) 노릉(廬陵: 강서성 吉安) 사람. 인종(仁宗) 천성(天聖) 8년(1030) 진사. 지제고(知制誥)·한림학사(翰林學士)·추밀원부사(樞密院副使)·참지정사(參知政事)를 역임하고, 신종조(神宗朝)에서 병부상서(兵部尚書)로 옮기고, 태자소사(太子少師)로서 치사(致仕)했다. 시호는 문충(文忠)이다.

구양수는 문장으로 당송팔대가(唐宋八大家) 중의 한 사람이었는데, 시에 있어서도 뛰어났다. 청나라 오지진(吳之振)의 『송시초(宋詩鈔)』에 "구양문충(歐陽文忠)의 시는 창려(昌黎: 韓愈)와 같은데, 기격(氣格)을 위주로 했다. 창려의 시에서는 때때로 배알(排戛) 구가 나오는데, 문충은 한결같이 부유(敷愉)로 귀일하여 그 문과 서로 비슷하다"라고 했다.

청나라 방동수(方東樹)의 『소매첨언(昭昧詹言)』에서 "구공(歐公)은 정운(情韻)이 유절(幽折)하고 왕반영창(往反詠唱)하여 사람들에게 저회(低徊)하며 숨을 멈추게 한다. 일창삼탄(一唱三歎)하는 유음(遺音)이 있어서 감람(橄欖)을 먹는 것처럼 때때로 남는 맛이 있는데, 단지 재력(才力)이 약간 약할 뿐이다"라고 했다.

당생을 전송하다 送唐生[1)]

京師英豪域	경사는 영웅호걸들의 영역인데
車馬日紛紛	말과 수레가 매일 분분하네
唐生萬里客	당생은 만 리 길 나그네인데
一影隨一身	한 그림자가 한 몸을 따를 뿐이네
出無車與馬	나갈 때는 수레와 말이 없고
但踏車馬塵	단지 수레와 말의 먼지만 밟네
日食不自飽	하루 식사도 배부르지 못하고
讀書依主人	읽는 책만이 주인에게 의지하네
夜夜客枕夢	밤마다 나그네 베개에서 꿈꾸는데
北風吹孤雲	북풍이 외로운 구름을 불어가네
翩然動歸思	갑자기 귀향 생각이 나면
旦夕來叩門	밤낮으로 와서 문을 두드리네
終年少人識	한 해 동안 남이 알아줌이 적은데
逆旅惟我親	나그네 생활에서 오직 내가 친하네
來學媿道瞢	와서 배우지만 도가 어두운 것이 부끄럽고
贈歸慚橐貧	귀향에 선물하려 해도 전대가 빈 것이 부끄럽네
勉之期不止	열심히 노력하며 기약을 그치지 말고
多穫由力耘	많은 수확은 힘써 밭가는 데에 달렸다네
指家大嶺北[2)]	집이 대령 북쪽임을 가리키며
重湖浩無垠[3)]	겹친 호수는 넓어서 끝이 없다네
飛鴈不可到[4)]	나는 기러기도 도달할 수 없는데
書來安得頻	편지 오는 것을 어찌 빈번히 얻겠는가?

주석

1) 제목은 일작 〈送唐秀才歸永州〉. 영주(永州)는 지금의 호남성 영릉현(零陵縣).

2) 大嶺(대령): 오령(五嶺)을 말함. 대유(大庾) · 시안(始安) · 임하(臨賀) · 계양(桂陽) · 게양(揭陽) 등 오령.

3) 重湖(중호): 형호북로(荊湖北路) 악주(岳州)에 있는 청초호(青草湖) · 동정호(洞庭湖) · 파구호(巴丘湖) 등을 말함.

4) 형호북로(荊湖南路) 형주(衡州)의 주성(州城) 남쪽에 회안봉(回雁峰)이 있는데, 기러기가 형주를 지나가지 못하고 회안봉을 돌아서 되돌아간다고 함.

변방의 집들 邊戶[1]

家世爲邊戶　　집안 대대로 변방에 살며
年年常備胡[2]　　해마다 항상 오랑캐를 방비하네
兒僮習鞍馬　　아동들도 말타기를 익히고
婦女能彎弧[3]　　부녀자도 능히 활을 당기네
胡塵朝夕起[4]　　오랑캐의 먼지가 조석으로 일어나서
敵騎蔑如無[5]　　적의 기마가 무인지경처럼 경시하네
邂逅輒相射　　졸지에 마주치면 곧 서로 쏘니
殺傷兩常俱[6]　　살상이 양쪽에 항상 같네
自從澶州盟[7]　　단주의 맹약 이후
南北結歡娛　　남북이 즐거움을 맺으니
雖云免戰鬬　　비록 전투를 면했지만
兩地供賦租[8]　　양쪽에 세금을 바쳐야 하네

將吏戒生事[9]	관리들이 적에 저항함을 경계함은
廟堂爲遠圖	조정에서 먼 계책을 세운 것이라네
身居界河上[10]	몸은 계하 가에 살지만
不敢界河漁	감히 계하의 물고기를 잡지 못하네

주석

1) 邊戶(변호): 변계(邊界)에 거주하는 집들. 작자는 지화(至和) 2년(1055)에 요나라에 사절단으로 다녀오면서 국경지역의 백성들을 참담한 생활을 목격하고, 50년 전에 요나라와 체결했던 단주(澶州)의 맹약이 잘못이었음을 비판한 것임.

2) 胡(호): 요(遼)나라. 거란(契丹)을 말함.

3) 彎弧(만호): 활을 당김. 활쏘기를 말함.

4) 胡塵(호진): 오랑캐의 기병이 일으키는 먼지. 요나라 병사의 침략을 말함.

5) 蔑如無(멸여무): 무인지경(無人之境)처럼 경시(輕視)함.

6) 俱(구): 상당(相當)함.

7) 澶州盟(단주맹): 진종(眞宗) 경덕(景德) 원년(1004)에 요나라 군이 침범하자, 재상 구준(寇準)의 건의를 받고 진종은 친히 단주(澶州: 지금의 하남성 濮陽)에 가서 독전(督戰)하였다. 승기를 잡았으나, 평소 화의주의자였던 진종은 도리어 요나라와 굴욕적인 단주의 맹약을 맺고, 요나라에게 매년 은(銀) 10만 냥과 명주 20만 필을 주기로 했다.

8) 兩地(양지): 송나라와 요나라.

9) 변경 지역의 수비를 담당하는 문무의 관원들이 적에게 빌미를 줄까 보아서 변경의 백성들이 적에게 저항함을 못하게 하는 것.

10) 界河(계하): 백구하(白溝河). 송나라와 요나라의 국경지역이기 때문에 계하라고 함. 지금의 하북성 정흥(定興) 남쪽.

우는 새들 啼鳥[1]

窮山候至陽氣生	깊은 산의 기후에 양기가 일어나니
百物如與時節爭	온 사물이 시절과 다투는 듯하네
官居荒凉草樹密	관청은 황량한데 풀과 나무들 우거지고
撩亂紅紫開繁英	요란하게 홍색 자색의 많은 꽃들을 피우네
花深葉暗輝朝日	꽃과 잎 우거져 아침 햇살이 비추고
日暖衆鳥皆嚶鳴	날 따뜻하여 여러 새들이 모두 지저귀네
鳥言我豈解爾意	새소리로 어찌 새들의 뜻을 알겠는가만
綿蠻但愛聲可聽	다만 재잘대는 소리가 듣기 좋음을 사랑하네
南窓睡多春正美	남창에서 졸음 많은데 봄이 진정 아름답고
百舌未曉催天明[2]	백설조는 새벽 전에 날 밝기를 재촉하네
黃鸝顔色已可愛[3]	꾀꼬리의 안색은 더욱 사랑스럽고
舌端啞咤如嬌嬰[4]	혀끝의 재잘댐이 예쁜 계집아이와 같네
竹林静啼青竹笋[5]	대숲에서 조용히 우는 청죽순은
深處不見惟聞聲	깊은 곳이라 볼 수 없고 단지 소리만 듣네
陂田遶郭白水滿	비탈 논은 성곽을 두르고 흰 물이 가득한데
戴勝穀穀催春耕[6]	대승조는 곡곡 울며 봄 농사를 재촉하네
誰謂鳴鳩拙無用[7]	누가 산비둘기는 졸렬해서 쓸모없다 했던가?
雄雌各自知陰晴	암수가 각각 스스로 날씨 흐리고 갬을 안다네
雨聲瀟瀟泥滑滑[8]	빗소리 소소한데 니활활이 우니
草深苔綠無人行	풀밭 깊고 이끼 초록인데 사람 통행이 없네
獨有花上提葫蘆[9]	다만 꽃 위에 제호로가 있어서
勸我沽酒花前傾	나에게 술 사와서 꽃 앞에서 마셔라 하네

其餘百種各嘲嘈[10) 그 나머지 여러 새들이 각각 지저귀는네
異鄕殊俗難知名 이향의 다른 풍속으로 이름을 알기 어렵네
我遭讒口身落此 나는 참훼를 당해 몸이 이곳으로 떨어졌는데
每聞巧舌宜可憎 매번 교묘한 혀 놀림을 들으면 몹시 증오스럽네
春到山城苦寂寞 봄에 산성에 오니 몹시 적막한데
把盞常恨無娉婷 술잔 들고 항상 고운 자태가 없음이 한스럽네
花開鳥語輒自醉 꽃 피고 새 우니 곧 스스로 취하여
醉與花鳥爲交朋 꽃과 새들과 함께 취해 친구가 되네
花能嫣然顧我笑[11) 꽃들은 함빡 나를 돌아보며 웃고
鳥勸我飮非無情 새들은 나에게 술 권하며 무정하지 않네
身閑酒美惜光景 몸 한가롭고 술이 좋고 광경이 애석한데
惟恐鳥散花飄零 오직 새들 흩어지고 꽃 떨어질까 두렵네
可笑靈均楚澤畔[12) 가소롭구나 영균은 초택 가에서
離騷憔悴獨愁醒[13) 근심으로 초췌한 채 홀로 깨어있음을 걱정했네

주석

1) 원주에 "경력(慶歷) 6년(1059)"이라고 했음. 작자는 경력 3년(1043)에 참소를 당하여 저주지주(滁州知州)로 좌천되었다. 이 시는 경력 6년 봄에 지은 것인데, 이 해부터 취옹(醉翁)이라고 자호(自號)했다.

2) 百舌(백설): 백설조(百舌鳥). 지빠귀과 새의 총칭. 일명 반설(反舌). 여러 새들의 울음을 흉내 낸다고 하여 반설이라고 했다고 함.

3) 黃鸝(황리): 꾀꼬리. 일명 황조(黃鳥) · 황리류(黃鸝留) · 황률류(黃栗留) · 황앵(黃鶯) · 창경(倉庚) · 상경(商庚) · 여황(鵹黃) · 초작(楚雀) · 박서(搏黍) · 금의공자(金衣公子) 등.

4) 啞咤(아타): 새가 우는 소리.

5) 青竹笋(청죽순): 죽림조(竹林鳥)의 이칭. 유리새[瑠璃鳥]. 솔딱샛과의 하나로서, 참새보다 크고, 청색이며, 잘 운다.

6) 戴勝(대승): 대승조(戴勝鳥). 후티티. 일명 호발발(胡哱哱)·화포선(花蒲扇)·산화상(山和尙)·호효형(呼哮哼)·고고시(咕咕翅)·계관조(鷄冠鳥) 등. 穀穀(곡곡): 새가 우는 소리.

7) 鳴鳩(명구): 산비둘기. 일명 골구(鶻鳩)·반구(斑鳩). 산비둘기는 둥지를 잘 짓지 못한다고 하여 졸구(拙鳩)라고 함. 옛 속담에 "날씨가 비가 오려고 하면, 수컷이 암컷을 쫓아가고, 이미 비가 그치면 암컷을 부른다"라고 했음.

8) 泥滑滑(니활활): 죽계(竹鷄). 일명 산균자(山菌子). 꿩과의 새로서 암수 모두 화려하고, 중국 남방에서 서식함.

9) 提葫蘆(제호로): 제호로(提壺盧)와 같음. 새 이름. 일명 제호조(提壺鳥).

10) 嘲哳(조찰): 새의 울음이 소란한 것.

11) 嫣然(언연): 예쁘게 웃는 모양.

12) 靈均(영균): 전국시대 초(楚)나라 굴원(屈原)의 자(字).

13) 離騷(이소): 근심에 걸림. 근심을 당함. 獨愁醒(독수성): 『초사(楚辭)·어부사(漁父辭)』에 "世人皆濁我獨清, 衆人皆醉我獨醒, 是以見放"이라고 했음.

명비곡, 왕개보의 작품에 화답함 明妃曲, 和王介甫作[1]

胡人以鞍馬爲家　　호인들은 말안장을 집으로 삼고
射獵爲俗　　사냥을 풍속으로 삼아서
泉甘草美無常處　　샘물 달고 목초 좋은 곳이면 정처 없이
鳥驚獸駭爭馳逐[2]　　새와 짐승들이 놀란 것처럼 다투어 쫓아간다네
誰將漢女嫁胡兒　　누가 한나라 여인을 호아에게 시집보냈는가?

風沙無情面如玉　모래바람 무정한데 옥 같은 얼굴이네
身行不遇中國人　떠나가면서 중국인을 만나지 못하니
馬上自作思歸曲　말 위에서 스스로 사귀곡을 지었네
推手爲琵却手琶[3]　손을 밀어 비를 이루고 손을 당겨 파를 이루니
胡人共聽亦咨嗟　호인들이 함께 들으며 또한 탄식을 하네
紅顔流落死天涯　고운 얼굴은 유락하여 하늘 끝에서 죽었는데
琵琶却傳來漢家　비파가 도리어 한나라로 전해졌네
漢宮爭按新聲譜　한나라 궁중에서 다투어 새 악보를 살펴보니
遺恨已深聲更苦　남긴 한이 이미 깊은데 소리가 더욱 괴롭네
纖纖女手生洞房　섬섬옥수가 동방에서 태어나서
學得琵琶不下堂　비파를 배우느라 당을 내려오지 않고
不識黃雲出塞路　누런 구름의 변새로 나가는 길을 모르니
豈知此聲能斷腸　어찌 이 소리가 애끊게 함을 알겠는가?

주석

1) 원래 2수임. 〈명비곡(明妃曲)〉은 악부제목. 명비는 왕장(王嬙). 자는 소군(昭君). 진(晉)나라 문제(文帝) 사마소(司馬昭)의 이름을 피하여 소군을 명군(明君)으로 바꾸었다. 『후한서(後漢書) · 남흉노전(南匈奴傳)』에 "소군(昭君)은 자가 장(嬙)이고, 남군(南郡) 사람이다. 처음 원제(元帝) 때 양가의 자녀로서 액정(掖庭)에 뽑혀 들어갔다. 그때 호한야(呼韓邪)가 내조(來朝)하자, 황제가 궁녀 5인을 내려주도록 했다. 소군은 입궁하여 여러 해 동안 은총을 받지 못하여 원망이 쌓여 있었다. 이에 액정령(掖庭令)에게 가기를 요청했다. 호한야가 떠나려 할 때의 큰 연회에서 황제가 5명의 여인을 불러서 보여주도록 했다. 소군은 아리따운 용모에 단정하게 꾸며서, 한나라 궁중을 밝게 비추며,

그림자를 돌아보며 배회하며 좌우를 놀라게 했다. 황제가 보고서 크게 놀라며 속으로 머물러 두려고 했다. 그러나 신의를 잃을 것에 곤란하여, 마침내 흉노에게 주었다. 두 자식을 낳았는데, 호한야가 죽자, 그 전의 알씨(閼氏)의 아들이 즉위하여 그녀를 처로 삼으려고 했다. 소군은 글을 올려 귀환하기를 구했다. 성제(成帝)가 칙령으로 호속(胡俗)을 따르도록 했다. 마침내 다시 후선우(後單于)의 알씨가 되었다"라고 했다. 『서경잡기(西京雜記)』에 "원제(元帝: 기원전48-기원전33)의 후궁은 매우 많아서 다 만나볼 수가 없었다. 그래서 화공들에게 그들 초상화를 그리게 하여 그림을 살펴보고 불러서 총애하였다. 궁인들은 모두 화공에게 뇌물을 주었는데 많게는 10만 금이고, 적은 것도 5만 금 이상이었다. 소군(昭君)은 스스로 용모를 믿고 홀로 뇌물을 주려고 하지 않았다. 화공은 이에 추하게 초상화를 그려서 끝내 총애를 받을 수 없었다. 나중에 흉노가 입조(入朝)하였을 때 미인을 구하여 알씨(閼氏)로 삼고자 하였다. 황제는 그림을 살펴보고 소군을 가도록 하였다. 떠나갈 때 불러서 보니 용모가 후궁 가운데 제일이었고, 응대(應對)를 잘 하였고 거동도 아름다웠다. 황제는 후회하였으나 명적(名籍)이 이미 정해졌고, 외국에 신의를 중시해야 하였기 때문에 다른 사람으로 바꾸지 못하고, 곧 그렇게 된 사정을 알아보았다. 화공 가운데 두릉(杜陵) 모연수(毛延壽)가 있었는데 초상화를 그리면 아름다움과 추악함, 늙음과 젊음을 반드시 사실대로 그려내었다. 안릉(安陵) 진창(陳敞)과 신풍(新豊) 유백(劉白)·공관(龔寬)은 모두 소, 말, 나는 새를 잘 그렸다. 그러나 여러 화공들은 초상화의 아름다움과 추악함을 그려내는 데 있어서는 모연수에게 미치지 못하였다. 하두(下杜) 양망(陽望)·번청(樊靑)은 색칠을 더욱 잘하였다. 이들 모두는 같은 날 기시(棄市)되었다. 그들 재산을 몰수하였는데 모두 거만(巨萬)금이었다. 경사의 화공이 이로부터 약간 희소해졌다"라고 했다. 왕개보(王介甫)는 왕안석(王安石). 원주에 "가우(嘉祐) 4년"이라고 했다. 이 해는 구양수의 나이 53세이고, 왕안석의 나이 39세 때이다.

2) 『한서(漢書)·조착전(鼂錯傳)』에 "호인(胡人)은 고기를 먹고 타락(駝酪)을 마시고, 모피를 입고, 성곽(城郭)이나 전택(田宅)의 귀일처가 없다. 넓은 들판에서 나는 새와 달리는 짐승처럼 살면서, 좋은 목초와 물이 있으면 머물고,

목초가 다 없어지고 물이 마르면 이동한다"라고 했다.

3) 『석명(釋名)·석악기(釋樂器)』에 "비파(批把)는 본래 호중(胡中)에서 나왔는데, 마상(馬上)에서 타는 것이다. 손을 앞으로 미는 것을 비(批)라고 하고, 손을 당겨서 물러나는 것을 파(把)라고 한다. 그 타는 때를 형상하여 이름으로 삼았다"라고 했다.

평설

- 송나라 섭섭(葉燮)의 『석림시화(石林詩話)』에 "전배(前輩)의 시문은 각각 평일에 득의(得意)한 것이 있는데, 몇 편에 불과하다. 그러나 다른 사람들은 반드시 다 알 수 없다. 비릉(毗陵)의 정소처사(正素處士) 장자후(張子厚)는 글씨를 잘 쓰는데, 내가 일찍이 그 집에 가서 구양공(歐陽公: 歐陽修)의 아들 비(棐)가 오사란견(烏絲欄絹) 1폭으로, 문충공(文忠公: 구양수)의 〈명비곡(明妃曲)〉 2편과 〈여산고(廬山高)〉 1편을 자후에게 써 달라고 하는 것을 보았다. 대략 말하기를 '선공(先公)께서는 평생 지은 글을 자랑한 적이 없는데, 하루는 술에 취하여 저에게 말씀하시기를 「내 시 〈여산고〉는 지금 사람들은 지을 수 없고, 오직 이태백(李太白: 李白)만이 지을 수 있다. 〈명비곡〉 후편은 태백도 지을 수 없고, 오직 두자미(杜子美: 杜甫)만이 지을 수 있다. 전편(前篇)은 자미 또한 지을 수 없고, 오직 나만이 지을 수 있다」고 했습니다. 그로 인하여 이 3편을 따로 써서 소장하고, 공의 뜻을 기록해 두려고 합니다'라고 했다"라고 했다.

- 『초계어은총화』에 "『석림시화』에 '구양공이 하루는 술에 취하여……라고 했다'고 했다. 근래 본조(本朝)의 『명신전(名臣傳)』을 보니, '구양공이 시를 짓고, 남에게 말하기를 「〈여산고〉는 오직 한유(韓愈)만이 미칠 수 있고, 〈비파(琵琶)〉 전인(前引)〉은 한유도 미칠 수 없고, 두보(杜甫)만이 미칠 수 있고, 후인(後引)은 이백(李白)만이 미칠 수 있고, 두보는 미칠

수 없다」고 했다'고 했다. 그 자부함이 이와 같았는데, 석림(石林)이 기록한 것과는 전혀 다르다. 〈비파인(琵琶引)〉은 곧 〈명비곡(明妃曲)〉이다"라고 했다.

원진에게 장난삼아 답하다 戱答元珍[1]

春風疑不到天涯　봄바람이 하늘 끝까지 이르지 않았나 싶으니
二月山城未見花　이월 산성에서 아직 꽃을 보지 못했네
殘雪壓枝猶有橘　잔설이 가지를 눌렀는데 아직 귤이 있고
凍雷驚筍欲抽芽　찬 천둥이 죽순을 놀래게 해 순이 나오려 하네
夜聞歸鴈生鄕思　밤에 돌아가는 기러기소리 듣고 고향 생각하고
病入新年感物華[2]　병이 새해로 들어오니 물화에 감개하네
曾是洛陽花下客[3]　일찍이 낙양화 아래의 객이었는데
野芳雖晩不須嗟　들꽃이 비록 늦지만 한탄하지 말구려

주석

1) 元珍(원진): 정보신(丁寶臣)의 자. 당시 협주군사판관(峽州軍事判官)을 지내고 있었음.

2) 物華(물화): 자연경물의 미칭.

3) 洛陽花(낙양화): 모란(牡丹)의 별칭. 구양수는 낙양유수추관(洛陽留守推官)을 지냈는데, 「낙양모란기(洛陽牡丹記)」를 지은 바 있다.

평설

- 구양수의 『필설(筆說)』에 "'春風疑不到天涯'는 만약 하구(下句)가 없다면 상구(上句)를 어떻게 감당할 것인가? 이미 하구를 본다면, 상구가 자못 공교로울 것이다. 문의(文意)는 평하기가 어려운데, 대개 이와 같다"라고 했다.

- 『영규율수』에 "이는 이릉(夷陵)에서 지은 것이다. 구공(歐公)이 스스로 득의(得意)라고 했다. 대개 '春風疑不到天涯' 1구는 그 묘(妙)를 볼 수 없는데, 만약 경이(驚異)롭다면 제2구에서 '二月山城未見花'라고 한 것이다. 곧 선문후답(先問後答)으로써 그 말하고자 한 것을 분명히 말했다. 이후는 구들마다 맛이 있다"라고 했다.

성유의 〈백화주〉에 화답하다. 2수 和聖兪百花洲二首[1)]

1

野岸溪幾曲	들 언덕의 개울이 몇 굽이인가?
松蹊穿翠陰	솔숲 길로 녹음을 뚫고 가네
不知芳渚遠	향기로운 물가가 먼 것을 모르고서
但愛綠荷深	다만 초록 연잎이 우거진 것을 사랑하네

2

荷深水風濶	연꽃 우거지고 물바람이 넓은데
雨過清香發	비 지나가자 맑은 향기 피어나네
暮角起城頭	저녁 호각소리 성머리에서 일어나고

歸橈帶明月　　　돌아오는 노는 밝은 달빛 띠었네

주석

1) 聖俞(성유): 매요신(梅堯臣)의 자. 百花洲(백화주): 『청통지(淸統志)』에 "강소(江蘇) 소주부(蘇州府): 백화주가 오현(吳縣)의 성내(城內) 서남에 있다. 북쪽은 서문(胥門)으로부터, 남쪽은 반문(盤門)까지 물이 지극히 깊고 넓다"라고 했다.

풍락정 봄나들이 豊樂亭遊春[1]

綠樹交加山鳥啼[2]　초록 나무들 우거지고 산새가 우는데
晴風蕩漾落花飛　맑은 바람이 부니 낙화가 날고
鳥歌花舞太守醉　새 울고 꽃 춤추고 태수는 취했는데
明日酒醒春已歸　내일 술 깨면 봄이 이미 돌아갔으리라

주석

1) 원래 3수임. 豊樂亭(풍락정): 안휘성 저현(滁縣) 서남쪽 낭야산(琅琊山) 유곡천(幽谷泉) 위에 있음. 구양수가 저주태수로 있을 때 세운 것임. 경력(慶歷) 7년(1047) 봄에 지은 작품임.

2) 교가(交加): 착잡(錯雜).

다시 여음에 오다 再至汝陰[1]

黃栗留鳴桑椹美[2]　꾀꼬리가 우니 오디가 아름답고
紫櫻桃熟麥風凉　붉은 앵두가 익고 보리바람이 서늘하네
朱輪昔愧無遺愛[3]　주륜이 지난날 남긴 사랑이 없어 부끄러웠는데
白首重來似故鄕　백발로 다시 오니 고향과 같네

주석

1) 汝陰(여음): 안휘성 부양현(阜陽縣). 치평(治平) 4년(1067), 구양수 나이 61세 때 지박주(知亳州)로 부임하는 도중에 여음에 들러서 지은 작품임. 원래 3수임.

2) 黃栗留(황률류): 꾀꼬리. 桑椹(상심): 뽕나무 열매 오디. 꾀꼬리는 오디가 익고 보리가 익을 때 온다고 함.

3) 朱輪(주륜): 태수의 수레.

화미조 畵眉鳥[1]

百囀千聲隨意移　온갖 소리로 울며 마음껏 옮겨 다니니
山花紅紫樹高低　산꽃이 붉은 높고 낮은 나무들 사이이네
始知鎖向金籠聽　비로소 알겠으니 금 조롱에 가둬놓고 듣는 것은
不及林間自在啼　숲속에서 마음껏 우는 것만 못함을

주석

1) 제목은 일작 〈郡齋聞百舌〉. 畵眉鳥(화미조): 백설조(百舌鳥)의 별칭. 지빠귓과 새의 총칭.

가수에게 주다 贈歌者

病客多年掩綠樽[1] 병객이 다년간 술잔을 덮어놓았는데
今宵爲爾一顔醺 오늘 밤 그대 위해 한 번 취하리라
可憐玉樹庭花後[2] 가련하다 〈옥수후정화〉를
又向江都月下聞[3] 또 강도의 달빛 아래 듣네

주석

1) 綠樽(녹준): 주배(酒杯). 술잔.

2) 옥수후정화(玉樹後庭花)를 말함. 진(陳)나라 후주(後主) 진숙보(陳叔寶)가 지은 악곡(樂曲). 후주는 성색(聲色)에 빠져서 비빈(妃嬪) 및 행신(倖臣)들과 환락을 즐기다가 망국에 이르렀음. 후세에 〈옥수후정화〉를 망국지음(亡國之音)이라고 했음. 〈옥수후정화(玉樹後庭花)〉: "麗宇芳林對高閣, 新粧艶質本傾城. 映戶凝嬌乍不進, 出帷含態笑相迎, 妖姬臉似花含露, 玉樹流光照後庭."

3) 江都(강도): 강소성 강도현(江都縣).

소순흠 蘇舜欽

소순흠(1008-1048), 자는 자미(子美), 재주(梓州) 동산(銅山: 사천성 中江縣) 사람. 나중에 하남(河南) 개봉(開封)으로 옮겼다. 인종(仁宗) 경우(景祐) 원년(1034) 진사. 지박주(知亳州)를 지내고, 집현교리(集賢校理)와 감진주원(監進奏院)을 지냈다. 정치상으로는 범중엄(范仲淹)에 속하여, 여러 번 상소하여 시사를 논하다가 보수파의 탄핵을 당하여 관직에서 제명되었다. 소주(蘇州) 창랑정(滄浪亭)에서 한가롭게 지내다가 나중에 다시 기용되어 호주장사(湖州長史)를 지냈다.

소순흠은 시로써 매요신과 제명하여 '소매(蘇梅)'라고 불렀다. 그러나 시풍은 서로 달랐다. 그의 시풍은 대략 웅건호방(雄建豪放)하고 자연진솔(自然眞率)했다. 내용은 애국적이고 사회비판적인 것이 적지 않다.

『시림광기』에 "황산곡(黃山谷: 黃庭堅)이 '자미(子美)의 문장은 호건통쾌(豪健痛快)하여, 반악(潘岳)과 육기(陸機)라도 삼킬 수 없다'고 했다"라고 했다.

청나라 섭섭(葉燮)의 『원시(原詩)』에 "송나라 초의 시는 당나라 사람의 옛 것을 계승했는데, 서현(徐鉉)이나 왕우칭(王禹偁) 같은 이는 순전히 당음(唐音)이었다. 소순흠과 매요신이 나오자, 비로소 한차례 크게 변했다. 구양수는 두 사람을 지극히 칭찬하기를 그치지 않았다"라고 했다. 『소학사집(蘇學士集)』이 있다.

오월 지역의 큰 가뭄 吳越大旱[1]

吳越龍蛇年[2]	오월 지역 용사년에
大旱千里赤	큰 가뭄으로 천 리가 붉었네
尋常秔穄地[3]	작은 벼와 기장밭도
爛漫長荊棘	난만하게 가시나무가 자라나고
蛟龍久遁藏	교룡은 오랫동안 달아나 숨었고
魚鼈盡枯腊	물고기 자라는 모두 마른 포가 되었네
炎暑發厲氣	무더위가 사나운 기세를 발하니
死者道路積	죽은 자가 도로에 쌓여서
城市接引野	성시에서 들판까지 이어지며
慟哭去如織[4]	통곡소리가 어지럽게 떠나가네
是時西賊羌[5]	이때 서쪽의 적 강족의
凶焰日熾劇	흉악한 불꽃이 날로 치열하고 심하니
軍須出東南[6]	군수품을 동남 지역에서 내었는데
暴斂不蹔息	강제로 거둠을 잠시도 쉬지 않네
復聞籍兵民	다시 듣자니 민병들을 징집하여
驅以教戰力	몰아다가 전력으로 삼는다네
吳儂水爲命[7]	오 지역 사람은 물을 생명으로 삼아서
舟檝乃其職	배 모는 것이 곧 본업인데
金革戈盾矛	갑옷이나 창 같은 병기들은
生眼未嘗識	눈동자가 생긴 이래 본 적도 없다네
鞭笞血塗地	채찍질하니 피가 땅을 칠하고
惶惑宇宙窄	두려워서 우주가 좁은 듯싶네

三丁二丁死　　세 장정 중 두 장정이 죽고
存者亦乏食　　살아남은 자도 또한 먹을 것이 없네
寃懟結不宣　　원한이 맺혀도 펼 수가 없어
衝迫氣候逆　　기후를 쳐서 거슬리게 하니
二年春及夏　　두 해의 봄과 여름 동안
不雨但赫日　　비가 오지 않고 단지 붉은 해만 있었네
安得涼冷雲　　어디서 서늘한 구름을 얻어서
四散飛霹靂　　사방에 흩어서 천둥 번개를 날려
雱沱消祲癘[8]　　큰 비 오게 하여 재앙과 역병을 물리치고
甘潤起稻稷　　달가운 물기로 벼와 기장을 일으킬 수 있을까?
江波開舊漲　　강 물결이 옛 수위를 회복하여
淮嶺發新碧　　회령에 새 푸름을 오르게 한다면
使我揚孤帆　　나에게 외로운 돛을 걸고
浩蕩入秋色　　드넓은 가을 색으로 들어가게 하리라
胡爲泥滓中[9]　　어찌하여 진창 안에서
視此久戚戚[10]　　이를 보며 오래 근심하게 하는가?
長風卷雲陰　　긴 바람이 구름을 말며 음산하니
倚舵愁橫臆　　배 키에 기대어 수심이 가슴속에 가득하네

주석

1) 吳越(오월): 지금의 강소성 절강성 일대 지역.

2) 龍蛇年(용사년): 원래 세차(歲次)가 진(辰)과 사(巳)의 연(年)에 있는 것을 말하는데, 여기서는 재난이 든 해를 말한 것임.

3) 尋常(심상): 심은 8척(尺), 상은 1장(丈) 6척의 길이. 작은 땅을 말함. 秔稌(갱제): 벼와 기장.

4) 如織(여직): 어지럽게 섞여있는 모양.

5) 서하(西夏)의 조원호(趙元昊)가 이삼 년간 연주(延州)와 위주(渭州) 등지를 침공하여 송나라 군을 궤멸시킨 일을 말함. 서하는 일찍이 홍경부(興慶府: 지금의 寧夏 銀川 동남)에 도읍을 세웠는데, 당항강족(党項羌族)에 속함.

6) 軍須(군수): 군수(軍需). 군수품.

7) 吳儂(오농): 오인(吳人).

8) 雱沱(방타): 큰 비가 내리는 모양. 祲癘(침려): 재앙을 일으키는 요기(妖氣)와 역병.

9) 泥滓(이재): 속세(俗世)와 같음.

10) 戚戚(척척): 근심하는 모양.

거울을 보다 覽照

鐵面蒼髥目有稜[1] 철면의 회백 구레나룻에 안광이 형형하니
世間兒女見須驚 세간의 아녀자들이 보면 반드시 놀라리라
心曾許國終平敵 마음은 나라 위해 적을 평정하겠다고 허락했건만
命未逢時合退耕 운명이 시대를 만나지 못해 물러나 밭을 가네
不稱好文親翰墨 글 좋아함이 맞지 않지만 한묵을 가까이 하고
自嗟多病足風情 병이 많음을 탄식하지만 풍정은 넉넉하네
一生肝膽如星斗 일생의 간담이 북두성과 같은데
嗟爾頑銅豈見明[2] 네 거울이 어찌 밝게 비추겠는가?

주석

1) 蒼髥(창염): 회백색의 구레나룻. 目有稜(목유릉): 안광이 형형한 것.

2) 頑銅(완동): 청동거울.

소주를 지나다 過蘇州

東出盤門刮眼明[1]　동쪽으로 반문을 나서니 시야가 밝고
蕭蕭疎雨更陰晴　소소한 보슬비 다시 어두웠다 개네
綠楊白鷺俱自得　초록 버들 흰 해오라기 모두 자득하고
近水遠山皆有情　가까운 물과 먼 산이 모두 정이 있네
萬物盛衰天意在　만물의 성쇠는 하늘의 뜻에 달렸는데
一身羈苦俗人輕　일신의 떠도는 고통을 속인들이 경시하네
無窮好景無緣住[2]　무궁한 좋은 풍경에 머물 인연이 없어서
旅櫂區區暮亦行[3]　객선에서 구구하게 저녁에도 지나가네

주석

1) 盤門(반문): 소주성(蘇州城) 서남문(西南門). 刮眼(괄안): 괄목(刮目).

2) 無窮(무궁): 『송시초(宋詩鈔)』에는 무정(無情)으로 되어 있음.

3) 旅櫂(여도): 객선(客船)과 같음.

태호를 바라보다 望太湖[1)]

杳杳波濤閱古今　아득한 파도는 고금을 겪고
四無邊際莫知深　사방이 끝이 없어 깊이를 모르겠네
潤通曉月爲淸露　습기는 새벽 달빛에 통하여 맑은 이슬이 되고
氣入霜天作暝陰　기운은 서리 하늘로 들어가서 어둠을 이루네
笠澤鱸肥人膾玉[2)]　입택의 농어가 살찌니 사람들이 옥을 회치고
洞庭柑熟客分金[3)]　동정산의 감귤이 익으니 객들이 금을 쪼개네
風煙觸目相招引　바람과 안개가 시야에 부딪히며 서로 부르니
聊爲停橈一楚吟[4)]　잠시 노를 멈추고 한 차례 초사를 읊어보네

주석

1) 太湖(태호): 강소성 오현(吳縣) 서남쪽.

2) 笠澤(입택): 송강(松江). 예로부터 농어[鱸魚]가 유명함. 송강농어는 바닷물고기가 아닌 민물고기 꺽정이를 말함. 회를 치면 살이 백옥처럼 하얗다고 하여 옥회(玉膾)라고 함.

3) 洞庭(동정): 태호 안에 있는 산 이름. 예로부터 감귤의 산지로 유명하여, 동정귤(洞庭橘)이란 품종으로 유명함.

4) 楚吟(초음): 『초사(楚辭)·초은사(招隱士)』의 "王孫游兮不歸, 春草生兮萋萋"를 말함.

평설

● 『시림광기』에 "『복재만록(復齋漫錄)』에 '자미(子美)의 시에 「笠澤鱸肥人鱠玉, 洞庭橘熟客分金」이라고 하고, 여길보(呂吉甫: 惠卿)의 시에 「魚出

淸波庖膾玉, 菊含寒露酒浮金」이라 했는데, 이 두 연은 서로 비슷하다. 소(蘇)가 여(呂)보다 나은데, 다만 인(人)과 객(客) 두 글자는 비록 없어도 또한 좋을 것이다'라고 했다"라고 했다.

회중에서 저녁에 독두에 정박하다 淮中晩泊犢頭[1]

春陰垂野草青青　봄 그늘이 들에 드리워 풀들 푸르고
時有幽花一樹明[2]　때때로 꽃 핀 한 나무가 환하네
晩泊孤舟古祠下　저녁에 외로운 배를 옛 사당 아래 정박하고
滿川風雨看潮生　냇물에 가득한 비바람에 조수가 오르는 걸 보네

주석

1) 淮中(회중): 회하(淮河)의 안. 犢頭(독두): 지명. 제목은 일작 〈절구(絶句)〉.
2) 幽花(유화): 깊은 곳에 핀 꽃.

평설

- 『시림광기』에 "왕직방(王直方)의 시화(詩話)에 '황산곡(黃山谷: 黃庭堅)이 이 절구를 가장 좋아하여 여러 번 글씨로 썼는데, 간혹 진초(眞草)와 대자(大字)였다'고 했다. 후촌(後村: 劉克莊)은 '이 시는 몹시 위소주(韋蘇州: 韋應物)와 같다'고 했다. 『복초만록(復齋漫錄)』에는 '이 시의 제2구는 정의부(鄭毅夫: 獬)의 〈전가시(田家詩)〉의 제2구 「一樹高花明遠村」과 몹시 서로 같은데, 모두 청절(淸絶)하여 사랑스럽다'고 했다"라고 했다.

처음 비 개어 창랑정에서 노닐다 初晴遊滄浪亭[1]

夜雨連明春水生　　밤비가 아침까지 이어져 봄 물이 불고
嬌雲濃暖弄微晴　　고운 구름 짙고 따뜻한데 약간 날이 개었네
簾虛日薄花竹静　　주렴엔 햇살 엷고 꽃과 대나무 조용한데
時有乳鳩相對鳴　　때때로 어린 비둘기가 서로 보며 우네

주석

1) 滄浪亭(창랑정): 소주(蘇州) 성 안에 있음. 원래 오대(五代) 때의 오월광릉왕(吳越廣陵王) 전원료(錢元璙)의 화원이었는데, 소순흠이 파직한 후 4만 전으로 매입했다. 남도(南渡) 후에는 한세충(韓世忠)의 소유가 되었다.

홀로 창랑정을 걷다 獨步滄浪亭

花枝低欹草生迷　　꽃가지 낮게 기울고 풀 돋아나 우거져서
不可騎入步是宜　　말 타고 들어갈 수 없으니 걷는 것이 마땅하네
時時携酒只獨往　　때때로 술병 들고 다만 혼자 가는데
醉倒惟有春風知　　취해 쓰러짐을 오직 봄바람만이 아네

평설

- 『초계어은총화』에 "자미(子美)의 〈독보창랑정〉 절구에 '……'라고 했는데, 참으로 능히 유독한방(幽獨閒放)의 아취를 말했다"라고 했다.

무더위 속에 한가롭게 읊다 暑中閒詠

嘉果浮沉酒半醺　좋은 과일 물에 담가놓고 술이 반쯤 취했는데
牀頭書冊亂紛紛　책상머리엔 서책이 어지럽게 분분하네
北軒涼吹開疎竹　북창의 서늘한 바람 성근 대숲을 여니
臥看青天行白雲　누워서 푸른 하늘에 흘러가는 흰 구름을 보네

이구 李覯

이구(1009-1059), 자는 태백(泰伯), 건창군남성(建昌軍南城: 강서성 남성현) 사람. 황우(皇祐) 원년(1047)에 범중엄(范仲淹)의 추천을 통해 태학조교(太學助教)가 되고, 해문주부(海門主簿)와 태학설서(太學說書)를 지냈다.

전당강을 추억하다 憶錢塘江[1]

昔年乘醉擧歸帆　지난해 술에 취해 돌아가는 돛을 매달았는데
隱隱前山日半銜　은은한 앞산은 해를 반쯤 머금고
好是滿江涵返照[2]　온 강에 석양빛이 잠긴 것이 가장 좋았는데
水仙齊著淡紅衫[3]　수선들이 모두 담홍 적삼을 입고 있었네

주석

1) 錢塘江(전당강): 절강(浙江)에서 항주(杭州)를 거쳐 흘러가는 강물.

2) 返照(반조): 석양빛.

3) 水仙(수선): 전당(錢塘)과 서호(西湖) 일대에 수선왕묘(水仙王廟)가 있음.

평설

- 청나라 왕사정(王士禎)의 『거이록(居易錄)』에 "이태백(李泰伯) 구(覯)의 문장은 모두 경제(經濟)를 말했다. 그 본령(本領)은 더욱 『주례(周禮)』 한 책에 있다. 범문정(范文正: 范仲淹)이 저서입언(著書立言)으로써 추천했는데, 맹가(孟軻)와 양웅(揚雄)의 풍이 있다. 북송(北宋)의 구양수(歐陽修)·소식(蘇軾)·증공(曾鞏)·왕안석(王安石) 사이에서 따로 일가(一家)를 이루었다. 나는 일찍이 그가 시에 능하지 못함을 병으로 여겼는데, 긴 여름 동안 『우강집(盱江集)』을 빌려다가 읽었다. 절구(絶句) 중에 간혹 의산(義山: 李商隱)과 같은 것이 있었다. 예를 들면 …… 〈錢塘江〉 '當年乘醉擧歸帆, 隱隱前山日半銜. 好是滿江涵返照, 水仙齊著淡紅衫' 등은 모두 풍치(風致)가 있다"라고 했다.

<장한사>를 읽고 讀長恨辭[1)]

蜀道如天夜雨淫[2)] 촉도는 하늘같은데 밤비가 심하여
亂鈴聲裏倍霑襟[3)] 요란한 방울소리 속에 배나 옷깃에 눈물 적시네
當時更有軍中死[4)] 당시에 도리어 군중에서 죽었으니
自是君王不動心[5)] 이로부터 군왕은 마음을 움직이지 않았네

주석

1) 長恨辭(장한사): 당나라 백거이(白居易)의 〈장한가(長恨歌)〉.

2) 蜀道如天(촉도여천): 이백(李白)의 〈촉도난(蜀道難)〉에 "蜀道之難難于上青天"이라고 했음.

3) 『명황잡록(明皇雜錄)』에 "명황이 이미 촉(蜀)으로 행차하여 서남으로 갈 때 처음 사곡(斜谷)으로 들어가 서리와 빗속을 열흘이나 지나갔는데, 잔도(棧道)의 빗속으로 들어가니 방울소리가 들렸는데 산과 서로 응했다. 상(上)은 곧 귀비를 슬프게 생각하며, 그 소리를 취해다가 〈우림령곡(雨淋鈴曲)〉을 지어서 한(恨)을 붙였다"라고 했다.

4) 양귀비(楊貴妃)는 군중(軍中)에서 목을 매어 자진(自盡)했음.

5) 君王(군왕): 당나라 현종(玄宗).

장유 張兪

장유, 자는 소우(少愚), 자호는 백운선생(白雲先生), 익주(益州) 비(郫: 사천성 비현) 사람. 여러 번 과거에 응시했으나 낙방했다. 인종(仁宗) 보원(寶元: 1038-1039) 초년에 변방의 일에 대해 조정에 글을 올려, 비서성교서랑(秘書省校書郎)에 추천되었다. 부친 현충(顯忠)에게 관직을 내려주기를 원하고, 스스로는 성도(成都) 청성산(青城山) 백운계(白雲溪)로 은거했다.

누에 치는 부인 蠶婦

昨日入城市	어제 성시로 들어갔다가
歸來淚滿巾	돌아오니 눈물이 수건에 가득하네
徧身羅綺者	온 몸에 비단을 두른 사람은
不是養蠶人	누에 치는 사람들이 아니었네

소옹 邵雍

소옹(1011-1077), 자는 요부(堯夫), 사람들이 강절선생(康節先生)이라 부름. 공성(共城: 하남성 輝縣) 사람. 가우(嘉祐) 중에 장작감주부(將作監主簿)를 제수하고, 영주단련사추관(潁州團練推官)에 보임했다. 병을 칭하고 나가지 않고, 그 거처를 안락와(安樂窩)라고 하고, 자호를 안락선생(安樂先生)이라 했다.

소옹의 시는 이학시파(理學詩派) 중에서 한 대표성을 지녀서 강절체(康節體)라는 칭호가 있다. 시법이나 성률(聲律)에 구애받지 않고, 고음(苦吟) 속에서 공교함을 구하지 않았다. 후인들의 그의 시에 대한 포폄이 일정하지 않다. 시집으로 『격양집(擊壤集)』이 있다.

명나라 주국정(朱國楨)의 『용당소품(湧幢小品)』에 "불어(佛語)의 부연(敷衍)이 한산시(寒山詩)이고, 유어(儒語)의 부연이 『격양집(擊壤集)』이다"라고 했다.

안락와 安樂窩

半記不記夢覺後　기억날 듯 안 날 듯한 꿈 깬 후이고
似愁無愁情倦時　근심인 듯 아닌 듯한 정이 나른한 때인데
擁衾側臥未欲起　이불 껴안고 옆으로 누워 일어나고 싶지 않은데
簾外落花撩亂飛　발 밖에 낙화가 요란하게 날리네

평설

- 송나라 소백온(邵伯溫)의 『문견전록(聞見前錄)』에 "사마온공(司馬溫公: 光)이 이 시를 사랑하여 지렴(紙簾) 위에 써 주기를 청했다"라고 했다.
- 『사고총목제요(四庫總目提要)』에 "〈안락와(安樂窩)〉 시에 '……'라고 했는데, 이는 비록 강서파(江西派) 중에 놓아두더라도 어찌 불가할 것인가? 명나라 사람들은 다만 비리(鄙俚)함으로써 서로 높이니, 어찌 소자(邵子)를 알 수 있겠는가?"라고 했다.

삽화음 插花吟

頭上花枝照酒卮　머리 위의 꽃가지가 술잔을 비추니
酒卮中有好花枝　술잔 속에 좋은 꽃가지가 있네
身經兩世太平日[1]　몸은 양세의 태평일을 지나왔고
眼見四朝全盛時[2]　눈은 사조의 전성기를 보았네
况復筋骸粗康健　하물며 근골을 회복하여 대략 건강한데
那堪時節正芳菲　또한 시절이 꽃 피는 때를 맞이했네

酒涵花影紅光溜　　술이 꽃 그림자를 머금어 붉은 빛이 방울지니
爭忍花前不醉歸　　어찌 꽃 앞에서 취하지 않고 돌아가겠는가?

주석

1) 兩世(양세): 60년.

2) 四朝(사조): 송나라 진종(眞宗) · 인종(仁宗) · 영종(英宗) · 신종(神宗) 등 사조.

도필 陶弼

도필(1015-1075), 자는 상옹(商翁), 영주(永州) 기양(祁陽: 호남성 기양현) 사람. 군공(軍功)으로써 양삭현주부(陽朔縣主簿)에 임명되고, 지옹주(知邕州) 등 여러 곳의 지주(知州)를 지냈다. 동상각문사(東上閣門使)와 강주단련사(康州團練使)를 지냈다.

도필은 오랜 군대생활을 했는데, 그의 시는 비장한 감정과 장활한 형상을 그리는 데 뛰어났다. 『옹주소집(邕州小集)』이 있다.

벽상문 碧湘門[1)]

城中烟樹綠波漫　성 안의 안개 낀 수플에 초록 물결 출렁이고
幾萬樓臺樹影間　몇 만의 누대들이 수플 그림자 속에 있는가?
天濶行鳥疑沒草[2)]　하늘 넓어 새 행렬이 풀밭으로 사라졌나 싶고
地卑江勢欲沈山　땅 낮아 강의 형세가 산을 침몰시키려 하네

주석

1) 碧湘門(벽상문): 호남(湖南) 장사성문(長沙城門).

2) 行鳥(항조): 행렬을 이룬 새 떼.

문동 文同

문동(1018-1079), 자는 여가(與可), 호는 소소선생(笑笑先生), 재동(梓潼: 사천성 재동현) 사람. 황우(皇祐) 원년(1049) 진사. 태상박사(太常博士)·집현교리(集賢校理)를 지내고, 지호주(知湖州)로 나갔다. 성품이 고결하고 단정하여 사마광(司馬光)과 소식(蘇軾)의 존경을 받았다.

문동은 대화가(大畫家)로서 대나무를 잘 그렸는데, 그의 시는 사경(寫景)에서 회화성(繪畫性)이 풍부하다. 또한 시풍은 자연스럽고 질박하다. 『단연집(丹淵集)』이 있다.

새로 갠 날의 산달 新晴山月

高松漏疎月　　높은 소나무에 성긴 달빛이 새어나오고
落影如畵地　　떨어진 그림자는 땅에 그림을 그린 듯하네
徘徊愛其才[1]　　배회하며 그 재간을 사랑하니
夜久不能寐　　밤이 깊어도 잠들 수가 없네
怯風池荷卷　　바람을 겁내며 못의 연꽃이 오므라지고
病雨山果墜　　비를 근심하며 산열매가 떨어지네
誰伴予苦吟[2]　　누가 나의 고음을 동반하는가?
滿林啼絡緯[3]　　숲 가득히 귀뚜라미가 우네

주석

1) 其才(기재): 산달이 땅에 그림자로 그림을 그리는 재능을 말함.

2) 苦吟(고음): 고심하여 시를 읊는 것.

3) 絡緯(낙위): 귀뚜라미.

아침에 날이 개어 보은산사에 이르다 早晴, 至報恩山寺

山石巉巉磴道微[1]　산석이 가파르고 돌길은 좁은데
拂松穿竹露沾衣　소나무 밀치며 대숲을 뚫으니 이슬이 옷 적시네
煙開遠水雙鷗落　안개 걷히니 먼 물에 쌍 갈매기 떨어지고
日照高林一雉飛　햇살 비추니 높은 숲에 한 마리 꿩이 날아가네
大麥未收治圃晚　보리를 거두지 못해 채소밭 가꾸는 것이 늦고

小蠶猶臥斫桑稀　작은 누에는 누워 있어 뽕가지 베는 것 드무네
暮煙已合牛羊下　저녁연기 이미 합해져 소와 양떼들 내려오고
信馬林間步月歸　말 가는 대로 숲 사이로 달빛 밟으며 돌아오네

주석

1) 巉巉(참참): 험준한 모양. 磴道(등도): 바위를 층층이 깎아서 만든 돌길.

저녁에 시골집에 이르다 晩至村家

高原磽确石徑微　고원의 자갈땅 돌길이 좁고
籬巷明滅餘殘暉　마을에 명멸하는 석양빛이 남아있네
舊裾飄風採桑去　구식 옷자락은 바람 날리며 뽕잎 따러 가고
白袷卷水秧稻歸　흰 옷깃은 물에 젖은 채 모내기에서 돌아오네
深葭繞澗牛散臥　우거진 갈대 두른 개울에 소들 흩어져 누웠고
積麥滿場鷄亂飛　쌓아둔 보리 가득한 마당에 닭들 어지럽게 나네
前谿後谷暝煙起　앞개울 뒤 골짜기에서 어두운 연기 오르고
稚子各出關柴扉　애들은 각자 나가서 사립문을 닫네

차군암 此君庵[1)]

斑斑墮籜開新筍[2)] 무성하게 껍질 벗고 새 대들이 나오니
粉光璀璨香氤氳[3)] 분광이 찬란하고 향기 왕성하네
我常愛君此默坐 난 늘 네가 여기 묵묵히 앉아 있음을 사랑하니
勝見無限尋常人 무한한 보통 사람들을 보는 것보다 낫네

주석

1) 此君庵(차군암): 작자가 지양주(知洋州)로 있을 때 군서(郡署) 안의 서재 이름. 차군은 대나무의 별칭. 『세설신어(世說新語)·임탄(任誕)』에 "왕자유(王子猷: 徽之)가 일찍이 잠시 남의 집에서 살게 되었는데, 곧 대나무를 심게 했다. 어떤 사람이 묻기를 '잠시 살면서 어찌 번거롭게 그러는가?'라고 하였다. 왕자유가 소영(嘯詠)을 오래 하다가, 곧 대나무를 가리키며 '어찌 하루라도 이 군자[此君]를 없게 할 수 있겠는가?'라고 했다"라고 했다. 문동은 대나무를 잘 그려서 '문호주죽파(文湖州竹派)'의 창시자이다.

2) 斑斑(반반): 많은 모양. 墮籜(타탁): 탈피(脫皮). 죽순의 껍질을 벗는 것.

3) 粉光(분광): 대나무의 하얀 가루의 빛. 璀璨(최찬): 찬란하게 빛나는 모양. 氤氳(인온): 왕성한 모양.

왕규 王珪

왕규(1019-1085), 자는 우옥(禹玉), 성도(成都) 화양(華陽: 사천성) 사람. 경력(慶曆) 2년(1042) 진사. 한림학사(翰林學士)·지개봉부(知開封府)를 지냈다. 신종(神宗) 때 상서좌복야(尚書左僕射) 겸 문하시랑(門下侍郞)을 지냈다. 철종(哲宗) 때 기국공(岐國公)에 봉해졌다. 여류 사인(詞人) 이청조(李清照)의 외조부이다. 『화양집(華陽集)』이 있다.

궁사 宮詞[1)]

1

內苑宮人學打毬[2)]　내원 궁인들이 타구를 배우는데
青絲飛控紫驊騮[3)]　청사 고삐로 붉은 화류마를 당기네
朝朝結束防宣喚[4)]　아침마다 결속하여 선환을 대비하고
一樣珍珠絡轡頭　똑같은 진주들이 고삐머리에 이어졌네

주석

1) 원래 1백 수임.

2) 內苑(내원): 궁원(宮苑). 打毬(타구): 고대 군중(軍中)에서 사용했던 연무(練武)의 일종. 말을 타고 가죽공을 치는 유희.

3) 驊騮(화류): 주(周)나라 목공(穆公)의 8준마 중의 하나. 널리 양마(良馬)를 가리킴.

4) 宣喚(선환): 임금이 내리는 명령.

2

內人稀見水鞦韆　나인들은 물가 그네에서 드물게 보이고
争擘珠簾帳殿前　다투어 장전 앞에서 주렴을 걷네
第一錦標誰奪得[1)]　제일의 금표를 누가 탈취할 것인가?
右軍輸却小龍船　우군이 작은 용선을 물리치네

주석

1) 錦標(금표): 비단으로 만든 깃발. 배 경주에서 이긴 팀에게 상으로 내려주었음.

증공 曾鞏

증공(1019-1083), 자는 자고(子固), 건창(建昌) 남풍(南豊: 강서성 남풍현) 사람. 가우(嘉祐) 2년(1057) 진사. 집현교리(集賢校理)를 지내고, 지복주(知福州) 등 여러 곳의 지주(知州)를 역임했다. 신종(神宗) 때 중서사인(中書舍人)에 이르렀다.

증공은 산문가로서 당송팔대가의 한 사람이었는데, 시는 잘 짓지 못한다는 말이 있었지만, 7언절구는 사경에 자못 정취가 있다. 『원풍류고(元豊類稾)』가 있다.

『영규율수』에 "자고(子固)의 시는 한 차례 곤체(昆體)를 쓸어버려서, 이른바 두정(飣飣)이나 각화(刻畵) 모두를 없앴다. 평실청건(平實淸健)함으로 스스로 일가를 이루었다"라고 했다.

청나라 왕사정(王士禎)의 『대경당시화(帶經堂詩話)』에 "유연재(劉淵才)가 '증자고(曾子固)가 시에 능하지 않음을 한스러워한다'고 하여서, 지금 사람들도 구실(口實)로 삼는다. 지금 『유고(類稿)』 중의 여러 편을 보니, 또한 형공(荊公: 王安石)에 버금간다. 다만 천분(天分)이 약간 미치지 못할 뿐이다"라고 했다.

서루 西樓

海浪如雲去却回	구름 같은 바다물결 물러갔다 되돌아오고
北風吹起數聲雷	북풍이 불어 여러 번의 천둥소리 일으키네
朱樓四面鈎疏箔	붉은 누대 사면에 성긴 대나무 발을 걸어놓고
臥看千山急雨來	누워서 온 산에 소나기 오는 것을 보네

서리꽃 霧凇[1]

園林初日靜無風	원림의 아침 해에 고요히 바람도 없고
霧凇花開處處同	서리꽃이 피어서 곳곳이 똑같네
記得集英深殿裏[2]	집영전 깊은 곳에서
舞人齊插玉籠鬆[3]	무인들이 일제히 옥룡송을 꽂았었지

주석

1) 霧凇(무송): 추운 날씨로 공기 중의 습기가 나뭇가지나 풀 등에 하얗게 얼어 붙어서 마치 눈이 내린 듯한 것. 수괘(樹挂)라고 함.

2) 集英深殿(집영심전): 집영전(集英殿). 북송의 수도 변경(汴京)의 황궁(皇宮) 안에 있었던, 어연(御宴)과 거인(擧人)을 시험 보았던 건물 이름.

3) 玉籠鬆(옥롱송): 백옥으로 만든 머리 수식의 하나.

버들을 읊다 詠柳

亂條猶未變初黃　어지러운 가지가 아직 연노랑으로 변하지 못하고
倚得東風勢便狂　동풍에 의지하여 형세가 더욱 광란하네
解把飛花蒙日月　꽃을 날려서 해와 달을 가릴 수 있는데
不知天地有清霜　천지에 푸른 서리가 있음을 몰랐네

사마광 司馬光

사마광(1019-1086), 자는 군실(君實), 섬주(陝州) 하현(夏縣: 산서성 하현) 속수향(涑水鄕) 사람. 세칭 속수선생(涑水先生). 인종(仁宗) 보원(寶元) 원년(1039) 진사. 신종(神宗) 때 한림학사(翰林學士)를 지내면서, 왕안석(王安石)의 신법(新法)을 극력이 반대하며 수구파의 영수가 되었다. 단명전학사(端明殿學士)로서 지영흥군(知永興軍)으로 나갔다가, 이듬해 낙양(洛陽)으로 퇴거했다. 19년에 걸쳐 『자치통감(自治通鑑)』을 편수했다. 철종(哲宗) 때 문하시랑(門下侍郞)으로 발탁되어 신법을 폐지하고 구제(舊制)를 회복시켰다. 사후 온국공(溫國公)에 봉해졌다.

새벽에 비가 개다 曉霽

夢覺繁聲絶　　꿈에서 깨니 많은 빗소리 끊기고
林光透隙來　　숲의 빛이 틈새로 들어오네
開門驚烏鳥　　문을 여니 까마귀와 새들이 놀라고
餘滴墮蒼苔　　남은 빗방울이 푸른 이끼로 떨어지네

닭 鷄

羽短籠深不得飛　　깃털 짧고 닭장 깊어 날 수 없는데
久留寧爲稻粱肥　　오래 머물러 어찌하여 곡식으로 살쪘는가?
膠膠風雨鳴何苦[1)]　　풍우 속에 꼬끼오 우는 소리 어찌 고달픈가?
滿室高眠正掩扉　　온 집안이 깊이 잠들어 사립문을 닫은 때이네

주석

1) 膠膠(교교): 닭이 우는 소리.

여름날 서재에서 쓰다 夏日西齋書事

榴花映葉未全開　　석류꽃 잎에 비치며 활짝 피지 않았는데
槐影沉沉雨勢來　　회화나무 그림자 어둡고 비가 내리려 하네
小院地偏人不到　　소원의 땅은 궁벽하여 사람들 오지 않는데

滿庭鳥跡印蒼苔　온 마당엔 새들 발자취만 푸른 이끼에 찍혀 있네

평설

- 『시림광기』에 "온공(溫公)의 이 시는 한거유적(閑居幽寂)한 뜻을 묘사했는데, 세속 밖에서 초탈했다. 여기서 공이 외물에 대하여 담연(澹然)하고, 빠지지 않음을 볼 수 있다"라고 했다.

왕안석 王安石

왕안석(1021-1086), 자는 개보(介甫), 호는 반산(半山), 무주(撫州) 임천(臨川: 강서성 무주시) 사람. 경력(慶歷) 2년(1042) 진사. 회남판관(淮南判官)·은현지현(鄞縣知縣)·서주통판(舒州通判)·상주지주(常州知州) 등 지방관을 지내면서, 민생의 질고에 깊은 관심을 가졌다. 가우(嘉祐) 3년(1056)에 인종(仁宗)에게「언사서(言事書)」를 올려 변법(變法)을 주장했다. 가우 5년에 입경하여 삼사탁지판관(三司度支判官)이 되고, 지제고(知制誥)·지강녕부(知江寧府)가 되었다. 신종(神宗) 때 한림학사(翰林學士)가 되고, 희녕(熙寧) 2년(1069)에 참지정사(參知政事)가 되어 변법을 시행했다. 이듬해 재상이 되었다. 보수파의 반대로 여러 번 신법이 좌절되고, 2차례나 재상에서 파직되었다. 만년에는 강녕(江寧: 南京市)으로 퇴거했다. 형국공(荊國公)에 봉해졌다. 왕형공(王荊公)으로 불렸다.

왕안석은 시문에서 모두 뛰어났는데, 문장으로는 당송팔대가의 한 사람이다. 시는 자법(字法)·용사(用事)·대우(對偶)가 대체로 적절하였으나, 의론이 많고, 종종 전인의 시구를 개악한 것이 흠이었다. 특히 근체시에 뛰어났다.『임천집(臨川集)』이 있다.

엄우(嚴羽)는 "형공(荊公)의 절구 중 최고의 득의처(得意處)는 소식(蘇軾)과 황정견(黃庭堅)을 크게 뛰어넘었다. 그러나 당인(唐人)에게는 오히려 격(隔)이 일관(一關)이다"라고 했다.

송나라 섭섭(葉燮)의 『석림시화(石林詩話)』에 "왕형공(王荊公)은 만년에 시율(詩律)이 더욱 정엄(精嚴)하여 조어(造語)와 용자(用字)가 틈을 조금도 허용하지 않았다. 그래서 뜻이 말과 함께 합하고, 말이 뜻을 따라 놓여져서, 혼연천성(渾然天成)하여 거의 견솔배비처(牽率排比處)를 볼 수 없다"라고 했다.

송나라 양만리(楊萬里)의 『성재집(誠齋集)』에 "오칠 글자의 절구는 공교롭기 어려운데, 오직 만당(晩唐)과 개보(介甫)만이 여기에서 가장 공교로웠다"라고 했다.

민둥산 禿山[1]

吏役滄海上[2]	공무로 출장 가는 창해 위에서
瞻山一停舟	산을 보며 배를 멈추었네
怪此禿誰使	이 민둥산을 누가 그랬는지 괴이한데
鄕人語其由	마을사람이 그 이유를 말해주었네
一狙山上鳴	한 원숭이가 산 위서 우는데
一狙從之遊	또 한 원숭이가 그를 좇아서 놀았지요
相匹乃生子	서로 짝이 되어 자식을 낳았는데
子衆孫還稠	자식이 많고 손자들도 많았지요
山中草木盛	산중에 초목이 무성하여
根實始易求	뿌리와 열매를 처음엔 쉽게 구했지요
攀挽上極高	나무를 붙잡고 당겨 지극히 높은 곳에 오르고
屈曲亦窮幽	몸을 굽히고 꺾어 또한 깊은 골짜기에 숨고
衆狙各豐肥	여러 원숭이들 각자 풍만하게 살쪘는데
山乃盡侵牟[3]	산은 곧 모두 침탈을 당했지요
攘爭取一飽	서로 다투며 한 끼니를 취하는데
豈暇議藏收	어느 겨를에 거두어 저장함을 의논하겠습니까?
大狙尙自苦	큰 원숭이도 오히려 스스로 괴로운데
小狙亦已愁	작은 원숭이 또한 이미 근심이었지요
稍稍受咋嚙	조금씩 씹어 먹힘을 당하니
一毛不得留	한 풀뿌리도 남을 수 없었지요
狙雖巧過人	원숭이가 비록 사람보다 교활하다지만
不善操鋤耰[4]	농기구를 잘 조종할 수도 없는데

所嗜在果穀	좋아하는 것은 과일과 곡식이어서
得之常以偷	얻으려면 항상 훔쳐야 하지요
嗟此海山中	아! 이 바다의 산 중엔
四顧無所投	사방을 둘러봐도 투신할 곳이 없는데
生生未云已[5]	번식을 그치지 않으니
歲晩將安謀	세월 저물어 장차 무엇을 계획하겠습니까?

주석

1) 禿山(독산): 민둥산. 이 시는 일종의 우언시(寓言詩)로서 대소(大小) 관리들이 공사(公私)의 재물을 교묘하게 도둑질하여 마침내 국고(國庫)를 풀 한 포기 없는 민둥산처럼 만들고 말았다는 것을 풍자한 것이다.

2) 吏役(이역): 관리가 공무로 출장을 가는 것. 滄海(창해): 대해(大海).

3) 侵牟(침모): 침탈(侵奪).

4) 鋤耰(서우): 호미와 곰방메. 곰방메는 흙을 잘게 부수는 농기구.

5) 生生(생생): 생육번식(生育繁殖).

후원풍행 後元豊行[1]

歌元豊	원풍을 노래하니
十日五日一雨風	십일 오일마다 한 번씩 비 오고 바람 부니
麥行千里不見土	보리밭 천리에 흙은 보이지 않네
連山沒雲皆種黍	연이은 산은 구름에 묻혔는데 모두 기장 심었고
水秧綿綿復多稌	논의 모는 끝없이 이어지고 또 찰벼도 많네

龍骨長乾挂梁梠[2)] 용골은 오래 마른 채 처마 서까래에 걸려 있고
鰣魚出網蔽洲渚[3)] 준치는 그물에 걸려 물가를 덮고 있네
荻筍肥甘勝牛乳[4)] 물억새의 순은 살쪄서 우유보다 더 달고
百錢可得酒斗許 백전이면 한 말 남짓의 술을 살 수 있으니
雖非社日長聞鼓[5)] 비록 사일이 아니지만 오래 북소리를 듣고
吳兒蹋歌女起舞[6)] 오아들이 답가하니 여자들이 일어나 춤을 추네
但道快樂無所苦 다만 즐거움만 말하고 괴로움이 없으니
老翁塹水西南流[7)] 노옹은 참수로 서남으로 흘러가서
楊柳中間杙小舟 버드나무 숲 중간에 작은 배를 맸네
乘興欹眠過白下[8)] 흥을 타고 기대어 졸면서 백하성을 지나니
逢人歡笑得無愁 만나는 사람들 즐겁게 웃고 근심이 없네

주석

1) 後元豊行(후원풍행): 원풍(元豊)은 송나라 신종(神宗)의 연호(1078-1085). 行(행): 일종의 시가(詩歌)의 체제(體制). 가(歌)와 유사함. 작가에게는 이 시에 앞서 〈원풍행시덕봉(元豊行示德逢)〉이란 작품이 있어서 〈후원풍행〉이라 했음. 또 7언절구 〈가원풍(歌元豊)〉 5수가 있음. 원풍 4년(1081) 재상에서 물러난 후 금릉(金陵)에서 살면서 지은 시이다. 자신의 신법(新法)의 성과를 찬미한 시이다.

2) 龍骨(용골): 논과 밭에 물을 대는 수차(水車).

3) 鰣魚(시어): 준치.

4) 荻筍(적순): 물억새의 순. 어린 순은 식용함.

5) 社日(사일): 토지신에게 제사하는 날. 입춘과 입추 5일 후가 됨.

6) 吳兒(오아): 오(吳) 지역의 청년들. 오는 금릉(金陵) 일대를 말함. 蹋歌(답

가): 땅에 발을 구르며 박자 맞춰 부르는 창가.

7) 塹水(참수): 참호(塹壕)의 물.

8) 白下(백하): 백하성(白下城). 지금의 남경시(南京市: 금릉) 서북.

명비곡 明妃曲[1]

明妃初出漢宮時　명비가 처음 한궁을 나갈 때
淚濕春風鬢脚垂[2]　눈물 젖은 고운 얼굴 귀밑머리 드리우고
低回顧影無顏色　배회하며 그림자 돌아보니 안색이 없는데
尙得君王不自持　오히려 군왕의 감동을 얻었네
歸來却怪丹靑手[3]　돌아와 도리어 단청수를 책망하니
入眼平生幾曾有　눈에 든 미인이 평생 몇 번이나 있었던가?
意態由來畫不成　의태는 본래 그려낼 수 없는데
當時枉殺毛延壽[4]　당시에 모연수를 잘못 죽였네
一去心知更不歸　한 번 가면 다시 돌아오지 못함을 알건만
可憐着盡漢宮衣　가련하게 한궁의 옷을 모두 걸쳤네
寄聲欲問塞南事[5]　소식 전해 변새 남쪽의 일을 물으려는데
只有年年鴻鴈飛　다만 해마다 기러기만 날아올 뿐이네
家人萬里傳消息　가인이 만 리에서 소식 전해오니
好在氈城莫相憶[6]　전성에서 잘 있으니 그리워 말라 하네
君不見　그대 보지 못했는가?
咫尺長門閉阿嬌[7]　지척의 장문궁에 진아교가 갇혀 있음을?
人生失意無南北　인생의 실의는 남북이 따로 없네

주석

1) 악부의 제목. 원래 2수임.

2) 春風(춘풍): 춘풍면(春風面). 아리따운 용모를 말함. 두보(杜甫)의 〈영회고적(詠懷古迹)〉 시에 "圖畵省識春風面, 環佩空歸月夜魂"이라 했음.

3) 丹青手(단청수): 화가(畵家).

4) 毛延壽(모연수): 당시 궁녀들의 초상화를 그렸던 화가. 뇌물을 준 궁녀들은 예쁘게 그려주고, 그렇지 않은 궁녀는 실제보다 못하게 그려서 황제의 선택을 받지 못하게 하였다고 함.

5) 塞南(새남): 변새 남쪽. 한(漢)나라를 말함.

6) 氈城(전성): 전장(氈帳). 담뇨 천막. 흉노의 거처를 말함.

7) 阿嬌(아교): 한나라 무제(武帝)의 진황후(陳皇后)의 소명(小名). 황제의 총애를 잃은 후 장문궁(長門宮)에 유폐되었음.

하북의 백성들 河北民

河北民	하북의 백성들은
生近二邊長苦辛[1]	두 국경 근처에서 태어나 오래 고생하네
家家養子學耕織	집집마다 자식 길러 농사와 베짜기를 가르쳐서
輸與官家事夷狄[2]	관가에 실어가면 오랑캐를 섬긴다네
今年大旱千里赤	금년은 큰 가뭄이 들어 천리가 붉은데
州縣仍催給河役[3]	주현에서 연이어 재촉하며 하수공사를 맡기네
老少相攜來就南	노소가 서로 끌며 남쪽으로 오니
南人豊年自無食	남쪽 사람들 풍년인데 스스로는 먹을 것이 없네
悲愁白日天地昏	슬프구나 대낮에 천지가 어두우니

路傍過者無顔色　길가에 지나는 사람들 안색이 없네
汝生不及貞觀中[4)]　너희 생애 정관 때에 미치지 못하니
斗粟數錢無兵戎　한 말 곡식이 몇 전이고 전쟁도 없었다네

주석

1) 二邊(이변): 요(遼)나라와 서하(西夏)를 말함.

2) 송나라는 요에 대하여 매년 은(銀) 10만 냥과 견(絹) 20만 필을 바치고, 서하에 대해서는 매년 은 5만 냥과 기견(綺絹) 13만 필과 차(茶) 2만 근(斤)을 주어야 했다.

3) 河役(하역): 하수(河水) 공사.

4) 당태종(唐太宗)의 정관(貞觀: 627-649) 때 풍년이 들어 쌀 1말에 3 · 4전이었고, 변방에서도 전쟁이 없었음.

반산의 봄이 저물 때의 즉사 半山春晚卽事[1)]

春風取花去　봄바람이 꽃을 취하여 가고
酬我以清陰　나에게 맑은 그늘을 주네
翳翳陂路靜[2)]　그늘진 언덕 길 고요하고
交交園屋深　우거진 원림의 집이 깊네
牀敷每小息　평상을 펴고 매번 잠깐 쉬고
杖屨或幽尋[3)]　행장 갖추고 간혹 깊은 곳을 찾네
惟有北山鳥　오직 북산의 새가 있어서
經過遺好音　지나가며 아름답게 울어주네

주석

1) 半山(반산): 왕안석이 재상에서 물러난 후 금릉(金陵) 백하문(白下門) 밖에 집을 지었는데, 북문(北門)에서 장산(蔣山)으로 갈 때, 이곳이 절반 길이기 때문에 반산이라고 이름 지었다. 나중에 집을 절로 바꾸어서 이름을 보녕사(報寧寺)라고 했다. 卽事(즉사): 눈앞의 즉경을 읊는 것. 즉흥(卽興)과 같음.

2) 翳翳(예예): 그늘이 어두운 모양.

3) 交交(교교): 서로 섞여서 우거진 모양.

4) 杖屨(장구): 지팡이와 신발. 행장구. 幽尋(유심): 깊은 승경지를 찾는 것.

평설

- 『영규율수』에 "반산(半山)의 시는 공밀원타(工密圓妥)하여 기험(奇險)을 섬기지 않았다. 다만 이 '春風取花去'의 연(聯)은 곧 기이함을 내었지만, 나머지는 담정(淡靜)하여 맛이 있다"라고 했다.

등감부가 남쪽으로 돌아감을 전송하다 送鄧監簿南歸[1]

不見驪塘路[2]	여당 길을 보지 못한 것이
茫然四十春	아득히 사십 봄이네
長爲異鄕客	오래 타향의 객이 되어서
每憶故時人	항상 옛 시절의 사람을 생각하네
水閱公三世[3]	물을 본 것이 공의 삼세 동안이고
雲浮我一身[4]	구름 뜬 것은 나의 일신이네
濠梁送歸處[5]	호량의 전송하고 돌아가는 곳에서

握手但悲辛　　　　손을 잡고 다만 슬퍼하네

주석

1) 송나라 이벽(李壁)의 『왕형공시주(王荊公詩註)』에 "등(鄧)의 이름은 주(鑄)이고, 공의 친구이다. 임천(臨川)에서 금릉(金陵)으로 가다가 공을 뵈러 와서 1달이 넘도록 머물렀다. 공이 이 시를 지어서 전송했다. 또 잡시(雜詩) 1권을 적어서 등에게 주었다. 때는 원풍(元豊) 6년 가을이다"라고 했다.

2) 이벽의 주에 "등(鄧)은 임천(臨川) 사람이다. 여당(驪塘)은 무주(撫州)에 있다. 등의 집에 각석(刻石)이 있는데, 망(茫)을 망(芒) 자로 적었고, '관사십춘(觀四十春)'이란 말이 있다. 공이 그 향리를 떠난 것이 몹시 이른 것이다"라고 했다.

3) 이벽의 주에 "세존(世尊)이 파사닉왕(波斯匿王)에게 묻기를 '그대는 지금 나이가 몇입니까?' 하니, '80세입니다'라고 했다. 세존이 말하기를 '이는 항하수(恒河水)인데, 그대는 몇 살 때 보았는가?' 하니, '20살 때입니다'라고 했다. 부처가 또 '그대는 지금 80살인데, 20살 때 본 것과 같은가? 다른가?'라고 하니, '똑같습니다'라고 했다. 부처가 '너의 견성(見性)도 또한 이와 같다'고 했다"라고 했다.

4) 『유마경(維摩經)』에 "이 몸은 뜬 구름과 같아서 잠깐 동안에 변하여 소멸한다"라고 했다.

5) **濠梁(호량)**: 『장자(莊子) · 추수편(秋水篇)』에 "장자(莊子)와 혜자(惠子)가 호량(濠梁)에서 노닐었다"라고 했다. 지금의 안휘성 봉양현(鳳陽縣)에 있음.

임진년 한식 壬辰寒食[1)]

客思似楊柳　　객의 심사는 버들과 같아서
春風千萬條　　봄바람 속 천만 줄기이네
更傾寒食淚　　다시 한식날의 눈물을 떨구니
欲漲冶城潮[2)]　　야성의 조수를 넘치게 하려 하네
巾髮雪爭出　　두건 속 머리털은 흰빛이 다투어 나오고
鏡顏朱早凋　　거울 속 얼굴은 붉은 빛이 일찍 시들었네
未知軒冕樂　　벼슬살이의 즐거움을 모르겠으니
但欲老漁樵　　다만 물고기 잡고 땔나무 하면서 늙고 싶네

주석

1) 송나라 인종(仁宗) 황우(皇祐) 4년 임진년. 이때 왕안석은 32세로 서주통판(舒州通判)으로 있었다. 왕안석의 부친 왕익(王益)의 묘소가 강녕(江寧) 우수산(牛首山)에 있는데, 성묘하면서 지은 시이다.

2) 冶城(야성): 『청통지(淸統志)』에 "강소(江蘇) 강녕부(江寧府): 야성(冶城)이 상원현(上元縣) 서쪽에 있다"라고 했다.

평설

- 『영규율수』에 "반산(半山)의 시는 노두(老杜: 두보)를 추구했으나, 공치(工緻)함은 있으나 비장함은 없다. 오래 읽어보면 사람에게 필(筆)을 구속하게 하고 격(格)을 퇴보하게 한다"라고 했다.

- 청나라 기윤(紀昀)의 『영규율수간오(瀛奎律髓刊誤)』에 "기(起) 4구는 기일(奇逸)하다"라고 했다.

가생 賈生[1]

漢有洛陽子　　한나라에 낙양자가 있으니
少年明是非　　젊어서 시비를 분명히 했네
所論多感慨　　논한 것은 감개함이 많았는데
自信肯依違　　스스로의 믿음을 기꺼이 어기겠는가?
死者若可作　　죽은 자를 살려낼 수 있다면
今人誰與歸　　지금 사람 중 누가 함께 돌아갈 것인가?
應須蹈東海[2]　　마땅히 동해로 들어갈 것이니
不但涕沾衣　　눈물로 옷만 적시지 않으리라

주석

1) 賈生(가생): 한(漢)나라 가의(賈誼). 낙양(洛陽) 출신. 문제(文帝) 때 젊은 나이로 공경(公卿)의 지위에 올랐으나 참소를 당하여 장사왕태부(長沙王太傅)로 좌천되었다가 그곳에서 죽었음.

2) 『사기(史記) · 노중련전(魯仲連傳)』에 "노중련이 말하기를 '저 진(秦)나라는 예의를 버리고, 수공(首功)을 상(上)으로 삼는 나라이다. 저들이 멋대로 제(帝)가 된다면, 나는 동해로 들어가서 죽을 뿐이다. 내 차마 저들의 백성은 되지 않겠다'고 했다"라고 했다.

갈계역 葛溪驛[1]

缺月昏昏漏未央[2]　조각 달 어둡고 물시계소리 그치지 않았는데
一燈明滅照秋床　한 등불 가물대며 가을 침상을 비추네

病身最覺風霜早　　병든 몸이 풍상이 빠름을 몹시 느끼는데
歸夢不知山水長　　돌아가는 꿈은 산수가 긴 것을 모르네
坐感歲時歌慷慨　　앉아서 <세시가>에 감동하여 강개하며
起看天地色淒涼　　일어나니 천지의 색이 처량하네
鳴蟬更亂行人耳　　매미소리 더욱 행인의 귀를 어지럽게 하고
正抱疎桐葉半黃　　껴안고 있는 성긴 오동은 잎이 반이 누렇네

주석

1) 葛溪驛(갈계역): 지금의 강서성 익양(弋陽) 경내에 있음. 작자가 황우(皇祐) 2년(1050) 임천(臨川)에서 전당(錢塘)으로 가던 도중에 지은 것임.

2) 漏(루): 물시계. 未央(미앙): 미진(未盡). 미이(未已).

평설

- 『영규율수』에 "반산의 시 가운데 이처럼 강개한 것은 약간 도리어 강서인(江西人)의 시와 같다"라고 했다.

- 『영규율수간오』에 "노건심온(老健深穩)하다. 의경(意境)이 특히 절로 평범하지 않다. 3 · 4구는 세니(細膩)하고, 후 4구는 신력(神力)이 원만하고 충족하다"라고 했다.

장안군에게 보이다 示長安君[1]

少年離別意非輕　　젊어서 이별할 때도 마음 편치 않았는데

老去相逢亦愴情　늙어서 상봉하니 또한 슬픈 정이네
草草杯盤供笑語[2)]　조촐한 술상 앞에 함께 웃으며 대화하니
昏昏燈火話平生　어두운 등불 아래 평생을 말하네
自憐湖海三年隔　스스로 호해에서 삼 년간 못 본 이 가련한데
又作塵沙萬里行[3)]　또 사막 길 만 리를 가야 하네
欲問後期何日是　훗날 만날 날을 묻고 싶다면
寄書應見雁南征　부친 편지를 기러기가 남으로 올 때 보게 되리라

주석

1) 長安君(장안군): 왕안석의 큰 누이. 이름은 문숙(文淑), 공부시랑(工部侍郎) 장규(張奎)의 처. 장안현군(長安縣君)에 봉해졌음. 현군은 당나라 송나라 때 5품 관리의 모친과 처에게 내리는 일종의 봉호(封號). 가우(嘉祐) 5년(1060), 왕안석이 요(遼)나라에 사신을 가기 전의 작품임.

2) 草草(초초): 조촐한. 간략한.

3) 塵沙(진사): 흙먼지 날리는 사막.

산중 山中

隨月出山去　달을 따라 산으로 나갔다가
尋雲相伴歸　구름을 찾아 서로 함께 돌아오네
春晨花上露　봄날 아침 꽃 위에 이슬 맺히고
芳氣著人衣　향기가 옷에 스미네

말릉 가는 도중에 읊다. 2수 秣陵道中口占二首[1)]

1

經世才難就　　경세의 재간이 나아가기 어려운데
田園路欲迷　　전원의 길은 헤매려고 하네
慇懃將白髮　　은근히 백발을
下馬照淸溪[2)]　　말에서 내려 청계에 비춰보네

주석

1) 秣陵(말릉): 강소성 강녕현(江寧縣) 동남.

2) 淸溪(청계): 『청통지』에 “강소성 강녕부(江寧府): 상원현(上元縣) 동북에 있다”라고 했다.

2

歲熟田家樂　　풍년에 전가가 즐거운데
秋風客自悲　　추풍에 객은 스스로 슬퍼하네
茫茫曲城路[1)]　　망망하게 곡성의 길인데
歸馬日斜時　　돌아가는 말은 석양에 있네

주석

1) 曲城(곡성): 이벽의 주에 “곡성은 말릉에 있다”라고 했다.

매화 梅花

墻角數枝梅　　담 모퉁이 몇 가지의 매화
凌寒獨自開　　추위 이기고 홀로 피었네
遙知不是雪　　멀리서도 눈이 아님을 안 것은
爲有暗香來　　은근한 향이 끼쳐왔기 때문이네

평설

- 『시림광기』에 "호초계(胡苕溪)가 '남조(南朝) 소자경(蘇子卿)의 〈매화〉 시에 「秖言花是雪, 不悟有香來」라고 했는데, 나중에 한자창(韓子蒼)의 〈영매(詠梅)〉에 「那知是花處, 但覺暗香來」라고 했다. 개보(介甫)와 자창(子蒼)은 비록 자경(子卿)의 시의 뜻을 계승했으나, 생각이 더욱 정밀하고 말은 더욱 공교롭다"라고 했다.

북산 北山[1)]

北山輸綠漲橫陂　　북산에 초록을 가져와 비낀 언덕에 넘치고
直塹回塘灩灩時[2)]　　곧은 참호의 도는 못이 물빛 출렁일 때이네
細數落花因坐久　　작은 몇 잎 낙화 때문에 오래 앉았는데
緩尋芳草得歸遲　　천천히 방초를 찾다가 귀가가 더디었네

주석

1) 北山(북산): 이벽의 주에 "북산은 곧 종산(鍾山)이다. 주과(周顆)의 은거처이

고, 공치규(孔稚圭)가 「북산이문(北山移文)」을 지었다"라고 했다. 금릉(金陵)에 있음.

2) 直塹(직참): 곧은 참호(塹壕). 곧 해자(垓字)를 말함. 성을 방어하기 위해 성벽 밖의 땅을 파서 물을 채운 곳. 灩灩(염염): 물빛이 밝게 출렁이는 모양.

평설

- 『석림시화』에 "왕형공(王荊公)은 만년에 시율(詩律)이 더욱 정엄(精嚴)하여 조어(造語)와 용자(用字)가 틈을 조금도 허용하지 않았다. 그래서 뜻이 말과 함께 합하고, 말이 뜻을 따라 놓여져서, 혼연천성(渾然天成)하여 거의 견솔배비처(牽率排比處)를 볼 수 없다. 예를 들면, '細數落花因坐久, 緩尋芳草得歸遲'는 단지 서한용여(舒閑容與)의 자태만 볼 수 있을 뿐이다. 글자마다 자세히 살펴보면, 은괄권형(檃括權衡)을 겪은 것처럼 그 용의(用意) 또한 심각(深刻)하다"라고 했다.

- 송나라 오증(吳曾)의 『능개재만록(能改齋漫錄)』에 "대개 왕마힐(王摩詰)의 '興闌啼鳥緩, 坐久落花多'에 본받았는데, 그러나 그 사의(辭意)는 더욱 공교롭다"라고 했다.

- 『시림광기』에 "「삼산노인어록(三山老人語錄)」에 '형공의 시에 「細數落花因坐久, 緩尋芳草得歸遲」라고 했고, 구양공(歐陽公)의 시에 「靜愛竹時來野寺, 獨尋春偶過溪橋」라고 했는데, 두 분 모두 한적(閒適)을 그렸다. 형공의 구가 공교롭다'고 했다"라고 했다.

- 송나라 육유(陸游)의 『노학암필기(老學庵筆記)』에 "다산선생(茶山先生: 曾幾)이 '서사천(徐師川: 徐俯)이 형공(荊公)의 「細數落花因坐久, 緩尋芳草得歸遲」를 모방하여 「細落李花那可數, 偶行芳草步因遲」라고 했는데, 처음에는 그 뜻을 이해하지 못했다. 오랜 후에 그 뜻을 알았는데, 대개

사천은 오로지 도연명(陶淵明)을 스승으로 삼은 자이다. 연명의 말은 모두 적연(適然)이 뜻을 붙임이 사물에 머물러두지 않는다. 예를 들면 「悠然見南山」을 동파(東坡)가 그것은 결코 남산을 바라본 것이 아니라고 한 것과 같은 것이다. 지금 「細數落花緩尋芳草」라고 한 것은 유의(留意)가 심하다. 그래서 쉽게 지은 것이다'라고 했다. 또 '형공은 연명의 말을 많이 사용했는데, 뜻이 다르다. 「柴門雖設要常關, 雲向無心能出岫」는 요(要)자와 능(能)자가 모두 연명의 본의(本意)가 아니다'고 했다"라고 했다.

호음선생의 벽에 쓰다. 2수 書湖陰先生壁二首[1)]

1

茆簷長掃靜無苔[2)]　초가 처마 밑 오래 쓸어 깨끗이 이끼도 없는데
花木成畦手自栽　꽃나무 사이에 길을 이뤘는데 손수 심은 것이네
一水護田將綠遶　한 물이 밭을 호위하여 초록빛을 두르려 하고
兩山排闥送靑來　두 산이 문을 밀치며 푸름을 보내오네

주석

1) 湖陰先生(호음선생): 양덕봉(楊德逢)의 호. 왕안석이 금릉에 살 때의 이웃이었음.

2) 茆簷(묘첨): 이첨(荑簷). 靜(정): 정(淨)과 통용.

평설

● 『석림시화』에 "형공의 시의 용법은 몹시 엄한데, 대우(對偶)에서 더욱

정밀했다. 일찍이 말하기를 '한인어(漢人語)를 사용하면 다만 한인어로써 대(對)를 할 수 있다. 만약 이대어(異代語)로써 한다면 말이 곧 서로 같지 않게 된다'고 했다. 예를 들면 '一水護田將綠遶, 兩山排闥送青來'의 종류는 모두 한인어이다. 이는 다만 공만이 사용했는데, 구군비범(拘窘卑凡)을 깨닫지 못한다. '周顒宅在阿蘭若, 婁約身隨窣堵波'는 모두 범어(梵語)로써 범어에 대를 한 것인데, 또한 이런 뜻이다. 일찍이 어떤 사람이 공에게 '自喜田園安五柳, 但嫌尸祝擾庚桑' 구를 칭찬하며 적합한 대(對)라고 했다. 공이 웃으면서 '이는 단지 「柳」로 「桑」에 대한 것을 적합하다고 알았을 뿐이다. 그러나 「庚」 또한 스스로 숫자이다. 대개 십간(十干)의 숫자로써 한 것이다'고 했다"라고 했다.

2

桑條索漠柳花繁　뽕나무 가지 삭막한데 버들꽃이 많아서
風斂餘香暗度垣　바람이 남은 향기를 거두어 몰래 담을 넘네
黃鳥數聲殘午夢　꾀꼬리가 여러 번 울어 낮 꿈을 깨웠는데
尙疑身屬半山園[1)]　오히려 몸이 반산원에 있는 듯하네

주석

1) 半山園(반산원): 왕안석이 반산에 조성했던 원포(園圃).

시든 국화 殘菊

黃昏風雨打園林　황혼의 비바람이 원림에 몰아치니
殘菊飄零滿地金　시든 국화 휘날려서 땅에 가득 황금색이네
折得一枝還好在　한 가지 꺾어 얻으니 도리어 좋으니
可憐公子惜花心　공자의 꽃을 아끼는 마음이 사랑스럽네

평설

- 고려 이규보(李奎報)의 『백운소설(白雲小說)』에 "내가 『서청시화(西淸詩話)』를 보니, '왕문공(王文公: 왕안석)의 시에 「黃昏風雨暝園林, 殘菊飄零滿地金」이라고 했는데, 구양수(歐陽脩)가 그것을 보고서 「대개 여러 꽃들은 모두 지지만, 유독 국화는 가지 위에 붙어서 말라버릴 뿐이다. 어찌 떨어졌다고 말하는가?」라고 했다. 문공이 크게 노하여 「이는 『초사(楚辭)』의 「夕飡秋菊之落英」을 모른 것이다. 구양수가 배우지 못한 허물이다」라고 했다'고 했다. 내가 그것을 논해 본다. 시란 홍(興)을 드러내는 것이다. 내가 지난날 대풍(大風)과 질우(疾雨) 속에서, 국화를 보니 또한 날려서 떨어진 것이 있었다. 문공의 시에 이미 「黃昏風雨暝園林」이라고 한 것은 홍을 드러낸 것인데, 이것으로써 구공의 말을 막는 것은 옳다. 힘써 『초사』를 끌어왔는데, 「구양수가 이것을 어찌 보지 못했던가?」라고 말했으면, 충분했을 것이다. 그런데 「배우지 못했다」고 지목한 것은 어찌 도량이 좁은 것이 아니겠는가? 구양수가 박학흡문(博學洽聞)에 이르지 못한 자일지라도, 『초사』를 어찌 유경벽설(幽經僻說)이라고 하여서, 구양수가 보지 못했겠는가? 나는 개보를 장자(長者)로서 대우할 수가 없다"라고 했다.

- 『초계어은총화』에 "『서청시화(西淸詩話)』에 '구공(歐公: 구양수)이 가우

(嘉祐) 중에 왕형공(王荊公)의 시 「黃昏風雨暝園林, 殘菊飄零滿地金」을 보고서 웃으면서, '모든 꽃은 다 떨어지지만, 유독 국화만은 가지 위에서 마를 뿐이다'라고 했다. 그로 인하여 희롱하기를 '秋英不比春花落, 爲報詩人子細看'이라고 했다. 형공이 그것을 듣고서 '이는 『초사(楚辭)』의 「夕飧秋菊之落英」을 모른 것이다. 구양구(歐陽九: 구양수)가 배우지 못한 것이 심하다'고 했다. 『고재시화(高齋詩話)』에 '형공의 이 시에 대한 자첨(子瞻)의 발문에 「秋英不比春花落, 說與詩人子細看」이라 했는데, 대개 국화는 꽃이 떨어지지 않기 때문이다. 형공이 「소자첨(蘇子瞻)은 『초사(楚詞)』를 익숙하게 읽지 않았을 뿐이다」라고 했다. 나는 굴평(屈平)의 「餐秋菊之落英」은 대개 꽃이 쇠사(衰謝)했다는 의미라고 여긴다. 「飄零滿地金」은 지나치다. 동파(東坡)는 이미 낙영(落英)을 잘못이라고 했는데, 굴원(屈原)도 아마 또한 잘못이던가? 동파가 해남(海南)에 있을 때 〈사인기주(謝人寄酒)〉 시에 「漫遶東籬嗅落英」이라 했는데, 또한 무엇인가?'라고 했다. 초계어은(苕溪漁隱)이 말하건대, '秋英不比春花落, 爲報詩人子細吟' 이 두 구의 시를, 내가 육일거사(六一居士)의 전집(全集)과 동파(東坡)의 전후집편(前後集徧)에서 찾아보았으나 없었다. 서청(西淸)과 고재(高齋)는 어디서 이 2구의 시를 얻었는지 모르겠다. 서로 기의(譏議)가 있었다는 것도 또한 살펴볼 수가 없다"라고 했다.

- 『석주시화』에 "왕개보의 〈잔국〉 시에 '黃昏風雨打園林, 殘菊飄零滿地金'이라고 했다. 소설(小說)에 다음과 같은 내용이 실려 있다. 구양문충공(歐陽文忠公)이 가우(嘉祐) 중에 형공의 이 시를 보고 웃으면서, '모든 꽃은 다 떨어지지만, 유독 국화만은 가지 위에서 마를 뿐이다'라고 했다. 그로 인하여 희롱하기를 '秋英不比春花落, 爲報詩人子細看'이라고 했다. (혹은 왕군옥(王君玉)의 시라고 잘못 말한다. 지금 세속에서는 또한 동파(東坡)가 비웃은 것이라고 한다.) 개보(介甫)가 그것을 듣고서 '이는 『초사(楚辭)』의 「夕飧秋菊之落英」을 모른 것이다. 구양구(歐陽九: 구양수)

가 배우지 못한 것이 심하다'고 했다. 이안호(李雁湖)의 『왕형공시주(王荊公詩注)』에 '「낙영(落英)」은 「상지미락(桑之未落)」인데, 화락색쇠(花落色衰)의 낙(落)으로서, 반드시 꽃이 시들어서 땅에 떨어진 것을 말한 것이 아니다'고 했다. 구(歐)와 왕(王) 두 거공(巨公)이 어찌 이것을 몰랐겠는가? 소설은 모두 오류로서 믿을 수가 없다"라고 했다.

- 채조(蔡絛)의 『서청시화(西淸詩話)』에 '낙(落)은 시(始)이다'고 했다. 지금 시(始)의 의미를 살펴보니, 곧 낙성(落成)의 낙(落)이고, 스스로 이 낙(落) 자과 같지 않다. 시에서 이미 「飄零滿地」를 말로 삼았으니, 색쇠(色衰)의 의미가 아닌 듯하다"라고 했다.

오당 烏塘[1]

烏塘渺渺綠平隄　　오당은 아득하게 초록 물이 제방에 나란하고
隄上行人各有攜　　제방 위의 행인들 각각 서로 이끄네
試問春風何處好　　물어보자 봄바람이여 어느 곳이 좋은가?
辛夷如雪柘岡西[2]　　눈 같은 흰 신이꽃 핀 자강 서쪽이라네

주석

1) 이벽의 주에 "공의 모가(母家) 오씨(吳氏)가 임천(臨川) 30리 밖에 사는데, 지명이 오석강(吳石岡)이다. 오씨가 사는 곳에 또한 자강(柘岡)이 있는데, 곧 시에서 지적한 곳이다"라고 했다.

2) 辛夷(신이): 목련(木蓮)의 별칭.

강상 江上

江北秋陰一半開　강북의 가을 어두운 구름이 반쯤 열렸는데
晚雲含雨却低回　저녁 구름이 비를 머금고 다시 낮게 도네
青山繚繞疑無路　푸른 산이 둘러서 길이 없나 싶었는데
忽見千帆隱映來[1]　갑자기 천 돛대가 은은히 비춰 옴을 보네

주석

1) 이벽(李壁)의 『왕형공시주(王荊公詩注)』에 "진소유(秦少游)의 시에 '菰蒲深處疑無地, 忽有人家笑語聲'이라 했는데, 이 시를 본받지 않았나 싶다"라고 했다.

남포 南浦

南浦東岡二月時　남포의 동쪽 언덕 이월에
物華撩我有新詩[1]　물화가 나에게 새 시를 짓게 하네
含風鴨綠粼粼起[2]　바람 머금은 압록색이 맑게 일어나고
弄日鵝黃裊裊垂　햇살 놀리는 아황색이 하늘하늘 드리웠네

주석

1) 物華(물화): 자연의 경물(景物).

2) 鴨綠(압록): 오리 머리의 색과 같은 짙은 녹색. 粼粼(인린): 물결이 맑은 모양.

3) 鵝黃(아황): 어린 거위의 깃털 색과 같은 연노랑색. 裊裊(요뇨): 하늘거리는 모양.

평설

- 송나라 혜홍(惠洪)의 『냉재야화(冷齋夜話)』에 "용사탁구(用事琢句)의 묘(妙)는 그 사용을 말하면서 그 이름은 말하지 않는 데에 있다. 이 법은 오직 형공(荊公)·동파(東坡)·산곡(山谷) 등 세 노인만이 알았다. 형공의 압록(鴨綠)과 아황(鵝黃) 구는 본래 수류(水柳: 물버들)의 이름을 말한 것이다"라고 했다.

- 청나라 반덕여(潘德輿)의 『양일재시화(養一齋詩話)』에 "'含風' 두 말은, 섭석림(葉石林) 또한 그것을 칭찬하기를, '細數落花因坐久, 緩尋芳草得歸遲와 더불어 같은 묘이다'고 했다. '細數落花' 두 말이 약간 자연스러움에 가까운지 모르겠으나, '鴨綠'과 '鵝黃'의 방첩자면(邦帖字面)의 생활(生活)은 아니다. 형공(荊公)에게 또 '一水護田將綠遶, 兩山排闥送青來'가 있는데, 사람들이 사사(使事)를 잘했다고 하지만, 실은 모두 자구(字句)를 이루지 못했다. '青山捫虱坐, 黃鳥挾書眠'과 '扶輿度陽焰, 窈窕一川花'를 사람들 모두 명어(名語)라고 여기는데, 나는 늙어죽도록 이해할 수 없을 것이다"라고 했다.

야직 夜直

金爐香燼漏聲殘[1] 청동화로의 향이 다 타고 물시계소리 그쳤는데
翦翦輕風陣陣寒[2] 살랑대는 미풍에 끼쳐오는 한기이네
春色惱人眠不得 봄 색이 사람을 괴롭혀서 잠 못 이루는데
月移花影上欄干 달이 이동하니 꽃 그림자가 난간에 오르네

주석

1) **金爐**(금로): 동로(銅爐). 청동화로. **漏聲**(누성): 누호(漏壺: 물시계)의 물방울이 떨어지는 소리. 향(香)과 누호는 모두 시간을 재는 도구였음.

2) **翦翦**(전전): 미풍이 부는 모양. **陣陣**(진진): 한기가 끼쳐오는 모양.

평설

- 고려 이제현(李齊賢)의 『역옹패설(櫟翁稗說)』에 "형공(荊公)의 시는 어린애들이 학습하는 『송현집(宋賢集)』에 10여 수가 있는데, 모두 묘절(妙絶)하다. 예를 들면 ……'金爐香燼漏聲殘……月移花影上欄干'…… 등은 한 글자와 한 구가 명주(明珠)가 쟁반에 구르는 듯하고, 완전(婉轉)하여 사랑스럽다"라고 했다.

정해 鄭獬

정해(1022-1072), 자는 의부(毅夫), 안주(安州) 안륙(安陸: 호북성) 사람. 인종(仁宗) 황우(皇祐) 5년(1053) 진사 제일. 진주통판(陳州通判)을 지내고, 지제고(知制誥)가 되었다. 신종(神宗) 때 한림학사(翰林學士)가 되었는데, 신법을 반대하다가 왕안석(王安石)의 미움을 받아 지항주(知杭州)로 나갔다가, 청주(青州)로 옮겨졌다.

정해의 문장은 한유(韓愈)를 본받았고, 시 또한 질박하고 명백했다. 고풍(古風)을 통하여 민간의 고통을 반영한 것이 많았다. 『운계집(鄖溪集)』이 있다.

남송 조공무(晁公武)의 『군재독서지(郡齋讀書志)』에 "의부(毅夫)의 문장은 호기삭정(豪氣峭整)함은 있으나, 장어(長語)는 없다. 등달도(滕達道)와 젊어서 서로 친했는데, 술을 좋아하고 낙백(落魄)하여 검조(檢操)가 없었다. 사람들이 그들을 지목하여 '등도정고(滕屠鄭沽)'라고 했다"라고 했다.

체류한 나그네 滯客[1]

五月不雨至六月	오월에 비 내리지 않고 유월까지 이르니
河流一尺青泥渾	강물 일 척인데 푸른 진흙이 흐리네
舟人擊鼓挽舟去	뱃사람들이 북을 치며 배를 끌어가고
牛頭刺地挽不行[2]	소머리가 땅을 찌르며 끌지만 가지 않네
我舟繫岸已七日	내 배는 연안에 매어둔 지 이미 칠일인데
疑與綠樹同生根	초록 나무와 함께 뿌리가 돋아날 듯싶네
忽驚黑雲湧西北	갑작스런 검은 구름이 서북에서 솟아나서
風號萬竅秋濤奔	만 구멍에 바람 불고 가을 파도 분주하네
截斷雨脚不到地	절단된 빗발은 땅에 이르지 않고
半夜霹靂空殺人	반 저녁의 벽력이 공연히 사람을 죽일 듯하네
須臾雲破見星斗	순식간에 구름 깨져서 별들이 드러나니
老農嘆息如銜寃	늙은 농부는 원한 품은 듯 탄식하네
高田已槁下田瘦	높은 밭은 이미 말라버리고 아래 밭도 수척한데
我爲滯客何足言	내가 체류한 객이 된 것을 어찌 말할 만하겠는가?

주석

1) 가뭄으로 물길이 막혀 배 안에서 체류하고 있는 나그네를 말함.

2) 牛頭刺地(우두자지): 소머리에 줄을 매어서 용을 쓰며 배를 끄는 것을 말함.

메뚜기 잡기 捕蝗[1]

翁嫗婦子相催行　노인 할미 며느리 손자가 서로 길을 재촉하니
官遣捕蝗赤日裏　관청에서 뜨거운 햇볕에 메뚜기 잡이를 보냈네
蝗滿田中不見田　메뚜기가 밭 안에 가득하여 밭은 볼 수 없고
穗頭櫛櫛如排指[2]　이삭머리마다 가득히 손가락을 늘어놓은 듯하네
鑿坑篝火齊聲驅　구덩이 파고 불 지르니 일제히 소리쳐 날뛰지만
腹飽翅短飛不起　배부르고 날개 짧아 날아오를 수 없네
囊提籯負輸入官　주머니 끌고 바구니 지고 관청으로 가져가서
換官倉粟能得幾　관창의 곡식과 바꾸는데 얼마나 얻겠는가?
雖然捕得一斗蝗　비록 한 말의 메뚜기를 포획한다 해도
又生百斗新蝗子　또 백 말의 새 메뚜기새끼를 낳으니
只應食盡田中禾　다만 밭의 벼를 다 먹어 치워서
餓殺農夫方始死　농부들을 굶주려 죽이고서야 비로소 죽을 것이네

주석

1) 蝗(황): 메뚜기의 일종. 가끔 대량으로 발생하여 이동하면서 곡물을 다 먹어 치워서 농사에 큰 피해를 끼친다. 송나라 때는 메뚜기 떼가 발생하면 백성들을 모집하여 포획하여 박멸하게 하여 돈과 곡식으로 바꾸어 주었다. 메뚜기 알 1되면 곡식 3되 혹은 5되였다.

2) 櫛櫛(즐즐): 밀집한 모양.

부자를 캐다 采鳧茨[1]

朝携一筐出　　아침에 한 광주리를 가지고 나가서
暮携一筐歸　　저녁에 한 광주리를 가지고 돌아오네
十指欲流血　　열 손가락에서 피가 나려고 하는데
且急眼前饑　　또한 눈앞의 굶주림이 다급하네
官倉豈無粟　　관창에 어찌 곡식이 없겠는가?
粒粒藏珠璣[2]　　낟알들을 구슬처럼 보관하네
一粒不出倉　　한 낟알도 내주지 않으니
倉中羣鼠肥　　창고 속의 여러 쥐들만 살찌네

주석

1) 鳧茨(부자): 올방개. 오우(烏芋). 발제(葧薺)라고도 함. 물가에 자라는 식물인데 예로부터 구황식물로서 줄기와 뿌리를 먹을 수 있다.

2) 珠璣(주기): 둥근 구슬과 둥글지 않는 구슬.

저녁에 날이 개다 晩晴

人間久厭雨　　세상에서 오래 비를 싫증냈는데
最快是初晴　　가장 유쾌한 것은 처음 날이 갠 것이네
驟見碧林影　　푸른 숲의 햇살을 빠르게 보고
喜聞歸鴈聲　　돌아가는 기러기소리를 기쁘게 듣네
乾坤一蘇醒　　건곤이 한결같이 깨어나니

耳目兩聰明　　이목이 둘 다 총명하네
寄語浮雲意　　뜬 구름 기운에게 말하노니
休来汚太清[1)]　　와서 하늘을 더럽히지 말라

주석

1) 太淸(태청): 천공(天空). 하늘.

눈이 개다 雪晴

天外丹霞一抹紅　　하늘 밖에 붉은 놀을 한차례 붉게 칠해 놓으니
瓦溝已見雪花溶　　기와 고랑에서 설화가 녹는 것을 이미 보네
前山未放曉寒散　　앞산은 새벽 한기를 흩어놓지 못하고
猶鎖白雲三兩峯　　오히려 흰 구름 속 두세 봉우리가 잠겨 있네

전가 田家

數畝低田流水渾　　수 묘의 낮은 밭에 흐르는 물이 흐리고
一樹高花明遠村　　한 나무의 높은 꽃에 먼 마을이 밝네
雲陰拂暑風光好　　구름 그늘이 더위를 쫓으니 풍광이 좋은데
却將微雨送黃昏　　도리어 보슬비로 황혼을 전송하네

평설

- 청나라 왕태악(王太岳) 등의 『사고전서고증(四庫全書考證)』에 "이 시를 살펴보니, 『능개재만록(能改齋漫錄)』과 『송시기사(宋詩紀事)』에는 '數畝低田'을 '田家汨汨'으로 적었고, 제3구는 '雲意'로 적었다. 잔조(殘照)가 이처럼 좋은 것을 모른 것이다"라고 했다.

유반 劉攽

유반(1023-1089), 자는 공보(貢父), 호는 공비(公非), 신유(新喩: 강서성 新餘) 사람. 형 창(敞)과 동시에 경력(慶歷) 6년(1046) 진사. 주현관(州縣官)으로 20년을 보낸 후, 비서소감(祕書少監)이 되었다. 지채주(知蔡州)를 지내고 중서사인(中書舍人)에 임명되었다.

유반은 사학(史學)에 조예가 깊어서 사마광의 『자치통감』의 편찬을 도왔다. 한대(漢代) 부분을 담당했다. 그의 시는 사경영물(寫景詠物)에서 문정(文情)이 그의 형 유창보다 나았다. 시풍은 구양수와 비슷하다. 『팽성집(彭城集)』과 『공비선생집(公非先生集)』이 있다.

성남행 城南行

八月江湖秋水高　　팔월 강호에 가을 물이 높아서
大堤夜坼聲嘈嘈[1)]　큰 제방이 밤에 터져 물소리 콸콸대니
前村農家失幾戶　　앞마을 농가는 몇 집이나 잠겼던가?
近郭扁舟屯百艘[2)]　성곽 가까이 편주들이 백 척이나 모였네
蛟龍蜿蜒水禽白　　교룡이 꿈틀대며 물새가 흰데
渡頭老翁須雇直[3)]　나루머리의 노옹은 품삯을 기다리네
城南百姓多爲魚　　성남의 백성들이 물고기가 된 것이 많은데
買魚欲烹輒悽惻　　고기 잡아 삶으려니 곧 슬퍼지네

주석

1) 嘈嘈(조조): 소리가 요란한 모양.

2) 艘(소): 배를 세는 단위.

3) 須(수): 대(待). 雇直(고치): 품삯. 치(直)는 치(值)와 통용.

비 온 후 못가에서 雨後池上

一雨池塘水面平　　못에 한차례 비 내리니 수면이 넘치고
瀺磨明鏡照簷楹　　깨끗이 닦은 밝은 거울이 처마 기둥을 비추네
東風忽起垂楊舞　　동풍이 갑자기 일어나 수양버들이 춤추고
更作荷心萬點聲　　다시 연잎에 만 점의 빗방울소리가 나네

새로 날이 개다 新晴

青苔滿地初晴後　푸른 이끼 땅에 가득한 막 날이 갠 후
綠樹無人晝夢餘　초록 숲엔 인적 없고 낮 꿈을 깨었는데
唯有南風舊相識　다만 남풍만이 예로부터 서로 앎이 있어서
偸開門戶又翻書　몰래 문을 열고 또 책장을 넘기네

평설

- 송나라 유극장(劉克莊)의 『후촌시화(後村詩話)』에 "유원보(劉原父)의 〈영춘초(咏春草)〉는 '春草綿綿不可名, 水邊原上亂抽榮. 似嫌車馬繁華處, 纔入城門便不生'이라 했고, 공보(貢父)의 절구는 '青苔滿地初晴後……'라고 했는데, 모두 원화(元和)의 의도(意度)가 있어서 본조(本朝) 사람의 시 같지 않다"라고 했다.

왕령 王令

왕령(1032-1059), 자는 봉원(逢原), 광릉(廣陵: 강소성 揚州市) 사람. 왕안석(王安石)이 그 재능을 사랑하여 오부인(吳夫人)의 동생을 처로 삼게 하였다. 28세에 요절했다.

왕령의 시는 한유(韓愈)·맹교(孟郊)·노동(盧仝)의 영향을 많이 받았는데, 시풍은 웅장초발(雄壯峭拔)하고 기상(氣象)이 활대(闊大)했다. 이구(李覯)와 함께 매우 독특한 개성의 시인으로 평가된다. 그러나 간혹 시어(詩語)가 조잡하고, 내용이 진부했다. 『광릉집(廣陵集)』이 있다.

굶주린 자의 노래 餓者行

雨雪不止泥路迂　눈이 그치지 않고 진창길이 먼데
馬倒伏地人下扶　말이 넘어져 엎드리니 사람이 아래서 부축하네
居者不出行者止　거주자는 나오지 않고 행인도 그쳤는데
午市不合入空衢[1)]　대낮의 시장 같지 않는데 빈 거리로 들어서네
道中獨行乃誰子　길 가운데 홀로 가는 이는 누구인가?
餓者負席緣門呼　굶주린 자가 거적을 지고 문에서 부르네
高堂食飮豈無棄[2)]　고당에서 음식을 어찌 버림이 없겠는가?
願從犬彘求其餘　개와 돼지라도 좇아가 남긴 먹이라도 구하고 싶네
耳聞門閉身就拜　문 닫는 소리를 들으며 나아가 절을 하니
拜伏不起呼羣奴　절하며 엎드려 있는데 여러 노비들이 호통치네
喉乾無聲哭無淚　목은 말라 소리도 없고 곡을 해도 눈물도 없는데
引杖去此他何如　지팡이 끌며 이곳을 떠나니 다른 곳은 어떠한가?
路旁少年無所語[3)]　길가 젊은이는 할 말이 없는데
歸視紙上還長吁　돌아가서 종이 위에 길게 탄식을 하네

주석

1) 午市不合(오시불합): 대낮의 시장은 많은 사람들로 떠들썩하고 복잡해야 하는데, 마땅하지 않게 사람이 없다는 것. 衢(구): 4통 8달의 도로.

2) 高堂(고당): 주문(朱門). 부호가(富豪家).

3) 路旁少年(노방소년): 작자 자신.

여름 가뭄의 고열 暑旱苦熱

清風無力屠得熱[1] 맑은 바람은 열기를 죽일 힘이 없고
落日著翅飛上山 지는 해는 날개를 달고 산으로 날아오르네
人固已懼江海竭 사람들은 참으로 강해가 마를까 두려운데
天豈不惜河漢乾[2] 하늘은 어찌 은하수 마름을 슬퍼하지 않는가?
崑崙之高有積雪 곤륜산 높은 곳엔 쌓인 눈이 있고
蓬萊之遠常遺寒 봉래산 먼 곳은 항상 서늘하다는데
不能手提天下往 손으로 천하 사람들을 끌고 갈 수 없는데
何忍身志遊其間 어찌 몸이 그 사이에서 노닐기를 바라겠는가?

주석

1) 屠(도): 소제(消除). 없애버리다.

2) 河漢(하한): 은하수.

3) 崑崙(곤륜): 곤륜산(崑崙山). 중국 서부지역 신강(新疆)과 서장(西藏) 일대에 걸쳐있는 산.

4) 蓬萊(봉래): 전설 속의 동해에 있다는 삼신산의 하나.

평설

- 『후촌시화』에 "왕봉원(王逢原)의 〈暑旱苦熱〉은 '……'라고 했는데, 그 골기(骨氣)가 노창(老蒼)하고, 식도(識度)가 고원(高遠)하다. 이와 같은데, 어찌 형공(荊公: 王安石)에게 추중을 받지 못하겠는가?"라고 했다.

조단우 晁端友

조단우, 자는 군성(君成), 제주(濟州) 거야(巨野: 산동성 野縣) 사람. 조보지(晁補之)의 부친. 진사(進士)에 합격하고, 항주신성령(杭州新城令)을 지내고, 비서성저작좌랑(秘書省著作佐郎)에 이르렀다. 시는 소식(蘇軾)과 황정견(黃庭堅)의 칭찬을 받았다. 『신성집(新城集)』이 있다.

새벽 길 早行

馬上鷄初唱	말 위에서 닭이 처음 우는 것을 듣고
天涯星未稀	하늘 끝엔 별이 희미하지 않네
驚風時墜笠	센 바람이 때때로 삿갓을 떨구고
零露暗沾衣	아침 이슬은 몰래 옷을 적시네
山下疏鐘發	산 아래 성근 종소리 울려오고
林梢獨鳥飛	숲 끝엔 외로운 새가 나네
遠峰煙靄淡	먼 봉우리는 연하가 맑고
迤邐見朝暉	이어지는 아침 햇살을 보네

평설

- 『영규율수』에 "이는 무구(無咎: 晁補之)의 부친의 시이다. 지미(旨味)가 평아(平雅)하여 당풍(唐風)이 있다"라고 했다.

제주 서문 밖 여관에 숙박하다 宿濟州西門外旅館[1)]

寒林殘日欲棲烏	추운 숲 석양에 깃들려는 까마귀 떼
壁裏青燈乍有無	벽의 푸른 등불은 가물거리네
小雨愔愔人不寐[2)]	보슬비 조용한데 사람은 잠 못 들고
臥聽羸馬齧殘芻	누워서 여윈 말이 남은 꼴을 씹는 소리를 듣네

주석

1) 濟州(제주): 지금의 산동성 거야현(巨野縣).

2) 愔愔(음음): 고요한 모양.

평설

- 『석림시화』에 "외조(外祖) 조군성(晁君誠)은 시를 잘 지었다. 소자첨(蘇子瞻: 蘇軾)이 시집의 서문을 짓기를 '이른바 온후정심(溫厚靜深)함이 그 사람됨과 같다'고 했다. 황노직(黃魯直: 黃庭堅)이 항상 그 '小雨愔愔人不寐, 臥聽羸馬齕殘蔬'를 사랑하여 완상하기를 그치지 않았다. 훗날 '馬齕枯萁喧午夢, 誤驚風雨浪翻江'이란 시구를 얻었는데, 스스로 공교하다고 여기고, 구씨(舅氏) 무구(無咎)에게 말하기를 '내 시는 실로 내옹(乃翁)의 전련(前聯)에서 나왔다'고 했다. 나는 처음에는 구씨가 이 말을 하는 것을 듣고, '風雨翻江'의 뜻을 이해하지 못했다. 하루는 역려(逆旅)에서 쉬고 있을 때, 옆 건물에서 팽배당탑(澎湃鞺鞳)하는 소리를 들었는데 마치 풍랑이 배를 지나가는 것 같았다. 일어나서 살펴보니, 말이 구유간에서 구유의 물을 마시고 꼴을 씹고 있었다. 이 소리 때문에 비로소 노직이 기이함을 좋아함을 깨달았다. 그러나 이는 또한 뜻으로써 적당한 상(相)을 찾을 수 없고, 우연히 얻었을 뿐이다"고 했다.

유계손 劉季孫

유계손, 자는 경문(景文), 상부(祥符: 하남성 開封市) 사람. 좌장고부사(左藏庫副使)와 양절병마도감(兩浙兵馬都監)을 지냈다. 소식(蘇軾)이 그 재능을 추천하여 지습주(知隰州)에 임명되고, 문사부가(文思副使)를 지냈다.

병풍에 적다 題屛

呢喃燕子語梁間[1)]　지지배배 제비들이 대들보 사이에서 재잘대니
底事來驚夢裏閒　무슨 일로 와서 한가로운 꿈을 깨우는가?
說與傍人渾不解　옆 사람과 얘기해도 전혀 알아듣지 못하니
杖藜攜酒看芝山[2)]　지팡이 짚고 술을 가지고 지산을 바라보네

주석

1) 呢喃(니남): 제비가 지저귀는 소리.

2) 芝山(지산): 강서성 파양현(鄱陽縣) 북쪽에 있는 산.

평설

- 『석림시화』에 "유계손이 처음 좌반전직감요주주(左班殿直監饒州酒)가 되었는데, 왕형공(王荊公: 왕안석)이 강동제형(江東提刑)이 되어서 순력(巡歷)하다가 요주(饒州)에 이르러서, 주무(酒務)를 살폈다. 처음 청사(廳事)에 이르러서 병풍 사이의 적힌 소시(小詩) '呢喃燕子語梁間……'을 보고서 크게 칭찬하고, 전지관(專知官)에게 누가 지은 것이냐고 물었다. 계손이라고 하니, 즉시 불러서 얘기를 나누며 감탄했다. 그리고 수레를 타고 떠나가며 다시 업무를 묻지 않았다"라고 했다.

장순민 張舜民

장순민, 자는 운수(芸叟), 자호는 부휴거사(浮休居士), 또 다른 호는 정재(矴齋), 빈주(邠州: 섬서성 邠縣) 사람. 영종(英宗) 치평(治平) 2년(1065) 진사. 양락령(襄樂令) · 감찰어사(監察御使) · 비서소감(秘書少監) · 섬서전운사(陝西轉運史) · 이부시랑(吏部侍郎) 등을 지냈다. 진사도(陳師道)의 자부(姊夫)로서 소식(蘇軾)과 친했다. 왕안석의 신법에 반대했는데, 만년에 원우당(元祐黨)으로 몰려서 상주(商州)로 쫓겨났다.

장순민의 시는 백거이(白居易)를 본받았는데, 만년에는 악부에 전념했다. 또한 그림을 좋아하여 제평(題評)이 정확했다. 『화만집(畵墁集)』이 있다.

보리타작 打麥

打麥打麥	보리타작! 보리타작!
彭彭魄魄[1]	투다닥 투다닥
聲在山南應山北	소리가 산 남쪽에 있는데 산 북쪽에서 응하네
四月太陽出東北	사월 태양이 동북에서 떠서
纔離海嶠麥尚青[2]	겨우 해교를 벗어날 땐 보리가 아직 푸르렀는데
轉到天心麥已熟	하늘 중심으로 돌아오니 보리가 이미 익었네
鶡旦催人夜不眠[3]	할단은 사람을 재촉하며 밤에도 자지 않고
竹鷄呌雨雲如墨[4]	죽계가 비를 부르니 구름이 먹물 같네
大婦腰鐮出	큰 아낙은 허리에 낫을 차고 나가고
小婦具筐逐	작은 아낙은 광주리를 들고 좇아가네
上壟先捋青	위 밭에서는 먼저 보리를 거두고
下壟已成束	아래 밭에서는 이미 보릿단을 묶었네
田家以苦乃爲樂	전가에서는 고생을 즐거움으로 삼으니
敢憚頭枯面焦黑	감히 머리 마르고 얼굴이 까맣게 탐을 꺼리랴?
貴人薦廟已嘗新[5]	귀인들은 사당에 올리고 이미 햇보리를 맛보았고
酒醴雍容會所親[6]	술 익어 화목하게 친척들 모였네
曲終厭飫勞童僕[7]	악곡이 끝나자 실컷 먹고 동복들을 위로하니
豈信田家未入脣	어찌 전가에선 입도 대지 못했음을 믿겠는가?
盡將精好輸公賦[8]	좋은 보리는 모두 관청의 세금으로 실어가고
次把升斗求市人	다음으로 남은 것을 상인들에게 파네
麥秋正急又秧禾	보리 수확이 진정 급한데 또 모내기를 해야 하고
豐歲自少凶歲歲	풍년은 본래 적고 흉년이 많으니

田家辛苦可奈何　전가의 고생을 어찌하랴?
將此打麥詞　이로써 〈보리타작 노래〉를 짓고
兼作插禾歌　또한 〈모심기 노래〉를 지으려네

주석

1) 彭彭魄魄(팽팽백백): 보리를 타작하는 소리.

2) 海嶠(해교): 바다 속의 높은 산. 해가 뜨는 곳을 말함.

3) 鶡旦(할단): 할단(鶡鴠). 전설 속에서 밤에 울어 새벽을 재촉한다는 새. 『본초강목(本草綱目)』에서는 한호충(寒號蟲)이라고 했다.

4) 竹鷄(죽계): 꿩과 새의 한 종류. 산과 언덕의 숲이나 대숲에 서식함.

5) 薦廟(천묘): 조상의 사당에 올려 제사지내는 것.

6) 酒醴(주례): 술과 단술. 여러 술을 말함. 雍容(옹용): 조용히 급하지 않은 모양.

7) 厭飫(염어): 배불리 먹고 마심.

8) 精好(정호): 상급의 좋은 보리를 말함.

서정에서 돌아오는 도중에 西征回途中

1

靈州城下千枝柳[1]　영주성 아래 천 가지의 버들
總被官軍斫作薪　모두 관군들에게 땔나무로 베어졌네
他日玉關歸去路[2]　훗날 옥문관의 돌아가는 길에서
將何攀折贈行人　무엇을 꺾어서 행인에게 주려는가?

주석

1) 靈州(영주): 옛날 현(縣)의 이름. 서한(西漢) 혜제(惠帝) 4년(기원전 191)에 설치했다. 지금의 영하(寧夏) 영무(靈武) 북황하(北黃河) 중의 사주(沙洲) 위에 있음.

2) 玉關(옥관): 옥문관(玉門關). 한무제(漢武帝) 때 설치된 관문. 옛 터는 감숙성 돈황(敦煌) 서북 소방반성(小方盤城)에 있음.

2

青銅峽裡韋州路[1]　청동협 안 위주로에
十去從軍九不回　열이 종군 가서 아홉이 돌아오지 못했네
白骨似沙沙似雪　백골은 모래 같고 모래는 눈 같은데
將軍休上望鄉臺　장군은 망향대에 오르지 말라 하네

주석

1) 青銅峽(청동협): 황하 상류 협곡 중의 하나.

평설

- 소식(蘇軾)의 『동파제발(東坡題跋)』에 "순민(舜民)은 서사(西事: 서부지역의 군사 일)를 익숙히 알았는데, 고준유(高遵裕)의 서정(西征)을 따라갔다가 돌아오던 중에 두 절구를 지어서 '……'라고 했다. 전운판관(轉運判官) 이채(李蔡)가 듣고서 상주하여, 침주감세(郴州監稅)로 좌천되었다"라고 했다.

시골 거처 村居

水繞陂田竹繞廬　물이 언덕 밭을 두르고 대밭은 집을 감싸고
榆錢落盡槿花稀[1)]　느릅 잎 다 지고 무궁화 드무네
夕陽牛背無人臥　석양의 소 등엔 누운 사람 없는데
帶得寒鴉兩兩歸　추운 까마귀들 쌍쌍이 돌아옴을 띠고 있네

주석

1) 楡錢(유전): 느릅나무 잎. 槿花(근화): 목근화(木槿花). 무궁화(無窮花).

평설

- 『초계어은총화』에 "『복재만록(復齋漫錄)』에 '장운수(張芸叟)의 시에 「夕陽牛背無人臥, 帶得寒鴉兩兩歸」라고 했는데, 동파(東坡)가 기록한 소숙당(蘇叔黨)의 시 「葉隨流水歸何處, 牛載寒鴉過別村」의 하구는 장(張)의 시와 서로 합치한다"라고 했다.

소식 蘇軾

소식(1037-1101), 자는 자첨(子瞻), 호는 동파거사(東坡居士), 미주(眉州) 미산(眉山: 사천성 미산현) 사람. 그 부친 순(洵)과 아우 철(轍)과 함께 '삼소(三蘇)'라고 한다. 인종(仁宗) 가우(嘉祐) 2년(1057) 진사. 신종(神宗) 때 태상박사(太常博士)·섭개봉부추관(攝開封府推官)를 지냈다. 왕안석의 신법을 반대하고, 외임(外任)를 자청하여 항주통판(杭州通判)으로 나갔다. 밀주(密州)·서주(徐州)·호주(湖州) 등의 지주(知州)를 지냈다. 원풍(元豐) 2년(1079) 8월에 시를 지어서 조정을 비방했다는 죄로 옥에 갇히고, 12월에 황주단련부사(黃州團練副使)로 좌천되었다. 동파(東坡)에 집을 짓고 동파거사라고 자호했다. 철종(哲宗) 때 구당(舊黨)이 집권하자, 중서사인(中書舍人)·한림학사(翰林學士)·지제고(知制誥) 겸 시독(侍讀)을 역임했다. 지항주(知杭州) 등을 거쳐, 단명전학사(端明殿學士)·예부상서(禮部尙書)를 지냈다. 소성(紹聖) 원년(1094)에 선조(先朝)를 비방했다는 어사대의 탄핵을 받고 혜주(惠州)에 안치되었다. 다시 담주(儋州: 해남성 담주시)로 옮겨졌다가, 휘종(徽宗)이 즉위하자 사면을 받아 북쪽으로 돌아오다가 상주(常州)에서 병으로 죽었다. 향년 66세였다.

소식은 문장으로서 당송팔대가의 한 사람이었고, 시(詩)·사(詞)·서법(書法) 등에서도 자성일가(自成一家)했다. 시풍은 웅혼분방(雄渾奔放)했는데, 7언고시에서 가장 성취가 있었다. 북송에서 황정견(黃庭堅)과 함께 소황(蘇黃)이라고 병칭된다.

남송 오도손(敖陶孫)의 『시평(詩評)』에 "동파는 천황(天潢)을 들이붓고, 창해(滄海)를 뒤집어 잇고, 백괴(百怪)를 변현(變眩)한 듯한데, 끝내 웅혼(雄渾)함으로 귀숙했다"라고 했다.

유극장의 『후촌시화』에 "동파 시의 흡장개합(翕張開闔)과 천변만태(千變萬態)는 대개 스스로의 기백(氣魄)과 역량으로써 이룬 것이다. 다른 사람은 큰 기백과 역량이 없다면 배울 수 없을 것이다"라고 했다.

방동수의 『소매첨언』에 "이백·두보·한유·소식은 병칭되는데, 칠언가행(七言歌行)이 매괴종탕(瑰詭縱蕩)하고 궁태진변(窮態盡變)하여 대가(大家)가 되기 때문이다. 오언에 있어서는 소식이 삼가(三家)와 나란히 설 수 없다"라고 했다.

진흥사 전각 眞興寺閣[1)]

山川與城郭	산천과 성곽이
漠漠同一形[2)]	막막하게 동일한 모양이고
市人與鴉鵲	시장 사람들과 까마귀 떼가
浩浩同一聲[3)]	왁자지껄 동일한 소리이네
此閣幾何高	이 전각은 얼마나 높은가?
何人之所營	어떤 사람이 지은 것인가?
側身送落日	몸을 틀어서 지는 해를 전송하고
引手攀飛星	손을 뻗어 나는 별을 붙잡네
當年王中令[4)]	당년의 왕중서령이
斫木南山赬	나무를 베어내 남산이 붉었는데
寫眞留閣下	초상화를 전각 아래 남겨놓으니
鐵面眼有稜	철면에 안광이 형형하고
身長八九尺	신장이 팔구 척이어서
與閣兩崢嶸[5)]	전각과 더불어 둘이 탁월하네
古人雖暴恣	옛사람은 비록 포악하고 방자했으나
作事今世驚	이룬 일이 지금 세상을 놀라게 하네
登者尚呀喘	오르는 자는 오히려 입 벌리고 헐떡이는데
作者何以勝	만든 자는 어찌 승경이라 여겼던가?
曷不觀此閣[6)]	어찌 이 전각을 보면
其人勇且英	그 사람이 용맹하고 뛰어나다고 하지 않겠는가?

주석

1) 眞興寺閣(진흥사각): 〈봉상팔관(鳳翔八觀)〉 시 중의 1수임. 송나라 초에 봉상절도사(鳳翔節度使) 왕언초(王彦超)가 건립했는데, 높이가 10여 장(丈)이다.
2) 漠漠(막막): 널리 퍼져 있는 모양.
3) 浩浩(호호): 소리가 시끄럽게 섞여있는 모양.
4) 왕언초는 중서령(中書令)을 지내고, 거듭 봉상절도사를 지냈다.
5) 崢嶸(쟁영): 탁월함.
6) 曷不(갈불): 하불(何不).

평설

- 청나라 왕사한(汪師韓)의 『소시선평전석(蘇詩選評箋釋)』에 "창창망망(蒼蒼莽莽)하게 뜻이 이르고 붓이 뒤따랐다. 중간 '側身送落日, 引手攀飛星' 10자는 기경(奇警)함이 시선을 빼앗는데, 노두(老杜: 杜甫)의 '七星在北戶, 河漢聲西流'와 서로 필적한다. 조요경(趙堯卿)이 '고인(古人)의 뜻(두보의 〈登慈恩寺塔〉을 말함)을 사용했지만 그 글자는 취하지 않았다'고 했다"라고 했다.

- 진연(陳衍)의 『송시정화록(宋詩精華錄)』 "이는 파공(坡公: 蘇軾)의 오고(五古) 중에서 건(健)으로써 뛰어난 것이다"라고 했다.

- 청나라 조익(趙翼)의 『구북시화(甌北詩話)』에 "파시(坡詩) 중 쾌의(快意)를 휘둘러서 일사천리(一瀉千里)인데, 그다지 단련(鍛鍊)하지 않았다. 소릉(少陵: 두보)의 〈등자은사탑〉에서는 '俯視但一氣, 焉能辨皇州' 10자로써 탑의 높이를 그려냈는데 기상(氣象)이 만천(萬千)이다. 동파의 〈진흥사각〉에서는 '山川與城郭, 漠漠同一形. 市人與鴉鵲, 浩浩同一聲' 20글자로써 각의 높이를 그려냈는데, 오히려 소릉의 포거(包擧)만 못하

다. 이는 단련과 단련하지 않음과의 차이이다"라고 했다.

한식날의 비. 2수 寒食雨二首[1)]

1

自我來黃州	내가 황주로 온 이후
已過三寒食	이미 세 번의 한식이 지났네
年年欲惜春	해마다 봄을 아끼고자 했건만
春去不容惜	봄은 가고 아낌을 용납하지 않네
今年又苦雨	금년에 또 모진 비가 내리고
兩月秋蕭瑟	두 달이 가을처럼 소슬하였네
臥聞海棠花[2)]	누워서 듣자니 해당화가
泥汙臙脂雪	진창에서 연지빛이 낭자하다네
暗中偷負去	어둠 속에 훔쳐가 버리니
夜半眞有力[3)]	한밤중에 참으로 힘 있는 자가 있었네
何殊病少年	병든 소년과 무엇이 다른가?
病起頭已白	병에서 일어나니 머리가 이미 백발이네

주석

1) 원풍(元豊) 5년(1082)에 소식이 황주(黃州)에서 적거(謫居)할 때 지은 시임. 소식은 지호주(知湖州)로 있을 때 시를 지어 조정을 비방했다는 혐의로 옥에 갇혔다가 황주단련부사(黃州團練副使)로 안치되었다. 『삼희당법첩(三希堂法帖)』에 이 두 시의 묵적각석(墨跡刻石)이 있다.

2) 海棠花(해당화): 중국인이 말하는 해당화는 한국인이 생각하는 해당화와 다르다. 중국의 해당화는 서부해당(西部海棠)인데, 낙엽교목으로서 학명은 Malus micromalus Makino이다. 우리가 말하는 해당화는 중국에서는 매괴(玫瑰: 학명은 Rosa rugosa), 혹은 자매괴(刺玫瑰)·배회화(徘徊花)·자객(刺客)이라고 한다.

3) 『장자(莊子)·대종사(大宗師)』에 "배(舟)를 골짜기에 숨겨놓고, 산을 늪 속에 감춰놓고, 견고하다고 여긴다. 그러나 한밤중에 힘 있는 자가 그것을 지고서 달아났는데, 우매한 자는 알지 못한다"라고 했다.

평설

- 기윤(紀昀)이 평점(評點)한 『소문충공시집(蘇文忠公詩集)』에 "암중(暗中) 2구는 용사(用事)가 특히 조잡하다. 말(末) 2구는 비의(比擬) 또한 천(淺)하다"라고 했다.

- 일본(日本) 뇌산양(賴山陽)의 『동파시초(東坡詩鈔)』에 "본집(本集)의 〈한식이수〉 중, 전시(前詩)의 기수(起手)는 비록 볼 만하지만, 중단(中段)에 이르면 왕왕 병처(病處)를 드러냈기 때문에 지금 취하지 않는다"라고 했다.

- 고보영(高步瀛)의 『당송시거요(唐宋詩擧要)』에 "사(詞)가 맑고, 맛도 기름지다"라고 했다.

2

春江欲入戶	봄 강물이 문으로 들어오려 하고
雨勢來不已	빗발 기세가 몰려와 그치지 않네

小屋如漁舟	작은 집이 고깃배와 같이
濛濛水雲裏	흐릿하게 물과 구름 속에 있네
空庖煮寒菜	빈 부엌에서 찬 나물을 데치려고
破竈燒濕葦	무너진 아궁이에 젖은 갈대를 태우네
那知是寒食	어찌 이날이 한식임을 알았으랴?
但見烏銜紙[1]	다만 까마귀가 지전을 물고 있음을 보네
君門深九重[2]	군문은 깊은 구중인데
墳墓在萬里	분묘가 만 리 끝에 있네
也擬哭塗窮[3]	또한 길 막힘을 통곡함을 본뜨려 하니
死灰吹不起[4]	불 꺼진 재는 불어도 불이 일어나지 않네

주석

1) 한식날에는 조상의 묘소를 찾아 제사를 올리는데, 종이돈을 태우는 풍속이 있음.

2) 君門(군문): 궁문(宮門). 九重(구중): 9겹.

3) 진(晉)나라 완적(阮籍)은 때때로 생각나면 홀로 수레를 타고 길을 따르지 않고 가다가 수레의 길이 막히면 통곡하고 돌아왔다고 함.

4) 『사기 · 한장유전(韓長孺傳)에 "안국(安國)이 법을 범하여 죄를 지었는데, 몽(蒙)의 옥리(獄吏) 전갑(田甲)이 안국을 욕되게 하자, 안국이 '불 꺼진 재를 유독 다시 태울 수 있겠는가?'라고 했다"라고 했다.

평설

- 황정견(黃庭堅)의 「발동파서한식시(跋東坡書寒食詩)」에 "동파의 이 시

는 이태백(李太白) 같은데, 오히려 이백(李白)이 도달하지 못할 곳이 있는 듯하다. 이 글씨는 안노공(顔魯公)·양소사(楊少師)·이서대(李西臺)의 필의(筆意)를 겸하였다. 참으로 동파에게 다시 쓰게 하더라도, 반드시 이에 이르지 못할 것이다. 훗날 동파가 혹시 이 글을 본다면, 마땅히 부처가 없는 곳에서 칭존(稱尊)했다고 나를 비웃을 것이다"라고 했다.

- 『당송시순(唐宋詩醇)』에 "두 시 중 후작(後作)이 더욱 정절(精切)하다. 결(結) 4구는 장가(長歌)의 슬픔이고, 기(起) 4구는 먼저 황량한 지경을 극진히 하고, 촌락의 소경(小景)을 옮겨서 관사(官舍)를 묘사했는데 정황을 상상할 수 있다"라고 했다.

- 『재주원시화』에 "황주시(黃州詩)는 더욱 매이지 않음이 많은데, '小屋如漁舟, 濛濛水雲裏' 1편은 가장 침통(沈痛)하다"라고 했다.

- 『동파시초』에 "이 같은 장(章)은 실로 완연(完然)한 걸작이다. 한유(韓愈)와 소식의 시는 모두 골력(骨力)이 남보다 뛰어난데, 그 풍운(風韻)의 묘에 있어서는 한유 또한 소식에게 몇 주(籌)를 양보해야 할 것이다. 이 편(篇)의 아건준절(雅健俊絶)함은 스스로 이 노인의 독천처(獨擅處)이다. 한유와 두보도 이룰 수 없으니, 왕유와 맹호연 이하, 송나라 여러 작가들은 몽상(夢想)하여도 미칠 수 없는 바이다"라고 했다.

어만자 魚蠻子[1)]

江淮水爲田	강회에선 물을 밭으로 삼고
舟楫爲室居	배를 거실로 삼고
魚鰕以爲糧	물고기 새우를 식량으로 삼는데

不耕自有餘	밭 갈지 않아도 스스로 넉넉하네
異哉魚蠻子	기이하구나! 어만자여!
本非左衽徒[2]	본래 좌임의 무리가 아닌데
連排入江住[3]	뗏목으로 강으로 들어가 사니
竹瓦三尺廬	대나무 기와의 삼척의 오두막이네
於焉長子孫[4]	여기에서 자손들을 기르니
戚施且侏儒[5]	꼽추와 난장이들이네
擘水取魴鯉[6]	물을 갈라 방어와 잉어를 잡는데
易如拾諸途	길에서 물건 줍듯이 쉽네
破釜不着鹽	깨진 솥에 소금도 치지 않고
雪鱗芼青蔬	물고기와 푸른 채소를 삶네
一飽便甘寢	한 끼 배부르면 곧 달게 잠자니
何異獺與狙	수달과 원숭이와 무엇이 다른가?
人間行路難	세상의 행로에는 어려움이 있어
踏地出賦租	땅을 밟으면 세금을 내야 하는데
不如魚蠻子	어만자가
駕浪浮空虛	파도를 타고 허공에 뜬 것만 못하네
空虛未可知	허공은 알 수 없으나
會當筭舟車	배나 수레는 마땅히 계산하니
蠻子叩頭泣	어만자가 고개 조아리며 울면서
勿語桑大夫[7]	상대부에게 말하지 말라 하네

주석

1) 원풍(元豐) 5년 황주(黃州)에서 지은 것임. 남송 육유(陸游)의 『노학암필기(老學菴筆記)』에 "장운수(張芸叟: 舜民)가 〈어부시(漁父詩)〉를 지었는데, '家住耒江邊, 門前碧水連. 小舟勝養馬, 大罟當耕田. 保甲元無籍, 靑苗不著錢. 桃源在何處, 此地有神仙'이라 했다. 대개 원풍 중에 호상(湖湘)에 귀양 와서 벼슬할 때 지은 것인데, 동파가 그 뜻을 취하여 〈어만자〉를 지었다"라고 했다.

2) 左袵(좌임): 옷깃을 좌측으로 여미는 것. 중국 밖의 이민족을 말함.

3) 連排(연배): 나무와 대나무를 엮어서 만든 뗏목.

4) 於焉(어언): 우시(于是).

5) 戚施且侏儒(척시차주유): 곱추와 난장이.

6) 魴鯉(방리): 방어(魴魚)와 잉어(鯉魚). 이 방어는 민물고기 편어(鯿魚)를 말함.

7) 桑大夫(상대부): 상홍양(桑弘羊). 한무제(漢武帝) 때 어사대부(御史大夫)를 지냈음. 상인의 아들로서 계산에 밝아서 추호의 세금도 놓치지 않았다고 함.

평설

- 송나라 증계리(曾季狸)의 『정재시화(艇齋詩話)』에 "낙천(樂天: 白居易)의 〈염상부(鹽商婦)〉 시에 '南北東西不失家, 風水爲鄕舟作車'라고 했는데, 동파의 〈어만자〉 시는 바로 이 뜻을 취한 것이다"라고 했다.

- 청나라 사신행(査愼行)의 『초백암시평(初白庵詩評)』에 "'人間行路難' 이하를 신법(新法)을 주장하는 자들이 들으면 마땅히 어떠할 것인가?"라고 했다.

- 『소시선평전석』에 "분명히 신법(新法)이 백성들을 병들게 하여, 세금을 내는 자는 어만자의 즐거움만 못함을 지적한 것이다. 문득 생각이 배와 수레를 계산하는 것에 미쳤는데, 붓 아래 바람이 일어나는 것이 늠름(凜

凜)하다. 『사기(史記) · 평준서(平準書)』에서는 북식(卜式)의 말을 서술하여 전편(全篇)을 맺었는데, '烹弘羊, 天乃雨'라고 했다. 다시 한 글자도 더하지 않았지만 뜻이 이미 드러났다. 이 시의 결(結)에 '蠻子叩頭泣, 勿語桑大夫'라고 했는데, 또한 그런 까닭을 밝혀서 말함을 기다릴 필요가 없으니, 시사(詩史)라고 말할 만하다"라고 했다.

- 『소문충공시집』에 "향산(香山: 白居易)의 일파(一派)이다. 읽어보면 완연(宛然)히 〈진중음(秦中吟)〉이다"라고 했다.

고우 진직궁 처사의 기러기 그림 高郵陳直躬處士畫鴈[1)]

野鴈見人時	야생 기러기가 사람을 발견할 때는
未起意先改	날기 전에 뜻을 먼저 바꾸는데
君從何處看	그대는 어디서 보고서
得此無人態	이처럼 인적 없던 때의 모습을 얻었는가?
無乃槁木形[2)]	아마 마른 나무 같은 모습 때문에
人禽兩自在	사람과 새가 둘 다 편안했던 것이리라
北風振枯葦	북풍이 마른 갈대를 흔들고
微雪落璀璀[3)]	약한 눈발이 떨어져 찬란하네
慘淡雲水昏	참담하게 구름과 물이 어두운데
晶熒沙礫碎	밝은 빛이 모래와 자갈에 부서지네
弋人悵何慕[4)]	사냥꾼은 슬프게 어찌 바라겠는가?
一舉渺江海	한 번 오르니 강해가 아득하네

주석

1) 원풍(元豊) 8년(1085)의 작품임. 陳直躬(진직궁): 송나라 때의 화가. 고우(高郵) 사람.

2) 槁木(고목): 마른 나무 같은 화가의 모습 때문에 기러기가 사람으로 알아보지 못했다는 것.

3) 璀璀(최최): 빛나는 모양.

4) 弋人(익인): 새 사냥꾼. 익(弋)은 줄을 매어 쏘는 화살.

평설

- 청나라 장겸의(張謙宜)의 『견재시담(絸齋詩談)』에 "'野鴈見人時, 未起意先改. 君從何處看, 得此無人態'는 10자 구법(句法)이다"라고 했다.

- 『소문충공시집』에 "(起處는) 일편(一片)의 신행(神行)이 변화하여 각화(刻畵)의 자취를 다했다"라고 했다.

- 『동파시초』에 "묘한 상상과 묘한 말로서, 공이 아니면 말해 낼 수 없는 것이다"라고 했다.

신축년 11월 19일, 자유와 정주 서문 밖에서 이별한 후, 말 위에서 시 1편을 지어서 부치다 辛丑十一月十九日, 旣與子由別於鄭州西門之外, 馬上賦詩一篇寄之[1]

不飮胡爲醉兀兀[2] 술도 마시지 않았는데 어찌 취한 듯 올올한가?
此心已逐歸鞍發[3] 이 마음은 이미 돌아가는 말의 출발을 좇아갔네

歸人猶自念庭闈[4] 돌아가는 사람은 오히려 스스로 집을 염려하건만
今我何以慰寂寞 지금 나는 무엇으로 적막함을 위로하겠는가?
登高回首坡隴隔 높은 곳에 올라 고개 돌리니 언덕으로 막혀서
惟見烏帽出復沒[5] 다만 검은 모자의 출몰함만 보네
苦寒念爾衣裳薄 엄한 추위에 너의 의상이 엷음을 근심하며
獨騎瘦馬踏殘月 혼자 수척한 말을 타고 남은 달빛을 밟네
路人行歌居人樂 길가는 사람들 노래하고 주민들 즐거워하는데
僮僕怪我苦悽惻 동복이 나만 몹시 슬퍼함을 괴이 여기네
亦知人生要有別 또한 인생에서 이별이 있음을 알지만
但恐歲月去飄忽[6] 다만 세월이 바람처럼 빨리 흘러감이 두렵네
寒燈相對記疇昔 찬 등불에서 마주했던 지난날을 기억하니
夜雨何時聽蕭瑟[7] 언제 함께 밤비의 소슬한 소리를 듣게 될까?
君知此意不可忘 그대가 이 뜻을 알면 잊지 못할 것이니
愼勿苦愛高官職 삼가 고관직을 너무 사랑하지 말게나

주석

1) 가우(嘉祐) 6년(1061), 소식은 '현량방정능언극간과(賢良方正能言極諫科)'에 제3등으로 합격하여 첨서봉상부판관(簽署鳳翔府判官)에 임명되고, 동생 소철(蘇轍: 자는 子由) 또한 제4등으로 합격하여 상주추관(商州推官)에 임명되었다. 그런데 부친 소순(蘇洵)이 예서(禮書)를 수찬(修撰)하라는 명을 받아서, 소철은 경사에 남아서 부친을 모실 것을 요청하고, 소식의 부임을 전송하며 정주(鄭州: 지금의 하남성 鄭縣)까지 갔다가 서로 동서로 이별하였다.

2) 兀兀(올올): 술에 취하여 혼침(昏沈)한 모양.

3) 歸鞍(귀안): 돌아가는 말. 동생 소철의 말함.

4) 庭闈(정위): 부모가 기거하는 곳. 부친 소순을 말함.

5) 烏帽(오모): 검은 모자.

6) 飄忽(표홀): 바람이 빠른 것.

7) 소식의 자주에 "일찍이 '야우대상(夜雨對牀)'이란 말이 있어서 언급한 것이다"라고 했다. 위응물(韋應物)의 〈시전진원상시(示全眞元常詩)〉에 "寧知風雪夜, 復此對床眠"이라고 했다.

평설

- 청나라 방동수(方東樹)의 『소매첨언(昭昧詹言)』에 "돌올(突兀)함을 일으킴은 '유견(惟見)' 구가 그려냈다"라고 했다.

- 『송시정화록』에 "〈척호(陟岵)〉와 〈척강(陟岡)〉 시를 읽는 것에 해당한다"라고 했다.

왕유와 오도자의 그림 王維吳道子畫[1]

何處訪吳畫	어디로 오도자의 그림을 찾아가는가?
普門與開元[2]	보문사와 개원사이네
開元有東塔	개원사에 동탑이 있는데
摩詰留手痕	마힐이 그림을 남겨놓았네
吾觀畫品中	내 살펴보니 화품 중에서
莫如二子尊	두 사람처럼 높은 것이 없었네
道子實雄放	오도자는 실로 웅방하여

浩如海波翻	호연함이 바닷물이 뒤집히는 듯한데
當其下手風雨快	그 손을 댈 때는 비바람처럼 빨라서
筆所未到氣已呑	붓이 이르니 못한 곳도 이미 기세가 삼켜버리네
亭亭雙林間[3]	우뚝 솟은 쌍림 사이에
彩暈扶桑暾[4]	채색 햇무리 부상의 아침 해인데
至人談寂滅[5]	그 중에 지인이 적멸을 말하니
悟者悲涕迷者手自捫	깨친 자는 슬피 울고 못 깨친 자도 손바닥을 절로 문지르네
蠻君鬼伯千萬萬[6]	만군과 귀백이 천만만인데
相排競進頭如黿	서로 밀치며 다투어 나가는데 머리가 자라 같네
摩詰本詩老	마힐은 본래 노시인인데
佩芷襲芳蓀[7]	구릿대를 패용하고 향기로운 창포를 걸쳤네
今觀此壁畫[8]	지금 이 벽화를 보니
亦若其詩淸且敦	또한 그 시처럼 맑고도 돈아하네
祇園弟子盡鶴骨[9]	기원제자들은 모두 학골이고
心如死灰不復溫[10]	마음은 불 꺼진 재처럼 다시 온기가 없는데
門前兩叢竹	문 앞의 두 총죽은
雪節貫霜根	눈의 마디가 서리의 뿌리에 관통하고
交柯亂葉動無數	얽힌 가지 어지러운 잎의 움직임이 무수한데
一一皆可尋其源[11]	하나하나 그 원류를 찾을 수 있네
吳生雖妙絶	오생은 비록 묘절하나
猶以畫工論	오히려 화공으로서 논해지고

摩詰得之於象外　마힐은 물상 밖에서 그것을 얻어서
有如仙翮謝籠樊[12]　선핵이 농번을 사양함이 있네
吾觀二子皆神俊　내 두 사람을 보니 모두 신준인데
又於維也斂衽無間言[13]
또한 왕유에겐 옷깃 여미고 흠 잡을 말이 없네

주석

1) 〈봉상팔관〉 시 중의 1수임. 王維(왕유): 당나라 시인이면서 화가로서 산수를 잘 그렸음. 남종화(南宗畵)의 창시자. 자는 마힐(摩詰). 吳道子(오도자): 당나라 화가. 양적(陽翟) 사람. 초명은 도자(道子)인데 도현(道玄)으로 바꾸었음. 청나라에서는 현(玄)자를 기휘(忌諱)하여 원(元) 자로 바꾸었음.

2) 보문사(普門寺)와 개원사(開元寺)는 모두 봉상(鳳翔)에 있는 절들이다. 개원사는 봉상 성북(城北)에 있는데, 당나라 개원(開元) 원년에 창건되었다. 정전(正殿)이 팔각형(八角形)이어서 속칭 팔각사(八角寺)라고 한다.
개원사에는 오도자의 불화(佛畵)가 있는데, 부처가 쌍림(雙林) 아래에서 열반(涅槃)하는 상을 그렸다. 송나라 소박(邵博)의 『소씨문견후록(邵氏聞見後錄)』에 "봉상부(鳳翔府) 개원사(開元寺)의 대전(大殿)이 9칸인데, 후벽(後壁)에 오도현(吳道玄)의 그림이 있다. 부처가 처음 태어나서 수행설법(修行說法)하는 것부터 멸도(滅度)하는 것까지 그렸다. 산림(山林)·궁실(宮室)·인물(人物)·금수(禽獸)가 수천만 종(種)인데, 고금천하(古今天下)의 묘를 지극히 했다. 부처가 멸도하자, 비구(比丘)들 모두가 넘어지고 뛰면서 곡읍(哭泣)하는데 모두 스스로를 억제하지 못하는 듯하다. 비록 나는 새와 달리는 짐승일지라도 또한 호돈(號頓)하는 모습을 지었다. 다만 보살(菩薩)만이 담연(淡然)하게 옆에서 평시처럼 대략 슬퍼하는 모습이 없다. 아마 그것으로써 생사의 윤회를 그치게 한 것이 아니겠는가? 화성(畵聖)이라고 부르는 것이 마땅하다. 그 지(識)는 개원(開元) 30년이라고 했다. 지금 봉상(鳳翔)은 적들에게 붕괴되어 이전의 읍(邑)의 집들은 모두 구허(丘墟)가 되고 말았다"라고 했다.

개원사에는 또한 왕유가 그린 두 총죽(叢竹)이 있다. 청나라 왕문고(王文誥)의 『소문충공시편주집성(蘇文忠公詩篇注集成)』에 "도원(道元: 오도자)은 비록 화성(畵聖)이지만 문인(文人)의 기식(氣息)과 통하지 않는다. 마힐(摩詰)은 화성이 아니지만 문인의 기식과 통한다. 이 중에는 지극히 구별이 있다. 송나라 원나라 이래 사대부 화가들 중 마힐에게 판향(瓣香)하는 사람은 있지만, 도원의 의발(衣鉢)을 전하는 사람은 전혀 없다. 공(소식)의 화죽(畵竹)은 실로 마힐에게서 비롯되었다. 지금 이 시를 읽어보니, 마힐을 읊고 논했을 뿐만 아니라, 아울러 이미 본뜨고 그렸음을 알 수 있다. 오래지 않아서 문동(文同)을 기하(岐下)에서 만났는데, 이로부터 그림이 날로 더욱 진보되었다. 그러나 발원은 곧 이 시이다"라고 했다.

3) 亭亭(정정): 우뚝 솟은 모양. 雙林(쌍림): 석가모니가 세상을 떠난 장소. 『전등록(傳燈錄)』에 "석가모니(釋迦牟尼)가 열반(涅槃)에 들어가려고 바라쌍수(婆羅雙樹) 아래로 가서, 박연(泊然)히 연적(宴寂)했다"라고 했다.

4) 扶桑暾(부상돈): 부상(扶桑)은 해가 뜨는 곳. 暾(돈): 아침 해. 부처의 원광(圓光)을 비유했음.

5) 至人(지인): 석가모니를 말함. 寂滅(적멸): 열반(涅槃). 승려의 죽음.

6) 蠻君鬼伯(만군귀백): 『석가보(釋迦譜)』에서, 석가모니가 열반할 때 수천억의 귀왕(鬼王)들과 십만 억의 제천왕(諸天王)들이 일제히 왔다고 했다.

7) 芷(지): 지초(芝草). 구릿대. 향초의 하나. 蓀(손): 창포(菖蒲). 모두 향초로서 고결함을 상징함. 『초사(楚辭)·이소(離騷)』에 "扈江蘺與辟芷兮, 紉秋蘭以爲佩"라고 했음.

8) 壁畵(벽화): 왕유의 대나무 그림을 말함. 『명승지(名勝志)』에 "왕우승(王右丞: 왕유)의 화죽(畵竹) 두 떨기의 교가(交柯)와 난엽(亂葉)이 비동(飛動)하여 춤추는 것 같은데, 개원사 동탑에 있다"라고 했다.

9) 祇園(기원): 기수급고독원(祇樹給孤獨園)의 간칭. 석가모니가 거주했던 곳. 개원사의 승려들이 학처럼 깡말랐다는 것.

10) 개원사의 승려들이 불 꺼진 재처럼 세상에 대한 욕망을 잊었다는 것.

11) 其源(기원): 그 원류. 사대부들 그림의 원류를 말함.

12) 仙翮(선핵): 선조(仙鳥)와 같음. 籠樊(농번): 새 우리.

13) 斂衽(염임): 옷깃을 여미고 경의를 표하는 것. 間言(간언): 헐뜯는 말.

평설

- 송나라 허의(許顗)의 『언주시화(彦周詩話)』에 "노두(老杜: 杜甫)의 〈조장군단청인(曹將軍丹青引)에서 '一洗萬古凡馬空'이라 하고, 동파의 〈관오도자화벽시(觀吳道子畫壁詩)〉에서는 '筆所未到氣已呑'이라고 했다. 나는 그 그림들을 보지 못했지만, 이 두 구를 보니, 두 사람의 시는 각자 그것에 해당할 수 있다"라고 했다.

- 송나라 등춘(鄧椿)의 『화계(畫繼)』에 "'當其下手風雨快'는, 전신(前身)이 고개지(顧愷之)나 육탐미(陸探微)가 아니라면 어떻게 이런 말을 하겠는가?"라고 했다.

- 『구북시화』에 "파시(坡詩)는 웅걸일파(雄傑一派)만을 숭상하지는 않았다. 그 절인처(絶人處)는 의론(議論)의 영상(英桑)함에 있다. 필봉(筆鋒)이 정예(精銳)하여, 무거운 것을 들어도 가벼운 것 같다. 읽어보면 그다지 힘을 쓰지 않은 듯한데, 힘이 이미 십분(十分)에 이르렀다. 이것은 천재이기 때문이다. …… 칠언고시 중에 '當其下手風雨快, 筆所未到氣已呑'이라고 했는데, 이는 모두 파시 중의 최상승(最上乘)이다. 독자는 그 재분(才分)의 높음이 공력을 힘들이지 않음에 있음을 볼 수 있다"라고 했다.

- 옹방강(翁方綱)의 『칠언시삼매거우(七言詩三昧擧隅)』에 "반드시 그 전편(全篇)을 읽은 후에야 '筆所未到氣已呑' 1구의 묘를 곧 볼 수 있다. 단지 이 1구만 드는 것은 오히려 말을 잘 분별하는 사람이 아닌 듯할 것이다"라고 했다.

금산사를 유람하다 遊金山寺[1]

我家江水初發源[2]	내 집은 강물이 처음 발원하는 곳인데
宦遊直送江入海[3]	벼슬로 강이 바다로 드는 곳으로 곧장 오게 됐네
聞道潮頭一丈高	듣자니 조수 머리가 일 장으로 높다는데
天寒尚有沙痕在	날씨 추울 때면 오히려 모래흔적이 남아 있다네
中泠南畔石盤陀[4]	중령천 남쪽 가에 바위가 서려 비탈진데
古來出没隨濤波	예로부터 출몰함이 파도를 따른다네
試登絶頂望鄉國	꼭대기에 올라가서 고향을 바라보니
江南江北青山多	강남과 강북에 푸른 산이 많네
羇愁畏晚尋歸楫[5]	객은 날 저물까 두려워 돌아가는 배를 찾는데
山僧苦留看落日	산승이 굳이 만류하며 지는 해를 구경하라네
微風萬頃鞾文細[6]	미풍에 만 이랑의 물결이 신발 문양처럼 작고
斷霞半空魚尾赤	끊긴 놀은 반 허공에서 물고기꼬리처럼 붉네
是時江月初生魄[7]	이때 강달은 초생달이어서
二更月落天深黑	이경에 달이 지고 하늘은 짙은 흑빛인데
江心似有炬火明	강 안에 밝은 횃불이 있는 듯
飛焰照山棲鳥驚[8]	나는 불꽃이 산을 비춰 깃든 새들이 놀라네
悵然歸臥心莫識	슬프게 돌아와 누워도 마음속으로 알 수 없는데
非鬼非人竟何物	귀신인지 사람인지 대체 무엇이었던가?
江山如此不歸山	강산이 이와 같은데 고향산으로 돌아가지 못하니
江神見怪驚我頑	강신이 괴이함을 보여 내 완고함을 놀라게 했네
我謝江神豈得已	나는 강신에게 말하니 부득이하여
有田不歸如江水	밭이 있어도 돌아가지 못함이 강물과 같다오

주석

1) 金山寺(금산사): 강소성 진강시(鎭江市) 금산(金山) 위에 있음. 금산의 원명은 저부산(氐父山)이고, 금오령(金鰲嶺) · 부옥산(浮玉山)이라고도 한다. 금산사는 동진(東晋) 때 건립되었고, 원명은 택심사(澤心寺)였는데, 당나라 때 금산사로 개명되었다. 희녕(熙寧) 4년(1071) 겨울, 소식은 경사에서 항주(杭州)로 와서 통판(通判)에 부임했다. 도중에 강소 진강에 이르러, 11월 3일 금산을 유람하고, 보각(寶覺) · 원통(圓通) 두 노승을 방문하고, 밤에 금산사에 숙박했는데 강 가운데의 횃불을 보고 지은 시이다.

2) 소식의 고향은 사천성 민산(岷山)인데, 장강(長江)의 상류임.

3) 宦遊(환유): 관직으로 인하여 고향을 떠나 먼 타향으로 가는 것.

4) 中泠(중령): 천(泉) 이름. 금산 서북에 있음. 盤陀(반타): 바위가 크고 울퉁불퉁 고르지 않은 것.

5) 羇愁(기수): 객수(客愁). 歸楫(귀즙): 귀선(歸船)과 같음.

6) 鞾文(화문): 가죽 신발의 문양.

7) 初生魄(초생백): 음력 초3일의 초생달.

8) 작자의 원주에 "이 밤에 본 것이 이와 같다"라고 했다.

평설

- 조선 양경우(梁慶遇)의 『제호시화(霽湖詩話)』에 "동파의 〈금산사〉 시에 '是時江月初生魄, 二更月落天深黑'이라고 했는데, 이경(二更)에 떨어지는 것은 생명(生明)이지, 생백(生魄)이 아니다. 대개 솔이(率爾)한 잘못이다. 두릉(杜陵: 두보)에게는 이런 것 같은 실수한 곳이 없다"라고 했다.

- 송나라 진선(陳善)의 『문슬신어(捫虱新語)』에 "동파의 〈유금산사〉 시에 '我家江水初發源, 宦遊直送江入海'이라 하고, 〈송료부(松醪賦)〉에서 '從此而入海, 渺飜天之雲濤'라고 했는데, 사람들이 동파의 이 말들을 만년

의 남천(南遷)에 대한 조짐으로 여겼다. 동파는 또 일찍이 〈증반곡(贈潘谷)〉 시에서 '一朝入海尋李白, 空看人間畵墨仙'이라고 했는데, 반곡은 수년 후에 과연 술에 취함으로 인하여 우물 속에 들어가서 가부좌를 한 채 죽었다. 사람들 모두가 그것을 이상하게 여겼다. 동파는 참으로 스스로를 예언했을 뿐 아니라 또한 반곡을 참살(讖殺)한 것이다!"라고 했다.

- 섭교연(葉矯然)의 『용성당시화초집(龍性堂詩話初集)』에 "두보는 '白摧朽骨龍虎死, 黑入太陰雷雨垂'라고 하고, '子規夜啼山竹裂, 王母晝下雲旂翻'이라 했는데, 말이 기이함[奇]으로써 뛰어난데, 은미함[幽]을 띠고 있다. 소식은 '微風萬頃鞾文細, 斷霞半空魚尾赤'이라고 했는데, 말이 은미함으로써 뛰어난데, 실로 기이하다. 서로 계승하지 않았는데도 서로 합당했다는 말은 두 사람을 말한 것이던가?"라고 했다.

- 『초백암시평』에 "기결(起結)이 기횡(奇橫)하다. '羇愁畏晩尋歸楫, 山僧苦留看落日' 두 말은 전렬(轉捩)을 지었다"라고 했다.

- 『석주시화』에 "두상(竇庠)의 〈금산행(金山行)〉의 '欻然風生波出沒, 瀖濩晶瑩無定物. 居人相顧非人間, 如到日宮經月窟. 信知靈境長有靈, 住者不得無仙骨' 등 여러 말들은 곧 동파의 〈금산〉 시가 탈태(奪胎)한 바이다. 두상의 시는 본래 높은 작품이 아닌데, 소공(蘇公)이 실경(實境)을 탈출(脫出)해내니, 신묘함이 마침내 지극하여 예측할 수 없게 되었다. 옛사람의 뛰어남은 이와 같은 변화에 있었다"라고 했다.

- 『동파시초』에 "이는 공(公)이 의도하지 않고 이룬 것이다. 그러나 여러 작가들은 여기에 이를 수 없다. '聞道潮頭一丈高'는 말단의 강신(江神)을 암복(暗伏)했다. '심(尋)'은 아래에 아름다움을 얻었다. 의미는 '촉(促)' 자와 동일하다. '낙일(落日)' 자는 고아하다. '모색(暮色)'과 '만경(晩景)' 등의 글자는 튼튼하지 못하다. 기결이 모두 아름답다"라고 했다.

• 『소매첨언』에 "기묘하다. '試登絶頂望鄉國, 江南江北青山多' 2구는 고향을 바라보아도 볼 수 없는 것은 강의 남북의 산들로 막혔기 때문이라고 한 것이다. 멋대로 경치를 그려낸 것이 아니다"라고 했다.

섣달에 고산을 유람하며 혜근과 혜사 두 승려를 방문하다
臘日遊孤山, 訪惠勤惠思二僧[1)]

天欲雪	하늘은 눈을 내리려 하고
雲滿湖	구름은 호수에 가득한데
樓臺明滅山有無	누대는 명멸하고 산은 있는 듯 없는 듯하고
水清石出魚可數	물 밝고 바위 드러나 물고기를 셀 수 있네
林深無人鳥相呼	숲 깊고 인적 없는데 새들이 서로 부르고
臘日不歸對妻孥[2)]	섣달에 돌아가서 처와 자식을 대하지 못했는데
名尋道人實自娛	도인을 찾아가니 실로 절로 즐겁네
道人之居在何許	도인의 거처는 어디 있는가?
寶雲山前路盤紆[3)]	보운산 앞길이 구불구불하네
孤山孤絶誰肯廬[4)]	고산은 고절한데 누가 기꺼이 여막을 지었는가?
道人有道山不孤	도인이 도를 지니니 산이 외롭지 않네
紙牕竹屋深自暖	종이창 대나무지붕의 깊은 거처가 절로 따뜻하고
擁褐坐睡依團蒲[5)]	갈옷 껴안고 앉아 졸며 둥근 부들자리에 있네
天寒路遠愁僕夫	날 차고 길 멀어 마부가 근심하며
整駕催歸及未晡[6)]	수레를 꾸려 황혼 전에 돌아가길 재촉하네
出山迴望雲木合	산을 나가 돌아보니 구름과 산이 합쳐지고

但見野鶻盤浮圖[7]　다만 송골매가 부도를 선회함을 보네
茲遊淡泊歡有餘　이 유람 담박하여 즐거움 넘치는데
到家恍如夢蘧蘧[8]　집에 이르니 황홀하기가 꿈결 같네
作詩火急追亡逋[9]　시를 지어 화급하게 도망자를 추적하니
清景一失後難摹　맑은 경치는 한 번 잃으면 뒤에 그려내기 어렵네

주석

1) 희녕(熙寧) 4년(1071) 12월 초, 소식이 항주(杭州) 서호(西湖)에 있는 고산(孤山)을 유람하며, 승려 혜근(惠勤)과 혜사(惠思)를 방문하여 지은 시이다. 소식은 항주로 오기 전에 여음(汝陰)에서 구양수(歐陽修)를 만났는데, 구양수가 "서호의 승려 혜근은 시를 잘 지으니, 붕우로 교제할 만하다"며 만나기를 권유했다. 혜사 또한 시승(詩僧)으로서 일찍이 왕안석(王安石)과 수창한 바가 있었다.

2) 妻孥(처노): 처와 자식.

3) 寶雲山(보운산): 서호(西湖)의 북쪽에 있는 산. 소식은 보운산 앞 서령교(西泠橋)를 지나 고산에 이르렀다.

4) 孤絕(고절): 높이 솟은 모양.

5) 褐(갈): 갈의(褐衣). 노랗고 검은 승려의 의상. 團蒲(단포): 포단(蒲團). 부들로 짠 둥근 자리. 참선의 도구.

6) 晡(포): 신시(申時). 오후 4시 무렵.

7) 野鶻(야골): 야생 송골매. 盤(반): 반선(盤旋). 浮圖(부도): 탑(塔).

8) 蘧蘧(거거): 유연자득(悠然自得)한 모양.

9) 亡逋(망포): 도망자(逃亡者). 유람했던 청경(清景)의 인상을 말함.

평설

- 『소시선평전석』에 "결구(結句) '청경(淸景)' 2글자는 한 편(篇)의 대지(大旨)이다. 구름 끼고 눈이 오는 누대는 멀리 바라보는 경치이고, 물이 맑고 숲이 깊은 것은 근접한 경치이다. 그 거처에 도달하기 전에는 구불구불한 산길을 보고, 이미 그 집에 도달해서는 앉아서 조는 부들자리가 있다. 마부가 수레를 꾸리는 데에 이르러서는, 구름 낀 산을 멀리 바라보고, 차가운 해가 지려고 하는 것이 완연하게 그림으로 들어갔다. '야학(野鶻)' 구는 분명한 곳에서 미리(迷離)함을 그려낸 것인데, 바로 기(起) 5구와 서로 대조(對照)한다. 또 '환유여(歡有餘)'로써 앞의 '실자오(實自娛)'에 응했다. 말마다 청경(淸景)인데, 또한 말마다 자오(自娛)이다. '도인유도(道人有道)'의 곳은 이미 언외에서 그것을 얻었다. 허허(栩栩)히 신선이 되려고 하는데, 하필 빙구설완(氷甌雪椀)에다 붓을 씻을 것인가?"라고 했다.

- 『소문충공시집』에 "갑자기 첩운(疊韻)을 쓰고, 갑자기 격구운(隔句韻)을 썼는데, 음절의 묘가 곧 천연(天然)에 합치되고, 진박(溱泊)을 용납하지 않았다. 그 원천은 고악부(古樂府)에서 나왔다. '出山迴望雲木合, 但見野鶻盤浮圖'는 '但見烏帽出復沒'과 같은 사법(寫法)이다.

- 『동파시초』에 "이와 같은 것은 천연스러운 칠언이다. 독자는 반드시 다른 아래 구를 보아야 하는데, 한 글자도 요동할 수 있는 곳이 없다. '名尋道人實自娛'는 스스로 파옹(坡翁)의 말이다. '茲遊淡泊歡有餘……淸景一失後難摹'는 이 시의 근본 전체가 아래 4구에 있음을 보였다. '作詩火急追亡逋, 淸景一失後難摹'의 경우, 한 편이 완성된 바가 이 2구를 먼저 얻어서였던가?"라고 했다.

- 왕문고(王文誥)의 『소해식여(蘇海識餘)』에 "〈납일유고산(臘日遊孤山)〉의 후반에 '出山迴望雲木合, 但見野鶻盤浮圖'라고 했는데, 이와 같은 구

법(句法)은 배울 수 있는 곳이 없다. 곧 여래장육금신(如來丈六金身)이 갑자기 허공에서 변현(變現)한 것과 같아서, 공 또한 스스로 그것이 그러함을 깨달을 수 없다"라고 했다.

- 『소매첨언』에 "신묘하다"라고 했다.
- 『당송시거요』에 '樓臺明滅山有無, 水淸石出魚可數'는 청경(淸景)이 그림과 같다"라고 했다.

자유를 놀리다 戱子由[1]

宛丘先生長如丘[2] 완구선생은 신장이 언덕 같은데
宛丘學舍小如舟 완구의 학사는 배처럼 작네
常時低頭誦經史 항상 고개 숙이고 경사를 읽는데
忽然欠伸屋打頭 문득 하품하며 기지개 켜다 천장에 머리를 박네
斜風吹帷雨注面 비낀 바람이 장막을 불면 비가 얼굴로 쏟아지고
先生不愧旁人羞 선생은 부끄럽지 않는데 옆 사람이 부끄러워하네
任從飽死笑方朔[3] 배불러 죽은 자가 동방삭을 비웃도록 놓아두고
肯爲雨立求秦優[4] 기꺼이 빗속에 서는 일을 전우에게 간청하네
眼前勃谿何足道[5] 눈앞의 다툼을 어찌 말할 만한가?
處置六鑿須天遊[6] 육착을 두는 곳은 반드시 천유이네
讀書萬卷不讀律[7] 독서가 만 권인데 법률은 읽지 않았고
致君堯舜知無術 임금을 요순으로 만드는 덴 방도 없음을 알았네
勸農冠蓋鬧如雲[8] 권농하는 관원들이 구름처럼 모여 떠들썩한데

送老虀鹽甘似蜜[9]	노년에 채소절임과 소금을 꿀처럼 달게 여기네
門前萬事不掛眼	문전의 만사를 살피지 않고
頭雖長低氣不屈	머리는 오래 숙이고 있지만 기는 꺾이지 않았네
餘杭別駕無功勞[10]	여항의 별가는 공로도 없는데
書堂五丈容旂旐	서당은 오 장 높이로 깃발을 들일 수 있고
重樓跨空雨聲遠	중건한 누대가 허공에 걸쳐있어 빗소리가 먼데
屋多人少風騷騷	집은 많고 사람 적어서 바람소리 소소하네
平生所慙今不耻	평생 부끄러워한 바를 지금은 부끄러워하지 않고
坐對疲氓更鞭箠[11]	앉아서 피폐한 백성을 대하며 더욱 채찍질 하네
道逢楊虎呼與言[12]	길에서 양호를 만나면 불러서 함께 얘기하며
心知其非口諾唯	마음으론 그가 그른지 알건만 입으론 승낙하네
居高忘下眞何益	높은 자리서 아래를 잊으니 진정 무슨 이익인가?
氣節消縮今無幾	기절은 쇠하여 줄어서 지금은 거의 없네
文章小技安足程	문장은 소지인데 어찌 계산할 수 있겠는가만
先生別駕舊齊名	선생과 별가는 옛날에 이름을 나란히 했었네
如今衰老俱無用	지금은 쇠로하여 모두 쓸모가 없는데
付與時人分重輕	사람들에게 경중을 분별해주도록 부탁하세나

주석

1) 子有(자유): 소식의 아우 소철(蘇轍)의 자. 소철은 왕안석의 청묘법(青苗法)의 시행을 반대하다가 하남추관(河南推官)으로 쫓겨났는데, 마침 장방평(張方平)이 지진주(知陳州)로 있어서 그를 교수(教授)로 임명했다. 왕문고(王文誥)의 『소시총안(蘇詩總案)』에 "희녕(熙寧) 4년, 때마침 청묘(青苗) · 면역(免

役)·시역(市易)을 시행했는데, 절서(浙西)에서는 수리(水利)·염법(鹽法)을 겸하여 시행했다. 지방이 소란했는데, 사자(使者)가 이른 곳마다 관리를 적발했다. 공은 학관(學官)으로서 이책(吏責)이 없었는데, 〈희자유〉 시를 지었다" 라고 했다.

2) 宛丘(완구): 하남(河南) 진주(陳州). 당시 소철은 진주의 교수로 있었다.

3) 『한서(漢書)·동방삭전(東方朔傳)』에 "삭(朔)이 대답하기를 '난장이는 신장이 3척 남짓인데, 봉록이 1낭(囊)의 곡식과 전(錢)이 240입니다. 신(臣) 삭은 신장이 9척 남짓인데 또한 봉록이 1낭의 곡식과 전이 240입니다. 난장이는 배불러서 죽으려 하고, 신 삭은 굶주려서 죽으려 합니다'라고 했다"라고 했다.

4) 『사기(史記)·골계전(滑稽傳)』에 "우전(優旃)이란 자는 진(秦)나라 광대 난장이이다. 진시황 때 술자리를 차렸는데 하늘에서 비가 내렸다. 폐순자(陛楯者: 계단 옆에서 방패를 들고 시위(侍衛)하는 자)들이 모두 비에 젖어서 추워서 떨었다. 우단이 보고서 슬프게 여겼다. 얼마 후에 전상(殿上)에서 상수(上壽)할 때 우단이 난간에 임하여 크게 소리치기를 '폐순랑(陛楯郎)들아! 너희들은 비록 키가 크지만 무슨 이익이겠는가? 도리어 빗속에 서 있구나. 나는 비록 키가 작지만 도리어 거처에서 쉬고 있다'고 했다. 이에 황제가 폐순자들을 반씩 서로 교대하게 했다"라고 했다.

5) 勃磎(발혜): 발계(勃谿). 다툼. 『장자(莊子)·외물(外物)』에 "실(室)에 공허(空虛)가 없다면, 부고(婦姑)들이 다툴[勃磎] 것이다"라고 했다.

6) 六鑿(육착): 희(喜)·노(怒)·애(哀)·낙(樂)·애(愛)·오(惡). 육정(六情). 『장자·외물』에 "心無天遊, 則六鑿相攘"이라고 했다. 天遊(천유): 정신이 구속을 받지 않고 천지에서 노니는 것.

7) 주자지(周紫芝)의 『오대시안(烏臺詩案)』에 "이때 조정에서는 법학(法學)을 새로 일으켰는데, 식(軾)은 속으로 그것을 비난하고, 법률은 임금을 요순(堯舜)이 되게 하는 데에 부족하다고 여겼다. 지금 또 오로지 법률만 배우고 시서(詩書)를 잊었기 때문에 '나는 만 권의 책을 읽었지만 법률은 읽지 않는다'고 말한 것이다. 대개 법률 안에서는 임금을 요순이 되게 하는 술(術)이 없음을 알린 것이다"라고 했다.

8) 冠蓋(관개): 모자와 수레 덮개. 관리를 말함.

9) 虀鹽(제염): 절인 채소와 식염(食鹽).

10) 餘杭(여항): 항주(杭州)의 옛 이름. 別駕(별가): 통판(通判)을 지적해서 말한 것. 작자 자신을 말함.

11) 『오대시안』에 "이때 염법(鹽法)을 범한 사람들을 도배(徒配)함이 많았는데, 모두 굶주리고 가난했다. 이들 빈민들을 채찍질한다고 말한 것이다"라고 했다.

12) 楊虎(양호): 양화(楊貨). 춘추시대 노(魯)나라의 정치를 천단한 인물. 공자(孔子)는 그를 싫어하여 피해 다녔는데, 길에서 마주치자 마음과는 달리 "좋습니다. 내 장차 벼슬을 하겠습니다"라고 했다. 『오대시안』에 "이때 장정(張靚)과 유희단(兪希旦)이 염사(鹽司)가 되었는데, 속으로 그 사람됨을 좋아하지 않았으나 감히 더불어 쟁의(爭議)할 수 없었기 때문에 그들을 비난하여 양호(陽虎)로 삼은 것이다"라고 했다.

평설

- 『재주원시화』에 "(선우신(鮮于侁)의 〈잡시(雜詩)〉) 또한 뜻이 신법(新法)을 지목했으나, 오히려 직설적이면서도 완곡하다. 자첨(子瞻)의 〈희자유〉 시에서 '平生所慙今不耻, 坐對疲氓更鞭箠. 道逢楊虎呼與言, 心知其非口諾唯'라고 했는데, 이는 무슨 말인가? 〈산천(山川)〉과 〈영회(詠懷)〉 등의 여러 편처럼 사유(事由)를 가탁(假託)했을 뿐이다"라고 했다.

- 장문풍(張文葑)의 『나강일기(螺江日記)』에 "'讀書萬卷不讀律, 致君堯舜知無術'은 동파가 시사(時事)를 비판한 말이다. 대개 당시에 율법을 다투어 숭상함으로 인하여 법률을 시서(詩書)로 삼고자 한 바였다. 그래서 반어로써 그것을 조롱했다. 후세에 전해져서 마침내 근거를 지니고 정론이 되었다"라고 했다.

- 조극의(趙克宜)의 『각산루소시평주휘초(角山樓蘇詩評注彙鈔)』에 "비록

희필(戱筆)이지만, 또한 마땅히 지나치게 비리하지 않다. '重樓跨空雨聲遠, 屋多人少風騷騷'는 사경(寫境)이 가장 핍진하다"라고 했다.

- 『당송시거요』에 "'讀書萬卷不讀律, 致君堯舜知無術'은 마음이 통질(痛疾)한 바인데, 반어로써 그것을 냈다. 말은 비록 희학(戱謔)하지만 뜻은 몹시 분만(憤懣)하다"라고 했다.

법혜사 횡취각 法惠寺橫翠閣[1)]

朝見吳山橫[2)]	아침엔 오산의 횡렬을 보고
暮見吳山從	저녁엔 오산의 직립을 보니
吳山故多態	오산은 본래 자태가 많은데
轉側爲君容	몸을 틀어 그대 위해 용모를 단장했네
幽人起朱閣[3)]	유인이 붉은 누대를 세웠고
空洞更無物	빈 골짜기엔 다른 물건이 없는데
惟有千步岡	다만 천 보 길이의 산등성이 있어
東西作簾額[4)]	동서로 염액을 이루었네
春來故國歸無期[5)]	봄이 와도 고국에 돌아갈 기약 없는데
人言悲秋春更悲[6)]	사람들은 슬픈 가을이라지만 봄이 더욱 슬프네
已泛平湖思濯錦[7)]	이미 평호에 배 띄우고 탁금강을 생각하고
更看橫翠憶峨眉[8)]	다시 비낀 푸름을 보고 아미산을 추억하네
琱欄能得幾時好	옥난간이 얼마 동안의 좋음을 얻겠는가?
不獨憑欄人易老	난간에 기댔던 사람들 쉽게 늙었을 뿐이 아니네

百年興廢更堪哀　　백 년의 흥패가 더욱 슬픈데
懸知草莽化池臺　　풀밭은 지대가 변한 것임을 헤아릴 수 있네
遊人尋我舊遊處　　훗날 유람객이 나의 옛 유람처를 찾는다면
但覓吳山橫處來　　다만 오산의 푸름이 비낀 곳을 찾아오면 되리라

주석

1) 희녕(熙寧) 6년(1073) 정월, 소식이 항주(杭州)에 있을 때 법혜사 횡취각을 유람하고 지은 시임. 법회사는 항주 청파문(淸波門) 밖 방가욕(方家峪) 부근에 있음. 오대(五代) 오월왕(吳越王) 전숙(錢俶)이 창건했는데, 초명은 흥경사(興慶寺)였음. 절 안에 횡취각이 있는데, 장소가 오산(吳山)의 옆면을 마주하여 횡렬한 취색(翠色)을 바라볼 수 있어서 횡취각이라고 이름지었다.
2) 吳山(오산): 절강성 항주시 서호(西湖) 동남쪽에 있음. 춘추시대 오나라의 남쪽 경계여서 오산이라고 함. 산 위에 오자서(伍子胥)의 사당이 있어서 서산(胥山)이라 하고, 또 성황묘(城隍廟)가 있어서 성황산(城隍山)이라고 함.
3) 幽人(유인): 세속을 떠난 은자를 말함. 여기서는 횡취각을 세운 승려를 말함.
4) 簾額(염액): 염막(簾幕)의 편액(扁額).
5) 故國(고국): 고향.
6) 『초사(楚辭)』에 "悲哉秋之爲氣也"라고 했음.
7) 平湖(평호): 서호(西湖). 濯錦(탁금): 민강(岷江)의 별칭.
8) 峨眉(아미): 사천성에 있는 아미산(峨眉山).

평설

- 『운어양추』에 "백락천(白樂天: 白居易)의 〈구강춘망시(九江春望詩)〉에 '鑪煙豈異終南色, 溢草寧殊渭北春'이라 했는데, 대개 채도(蔡渡)의 옛 거

처를 잊지 못한 것이다. 노두(老杜: 杜甫)의 〈우제(偶題)〉에 '故山迻白閣, 秋水憶黃陂'라 했는데, 대개 진중(秦中)의 옛 거처를 잊지 못한 것이다. 동파의 〈횡취각(橫翠閣)〉 시에서 '已見西湖懷濯錦, 更看橫翠憶峩眉'라고 했는데, 거의 또한 이러한 뜻이다"라고 했다.

- 『소시선평전석』에 "초당체(初唐體)를 지었는데, 청려천면(淸麗芊眠)하여 신운(神韻)이 빼어나려 한다"라고 했다.

- 『소문충공시집』에 "단초(短峭)하면서 만성(曼聲)을 섞었기 때문에, 사람에게 창연(愴然)함을 쉽게 느끼게 한다. 기(起)는 초발(峭拔)함을 얻었다. '雕欄能得幾時好' 이하는 눈앞의 진경(眞境)이 스스로 왔는데 인도(人道)를 거치지 않았다.

- 『석주시화』에 "태백(太白: 李白)의 오율의 묘는 모두 일기(一氣)가 끊어지지 않고 자연히 입화(入化)하여 능하기 어렵다고 여기는 바이다. 소장공(蘇長公)의 '橫翠峨眉' 1연은 전인(前人) 중에서 두릉(杜陵: 두보)의 〈협중람물(峽中覽物)의 구에 비교할 수 있다. 그러나 태백의 작품 〈상황서순남경가(上皇西巡南京歌)〉의 '地轉錦江成渭水, 天迴玉壘作長安'에는 더욱 크게 미칠 수 없다"라고 했다.

백보홍 百步洪[1)]

왕정국(王定國)[2)]이 팽성(彭城)[3)]으로 나를 방문했는데, 하루는 작은 배를 띄우고, 안장도(顔長道)[4)]가 거느린 반(盼)·영(英)·경(卿)[5)] 세 사람과 함께 사수(泗水)를 유람했다. 북으로는 성녀산(聖女山)[6)]으로 올라가고, 남쪽으로는 백보홍(百步洪)으로 내려갔다. 적(笛)을 불고 술을 마시며 달빛을 타고 돌아왔다. 나는 마침 일 때문에 갈 수 없었는데, 밤에 우의(羽衣)[7]를 걸치고 황루(黃樓)[8] 위에서 기다리며 서있었다. 서로 보고서 웃으면서 이태백(李太白)이 죽어서 세간에 이런 즐거움이 없는 지가 3백여 년이라고 여겼다. 정국이 이미 돌아가고, 한 달이 지났을 때 다시 삼료사(參寥師)[9]와 함께 백보홍 아래에 배를 띄우고, 지난번의 유람을 회상했는데, 이미 묵은 자취가 되어서 위연(喟然)이 탄식했다. 그래서 시 두 편을 지었는데, 하나는 삼료에게 주고, 하나는 정국에게 부쳤다. 또한 안장도(顏長道)와 서요문(舒堯文)[10]에게 보여주고, 불러와서 함께 읊었다.

長洪斗落生跳波[11] 긴 급류가 쏟아져 떨어지니 물결 뛰어오르고
輕舟南下如投梭 날랜 배 남으로 내려가니 베틀북을 던진 듯하네
水師絶叫鳧鴈起[12] 사공이 절규하니 오리 기러기들 날아가고
亂石一線爭磋磨 어지러운 바위 틈에 한 선 물길이 마찰을 다투네
有如兎走鷹隼落 달아나는 토끼가 있는 듯 매가 떨어지고
駿馬下注千丈坡 준마들이 천 길 언덕에서 아래로 쏟아지네
斷絃離柱箭脫手[13] 끊긴 현이 기둥을 벗어나고 화살이 손을 떠나고
飛電過隙珠翻荷 나는 번갯불 틈을 지나고 연잎에 구슬 구르네
四山眩轉風掠耳 사방 산이 현란하게 돌고 바람이 귀를 스치고
但見流沫生千渦 다만 흐르는 물방울에서 천 소용돌이를 보네
嶮中得樂雖一快 험난함 중에 즐거움 얻으니 한 번 유쾌하지만
何異水伯夸秋河[14] 수백이 가을 황하를 자랑한 것과 어찌 다르랴?
我生乘化日夜逝[15] 내 생애 승화하여 밤낮으로 떠나가고
坐覺一念逾新羅[16] 앉아서 한 생각 깨치니 신라를 지났고
紛紛爭奪醉夢裏 분분히 쟁탈함이 취한 꿈속이네

豈信荊棘埋銅駝[17] 어찌 가시덤불의 구리낙타의 매몰을 믿었나?
覺來俯仰失千劫 깨어나니 순식간에 천 겁을 잃었네
回視此水殊委蛇[18] 이 물을 돌아보니 여전히 고요히 흐르네
君看岸邊蒼石上 그대 연안 가의 푸른 바위 위를 보구려
古來篙眼如蜂窠[19] 예로부터 고안이 벌집구멍 같은데
但應此心無所住[20] 다만 마땅히 이 마음에 집착함이 없으니
造物雖駛如余何[21] 조물이 빠르다고 한들 나를 어쩔 것인가?
回船上馬各歸去 배를 돌려 말을 타고 각자 돌아가며
多言譊譊師所呵[22] 말들 많아서 떠들썩하니 스님이 꾸짖네

주석

1) 원래 2수임. 百步洪(백보홍): 지명. 홍(洪)은 물길이 좁은 급류를 말함. 강소(江蘇) 서주(徐州) 동산현(銅山縣) 동남쪽 2리에 있음. 일명 서주홍(徐州洪)이라 하며, 사수(泗水)가 지나가는 곳이다. 길이가 대략 백여 보이고, 천자(川字) 모양이고, 세 갈래로 갈라지는데 외홍(外洪)·중홍(中洪)·월홍(月洪)이라 한다. 난석(亂石)들이 가파른데 급류가 흘러서 물소리가 수 리(里)까지 들린다고 한다.

2) 王定國(왕정국): 왕공(王鞏), 자는 정국(定國), 자호는 청허선생(淸虛先生), 대명(大名) 신현(莘縣) 사람. 소식과 친했는데, 일찍이 소식의 『오대시안(烏臺詩案)』에 연좌되어 빈주(賓州)로 쫓겨난 적이 있다.

3) 彭城(팽성): 동산(銅山). 즉 서주(徐州).

4) 顔長道(안장도): 안복(顔復), 자는 장도(長道), 팽성(彭城) 사람. 희녕(熙寧) 중에 국자감직강관(國子監直講官)을 지냈는데, 사건으로 인하여 면직되었음.

5) 반(盼)·영(英)·경(卿): 서주(徐州)의 가기(歌妓) 마반반(馬盼盼)·장영영(張英英)·경경(卿卿).

6) 聖女山(성녀산): 동산(銅山)에 있는데, 아래로 사수(泗水)에 임하였음.

7) 羽衣(우의): 도복(道服).

8) 黃樓(황루): 서주성(徐州城) 동문의 큰 누각. 소식이 지서주(知徐州)로 있을 때 증축했는데, 황토를 발라서 황루라고 했음.

9) 參寥師(삼료사): 승려 시인. 호는 도잠(道潛), 자는 삼료(參寥), 본성은 하(何), 어잠(於潛) 사람. 시문에 능했음. 사(師)는 승려에 대한 존칭.

10) 舒堯文(서요문): 서환(徐煥), 자는 요문(堯文), 동려(桐廬) 사람. 서주부학교수(徐州府學敎授)를 지냄.

11) 斗落(두락): 주락(陡落), 절락(絶落). 물길이 가파르게 떨어지는 것.

12) 水師(수사): 뱃사공.

13) 斷絃離柱(단현리주): 금(琴)의 끊어진 현이 현을 받힌 기둥에서 튕겨나가는 것.

14) 水伯(수백): 하백(河伯). 물의 신. 『장자(莊子)·추수(秋水)』에 "가을 물이 때마침 이르자, 백천(百川)이 황하로 흘러들어, 통과하는 물이 커서 양 연안 사이에서 소나 말도 구별할 수 없었다. 이에 하백이 흔연히 기뻐하며 천하의 아름다움이 모두 자신에게 있다고 여겼다"라고 했다.

15) 乘化(승화): 자연(自然)을 따르는 것. 도연명(陶淵明)의 〈귀거래사(歸去來辭)〉에 "聊乘化以歸盡"이라 했음.

16) 『전등록(傳燈錄)』에 "어떤 중이 종성선사(從盛禪師)에게 묻기를 '어떻게 하면 면사(面事)를 볼 수 있습니까?'라고 하니, 선사가 '신라국(新羅國)으로 가거라'라고 했다"라고 했다.

17) 『진서(晉書)·삭정전(索靖傳)』에 "장차 천하가 어지러워질 것을 알고, 낙양궁문(洛陽宮門)의 구리낙타를 가리키며 탄식하기를 '네가 가시덤불 속에 있는 것을 보겠구나'라고 했다"라고 했다.

18) 委蛇(위이): 종용자득(從容自得)한 모양.

19) 篙眼(고안): 상앗대로 배를 머물러둔 구멍.

20) 住(주): 불교용어. 외물(外物)에 집착하는 것.

21) 造物(조물): 운기(運氣). 駛(사): 신속함.

22) 譊譊(요뇨): 말이 많아서 소란한 모양.

평설

- 홍매(洪邁)의 『용재삼필(容齋三筆)』에 "한유(韓愈)와 소식 두 사람의 문장에서 비유를 사용한 곳에는 중복연관(重複聯貫)하여 칠팔 번이나 전환됨이 있다. …… 소공(蘇公)의 〈백보홍〉 시 '長洪斗落生跳波……飛電過隙珠翻荷'와 같은 것이 그것이다"라고 했다.

- 『초백암시평』에 "'有如兎走鷹隼落……飛電過隙珠翻荷'는 비의(比擬)를 잇달아 사용하여 국진(局陳)을 개척했다. 예전에는 이런 법(法)이 있지 않았는데 선생으로부터 비롯된 것이다"라고 했다.

- 『소시선평전석』에 "비유를 사용하여 문을 짓는 것은 소식이 잘하는 바이다. 이 편(篇)은 급랑(急浪) 속의 가벼운 배를 모사(摹寫)하여, 기이한 형세가 번갈아 나오고, 필력이 여지(餘地)를 깨뜨렸는데, 또한 참으로 험난함 속에서 즐거움을 얻었다"라고 했다.

- 『소문충공시집』에 "말이 모두 기일(奇逸)하다. 또한 여울이 소용돌이를 일으키는 형세가 있다. '有如兎走鷹隼落'은 다만 한 '有如'를 사용하여 아래로 관통했는데 곧 연달은 비유의 조(調)를 탈거(脫去)했다. '飛電過隙珠翻荷'는 1구에 두 비유인데, 더욱 창격(創格)이다. 후반은 전체가 삼료(參寥)를 대하고 한 말이다. 시는 반드시 이처럼 용의(用意)해야만 비로소 담박하게 드러나게 된다"라고 했다.

- 『동파시초』에 "이 시는 동파의 본색이다. 시가 본래 2수인데, 그 화운(和韻)의 시는 비록 세상 사람들이 좋아하는 바이지만, 끝내 이 시의 묘만 못하다. 그래서 특별히 이 시를 선발한 것이다. '有如兎走鷹隼落……飛電過隙珠翻荷'는 하필(下筆)이 웅약분속(雄躍奮速)한데, 4구를 마땅히 1

구로써 읽어야 한다. '何異水伯夸秋河'는 『장자(莊子)』에서 온 것이다. '我生乘化日夜逝'는 개(開)인데, 이 4구가 없다면 곧 소아어(小兒語)일 뿐이다. '坐覺一念逾新羅'는 『전등록(傳燈錄)』에 근본을 두었다. '回視此水殊委蛇'는 합(合)이다. '回視此水殊委蛇……但應此心無所住'의 경우, 백척간두에서 진일보하여 이 4구를 붙였는데, 시 또한 위이(委蛇)하다"라고 했다.

- 『석주시화』에 "『용재삼필』에서 '소공의 〈백보홍〉에서 중복하여 비유한 곳은 한유의 〈송석홍서(送石洪序)〉와 같다'고 했다. 이는 문법으로써 논한 것인데 참으로 같다. 그러나 이 시의 묘는 여기에서 그친 것이 아니다. 지금 이 시를 선발한 것은 단지 〈백보홍〉 원제(原題)로써 제(題)를 삼았는데, 그러나 그 매 편에 스스로 본제(本題)가 있음을 잊은 것이다. 이 편의 본제는 서문 중에서 이른 바의 「지난번의 유람을 회상했는데, 이미 묵은 자취가 되어서(追懷曩遊, 已爲陳迹)」이다. 시험 삼아서 이 뜻으로써 읽어본다면 이른 바 '兎走隼落'·'駿馬注坡'·'絃離箭脫'·'電過珠翻'이라 한 것은 일층(一層) 안에서 또한 전후 양층(兩層)으로 뚫고 들어갔다. 이는 얼마나 신광(神光)이 나는가! 그런데 근근이 중첩하여 아래로 비유했다는 문법으로써 감상할 수 있겠는가? 사초백(查初白: 사신행)이 이 시를 평하기를 '비의(比擬)를 연달아 사용했는데, 실로 예전에는 있지 않았던 바이다'라고 했다. 나는 이것은 대개 『금강경(金剛經)』에서 나온 게자(偈子)일 뿐이라고 여긴다"라고 했다.

- 『구북시화』에 "동파의 대기(大氣)가 선전(旋轉)했는데, 비록 구법(句法)과 자법(字法) 중에서 별도로 신기(神奇)함을 구하려고 설설(屑屑)하지 않았지만, 필력이 이르는 곳에 스스로 창격(創格)을 이루었다. 예를 들면 〈백보홍〉의 '有如兎走鷹隼落……飛電過隙珠翻荷'는 물 흐름의 신급(迅急)함을 형용하면서 7개의 비유를 연달아 사용했는데 실로 예전에는

있지 않았던 바이다"라고 했다.

- 『소매첨언』에 "'君看' 구는 홀연히 합(合)했는데, 이것이 신묘(神妙)이다. 석포(惜抱: 姚鼐)선생이 말하기를 '이 시의 묘는 시인 중에는 없고, 오직 『장자(莊子)』에 있을 뿐이다'고 했다. 나는 이것은 전적으로 『화엄경(華嚴經)』에서 왔다고 여긴다. 이 수(首)와 〈유효숙(劉孝叔)〉·〈남신지하(南山之下)〉·〈이마병구(二馬并驅)〉·〈아석재전간(我昔在田間)〉 등 5수를 숙독해보면, 기종(奇縱)의 묘를 얻을 수 있다. 나는 즐겨 이치를 말하고, 지도(至道)를 말하는데, 그러나 반드시 이처럼 한제(閒題)로써 내야만 곧 입묘(入妙)를 볼 수 있다. 만약 정제실설(正題實說)로써 한다면 곧 학구(學究)의 창기(傖氣)로서 속자(俗子)가 될 뿐이다"라고 했다.

- 『송시정화록』에 "파공(坡公)은 즐겨 선어(禪語)로써 시를 짓는데, 여러 번 보이면 무미하다. 이 시는 눈앞의 호안(蒿眼)으로 나아가서 지점(指點)하여 낸 것이다. 참으로 둔근(鈍根)의 사람은 미칠 바가 아니다. '兎走' 4구는 육여(六如)로부터 왔고, 한유의 문 「촉조구복(燭照龜卜)」으로부터 왔는데, 이는 유산(遺山: 元好問)이 이른 바 '백태(百態)가 아름답다'라는 것이다.

- 『당송시거요』에 "후반은 명리(名理)를 즐겨 말했다"라고 했다.

양걸을 전송하다 送楊傑[1]

무위자(無爲子)는 일찍이 사명을 받들고, 태산(太山) 정상에 올라가서 닭이 울 때 일출을 보았다. 또 일찍이 일 때문에 화산(華山)을 방문하였는데, 중구일(重九日)에 연화봉(蓮花峯)[2] 위에서 술을 마셨다. 지금 조서를 받들고 고려(高麗) 승려 통(統)[3]과 함께 전당(錢塘)을 유람했다. 모두 나랏일로 인하여 방외(方外)[4]의 즐거움을 좇은 것이다. 좋구나! 일찍이 없었던 일이구나! 이 시를 지어서 전송한다.

天門夜上賓出日[5] 천문에서 밤에 뜨는 해를 인도하니
萬里紅波半天赤 만리의 붉은 물결 반 하늘이 붉네
歸來平地看跳丸 평지로 돌아와서 튀는 구슬을 보니
一點黃金鑄秋橘[6] 한 점 황금이 가을 귤을 주조했네
太華峰頭作重九[7] 태화봉 머리에서 중구절이 되니
天風吹灩黃花酒[8] 바람이 국화주의 물결을 일으키네
浩歌馳下腰帶鞓[9] 크게 노래하며 요대정으로 달려 내려와
醉舞崩崖一揮手 무너진 언덕에서 취해 춤추며 한 번 손 흔들었네
神遊八極萬緣虛[10] 팔극을 신유하니 만 인연이 헛되고
下視蚊雷隱汙渠[11] 모기 뇌성을 내려다보니 더러운 도랑에 숨네
大千一息八十返[12] 대천세계의 한 호흡에 팔십 억 겁이 돌아오니
笑厲東海騎鯨魚[13] 웃으며 동해를 건너며 고래를 탔네
三韓王子西求法[14] 삼한의 왕자가 서쪽으로 와서 불법을 구하니
鑿齒彌天兩勍敵[15] 착치와 미천이 둘 다 강한 적수이네
過江風急浪如山 강을 지나는 바람 급하여 파도가 산 같으니
寄與舟人好看客 사공이여 손님을 잘 돌봐주시오

주석

1) 楊傑(양걸): 자는 차공(次公), 자호는 무위자(無爲子), 무위(無爲) 사람. 당시

조봉랑(朝奉郎)으로서 고려 승려 의천(義天)을 모시고 양절(兩浙)·회남(淮南) 등지에 이르렀는데, 지방관 모두가 사신(使臣)의 예절로써 대했다.

2) 蓮花峯(연화봉): 화산(華山)의 중봉(中峰).

3) 고려(高麗) 승려 통(統): 이름은 후(煦), 자는 의천(義天). 고려 문종(文宗)의 넷째 아들, 선종(宣宗)의 동생. 일찍이 불교에 귀의하여 승려가 되었음. 1084년 송나라에 유학하여 1086년에 귀국했다. 그가 송나라 변경(汴京)에 갔을 때 소식이 예부랑중(禮部郎中)으로서 접반(接伴)했다. 고려 천태종(天台宗)의 시조이다.

4) 方外(방외): 세상 밖. 승려 등의 출가인을 말함.

5) 天門(천문): 태산(泰山) 위의 동·서·남의 삼천문(三天門)을 말함. 賓(빈): 인도(引導).

6) 『포박자(抱朴子)·미지편(微旨篇)』에 "始青之下月與日, 兩半同昇合成一, 出彼玉池入金室, 大如彈丸黃如橘"이라 했다.

7) 太華(태화): 서악(西嶽) 화산(華山). 重九(중구): 음력 9월 9일 중양절(重陽節).

8) 黃花酒(황화주): 국화주(菊花酒). 중양절에는 등고(登高)하여, 수유(茱萸) 주머니를 차고, 국화주를 마시며 벽사(辟邪)하고 장수를 기원하는 풍속이 있었음.

9) 腰帶鞓(요대정): 화산에 있는 지명.

10) 八極(팔극): 팔방의 먼 지역.

11) 蚊雷(문뢰): 모기떼가 많아서 나는 소리가 마치 뇌성 같은 것.

12) 大千(대천): 대천세계(大千世界). 광대무변(廣大無邊)한 세계.

13) 厲(려): 깊은 물을 건너는 것.

14) 三韓王子(삼한왕자): 고려(高麗) 승려 의천을 말함. 삼한은 마한(馬韓)·진한(辰韓)·변한(弁韓)인데, 고려의 대칭으로 사용했음.

15) 鑿齒彌天(착치미천): 『진서(晉書)·습착치전(習鑿齒傳)』에 "상문(桑門) 석도안(釋道安)은 준변(俊辯)으로 높은 재능이 있는데, 북쪽에서 형주(荊州)에 와서 착치(鑿齒)와 처음 서로 보았다. 도안이 '미천(彌天) 석도안(釋道安)이오'

라고 하니, 착치가 '사해(四海) 습착치(習鑿齒)오'라고 했다. 당시 사람들이 훌륭한 대답이라고 여겼다"라고 했다.

평설

- 섭교연(葉矯然)의 『용성당시화속집(龍性堂詩話續集)』에 "파공이 해가 처음 나오는 것을 묘사하기를 '天門夜上賓出日, 萬里紅波半天赤. 歸來平地看跳丸, 一點黃金鑄秋橘'이라 하고, 달이 처음 나오는 것을 묘사하기를 '明月未出羣山高, 瑞光千丈生白毫. 一杯未盡銀闕涌, 亂雲脫壞如崩濤'라고 했다. 이 같은 기백(氣魄)은 곧장 일월(日月)과 빛을 다툰다. 이백과 두보의 문장이 비록 광염(光焰)이 만장(萬丈)이라지만, 어찌 이 노인의 한 자리를 비우게 할 수 있겠는가?"라고 했다.

- 『소시선평전석』에 "세 가지 일을 직서(直敍)했는데, 분탕(奔盪)하는 음(音)이 기돌장위(奇突壯偉)하다. 이백의 〈등락안봉(登落雁峰)〉 시에서 '恨不攜謝脁驚人詩來, 搔首問青天'이라 했다. 이 시는 기승(奇勝)한데, 또한 참으로 태산(泰山)과 화산(華山)과 함께 드높음을 다툴 수 있다"라고 했다.

- 『소문충공시집』에 "필묵이 횡자(橫恣)하고, 결(結) 또한 파초(波峭)하다"라고 했다.

- 조극의의 『각산루소시평주휘초』에 "'一點黃金鑄秋橘'은 기구(奇句)이다"라고 했다.

- 『재주원시화』에 "파시(坡詩)는 항상 전편(全篇)은 좋지 못하지만, 한두 마디가 기절(奇絶)한 것이 있다. 태산(泰山)의 일출을 형용하기를 '一點黃金鑄秋橘'이라고 했는데, 각화(刻畫)가 정공(精工)하다고 하겠다"라고 했다.

여지탄 荔支嘆[1]

十里一置飛塵灰[2]	십 리 역참마다 먼지 날리고
五里一堠兵火催[3]	오 리 이정표마다 병사들 화급히 재촉하네
顚坑仆谷相枕藉[4]	구렁에 처박히고 골짜기에 엎어져 시신들 쌓이니
知是荔支龍眼來[5]	여지와 용안육이 올 때임을 아네
飛車跨山鶻橫海[6]	나는 수레 산을 넘고 배는 바다를 가르니
風枝露葉如新採[7]	나부끼는 가지 이슬 맺힌 잎이 갓 따온 듯하네
宮中美人一破顔[8]	궁중 미인의 한 번 웃음을 위해
驚塵濺血流千載	날리는 먼지 속 흐르는 피가 천년을 흐르네
永元荔支來交州[9]	영원 연간엔 여지가 교지에서 왔는데
天寶歲貢取之涪[10]	천보 연간엔 세공으로 부주에서 취했네
至今欲食林甫肉[11]	지금도 이림보의 살을 씹고자 하건만
無人擧觴酹伯游[12]	잔을 들어 백유에게 올리는 이는 없네
我願天公憐赤子	나는 천공이 적자들을 동정하여
莫生尤物爲瘡痏[13]	우물을 내어 상처를 입히지 말고
雨順風調百穀登[14]	비바람 순조로워 온 곡식이 풍년들어
民不饑寒爲上瑞	백성들 굶고 춥지 않음을 상서로 삼기 바라네
君不見	그대는 보지 못했는가?
武夷谿邊粟粒芽[15]	무이 계곡 가에 속립아를
前丁後蔡相籠加[16]	정위와 채양이 앞 다투어 서로 가공하여
爭新買寵各出意	신품을 다투어 총애를 사려고 각자 의견을 내니
今年鬪品充官茶[17]	금년엔 투품으로 관다를 충당했네
吾君所乏豈此物	우리 임금에게 없는 것이 어찌 이런 물건인가?

致養口體何陋耶　입과 몸만 봉양함은 얼마나 비루한 것이던가?
洛陽相君忠孝家[18)]　낙양의 상군은 충효의 집안인데
可憐亦進姚黃花[19)]　가련하게 또한 요황화를 올렸네

주석

1) 소성(紹聖) 2년(1095) 소식이 남방에서 귀양을 살 때 혜주(惠州)에서 지은 작품임. 荔支(여지): 여지(荔枝). 열대 과일. 나무는 계수나무와 비슷하고, 높이는 5·6장(丈) 정도이고, 상록교목이고, 열매는 달걀만한데 장수식품이라고 하여 역대 왕실에서 중요한 공물(貢物)로 취급하였음.

2) 置(치): 역참(驛站).

3) 堠(후): 이정(里程)을 표시한 흙 언덕.

4) 相枕藉(상침자): 시신(屍身)들이 종횡으로 서로 베고 누운 것.

5) 龍眼(용안): 열대 과일. 계원(桂圓). 여지노(荔枝奴). 모양과 맛이 여지와 비슷하면서 수확의 시기가 여지보다 약간 늦음.

6) 鶻(골): 송골매처럼 빠른 해선(海船)을 말함. 왕십붕(王十朋)의 〈회계풍속부(會稽風俗賦)〉에 "骨舟如擊, 馬楫如驅"라고 했음.

7) 『신당서·양귀비전(楊貴妃傳)』에, 양귀비가 반드시 신선한 여지를 먹으려고 했으므로, 기병을 배치하여 수천 리를 전송시켜서 맛이 변하기 전에 장안(長安)에 도착시켰다고 했다.

8) 一破顔(일파안): 일소(一笑). 두목(杜牧)의 〈과화청궁절구(過華淸宮絶句)〉에 "一騎紅塵妃子笑, 無人知是荔枝來"라고 했다.

9) 永元(영원): 동한(東漢) 화제(和帝)의 연호(89-104). 交州(교주): 지금의 광동성·광서성·월남(越南)의 북부지역.

10) 天寶(천보): 당나라 현종(玄宗)의 연호(742-755). 涪(부): 부주(涪州). 지금의 사천성 부릉시(涪陵市). 소식의 자주에 "한나라 영원(永元) 중에 교주(交州)에서 여지와 용안을 올렸는데, 십 리마다 1치(置), 오 리마다 1후(堠)를 두고,

내달리다가 사망하고, 맹수나 독충의 해를 당한 자가 무수했다. 당강(唐羌)은 자가 백유(伯游)인데, 임무장(臨武長)이 되어서 상서하여 실상을 말하자, 화제(和帝)가 그를 파직시켰다. 당나라 천보(天寶) 중에는 대개 부주(涪州)의 여지를 취했는데, 자오곡로(子午谷路)로부터 올려 들였다"라고 했다.

11) 林甫(임보): 이림보(李林甫). 당나라 현종 때 재상을 지내면서 현종과 양귀비에게 아첨하기 위해 백성들의 질곡을 돌보지 않아서, 백성들의 한이 골수에 맺혔음.

12) 伯游(백유): 당강(唐羌)의 자. 그가 한나라 화제에게 올린 상서에서 여지와 용안이 수명을 연장시키지 못함을 지적하며 그 공물을 폐지할 것을 요청했다.

13) 尤物(우물): 진기한 물건. 瘡痏(창유): 민생이 피폐하고 곤고(困苦)함.

14) 登(등): 풍년(豊年).

15) 武夷(무이): 복건성 무이산(武夷山). 粟粒芽(속립아): 초봄의 어린 찻잎.

16) 前丁後蔡(전정후채): 정위(丁謂)와 채양(蔡襄)을 말함. 정위는 자가 위지(謂之)이고, 송나라 진종(眞宗) 때 재상을 지내고 진국공(晉國公)에 봉해졌음. 봉선(封禪)으로써 진종의 뜻에 영합했다. 채양은 자가 군모(君謨)이고, 단명전학사(端明殿學士)를 지냈다. 또한 차의 전문가로서 『다록(茶錄)』을 저술했다. 籠加(농가): 찻잎을 장롱가봉(藏籠加封)함.

17) 鬪品(투품): 차의 품질을 다투는 것. 명전(茗戰)이라고 함.

18) 洛陽相君(낙양상군): 전유연(錢惟演). 오월왕(吳越王) 전숙(錢俶)의 아들. 송나라에 투항한 후 송태조가 충효로써 사직을 보호하라고 했음. 만년에 추밀사(樞密使) 겸 중서문하평장사(中書門下平章事)로서 서경유수(西京留守)를 지냈음.

19) 姚黃花(요황화): 모란(牡丹). 요황은 모란의 한 품종으로서 처음에 민간 요씨(姚氏) 집에서 나왔는데, 황색의 큰 꽃이 피기 때문에 요황이라 이름 지었음. 소식의 자주에 "낙양공화(洛陽貢花)는 전유연(錢惟演)에게서 비롯되었고, 대소용다(大小龍茶)는 정진공(丁晉公)에게서 시작되어 채군모(蔡君謨)에게서 완성되었다. 구양영숙(歐陽永叔)이 군모가 소용단(小龍團)을 올렸다는 말을 듣고, 놀라서 탄식하기를 '군모는 사인(士人)이다. 어찌 이런 일을 하기에 이

르렀는가?'라고 했다. 금년에 민중(閩中)의 감사(監司)가 투다(鬪茶)를 올리기를 요청하니 허락했다"라고 했다.

평설

- 황철(黃徹)의 『공계시화(䂬溪詩話)』에 "'我願天公憐赤子' 이하는 세상을 보좌하는 말인데, 쉽게 할 수 있지 않다"라고 했다.

- 『용재삼필』에 "동파선생의 작문은 사전(史傳)을 인용할 때는 반드시 상세히 진술하여서 백여 글자에 이르는 것이 있다. 대개 독자들이 한 번 보고 알도록 하여서 다시 역서책(繹書策)을 찾지 않게 하려는 것이다. 예를 들면 〈여지탄〉 시에서 당강(唐羌)을 인용하여 여지의 일을 말한 것이 그것이다"라고 했다.

- 『초계어은총화』에 "초계어은이 말했다. 구양수(歐陽修)의 「화품서(花品序)」에 「내가 부중(府中)에 거처하고 있을 때 일찍이 사공(思公)을 알현했다. 한 작은 병풍이 앉아 있는 뒤에 세워져 있었는데, 작은 글자들이 그 위에 가득했다. 사공이 그것을 가리키며 말하기를, '「화품」을 지으려고 한다니, 이것들은 모란의 이름들인데 모두 구십여 종이오'라고 했다. 그러나 내가 보아온 것과 지금 사람들이 많이 칭하는 것은 겨우 삼십여 종 가량이다. 사공이 어디에서 그렇게 많이 얻었는지 모르겠다」고 했다. 사공은 곧 전유연(錢惟演)이다. 동파가 말하기를 '유연이 서도유수(西都留守)가 되었을 때 처음으로 역을 설치하고 꽃을 공납했다. 식자(識者)들은 그것을 비루하게 여겼는데, 이는 궁첩(宮妾)이 임금의 뜻을 사랑한 것이다'고 했다. 그래서 〈여지탄〉에서 말하기를 '洛陽相君忠孝家, 可憐亦進姚黃花'라고 했는데, 대개 사군을 애석하게 여긴 것이다"라고 했다.

- 『운어양추』에 "『후한서 · 화제기(和帝紀)』에서 말하기를, 남해(南海)에

서 옛날 여지를 바쳤는데, 10리마다 1치(置)와 5리마다 1후(堠)를 두고, 험한 곳을 내달려서 죽은 자가 길에 쌓였다고 했다. 그래서 동파의 시에서 '十里一置飛塵灰, 五里一堠兵火催. 顚坑仆谷相枕藉, 知是荔支龍眼來' 라고 한 것이다"라고 했다.

- 『초백암시평』에 "'君不見, 武夷谿邊粟粒芽……可憐亦進姚黃花'는 귀로 듣고 눈으로 본 것인데, 우리 휘곽자(揮霍者)에게 이바지하지 않을 수 없다. 낙천(樂天: 白居易)의 풍유(諷諭)시 여러 작품들은 제목으로 나아가서 제목으로 돌아온 것에 불과하니, 어찌 이와 같은 개척(開拓)을 얻겠는가?"라고 했다.

- 사신행의 『초백암소시보주(初白庵蘇詩補注)』에 "시 중의 '雨順風調百穀登, 民不飢寒爲上瑞' 2구는 여러 각본(刻本)에 없던 바인데, 지금 시주(施注)의 원본에 근거하여 증입(增入)했다"라고 했다.

- 『소시선평전석』에 "'君不見' 일단(一段)에는 백단(百段)이 교집(交集)했는데, 1편(篇)의 기횡(奇橫)이 여기에 있다. 시는 본래 여지 때문에 탄식을 발했는데, 문득 설(說)이 차(茶)에 이르고, 또 설이 모란에 이르렀다. 그 흉중의 울발(鬱勃)함에 그칠 수 없는 말이 있다. 이는 지언(至言)이고 지문(至文)이다"라고 했다.

- 『소문충공시집』에 "모습은 두보를 답습하지 않았는데, 정신은 그와 같다. 출몰개합(出沒開合)은 순전히 두보의 법(法)이다. '宮中美人一破顔' 이하 6구는 정신이 비무(飛舞)한다. '雨順風調百穀登' 2구는 범외(凡猥)하므로 마땅히 집본(集本)에서 삭제해야 한다. '君不見, 武夷谿邊粟粒芽' 이하는 백단(百段)이 교집(交集)했는데 흉중의 울발(鬱勃)함에 그칠 수 없는 것이 있다. 그칠 수 없어서 말한 것이 지언(至言)이 되었다. '爭新買寵各出意' 이하는 파란(波瀾)이 장활(壯闊)한데, 뼈를 드러냄을 꺼리지 않았다. '洛陽相君忠孝家' 2구 결처(決處)는 또한 일파(一波)를 띠고

있는데, 더욱 긴 말로도 부족하다"라고 했다.

- 『소매첨언』에 "기(起) 3구의 묘사는 필세(筆勢)가 있다. 4구는 도입(倒入)하여 서술했다. '永元' 구는 역입(逆入)하여 서술하여 위를 맺었다. '我願' 2구는 삭제함이 좋을 것이다. 소물(小物)의 원위(原委)가 상세히 갖추어 있다. 이른바 차제(借題)이다. 장법(章法)의 변화와 필세(筆勢)의 등척(騰擲)이 파란장활(波瀾壯闊)하여 참으로 태사공(太史公: 司馬遷)의 문(文)인데, 〈복어(鰒魚)〉 시는 몹시 미치지 못한다"라고 했다.

- 조극의의 『각산루소시평주휘초』에 "옛날을 슬퍼하여 지금을 풍자했는데, 빈주(賓主)가 서로 드러나고, 세밀하게 풀어내어서 지극히 필묘(筆妙)를 보였다. 고사(古事)를 살펴서 곧장 일으켰는데, 도리어 점명(點明)하지 않고 남겨서 하단과 함께 근절(筋節)을 만들었다. 2구는 참으로 범외(凡猥)하지만 삭제하면 어세(語勢)가 부족해진다. '至今欲食林甫肉'은 용필(用筆)의 순역(順逆)이 모두 지극히 자연스럽다. '君不見, 武夷谿邊粟粒芽' 이하는 주의(主意)인데, 도리어 견연(牽連)하여 언급한 듯하기 때문에 묘하다"라고 했다.

왕정국이 소장한 〈연강첩장도〉에 적다

書王定國所藏煙江疊嶂圖[1)]

江上愁心千疊山[2)] 강가에서 근심이 천 겹의 산인데
浮空積翠如雲煙 허공 뜬 쌓인 푸름은 구름과 안개 같네
山耶雲耶遠莫知 산인지 구름인지 멀어서 알 수 없는데
煙空雲散山依然 안개와 구름 흩어지니 산이 의연하네

但見兩崖蒼蒼暗絶谷
다만 양 언덕의 창창히 어두운 절곡을 보는데
中有百道飛來泉 중간에 백 갈래로 날아오는 폭포가 있어
縈林絡石隱復見 두른 숲과 이어진 바위에 숨었다 드러나고
下赴谷口爲奔川 아래 골짜기 입구에서 빠른 냇물을 이루었네
川平山開林麓斷 냇물 평평하고 산이 열려 숲 기슭이 끊겼는데
小橋野店依山前 작은 다리와 주점이 산 앞에 의지했네
行人稍度喬木外 교목 너머에 행인들이 건너가고
漁舟一葉江呑天 강이 하늘을 삼킨 곳에 한 잎의 어선이 있네
使君何從得此本[3] 사군은 어디서 이 그림을 얻었던가?
點綴毫末分淸妍 붓 끝을 점철하여 맑음과 아름다움을 분별했네
不知人間何處有此境
세상 어디에 이런 승경이 있는지 모르지만
徑欲往置二頃田 곧 가서 이 경의 밭을 일구고 싶네
君不見 그대는 보지 못했는가?
武昌樊口幽絶處[4] 무창 번구의 유절한 곳에
東坡先生留五年[5] 동파선생이 머문 지가 오 년인데
春風搖江天漠漠 봄바람이 강물 흔들고 하늘 막막한데
暮雲卷雨山娟娟 저녁 구름이 비를 거두면 산이 어여쁘네
丹楓翻鴉伴水宿 단풍숲에 까마귀 날고 사람은 물가에서 자는데
長松落雪驚醉眠 큰 소나무에서 눈이 떨어지면 취한 잠을 깬다네
桃花流水在人世 도화유수가 인간 세상에 있는데
武陵豈必皆神仙[6] 무릉이 어찌 모두 신선들이랴?

江上清空我塵土　강가의 푸른 하늘이 나의 진토인데
雖有去路尋無緣　비록 가는 길은 있어도 찾을 인연이 없으니
還君此畵三歎息　그대에게 이 그림을 돌려주며 세 번이나 탄식하네
山中故人應有招我歸來篇
산중 고인에게 마땅히 날 부르는 〈귀래편〉이 있으리라

주석

1) 자주에 "왕진경(王晉卿)의 그림이다"라고 했음. 『화계(畵繼)』에 "왕선(王詵)의 자는 진경(晉卿)이고, 영종(英宗)의 딸 촉국공주(蜀國公主)의 배필이 되어, 이주방어사(利州防禦使)가 되었다. 그가 그린 산수는 이성(李成)의 준법(皴法)을 배웠는데, 금록(金綠)으로써 그려서 고금의 관음보타산(觀音寶陁山)의 모습 같고, 소경(小景) 또한 먹으로 평원을 그렸는데 모두 이성의 법이다. 그래서 동파가 진경은 파묵삼매(破墨三昧)를 얻었다고 한 것이다. 〈연강첩장도〉가 세상에 전한다"라고 했다. 王定國(왕정국): 왕공(王鞏).

2) 장설(張說)의 「강상수심부(江上愁心賦)」에 "江上之峻山兮, 鬱崎嶬而不極. 雲爲峰兮煙爲色, 欻變態兮心不識"이라 했음.

3) 使君(사군): 왕정국을 말함.

4) 樊口(번구): 지금의 호북성 악성(鄂城: 옛 무창현) 서북. 황주(黃州)와 강으로 격해 있음

5) 소식은 원풍(元豊) 3년(1080) 2월에 황주(黃州)로 귀양을 와서 7년 4월에 여주(汝州)로 옮겨졌다.

6) 도연명(陶淵明)의 「도화원기(桃花源記)」를 전고로 하였음.

평설

- 『정재시화』에 "'江上愁心'은 『당문수(唐文粹)』에서 나왔는데, 장설(張說)에게 「강상수심부(江上愁心賦)」가 있다"라고 했다.

- 『언주시화』에 "화산수시(畵山水詩)는 소릉(少陵: 두보)의 몇 수 후에는 계승할 수 있는 사람이 없었다. 오직 형공(荊公: 王安石)의 〈관연공산수(觀燕公山水)〉 시의 앞 6구가 약간 그것에 가깝고, 동파의 〈연강첩장도〉 시 또한 약간 그것에 가깝다"라고 했다.

- 『시수』에 "제화(題畵)는 두보의 몇 편 외에는 당나라에서는 계승한 사람이 없었다. 왕개보(王介甫: 王安石)의 〈화호도(畵虎圖)〉, 소자첨의 〈연강첩장〉·〈야유도(夜遊圖)〉…… 등은 모두 볼 만한데, 골력변화(骨力變化)는 두보에게 훨씬 미치지 못한다"라고 했다. 또 "자첨은 비록 체격(體格)을 창변(創變)했지만, 필력이 종횡하고, 천진난만하다. ……〈연강첩장〉 등의 편은 종종 준일호려(俊逸豪麗)하여 스스로 송나라 가행(歌行)의 제일수(第一手)이다. 기타 전편(全篇)이 의론골계(議論滑稽)를 편 것이 있지만 논할 만하지 않다"라고 했다.

- 사신행의 『초백당시평』에 "이 시를 공이 손수 쓴 진적(眞蹟)이 태식(太食) 왕장공(王長公)의 집에 있는데, 장축(張丑)의 『서화방(書畵舫)』에 보인다. '但見兩崖蒼蒼暗絶谷' 8구의 공의 시를 읽어보면, 그림을 볼 필요가 없다. '不知人間何處有此境' 2구는 과맥(過脈)이다. '君不見武昌樊口幽絶處' 6구는 또한 한 정화(幀畵) 이외의 그림을 첨가했다. '桃花流水在人世' 4구는 손 따라 개합(開闔)했는데 결구(結構)가 근엄(謹嚴)하다"라고 했다.

- 『소시선평전석』에 "결국 그림을 위한 기(記)를 지었는데, 그러나 모사(摹寫)의 신묘(神妙)에 있어서, 기를 짓는 것은 도리어 운어(韻語)가 곡진하게 정(情)을 지니는 것만 못한 듯하다. '君不見' 이하는 연운(煙雲)

의 권서(卷舒)가 앞과 더불어 서로 대칭되는데, 자연스러움을 조(祖)로 삼고, 원기(元氣)를 뿌리로 삼지 않음이 없다"라고 했다.

- 『소문충공시집』에 "기처(起處)는 기정환경(奇情幻景)에 붓이 충분히 도달했다. 끝내 이는 그림을 위한 기(記)를 지었다. 그러나 모사(摹寫)의 묘에 있어서, 기를 짓는 것은 도리어 못한 듯하다. '春風搖江天漠漠' 이하 6구는 절주(節奏)의 묘가 순수하게 화경(化境)이다. '君不見武昌樊口幽絶處' 2구는 파란(波瀾)을 재촉하여 일으켰는데, 문경(文境)이 곧 넓어졌다"라고 했다.

- 『동파시초』에 "노두(老杜)의 '五日一水'·'堂上楓樹' 등의 시는 곧 제화(題畵)의 연원인데, 그 후에는 그것을 잇는 자가 없었다. 동파의 이 시는 간혹 이어서 읊을 수 있었다. 이 시는 한 운(韻)으로 시종하였는데, 노두의 〈애왕손(哀王孫)〉·〈애강두(哀江頭)〉 시로부터 왔다. 그러나 매 장(章)마다 환운(換韻)한 듯하다. 이것이 이 시의 묘처이다. '江上愁心千疊山' 2구는 기수(起手)가 제목을 끌어왔다. 2구는 한 편의 모두(冒頭)와 같아서 스스로 대국면의 필법이다. '山耶雲耶遠莫知'는 연운(煙雲) 2글자를 나누어 말했다. '煙空雲散山依然'은 산으로 돌아간 것이다. '使君何從得此本' 4구는 1장(章)이 된다. 모두 경(景)을 말해 왔는데, 이곳에 이르러 문득 제목으로 들어갔다. 이후 그림을 말하지 않고 자기의 신상(身上)으로 돌아갔는데 작자의 깊은 뜻이다. '君不見武昌樊口幽絶處' 2구는 1장이 된다. '春風搖江天漠漠' 4구는 1장이 된다. '春風搖江天漠漠' 4구는 1장이 된다. '還君此畵三歎息' 2구는 1장이 된다. '山中故人應有招我歸來篇'은 결법(結法)이 몰래 노두의 청혜포말(靑鞋布襪)의 의미를 훔쳤다"라고 했다.

- 『소매첨언』에 "기단(起段)은 사(寫)로써 서(敍)를 삼았는데, 사가 입묘(入妙)했다. 세(勢) 또한 높고, 기(氣) 또한 씩씩하고, 신(神) 또한 왕성

하다. '使君' 4구는 정봉(正鋒)이다"라고 했다.

- 『석주시화』에 "소시(蘇詩) '丹楓飜鴉伴水宿'에 대하여 시주(施注)에서 '水禽日宿'을 인용했다. 다만 이 구의 '숙(宿)' 자는 스스로 남의 설을 가리킨 것이다"라고 했다.

- 왕문고(王文誥)의 『소문충공시편주집성(蘇文忠公詩編注集成)』에 "'江上愁心千疊山' 12구의 경우, 『맹자(孟子)』의 장편(長篇)처럼 양선법(兩扇法)이 많다. 노소(老蘇: 蘇洵)에게 『맹자』 비본(批本)이 있고, 구양영숙(歐陽永叔: 歐陽修) 또한 『맹자』 1책을 지극히 추대했다. 당시 맹자는 종사(從祀)에 열입되지 못했는데, 『어맹(語孟)』·『논맹(論孟)』 등 여러 설로써 그것을 의심한 것이 하나가 아니고 풍족하였기 때문에 그 숭상하는 바가 귀한 바가 되었다. 공(公)에 이르러서 그것을 모두 취해다가 시에다가 넣었다. 이 시는 곧 양선법을 사용한 것이다. 이상은 수구(首句)로부터 허공을 타고 돌기(突起)하였는데, 여기에 이르러 일선(一扇)이 되며, 그림 속의 경(景)을 말했다. '雖有去路尋無緣'의 경우, '使君' 구로부터 시작하여 여기에 이르러 일선이 되며, 그림을 관람하는 사람을 말했다. 뒤는 겨우 2구로써 결(結)을 지었다. '還君此畵三歎息' 구는 그림 속의 경(景)을 맺었고, '山中故人應有招我歸來篇' 구는 그림을 보는 사람을 맺었다"라고 했다.

- 조극의의 『각산루소시평주휘초』에 "'人間何處有此境'은 둔필(鈍筆)인데, 하문(下文)을 지어냈다"라고 했다.

- 『당송시거요』에 "실경(實景)으로써 비황(比況)하고, 결(結)은 작의(作意)를 냈다"라고 했다.

4월 11일에 처음으로 여지를 먹다 四月十一日, 初食荔支[1]

南村諸楊北村盧[2]	남촌의 양매와 북촌의 노귤은
白花青葉冬不枯	흰 꽃과 푸른 잎이 겨울에도 말라 시들지 않고
垂黃綴紫煙雨裏	황색과 자색 열매가 연우 속에 매달려서
特與荔支爲先驅	특히 여지의 선구가 되네
海山仙人絳羅襦	해산 선인의 붉은 비단 저고리고
紅紗中單白玉膚[3]	홍사 속저고리의 백옥의 살결이네
不須更待妃子笑[4]	다시는 비자의 웃음을 기다릴 필요 없으니
風骨自是傾城姝[5]	풍골이 스스로 경성의 아름다움이네
不知天公有意無	천공이 의도가 있는지 모르겠지만
遣此尤物生海隅[6]	이 우물을 바다 모퉁이에 나게 했네
雲山得伴松檜老	운산에서 소나무와 젓나무를 동반하여 늙어가고
霜雪自困樝梨麤	서리 맞은 명자와 배의 추함을 몸소 괴로워하네
先生洗琖酌桂醑[7]	선생은 옥잔을 씻어 계수술을 따르고
氷槃薦此頳虯珠[8]	큰 쟁반에 이 정규주를 올렸네
似聞江鰩斫玉柱[9]	강요의 옥주를 자른 듯하다고 들었는데
更洗河豚烹腹腴[10]	다시 하돈을 씻어 뱃살을 삶은 듯하네
我生涉世本爲口	내 생의 세상살이는 본래 입을 위한 것이라서
一官久已輕蓴鱸[11]	한 관직에서 오래토록 순채와 농어를 경시했네
人間何者非夢幻	세상에서 무엇이 몽환이 아니랴?
南來萬里眞良圖	남쪽 만 리로 온 것은 참으로 좋은 계책이었네

주석

1) 소식은 소성(紹聖) 원년(1094)에 영원군절도부사(寧遠軍節度副使)로 좌천되어 혜주(惠州)에 안치되었다. 그 이듬해 혜주에서 지은 작품임.

2) 자주에 "양매(楊梅)와 노귤(盧橘)이다"라고 했다. 양매는 상록교목으로서, 그 열매는 크기가 탄환(彈丸)만하고, 5월 중에 익는데 심홍색이다. 노귤은 껍질이 두텁고, 기색(氣色)과 크기가 감(柑)과 같고 맛은 시고, 여름에 익는다. 남방 지역민들은 호귤(壺橘)이라 부른다. 광동(廣東) 지방에서는 비파(枇杷)를 노귤이라고 함.

3) 中單(중단): 한삼(汗衫). 속저고리.

4) 妃子(비자): 양귀비(楊貴妃)를 말함. 두목(杜牧)의 〈과화청궁절구(過華淸宮絶句)〉에 "一騎紅塵妃子笑, 無人知是荔枝來"라고 했음.

5) 傾城姝(경성주): 경국지색(傾國之色)과 같음.

6) 尤物(우물): 진기한 물건.

7) 桂醑(계서): 계주(桂酒).

8) 氷槃(빙반): 큰 사기그릇. 赬虬(정규): 적룡(赤龍). 한유(韓愈)의 〈시(柿)〉 시에 "然雲燒樹火實駢, 金烏下啄赬虬卵"이라고 했음.

9) 江鰩(강요): 강 조개의 일종. 玉柱(옥주): 옥빛 조개의 관자.

10) 河豚(하돈): 강으로 올라오는 복어의 일종. 腹腴(복유): 복어의 뱃살. 자주에 "나는 맛보고서, 여지(荔支)의 후미(厚味)와 고격(高格)은 둘 다 뛰어나서 과일 중에는 비교할 것이 없고, 오직 강요주(江鰩柱)와 하돈어(河豚魚)가 그것에 가까울 뿐이라고 생각했다"라고 했다.

11) 『진서(晉書)·장한전(張翰傳)』에 "한(翰)은 가을바람이 일어나자, 곧 오중(吳中)의 고채(菰菜)·순갱(蓴羹)·농어(鱸魚)를 생각하고, '인생에서 귀한 것은 적합한 뜻을 얻는 것인데, 어찌 수천 리를 떠돌며 벼슬하며 명예와 관작을 바라겠는가?'라고 했다. 마침내 수레를 준비하여 귀향했다"라고 했다.

평설

- 『양계만지』에 "동파의 〈식여지(食荔支)〉 시에서 '雲山得伴松檜老, 霜雪自困樝梨麤'라고 했다. 항상 위 시구가 범람(汎濫)한 듯한데, 이 노인이 마땅히 그렇지 않았을 것이라고 의심했다. 나중에 민(閩)과 광(廣) 지역에 익숙한 자를 만났는데, 그가 말하기를 복주(福州) 길전현(吉田縣)에서 해남(海南)에 이르기까지 모두 재상목(宰上木)으로서 소나무와 젓나무 외에 여지를 섞어 심어서 그 가지와 잎의 그늘짐을 취하는데 온 시야 속에 끊이지 않는다고 했다. 이 때문에 '伴松檜'란 말이 있게 된 것이다"라고 했다.

- 송나라 홍매(洪邁)의 『용재사필(容齋四筆)』에 "엄유익(嚴有翼)은 『예원자황(藝苑雌黃)』을 저술했는데, 해흡(該洽)하게 유식(有識)하여 대개 근세의 박아(博雅)한 인사이다. 그런데 그는 설(說)을 세워서 자못 힘써 동파공을 나무랐다. 나는 일찍이 옥천자(玉天子: 盧仝)의 〈월식시(月蝕詩)〉를 논한 것으로 인하여 그 경발(輕發)함을 꾸짖은 적이 있다. 또 팔단(八端)이 있는데, 모두 하루살이가 큰 나무를 흔드는 것에 가까워서, 후인들의 공격을 초래했다. 예를 들면 …… 「여지편(荔支篇)」 안에서 '〈사월식여지〉 시의 경우, 그 체물(體物)의 공교함은 사랑하지만, 동파는 민중(閩中)에 가본 적이 없기 때문에 진짜 여지를 알지 못했다. 이는 다만 화산(火山: 여지의 일종)일 뿐이다'라고 했다. 이런 여러 것은 옳기도 하고 그릇되기도 하는데, 본래 심한 실수는 아니지만, 그러나 모두가 반드시 그렇지는 않다"라고 했다.

- 『초계어은총화』에 "시인들은 영물(詠物)의 형용의 묘를 근세에 최고로 여긴다. …… 동파는 '海山仙人絳羅襦, 紅紗中單白玉膚. 不須更待妃子笑, 風骨自是傾城姝'라고 했는데, 이를 읽어보면 여지를 읊은 것임을 알 수 있다"라고 했다. 또 "『둔재한람(遯齋閑覽)』에서 말하기를 '〈사월십일

일초, 식여지〉의 '海山仙人絳羅襦, 紅紗中單白玉膚'를 내가 읽어보니, 그 체물(體物)의 공교함을 사랑하지 않을 수 없었다. 그러나 그 뒤에 '似聞江鰩斫玉柱, 更洗河豚烹腹腴'라고 했는데, 나는 동파가 민중(閩中)에 가본 적이 없어서 진짜 여지를 알지 못했다고 여겼다. '사월 십일일'이라 했으니, 이는 다만 광남(廣南)의 화산(火山)이란 것일 뿐이다. 그래서 그 비류(比類)는 겨우 '위문제(魏文帝)와 유신(庾信) 등과 동과(同科)이다'라고 했다. ……『예원자황(藝苑雌黃)』에서는 특히 감재(鑒裁)함이 없어서, 마침내 동파의 비류는 겨우 위문제와 유신 등과 동과라고 말했다. 만약 민(閩)과 광(廣) 지역 여지의 고하(高下)가 같지 않다고 말한다면 옳을 터이지만, 만약 동파가 비류를 못한다고 말한다면 옳지 못할 것이다"라고 했다.

- 주익(朱翌)의 『의각료잡기(猗覺寮雜記)』에 "영외(嶺外)에서는 비파(枇杷)를 노귤자(盧橘子)라고 한다. 그래서 동파가 …… '南村諸楊北村盧, 白花青葉冬不枯'라고 한 것이다. 당자서(唐子西: 唐庚) 또한 '노귤과 비파는 한 물건이다'라고 했다. 「상림부(上林賦)」의 '노귤은 여름에 익는다'를 살펴보니, 이선(李善)이 응소(應劭)를 인용하여 '『이윤서(伊尹書)』에 「기산(箕山)의 동쪽에는 노귤이 여름에 익는다」'고 했다. 진작(晉灼)이 '노(盧)는 흑(黑)이다'라고 했다. 「상림부」에는 또한 비파를 별도로 내었으니, 한 물건이 아니라고 생각된다. 비파는 익으면 노랗게 되는데, 마땅히 노(盧)라고 하지 않을 것이다. 『초학기(初學記)』에 '장발(張勃)의 『오록(吳錄)』에 「건안(建安)에 귤이 있는데, 겨울에는 나무 위에 매달려 있다가 이듬해 봄과 여름에 색이 청흑(青黑)으로 변하고, 맛이 빼어나게 좋다」고 했다'고 했다. 이어서 '「상림부」에 노귤은 여름에 익는다'고 했다. 또 『태평어람(太平御覽)』에 실어놓은 『위왕화목지(魏王花木志)』에 '촉토(蜀土)에는 손님에게 내놓는 등자(橙子)가 있는데, 귤과 같지만 보다 작고, 유자와 같지만 보다 향이 있다. 겨울에서 여름까지 꽃과 열매

가 서로 이어진다. 또한 이름이 노귤이다'라고 했다. 두 기사를 살펴보면, 비파가 아닌 것이 분명하다. 동파와 자서는 단지 영외에서 부르는 바를 보았기 때문에 그렇게 말한 것일 뿐이다. 혜홍(惠洪)의 『냉재야화(冷齋夜話)』에서도 또한 그것을 변별했으나, 다만 상세하지 못하다"라고 했다.

- 『능개재만록』의 「여지 · 양매(楊梅) · 노귤」에서 "양(梁)나라 소혜개(蕭惠開)가 말하기를 '남방의 진기한 것은 오직 여지이다. 그 맛이 빼어나게 좋다. 양매(楊梅)와 노귤은 스스로 울타리가 더러운 곳에 던져질 만하다'고 했다"라고 했다. 그래서 동파의 시에 '南村諸楊北村盧……直與荔支爲先驅'라고 한 것이다"라고 했다.

- 『초백암시평』에 "'海山仙人絳羅襦' 2구는 묘사를 지극히 했다"라고 했다.

- 『소시선평전석』에 "'絳羅'와 '紅紗' 등의 말은 각루(刻鏤)의 흔적을 드러내지 않으면서 형용이 완비주도(完備周到)하다. 간약하면서 다한 것이라고 말할 수 있다. '江鰩'와 '河豚'의 비유는 다만 그 같은 것으로써 다른 맛으로 삼은 것으로서 깊은 의미가 있지 않다. 진민정(陳敏政)이 반박한 것은 본래 불필요했고, 호자(胡仔)가 변별한 것은 또한 억지로 해석을 했을 뿐이다"라고 했다.

- 『소문충공시집』에 "생향(生香)과 진색(眞色)이 붓끝에서 솟아나왔다. 이런 붓이 아니면 이런 과일을 묘사할 수 없다. '我生涉世本爲口' 이하 4구는 결(結)인데 곧 무료한 중에 스스로를 위로한 말이다. 송인(宋人)들의 시화(詩話)에서는 아주 작은 실수로써 경시했는데, 이른바 사(詞)로써 의(意)를 해친 것이다. 여지를 먹는 것을 어찌하여 허물을 반성하고 과실을 후회하는 말로 들일 수 있는 것인가?"라고 했다.

- 『소매첨언』에 "심상하게 정경(情景)을 펴서 입묘(入妙)한 것으로는 이

시와 〈해시(海市)〉·'清風弄水'·'江上愁心'·'塔上一鈴'·〈고산(孤山)〉 등의 편이 있는데 다 매거(枚擧)할 수가 없지만 유추할 수 있다. '不須' 2구는 선기(仙氣)이다. 〈매화(梅花)〉 시의 '仙靈'과 함께 동일한 묘이다. '雲山' 2구는 '식(食)' 자를 벗어나지 않았다. 대개 사(寫)·의(議)·탁기(託寄)·서(敍) 4가지가 각각 신운묘어(神韻妙語)를 지녔다"라고 했다.

- 조극의의 『각산루소시평주휘초』에 "형용비황(形容譬況)의 묘는 당인(唐人)도 미칠 수 없는 바이다"라고 했다.

- 『당송시거요』에 "정경(情景)과 음절(音節)이 모두 지극히 입묘(入妙)했다. 영물시의 궤칙(軌則)이라 할 만하다. '不知天公有意無' 2구는 낙상(落想)이 기묘(奇妙)하다"라고 했다.

11월 26일 송풍정 아래 매화가 활짝 피었다
十一月二十六日, 松風亭下梅花盛開[1)]

春風嶺上淮南村[2)] 춘풍령 위 회남마을
昔年梅花曾斷魂[3)] 지난날 매화에 애끊었는데
豈知流落復相見 어찌 떠돌며 다시 볼 줄 알았으랴?
蠻風蜑雨愁黄昏[4)] 만풍과 단우 속 황혼에 근심하네
長條半落荔支浦[5)] 긴 가지 반이 휘어져 늘어진 여지포
臥樹獨秀桄榔園[6)] 누운 나무 홀로 빼어난 광랑원
豈惟幽光留夜色 어찌 다만 그윽한 꽃빛을 어둠에 머물러 두었는가?
直恐冷艶排冬温 도리어 냉염함이 겨울의 따뜻함을 물리칠까 두렵네
松風亭下荊棘裏 송풍정 아래 가시나무 속에

兩株玉蕊明朝暾	두 그루 옥 같은 꽃술에 아침 햇살이 밝네
海南仙雲嬌墮砌	해남의 선운은 어여쁘게 섬돌에 떨어지고
月下縞衣來扣門[7]	달빛 아래 흰옷 입고 와서 문을 두드리네
酒醒夢覺起繞樹	술 깨고 꿈 깨어 일어나 나무를 도니
妙意有在終無言	묘한 뜻이 있으나 끝내 말로 할 수 없네
先生獨飮勿歎息	선생은 홀로 술 마시며 탄식 마오
幸有落月窺淸樽	다행히 지는 달이 맑은 술잔을 엿봄이 있으리라

주석

1) 松風亭(송풍정): 혜주(惠州) 학사(學舍) 동쪽에 있었음. 원래 가우사(嘉祐寺)의 고지(故址)였음. 소성(紹聖) 원년(1094) 11월에 혜주(惠州)에서 지은 작품임.

2) 春風嶺(춘풍령): 호북성 마성현(麻城縣) 치소 동쪽 기슭. 淮南村(회남촌): 회수(淮水)의 남쪽 마을.

3) 소식의 자주에 "나는 지난날 황주(黃州)에 부임할 때 춘풍령(春風嶺) 위에서 매화를 보고 두 절구를 지었다. 명년 정월에 기정(岐亭)으로 가는 도중에 시를 짓기를 '去年今日關山路, 細雨梅花正斷魂'이라 했다"라고 했다.

4) 蠻風蜑雨(만풍단우): 남방지방의 풍우를 말함. 만(蠻)과 단(蜑)은 중국 남방의 소수민족의 이름.

5) 半落(반락): 매화 가지가 반쯤 휘어져 아래로 처진 것을 말함. 荔支浦(여지포): 『일통지(一統志)』에 "광주부(廣州府) 성동(城東)에 여지주(荔枝洲)가 있는데, 주위가 50리이고, 남해(南海) 유씨(劉氏)가 일찍이 그 위에 창화원(昌華園)을 만들었다"라고 했다.

6) 桄榔(광랑): 야자나무의 일종. 일명 사탕야자(砂糖椰子)·당수(糖樹)·당종(糖棕).

7) 유종원(柳宗元)의 『용성록(龍城綠)』에 "수나라 개황(開皇) 중, 조사웅(趙師

雄)이 나부산(羅浮山)으로 좌천되었을 때, 하루는 날이 차가운 석양에 반쯤 취해 있었다. 그래서 솔숲 사이의 주막에 종복과 수레를 쉬게 하였다. 옆집에 사는 한 여인을 보았는데, 곱게 화장을 하고 소복차림으로 나와서 사웅을 맞이하였다. 때는 이미 어둠이 깔리고, 잔설만이 달빛을 마주하고 희미하게 밝았다. 사웅은 기뻐하며 함께 말을 나누었다. 다만 방향(芳香)이 끼쳐옴을 느꼈는데, 그녀의 언어는 지극히 맑고 아름다웠다. 그래서 사웅은 그녀와 더불어 술집 문을 두드려 여러 잔을 얻어서 함께 술을 마셨다. 얼마 후 한 녹의동자(綠衣童子)가 와서 즐겁게 노래하고 춤을 췄다. 그것 또한 볼만하였다. 이윽고 취하여 모두 잠이 들었는데, 사웅 또한 몽롱하였다. 다만 풍운(風雲)의 기운이 엄습함을 느꼈다. 시간이 오래되어 동방이 이미 밝아 있었다. 사웅이 일어나 둘러보니 곧 큰 매화나무 아래 있었다. 그 위에는 푸른 새 한 마리가 재잘대고 있었다. 망연히 기다리고 있는데 달은 지고 삼성(參星)도 기울어, 다만 슬플 뿐이었다"라고 했다.

평설

- 조선 이이순(李頤淳)의 『후계집(後溪集)·매화삼첩곡발(梅花三疊曲跋)』에 "대저 시가 말을 이룸은 모두 삼백 편(三百篇: 詩經)에 근본을 두는데, 대개 옛날의 현가(弦歌)이다. 부자(夫子)께서 일찍이 삼백 편의 뜻을 말했는데, 조수초목(鳥獸草木)의 이름을 많이 알 수 있다고 했다. 그 때문에 영물(詠物) 작품이 많다. 그런데 매화라는 물건은 또한 초목 중에서 빼어난 것이다. 그래서 삼백 편 중에 실린 것이 본래 한둘이 아니다. 후세 시인들이 매부(梅賦)를 지은 것 또한 그 많음을 헤아릴 수 없다. 그런데 유독 소자(蘇子: 蘇軾)의 송풍정(松風亭)의 시가 세상에서 가장 유명한데, 1운(韻) 3편(篇)으로 매가(梅家)의 절창(絶唱)을 다한 것이다. 그 후 주선생(朱先生: 朱熹)과 우리 선조선생(先祖先生: 李滉)이 서로 이어서 그것에 화답했는데, 상하 수백 년 사이에 3곡(曲)을 9번 이루었다. 주선생의 시에서 이른 바 '매화가 스스로 삼첩곡(三疊曲)으로 들어왔다'

고 했고, 선조의 시에서 '삼첩곡에 화답한 것은 참람되다'고 한 시구가 그것이다. 그 사물을 끌어와서 흥을 붙여서 읊고 또 읊고, 화답하고 또 화답하면서, 유련(留連)함을 꺼림으로 여기지 않았는데, 어찌 참으로 한 때의 만랑(漫浪)한 읊음일 뿐이겠는가? 나는 매번 봄에 맑은 향이 가득 피어나고, 옥설(玉雪)이 섞여서 어지러울 때면 마음속으로 두 선생의 풍모를 생각하며 우러르지 않은 적이 없다. 곧 다시 그 시구를 외워보면, 또한 나도 모르게 삼첩 안에서 맑은 가락과 고아한 음향이 영연경장(泠然鏗鏘)하여 사람을 몹시 감발흥기(感發興起)시킨다. 〈황화(皇華)〉와 〈당체(棠棣)〉처럼 사람을 즐겁게 할 뿐만이 아니다. 마침내 9편을 차례로 늘어놓고 합하여 1부(部)로 만들었는데, 두 선생의 시어를 취하여 명칭을 '매화삼첩곡(梅花三疊曲)'이라고 하고서 아침저녁의 가영(歌詠)의 자료로 삼았다. 이는 또한 「시서(詩序)」에서 말한 바의 규문(閨門)과 향당(鄕黨)에서 사용한다는 유의(遺意)를 취한 것이다. 편말(篇末)에 함께 한 것은, 내가 스스로 그 참망(僭妄)함을 헤아리지 못하고, 졸루(拙陋)하게 일찍이 이어서 차운한 바의 3편을 내어서 붙여놓은 것이다. 요컨대 학시(學詩)의 가르침을 진술하고자 함이고, 감히 곡을 지어 연주하려는 것은 아니다. 어떤 이가 묻기를 '소씨(蘇氏)의 학문은, 두 선생이 모두 논의한 바가 있다. 그런데 그대는 시를 합하여 1편(編)으로 만들었으니, 향초와 누린내풀을 취해다가 같은 그릇에 넣었다는 비난이 없겠는가?'라고 했다. 나는 일어나서 대답하기를 '소씨의 학문은 참으로 논의할 바가 있다. 그러나 옛사람은 사람 때문에 그 말을 폐지하지 않는다고 했다. 소씨는 시에 있어서 그 성대함을 얻었다. 송풍정운(而松風亭韻)은 더욱 충담간아(尤冲澹簡雅)하고, 한 글자도 총령기미(葱嶺氣味: 불교색채)를 띠고 있지 않다. 그 제3편의 「道眼已入不貳門」이란 구는 단지 선가어(禪家語)를 차용했을 뿐이다. 진정 맹자(孟子)가 이른 바 말로써 뜻을 해치지 않는다는 것이다. 그래서 두 선생이 일찍이 그 시를 사랑하여 차례로 그것에 화답하여서 오랜 시대의 동조(同調)의 감회를 붙인 것이다. 지금 백세(百世) 아래에서 그 심사를 상상해 볼 수 있다. 하물며 죽석화(竹石畵)의 찬(贊)은 후조불이(後彫不移)의 절조(節操)를 찬미했고, 「적벽부(赤壁賦)」의 구(句)는 그 과욕(寡慾)의 처신을 탄복한 것이다. 두 선생이 소씨의 문에서 취한 것이 있음을 또한 볼 수 있다. 이에 〈무의(無衣)〉를 함께 『시경』에 늘어놓았고, 「진서(秦誓)」를 함께 『서경』에 기록한 것이다. 성인(聖人)이 대개 또한 취한 것이 있는 것이다'라고 했다. 어떤 이가 물러났다. 마침내 그 문답의 말을 함께 기록하여서 시를 말하는 군자(君子)들에게 고하고자 한다"라고 했다.

- 『공계시화』에 "자기의 시를 고사(故事)로 삼는 것은 반드시 작시가 많은 자만이 지니게 된다. …… 동파가 황주(黃州)에 갈 때 춘풍령(春風嶺)을 지나가며 절구(絶句)를 지었는데, 뒤에 시에서 '去年今日關山路, 細雨梅花正斷魂'이라고 했다. 해외(海外)에 이르러서 또 '春風嶺上淮南村, 昔年梅花曾斷魂'이라고 했다"라고 했다.

- 『초계어은총화』에 "동파의 '돈(暾)' 자 운(韻) 3수는 모두 진부한 말을 털어버렸는데, 고금의 사람들이 말한 적이 없던 것들이다. 3수가 모두 묘절(妙絶)한데, 제2수가 더욱 뛰어나다"라고 했다.

- 『초백암소시보주』에 "선생의 시는 이 두 글자(玉蕊)를 빌려와서 매화의 흰색을 형용한 것에 불과하다. 조능시(曹能始)는 혜주조(惠州條) 아래에다 선생의 이 시를 끌어다 놓고, 말하기를 '송풍정 아래에 옥예화(玉蕊花)가 있다'고 했다. 이른바 어리석은 사람 앞에서는 꿈 이야기를 할 수 없다는 것이다"라고 했다.

- 『소시선평전석』에 "수려한 색과 고고한 자태인데, 붓을 움직임이 화락한 바람과 채색 놀 같다. 문집 중의 매화시에 사사(使事)로써 전신(傳神)한 것이 있는데, 이 시의 '海南仙雲嬌墮砌, 月下縞衣來扣門'이 그것이다"

라고 했다.

- 『소문충공시집』에 "주회암(朱晦庵: 朱熹)은 동파를 몹시 미워했는데, 유독 이 시에 대해 여러 번의 화답을 그치지 않았다. 아마 진(晉)나라 사람이 이른 바 '아견유련(我見猶憐)'이라고 한 것이던가? '海南仙雲嬌墮砌' 이하 6구는 천인자택(天人姿澤)인데, 이런 붓이 아니면 이 꽃에 알맞지 않다"라고 했다.

- 『소문충공시편주집성』에 "그 설은 과당(過當)하다. 회암(晦庵: 朱熹)은 감히 유원성(劉元城: 劉安世)도 미워하지 않았는데, 감히 동파를 지극히 미워했겠는가? 당시의 조정(朝政)은 조정이고, 공의(公議)는 공의일 뿐, 비록 경부(敬夫: 張栻)·회암(晦庵)·화보(華父: 魏了翁)·서산(西山: 蔡元定) 등 여러 사람들이라도 대략 그 좌우단(左右袒)을 할 수 없었던 것이 있었다. 다만 하나를 근거하여 하나를 논한다면, 교묘함을 사용함을 잘하는 것일 뿐이다. 기윤(紀昀)의 설은 곧 주회암이 이른 바의 『서전(書傳)』과 『논어설(論語說)』의 일단(一端)일 뿐이고, 그 전체가 아니므로 또한 전적으로 비난할 수 없다"라고 했다.

- 『양일재시화』에 "매화시가 가장 공교롭기 어렵다. …… 파공(坡公)의 '海南仙雲嬌墮砌, 月下縞衣來扣門'은 기사(綺思)가 정골(正骨)을 방해했다"라고 했다.

- 요범(姚範)의 『원순당필기(援鶉堂筆記)』에 "동파의 매화시 3수 중, 엄주(弇州: 王世貞)는 그 '羅浮山下' 1수를 가장 칭찬했고, 완정(阮亭: 王士禎)은 다만 '春風' 1장(章)을 선발에 넣었는데, 엄격한 살핌이 마땅하였다. 그러나 다른 작품에 비교하여 선발한 것은 또한 이 두 시보다 나을 필요가 없지만, 두 시는 또한 수록할 만한 듯하다"라고 했다.

참고

- 조선 이황(李滉)의 『退溪先生文集』 〈湖堂梅花, 暮春始開, 用東坡韻, 二首〉: "我昔南遊訪梅村, 風烟日日銷吟魂. 天涯獨對歎國艶, 驛路折寄悲塵昏. 邇來京輦苦相憶, 淸夢夜夜飛丘園. 那知此境是西湖, 邂逅相看一笑溫. 芳心寂寞殿殘春, 玉貌婥約迎初暾. 伴鶴高人不出山, 辭輦貞姬常掩門. 天敎晩發壓桃杏, 妙處不盡騷人言. 媚嫵何妨鐵石腸, 莫辭病裏携罍罇."
"藐姑山人臘雪村, 鍊形化作寒梅魂. 風吹雪洗見本眞, 玉色天然超世昏. 高情不入衆芳騷, 千載一笑孤山園. 世人不識嘆類沈, 今我獨得欣逢溫. 神淸骨凜物自悟, 至道不假餐霞暾. 昨夜夢見縞衣仙, 同跨白鳳飛天門. 蟾宮要授玉杵藥, 織女前導姮娥言. 覺來異香滿懷袖, 月下攀條傾一罇."
〈節友壇梅花, 暮春始開. 追憶往在甲辰春, 在東湖, 訪梅於望湖堂, 賦詩二首, 忽忽十九年矣. 因復和成一篇, 道余追舊感今之意, 以示同舍諸友〉: "靑春欲暮嶠南村, 處處桃李迷人魂. 眼明天地立孤樹, 一白可洗群芳昏. 風流不管臘雪天, 格韻更絶韶華園. 道山疇昔幾仙賞, 廿載重逢欣色溫. 臨風宛若西湖伴, 對月不覺東方暾. 問我緣何太瘦生, 白首長屛雲巖門. 向來自有烟霞疾, 今者何須蘭臭言. 天涯故人不可見, 與爾日飮無何罇."

- 조선 이유장(李惟樟)의 『孤山先生文集』 〈次東坡松風亭下梅花盛開詩韻晦菴, 退溪二先生. 俱有此作〉: "我來孤山山下村, 鶴骨已仙誰招魂. 幸有一樹庭中梅, 冷艶不染風塵昏. 正色可充君子林, 淸香獨掃芳菲園. 素服婦人淡粧靚, 藐姑仙子玉容溫. 偏憐暗香入曉牕, 起看綠蔓迎新暾. 好伴幽蘭在空谷, 未隨朱李登金門. 空寂逢渠喜得朋, 心期欲說嫌無言. 呼兒索酒酹花魂, 且酬且酢傾匏尊."

- 조선 권호문(權好文)의 『松巖先生文集』 〈次東坡松風亭梅花韻, 乞康進士梅〉: "蘚鱗芳韻在江村, 素服寒粧是古魂. 撲鼻暗香風靜曉, 侵杯疏影雪明昏. 枝繁不合連桃塢, 花發誰云渾杏園. 氷幹臘前能耐冷, 玉梢春晩更偸

溫. 西湖處士欣斜屋, 東閣何郎苦倚門. 欲種松庭看歲晏, 須移竹塢照朝暾. 裊風嫩柳休同詠, 媚日莽棠不足言. 驛使江南難苦待, 一叢宜許對芳樽."

- 조선 이재(李栽)의 『密菴先生文集』 〈十一月二十六日, 盆梅盛開, 人或嫌其太早, 余亦無以自解. 偶看東坡詩, 見其於是日賦梅三疊. 悵然有懷, 輒次其韻. 因爲梅花解嘲〉: "松風亭下荊棘村, 蘇仙曾與爾斷魂. 如何又逐僻塢至, 玉立甘受煙塵昏. 醜怪眞成凍鮫背, 疎瘦不減孤山園. 芳心豈合妬春態, 冷艶直欲排冬溫. 夜靜還疑掛寒月, 雪霽正好迎晨暾. 先天下春豈嫌早, 秪畏獰飆長掩門. 從知妙處畵難盡, 竟日凝神却忘言. 安得思如坡老手, 令賦三疊共倒樽."

- 조선 황현(黃玹)의 『梅泉集』 〈雪中思見梅花, 不得, 悵惘久之, 遂次東坡松風嶺韻見懷〉: "種樹擬成梅花村, 作賦擬招梅花魂. 鄧尉銅坑杳何許, 黃鵠一去無朝昏. 嗟余未學長房術, 十年病喝愁文園. 渤海東畔天未圓, 地緯從古殊寒溫. 生來不見雪中梅, 有如長夜思晴暾. 有時强作梅花咏, 類未入閭先叩門. 盆中折枝誰數汝, 茫然擲筆寧無言. 坡詩三疊神自王, 千秋愴望酹淸樽."

다시 이전의 운을 사용하다 再用前韻[1]

羅浮山下梅花村[2]　나부산 아래 매화촌
玉雪爲骨氷爲魂[3]　옥설로 뼈를 이루고 얼음으로 혼을 삼았네
紛紛初疑月挂樹　처음엔 어지러운 달빛이 나무에 어렸나 싶었는데
耿耿獨與參橫昏　홀로 외롭게 삼성과 함께 황혼에 기울어 있네
先生索居江海上　선생의 적막한 거처가 강해 가에 있는데

悄如病鶴棲荒園　병든 학처럼 근심 띠고 황폐한 원림에 머무네
天香國艶肯相顧[4)]　천향국염이 기꺼이 돌아보아 주니
知我酒熟詩清溫　내가 술 취하고 시 또한 청온함을 알았네
蓬萊宮中花鳥使[5)]　봉래궁중의 화조사이고
綠衣倒挂扶桑暾[6)]　부상의 아침 햇살 속 녹의도괘이네
抱叢窺我方醉臥　숲 속에서 내가 취해 누워 있음을 살펴보고
故遣啄木先敲門[7)]　일부러 딱따구리를 보내 먼저 문을 두들기며
麻姑過君急掃灑[8)]　마고선녀가 그대를 방문하니 급히 청소하라 하니
鳥能歌舞花能言　새가 능히 춤추고 노래하며 꽃이 능히 말을 하네
酒醒人散山寂寂　술 깬 사람들 돌아가고 산 속은 적적한데
惟有落蕊黏空樽　다만 떨어진 꽃잎만 빈 술잔에 붙어있네

주석

1) 〈十一月二十六日, 松風亭下梅花盛開〉 시의 운을 사용한 제2수.

2) 羅浮山(나부산): 복건성 하포현(霞浦縣) 바닷가에 있는 산. 梅花村(매화촌): 『광동신어(廣東新語)·매화촌』에 "매화촌이 산 입구에 있는데, 앞으로는 마고(麻姑)와 옥녀(玉女) 두 봉우리를 대하고, 깊은 대숲과 찬 개울이 함께 가며 깊이 굽어진다. 사람들이 매화를 심어 생업으로 삼음이 많은데, 소와 양들이 짓밟는 것이 모두 매화이다"라고 했다.

3) 『당척언(唐摭言)』에 "승서백(僧栖白)의 〈조유득인(弔劉得仁)〉 시에 '忍苦爲詩身到此, 冰魂雪魄已難招'라고 했다"라고 했음. 또 두보의 〈서경이자가(徐卿二子歌)〉 시에 "秋水爲神玉爲骨"이라 했음.

4) 天香國艶(천향국염): 빼어난 향기와 아름다움을 말함. 매화를 말한 것임.

5) 蓬萊宮(봉래궁): 당나라 고종(高宗)이 세운 궁중의 이름. 본명은 대명궁(大明

宮). 花鳥使(화조사): 당나라 현종(玄宗)의 천보(天寶) 말에 민간의 미녀를 뽑아 올리도록 파견했던 관리의 명칭.

6) 綠衣倒挂(녹의도괘): 소식의 자주(自注)에 "영남(嶺南)의 진귀한 새 중에 도괘자(倒掛子)가 있는데, 초록 깃털과 붉은 부리이고, 앵무(鸚鵡)와 같은데 보다 작다. 해동(海東)에서 오는데, 속세의 새가 아니다"라고 했다. 扶桑(부상): 전설 속의 동해에 있다는 신목(神木). 여기서 해가 뜬다고 함.

7) 啄木(탁목): 탁목조(啄木鳥). 딱따구리.

8) 麻姑(마고): 전설 속의 선녀의 이름.

평설

- 송나라 주자지(周紫芝)의 『죽파시화(竹坡詩話)』에 "임화정(林和靖: 林逋)의 〈매화〉 시에 '疎影橫斜水淸淺, 暗香浮動月黃昏'이란 말이 있는데, 천하에서 회자된 것이 거의 2백 년이다. 동파가 만년에 혜주(惠州)에 있을 때 〈매화〉 시를 짓기를 '紛紛初疑月挂樹, 耿耿獨與參橫昏'이라고 했고, 장문잠(張文潛: 張耒)은 '調鼎當年終有實, 論花天下更無香'이라 했는데, 이는 비록 동파의 고묘(高妙)에 미치지 못하지만, 그러나 오히려 화정을 아관(衙官)으로 삼을 수 있다"라고 했다.

- 홍매의 『용재수필(容齋隨筆)』에 "지금 사람들의 매화의 시사(詩詞)는 '삼횡(參橫)'글자를 많이 사용하는데, 대개 유자후(柳子厚 柳元宗)의 『용성록(龍城錄)』에 실려 있는 조사웅(趙士雄)의 고사에서 나왔다. 그러나 이는 실로 망서(妄書)인데, 어떤 이는 유무언(劉無言)이 지은 것이라고 여긴다. 그 말에 '東方已白, 月落參橫'이라 했는데, 또한 한겨울로써 본다면 황혼 때에는 삼성(參星)이 이미 보이고, 정야(丁夜)에 이르면 서쪽으로 저버린다. 그런데 어떻게 새벽에 비껴있을 수가 있겠는가? 진소유(秦少游: 秦觀)의 시에 '月落參橫畫角哀, 暗香消盡令人老'라고 한 것은

이 잘못을 이은 것이다. 다만 동파가 말한 '紛紛初疑月挂樹, 耿耿獨與參橫昏'은 곧 정밀하고 타당하다"라고 했다.

- 명나라 안반(安磐)의 『이산시화(頤山詩話)』에 "(竹坡)노인은 거의 시를 모르는 자이다. 매시(梅詩)는 반드시 화정(和靖: 林逋)에게 양보해야 한다. 동파는 별도로 일단의 풍미가 있다"라고 했다.

- 『소시선평전석』에 "이 제목에는 오히려 화운(和韻) 2편이 있다. 제2편에 '紛紛初疑月挂樹, 耿耿獨與參橫昏' 2구가 있는데, 가장 홍매(洪邁)에 의하여 칭찬받은 것이다. 호자(胡仔) 또한 '3수가 모두 진부한 말을 털어버렸는데, 고금 사람들이 말한 적이 없던 것이다. 제2수가 더욱 뛰어나다' 고 했다. 그러나 자세히 전편(全篇)을 완상해보면, 끝내 원창(原唱)에 미치지 못한다"라고 했다.

- 『소문충공시집』에 "말이 또한 기려(奇麗)하다. 두 시는 지극한 뜻으로 단련(鍛煉)한 작품이다. '抱叢窺我方醉臥' 4구는 갑자기 환어(幻語)를 지었는데, 파탈(擺脫)을 잘했다"라고 했다.

- 『소문충공시편주집성』에 "'蓬萊宮中花鳥使' 이하는 효람(曉嵐: 紀昀)의 소견이 주석가들 중에서 훨씬 높다. '惟有落蘂黏空樽' 구는 또한 '月落參橫'을 탈태하여 왔는데, 그러나 낙필(落筆)이 모두 화경(化境)으로 들어가서 다시 적상(迹象)을 찾을 수 없다"라고 했다.

- 조극의의 『각산루소시평주휘초』에 "'耿耿獨與參橫昏' 구는 묘리(妙理)의 깨침이 있다"라고 했다.

꽃이 진 후 다시 이전의 운에 차운하다 花落復次前韻[1)]

玉妃謫墮煙雨村[2)]　옥비가 귀양 와서 떨어진 안개비 속의 마을
先生作詩與招魂　선생은 시를 지어 혼을 부르네
人間草木非我對　인간 세상의 초목은 내가 대할 바가 아니니
奔月偶桂成幽昏[3)]　달로 달아나 계수와 짝하여 깊은 어둠을 이루네
闇香入戶尋短夢　암향이 문으로 들어와 짧은 꿈을 찾는데
青子綴枝留小園　푸른 열매는 가지에 매달려 소원에 머물렀네
披衣連夜喚客飮　옷 걸치고 밤을 이어 객을 불러 술 마시니
雪膚滿地聊相溫[4)]　눈빛 꽃잎 땅에 가득하여 서로 따뜻하네
松明照坐愁不睡[5)]　송진 등불이 자리를 비춰 근심으로 잘 수 없는데
井華入腹淸而暾[6)]　정화수가 뱃속으로 들어오니 맑게 아침 해 돋네
先生年來六十化　선생은 연래 육십이 되어
道眼已入不二門[7)]　도안이 이미 불이문에 들었네
多情好事餘習氣　다정한 좋은 일에 습기가 남는데
惜花未忍終無言　꽃을 애석해하며 차마 끝내 말이 없네
留連一物吾過矣　한 사물에 집착하는 것은 나의 허물이니
笑領百罰空罍樽　웃으며 백 벌로 술항아리를 비우네

주석

1) 〈十一月二十六日, 松風亭下梅花盛開〉 시의 운을 사용한 제3수.

2) 玉妃(옥비): 태진비(太眞妃: 楊貴妃)라는 주석도 있으나 근거가 없다. 낙화(落花)를 미화한 말일 뿐이다.

3) 奔月(분월): 왕충(王充)의 『논형(論衡)』에 “예(羿)가 서왕모(西王母)에게 불사

약을 얻었는데, 예의 처 항아(嫦娥)가 훔쳐서 달 속으로 달아났다"라고 했음.

4) 雪膚(설부): 『장자(莊子)』에 "고야선인(姑射神人)의 기부(肌膚)는 빙설(氷雪) 같다"라고 했음.

5) 松明(송명): 송명화(松明火). 송명거(松明炬). 송진이 많은 소나무가지로 밝힌 불.

6) 井華(정화): 정화수(井華水). 새벽에 첫 번째로 긷는 물.

7) 不二門(불이문): 불이법문(不二法門). 불교용어. 평등하여 차이가 없는 지극한 도.

평설

- 『정재시화』에 "동파의 〈매화〉 시 '玉妃謫墮烟雨村'의 '謫墮' 2글자는 『양귀비외전(楊貴妃外傳)』에서 나왔다. 한자창(韓子蒼)이 말했다"라고 했다.

- 원나라 위거안(魏居安)의 『매간시화(梅磵詩話)』에 "매화는 격(格)이 높고 운(韻)이 뛰어난데, 시인들이 보고서 읊은 것이 많다. 화정(和靖: 林逋)의 '향영(香影)' 1연은 고금의 절창으로서 시가(詩家)에서 몹시 추천하여 존중한다. 그 후 동파가 소유(少游: 秦觀)의 '고(枯)' 자 운에 차운한 것과 나부(羅浮)로 귀양 갔을 때 읊은 고시 3편은 운의탁구(運意琢句)한 조어(造語)가 입묘(入妙)하여 그 형용의 공교함을 지극히 했는데, 참으로 고산(孤山: 林逋)을 작게 여길 수 있다. 이로써 소인(騷人)의 영물(詠物)은 나오면 나올수록 더욱 기이해짐을 본다"라고 했다.

- 『소문충공시집』에 "'玉妃謫墮烟雨村' 이하 4구는 기(起)가 경발(警拔)함을 얻었고, 또한 스스로 파탈(擺脫)했고, 혜경(蹊徑)에 떨어지지 않았다. '井華入腹淸而暾'의 '淸而暾'은 온당하지 않다"라고 했다.

- 『소문충공시편주집성』에 "'玉妃謫墮烟雨村'의 경우, 대개 매화시에서

'옥비(玉妃)'나 '옥노(玉奴)'를 사용하는데, 모두 실질적인 그 사람과 연관시킬 수 없다. 이 구의 경우, 태진(太眞: 楊貴妃)이 안개비 내리는 마을로 귀양 와서 떨어진 적이 없다. 작자가 힘써 초탈함을 구했는데, 주석가는 힘써 그것에 흙탕물을 풀어놓는다. 무엇 때문인가? 그 아래에서 '분월(奔月)'의 고사를 사용한 것은 절로 옥비의 주석이 되는데, 낙화(落花)가 이미 끝났음을 형용한 것이다. 대개 이런 것들은 모두 적상(迹象)으로써 구할 수 없다"라고 했다.

- 조극의의 『각산루소시평주휘선』에 "'奔月偶桂成幽昏'은 입상(入想)이 기이하다"라고 했다.

태백산 아래서 일찍 떠나서 횡거진에 이르러, 승수원 벽에 적다

太白山下, 早行至橫渠鎭, 書崇壽院壁[1]

馬上續殘夢[2]	말 위에서 남은 꿈을 잇다가
不知朝日昇	아침 해가 뜨지도 몰랐네
亂山橫翠幛	어지러운 산은 푸른 휘장으로 펼쳐지고
落月淡孤燈	지는 달은 맑은 외로운 등불이네
奔走煩郵吏[3]	분주한 우리를 번거롭게 하니
安閒媿老僧	편안하고 한가한 노승에게 부끄럽네
再遊應眷眷	다시 놀러오면 마땅히 다정할 것이니
聊亦記吾曾	부디 또한 내가 왔던 때를 기억해주오

주석

1) 太白山(태백산): 『태평환우기(太平寰宇記)』에 "관서도(關西道) 봉상부(鳳翔府) 미현(郿縣): 태백산이 현 동남 50리에 있다"라고 했다. 또 사신행(查愼行)의 『소시보주(蘇詩補注)』에 "횡거진(橫渠鎭): 『구역지(九域志)』에 '미현(郿縣)에 횡거진이 있다'고 했다. 『일통지(一統志)』에 '숭수원(崇壽院): 미현(郿縣) 동쪽 50리에 있는데, 횡거진의 남쪽이다'고 했다"라고 했다.

2) 이 구는 당나라 유가(劉駕)의 〈조행시(早行詩)〉의 구임.

3) 郵吏(우리): 역리(驛吏).

평설

- 명나라 왕세정(王世貞)의 『예원치언(藝苑卮言)』에 "유가(劉駕)의 '馬上續殘夢'은 경(境)이 자못 아름답다. 그 아래의 '馬嘶而復驚'은 끝내 말을 이루지 못했다. 소자첨(蘇子瞻)이 그 말을 이용했는데, 그 아래에 '不知朝日昇'이라 한 것은 또한 옳지 않다. 다시 개작하여 '瘦馬兀殘夢'(〈除夜大雪, 留濰州, 元日早晴, 遂行中塗雪復作〉)이라 했는데, 더욱 악취(惡趣)로 떨어졌다"라고 했다.

- 『초백암시평』에 "'亂山' 2구는 수구(首句)의 '殘夢' 2글자로부터 생겨나왔다"라고 했다.

- 『당송시순』에 "차련(次聯)은 조행경색(早行景色)인데, 묘함이 수구의 '殘夢' 2글자에서 새겨났다. 그래서 일(日)과 월(月) 자를 섞어서 보임을 꺼리지 않았다. 왕세정(王世貞)의 논평은 정밀한 듯하지만 실로 소홀하다"라고 했다.

- 『소문충공시집』에 "이는 창려(昌黎: 韓愈)가 이른 바의 하호하오(何好何惡)의 시이다. 수구는 곧장 유방평(劉方平)의 시를 베껴냈는데, 마땅

히 우합(偶合)에서 비롯되었다. 동파는 시구를 훔치는 자가 아니다"라고 했다.

- 조극의의 『각산루소시평주휘초부록』에 "유가(劉駕)의 차구(次句)에 '馬嘶而復驚'이라고 했는데, 수구 '馬上續殘夢'과 서로 전신(傳神)이 충분하다. 이 '馬上續殘夢' 2구보다 몹시 낫다"라고 했다.

피곤한 밤 倦夜[1]

倦枕厭長夜	피곤한 잠자리에서 긴 밤이 싫은데
小窻終未明	작은 창은 끝내 밝아오지 않네
孤村一犬吠	외로운 마을에 개 한 마리가 짖는데
殘月幾人行	남은 달빛 속에 몇 사람이 지나가나?
衰鬢久已白	쇠한 머리는 오래 전에 이미 하얗고
旅懷空自清	여행의 회포가 공연히 절로 맑네
荒園有絡緯[2]	황폐한 원림에 귀뚜라미 우는데
虛織竟何成[3]	빈 베틀소리가 결국 무엇을 이루겠는가?

주석

1) 원부(元符) 2년(1099) 담주(儋州)에서 지은 작품임.

2) 絡緯(낙위): 귀뚜라미. 사계(莎鷄). 소리가 베 짜는 소리 같다고 하여 속칭 방직랑(紡織娘)이라고 함.

3) 虛織(허직): 맹교(孟郊)의 〈잡원(雜怨)〉 시에 "暗蛩有虛織"이라고 했음.

평설

- 『초백암시평』에 "통수(通首)가 모두 소릉(少陵: 두보)의 신미(神味)를 얻었다"라고 했다.

- 『소시선평전석』에 "허곽적료(虛廓寂寥)한데, 모두 묘경(妙境)을 모았다"라고 했다.

- 『소문충공시집』에 "'荒園有絡緯' 2구는 결(結)에 의취(意趣)가 있어서 마침내 통체(通體)에 귀숙(歸宿)을 있게 했다. 만약 이 결이 아니었다면, 곧 공조(空調)를 이루었을 것이다"라고 했다.

- 조극의의 『각산루소시평주휘초』에 "사신행의 평은 곧 소릉을 인용했는데, 끝내 호발(毫髮)도 같음이 없다. 기윤이 말한 '결(結)에 의취(意趣)가 있다'는 것은 옳다. '통체에 귀숙이 있다'는 것은 잘못이다"라고 했다.

- 『당송시거요』에 "'孤村一犬吠' 2구는 사경(寫景)이 목전에 있는 듯한데, 전혀 힘을 들이지 않았기 때문에 아름답다. '荒園有絡緯' 2구는 뜻이 비흥(比興)을 겸했다"라고 했다.

강회숙에게 차운하다 次韻江晦叔[1]

鐘鼓江南岸	강남 언덕에 종소리 북소리 울리니
歸來夢自驚	돌아와 꿈속에서 스스로 놀랐네
浮雲世事改	뜬 구름처럼 세상일은 변하는데
孤月此心明	외로운 달처럼 이 마음은 밝네
雨已傾盆落	비가 이미 항아리를 엎으며 떨어지니

詩仍翻水成　　　시가 연이어 물을 붓 듯 이루어지네
二江爭送客　　　두 강이 다투어 객을 전송하고
木杪看橋橫　　　나무 끝에 다리가 비껴있음을 보네

주석

1) 江晦叔(강회숙): 강공저(江公著), 자는 회숙(晦叔). 동려(桐廬) 사람. 건중정국(建中靖國) 초에 지건주(知虔州)를 지냈다. 동파(東坡)가 북쪽으로 돌아갈 때 건주에 이르렀는데, 강회숙도 마침 도착했다. 얼마 후 광동전운판관(廣東轉運判官)에 임명되었다. 원래 2수임.

평설

- 『초계어은총화』에 "'浮雲世事改' 2구는 어의(語意)가 고묘(高妙)한데, 참선오도(參禪悟道)한 사람이 흉금을 토로한 듯하여 일호(一毫)의 막힘도 없다"라고 했다.

- 송나라 왕응린(王應麟)의 『곤학기문(困學紀聞)』에 "'更無柳絮隨風舞, 惟有葵花向日傾'에서는 사마공(司馬公: 司馬光)의 마음을 볼 수 있고, '浮雲世事改, 孤月此心明'에서는 동파의 마음을 볼 수 있는데, 파공(坡公)은 만년에 조예한 바가 깊었다"라고 했다.

- 『소시선평전석』에 "충금(沖襟)이 안에 가득하여서 문사(文詞)에 드러난 것인데, 수연(邃然)히 입리(入理)하지 않음이 없다"라고 했다.

- 『석주시화』에 "동파의 〈自嶺外歸, 次韻江晦叔〉 시의 경우, 초계어은이 그 '浮雲世事改, 孤月此心明'을 지극히 칭찬했는데, '어의(語意)가 고묘(高妙)한데, 참선오도(參禪悟道)한 사람이 흉금을 토로한 듯하여 일호

(一毫)의 막힘도 없다'고 했다. 그러나 내 생각으로는 그 결어에서 말한 '二江爭送客, 木杪看橋橫'이 언외에 신(神)이 있는 듯하다고 여긴다"라고 했다.

자유의 〈민지회구〉에 화답하다 和子由澠池懷舊[1]

人生到處知何似　인생이 이르는 곳이 무엇과 같은지 아는가?
應似飛鴻踏雪泥[2]　나는 기러기가 눈 녹은 진창을 밟는 것 같으리라
泥上偶然留指爪[3]　진창 위에 우연히 발자국을 남겨놓고
鴻飛那復計東西　기러기 날아가면 어찌 다시 동서를 헤아리리오?
老僧已死成新塔[4]　노승은 이미 죽어 새 탑이 세워졌고
壞壁無由見舊題　무너진 벽에선 예전에 적었던 시를 볼 수 없네
往日崎嶇還記否　지난날 기구했던 일을 도리어 기억하는가?
路長人困蹇驢嘶[5]　길 멀고 사람은 피곤한데 절뚝이는 나귀가 우네

주석

1) 가우(嘉祐) 6년(1061) 겨울, 소식은 하남(河南) 민지(澠池)를 지나 섬서(陝西)로 들어가서, 봉상부첨판(鳳翔府簽判)에 부임했는데, 동생 소철(蘇轍)의 〈懷澠池寄子瞻兄〉 시를 받고 화답한 작품임. 子由(자유): 소철의 자. 澠池(민지): 하남 민지현(澠池縣). 소철의 〈懷澠池寄子瞻兄〉 시: "相攜話別鄭原上, 共道長途怕雪泥. 歸騎還尋大梁陌, 行人已渡古崤西. 曾爲縣吏民知否, 舊宿僧房壁共題. 遙想獨遊佳味少, 無言騅馬但鳴嘶"

2) 雪泥(설니): 눈이 녹은 진창.

3) 指爪(지조): 새 발자국.

4) 老僧(노승): 자는 봉한(奉閑). 소철 시의 주에 "지난날 자첨(子瞻)과 함께 응거(應擧)할 때 현(縣) 안의 절에 가서 숙박했는데 노승 봉한(奉閑)의 벽에 시를 적었다"라고 했다. 塔(탑): 부도. 승려의 화장한 유골을 매장하는 탑.

5) 소식의 자주에 "지난해 말이 이릉(二陵)에서 죽어서 나귀를 타고 민지(澠池)에 이르렀다"라고 했다.

평설

- 송나라 위경지(魏慶之)의 『시인옥설(詩人玉屑)』에서 『능양실중어(陵陽室中語)』를 인용하여 "자첨의 작시(作詩)는 비유(譬喩)에서 뛰어났다. 〈화자유(和子由)〉의 '人生到處知何似? 應似飛鴻踏雪泥. 泥上偶然留指爪, 鴻飛那復計東西?' 등 여러 구들이다"라고 했다.

- 원나라 유훈(劉壎)의 『은거통의(隱居通議)』에 "'人生到處知何似? 應似飛鴻踏雪泥' …… 이는 『동파집』의 율시 중 제일수이다. …… 이 시를 당인(唐人)의 율체(律體)에 이어놓는다면, 대개 소직(疎直)하여 공교함이 적다. 그러나 '니홍(泥鴻)'의 비유는 참으로 사리에 합당한데, 이전 사람들이 이르지 못했던 바이다. 또한 유연(悠然)한 감개가 사람의 정을 움직이니, 세상에서 경솔하게 읽을 수 없고, 반드시 안목을 갖추어야 한다"고 했다.

- 『초백암소시보주』에서 『전등록(傳燈錄)』을 인용하여 "천의의회선사(天衣義懷禪師)가 말하기를 '기러기가 긴 허공을 지나가면 그림자가 찬 물에 잠긴다. 기러기는 자취를 남길 뜻이 없고, 물은 그림자를 머물러둘 마음이 없다. 능히 이와 같이 한다면 바야흐로 이류(異類)를 향해 중행(中行)할 줄 알게 된다'고 했다. 선생의 이 시의 앞 4구는 이 말을 암용(暗用)했다"라고 했다.

- 『소문충공시집』에 "앞 4구는 단행(單行)으로 율에 넣었는데, 당인(唐人)의 구격(舊格)이다. 의경(意境)이 자일(恣逸)한 것은 동파의 본색이다. 혼호(渾灝)함은 최사훈(崔司勳: 崔顥)의 〈황학루(黃鶴樓)〉 시에 미치지 못하지만, 철수유행(撤手遊行)의 묘는 의산(義山: 李商隱)의 〈두사훈(杜司勳)〉 1수에 뒤지지 않는다"라고 했다.

- 『소문충공시편주집성』에 "사신행의 주에서 『전등록(傳燈錄)』의 의회(義懷)의 말을 인용하여, 이 4구가 의회에게 근거했다고 했는데, 무망(誣罔)함이 몹시 심하다. 대개 이런 종류의 시는 모두 성령(性靈)이 발해진 바인데, 실로 선어(禪語)로서 하면 시가 조박(糟粕)해진다. 시구는 어록(語錄)이 아닌데, 하물며 공이 이 당시에는 미처 어록을 듣지 못했던 때임에랴?"라고 했다.

- 『소매첨언』에 "이 시는 사람들이 함께 칭찬하는 바인데, 그러나 나는 그다지 좋아하지 않는다. 그 유이(流易) 때문이다"라고 했다.

영구를 출발하여 처음 회수의 산들을 보았는데, 이날 수주에 이르렀다 出潁口初見淮山, 是日至壽州[1)]

我行日夜向江海　내 행차 밤낮으로 강해를 향하는데
楓葉蘆花秋興長　단풍잎 갈꽃 가을 흥이 기네
長淮忽迷天遠近　긴 회수는 문득 하늘의 원근에서 흐릿하고
青山久與船低昂　푸른 산은 오랫동안 배와 함께 오르내리네
壽州已見白石塔　수주에서 이미 백석탑을 보았는데
短棹未轉黃茅岡[2)]　짧은 노는 아직 황모강을 돌지 못했네

波平風軟望不到　　파도 잔잔하고 바람 약해 보면서 이르지 못하니
故人久立烟蒼茫　　친구는 창망한 안개 속에 오래 서 있으리라

주석

1) 희녕(熙寧) 4년(1071) 늦가을, 소식이 항주통판(杭州通判)에 부임하는 도중에 지은 작품임. 潁口(영구): 안휘성 영상현(潁上縣) 서쪽 정양관(正陽關). 영수(潁水)가 회수(淮水)로 들어가는 입구. 壽州(수주): 안휘성 수현(壽縣).

2) 黃茅岡(황모강): 누런 띠풀의 언덕. 백거이(白居易)의 〈산자고(山鷓鴣)〉 시에 "黃茆江頭秋日晚"이라 했다.

평설

- 『예원치언』에 "8구가 모두 요체(拗體)이다. 그러나 스스로 당나라 송나라의 구분이 있으니, 독자는 마땅히 스스로 터득해야 한다"라고 했다.

- 『소시선평전석』에 "완연히 요체의 율시인데, 고취(古趣)가 있고, 아울러 일취(逸趣)가 있다"라고 했다.

- 『소문충공시집』에 "오체(吳體)의 가작(佳作)이다. 오체는 조광(粗獷)한 기(氣)가 없으면 곧 아름답다"라고 했다.

- 『소문충공시편주집성』에 "'我行日夜向江海'는 지극히 침통한 말이다. 천인(淺人)들은 스스로 깨닫지 못할 뿐이다"라고 했다.

- 『소매첨언』에 "단편의 지극한 법이다"라고 했다.

유미당 폭우 有美堂暴雨[1)]

游人脚底一聲雷 유람객의 발 아래에 한 차례 천둥소리 진동하고
滿坐頑雲撥不開 온 좌석에 사나운 구름이 펴져 걷히지 않네
天外黑風吹海立 하늘 밖 검은 바람은 바다를 불어서 세우고
浙東飛雨過江來[2)] 절동의 나는 비가 강을 건너오네
十分瀲灩金樽凸[3)] 십분 출렁이는 금 술잔이 넘치고
千杖敲鏗羯鼓催[4)] 천 장으로 두들기며 갈고소리를 재촉하네
喚起謫仙泉灑面[5)] 취한 적선을 깨우려고 얼굴에 샘물을 뿌려대고
倒傾鮫室瀉瓊瑰[6)] 교실을 엎으려고 옥구슬을 쏟아대네

주석

1) 有美堂(유미당): 항주(杭州) 오산(吳山) 최정상에 있음. 항주태수 매지(梅摯)가 건립했음. 매지가 부임할 때 송나라 인종(仁宗)이 시를 지어주기를 '地有吳山美, 東南第一州'라고 하였는데, 부임 후 당을 지어 유미당이라 했다.

2) 浙東(절동): 전당강(錢塘江) 이동 지역 회계군(會稽郡)을 절동이라 하고, 전당강 이서 지역 오군(吳郡) 절서(浙西)라고 함.

3) 瀲灩(염렴): 물이 출렁이는 모양.

4) 千杖敲鏗(천장고갱): 천 번을 연타하는 것. 고갱(敲鏗)은 고격(敲擊). 羯鼓(갈고): 장구의 일종. 당나라 때 서역 갈족(羯族)에서 들어왔음. 모양은 칠통 같고, 나무막대로 양쪽 머리를 치는 악기. 『당어림(唐語林)』에 "이구년(李龜年)이 갈고를 잘 쳤는데, 명황(明皇)이 묻기를 '경(卿)은 몇 장(杖)을 치는가?' 라고 하니, 대답하기를 '신은 5천 장을 치고 마칩니다'고 했다"라고 했다.

5) 謫仙(적선): 이백(李白). 현종(玄宗)이 악부신사(樂府新詞)를 지으려고 이백을 찾았는데, 이백은 술집에서 취해서 자고 있었다. 물을 얼굴에 뿌려서 술을

깨게 하여 악장을 짓게 했다고 함.

6) 鮫室(교실): 전설 속의 남해에 살고 있는 교인(鮫人)의 집. 교인의 눈물이 진주가 된다고 함. 瓊瑰(경괴): 아름다운 옥.

평설

- 『서청시화』에 "두소릉(杜少陵: 두보)의 문은 스스로 고오(古奧)하다. 예를 들면 '九天之雲下垂, 四海之水皆立'·'忽翳日而翻萬象, 卻浮雲而留六龍'·'萬舞凌亂, 又似乎春風壯而江海波' 등은 그 말이 뇌락(磊落)하여 사람을 놀라게 한다. 어떤 이는 운(韻)이 없는 것은 읽을 수 없다고 하는데, 이는 몹시 그렇지 않다. 동파의 〈유미당〉 시 '天外黑風吹海立, 浙東飛雨過江來'는 모두 여기서 나왔다"라고 했다.

- 송나라 마영경(馬永卿)의 『나진자(懶眞子)』에 "소흥(紹興) 6년 여름, 나는 연형(年兄) 하원장(何原章)과 함께 전당강(錢塘江) 위에서 만났다. 나는 그로 인하여 동파의 시 '天外黑風吹海立, 浙東飛雨過江來'를 거론했는데, 원장이 말하기를 '「입(立)」 자가 가장 공(功)이 있다. 곧 물이 솟아오르는 모양이다'고 했다. 노두(老杜: 두보)의 〈삼대례부(三大禮賦)〉에 '九天之雲下垂, 四海之水皆立'이라 했는데, 동파의 뜻은 대개 여기서 나왔다. 어떤 자가 망령되게 「입(立)」을 「지(至)」로 바꾸었는데, 다만 한번 웃을 만하다"라고 했다.

- 『능개재만록』에 "…… 이상은 모두 채조(蔡絛)의 설이다. 내가 살펴보니, 장수교위(長水校尉) 관자양(關子陽)이 이르기를 '天去人尙遠, 而黑風吹海'라고 했다. 대개 동파는 여러 책들을 널리 읽었기 때문에 겸하여 이것을 사용한 것이다"라고 했다.

- 『용재사필』에 "〈유미당시〉: 동파가 항주(杭州)에 있을 때 〈유미당회객

(有美堂會客)〉 시를 지었는데, 함련(頷聯)에 '天外黑風吹海立, 浙東飛雨過江來'라고 했다. 독자들이 바다는 설 수 없다고 의심했는데, 황노직(黃魯直: 黃庭堅)이 '대개 이것은 노두(老杜: 두보)에 의해서 잘못되게 된 것이다'고 했다. 이로 인하여 〈삼대례부조헌태청궁(三大禮賦朝獻太淸宮)〉의 '九天之雲下垂, 四海之水皆立'을 들어서 고했다. 두 사람은 모두 구어(句語)가 웅준(雄俊)한데, 이전의 옛사람들을 없애버렸다. 동파의 화도(和陶) 〈정운(停雲)〉 시에 '雲屯九河, 雪立三江'이란 구 또한 이것을 이용한 것이다"라고 했다.

- 『영규율수휘평』에 "방회(方回): '노두의 〈조헌태청궁(朝獻太淸宮)〉의 「九天之雲下垂, 四海之水皆立」은 본래 기어(奇語)이다. 「海立」 2글자를 뽑아서 사용한 것은 동파로부터 비롯되었다. 이 연은 웅장하다!' 풍반(馮班): '대수(大手)이다. 이와 간은 재력(才力)인데 하필 당시(唐詩)이겠는가?' 하작(何焯): '비오는 형세의 사나움을 묘사했는데, 그 험함을 꺼리지 않았다.' 기윤(紀昀): '순전히 기(氣)로써 뛰어나다'"라고 했다.

- 『당송시순』에 "'天外黑風吹海立' 2구는 폭우를 묘사했는데, 이런 걸구(傑句)가 아니면 합당하지 못하다. 단지 두보의 부(賦) 중의 글자를 사용하였기 때문에 채조(采藻)가 선명하고 참신하다고 여기는 것은 논시(論詩)에 있어서 천박하다. 또한 반드시 '浙東' 구로써 대(對)를 지어야만 정경(情景)이 합당하게 된다. 유미당(有美堂)은 군성(郡城) 오산(吳山)에 있는데, 그 땅은 바로 해문(海門)과 서로 바라본다. 그래서 솔이(率爾)한 조고(操觚)가 아니다. 당현(唐賢)들의 명구(名句) 중에는 오직 낙빈왕(駱賓王)의 〈영은사(靈隱寺)〉 시 '樓觀滄海日, 門對浙江潮' 1연만이 서로 배적(配敵)할 수 있다"라고 했다.

- 『초백당시평』에 "통수(通首)가 모두 폭우를 모사했는데, 장법(章法) 또한 뛰어나다"라고 했다.

- 『소문충공시집』에 "이 수(首)는 시화(詩話)에서 성대하게 추대하는 바인데, 그러나 광기(獷氣)가 지나치게 무겁다"라고 했다.

- 『구북시화』에 "파시(坡詩)에 '淸詩要鍛鍊, 方得鉛中銀'이라 했다. 그러나 파시는 실로 단련을 공교함으로 삼지 않았다. 그 묘처(妙處)는 심지(心地)가 공명(空明)하여 자연스럽게 유출(流出)되는 데에 있다. 하나도 전혀 힘을 들이지 않은 듯한데, 자연히 심비(心脾)로 스며든다. 이것이 그 독절(獨絶)이다. 지금 다만 칠언율로써 논한다면, '天外黑風吹海立, 浙東飛雨過江來'…… 등, 이런 수십 연들은 곧 마음에 적합하여 나왔고, 조식(彫飾)을 빌리지 않았는데, 자연스런 의미가 유장(悠長)하다. 사사처(使事處) 또한 그 뜻이 나오려고 하는 바를 좇아서 견합(牽合)의 흔적이 없다. 이는 성조(聲調)나 격률(格律)로써 구할 수 있는 것이 아니다"라고 했다.

- 청나라 이조원(李調元)의 『우촌시화(雨村詩話)』에 "나는 그다지 송시를 좋아하지 않지만 유독 동파를 사랑하는데, 그 시가 소리는 종려(鍾呂) 같고, 기(氣)는 강하(江河) 같아서, 진부함으로 떨어지지 않았고, 또한 외곽으로 흐르지 않았기 때문이다. 그 천분(天分)이 높고, 학력이 두텁기 때문에 붓을 대어 가는 곳은 정경(精警)함이 사람을 감동시키지 않음이 없다. 송나라에는 이런 일가(一家)의 수필(手筆)이 없을 뿐만 아니라, 당인(唐人) 중에 놓더라도 또한 이런 일가의 수필이 없다. 공이 일찍이 평생의 득의(得意)한 구(句)를 스스로 거론한 적이 있는데, '令嚴鐘鼓三更月, 野宿貔貅萬竈烟' 1연을 그 최고로 삼았다. 그러나 실로 여기에 그치는 것이 아니다. 공의 시집 중에서 장편과 단폭(短幅)을 논하지 않고 임의로 1구를 집어내더라도 모두가 큰 매력을 갖추었다. 예를 들면 〈유미당폭우〉의 기필(起筆) '遊人脚底一聲雷, 滿座頑雲撥不開. 天外黑風吹海立, 浙東飛雨過江來'는 그 소리가 곧장 백리를 진동하는데, 누가 이런

것을 지닐 수 있겠는가?"라고 했다.

- 『소매첨언』에 "기기(奇氣)이다"라고 했다.
- 청나라 임창이(林昌彝)의 『해천금사록(海天琴思錄)』에 "'浙東' 구는 은요번(殷堯藩)의 시 '山上亂雲隨手變, 浙東飛雨過江來'를 완전히 사용했는데, 소시(蘇詩)를 주석한 자들이 모두 언급하지 못했다"라고 했다.
- 조극의의 『각산루소시평주휘초부록』에 "객기(客氣)는 있지만 정의(精意)는 없는데, 유속(流俗)하게 시를 말한다면 소견이 몹시 천한 것이다. 이를 허물한다면, 아는 바가 아니기 때문에 이런 종류를 성대하게 추대하는 것일 뿐이다. 시험 삼아 유자후(柳子厚: 柳宗元)의 〈등유주성루(登柳州城樓)〉 시를 취하여 대조해보면, 그 묘사한 경(景)은 대략 같지만, 의미와 기식(氣息)은 몹시 다르다"라고 했다.
- 청나라 하일유(何日愈)의 『퇴암시화(退庵詩話)』에 "등고시(登高詩)는 반드시 굉활(宏闊)하고 침착(沈着)함을 얻어야만 비로소 제목과 합치된다. 소자첨의 〈유미당〉에 '天外黑風吹海立, 浙東飛雨過江來'라고 했는데, 얼마나 기상(氣象)이 있으며, 얼마나 필력이 있는가?"라고 했다.
- 『송시정화록』에 "3구는 두릉(杜陵: 두보)의 말을 사용했고, 4구는 자신의 말이다"라고 했다.

8월 7일 비로소 공강으로 들어가서 황공탄을 지나가다

八月七日, 初入贛, 過惶恐灘[1)]

七千里外二毛人[2)] 칠천 리 밖의 반백 머리의 사람

十八灘頭一葉身[3)] 십팔 여울머리의 일엽편주의 몸이네
山憶喜歡勞遠夢[4)] 산이 희환임을 기억하며 먼 꿈이 노고롭고
地名惶恐泣孤臣 땅이 황공이라 이름하여 외로운 신하를 울리네
長風送客添帆腹 긴 바람은 객을 전송하여 돛을 더 부풀리고
積雨扶舟減石鱗[5)] 쌓인 빗물은 배를 떠받쳐 암초물결을 덜어주네
便合與官充水手 곧 마땅히 관리들을 사공으로 충당하리니
此生何止畧知津[6)] 이 생이 어찌 대략 나루를 아는 데 그치겠는가?

주석

1) 惶恐灘(황공탄): 황공탄(黃公灘). 강서(江西) 만안현(萬安縣)에서 공주(贛州) 사이에 이르는 공강(贛江)에 있는 여울의 하나.

2) 二毛(이모): 검은 머리와 흰 머리가 섞여있는 것. 반백(半白).

3) 十八灘(십팔탄): 사신행(查愼行)의 『소시보주(蘇詩補注)』에 "『만안현지(萬安縣志)』에 '공주(贛州)에서 2백 리를 가면 잠현(岑縣)에 이르고, 또 1백 리를 가면 만안(萬安)에 이른다. 그 사이의 여울이 18개가 있는데, 옛날에는 모두 건주(虔州)에 속했다. 송나라 희녕(熙寧) 중에 땅을 분할하여 현을 세웠다. 공성(贛城) 아래로 2십 리는 저(儲), 별(鼈), 횡현(横弦), 천주(天柱), 소호(小湖), 동분(銅盆), 음(陰), 양(陽), 회신(會神)이라 하는데, 이상의 9탄은 공주(贛州)에 속한다. 청주(青洲)에서 아래로 양구(梁口)에 이르면, 곧 만안현(萬安縣) 땅이다. 그 탄은 금(金), 곤륜(崑崙), 효(曉), 무삭(武朔), 소료(小蓼), 대료(大蓼), 면(綿), 표신(漂神), 황공탄(黃公灘)이라 하는데, 물여울이 급한 것은 황공탄이 심하다'고 했다. 동파(東坡)가 남쪽으로 옮겨질 때 잘못하여 황공(惶恐)이라고 했다"라고 했다.

4) 소식의 원주에 "촉도(蜀道)에 착희환포(錯喜歡舖)가 있는데, 대산관(大散關) 위에 있다"라고 했다.

5) 石鱗(석린): 물속에 있는 암초에 부딪쳐 흐르는 물고기 비늘 같은 물결.

6) 『논어 · 미자편(微子篇)』에 "長沮曰: '是知津矣'"라고 했음.

평설

- 『공계시화』에 "유종원(柳宗元)은 '十一年前南渡客, 四千里外北歸人'이라 하고, 또 '一身去國六千里, 萬死投荒十二年'이라 했다. 소식은 '七千里外二毛人, 十八灘頭一葉身'이라 했다. 모두 약속하지 않고서 합치했는데, 구법이 그렇게 하였기 때문이다"라고 했다.

- 송나라 조언약(曹彦約)의 『두소릉민시설(杜少陵悶詩說)』에 "동파는 조년(早年)에 환희포(歡喜浦)를 지나갔는데, 늙도록 잊지 못했다. 귀양지를 옮기던 중 황공탄(皇恐灘)을 만났는데, 그 말을 볼 수 있다"라고 했다.

- 『매간시화』에 "동파가 황공탄을 지날 때 '山憶喜懽勞遠夢, 地名惶恐泣孤臣'이란 구가 있었는데, 파공(坡公: 소식)은 이를 가져다가 대(對)를 한 것이다. 호담암(胡澹庵)이 남쪽으로 옮겨질 때 임고(臨皐)로 가던 도중에, 〈저매수촌(抵買愁村)〉 시에 '北望長思聞喜縣, 南來怕入買愁村'이라 했다. 양정수(楊廷秀)의 〈과수우령(過瘦牛嶺)〉 시에 '平生豈願乘肥馬, 臨老須敎過瘦牛'라고 했다. 두 사람은 파체(坡體)를 본받았는데, 대(對)가 모두 적합하다"라고 했다.

- 『영규율수휘평』에 "방회(方回): '원주(元注)에 「촉도(蜀道)에 착희환포(錯喜歡鋪)가 있는데, 대산관(大散關) 위에 있다」고 했다. 소성(紹聖) 원년 갑술년에 동파는 지정주(知定州)에서 지영주(知英州)로 강등되고, 도착하기 전에 혜주(惠州)로 쫓겨나서 안치되었다.' 풍반(馮班): '「充水手」는 사용할 수 있다.' 사신행: '황공탄(黃公灘)은 만안현(萬安縣) 앞에 있다. 동파가 「황공(惶恐)」이라고 고쳐서 「희환(喜歡)」에 대(對)하였다. 그

후 문언국(文言國: 文天祥)이 그것을 사용하여 「영정(零丁)」에 대하였다. 세상에서 마침내 연습(沿襲)하여 고치지 않아서, 다시 옛 이름을 칭하지 않았다.' 기윤: '이는 도리어 화평하다. 동파시는 몹시 격절(激切)함이 많은데, 이는 비록 올오(兀傲)함을 벗어나지 못했으나 오히려 화평한 뜻을 그다지 막지 않았다'"라고 했다.

- 『소문충공시집』에 "'便合與官充水手'는 참으로 비리하지 않는데, 원망하면서도 분노하지 않았다"라고 했다.
- 시윤장(施潤章)의 『확재시화(蠖齋詩話)황공탄(惶恐灘)』에 "'惶恐灘頭說惶恐, 零丁洋裏歎零丁'(文天祥의 〈過零丁洋〉)은 우연히 사용하여 공교함을 얻었는데, 그러나 실은 황공탄(黃公灘)이다. 자첨이 그것을 잘못 사용했는데, 마침내 가화(佳話)를 이루었다"라고 했다.
- 『소매첨언』에 "이는 또한 송조(宋調)이다. 나는 취하지 않는다"라고 했다.
- 왕문유(王文濡)의 『송원명시평주독본(宋元明詩評註讀本)에 "기세(起勢)가 표홀(飄忽)함이 짝이 없다"라고 했다.
- 『당송시거요』에 오여륜(吳汝倫)의 논평을 인용하여 "종일불기(縱逸不羈)함이 그 사람을 보는 듯하다"라고 했다.

6월 20일 밤에 바다를 건너다 六月二十日, 夜渡海[1)]

參橫斗轉欲三更　　삼성이 비끼고 북두성이 돌아 삼경이 되려는데
苦雨終風也解晴　　모진 비와 종일의 바람도 또한 갤 줄 아네
雲散月明誰點綴[2)]　　구름 흩어지고 달 밝은데 누가 점철하겠는가?
天容海色本澄清　　하늘 모습과 바다색은 본래 맑은 것이네

空餘魯叟乘桴意[3]　공연히 노수의 뗏목 타려는 뜻을 남기고
粗識軒轅奏樂聲[4]　대략 헌원의 주악 소리를 아네
九死南荒吾不恨[5]　아홉 번 죽는 남쪽 황무지를 내 원망하지 않으니
玆游奇絶冠平生　이 유람의 빼어남은 평생에서 으뜸이네

주석

1) 원부(元符) 3년(1100)에 소식은 담주(儋州)에서 사면령을 받고, 염주(廉州)로 안치되었는데, 경주(瓊州)를 지나 바다를 건넜다. 63세의 연세였다.

2) 『진서(晉書) · 사중전(謝重傳)』에 "회계(會稽) 왕도자(王道子)가 밤에 월색(月色)이 이그러짐이 없음을 감탄하며 아름답다고 했다. 사중(謝重)이 경솔하게 '저는 미운(微雲)이 점철한 것만 못하다고 생각합니다'라고 했다. 도자가 '경은 마음을 둠이 정결하지 못하여, 태청(太淸)을 더럽히려는 것인가!'라고 했다"라고 했다.

3) 魯叟(노수): 공자(孔子). 『논어 · 공야장(公冶長)』에 "공자가 말하기를 '도(道)가 행해지지 않으면, 뗏목을 타고 바다로 갈 것이다'라고 했다"라고 했다.

4) 軒轅(헌원): 헌원씨(軒轅氏). 황제(黃帝). 『장자 · 천운편(天運篇)』에 "황제가 동정(洞庭)의 들에다 함지(咸池)의 악(樂)을 펼쳤다"라고 했다.

5) 〈이소(離騷)〉에 "雖九死其猶未悔"라고 했다.

평설

- 『후촌시화』에 "이백기(李伯紀: 李綱) 승상(丞相)의 〈과해(過海)〉 절구 '假使黑風漂蕩去, 不妨乘興訪蓬萊萊'는 동파의 '九死南荒吾不恨, 玆游奇絶冠平生'의 구와 거의 서로 백중한데, 이문요(李文饒)와 노다손(盧多遜)의 궁수무료(窮愁無聊)한 작품과는 다르다"라고 했다.

- 『영규율수휘평』에 "방회: '소성(紹聖) 4년 정축년, 동파는 혜주(惠州)에 있었는데, 연세가 62세였다. 5월에 다시 경주별가(瓊州別駕)로 쫓겨났는데, 창화군(昌化軍)에 안치되었다. 곧 담주(儋州)이다. 6월 20일 저녁에 바다를 건너서 7월 13일에 담주에 도착했다. 어떤 이는 미구(尾句)가 너무 지나쳐서, 허물을 반성하는 뜻이 없다고 하는데, 특히 그렇지 않다. 장자후(章子厚: 章惇)와 채변(蔡卞)이 그를 죽이려고 했지만, 처신이 즐거웠다. 이 노경(老境)에 이르러 원망도 분노도 없었고, 이 유람을 기절(奇絶)하게 여기고, 참으로 생사(生死)를 깨치고, 득상(得喪)을 가볍게 여긴 천인(天人)이었다. 4편의 시는 하나같이 이런 뜻으로 볼 수 있다.' 기윤: '「茲游奇絶冠平生」의 말은 분명하다. 동파가 남쪽으로 옮겨질 때, 당시 재상의 뜻은 천자의 뜻이 아니었다. 그러므로 이와 같은 설이 방해되지 않는다. 전반은 순전히 비체(比體)인데, 이와 같이 말을 짓는다면 스스로 흔적이 없게 된다.' 풍반: '낙구(落句)는 사용할 만하다.' 사신행: '전반 4구는 모두 4글자를 사용하여 중첩을 지었는데, 그 판체(板滯)함을 깨닫지 못하는 것은 기(氣)가 충만하고 힘이 두터워서 충분히 도주용야(陶鑄鎔冶)했기 때문이다.' 무명씨(無名氏): '동파의 만년의 시는 사람들이 정심(精深)하고 화묘(華妙)하다고 탄복한다. 당나라에다 두고서 그것을 살펴본다면 끝내 격(格)에 들지 못하고, 단지 직언으로서 시미(詩味)가 없음을 누가 알겠는가?'"라고 했다.

- 『귀전시화』에 "동파는 방광불기(放曠不羈)했는데 …… 〈도해(渡海)〉에 '九死南荒吾不恨, 茲游奇絶冠平生'이라고 했다. 바야흐로 죄려(罪戾)를 지고서, 세상을 업신여기고 자득함이 이와 같았다. 비록 유쾌한 한 때를 취하고, 마음에 모멸함을 희롱하는 뜻을 품었더라도 법으로 삼을 수 없다"라고 했다.

- 하작(何焯)의 『의문독서기(義門讀書記)』에 "(두보의) '遠遊雖寂寞' 2구가

있는데, 파옹(坡翁)의 '九死南荒吾不恨, 玆游奇絶冠平生'은 분명히 이것을 배웠으나 도리어 흔적과 맛이 적음을 깨닫는다. '遠遊'는 다만 자기의 일일 뿐이지만, 황무지로 보내짐을 원망하지 않는다는 것은 임금의 명을 희롱한 것이다"라고 했다.

- 『소시선평전석』에 "고활공명(高闊空明)한데, 실로 몸에 선골(仙骨)이 있지 않다면, 그 한 글자도 지닐 수 없다"라고 했다.
- 『소문충공시집』에 "'苦雨終風也解晴'은 비(比)이다"라고 했다.
- 『위로시화』에 "〈과해〉 시에서 '空餘魯叟乘桴意……玆游奇絶冠平生'이라고 했는데, 이와 같은 흉금이라면 참으로 천인(天人)일 것이다"라고 했다.
- 『재주원시화』에 "파시(坡詩)에서, 나는 그 기개(氣槪)에 제일로 감복한다. 나중에 늙어서 황무지로 보내져서, 밤에 장해(瘴海)를 건널 때도 오히려 '空餘魯叟乘桴意……玆游奇絶冠平生'이라고 했는데, 이와 같은 흉금이라면 참으로 천인(天人)일 것이다"라고 했다.
- 『소문충공시편주집성』에 "'雲散月明誰點綴'은 장돈(章惇)에게 질문한 것이고, '天容海色本澄清'은 공(公) 자신을 말한 것이다. 대개 이런 종류의 연구(聯句)는 반드시 부회(傅會)할 수 없다. 전고가 확실한데 주석이 번다하다면, 시의 뜻이 도리어 어두워지게 될 것이다"라고 했다.
- 조극의의 『각산루소시평주휘초』에 "비록 비흥(比興)이 있지만, 그러나 말을 직접 다하여서 도리어 깊은 맛이 없다"라고 했다.

홍매 紅梅[1)]

怕愁貪睡獨開遲	잠을 탐하여 유독 늦게 핌을 근심하는데
自恐氷容不入時	스스로 빙용이 적절한 때에 들지 못함을 겁내어
故作小紅桃杏色	일부러 작고 붉은 복사꽃 살구꽃 색으로 피니
尙餘孤瘦雪霜姿	오히려 외롭고 수척하여 눈서리의 자태가 넘치네
寒心未肯隨春態	차가운 마음은 춘태를 기꺼이 따르지 않고
酒暈無端上玉肌	붉은 술기운이 무단히 옥빛 피부에 올랐네
詩老不知梅格在	시 짓는 노인이 매화의 격조가 있는 곳을 모르고
更看綠葉與靑枝[2)]	다시 초록 잎과 푸른 가지를 보았다네

주석

1) 모두 3수임.

2) 소식의 자주에 "석만경(石曼卿) 〈홍매시〉에 '認桃無綠葉, 辨杏有靑枝'라고 했다"라고 했다. 『동파지림(東坡志林)』에 "석만경(石曼卿: 石延年)의 「홍매시(紅梅詩)」에 '복사꽃엔 초록 잎이 없음을 알고, 살구꽃엔 푸른 가지가 있음을 아네(認桃無綠葉, 辨杏有靑枝)'라고 하였는데, 이는 지극히 비루한 말이다. 대개 촌학구체(村學究體)이다"라고 하였다.

평설

- 소식의 『동파지림(東坡志林)』에 "시인에게는 사물을 묘사하는 공(功)이 있다. '桑之未落, 其葉沃若'의 경우, 다른 나무는 거의 이것에 해당시킬 수 없다. 임포(林逋)의 〈매화(梅花)〉 시 '疎影橫斜水淸淺, 暗香浮動月黃昏'은 결코 도리(桃李) 시가 아니다. 피일휴(皮日休)의 〈백련(白蓮)〉 시

'無情有恨何人見? 月曉風淸欲墜時'는 결코 홍련(紅蓮)시가 아니다. 이것이 곧 사물을 묘사하는 공이다. 석만경(石曼卿)의 〈홍매(紅梅)〉 시에 '認桃無綠葉, 辨杏有靑枝'라고 했는데, 이는 지극히 비루한 말이다. 대개 촌학구체(村學究體)이다"라고 했다.

- 『후촌시화』에 "석만경(石曼卿)의 〈홍매(紅梅)〉 시에 '認桃無綠葉, 辨杏有靑枝'라고 했는데, 파공(坡公)이 촌학당(村學堂) 안의 말이라고 했다. 그러나 졸장(卒章)에 '未應嬌意急, 發赤怒春遲'라고 했으니, 가작(佳作)이 됨에 방해되지 않는다"라고 했다.

- 『영규율수휘평』에 "방회: '석만경(石曼卿)의 〈홍매(紅梅)〉 시에 「認桃無綠葉, 辨杏有靑枝」라고 했는데, 일찍이 이 두 말을 촌학당 안의 체(體)라고 여겼다. 범석호(范石湖: 范成大)가 지은 『매보(梅譜)』에서는 「시로(詩老)」라는 2글자로 인하여 성유(聖俞: 梅堯臣)의 시로 여겼는데, 잘못이다.' 풍반: '「認桃無綠葉, 辨杏有靑枝」는 악시(惡詩)이다.'"라고 했다.

- 명나라 진정(陳霆)의 『저산당사화(渚山堂詞話)』에 "동파는 매화를 읊어서 30편을 이루었는데, 그 〈홍매〉 시에 '詩老不知梅格在, 更看綠葉與靑枝'라고 한 것은 석만경의 '認桃無綠葉, 辨杏有靑枝' 구를 말한 것이다. 호평중(胡平仲)이 그로 인하여 동파의 구를 사용하여 〈감자목란화령(減字木蘭花令)〉을 지었는데, '天然標格, 不問靑枝和綠葉. 彷彿吳姬, 酒暈無端上玉肌. 怕愁貪睡, 誰會傷春無限意. 乞與徐熙, 畵出橫斜竹外枝'라고 했다. 대개 홍매와 복사꽃과 살구꽃은 몹시 달라서 가지와 잎을 볼 필요가 없이 분명하게 분별된다. 나는 몹시 동파의 말을 좋아하는데 특별히 호평중의 사(詞)를 기록하여 호사자(好事者)들에게 준다"라고 했다.

- 『소시선평전석』에 "홍자(紅字)를 생각하지 않았는데도 범연(泛衍)하고, 한번 떨어진 색상(色相)이 또한 도도(塗塗)히 부착된 듯하다. 석연년의 구가 어찌 첩절(帖切)하지 않겠는가? 그러나 시에서 그가 매격(梅格)을

모른다고 했는데, 이를 알면 더불어 시를 말할 수 있다"라고 했다.

- 『소문충공시집』에 "세밀한 뜻으로 구척(鉤剔)했는데, 도리어 섬교(纖巧)로 들어가지 않았다. 중간에 우탁(寓託)이 있는데, 각화(刻畫)와 형사(形似)를 동일하게 하지 않았기 때문이다"라고 했다.

참고

- 석연년(石延年)의 〈홍매〉

梅好唯傷白	매화의 좋음은 오직 순백에 있는데
今紅是絶奇	지금 붉은 꽃이 빼어나게 기이하네
認桃無綠葉	복사꽃엔 초록 잎이 없음을 알고
辨杏有青枝	살구꽃에 푸른 가지가 있음을 아네
烘笑從人贈	붉은 미소를 사람에게 보내고
酡顔任笛吹	붉게 취한 얼굴은 피리소리를 따르네
未應嬌意急	교태로운 뜻의 급함에 응하지 않고
發赤怒春遲	붉게 피어 봄의 더딤에 노하네

- 이황(李滉)의 〈홍매〉

玉人赬頰出天姿	옥인의 붉은 뺨 천연의 자태인데
肯恐氷容不入時	빙용이 세속과 맞지 않을까 두려워하네
可笑坡仙嘲石老[1)]	파선이 석로를 조롱함이 우습구나
卻緣花惱自成癡	도리어 꽃에 뇌쇄되어 스스로 어리석음을 이루었네

주석

1) 파선(坡仙)은 소식(蘇軾), 석로(石老)는 석연년(石延年: 994-1041).

동쪽 난간의 배꽃 東欄梨花[1]

梨花淡白柳深青　배꽃 담박하고 버들은 짙푸른데
柳絮飛時花滿城　버들솜 날릴 때 꽃이 성에 가득하네
惆悵東欄二株雪[2]　슬프다 동쪽 난간의 두 그루 백설 꽃
人生看得幾清明　인생에서 몇 번이나 청명절을 보겠는가?

주석

1) 〈和孔密州五絶〉 중 1수. 공밀주(孔密州)는 공도보(孔道補).

2) 한유(韓愈)의 〈寒食日出遊〉 시에 "惆悵歸不忍, 千株雪相映"이라고 했다.

평설

- 조선 신흠(申欽)의 『청창연담(晴窗軟談)』에 "동파의 시문은 모두 신경(神境)이다. 세상에서 당나라를 배우는 자들은 항상 그것을 비난한다. 만약 그 염려(艷麗)한 것을 가려서 뽑아서, 대략 몇 권의 책으로 만들어서 세상에 통행시킨다면, 어찌 당나라 때의 아름다움만 못하겠는가? …… 매번 그 절구 '梨花淡白柳深青……'을 읊어보면, 십분지위(十分地位)라고 할 만하다"라고 했다.

- 『용재수필』에 "(張文潛이) 동파의 〈동란이화〉 절구를 즐겨 암송했는데

…… 매번 한 번 읊을 때마다 반드시 무릎을 치며 상탄(賞嘆)을 그치지 않았다. 문잠은 대개 여기에서 살핌이 있었던 것이다"라고 했다.

- 『노학암필기』에 "소흥(紹興) 연간에 나는 복주(福州)에 있었는데, 하진지(何晉之: 大圭)의 대저(大著)를 보았다. 스스로 말하기를 일찍이 장문잠(張文潛: 張耒)을 따라 노닐었는데, 매번 문잠이 이 시에 감탄하고 미칠 수 없다고 하는 것을 보았다고 했다. 내가 살펴보니, 두목(杜牧)의 구에 '砌下梨花一堆雪, 明年誰此凭闌干?'이라고 했다. 동파는 본래 두목의 시를 훔칠 사람이 아니다. 그러나 끝내 전인(前人)이 이미 말한 구이다. 어찌 문잠은 그것을 몹시 좋아했던가? 아마 따로 생각한 바가 있었을 것이다. 잠시 기록하여 식자를 기다린다"라고 했다.

- 명나라 유변(兪弁)의 『일로당시화(逸老堂詩話)』에 "육방옹(陸放翁)이 동파의 이 시를 두목(杜牧)의 '砌下梨花一堆雪, 明年誰此凭闌干?'을 본받았다고 했다. 나는 파로(坡老)의 시가 혼연천성(渾然天成)함을 사랑하는데, 모방하여 지를 사람이 아니다. 방옹은 진정 이른 바 '세반색구(洗瘢索垢)' 하는 자이다"라고 했다.

- 왕사정(王士禎)의 『대경당시화(帶經堂詩話)』에 "당현(唐賢)들을 추종할 수 있다"라고 했다.

- 『당송시순』에 "농지(濃至)한 정(情)인데, 우연히 본 바를 발로(發露)했다. 절구 중에서 거의 유몽득(劉夢得: 劉禹錫)과 쟁형(爭衡)할 만하다"라고 했다.

- 원매(袁枚)의 『수원시화보유(隨園詩話補遺)』에 "이는 두목(杜牧)의 '砌下梨花一堆雪, 明年誰此凭闌干?' 구를 훔친 것이다. 그러나 풍조(風調)는 스스로 다르다"라고 했다.

- 『초백암시평』에 "'惆悵東欄二株雪' 2구 중 '이(二)'는 마땅히 '일(一)'로

지어야 한다"라고 했다.

- 『소문충공시집』에 "이 수(首)는 비교적 정치(情致)가 있다"라고 했다.

- 『양일재시화』에 "용재(容齋: 洪邁)가 장문잠(張文潛: 張耒)이 두공(杜公: 두보)의 '溪回松風長' 오고(五古)와 파공(坡公)의 '梨花淡白柳深靑' 칠절(七絶)을 애송한 것을 취하여 미담으로 삼았다. 두 시는 어찌 한 글자라도 기이함을 추구함이 있으며, 어찌 한 글자라도 기이하지 않음이 있는가? 나는 젊어서 배우지 못했기 때문에 시에 노망(鹵莽)한데, 용재를 거수(鉅手)라고 여기지 않은 것이 오래 된 것은 이 때문이다. 반드시 용재가 문잠의 의도를 진술한 것을 알아야만 비로소 시학(詩學)에 있어서 소분(少分)이 상응하게 될 것이다. 나는 또한 파공의 칠절이 매우 많을 것을 살펴보았는데, 합작(合作)은 자못 적었다. 그 재주가 높고 박학하고, 종횡치취(縱橫馳驟)했는데, 스스로 현외(弦外)의 음(音)을 이루기가 어렵다고 여겼다. '梨花淡白'은 더욱 걸출(傑出)한데, 문잠이 칭찬한 바는 척안(隻眼)이라고 칭할 만하다"라고 했다. 또 "장문잠이 파공의 '梨花淡白柳深靑' 1절을 애송했는데, 방옹이 비난하기를 '두목(杜牧)의 구에 '砌下梨花一堆雪, 明年誰此凭闌干?'이라고 했다. 동파는 본래 두목의 시를 훔칠 사람이 아니다. 그러나 끝내 전인(前人)이 이미 말한 구이다. 어찌 문잠은 그것을 몹시 좋아했던가? 아마 따로 생각한 바가 있었던가?'라고 했다. 내가 살펴보니, 파공의 이 시의 묘는 스스로 기운(氣韻)에 있고, 구의 뜻은 남이 언급하지 않았던 것이 아니다. 또한 그 구의 뜻을 완상해보면 진정 소두(小杜: 두목)의 시로부터 탈화(脫化)되어 나왔는데, 또한 경지(境地)를 개척하여 각자 묘절함이 있기 때문에 서로 덮어버릴 수가 없다. 방옹이 본 바는 또한 구애(拘礙)되었다"라고 했다.

- 유월(兪樾)의 『호루필담(湖樓筆談)』에 "이 시는 묘절하다. 명나라 낭인보(郎仁寶)는 이미 '담백(淡白)'하다고 말했는데, 또 '일주설(一株雪)'을

말하여 중복된 말이 서로 범하지 않았나 싶어서, '이화담백'을 '도화난만(桃花爛漫)'으로 고치려고 했다. 이는 참으로 억지로 일을 해석하는 자이다. 수구 '이화담백'은 곧 본제(本題)이다. 차구 '花滿城'은 바로 '이화담백'을 계승하여 말한 것이다. 만약 수구를 '도화난만(桃花爛漫)'으로 고친다면, '花滿城'은 마땅히 도화(桃花)에 속하게 되어서, '惆悵東欄二株雪'과 결국 상속(相續)할 수 없게 된다. 이는 도화를 읊은 것이지, 다시 이화를 읊은 것이 아니다. 이 같은 의론은 몹시 웃음거리이다"라고 했다.

- 『송원명시평주독본』에 "인생은 세상에 잠시 있는 것인데, 소광(韶光)을 저버리지 말아야 한다. '惆悵東欄二株雪'의 경우, 이화는 희기 때문에 설(雪)로 비유했다"라고 했다.

중추월 中秋月[1)]

暮雲收盡溢清寒　저녁구름 다 걷히고 맑은 한기가 넘치는데
銀漢無聲轉玉盤[2)]　은하수는 소리도 없는데 옥반이 도네
此生此夜不長好　이 생애와 이 밤이 오래 좋을 수가 없으니
明月明年何處看　밝은 달을 내년엔 어디에서 보아야 하나?

주석

1) 〈양관사(陽關詞)〉 3수 중 1수.

2) 玉盤(옥반): 달을 말함. 이백(李白)의 〈古朗月行〉에 "小時不識月, 呼作白玉盤"이라 했다.

평설

- 소식의 〈서팽성관월시(書彭城觀月詩)〉의 소서(小序)에 "나는 18년 전 중추일 밤에 자유(子由: 蘇轍)와 함께 팽성(彭城)에서 달을 보며 이 시를 짓고, 〈양관(陽關)〉으로써 노래했다. 지금 다시 이 밤에 공상(贛上)에서 머무는데, 지금 영표(嶺表)로 옮겨가려고 한다. 홀로 이 곡을 부르며, 잠시 이것을 다시 써서 한 때의 일을 알게 하려고 한다. 특히 오늘밤의 슬픔이 있음을 깨닫지 못하니, 타일의 즐거움이 있을 것을 몹시 알겠다"라고 했다.

- 『초계어은총화』에 "옛 사람이 중추를 읊은 시는 으레 모두 달을 노래할 뿐이고, 제목을 드러내는 것이 적다. 다만 왕원지(王元之: 王禹偁)는 '莫辭終夕看, 動是隔年期'라 하고, 소자첨은 '暮雲收盡溢清寒……明月明年何處看'이라 했는데 대개 비슷하다"라고 했다.

- 양만리(楊萬里)의 『성재시화(誠齋詩話)』에 "다섯 일곱 글자의 절구는 가장 적은데, 가장 공교하기가 어렵다. 비록 작자일지라도 4구가 모두 좋은 것을 얻기 어렵다. 동파의 이 시는 4구가 모두 좋다"라고 했다.

- 유극장(劉克莊)의 「이소중추월시발(二蘇仲秋月詩跋)」에 "두 소공(蘇公: 소식과 소철)이 팽성(彭城)에서 중추월에 창화한 칠절은 적선(謫仙: 李白)의 어깨를 칠 수 있다. 동파의 오언 중 청려(淸麗)한 것은 포조(鮑照)와 유신(庾信) 같고, 한아(閑雅)한 것은 위응물(韋應物)과 유종원(柳宗元) 같다. 이전 사람의 중추월의 작품은 많은데, 여기에 이르러 만고를 한 번 씻어서 비워버렸다. 시가 본래 고묘(高妙)한데 행서(行書) 또한 일세(一世)에서 묘절하여서, 여러 사람들이 파첩(坡帖)으로 거두어서 모두 하풍(下風)에 있다. 자선(子善: 吳思齊)은 그것을 깊이 보관하고서는 15성(城)으로도 바꾸지 않는다. 오재로(吳才老: 吳棫)는 오히려 두 공(公)이 사용한 운의 평측반절(平仄反切)을 의심했는데, 이전 사람 또한 이것

으로써 창려공(昌黎公: 韓愈)과 의논했었다. 재로(才老)는 자학(字學)으로써 명가(名家)인데 심약(沈約)의 사성(四聲)에 속박됨을 면하지 못했다. 내가 생각건대, 한유와 소식은 대유(大儒)로서, 말이 유전(流傳)되어 사람들의 간담(肝膽)으로 들어가서, 만세(萬世)에서 진귀하게 암송한다. 어찌 장옥(場屋)의 거인(擧人)처럼 『예부운략(禮部韻略)』에 규규연(規規然)하여 그것에 합격(合格)하지 못함을 두려워할 것인가?"라고 했다.

- 『후촌시화』에 "'此生此夜不長好' 2구는 고적(高適)의 '今年人日空相憶, 明年人日知何處'의 구와 암합(暗合)했다"라고 했다.

- 『시림광기』에 "나는 동파의 이 시의 뜻을 생각건대, 또한 〈十月十五日觀月黃樓席上次韻〉에 '爲問登臨好風景, 明年還憶使君無'라고 했고, 또 〈和子由山茶盛開〉에 '雪裏盛開知有意, 明年開後更誰看?'이라 했다. 왕원지(王元之: 王禹偁)의 「황주죽루기(黃州竹樓記)」에 '未知明年, 又在何處?'라고 했다. 근세에 읊은 〈상춘(賞春)〉 사(詞)의 말구에 '不知來歲牡丹時, 再相逢何處?'라고 했다. 아! 좋은 경치는 항상 있지 않고, 성대한 일은 다시 대하기가 어렵다. 이런 말들을 읽으면 사람에게 세월의 표홀(飄忽)함에 대한 감개를 지니게 한다"라고 했다.

- 범희문(范晞文)의 『대상야어(對牀夜語)』에 "고적(高適)의 〈구일(九日)〉 시에 '縱使登高祗斷腸, 不如獨坐空搔首'라고 했고, 노두(老杜: 두보)의 '羞將短髮還吹帽, 笑倩傍人爲正冠' 또한 그 일을 반대로 사용한 것이다. 결구의 '明年此會知誰健? 醉把茱萸子細看'은 유희이(劉希夷)의 '今年花落顔色開, 明年花開復誰看?'과 뜻이 같다. 기(氣)가 길고 구(句)가 우아하지만 모두 두보에게 미치지 못한다. 대숙륜(戴叔倫)의 〈대월(對月)〉 '明年此夕有何處? 縱有淸光知對誰?'는 그 태(胎)를 벗어나려고 했지만 그럴 수 없었는데, 대개 재력이 미치지 못했기 때문이다. 동파가 그 뜻을 사용하여 지은 〈중추월〉 시에 '此生此夜不長好, 明月明年何處看'이라

고 했는데, 마침내 절창을 이루었다"라고 했다.

- 방회의 『영규율수 · 월류서(月類序)』에 "착제시(着題詩) 중에서 매(梅) · 설(雪) · 월(月)이 가장 읊기가 어렵다. 그래서 특별히 류(類)로 삼았다. 중추월은 더욱 읊기가 어려운데, '此夜一輪滿, 淸光何處無?'는 승관휴(僧貫休)의 구이다. '此生此夜不長好, 明月明年何處看'은 동파의 구이다. '萬山不隔中秋月'은 산곡(山谷: 黃庭堅)의 1구인데, 더욱 뛰어나다"라고 했다.

6월 27일 망호루에서 취해서 적다 六月二十七日, 望湖樓醉書[1)]

黑雲翻墨未遮山　검은 구름이 부운 먹물이 산을 다 가리기 전에
白雨跳珠亂入船　흰 빗방울의 튀는 구슬이 배 안으로 난입하네
卷地風來忽吹散　땅을 말며 부는 바람이 갑자기 불어 흩어지니
望湖樓下水如天　망호루 아래 물이 하늘과 같네

주석

1) 원래 5수임. 望湖樓(망호루): 항주(杭州) 서호(西湖) 가에 있음. 오대(五代) 오월왕(吳越王) 전숙(錢俶)이 건축했음. 희녕(熙寧) 5년(1072), 소식이 항주 통판으로 있을 때 지은 작품임.

평설

- 『소문충공시집』에 "음양의 변화와 개합(開合)이 순간 사이에 있다. 기

(氣)가 웅장하고 말이 장엄하여 남들은 미칠 수 없다"라고 했다.

망해루 만경 望海樓晚景[1]

海上濤頭一線來　바다 위 파도머리가 한 선으로 몰려오니
樓前指顧雪成堆　누대 앞에 흰 물결이 쌓임을 가리키며 보네
從今潮上君須上　지금부터 조수 오르면 그대 반드시 올라가 보오
更看銀山二十回[2]　다시 은산이 스무 번 도는 것을 보리라

주석

1) 望海樓(망해루): 일명 망조루(望潮樓). 항주(杭州) 봉황산(鳳凰山) 위에 있음. 원래 5수임.

2) 銀山(은산): 은빛 파도의 산.

호수 위에서 술 마시는데, 처음에는 날이 갰다가 나중에 비가 오다 飮湖上, 初晴後雨[1]

水光瀲灩晴方好　물빛 넘실대고 날 개니 지금 좋은데
山色空濛雨亦奇　산색 흐릿하고 비가 오니 또한 기이하네
欲把西湖比西子[2]　서호를 서자에게 비유한다면
淡粧濃抹總相宜　옅은 단장 짙은 화장이 모두 잘 어울리네

주석

1) 희녕(熙寧) 6년(1073), 소식이 항주통판으로 있을 때 서호(西湖)에서 지은 작품임. 원래 2수임.

2) 西子(서자): 서시(西施). 춘추시대 월(越)나라 미인.

평설

- 완열(阮閱)의 『시화총구(詩話總龜)·유제문(留題門)』에 "동파는 서호(西湖)를 사랑했는데, 시에 '若把西湖比西子, 淡粧濃抹總相宜'라고 했다. 나는 고산(孤山) 아래에서 묵으며 임화정(林和靖: 林逋)의 시를 읽었는데, 구마다 모두 서호의 사생(寫生)이었다. 특히 천자(天姿)가 자연스러워서 연화(鉛華)를 베풀지 않았다. 시를 지어 벽에 쓰기를 '長愛東坡眼不枯, 解將西子比西湖. 先生詩妙眞如畵, 爲作春寒小浴圖'라고 했다"라고 했다.

- 송나라 무연(武衍)의 〈正元二日, 與菊莊湯伯起·歸隱陳鴻甫, 泛舟湖上〉 시에 "除却淡粧濃抹句, 更將何語比西湖"라고 했다.

- 송나라 진선(陳善)의 『문슬신화(捫蝨新話)』에 "동파는 서호를 몹시 좋아했는데, 일찍이 시를 짓기를 '若把西湖比西子, 淡粧濃抹總相宜'라고 했다. 식자들은 이 두 구가 서호의 좋은 곳을 이미 다 말했다고 했다. 공은 또 다른 시에서 '雲山已作歌眉斂, 山下碧流淸似眼'이라 했는데, 나는 이 시 또한 서자(西子)를 위한 사생(寫生)이라고 여긴다. 서자를 알려고 한다면 다만 서호를 보면 되고, 서호를 알려고 한다면 다만 이 시를 보면 된다"라고 했다.

- 송나라 원문(袁文)의 『옹유한평(甕牖閒評)』에 "소동파는 부인을 그다지 좋아하지 않았는데, 시 속에서 매번 그것을 언급했다. 다른 의도가 있어서가 아니고 희학(戲謔)으로 삼았을 뿐이다. …… 그 '欲把西湖比西子,

淡粧濃抹總相宜'라고 한 것은 서호를 읊은 작품이다. …… 이러한 여러 시는 비록 부인과 상관이 없을지라도 비의(比擬)가 몹시 좋고, 또한 그 말이 묘려신기(妙麗新奇)하여 남에게 완상을 그치지 못하게 한다. 희학을 잘하는 자가 아니면 이와 같을 수가 있겠는가?"라고 했다.

- 『초백당시평』에 "'水光瀲灩晴方好' 2구의 경우, 다소의 서호시가 두 말에 의하여 다 쓸어져버렸다. 어디에 한 터럭만한 지분(脂粉)의 안색이 있는가?"라고 했다.

- 왕문고의 『소문충공편주집성』에 "이는 명편으로서, 앞에는 옛사람이 없었고, 뒤에는 올 사람이 없다고 할 만하다. 공의 여러 서호시는 모두 베푼 뜻이 출색(出色)하고, 변화를 다한 방법이었다. 그래서 모두 『전당집(錢塘集)』 안에 있다. 그 후 항주(杭州)를 다스릴 때 재해와 진휼에 노심(勞心)하여서, 이미 다시 이런 종류의 걸구(傑構)가 없었는데, 다만 '不見跳珠五十年'이라고 했을 뿐이다"라고 했다.

- 『송시정화록』에 "뒤 2구는 마침내 서호의 정평(定評)을 이루었다"라고 했다.

- 『송원명시평주독본』에 "서호로 인하여 서자를 생각했는데, 비유의 예(例)가 특히 묘하다"라고 했다.

혜숭의 〈춘강효경〉 惠崇春江曉景[1)]

竹外桃花三兩枝　대숲 밖 복사꽃 두세 가지 피니
春江水暖鴨先知　봄 강의 물 따뜻함을 오리가 먼저 아네
蔞蒿滿地蘆芽短[2)]　물쑥이 땅에 가득하고 갈대 순은 짧은데

正是河豚欲上時[3]　바로 하돈이 올라올 때이네

주석

1) 모두 2수임. 惠崇(혜숭): 송나라 승려. 시와 그림에 뛰어났음.

2) 蔞蒿(누호): 물쑥. 蘆芽(노아): 갈대 순.

3) 河豚(하돈): 강으로 올라오는 복어(鰒魚)의 일종.

평설

- 『초계어은총화』에 "동파시에 '竹外桃花三兩枝……正是河豚欲上時'라고 했는데. 이는 바로 2월의 경치이다. 이때는 하돈이 이미 성대한데, 다만 '欲上'이란 말은 온당하지 못한 듯하다"라고 했다.

- 『어양시화』에 "파시(坡詩) '蔞蒿滿地蘆芽短, 正是河豚欲上時'는 풍운(風韻)의 묘일 뿐만 아니다. 대개 하돈은 물쑥과 갈대를 먹고 살찌는데, 또한 매성유(梅聖兪)의 '春洲生荻芽, 春岸飛楊花'와 같이 한 글자도 함부로 설정하지 않았다"라고 했다.

- 왕사정의 「제동파선생발(題東坡先生跋)」에 "동파시 '蔞蒿滿地蘆芽短, 正是河豚欲上時'는 7글자가 경물을 범람하게 읊은 것이 아니다. 동파의 시는 한 글자라도 내력이 없는 것이 없음을 볼 수 있다"라고 했다.

- 『소문충공시집』에 "이는 명편이다. 흥상(興象)이 실로 심묘(深妙)하다!"라고 했다.

- 조극의의 『각산루소시평주휘초』에 "경상(景象)을 지점(指點)했는데, 충족하게 여미(餘味)가 있다. 진정 제화(題畵)로서 아름다운데, 만약 실질을 읊었다면 맛이 덜했을 것이다"라고 했다.

해당 海棠

東風嫋嫋泛崇光[1]　봄바람 살랑살랑 고운 빛이 뜨고
香霧空蒙月轉廊[2]　향기로운 안개 아른아른 달빛 행랑을 돌았네
只恐夜深花睡去　다만 밤 깊어 꽃이 잠들어 버릴까 두려워
故燒高燭照紅粧[3]　일부러 높은 촛대 밝히고 홍장을 비춰보네

주석

1) 嫋嫋(요뇨): 가볍게 흔들리는 모양. 崇光(숭광): 해당화의 빛을 말함.
2) 霏霏(비비): 안개가 날리는 모양.
3) 紅粧(홍장): 해당화를 말함.

평설

- 『냉재야화』에 "형공(荊公: 王安石) · 동파 · 산곡(山谷: 黃庭堅)에 이르러서 고금의 변화를 다했다. ……동파의 〈해당〉 시에 '只恐夜深花睡去, 故燒高燭照紅粧'이라고 했는데…… 산곡이 '이는 구(句) 중의 안(眼)이다. 배우는 자들은 이런 묘어(妙語)를 모르면, 운(韻)이 끝내 뛰어날 수 없다'고 했다"라고 했다.
- 방악(方岳)의 『심설우담(深雪偶談)』에 "동파시 '東風嫋嫋泛崇光……故燒高燭照紅粧'은 사사(使事)를 쓰지 않았는데, 거연(居然)이 사랑스럽다"라고 했다.
- 사신행의 『초백당시평』에 "이 시는 지극히 속구(俗口)들에 의하여 칭찬을 받는데, 그러나 선생의 노경(老境)이 아니다"라고 했다.

- 청나라 마위(馬位)의 『추창수필(秋窗隨筆)』에 "이의산(李義山: 李商隱)의 시에 '客散酒醒深夜後, 更持紅燭賞殘花'라고 했는데, 아인(雅人)의 깊은 아취가 있다. 소자첨의 '只恐夜深花睡去, 故燒高燭照紅粧'에는 부귀기상(富貴氣象)이 있다. 두 사람이 꽃을 사랑한 흥(興)이 얕지 않다. 어떤 이가 '두 시 중 어느 것이 더 좋은가?'라고 물어서, 내가 '이의산이 낫다'고 했다. 소식에게는 작은 하자가 있다. 이미 '香霧空蒙月轉廊'이라고 했는데, 어찌 반드시 '更燒高燭'이라고 할 것인가? 이것은 시의 전체로써 말한 것이다"라고 했다.
- 풍응류(馮應榴)의 『소문충공시합주(蘇文忠公詩合注)』에 "가대인(家大人)이 이의산의 시 '客散酒醒深夜後, 更持紅燭賞殘花'에 주(注)를 달기를 '동파시 「故燒高燭照紅粧」은 여기에서 탈태하여 나온 것이다'라고 했다"라고 했다.

동파 東坡[1]

雨洗東坡月色清　비가 동쪽 언덕을 씻으니 달 색이 맑고
市人行盡野人行　시장사람들 다 떠나고 마을사람만 다니네
莫嫌犖确坡頭路[2]　돌 울퉁불퉁한 언덕길을 꺼리지 마오
自愛鏗然曳杖聲[3]　스스로 딸각대는 지팡이 끄는 소리를 사랑한다오

주석

1) 東坡(동파): 황주(黃州: 호북성 黃岡縣) 성 밖 동쪽 산언덕. 소식은 황주로 귀양 와서 그 언덕 터에 집을 짓고, 동파거사(東坡居士)라고 자호했다. 원풍

(元豊) 6년(1083)의 작품이다.

2) 犖确(낙학): 돌이 울퉁불퉁 노출된 모양.

3) 鏗然(갱연): 소리가 울리는 모양.

평설

- 『소문충공시집』에 "풍치(風致)가 평범하지 않다"라고 했다.
- 『소문충공시편주집성』에 "'莫嫌犖确坡頭路' 2구와 같은 종류의 구는 천성(天成)에서 나왔는데, 남들은 배울 수 없다"라고 했다.
- 조극의의 『각산루소시평주휘초』에 "소경(小境)을 염출(拈出)했는데 입신(入神)했다"라고 했다.
- 『송시정화록』에 "동파는 홍취가 아름다운데, 어떤 제목을 막론하고 반드시 한두 가구가 있다. 이런 종류가 그것이다"라고 했다.

서림의 벽에 적다 題西林壁[1]

橫看成嶺側成峯　　횡으로 보면 고개이고 옆으로 보면 봉우리이니
遠近高低無一同　　원근의 높낮이가 하나도 같지 않네
不識廬山眞面目　　여산의 진면목을 알 수 없음은
只緣身在此山中　　다만 몸이 이 산중에 있기 때문이네

주석

1) 西林(서림): 여산(廬山)에 있는 절 이름. 1084년 여산에 올라 서림사(西林寺)의 벽에 적은 시임.

평설

- 『동파지림』에 "내가 처음 여산(廬山)에 들어가서 …… 산의 남쪽 땅을 왕래한 지 10여 일인데, 승절(勝絶)한 곳을 다 말할 수 없다고 여겼다. 그 중 가장 뛰어난 곳은 수옥정(漱玉亭)과 삼협교(三峽橋)였기 때문에 이 두 시를 지었다. 가장 나중에 총로(總老)와 함께 서림사(西林寺)를 유람했는데 또 한 절구를 짓기를 '橫看成嶺側成峰……只緣身在此山中'이라 했다. 나의 여산시(廬山詩)는 여기에 다한 것이다"라고 했다.

- 『냉재야화』에 "동파시에 '橫看成嶺側成峰……只緣身在此山中'이라 했다. 노직(魯直: 黃庭堅)이 '이 노인이 『반야(般若)』에다 횡설수설을 했는데, 끝내 군더더기 말이 없다. 그 필단이 아니라면, 이런 전할 수 없는 묘를 토할 수 있겠는가!'라고 했다"라고 했다.

- 양신(楊愼)의 「송유논천(宋儒論天)」에 "'不識廬山眞面目, 只緣身在此山中'이라 했는데, 대개 물외(物外)에 처하면 비로소 사물의 진면목을 볼 수 있다"라고 했다.

- 『소문충공시집』에 "역시 선게(禪偈)인데, 그러나 그다지 선게기(禪偈氣)를 드러내지 않았기 때문에 오히려 물리지 않는다. 고창(高唱)이라 여긴다면, 그렇지 못하다"라고 했다.

- 『소문충공시편주집성』에 "대개 이런 종류의 시는 모두 한때의 성령(性靈)이 발해진 것인데, 만약 반드시 심흉(心胸)에 석전(釋典)을 지닌 후에 노추(鑪錘)하여 내놓는다면 의미가 삭연(索然)할 것이다"라고 했다.

• 『송시정화록』에 "이 시에는 새로운 사상이 있는데, 남이 말하지 못했던 것 같다"라고 했다.

봄밤 春夜

春宵一刻值千金[1] 봄밤 일 각은 천금에 해당하니
花有清香月有陰 꽃엔 맑은 향기 있고 달엔 그늘이 있네
歌管樓臺聲細細[2] 노래하는 누대엔 노랫가락 느리고
鞦韆院落夜沈沈 그네 뛰는 원락엔 밤이 어둡네

주석

1) 春宵(춘소): 춘야(春夜). 一刻(일각): 짧은 시간. 밤 시간은 모두 1백 각임. 值(치): 해당하다.

2) 細細(세세): 완완(緩緩).

평설

• 『성재시화』에 "동파의 〈춘야〉는 '……'라고 했고, 개보(介甫: 왕안석)는 '金爐香燼漏聲殘, 翦翦輕風陣陣寒, 春色惱人眠不得, 月移花影上欄干'이라 했다. 두 시는 유려(流麗)함이 서로 같지만, 또한 갑을(甲乙)이 있다"라고 했다.

• 『위로시화』에 "시는 반드시 긍귀(矜貴)해야 한다. '春宵一刻值千金'이 어찌 옳을 것인가!"라고 했다.

● 조극의의 『각산루소시평주휘초』에 "하 2구는 모두 기구(起句)의 주각(註脚)이 된다. 처음부터 전절(轉折)이 없고, 말 또한 천(淺)함이 심하다"라고 했다.

유경문에게 주다 贈劉景文[1]

荷盡已無擎雨蓋　연잎 시들어 이미 우산을 받듦이 없고
菊殘猶有傲霜枝　국화 시들었는데 아직 서리 이기는 줄기가 있네
一年好景君須記　일 년의 좋은 경치를 그대는 반드시 기억하구려
正是橙黃橘綠時[2]　바로 등자가 노랗고 귤이 푸를 때라오

주석

1) 劉景文(유경문): 이름은 계손(季孫), 개봉(開封) 상부(祥符) 사람. 박학하고 시에 능했음.

2) 橙(등): 등자(橙子). 오렌지. 황과(黃果)라고 함. 중국 남방이 원산지인데, 15세기 말에 미주(美洲)로 전해졌음.

평설

● 『초계어은총화』에 "'天街小雨潤如酥, 草色遙看近却無. 最是一年春好處, 絶勝煙柳滿皇都'는 퇴지(退之: 韓愈)의 〈조춘(早春)〉 시이다. '荷盡已無擎雨蓋……'는 자첨의 〈초동(初冬)〉 시이다. 두 시는 의사(意思)가 자못 같지만 말은 다르다. 모두 그 묘를 다했다"라고 했다.

• 『소시선평전석』에 "천어(淺語)의 요사(遙思)이다"라고 했다.

• 『소문충공시편주집성』에 "이는 명편인데, 경문(景文)이 아니라면 감당할 수 없을 것이다"라고 했다.

• 『당송시거요』에 "어떤 이는 이 시를 한퇴지의 〈조춘정수부장원외(早春呈水部張員外)〉 시와 서로 같다고 하는데, 단지 '最是一年春好處' 구만 우연히 비슷할 뿐이다. 그 의경(意境)은 각자의 나은 곳이 있어서 특히 같지 않다"라고 했다.

징매역 통조각 2수 澄邁驛通潮閣二首[1)]

1

倦客愁聞歸路遙　　피곤한 객은 귀로가 멀다 하여 근심인데
眼明飛閣俯長橋[2)]　　시야 밝은 높은 누각에서 긴 다리를 굽어보네
貪看白鷺橫秋浦　　백로가 가을 물가를 가로 질러감을 응시하다가
不覺青林沒晩潮　　푸른 숲이 저녁 조수에 잠긴 것도 몰랐네

주석

1) 澄邁驛(징매역): 지금의 해남성 징매현(澄邁縣). 通潮閣(통조각): 징매역 서쪽에 있었음. 소식은 소성(紹聖) 4년(1097)에 해남(海南)으로 귀양 갔는데, 원부(元符) 3년(1100) 5월에 사면을 받아, 6월에 담주(儋州)로 떠났다. 도중에 지은 작품임.

2) 飛閣(비각): 고각(高閣).

평설

- 『석주시화』에 "동파의 〈징매역통조각〉 시에 '倦客愁聞歸路遙……'라고 했는데, 참으로 당현(唐賢)의 말이다. …… 이들 모두는 완정(阮亭: 王士禛)의 『지북우담(池北偶談)』에서 송나라 절구를 채록할 때 언급하지 않았던 것들이다"라고 했다.

2

餘生欲老海南村　남은 생애 해남촌에서 늙으려 하는데
帝遣巫陽招我魂[1]　천제가 무양을 보내 내 혼을 불렀네
杳杳天低鶻沒處　아득히 하늘 아래 송골매가 사라진 곳
青山一髮是中原　한 올 머리털 같은 푸른 산이 곧 중원이네

주석

1) 『초사(楚辭) · 초혼(招魂)』에 "천제가 무양(巫陽)에게 말하기를 '어떤 사람이 아래 있는데, 내가 도와주려 하는데, 혼백이 이산(離散)되었다. 네가 점을 쳐 주길 바란다'고 했다. 무양은 이에 내려가서 부르기를 「혼이여 돌아오라」고 했다"라고 했다. 무양(巫陽)은 여무(女巫)의 이름. 여기서는 사면령을 받은 것을 말함.

평설

- 『초계어은총화』에 "〈차운침장관(次韻沈長官)〉 시에 '莫道山中食無肉, 玉池清水自生肥'라 했고, 〈천경관유천부(天慶觀乳泉賦)〉에 '鏘瓊佩之落谷, 灎玉池之生肥'라고 했고, 〈징매역통조각〉 시에 '杳杳天低鶻沒處, 青

山一髮是中原'이라 했고, 〈복파장군묘비(伏波將軍廟碑)〉에 '南望連山, 若有若無, 杳杳一髮耳'라고 했다. 모두 두 번 그것을 사용했는데, 그 말이 굴기(倔奇)하고 대개 뜻을 얻었다"라고 했다.

- 『소시선평전석』에 "기망(羈望)의 깊은 정인데, 함온(含蘊)이 끝이 없다"라고 했다.

- 『소문충공시집』에 "말 2구는 신래(神來)한 필(筆)이다"라고 했다.

- 조극의의 『각산루소시평주휘초』에 "뜻이 몹시 비통한데, 좋은 것은 단지 지점(指點)만 짓고 더불어 말을 다하지 않은 데에 있다"라고 했다.

- 시보화(施補華)의 『현용설시(峴傭說詩)』에 "동파의 칠절 또한 사랑할 만한데, 그러나 취(趣)가 많고 치(致)가 많지만, 신운(神韻)은 도리어 적다. …… 다만 '餘生欲老海南村……'은 기운(氣韻)이 둘 다 이르고, 말이 침웅(沈雄)함을 띠고 있어서, 미칠 수가 없다"라고 했다.

- 『송시정화록』에 "노백생(盧伯生)의 제화시(題畵詩)에 '青山一髮是江南'이라 한 것은 완전히 이 시를 훔친 것이다.

소철 蘇轍

소철(1039-1112), 자는 자유(子由), 호는 영빈유로(潁濱遺老), 미주(眉州) 미산(眉山: 사천성) 사람. 형 식(軾)과 함께 가우(嘉祐) 2년(1057)에 진사가 되었다. 하남추관(河南推官)·어사중승(御史中丞)·상서우승(尙書右丞)·문하시랑(門下侍郎) 등을 지냈다. 왕안석의 청묘법에 대한 반대 등으로 인하여 평생 여러 번 귀양을 갔다.

소철은 문장으로서 당송팔대가 중의 한 사람이었으며, 『난성집(欒城集)』이 있다.

양산박에서 연꽃을 보며 오흥을 추억하다

梁山泊見荷花, 憶吳興[1)]

菰蒲出沒風波際[2)] 풍파 속에 줄과 부들이 출몰하고
鴈鴨飛鳴霧雨中 안개비 속에 기러기 오리가 날며 우네
應爲高人愛吳越[3)] 마땅히 고인이 오월 땅을 사랑하니
故於齊魯作南風[4)] 일부러 제노 지역에 남풍을 일으켰으리라

주석

1) 梁山泊(양산박): 옛 거야택(鉅野澤). 산동(山東) 동평(東平)과 운성(鄆城) 사이에 있음. 송나라 때는 황하의 범람으로 큰 늪이었으나 지금은 육지가 되었음. 소설 『수호지(水滸志)』의 무대임. 吳興(오흥): 절강성에 속함.

2) 菰蒲(고포): 줄과 부들. 물가에 자라는 수생식물의 일종.

3) 高人(고인): 고사(高士). 吳越(오월): 지금의 절강성 일대.

4) 齊魯(제로): 지금의 산동 지역.

공평중 孔平仲

공평중, 자는 의부(毅父), 신유(新喩: 강서성 新餘縣) 사람. 형 문중(文仲) · 무중(武仲)과 함께 문명(文名)이 있어서, 당시 사람들이 소식의 형제와 함께 '이소삼공(二蘇三孔)'이라 불렀다. 영종(英宗) 치평(治平) 2년(1065) 진사. 원우(元祐) 중에 제점경서형옥(提點京西刑獄)을 지냈는데, 치평(治平) 중에 원우당인(元祐黨人)으로 몰려서 영주(英州)에 안치되었다. 휘종(徽宗) 때 호부원외랑(戶部員外郞) · 영흥제거(永興提擧)를 지냈다.
공평중은 사학에 정통했고, 문과 사(詞)에 뛰어났고, 시풍은 소식과 비슷했다.

나락이 여물다 禾熟

百里西風禾黍香　백 리의 서풍에 벼와 기장 향기가 나고
鳴泉落竇穀登場　샘물은 도랑에서 말랐고 벼는 타작마당에 올랐네
老牛粗了耕耘債　늙은 소는 대략 밭갈이 임무를 마치고
齧草坡頭臥夕陽　꼴을 씹으며 언덕머리 석양에 누워있네

이지의 李之儀

이지의(1040?-1120), 자는 단숙(端叔), 호는 고계거사(姑溪居士), 창주(滄州) 무체(無棣: 산동성) 사람. 신종(神宗) 희녕(熙寧) 3년(1070) 진사. 추밀원편수관(樞密院編修官)을 지내고, 휘종(徽宗) 때 제거하동상평(提擧河東常平)을 지내다가 사건에 연좌되어 태평주(太平州)로 쫓겨났다. 나중에 조청대부(朝淸大夫)를 지냈다. 『고계집(姑溪集)』이 있다.

부채에 적다 書扇

幾年無事在江湖　몇 년이나 일 없이 강호에 있었던가?
醉倒黃公舊酒壚[1)]　황공의 옛 주막에서 취해 쓰러졌다가
覺後不知新月上　깨어난 후 새 달이 뜬지도 몰랐는데
滿身花影倩人扶[2)]　온몸에 꽃 그림자 남에게 부축해 달라 했네

주석

1) 黃公舊酒壚(황공구주로): 진(晉)나라 때 황공(黃公)이 열었던 주막. 당시 왕준충(王濬沖)과 혜강(嵇康)과 완적(阮籍) 등 명사들이 함께 술을 마셨던 주막이었음.

2) 倩(천): 청(請).

황정견 黃庭堅

황정견(1045-1106), 자는 노직(魯直), 호는 산곡도인(山谷道人)·부옹(涪翁)·예장(豫章), 홍주(洪州) 분녕(分寧: 강서성 修水縣) 사람. 영종(英宗) 치평(治平) 4년(1067) 진사. 섭현위(葉縣尉)·교서랑(敎書郎)·비서승(祕書丞)·국사편수관(國史編修官) 등을 지냈다. 신당(新黨)이 집권한 후 부주별가(涪州別駕)로 쫓겨나서 검주(黔州)에 안치되었다. 휘종(徽宗) 때 지태평주(知太平州)로 소환되었으나, 다시 모함을 당하여 제명되었다. 의주(宜州: 광서성 宜山縣)에서 죽었다.

황정견은 소식(蘇軾)의 지우를 받아, 진관(秦觀)·장뢰(張耒)·조보지(晁補之)와 병칭되어 '소문사학사(蘇門四學士)'라고 불렸으며, 그의 시는 소식과 제명되어 '소황(蘇黃)'으로 불렸다. 또한 강서시파(江西詩派)의 창시인(創始人)으로서 시단에 영향이 막대했다. 그러나 시 창작에서 은벽한 전고를 사용하기 좋아하고, 험운(險韻)으로 압운하고, 요체(拗體)를 제작하여 생신수경(生新瘦硬)한 미감만을 지나치게 추구하여 그에 대한 비판 또한 많았다. 그는 서곤체(西崑體)에 반대하고 두보와 백거이와 한유를 추종했다. 사(詞)에도 뛰어났으며, 서법(書法)에도 뛰어나서 소식(蘇軾)·

미불(米芾)·채양(蔡襄)과 함께 북송사대가로 불렸다.

소식(蘇軾)의 「서노직시후(書魯直詩後)」에 "노직의 시문은 추모(蝤蛑)와 강요주(江瑤珠) 같이 격운(格韻)이 고절(高絶)하여 소반의 반찬을 모두 폐지하게 한다. 그러나 많이 먹을 수가 없는데, 많이 먹으면 풍기(風氣)를 발동(發動)시킬 것이다"라고 했다.

유극장(劉克莊)의 「강서시파소서(江西詩派小序)」에 "예장(豫章)은 …… 백가(百家)의 구율(句律)의 장점을 다 모으고, 역대의 체제(體製)의 변화를 다 연구하고, 기서(奇書)를 수렵(蒐獵)하고 이문(異聞)을 천혈(穿穴)하여 고시(古詩)를 지었는데 자성일가(自成一家)했다. 비록 척언반자(隻言半字)라도 경솔하게 내지 않아서 본조(本朝)의 시가(詩家)들이 종조(宗祖)로 삼았다"라고 했다.

시집 『산곡집(山谷集)』과 사집(詞集) 『산곡금취외편(山谷琴趣外篇)』이 있다.

자첨(蘇軾)의 시구는 한 시대에서 묘절한데, 이에 정견체를 본받았다고 했다. 대개 한퇴지가 맹교와 번종사를 놀린 것에 비유할 수 있으니, 문으로써 골계를 한 것일 뿐이다. 후생이 이해하지 못할까 두렵기 때문에 차운하여 말한다. 자첨의 〈송맹용시〉에 "我家蛾眉陰, 與子同一邦"라고 했는데, 곧 이 운자이다

子瞻詩句妙一世, 乃云效庭堅體, 蓋退之戲效孟郊·樊宗師之比, 以文滑稽耳. 恐後生不解, 故以韻道之. 子瞻〈送孟容詩〉云: "我家蛾眉陰, 與子同一邦" 卽此韻

我詩如曹檜[1]	나의 시는 조나라와 회나라와 같아서
淺陋不成邦	천하고 비루하여 나라를 이룰 수 없는데
公如大國楚	공은 대국 초나라와 같아서
呑五湖三江[2]	오호와 삼강을 삼켰네
赤壁風月笛[3]	적벽의 풍월 속 피리소리이고
玉堂雲霧窗[4]	옥당의 운무 속 창문인데
句法提一律[5]	구법이 한 율을 끌어내니
堅城受我降	견고한 성이 나의 항복을 받네
枯松倒澗壑	마른 소나무가 개울 골짜기에 넘어져
波濤所舂撞	파도에 절구질을 당하네
萬牛挽不前[6]	만 마리 소가 끌어도 나아가지 못하는데
公乃獨力扛[7]	공은 곧 혼자 힘으로 짊어졌네
諸人方嗤點	여러 사람들이 비웃고 흠 잡으니
渠非晁張雙[8]	어찌 조와 장의 짝이 되겠는가?
但懷相識察	다만 서로 알고 지냄을 생각하고

牀下拜老龐[9] 상아래서 노방께 절을 올리니
小兒未可知[10] 어린 자식을 알 수 없는데
客或許敦厖[11] 객들 중에는 돈방하다고 인정하네
誠堪婿阿巽[12] 참으로 아손의 남편이 될 수 있으니
買紅纏酒缸[13] 붉은 비단 동여 맨 술항아리를 사리라

주석

1) 曹檜(조회): 서주(西周) 때 분봉(分封)한 소제후(小諸侯)의 나라들.

2) 五湖(오호): 태호(太湖)의 별칭. 三江(삼강): 장강(長江) 하류의 물길. 누강(婁江)·동강(東江)·송강(松江).

3) 赤壁(적벽): 황주(黃州: 호북성 黃岡縣)에 있음. 소식은 황주에서 5년 동안 귀양살이를 했는데, 「李委吹笛詩序」에서 "東坡生日, 置酒赤壁之下"라고 했다.

4) 소식은 원우(元祐) 원년에 한림학사(翰林學士)로 승진했다. 옥당(玉堂)은 한림원(翰林院)의 별칭.

5) 송나라 임연(任淵)의 『산곡시내집주(山谷詩內集注)』에 "스스로 일가(一家)의 군율(軍律)을 끌어냈음을 말한 것이다"라고 했다.

6) 두보(杜甫)의 〈고백행(古柏行)〉에 "大廈如傾要梁棟, 萬牛回首丘山重"이라 했음.

7) 한유(韓愈)의 〈병중증장십팔시(病中贈張十八詩)〉에 "龍文百斛鼎, 筆力可獨扛"이라 했음.

8) 晁張(조장): 조보지(晁補之)와 장뢰(張耒). 황정견과 더불어 모두 소문사학사임.

9) 老龐(노방): 동한(東漢) 말의 방덕공(龐德公)을 말함. 『양양기(襄陽記)』에 "방덕공은 양양(襄陽) 사람이다. 공명(孔明)이 그 집에 이를 때마다 홀로 상아래에 절을 올렸다"라고 했다.

10) 小兒(소아): 황정견의 아들 황상(黃相). 당시 나이가 3·4세였음.

11) 敦厖(돈방): 돈후(敦厚)함. 박질순후(樸質淳厚)함.

12) 阿巽(아손): 소식의 아들 소매(蘇邁)의 딸.

13) 결혼할 때는 붉은 채단으로 술항아리를 동여맸음. 황상과 소매는 여러 환경의 변화로 인하여 결국 결혼하지 못했음.

임여에서 새벽에 일어나다 曉起臨汝[1]

缺月欲峥嶸[2]	이즈러진 달은 어둡게 잠기려 하고
鳴鷄有期信	우는 닭은 때를 맞추는 신의가 있네
征人催夙駕	나그네는 새벽 수레를 재촉하는데
客夢未渠盡[3]	나그네 꿈은 급히 다하지 않네
野荒多斷橋	들 황량하고 끊긴 다리 많은데
河凍無裂璺[4]	하수의 얼음은 갈라진 곳이 없네
羸馬踏冰翻	여윈 말이 얼음을 밟아 뒤집으니
疑狐觸林遁	여우가 숲에 부딪히며 달아나는가 싶네
淸風蕩初日	맑은 바람이 아침 해를 흔드니
喬木囀幽韻	교목에 그윽한 여운이 울리네
嵩高忽在眼[5]	숭고산이 문득 시야에 있는데
岌峩臨數郡[6]	높이 솟아 여러 군에 임했네
玄雲黙垂空	검은 구름이 조용히 허공에 드리워
意有萬里潤	뜻이 만 리를 적시려는 데 있지만
寒暗不成雨	차고 어두워 비를 이루지 못하고

卷懷就膚寸[7]	비 기운 말아 품고서 점차 모여드네
觀象思古人[8]	상을 살폈던 옛 사람 생각하니
動静配天運[9]	동정을 천운에 짝지웠네
物來斯一時	사물이 옴은 이 한 때인데
無得乃至順[10]	얻음이 없음이 곧 지극한 순리이네
凉暄但循環	추위와 더위는 단지 순환하는데
用捨誰喜慍[11]	쓰이고 버려짐에 누가 기뻐하고 화내는가?
安得忘言者[12]	어디서 망언한 사람을 얻어서
與講齊物論[13]	함께 〈제물론〉을 강론할 것인가?

주석

1) 臨汝(임여): 하남성 임여현(臨汝縣). 희녕(熙寧) 4년 황정견이 섭현위(葉縣尉)의 임기를 마치고 떠나면서 지은 작품임.

2) 峥嶸(쟁영): 음침(陰沈).

3) 渠(거): 거(遽)와 통용. 갑자기.

4) 裂璺(열여): 옥이 균열되어 깨짐.

5) 嵩高(숭고): 숭산(嵩山)의 별칭. 하남성 등봉현(登封縣) 북쪽.

6) 岌峩(급아): 산이 높은 모양.

7) 卷懷(권회): 『논어 · 위령공(衛靈公)』에 "則可卷而懷之"라고 했음. 膚寸(부촌): 구름 기운이 조밀하게 퍼지는 것. 『公羊 · 僖三十一年』에 "觸石而出, 膚寸而合, 不崇朝而徧雨乎天下者, 唯泰山爾"이라 했음.

8) 觀象(관상): 『역(易) · 괘사(卦辭)』에 "伏羲……仰則觀象於天, 俯則灌法於地"라고 했음. 古人(고인): 천지의 물상(物象)을 살폈던 복희씨(伏羲氏)를 말함. 팔괘(八卦)를 창제하여 『역』을 지었다고 함.

9) 動静(동정): 사물의 일동일정(一動一靜). 天運(천운): 물질운동(物質運動)의 규율(規律).

10) 『장자 · 양생주(養生主)』에 "適來, 夫子時也; 適去, 夫子順也"라고 했음.

11) 用捨(용사): 임용되고 임용되지 못하는 것. 『논어 · 술이(述而)』: "用之則行, 舍之則藏"이라 했음.

12) 『장자 · 외물(外物)』에 "言者所以在意, 得意以忘言"이라 했음.

13) 齊物論(제물론): 『장자』의 편명(篇名).

범덕유 지경주를 전송하다 送范德孺知慶州[1]

乃翁知國如知兵[2] 그대 부친은 군대처럼 국사를 알았으니
塞垣草木識威名 변새의 초목들도 위명을 알았네
敵人開戶玩處女[3] 적인들이 문을 열고 처녀를 구경하듯 하다가
掩耳不及驚雷霆[4] 천둥이 진동함에 귀 막을 틈도 없었네
平生端有活國計 평생 참으로 나라 살릴 계책을 지녔는데
百不一試薶九京[5] 백 가지 중 하나도 시행 못하고 구경에 묻혀졌네
阿兄兩持慶州節[6] 그대 형은 두 번이나 경주를 맡아서
十年麒麟地上行[7] 십 년간 기린이 지상을 내달렸네
潭潭大度如臥虎[8] 담담한 큰 도량이 누워있는 호랑이 같아서
邊人耕桑長兒女 변방 사람들 농사 지어 아이들을 키웠네
折衝千里雖有餘[9] 천리를 절충함에 남음이 있었지만
論道經邦政要渠[10] 나라를 경영함에 진정 그대를 필요로 했네
妙年出補父兄處 청년으로 부형이 맡았던 곳으로 나가서 보임되니

公自才力應時須　　공의 재력이 시세의 필요에 응한 것이네
春風旆旆擁萬夫　　봄바람 속 깃발들을 만 병사가 껴안고
幕下諸將思草枯　　막하의 장령들은 풀 마르는 때를 생각하네
智名勇功不入眼[11]　지혜와 명성과 용맹과 공적은 돌보지 않으니
可用折箠笞羌胡[12]　오랑캐들을 채찍질 할 수 있으리라

주석

1) 송나라 신종(神宗) 원풍(元豐) 8년(1087) 8월, 범순수(范純粹)가 경주지주(慶州知州)에 임명되었는데, 이듬해 봄에 황정견이 그를 전송하며 지은 시임. 范德孺(범덕유): 이름은 순수(純粹), 범중엄(范仲淹)의 넷째 아들, 범순인(范純仁)의 아우. 知慶州(지경주): 경주지주(慶州知州). 경주는 지금의 감숙성 경양현(慶陽縣). 송나라 때 서북 변방의 강적 서하(西夏)와 인접한 요충지였음.

2) 乃翁(내옹): 범덕유의 부친 범중엄(范仲淹)을 말함. 문무를 겸비했던 인물로서 일찍이 섬서경략부사(陝西經略副使)와 지연주(知延州)를 지냈다. 횡산(橫山)을 공격하여 취하고, 영무(靈武)를 회복하고, 서하의 수령 조원후(趙元厚)를 추적하여 신하로 칭하며 화해를 요청하도록 만들었다. 또한 인종 때는 문관으로서 참지정사(參知政事)를 지냈다.

3) 『손자(孫子) · 구지(九地)』에 "始如處女, 敵人開戶; 後如脫兎, 敵不及拒"라고 했음. 玩(완): 경시하다.

4) 『회남자(淮南子) · 병략편(兵略篇)』에 "疾雷不及塞耳, 疾霆不暇掩目"이라 했음. 『당서(唐書) · 이정전(李靖傳)』에 "兵機事以迅爲神, 震霆不及掩耳"라고 했음.

5) 薶(매): 매(埋). 九京(구경): 구원(九原). 진(晉)나라 경대부(卿大夫)들의 묘지가 있던 곳, 널리 묘지를 말함.

6) 阿兄(아형): 범덕유의 형 범순인(范淳仁)을 말함. 그는 신종 희녕(熙寧) 7년과 원풍(元豐) 8년에 지경주(知慶州)에 임명되었다. 지절(持節): 부절(符節)

을 지니는 것. 지방관에 임명됨을 말함.

7) 麒麟(기린): 양마(良馬). 큰 뜻을 지닌 인물을 말함.

8) 潭潭(담담): 침광(沈廣)한 모양.

9) 折衝(절충): 적을 제압하여 승리를 취하는 것. 『안자춘추(晏子春秋)』에 "不出尊俎之間, 而知千里之外, 其晏子之謂也"라고 했음. 절충천리는 무력을 사용하지 않고 연회석상에서 외교적 담판으로 적을 제압함을 말함.

10) 論道經邦(논도경방): 치국의 방도를 논하고, 국가를 경영하여 다스리는 것.

11) 『손자(孫子)・형편(形篇)』에 "善戰者之勝也, 無知名, 無勇功"이라 했음.

12) 羌胡(강호): 강은 중국 서북의 이민족, 호는 중국 북방과 서방의 이민족.

자첨이 곽희의 <추산도>에 적은 시에 차운하다

次韻子瞻題郭熙畵秋山[1)]

黃州逐客未賜環[2)] 황주로 쫓겨간 객이 사면으로 돌아오기 전에
江南江北飽看山 강남과 강북에서 산수를 실컷 보았네
玉堂臥對郭熙畵[3)] 옥당에 누워 곽희의 그림을 대하고
發興已在青林間 흥이 나면 이미 푸른 숲 속에 있었네
郭熙官畵但荒遠 곽희의 관화는 단지 황량한 평원인데
短紙曲折開秋晩 짧은 종이에 곡절하게 가을 만경이 열려 있네
江村煙外雨脚明 강촌의 연기 밖에 빗발이 밝고
歸鴈行邊餘疊巘 돌아가는 기러기 행렬 가에 겹친 봉우리가 많네
坐思黃柑洞庭霜[4)] 노란 감귤 열린 동정호의 서리를 생각하니
恨身不如鴈隨陽[5)] 몸이 기러기 따라 남으로 가지 못함이 한스럽네

熙今頭白有眼力	곽희는 지금 백발인데 안력을 지니고
尙能弄筆映窗光	오히려 밝은 창 아래서 붓을 놀리네
畵取江南好風日	강남의 좋은 풍경을 그려내어서
慰此將老鏡中髮	이 늙어가는 거울 속 백발을 위로해주구려
但熙肯畵寬作程	다만 곽희가 기꺼이 그려준다면 긴 일정으로
五日十日一水石[6]	오일과 십일마다 수석 하나만 그려도 좋으리라

주석

1) 소식(蘇軾)의 〈郭熙畵秋山平遠〉 시에 차운한 것임. 원우(元祐) 2년의 작품으로, 소식은 한림학사(翰林學士)로 있었고, 황정견은 비서성저작좌랑(秘書省著作佐郎)으로 있었다. 郭熙(곽희): 북송의 산수화가. 하양(河陽) 온(溫) 사람. 희녕(熙寧) 초에 어화원예학(御畵院藝學)을 지냈다. 산수한림(山水寒林)을 잘 그렸다.

2) 黃州逐客(황주축객): 소식은 원풍(元豊) 2년 황주단련부사(黃州團練副使)로 좌천되었다. 賜環(사환): 쫓겨났던 관리가 소환되어 조정으로 돌아오는 것. 환(環)은 환(還). 소식은 원우(元祐) 원년에 한림학사로 조정으로 소환되었다.

3) 郭熙畵(곽희화): 곽희가 그린 옥당 병풍 속의 춘강효경(春江曉景)을 말함. 소식의 원시(原詩)에 "玉堂晝掩春日閑, 中有郭熙畵春山"이라고 했음.

4) 坐(좌): 인차(因此). 이로 인하여. 黃柑(황감): 노란 감귤. 왕희지(王羲之)의 〈봉귤첩(奉橘帖)〉에 "奉橘三百顆, 霜未降, 未可多得"이라 했음.

5) 隨陽(수양): 태양의 운행을 따라가는 것.

6) 두보의 〈戲題畵山水圖歌〉에 "十日畵一水, 五日畵一石"이라 했음.

참고

- 소식의 〈곽희화추산평원(郭熙畫秋山平遠)〉: "王堂晝掩春日閒, 中有郭熙畫春山. 鳴鳩乳燕初睡起, 白波靑嶂非人間. 離離短幅開平遠, 漠漠疎林寄秋晩. 恰似江南送客時, 中流回頭望雲巘. 伊川佚老鬢如霜, 臥看秋山思洛陽, 爲君紙尾作行草, 烱如嵩洛浮秋光, 我從公遊如一日. 不覺靑山映黃髮, 爲畫龍門八節灘. 待向伊川買泉石."

쌍정다를 자첨에게 보내다 雙井茶送子瞻[1]

人間風日不到處[2] 인간세상의 풍일이 이르지 못하는 곳
天上玉堂森寶書 천상의 옥당에 보서들이 나열되어 있네
想見東坡舊居士 상상컨대 동파 옛 거사는
揮毫百斛瀉明珠[3] 붓 휘둘러 백곡의 명주를 쏟아내고 있으리라
我家江南摘雲腴[4] 내 집 강남에서 구름 속의 살찐 찻잎을 따다가
落磑霏霏雪不如[5] 맷돌에 갈면 펄펄 날림이 눈발도 그만 못하네
爲公喚起黃州夢 공을 위해 황주의 꿈을 환기시키면
獨載扁舟向五湖[6] 홀로 편주 타고 오호로 향하리라

주석

1) 雙井(쌍정): 홍주(洪州) 분녕현(分寧縣) 서쪽 20리, 황정견의 거처 남쪽 개울 위에 있는 2곳 우물. 주민들이 물을 길러서 차를 끓이는데 절승지라고 한다. 분녕현은 지금의 강서성 수수현(修水縣).

2) 風日(풍일): 풍광(風光).

3) 두보의 〈奉和賈至舍人早朝大明宮詩〉에 "詩成玉珠在揮毫"라고 했음.

4) 雲腴(운유): 구름 속에 살진 찻잎을 말함.

5) 霏霏(비비): 가루가 펄펄 날리는 모양. 송나라 때의 차는 찻잎을 맷돌에 갈아서 가루를 물에 끓여먹는 말차(末茶)였음.

6) 五湖(오호): 강소성 남부에 있는 태호(太湖)의 별칭. 일찍이 월왕 구천(句踐)을 도와서 오나라를 멸망시킨 범려(范蠡)가 관직을 버리고 서시(西施)를 편주에 태우고 오호로 떠나갔다고 함.

자첨에게 차운하여 미산 왕선의에게 부치다

次韻子瞻, 寄眉山王宣義[1]

參軍但有四立壁[2] 참군에게 단지 사면의 빈 벽만 서 있고
初無臨江千木奴[3] 처음부터 강에 임한 천 그루 목노가 없었네
白頭不是折腰具[4] 백발머리는 허리 꺾는 도구가 아니니
桐帽棕鞵稱老夫[5] 오동 모자 종려 신발로 노부라고 칭하네
滄江鷗鷺野心性 창강의 갈매기 해오라기처럼 심성이 소탈하고
陰壑虎豹雄牙鬚 깊은 골짜기의 호표처럼 이빨과 수염이 웅건하네
鷫鸘作裘初服在[6] 숙상의 깃으로 지은 털옷의 초복이 있는데
猩血染帶鄰翁無[7] 성혈로 허리띠를 물들인 이웃 노인이 없네
昨來杜鵑勸歸去[8] 어제 두견새가 귀거래를 권하는 소리를 들었는데
更得把酒聽提壺[9] 다시 술잔 들고 제호조의 소리를 들네
當今人材不乏使 지금 인재들 사용을 부족하게 하지 않으니
天上二老須人扶[10] 천상의 두 노인이 인재들을 돕는 것이네

兒無飽飯尙勤書	아이는 배고프지만 오히려 독서에 열심이고
婦無複褌且著襦	부인은 솜잠방이가 없지만 또한 저고리를 걸쳤네
社甕可漉溪可漁	제사 술단지도 거르고 개울에서 물고기도 잡고
更問黃鷄肥與癯	또 노란 닭이 살쪘는지 말랐는지를 물어보네
林間醉著人伐木	숲에서 취하여 사람들이 벌목하는 소리를 듣고
猶夢官下聞追呼	오히려 관청에서 부르는 소리를 꿈꾸네
萬釘圍腰莫愛渠[11]	만정보대를 허리에 두른 저를 사랑하지 않으니
富貴安能潤黃壚[12]	부귀가 어찌 황천의 흙을 윤택하게 하겠는가?

주석

1) 王宣義(왕선의): 이름은 회(淮), 자는 경원(慶源), 사천성 미산(眉山) 사람. 소식(蘇軾)의 처숙(妻叔). 만년에 소관(小官)을 지냈다. 소식이 그에게 준 시에 적기를 "경원(慶源) 선의(宣義) 왕장(王丈)은 여러 번의 추천으로써 관직을 얻어서 홍아주부(洪雅主簿)와 아주호연(雅州戶掾)을 지냈는데 관리들과 백성들을 집안사람들을 대하듯이 하여 사람들이 편안하고 즐겁게 여겼다. 관직을 사직한 후 미산 청신(靑神) 서초교(瑞草橋)에 살면서 마음껏 자득(自得)했다. 편지를 보내 홍대(紅帶)를 요청하여 이미 보내 주었는데, 또한 시를 지어 장난거리로 삼았다. 황노직(黃魯直) 학사(學士)와 진소유(秦少游) 현량(賢良)에게 각각 1수씩을 지어서 노인을 위해 빛내주도록 했다"라고 했다. 宣義(선의): 선의랑(宣義郎). 종7품하의 관직.

2) 參軍(참군): 아주호조참군(雅州戶曹參軍)을 지낸 왕경원을 말함.

3) 千木奴(천목노): 천 그루 감귤. 『양양기(襄陽記)』에서 형주태수(衡州太守)를 지낸 이형(李衡)이 자손들을 위하여 남몰래 무릉(武陵) 용양주(龍陽洲) 위에 감귤 천 그루를 심어놓고 목노(木奴)라고 불렀다고 했다.

4) 두보의 〈懷台州鄭十八司戶詩〉에 "黃帽映靑袍, 非供折腰具"라고 했음. 절요

는 허리를 꺾어 남에게 절하는 것. 일찍이 도연명(陶淵明)이 봉록 오두미(五斗米)를 위해 허리를 꺾을 수 없다고 하여 사직하였음. 소과(蘇過)의 「왕원직묘표(王元直墓表)」에 의하면, 왕경원은 상관과의 의견충돌로 인하여 병을 핑계로 사직하였다고 함.

5) 桐帽(동모): 오동나무에 검은 칠을 하여 만든 모자. 棕鞵(종혜): 종려나무 껍질로 짠 신발. 모두 남방 촉(蜀) 지역의 산물이라고 함.

6) 鷫鸘作裘(숙상작구): 숙상의 깃털로 짠 갖옷. 숙상(鷫鸘)은 숙상(鷫鷞). 목이 길고 녹색인 기러기의 일종. 『서경잡기(西京雜記)』에 "사마상여(司馬相如)가 숙상구(鷫鷞裘)를 입고 시장 사람 양장(陽昌)에게 가서 술을 세내었다"라고 했다. 初服(초복): 관복을 입기 이전에 입었던 옷.

7) 猩血(성혈): 원숭이의 일종인 성성(猩猩)이의 피. 그 피로 염색을 하면 선명하게 붉고 퇴색하지 않는다고 함.

8) 杜鵑(두견): 두견이의 울음소리는 '불여귀거(不如歸去)'와 같다고 함.

9) 提壺(제호): 제호조(提壺鳥)의 울음소리는 '제호로(提壺蘆)'와 같다고 함.

10) 二老(이로): 문언박(文彦博)과 여공저(呂公著)를 가리킴. 당시 모두 대로(大老)로서 평장군국중사(平章軍國重事)였음.

11) 萬釘(만정): 만정보대(萬釘寶帶). 많은 옥 조각을 장식으로 박은 보대. 대관(大官)을 말함.

12) 黃壚(황로): 황천(黃泉) 아래의 흙. 황천(黃泉)과 같음.

왕충도가 수선화 50가지를 보내와서, 흔연히 기뻐하며 수선화를 위해 읊다 王充道送水仙花五十枝, 欣然會心, 爲之作詠[1]

凌波仙子生塵襪[2] 파도를 갈라오는 선자의 먼지 이는 버선
水上輕盈步微月[3] 물 위에서 아리땁게 부연 달빛을 밟아오네

是誰招此斷腸魂　누가 이 애끊는 혼을 불러내어
種作寒花寄愁絶　찬 꽃으로 심어 근심을 붙였던가?
含香體素欲傾城　향기 머금은 하얀 몸이 성을 기울이려 하니
山礬是弟梅是兄[4]　산반은 아우이고 매화는 형이네
坐對眞成被花惱[5]　앉아 마주하니 참으로 꽃에 뇌쇄당하고
出門一笑大江橫[6]　문을 나서 한 차례 웃으니 큰 강이 비껴있네

주석

1) 건중정국(建中靖國) 원년 4월에 황정견은 형남(荊南)에 이르렀는데, 이부원외랑(吏部員外郎)에 임명되었다. 그러나 다시 파직되어서 형남에서 명을 기다리며 머물러 있었다. 이때에 지은 작품임.

2) 조식(曹植)의 〈낙신부(洛神賦)〉에 "凌波微步, 羅襪生塵"이라 했음.

3) 輕盈(경영): 여자의 자태가 섬유(纖柔)하고 동작이 경쾌한 것.

4) 山礬(산반): 상록 관목. 봄에 하얀 꽃이 핌. 일명 창화(瑒花)·옥예화(玉蕊花)·운향(芸香). 황정견의 〈희영고절정변산반화(戲詠高節亭邊山礬花)〉 시의 서문에 "강호(江湖)의 남쪽 들 안에 일종의 작은 흰 꽃나무가 있어서, 높이가 수 척이고, 봄에 피고, 향기가 짙은데 주민들이 정화(鄭花)라고 부른다. 왕형공(王荊公)이 일찍이 이 꽃을 구해다가 심어놓고 시를 지으려고 했는데, 그 이름을 비루하게 여겼다. 내가 요청하여 그 이름을 산반(山礬)이라 했다. 주민들이 정화의 잎을 따다가 황색물을 들이는데, 명반을 사용하지 않아도 색이 나기 때문에 산반이라고 이름 지은 것이다"라고 했다.

5) 被花惱(피화뇌): 두보의 〈江上獨步尋花詩〉에 "江上被花惱不徹, 無處告訴只顚狂"이라 했음.

6) 임연(任淵)의 주에 "산곡(山谷)이 형주(荊州)에 있을 때 이단숙(李端叔)에게 준 첩(帖)에 '수일 내에 갑자기 따뜻하여 서향(瑞香)·수선(水仙)·홍매(紅

梅)가 모두 피어나서, 밝은 창 조용한 방에 꽃기운이 사람에게 끼쳐오니, 젊은 시절 서울에서 꿈꾸던 것과 같았다. 다만 많은 병 이후여서 나른하게 시를 지었을 뿐이다'라고 했다. 산곡은 이때 형저(荊渚) 사시(沙市)에 머물고 있었기 때문에 '대강횡(大江橫)' 구가 있게 된 것이다. 노두(老杜)의 시에 '鷄蟲得失無了時, 注目寒江倚秋閣'이라고 했는데, 산곡의 구(句)의 뜻도 이와 같은 것이다"라고 했다.

마애비 뒤에 적다 書摩崖碑後[1]

春風吹船著浯溪[2] 봄바람이 배를 불어 오계에 정박시키니
扶藜上讀中興碑[3] 지팡이 짚고 올라가서 <중흥비>를 읽어보네
平生半世看墨本[4] 평생 반세상 동안 묵본만 보았었는데
摩挲石刻鬢如絲 석각을 매만지며 귀밑머리가 하얗네
明皇不作苞桑計[5] 명황이 포상계를 이루지 못하고
顚倒四海由祿兒[6] 사해를 엎은 것은 안록산 때문이었네
九廟不守乘輿西[7] 구묘를 못 지키고 수레 타고 서쪽으로 피난가니
萬官已作烏擇栖[8] 만 궁궐은 이미 까마귀 떼가 깃들게 되었네
撫軍監國太子事[9] 군대 이끌고 나라 지킴이 태자의 일인데
何乃趣取大物爲[10] 어찌 급하게 나라를 차지했던가?
事有至難天幸爾 일은 지극히 곤란했으나 천행이 있어서
上皇蹋蹐還京師[11] 상황이 군박하게 경사로 돌아왔네
內間張后色可否[12] 안으로는 장후의 안색의 가부를 엿보고
外間李父頤指揮[13] 밖으로는 이보가 턱으로 지휘함을 살폈네

南內凄涼幾苟活[14] 남내에서 처량하게 거의 구차히 사는데
高將軍去事尤危[15] 고장군이 떠나가니 일이 더욱 위험했네
臣結舂陵二三策[16] 원결은 〈용릉〉 두세 계책을 올렸고
臣甫杜鵑再拜詩[17] 두보는 〈두견〉 재배시를 지었네
安知忠臣痛至骨 충신의 고통이 뼈에 이름을 어찌 알겠는가?
世上但賞瓊琚詞[18] 세상에선 다만 경거의 문장만 칭찬하네
同來野僧六七輩 함께 온 승려들 칠팔 무리와
亦有文士相追隨[19] 또한 문사들이 있어서 따라왔네
斷崖蒼蘚對久立 절벽의 푸른 이끼를 오래 대하고 서있으니
凍雨爲洗前朝悲 차가운 비가 전조의 슬픔을 씻어내네

주석

1) 摩崖碑(마애비): 〈대당중흥송(大唐中興頌)〉을 말함. 당나라 원결(元結)이 짓고, 안진경(顔眞卿)이 글씨를 썼는데, 내용은 안사(安史)의 난의 평정과 숙종(肅宗)의 중흥의 사사(史事)를 기록했다. 오계(浯溪) 가의 큰 바위 절벽에 새겼기 때문에 속칭 마애비라고 한다. 구양수(歐陽修)의 『집고록(集古錄)』에 의하면, 북송 때 비석이 이미 잔결(殘缺)되었다고 함. 이 시는 숭녕(崇寧) 3년(1104) 봄에 황정견이 조정을 비방했다는 죄로 제명되어 의주(宜州)로 안치되었을 때, 영주(永州)를 지나갈 때 〈마애비〉를 읽고 지은 것이다. 그때 나이가 59세였다.

2) 浯溪(오계): 호남성 기양(祁陽) 서남. 원결(元結)이 용관경략사(容管經略使)를 그만둔 후 이 개울가에 살면서 오계라고 명명했다고 함.

3) 藜(려): 명아주로 만든 지팡이. 흔히 청려장(靑藜杖)이라고 함.

4) 墨本(묵본): 탁본(拓本).

5) 明皇(명황): 당나라 현종(玄宗). 苞桑計(포상계): 포상은 뽕나무의 견고한 뿌

리를 말함. 나라의 근본을 말한 것임. 『역(易)·비괘(否卦)』에 "其亡其亡, 繫於包桑"이라 했음.

6) 四海(사해): 천하. 祿兒(녹아): 안록산(安祿山). 일찍이 양귀비(楊貴妃)의 양아(養兒)가 된 적이 있음.

7) 九廟(구묘): 종묘(宗廟)를 말함. 輿(여): 황제의 수레. 西(서): 서쪽 촉(蜀)으로 피난간 것을 말함.

8) 재상 진희열(陳希烈) 등이 안록산에게 투항한 것을 말함. 일설에는 일부의 관원들이 현종을 배신하고 숙종(肅宗)을 추종한 것을 말한 것이라고 함.

9) 撫軍監國(무군감국): 『좌전·민공(閔公) 2년』에서 대부(大夫) 이(里)가 태자의 직분을 논하기를 "君行則守, 有守則從, 從曰撫軍, 守曰監國, 古之制也"라고 했음.

10) 趣(취): 급촉(急促). 大物(대물): 국가. 『장자·천하(天下)』에 "천하는 대물(大物)이다"라고 했음. 현종의 태자 이형(李亨)은 북방에 남아서 군사를 모집하여 적에 대항하다가, 영무(靈武)에서 현종의 동의도 없이 황제위에 올랐음. 곧 숙종(肅宗)이다.

11) 上皇(상황): 현종. 숙종이 황위에 오르자, 현종은 실권을 잃고 상황천제(上皇天帝)가 되었음. 跼蹐(국척): 국촉(局促). 군박(窘迫).

12) 張后(장후): 숙종의 황후 장씨(張氏). 장씨는 환관 이보국(李補國)과 결탁하여 정치에 간여하며 전횡을 일삼았음. 무능한 숙종은 그녀의 안색을 살피며 두려워했다.

13) 李父(이부): 환관 이국보(李國補). 권세가 막강하여, 숙종 지덕(至德) 2년에 성국공(郕國公)에 봉해졌다. 재상 이규(李葵)가 그를 '오부(五父)'라고 부르며 아부했다.

14) 南內(남내): 궁궐의 남쪽 안. 현종은 서촉에서 돌아온 후 남내 흥경궁(興慶宮)에 거주하다가, 그의 복벽(復辟)을 두려워한 장후와 이국보에 의하여 서내(西內)에 연금되었다.

15) 高將軍(고장군): 현종의 측근이었던 환관 고력사(高力士). 일찍이 표기대장

군(驃騎大將軍)에 임명되고 발해군공(渤海郡公)에 봉해졌었다. 현종이 연금된 후 이국보에 의하여 무주(巫州: 사천성 巫山縣)로 추방되었다.

16) 臣結(신결): 당나라 원결(元結). 舂陵(용릉): 원결의 〈용릉행(舂陵行)〉을 말함. 원결이 도주자사(道州刺史) 때 도주 백성들의 질고와 관청의 수탈을 그린 시이다.

17) 臣甫(신보). 당나라 두보(杜甫). 杜鵑(두견): 두보의 〈두견시〉에서 "我見常再拜, 重是古帝魂"이라 했음. 〈두견시〉는 현종이 실권을 잃고 연금된 것을 두견을 통해 읊은 시임.

18) 瓊琚(경거): 미옥(美玉). 아름다운 문사(文詞)를 말함.

19) 황순(黃罃)의 『산곡선생연보(山谷先生年譜)』에 의하면, 이때 함께 간 사람들이 승려 백신(伯新)·도준(道遵)과 문사 도예(陶預)·이격(李格)이라고 했다.

전목부가 읊은 〈성성모필〉에 화답하다

和答錢穆父詠猩猩毛筆[1)]

愛酒醉魂在[2)]	술을 좋아해서 취한 혼이 있고
能言機事疎[3)]	말 할 줄 알지만 기사엔 소홀하네
平生幾量屐[4)]	평생 몇 켤레의 나막신이었던가?
身後五車書[5)]	죽은 후에 다섯 수레의 책을 남겼네
物色看王會[6)]	물색은 왕회도에서 보고
勳勞在石渠[7)]	훈로는 석거에 있네
拔毛能濟世	털을 뽑아 세상을 구제할 수 있음을
端爲謝楊朱[8)]	참으로 양주에게 말해주리라

주석

1) 錢穆父(전목부): 전협(錢勰). 『송사(宋史) · 전협전(錢勰傳)』에 "협은 자가 목부(穆父)인데, 사명을 받들고 고려(高麗)에 조문하고 돌아와서 중서사인(中書舍人)이 되었다. 원우(元祐) 초에 급사중(給事中)으로 옮기고, 용단대제(龍團待制)로서 지개봉(知開封)을 지냈다"라고 했다. 猩猩毛筆(성성모필): 임연의 주에 『계림지(鷄林志)』를 인용하여 "高麗筆蘆管黃毫, 健而易乏. 舊云猩猩毛, 或言是物四足長尾, 善緣木, 蓋狖毛, 或鼠鬚之類爾"라고 했음.

2) 동진(東晋) 상거(常璩)의 『화양국지(華陽國志)』에 의하면, 성성이는 술을 좋아하고 나막신을 신기를 좋아하여, 사냥꾼들이 길가에 술과 나막신을 놓아두고 성성이를 유인하여 잡는다고 했다.

3) 『곡례(曲禮)』에 "성성이는 말을 할 수 있으나, 금수(禽獸)에서 벗어나지 않는다"라고 했음. 機事(기사): 기밀(機密)한 일. 『역 · 계사(繫辭)』에 "幾事不密則成害"라고 했음.

4) 『진서(晉書) · 완부전(阮孚傳)』에 의하면, 완부는 나막신을 몹시 좋아하여 스스로 제작하기도 했는데, 일찍이 탄식하기를 "일생 동안 몇 켤레의 나막신을 신을지 모르겠구나!"라고 했다고 한다.

5) 五車書(오거서): 『장자 · 천하편』에 "惠施多方, 其書五車"라고 했음. 『진서(晉書) · 장한전(張翰傳)』에 "나에게 죽은 후에 명성을 있게 할지라도, 지금 당장의 한 잔의 술만 못하다"라고 했다.

6) 王會(왕회): 왕회도(王會圖). 왕자(王者)와 제후(諸侯)의 회동을 그림으로 그린 것. 여기서는 이국의 풍속과 사물을 그린 것을 말함. 『급총주서(汲冢周書)』에 「왕회편(王會篇)」이 있음. 임연의 주에 "〈송선시(松扇詩)〉로써 살펴보면 성성필(猩猩筆)은 대개 목부(穆父)가 고려에 사신을 가서 얻어온 것이다"라고 했음.

7) 石渠(석거): 한(漢)나라 황실 도서관의 이름. 반고(班固)의 〈서도부(西都賦)〉에 "천록(天祿)과 석거(石渠)는 전적(典籍)의 부(府)이다"라고 했음.

8) 『맹자(孟子)』에 "맹자가 말하기를 '양자(楊子)는 자신을 위함을 취했으니, 털 하나를 뽑아서 천하를 이롭게 할 수 있더라도, 하지 않았다'고 했다"라고 했

다. 『열자(列子) · 양주편(楊朱篇)』에 "금자(禽子)가 양주(楊朱)에게 말하기를 '그대 몸의 털 하나로써 한 세상을 구할 수 있다면, 그대는 그것을 하겠는가?' 라고 하니, 양자가 말하기를 '세상은 본래 한 털로써 구할 바가 아니다'라고 했다"라고 했다.

평설

- 『시림광기』에 "이 시의 '平生幾兩屐, 身後五車書' 1연의 상구(上句)는 고사를 빌려 성성이를 말했고, 하구(下句)는 붓을 만들어 글을 쓴 것을 말했다. 진(晉)나라 완부(阮孚)가 '일생 동안 몇 켤레의 나막신을 신을지 모르겠구나!'라고 말했다"라고 했다.

- 송나라 하계문(何谿文)의 『죽장시화(竹莊詩話)』에 "『유원(類苑)』에 '노직(魯直)은 용사(用事)를 잘 했는데, 바로 고실(故實)을 채워 넣는 것 같았다. 예전에는 이를 점귀부(點鬼簿)라고 했는데, 지금은 이를 퇴타사시(堆垛死屍)라고 한다. 〈영영성성모필(詠猩猩毛筆)〉 시에 「平生幾兩屐, 身後五車書」라고 하고, 또 「管城子無食, 肉相孔方兄」이라고 했는데, 「절교서(絶交書)」의 정묘은밀(精妙隱密)함이 있어서 더 가할 것이 없다. 마땅히 이런 말로써 삼우(三隅)를 반성해야 한다"라고 했다.

- 『성재시화』에 "시를 처음 배우는 사람은 반드시 옛사람의 좋은 말 두세 글자를 사용해야 한다. 예를 들면 산곡의 〈성성모필(猩猩毛筆)〉 '平生幾兩屐, 身後五車書'에서 「평생(平生)」 2자는 『논어(論語)』에서 나왔고, 「신후(身後)」 2글자는 진(晉)나라 장한(張翰)이 '설사 나의 신후(身後)의 명성이 있더라도'라고 한 말이다. 「기양극(幾兩屐)」은 완부(阮孚)의 말이고, 「오거서(五車書)」는 장자(莊子)가 혜시(惠施)에게 말한 것이다. 이 두 구는 곧 4곳을 합하여 내왔다. …… 시구가 생경(生梗)함에 이르지 않으려면, 시를 외우는 것이 많아야 하고, 글자를 택함이 정밀해야만 한다. 처음

에는 뽑아서 사용하다가, 오래되면 스스로의 폐부(肺腑)를 내어서 종횡출몰(縱橫出沒)하게 되는데, 사용해도 옳고, 사용하지 않아도 또한 옳다"라고 했다. 또 "시가(詩家)에서 옛사람의 말을 사용할 때는 그 뜻을 사용하지 않는 것이 최고의 묘이다. 예를 들면 산곡의 〈성성모필〉이 그것이다. 성성이는 나막신을 신기를 좋아하기 때문에 완부(阮孚)의 고사를 사용했고, 그 털을 붓으로 만들어서 글을 쓰는 데 사용하기 때문에 혜시(惠施)의 고사를 사용했다. 두 고사는 모두 사람을 빌어서 사물을 읊은 것으로서 처음부터 성성이의 모필의 일이 아니었다"라고 했다.

〈죽석목우도〉에 적다 題竹石牧牛

자첨(子瞻: 蘇軾)이 총죽(叢竹)과 괴석(怪石)을 그렸는데, 백시(伯時: 李公麟)[1] 가 앞 언덕에서 목동이 소를 타고 있는 것을 더 그려 넣었다. 몹시 의태(意態)가 있어서 장난 삼아 읊었다. 子瞻畵叢竹怪石, 伯時增前坡牧兒騎牛, 甚有意態. 戲詠

野次小崢嶸[2]	들 가운데 작은 우뚝한 괴석 덩어리와
幽篁相依綠	깊은 대숲이 서로 초록에 의지했네
阿童三尺箠	목동은 삼 척의 채찍을 들고
御此老觳觫[3]	이 늙은 소를 부리네
石吾甚愛之	괴석은 내가 몹시 아끼는 것이니
勿遣牛礪角	소가 뿔을 갈지 못하게 하라
牛礪角尚可	소가 뿔 가는 것은 괜찮지만
牛鬪殘我竹	소가 싸우면 내 대나무를 해치리라

주석

1) 伯時(백시): 이공린(李公麟)의 자. 호는 용면거사(龍眠居士), 인물과 산수를 잘 그렸음.

2) 次(차): 중간(中間). 崢嶸(쟁영): 본래 산이 높음을 형용하는 말인데, 여기서는 괴석이 우뚝 서 있는 모양을 말함.

3) 觳觫(곡속): 소가 두려워서 전율하는 모양. 소의 대칭으로 사용했음. 『맹자(孟子) · 양혜왕(梁惠王)』에 "왕이 말하기를 '그만 두어라. 나는 그 곡속하는 것을 견디지 못하겠다. 죄도 없이 사지(死地)로 가는 것 같구나'라고 했다"라고 했다.

평설

- 『초계어은총화』에 "『여씨동몽훈(呂氏童蒙訓)』에 '어떤 이가 노직의 「桃李春風一杯酒, 江湖夜雨十年燈」을 지극하다고 여겼는데, 노직은 스스로 이것은 오히려 체합(砌合)이라 하고, 반드시 「石吾甚愛之, 勿使牛礪角. 牛礪角尙可, 牛鬬殘我竹」이 곧 지극하다고 말할 수 있다고 했다. 그러나 노직의 〈백리대부총(百里大夫冢)〉 시는 〈쾌각(快閣)〉 시와 함께 이미 스스로 성취처(成就處)를 드러냈다'고 했다"라고 했다.

- 송나라 조여현(趙與虤)의 『오서당시화(娛書堂詩話)』에 "산곡(山谷)이 '石吾自愛之, 莫遣牛礪角. 牛礪角尙可, 牛鬥殘我竹'이라 했는데, 말이 몹시 굴기(崛奇)하다. 이태백(李太白)의 〈독록편(獨漉篇)〉에 '獨漉水中泥, 水濁不見月. 不見月尙可, 水深行人沒'이라 했다. 산곡의 구법은 도리어 여기에서 취하지 않았나 싶다"라고 했다.

황기복에게 부치다 寄黃幾復[1)]

我居北海君南海[2)]	나는 북해에 있고 그대는 남해에 있으니
寄雁傳書謝不能	기러기에게 편지 부쳐 인사도 할 수 없네
桃李春風一杯酒	복사꽃 오얏꽃 봄바람 속 한 잔 술을 나눴는데
江湖夜雨十年燈	강호의 밤비 속 십 년 세월의 등불이네
持家但有四立壁	집에 지닌 것은 사면의 빈 벽뿐이어서
治病不蘄三折肱[3)]	병 고치려 삼절굉을 바랄 수도 없네
想得讀書頭已白	상상컨대 독서하느라 머리가 이미 백발이리라
隔溪猿哭瘴溪藤[4)]	개울 너머 원숭이가 장계의 등나무에서 통곡하네

주석

1) 黃幾復(황기복): 이름은 개(介), 황정견의 동향 친구이며, 또한 서로 함께 희녕(熙寧) 9년(1076) 동과출신(同科出身)이다. 황정견의 자주에 "을축년(乙丑年) 덕평진(德平鎭)에서 지었다"라고 했다.

2) 『산곡선생연보』에 "이때 기복(幾復)은 광주(廣州) 사회(四會: 광동성)에 있었고, 나는 덕주(德州) 덕평진(德平鎭: 산동성)에 있었는데, 모두 바닷가이다"라고 했다. 『좌전(左傳)』에 "君處北海, 寡人處南海, 惟是風馬牛不相及也"라고 했음.

3) 三折肱(삼절굉): 팔을 세 차례 부러뜨리는 것. 양의(良醫)를 말함. 『좌전』에 "三折肱, 知爲良醫"라고 했음.

4) 瘴溪(장계): 장기(瘴氣)가 낀 개울. 장기는 남방의 무덥고 습한 기운.

평설

- 『시림광기』에 "임천사(任天社)가 '「桃李春風一杯酒, 江湖夜雨十年燈」 두 구를 모두 기억하는데, 지난날 유거(遊居)의 즐거움이었다'고 했다. 『왕직방시화(王直方詩話)』에 '장문잠(張文潛: 張耒)이 일찍이 나에게 말하기를, 황구(黃九: 黃庭堅)의 「桃李春風一杯酒, 江湖夜雨十年燈」은 참으로 기어(奇語)라고 했다'고 했다. 호초계(胡苕溪: 胡仔)가 '왕언장(汪彦章)의 「千里江山漁笛晚, 十年燈火客氈寒」은 산곡체(山谷體)를 본받은 것이다. 나 또한 일찍이 이 체(體)를 본받아서 1연을 짓기를 「釣艇江湖千里夢, 客氈風雪十年寒」이라 했다"라고 했다.

쾌각에 오르다 登快閣[1]

癡兒了却公家事[2]	어리석은 자가 관청 일을 마치니
快閣東西倚晚晴	쾌각은 동서로 맑은 저녁에 의지했네
落木千山天遠大	온 산에 낙엽 지고 하늘은 멀고 큰데
澄江一道月分明[3]	맑은 강 한 길에 달빛 분명하네
朱弦已爲佳人絶[4]	주현은 이미 가인을 위해 끊어버렸고
靑眼聊因美酒橫[5]	청안은 잠시 좋은 술로 인해 비껴 떴네
萬里歸船弄長笛	만 리로 돌아가는 배에서 장적을 불고
此心吾與白鷗盟[6]	이 마음으로 나는 갈매기와 결맹하네

주석

1) 快閣(쾌각): 강서성 태화현(太和縣)에 있었음. 원풍(元豐) 5년(1082)에 황정

견이 지길주태화현(知吉州太和縣)을 지낼 때 지은 작품임.

2) 『진서(晉書) · 부함전(傅咸傳)』에 "그대의 치심(癡心)을 내어 관청 일을 마치려고 하지만 관청 일은 쉽게 마칠 수 없다. 일을 마치고 다시 치심을 내려고 해도, 또한 유쾌할 뿐이다"라고 했음.

3) 澄江(징강): 맑은 강. 공강(贛江)을 말함.

4) 朱弦(주현): 금(琴)을 말함. 佳人(가인): 지음(知音)과 같음. 전국시대 금의 명수였던 백아(伯牙)가 자신의 음악을 잘 알아주었던 종자기(鍾子期)가 죽자 금의 현을 끊어버리고 다시는 금을 연주하지 않았다고 함.

5) 青眼(청안): 반기는 눈동자. 흑안(黑眼)과 같음. 진(晉)나라 완적(阮籍)은 경멸할 때는 백안(白眼)으로 대하고, 반길 때는 청안으로 대했다고 함.

6) 白鷗盟(백구맹): 갈매기와 벗을 삼는 것. 세속을 떠나 은거함을 말함.

평설

- 『영규율수휘평』에 "방회(方回): '이 시는 『산곡외집(山谷外集)』에 보인다. 태화(太和)를 다스릴 때 지은 것이다. 여거인(呂居仁)이 「산곡은 묘년(妙年) 때 시가 이미 기골(氣骨)을 성취했다」고 한 것이 그것이다. 산곡은 경력(慶歷) 5년 을유(乙酉)에 때어나서 원풍(元豐) 4년 신유(辛酉)에 현령이 되었는데, 37세였다.' 육이전(陸貽典): '대아(大雅)하다. 산곡은 천분(天分)은 지극히 높지만, 학력은 진사도(陳師道)만 못하다.' 사신행(查愼行): '3 · 4구는 지극히 두가(杜家: 두보)의 기상(氣象)과 같다.' 하의문(何義門): '차련 또한 스스로 「쾌(快)」 자의 뜻을 베껴냈다.' 기윤(紀昀): '기구(起句)는 산곡의 습기(習氣)이고, 후 6구는 의경(意境)이 특히 넓다. 이 가인(佳人)은 곧 뜻을 알아주는 사람을 지적한 것이고, 부인이 아니다.' 무명씨: '각(閣)은 강서(江西) 길안부(吉安府)에 있다.' 허인방(許印芳): '수구(首句)는 본집(本集)에서는 습기(習氣)가 되지만, 선본(善本) 중에는 방애(妨礙)가 되지 않는다. 제3구 또한 하자가 없다.

효람(曉嵐: 紀昀)이 「원대(遠大)」 2글자를 지워버렸는데 또한 이해할 수 없다. 제5구는 백아(伯牙)가 현을 끊은 일을 이용했는데, 반드시 지적할 바가 있었을 것이다. 이는 반드시 소주(小注)에서 표명(標明)해야만 비로소 분명함이 드러난다. 이런 곳은 골돌(鶻突)함을 면하지 못한다'"라고 했다.

눈을 읊어 광평공께 올리다 詠雪, 奉呈廣平公[1]

連空春雪明如洗 하늘에 이어진 봄눈이 씻은 듯 밝은데
忽憶江淸水見沙[2] 강 맑아 물 속 모래를 본 것을 문득 추억하네
夜聽疎疎還密密[3] 밤엔 소소하다 다시 밀밀한 소리를 듣고
曉看整整復斜斜[4] 아침엔 정정하다 다시 사사한 모습을 보네
風回共作婆娑舞[5] 바람 돌아 함께 파사하게 춤추고
天乃能開頃刻花 하늘이 곧 경각의 꽃을 피워냈네
政使盡情寒至骨 바로 정을 다하여 추위가 뼈에 이르니
不妨桃李用年華 복사꽃 오얏꽃을 세월로 삼아도 무방하리라

주석

1) 廣平公(광평공): 원주에 송영조(宋盈祖)라고 했음.
2) 당나라 유우석(劉禹錫)의 〈낭도사(浪淘沙)〉 시에 "捲起沙堆似雪堆"라고, 눈을 모래에 비유했음.
3) 疎疎還密密(소소환밀밀): 소소와 밀밀은 눈이 내리는 소리.
4) 整整復斜斜(정정부사사): 정정과 사사는 눈이 내리는 모습.

5) 婆娑(파사): 춤을 추는 모양.

평설

- 『영규율수』에 "'야청(夜聽)과 효간(曉看)' 1연에 대해 서사천(徐師川: 徐俯)에게 이론(異論)이 있었다. 동파(東坡) 집안의 자제들 또한 그것을 의심하고, 동파에게 질문하기를 '황시(黃詩)의 좋은 점이 어디 있습니까?'라고 하니, 동파는 도리어 유독 그것을 칭찬했다. 내가 음미해보니, 또한 옳지 않음이 없었다. 원우(元祐) 연간의 시인들의 시는 이미 양억(楊億)과 유균(劉筠)의 곤체(崑體)를 사용하지 않았고, 구승(九僧)의 만당체(晩唐體) 또한 쓰지 않았고, 또한 백락천체(白樂天體)를 쓰지 않고, 각자 재력(才力)으로써 시에서 뛰어났다. 산곡의 기특함은 곤체의 변화를 지니고서 그 조직(組織)을 답습하지 않은 것이다. 그 공교한 것은 수수께끼를 짓는 것 같았다. 이 1연은 또한 눈에 대한 수수께끼이다. 배우는 자는 성급하게 비난할 수 없다. 아래 1연 파사무(婆娑舞)와 경각화(頃刻花)는 묘하다"라고 했다.

- 송나라 여본중(呂本中)의 『자미시화(紫微詩話)』에 "구양계묵(歐陽季默)이 일찍이 동파(東坡)에게 묻기를 '노직시(魯直詩)의 어디가 좋습니까?'라고 하니, 동파는 대답하지 않고 단지 지극히 황시(黃詩)를 거듭 칭찬했다. 계묵이 '「臥聽疎疎還密密, 曉看整整復斜斜」가 어찌 아름답습니까?'라고 하니, 동파가 '바로 이곳이 아름답다'고 했다"라고 했다.

- 금나라 왕약허(王若虛)의 『호남시화(滹南詩話)』에 "오호신(吳虎臣: 吳曾)의 『만록(漫錄)』에 '구양계묵(歐陽季默)이 일찍이 동파(東坡)에게 묻기를 '노직시의 어디가 좋습니까?'라고 하니, 동파는 대답하지 않고 단지 지극히 칭찬했다. 계묵이 다시 그 〈설(雪)〉 시 '夜聽疎疎還密密, 曉看整

整復斜斜'를 들어서 '어찌 또한 좋습니까?'라고 하니, 동파가 '바로 이것이 좋은 곳이다'라고 했다. 용부(慵夫: 王若虛)가 '나는 시에 대하여 본래 잘 이해함이 없지만, 이 구에 대해서는 오히려 칭찬할 수 없음을 알 수 있다. 당시 전해진 바가 망령되었을 뿐이다'라고 했다. 서사천(徐師川) 또한 일찍이 〈영설(詠雪)〉에서 '積得重重那許重? 飛時片片又何輕?'이라 한 것을, 증단백(曾端伯: 曾慥)이 경책(警策)으로 여겼는데, 또한 말하기를 '사천이 이것 짓기를 마치자, 그로 인하여 산곡의 「疎疎密密」 구를 암송하고는 나에게 물었는데, 감히 용이하게 말할 수 없었다'고 했다. 생각건대 노직은 초솔(草率)하게 자기의 말을 공교함으로 삼은 것이다. 아! 나의 미혹함이 자심(滋甚)하다"라고 했다.

- 『구북시화』에 "오증(吳曾)의 『능개재시화(能改齋詩話)』에 '구양계묵(歐陽季默)이 일찍이 동파(東坡)에게 묻기를 '노직시의 어디가 좋습니까?'라고 하니, 동파는 대답하지 않았다. 계묵이 다시 그 〈설(雪)〉 시 '夜聽疎疎還密密, 曉看整整復斜斜'를 들어서 '어찌 또한 좋습니까?'라고 하니, 동파가 '바로 이것이 좋은 곳이다'라고 했다. 이는 비록 동파의 감상이지만, 끝내 촌기(村氣)를 면할 수 없다"라고 했다.

- 청나라 주정진(朱庭珍)의 『소원시화(筱園詩話)』에 "……산곡의 '疎疎密密'과 '整整斜斜' 구는 또한 분백열어(笨伯劣語)이다. 동파가 좋아하여, 힘써 해석을 했지만 믿을 수 없다"라고 했다.

- 『양일재시화』에 "노두(老杜: 두보) 시법의 전체를 얻은 자는 한 사람도 없다. 그 한 절(節)을 얻어서 세상에 이름난 자는 또한 있다. 당나라의 의산(義山: 李商隱)과 송나라의 산곡(山谷)이 모두 그들이다. 왕약허(王若虛)가 '노직은 웅호기험(雄豪奇險)한데, 새로운 모양을 잘 이루는 데 있어서 참으로 남보다 뛰어난 자이다. 그러나 소릉(少陵: 두보)에 대하여 처음부터 관섭(關涉)이 없었다'고 했다. 대저 노직이 두보에 대하여

미숙하다고 한다면 옳지만, 두보와 관섭이 없었다고 한다면 옳지 않다. 약허는 산곡을 몹시 비난했는데, '東海得無寃死婦, 南陽應有臥雲龍'·'能令漢家重九鼎, 桐江波上一絲風'·'臥聽疎疎還密密, 曉看整整復斜斜' 등의 구를 낱낱이 들었다. 이것들은 모두 그 병이 깊은 것들이다. 그러나 그 좋은 시도 또한 많은데 어찌 한 번의 표장(表章)도 하지 않았던가? 심지어는 '형공(荊公: 왕안석)의 「兩山排闥送青來」를 읽어보면 그 궤이(詭異)함을 깨닫지 못한다. 산곡의 「青州從事斬關來」는 곧 사람을 경악하게 한다'라고 한 것 등은, 똑같은 괴휼(怪譎)한 문자인데 산곡만이 타척(唾斥)을 당했다. 대개 산곡은 북송에서 자성일가(自成一家)를 했는데, 포폄(褒貶)을 모두 면하지 못했다. 강서(江西) 군자(君子)들이 추존하여 시파의 초조(初祖)로 삼고, 장차 단점(壇坫)을 홀로 차지하고 한 시대의 주지(主持)가 되려고 했는데, 당연히 사람들이 몹시 승복하지 않았다. 그리고 그 시는 마침내 화살이 쏟아지는 땅이 되고 말았다"라고 했다.

청명 清明

佳節清明桃李笑[1)] 가절 청명날에 복사꽃 오얏꽃이 웃는데
野田荒壠只生愁 들밭의 황폐한 밭이랑엔 근심만 이네
雷驚天地龍蛇蟄 천둥이 천지를 놀라게 하니 용사가 숨고
雨足郊原草木柔 빗발이 교외 들판에 내리니 초목이 부드럽네
人乞祭餘驕妾婦[2)] 남은 제사음식 얻어먹고 처첩에게 교만했는데
士甘焚死不公侯[3)] 선비는 기꺼이 불타 죽어서 공후가 되지 않았네
賢愚千載知誰是 그 현명하고 우둔함을 천년 동안 누가 알았던가?

滿眼蓬蒿共一丘　　온 시야에 쑥대만 한 묘지와 함께 하네

주석

1) 『본사시(本事詩)』에 "박릉(博陵) 최호(崔護)가 청명날에 혼자 도성 남쪽으로 놀러갔다가 주민의 농장에서 술을 얻어서 마시고 갈증이 나서 한 집의 문을 두드리며 물을 청했다. 한 여자가 물그릇을 건네고 작은 복숭아나무에 기대어 서서 기다리면서 뜻이 몹시 은근했다. 이듬해 청명날에 그 집을 찾아가보니 예전과 같았는데 문이 잠겨 있었다. 그래서 시를 짓기를 '去年今日此門中, 人面桃花相映紅. 人面不知何處去, 桃花依舊笑春風'이라고 했다"라고 했다. 이상은(李商隱)의 〈이화시(李花詩)〉에 "强笑欲春風"이라고 했다.

2) 『맹자 · 이루(離累)』에서, 어떤 제(齊)나라 사람이 동쪽 성곽의 무덤에서 제사하는 사람들에게 남은 음식을 얻어먹고 돌아와서는 처첩에게 교만하게 굴었다고 했다.

3) 춘추시대 진문공(晉文公)이 공신 개지추(介之推)를 저버리자, 개지추는 분하여 금산(錦山)에 은거했다. 문공이 후회하고 산에 불을 질러 그를 나오게 하여 벼슬을 주려고 했는데 개지추는 나무를 껴안고 불에 타죽고 말았다. 사람들이 그를 동정하여 그의 기일에 불을 피우지 않았다고 한다. 곧 한식날의 유래이다. 한식은 청명절의 하루 내지 이틀 전임.

복암사를 떠나다 離福巖[1]

山下三日晴　　산 아래는 삼일 동안 맑고
山上三日雨　　산 위에는 삼일 동안 비 내리니
不見祝融峯[2]　　축융봉을 보지 못하고
還泝瀟湘去　　다시 소상강으로 거슬러 떠나가네

주석

1) 福巖(복암): 호남(湖南) 형주(衡州) 형산(衡山)에 있는 절.

2) 祝融峯(축융봉): 형산(衡山) 72봉우리 중 최고의 봉우리.

대숲 아래서 술을 마시다 竹下把酒

竹下傾春酒　　대숲 아래서 봄 술을 기울이니
愁陰爲我開　　수심어린 그늘이 나를 위해 열어주네
不知臨水語　　물에 임하여 말할 줄 모르는데
更得幾回來　　다시 몇 번이나 오겠는가?

의접도 蟻蝶圖[1]

胡蝶雙飛得意　　호랑나비가 쌍으로 날며 의기양양하다가
偶然畢命網羅　　우연히 거미줄에 걸려 생명을 마치니
羣蟻爭收墜翼　　여러 개미들이 떨어진 날개를 다투어 거두어서
策勲歸去南柯[2]　　책훈하러 남가로 돌아가네

주석

1) 蟻蝶(의접): 개미와 나비.

2) 南柯(남가): 남쪽 나뭇가지. 남가일몽(南柯一夢)의 고사를 취했음. 당나라 이공좌(李公左)의 전기소설(傳奇小說) 「남가태수전(南柯太守傳)」에서 순우분

(淳于棼)이 술에 취해 꿈속에서 대괴안국(大槐安國)에 가서 남가태수(南柯太守)가 되어서, 20년 동안 부귀영화를 누렸는데, 꿈을 깨니 모든 것이 허망한 일이었다고 했다. 대괴안국은 개미의 나라이다.

평설

- 『거이록』에 "산곡이 검주(黔州)에 있을 때 〈의접도〉에 6언을 적었는데 '……'라고 했다. 나중에 또 의주(宜州)로 옮겨졌는데, 이 그림이 경사(京師)로 전해졌다. 채경(蔡京)이 그것을 보고서 대노하여, 장차 원망으로써 그를 다시 좌천시키려고 했다. 때마침 산곡이 죽어서, 군자(君子)를 해치려는 소인(小人)의 화(禍)를 면할 수 있었다. 그 독(毒)이 여기까지 이르렀다. 송나라는 충후(忠厚)로써 개국(開國)했지만, 문자(文字)의 화(禍)는 또한 다른 시대에서 없던 바였고, 동파(東坡)와 산곡에게는 더욱 심했다"라고 했다.

목동 牧童[1)]

騎牛遠遠過前村　소 타고 멀리 멀리 앞마을을 찾으니
吹笛風斜隔岸聞　취적소리 바람에 기울어 언덕 너머로 들려오네
多少長安名利客[2)]　다소의 장안 명리객들은
機關用盡不如君[3)]　기관을 다 사용함이 그대보다 못하구려

주석

1) 황산곡이 7살 때 지은 작품이라고 함.

2) 長安(장안): 섬서성 서안시(西安市). 한(漢)나라 당나라 때 도성이었음. 널리 경성을 말함.

3) 機關(기관): 주밀하고 교묘한 계책.

병에서 일어나 형강정에서 즉흥으로 짓다 病起荊江亭卽事[1]

1

翰墨場中老伏波[2]　한묵장 안의 늙은 복파장군이고
菩提坊裏病維摩[3]　보리방 안의 병든 유마힐인데
近人積水無鷗鷺　인가 근처의 물엔 갈매기 해오라기가 없고
時有歸牛浮鼻過[4]　때때로 돌아오는 소의 뜬 코가 지나가네

주석

1) 원래 10수임. 荊江亭(형강정): 호북성 강릉(江陵)에 있음. 건중정국(建中靖國) 원년(1101), 황정견은 이부원외랑에 임명되었으나, 등창을 앓고 있었기 때문에 사직하고 부임하지 못했다. 그래서 강릉에 머물러 새 명을 기다리며 지은 작품임. 卽事(즉사): 눈 앞의 경물을 즉흥으로 읊는 것.

2) 伏波(복파): 한(漢)나라 명장 복파장군(伏波將軍) 마원(馬援)을 말함. 나이 62세 때 말안장에 앉아서 돌아보며, 스스로 노익장(老益壯)이라고 하면서 아직도 전장에서 쓸모있음을 과시했었음.

3) 菩提坊(보리방): 석가모니가 득도한 장소. 널리 불교사원을 말함. 維摩(유마): 유마힐(維摩詰). 석가모니와 동시대 사람. 일찍이 칭병(稱病)을 핑계삼아서 석가모니가 보낸 사자에게 대승교의(大乘教義)를 선양(宣揚)했었음.

4) 당나라 진영(陳詠)의 시에 "隔岸水牛浮鼻渡"라고 했음.

2

閉門覓句陳無己[1]　문 닫고 시구 찾는 진무기
對客揮毫秦少游[2]　객을 대하고 휘호하는 진소유
正字不知溫飽未[3]　정자는 따뜻함과 배부름도 모르는가?
西風吹淚古藤州　서풍이 눈물을 불어가는 옛 등주이네

주석

1) 陳無己(진무기): 진사도(陳師道). 자는 이상(履常)·무기(無己), 호는 후산거사(後山居士). 진사도는 등람(登覽)하여 시구를 얻으면 급히 돌아와서 한 탑(榻)에 누워서 머리를 이불로 뒤집어쓰고 며칠 동안 신음(呻吟)하며 시를 완성했는데 이를 음탑(吟榻)이라 했다고 한다. 집안사람들도 그가 시를 완성하기 전까지는 문을 잠그고 아이나 개나 고양이도 드나들지 못하게 했다고 함.
2) 秦少游(진소유): 진관(秦觀). 자는 소유(少遊). 소문사학사(蘇門四學士) 중의 한 사람. 시사(詩詞)와 글씨에 뛰어났음.
3) 正字(정자): 진사도는 비서성정자(秘書省正字)를 지냈는데, 집안이 몹시 빈곤했다.
4) 藤州(등주): 광서성 등현(藤縣). 진관은 원부(元符) 3년(1101), 방환(放還) 도중에 등주에서 병사했음.

중옥의 〈수선화〉 시에 차운하다 次韻中玉水仙花[1]

1

借水開花自一奇[2]　물을 빌려 꽃을 피우니 절로 한 기이한 일인데
水沈爲骨玉爲肌[3]　수침으로 뼈를 이루고 옥으로 살을 이루었네

暗香已壓酴醾倒[4]　암향은 더욱 찔레꽃을 압도하는데
只此寒梅無好枝[5]　다만 이 한매처럼 좋은 가지가 없네

주석

1) 中玉(중옥): 마역(馬瑊)의 자. 형주지주(荊州知州)를 지냈음.
2) 借水開花(차수개화): 수경재배(水耕栽培)를 말함.
3) 水沈(수침): 침향(沈香).
4) 酴醾(도미): 찔레꽃.
5) 寒梅(한매): 매화의 한 종류.

2

淤泥解作白蓮藕[1]　진흙에서 흰 연꽃이 피어날 줄 알고
糞壤能開黃玉花[2]　거름더미에서도 황옥화가 능히 피어났네
可惜國香天不管[3]　애석하게 국향을 하늘이 관리하지 않아서
隨緣流落小民家　인연 따라 가난한 민가에서 유락했네

주석

1) 『유마힐경(維摩詰經)』에 "비유하면, 고원(高原)의 육지에서는 연꽃을 피울 수 없지만, 비습(卑濕)한 진흙에서는 곧 이 꽃을 피울 수 있다"라고 했다.
2) 黃玉花(황옥화): 수선화를 말함. 하얀 꽃잎 위의 중앙에 황금색 술잔 모양의 꽃잎이 얹혀있어서 금잔은대(金琖銀臺)라고 함.
3) 國香(국향): 국색천향(國色天香). 황정견의 학생 고하(高荷)의 〈국향시병서(國香詩幷序)〉에 "국향(國香)은 형저(荊渚) 전씨(田氏)의 시아(侍兒) 이름이

다. 황태사(黃太史) 노직(魯直)이 남계(南溪)에서 이부부랑(吏部副郎)으로 소환되었을 때 형주(荊州)에 머물러 수당도(守當塗)를 요청하고 회답을 기다리고 있었다. 그 거처가 곧 이 여자의 이웃이었다. 태사가 우연히 그녀를 보고 유한(幽閒)하고 아름답다고 여겼는데, 눈여겨보지 못한 바였다. 나중에 그 집에서 하리(下俚)의 빈민(貧民)에게 시집을 보냈는데, 그로 인하여 〈수선화〉 시를 지어서 뜻을 붙이기를 '淤泥解出白蓮藕, 糞壤能開黃玉花. 可惜國香天不管, 隨緣落在小民家'라고 하고, 나에게 화답하라고 했다. 수년 후에 태사는 영표(嶺表)에서 죽었는데, 당시의 빈객들은 구름처럼 흩어져버렸다 이 여자는 이미 두 아들을 낳았다. 마침 형남(荊南)에 흉년이 들었는데, 그 남편이 그녀를 전씨(田氏) 집에 팔아버렸다. 하루는 전씨가 나를 초청하여 그녀에게 술을 차려오게 하였는데, 엄억(掩抑)하고 곤췌(困悴)하여 다시 옛 자태가 없었다. 좌석에서 당시의 일을 얘기하며 서로 감개하며 탄식했다. 나는 전씨에게 그녀의 이름을 국향으로 지어주어서 태사의 뜻을 이루어주기를 요청했다"라고 했다.

백시가 그린 〈엄자릉조탄〉에 적다 題伯時畫嚴子陵釣灘[1]

平生久要劉文叔[2] 평생 옛 벗인 유문숙인데
不肯爲渠作三公[3] 기꺼이 그를 위해 삼공이 되지 않고
能令漢家重九鼎[4] 한나라의 무거운 구정을
桐江波上一絲風[5] 동강 물결 위 한 낚싯줄의 바람으로 삼았네

주석

1) 伯時(백시): 이공린(李公麟)의 자. 호는 용면거사(龍眠居士), 서성(舒城) 사람. 희녕(熙寧) 진사. 백묘화(白描畵)로 송나라 제일의 화가로 불렸음. 嚴子

陵(엄자릉): 후한(後漢) 엄광(嚴光), 자는 자릉(子陵), 회계(會稽) 여요(餘姚) 사람. 젊어서 광무제(光武帝)와 동학이었음. 광무제가 즉위한 후 그를 간의대부(諫議大夫)로 삼으려고 했으나, 은거하여 벼슬에 나가지 않았음. 동려현(桐廬縣) 부춘산(富春山)에 은거했는데, 후인들이 그가 낚시했던 곳을 엄릉탄(嚴陵灘) 혹은 엄릉조단(嚴陵釣壇)이라고 불렀다. 원우(元祐) 3년(1088) 변경(汴京)에서 지은 작품인데, 이 해 봄에 소식(蘇軾)이 지공거(知貢擧)가 되었는데, 황정견과 이공린은 모두 그 속료(屬僚)였다.

2) 久要(구요): 구교(舊交). 『논어 · 헌문(憲文)』에 "久要不忘平生之言"이라고 했음. 劉文叔(유문숙): 광무제(光武帝) 유수(劉秀), 자는 문숙(文叔).

3) 渠(거): 광무제를 말함. 三公(삼공): 한나라 때는 승상(丞相) · 태위(太尉) · 어사대부(御史大夫)를 삼공이라고 했음.

4) 九鼎(구정): 전설에 하우(夏禹)가 주조했다고 함. 나중에 국가의 상징이 되었음. 또한 분량의 무거움을 말함.

5) 桐江(동강): 부춘강(富春江). 전당강(錢塘江) 중류가 엄주(嚴州)에서 동려(桐廬)에 이르는 구간을 말함.

평설

- 『시림광기』에 "임천사(任天社)가 '「能令漢家重九鼎」은 급암(汲黯)이 「대저 대장군으로서 객에게 읍(揖)한다면 도리어 중하지 않겠는가?」라고 한 말에 근거한 것이다. 이 구는 대개 그 뜻을 사용했다. 동한(東漢)에는 명절(名節)의 인사들이 많았는데, 그것으로써 오래 자취를 남겼다. 그 본원(本原)은 바로 자릉(子陵)의 낚싯대 위로부터 온 것일 뿐이다"라고 했다.

우중에 악양루에 올라 군산을 바라보다

雨中, 登岳陽樓, 望君山[1)]

1

投荒萬死鬢毛班	황량한 곳에서 구사일생하니 머리털이 쇠고
生入瞿塘灩澦關[2)]	살아서 구당 염여관으로 들어왔네
未到江南先一笑[3)]	강남에 이르기 전에 먼저 한 번 웃으며
岳陽樓上對君山	악양루 위에서 군산을 마주했네

주석

1) 황정견은 소성(紹聖) 2년(1095)에 유방(流放)되었다가 휘종(徽宗) 숭녕(崇寧) 원년(1102)에 사면되었다. 『연보』에 "이 해에 형남(荊南)에 있었는데, 선생이 손수 쓴 〈雨中, 登岳陽樓, 望君山〉 두 시가 있다. 그 발(跋)에 '숭녕 원년 정월 23일 밤에 형주(荊州)를 출발하여 26일에 파릉(巴陵)에 도착했다. 수일 동안 장맛비로 출발할 수 없었다. 2월 삭단(朔旦)에 혼자 악양루에 올랐는데 태수 양기지(陽器之)와 감군(監郡) 황언(黃彦)이 모두 와서 함께 군산(君山)을 유람했다'고 했다"라고 했다. **岳陽樓**(악양루): 호남성 악양시(岳陽市) 서문(西門)의 성루(城樓). **君山**(군산): 일명 상산(湘山)·동정산(洞庭山). 악양 서남쪽 동정호 안에 있음. 상수(湘水)의 신 상군(湘君)이 유람했던 곳이라고 하여 군산이라고 했다고 함.

2) **瞿塘**(구당): 장강(長江) 삼협(三峽) 중의 하나. **灩澦**(염여): 염여퇴(灩澦堆). 구당의 협구(峽口)에 돌출한 강 위의 큰 바위.

3) **江南**(강남): 황정견의 고향 분녕(分寧)은 강남서로(江南西路)에 있었음.

2

滿川風雨獨憑欄　　냇물에 가득한 비바람 속 홀로 난간에 기대니
綰結湘娥十二鬟[1]　　상아의 열두 쪽머리를 묶은 듯하네
可惜不當湖水面　　애석하게 호수 면에 닿을 수 없어서
銀山堆裏看青山[2]　　은산이 쌓인 곳에서 푸른 산을 보네

주석

1) 湘娥(상아): 상수의 여신 상부인(湘夫人), 상군(湘君)이라고도 함.

2) 銀山(은산): 흰 파도. 유우석(劉禹錫)의 〈망동정(望洞庭)〉 시에 "遙望洞庭山水色, 白銀盤裏一青螺"라고 했음.

양관도에 적다 題陽關圖[1]

斷腸聲裏無形影　　애끊는 소리 속에 모습이 없는데
畫出無聲亦斷腸　　그려내니 소리 없어도 또 애달프네
想得陽關更西路　　양관의 서쪽 길을 상상해보니
北風低草見牛羊[2]　　북풍이 풀밭을 눕히면 소와 양떼가 드러나리라

주석

1) 陽關圖(양관도): 원래 2수임. 당나라 왕유(王維)의 시 〈送元二安西〉 "渭城朝雨浥輕塵. 客舍青青柳色新. 勸君更盡一杯酒, 西出陽關無故人"을 이공린(李公麟)이 그림으로 그린 것임.

2) 『악부시집(樂府詩集)』 속의 〈칙륵가(敕勒歌)〉 "天蒼蒼, 野茫茫, 風吹草低見牛羊"을 사용한 것임.

평설

- 『초계어은총화』에 "복재만록(復齋漫錄)에 '〈送元二安西〉 절구에 「渭城朝雨浥輕塵, 客舍青青柳色新. 勸君更盡一杯酒, 西出陽關無故人」이라 했는데, 이백시(李伯時: 李公麟)가 취하여 그림으로 그리고, 양관도(陽關圖)라고 했다. 나는 일찍이 실수라고 여겼다. 『한서(漢書)』에서 양관(陽關)을 살펴보니, 장안(長安)에서 거리가 2천5백 리이다. 당인(唐人)이 객을 서쪽으로 전송할 때는 도성 문에서 30리를 나갔다. 다만 이곳은 위성(渭城)일 뿐이다. 지금 위성관(渭城館)이 그곳에 있다. 그 그린 바를 근거로 하면 마땅히 위성도(渭城圖)라고 해야 옳을 것이다. 동파(東坡)의 〈제양관도(題陽關圖)〉 시에 「龍眠獨識慇懃處, 畫出陽關意外聲」이라 했는데, 모두 그 실수를 이은 것이다. 산곡(山谷)은 이 그림에 적기를 「渭城柳色關何事? 自是離人作許悲」라 했다. 그렇다면 산곡의 시의(詩意)를 상세히 음미해보면, 위성도라고 함이 마땅하다'고 했다"라고 했다.

악주 남루의 즉사 鄂州南樓書事[1]

四顧山光接水光	사방을 둘러보니 산 빛이 물빛에 접하고
凭欄十里芰荷香	난간에 기대니 십 리에 마름과 연꽃 향기이네
清風明月無人管	청풍과 명월을 관리하는 사람이 없는데
併作南樓一味涼	모두 남루의 일미가 되어 서늘하네

주석

1) 鄂州(악주): 지금의 호북성 무창시(武昌市). 南樓(남루): 동진(東晋)의 정서 장군(征西將軍) 유량(庾亮)이 악주를 다스렸는데, 후인이 그것을 기념하여 세운 누대. 書事(서사): 즉사(卽事)와 같음. 황정견은 숭녕(崇寧) 2년(1103)에 악주로 좌천되었음. 본래 4수임.

평설

- 『시림광기』에 "나는 산곡의 이 두 시 또한 이른바 아려청절(雅麗精絶)한 것이라고 여긴다"라고 했다.

고양이를 빌리다 乞猫

秋來鼠輩欺猫死　가을 되니 쥐 떼들이 고양이의 죽음을 알고서
窺甕翻盤攪夜眠　단지를 엿보고 소반을 엎으며 밤잠을 어지럽히네
聞道貍奴將數子[1)]　고양이가 새끼들을 거느릴 거라고 들었으니
買魚穿柳聘銜蟬[2)]　물고기 사서 버들가지에 꿰어 함선을 초빙하리라

주석

1) 貍奴(이노): 고양이의 별칭. 將數子(장수자): 장(將)은 대(帶). 여러 새끼를 거느리다.

2) 銜蟬(함선): 함선노(銜蟬奴). 고양이 이름. 명나라 왕지견(王之堅)의 『표이록(表異錄)·우족(羽族)』에 "후당(後唐) 경화공주(瓊花公主)에게 고양이 두 마리가 있었다. 한 마리는 희면서 입에 꽃송이를 머금고 있고, 또 한 마리는

검으면서 흰 꼬리였는데, 공주가 함선노(銜蟬奴)와 곤륜달기(崑崙妲己)라고 불렀다"라고 했다.

평설

- 『후산시화』에 "노직(魯直)의 〈걸묘시〉는 '……'라고 했는데, 비록 골계(滑稽)지만 좋아할 만하여 천년 뒤에도 독자에게 새로울 것이다"라고 했다.

이원응 李元膺

이원응, 동평(東平: 산동성) 사람. 남경교관(南京教官)을 지냈다. 철종(哲宗) 소성(紹聖) 연간에 이효미(李孝美)의 〈흑보법식(墨譜法式)〉의 서문을 썼다. 북송 후기 사람으로 사(詞)를 잘 지었다.

십억시 · 억서 十憶詩 · 憶書[1]

纖玉參差象管輕[2] 길고 짧은 섬섬옥수에 상아 붓대롱이 가볍고
蜀牋小硯碧窗明[3] 촉전과 작은 연적이 푸른 창가에서 밝네
袖衫密掩嗔郎看 적삼 소매로 가리며 낭군이 바라봄을 화내는데
學寫鴛鴦字未成 원앙 글자 배워서 베끼는데 미처 다 쓰지 못했네

주석

1) 十憶詩(십억시): 모두 10수임. 억행(憶行) · 억좌(憶坐) · 억음(憶飮) · 억가(憶歌) · 억서(憶書) · 억박(憶博) · 억빈(憶顰) · 억소(憶笑) · 억면(憶面) · 억장(憶妝) 등 10수의 궁체시(宮體詩)이다.

2) 纖玉(섬옥): 섬섬옥수(纖纖玉手). 參差(참치): 장단(長短)이 고르지 않은 모양.

3) 蜀牋(촉전): 촉 지역에서 생산되는 종이.

억박 憶博

小閣爭籌畵燭低[1] 작은 누각 화촉 아래서 셈을 다투는데
錦茵圍坐玉相敧[2] 비단 자리에 둥글게 앉아 옥인들 서로 기대었네
嬌羞慣被諸郎戲 예쁜 수줍음은 항상 여러 낭군들 놀림을 받는데
袖映春葱出注遲[3] 소매에 비추는 옥수는 재물을 거는 것이 더디네

주석

1) 爭籌(쟁주): 승부의 계산을 다투는 것.

2) 玉相攲(옥상기): 옥인(玉人)들이 서로 기댐. 옥인은 미인의 미칭. 기(攲)는 의(倚)와 통함.

3) 春葱(춘총): 하얀 파뿌리를 깎아놓은 듯한 여자의 손가락. 注(주): 도박에 사용하는 재물.

평설

- 송나라 장방기(張邦基)의 『묵장만록(墨莊漫錄)』에 "왕전옥(王全玉)이 궁체(宮體) 〈십억시(十憶詩)〉를 지었다. 이원응(李元膺)이 그것을 보고, 그 사의(詞意)의 완전(宛轉)함을 사랑하여 말하기를 '이것을 읽으면 사람을 감동시키니, 노광(老狂)을 그칠 수 없어서 다시 그것을 본받았다'고 했다. 더욱 정치(情致)가 특히 아름다웠다. 스스로 풍류재사자(風流才思者)가 아니면 능할 수 없다"라고 했다.

주복 朱服

주복(1048-?), 자는 행중(行中), 오정(烏程: 절강성 湖州) 사람. 신종(神宗) 희녕(熙寧) 6년(1073) 진사. 철종(哲宗) 때 중서사인(中書舍人)과 예부시랑(禮部侍郎)을 지내고, 휘종(徽宗) 때 집현전수찬(集賢殿修撰)·지광주(知廣州)를 지냈다. 지원주(知袁州)로 쫓겨났다가, 소식(蘇軾)과 교유했다고 하여 다시 기주(蘄州)에 안치되었다.

구일 九日[1)]

一見黃花只自羞[2)] 한 번 황화를 보니 다만 스스로 부끄럽고
蕭然短髮不禁秋 쓸쓸한 짧은 머리 가을을 막을 수 없네
誰人爲整烏紗帽[3)] 누가 오사모를 바로 잡아줄 것인가?
獨倚西風滿眼愁 홀로 서풍에 기대니 온 시야에 수심뿐이네

주석

1) 九日(구일): 중구절(重九節)을 말함. 음력 9월 9일.

2) 黃花(황화): 국화.

3) 두보의 〈구일남전최씨장(九日藍田崔氏莊)〉 시에 "羞將短髮還吹帽, 笑倩傍人爲正冠"이라 했음. 두보의 시구는 진(晉)나라 맹가(孟嘉)가 중구절에 술에 취해 모자가 날려가 버린 줄도 모르고 있다가, 대장군 환온(桓溫)에게 놀림을 당한 전고를 내용을 반대로 하여 지은 시구임.

진관 秦觀

진관(1049-1100), 자는 소유(少遊), 또 다른 자는 태허(太虛), 호는 회해거사(淮海居士), 양주(揚州) 고우(高郵: 강소성) 사람. 신종(神宗) 원풍(元豊) 8년(1085) 진사. 철종(哲宗) 원우(元祐) 원년(1086)에 소식(蘇軾)이 현량방정(賢良方正)으로 추천하여 비서성정자(祕書省正字) · 국사원편수관(國史院編修官)이 되었다. 소성(紹聖) 원년(1094)에 소식과 교유했다는 이유로 당적(黨籍)에 연좌되어 항주통판(杭州通判)으로 좇겨났다. 다시 처주주세(處州酒稅)로 좇겨나고, 횡주(橫州)와 뇌주(雷州) 등지로 옮겨졌다. 원부(元符) 3년(1100)에 방환(放還)되어, 도중에 등주(藤州)에서 병사했다.
진관은 소문사학사 중의 한 사람인데, 특히 사(詞)에 뛰어났다. 『회해집(淮海集)』이 있다.

추일 秋日[1]

1

霜落邗溝積水清[2] 서리가 한구에 떨어지니 쌓인 물이 더욱 맑고
寒星無數傍船明 찬 별들 무수하게 배 옆에서 밝네
菰蒲深處疑無地 줄과 부들 우거진 곳에 땅이 없나 싶은데
忽有人家笑語聲 갑자기 인가의 말소리가 들리네

주석

1) 원래 3수임.

2) 邗溝(한구): 옛 운하의 이름. 일명 한강(邗江)·한명구(邗溟溝)·거수(渠水)·중독수(中瀆水). 양주(揚州)에서 고우(高郵)를 경유하여 회안(淮安)에 이르러 회하(淮河)로 들어감.

평설

- 송나라 진암초(陳巖肖)의 『경계시화(庚溪詩話)』에 "백도유(帛道猷)의 시에 '連峯數千里, 修林帶平津. 茅茨隱不見, 鷄鳴知有人'이라 했는데, 나중에 진소유가 '菰蒲深處疑无地, 忽有人家笑語聲'이라고 했고, 승도잠(僧道潛)은 '隔林彷彿聞機杼, 知有人家住翠微'라 했다. 그 근원은 곧 도유(道猷)에게서 나왔는데, 더우 단련(鍛鍊)을 가하였으니, 탈태(奪胎)를 잘한 자들이라고 하겠다"라고 했다.

- 『초계어은총화』에 "『고재시화(高齋詩話)』에 '동파(東坡)의 장단구에 「村南村北響繅車」라고 했고, 삼료(參寥)의 시에 「隔林彷彿聞機杼, 知有人家住翠微」라고 했고, 진소유(秦少游)는 「菰蒲深處疑無地, 忽有人家笑語聲」

이라 했다. 세 편 시는 대동소이한데, 모두 기구(奇句)이다'라고 했다"라고 했다.

2

月團新碾瀹花甆 월단차를 맷돌에 갈아 차단지에 끓이고
飮罷呼兒課楚詞 마신 후에 아이 불러 〈초사〉를 과제로 주네
風定小軒無落葉 바람 그친 소헌엔 낙엽도 없는데
青蟲相對吐秋絲 푸른 벌레가 서로 마주하고 가을 실을 토하네

주석

1) 月團(월단): 단차(團茶)의 일종. 花甆(화자): 꽃문양의 자기 차단지.

평설

- 『시림광기』에 "『설랑재일기(雪浪齋日記)』에 '소유(少游)의 시는 몹시 화려한데, 「青蟲相對吐秋絲」 구가 그것이다'라고 했다"라고 했다.
- 『영규율수』에 "〈추일(秋日)〉 절구 3수의 미구(尾句)에 '菰蒲深處疑無地, 忽有人家笑語聲'·'風定小軒無落葉, 青蟲相對吐秋絲'·'安得萬粧相向舞, 酒酣聊把作纏頭'라 했다. 이는 무지개를 말했는데, 모두 지극히 괴려(怪麗)하다"라고 했다.

춘일 春日[1)]

一夕輕雷落萬絲[2)]　한 저녁의 가벼운 천둥에 빗발 만 줄기 떨어지고
霽光浮瓦碧參差　갠 빛이 기와에 뜨니 푸름이 들쭉날쭉하네
有情芍藥含春淚[3)]　정이 있는 작약은 봄 눈물을 머금고
無力薔薇臥曉枝　힘이 없는 장미의 새벽 가지가 누워있네

주석

1) 원래 5수임.

2) 萬絲(만사): 만 줄기의 빗발을 말함.

3) 春淚(춘루): 빗방울을 말함.

평설

- 금나라 원호문(元好問)의 〈논시삼십수(論詩三十首)〉에 "有情芍藥含春淚, 無力薔薇臥晩枝. 拈出退之山石句, 始知渠是女郎詩"라고 했다.

- 청나라 오경욱(吳景旭)의 『역대시화(歷代詩話)』에 "『귀전시화(歸田詩話)』에 원유산(元遺山: 元好問)의 〈논시삼십수〉 중의 1수에 '有情芍藥含春淚, 無力薔薇臥晩枝. 拈出退之山石句, 始知渠是女郎詩'라고 했는데, 처음에는 말한 바를 깨닫지 못했다. 나중에 시문과 「자경(自警)」 1편을 보았는데, 역시 유산이 지은 것이다. 거기에서 '「情芍藥含春淚, 無力薔薇臥晩枝」는 진소유의 〈춘우(春雨)〉 시이다. 공교롭지 않은 것은 아니지만, 그러나 퇴지(退之: 韓愈)의 〈산석(山石)〉 구로써 비교하면 저것은 곧 여랑시(女郎詩)이다. 파각공부(破却工夫)가 어찌 여랑시를 짓는 데에 이르렀던가?'라고 했다. 창려(昌黎: 韓愈)의 시를 살펴보니 '山石犖确行

徑微, 黃昏到寺蝙蝠飛. 升堂坐堦新雨足, 芭蕉葉大梔子肥'라고 했다. 유산은 본래 이것으로써 논한 것이다. 그러나 시는 또한 제목을 바꾸면서 짓는다. 또한 일률적으로 구속할 수 없다. 예를 들면 노두(老杜)의 시 '香霧雲鬟濕, 淸輝玉臂寒'·'俱飛蛺蝶元相逐, 並蔕芙蓉本自雙'은 또한 여랑시라고 할 만하지 않겠는가?"라고 했다.

사주 동성에서 저녁에 바라보다 泗州東城晚望[1]

渺渺孤城白水環　아득한 외로운 성을 흰 물이 감싸고
舳艫人語夕霏間[2]　배 안의 사람 말소리 저녁 구름 속에 있네
林梢一抹青如畫　숲 끝에 한 가닥의 푸름이 그림 같은데
應是淮流轉處山[3]　마땅히 회하의 물이 처산을 도는 것이리라

주석

1) 泗州(사주): 강소성 우이(盱眙) 동남 회수 가에 있었음. 청나라 강희(康熙) 때 홍택호(洪澤湖)로 수몰되었음.

2) 夕霏(석비): 석양의 구름 기운.

3) 淮流(회류): 화하(淮河).

평설

• 『어양시화』에 "송목중(宋牧仲: 宋犖) 중승(中丞)이 일찍이 회북(淮北)의 여사(旅舍)에서 두 절구를 보았는데, '橫笛何人夜倚樓, 小庭月色近中秋. 涼風吹墮雙梧影, 滿地碧雲如水流.'·'渺渺孤城白水環, 舳艫人語夕陽間.

林梢一抹青如畵, 知是淮流轉處山'이라고 했다. 중승은 그 뒤에 쓰기를 '新詩寫向黃泥壁, 未許人間識姓名'이라고 했다. 두 시는 몹시 북송(北宋)의 명가(名家)와 같았다"라고 했다.

금산에서 저녁에 조망하다 金山晩眺[1]

西津江口月初弦[2]　서진의 강 입구에 달이 초생달인데
水氣昏昏上接天　물 기운 어둡게 위로 하늘과 접하여
淸渚白沙茫不辨　맑은 물가 흰 모래는 멀어서 구별할 수 없는데
只應燈火是漁船　다만 등불은 마땅히 어선이리라

주석

1) 金山(금산): 강소성 진강시(鎭江市) 서북.

2) 西津(서진): 강소성 진강시 서북에 있는 장강 나루.

광릉에서 돌아오다 還自廣陵[1]

天寒水鳥自相依　날 추워 물새들 스스로 서로 의지하고
十百爲羣戲落暉　수천 마리가 무리 지어 지는 햇살을 즐기네
過盡行人都不起　행인들 다 지나가도록 모두 날아가지 않는데
忽聞氷響一齊飛　갑자기 얼음 갈라지는 소리에 일제히 날아오르네

주석

1) 원래 4수임.

이당 李唐

이당(1049-1130), 자는 희고(希古), 하양(河陽) 삼성(三城: 하남성 孟縣) 사람. 휘종(徽宗) 때 화원(畵院)으로 들어갔다. 남도(南渡) 후 유락하여 임안(臨安)에 왔는데, 태위(太尉) 소굉연(邵宏淵)의 추천으로 성충랑화원대조(成忠郎畵院待詔)가 되었다. 인물과 산수를 잘 그렸고, 소를 더욱 잘 그렸다.

그림에 적다 題畵

雲裏煙村雨裏灘　구름 속 안개 마을과 빗속의 여울은
看之容易作之難　보기는 용이해도 그리기는 어렵네
早知不入時人眼　일찍이 사람들의 눈에 들지 못함을 알았다면
多買燕脂畵牡丹[1]　연지를 많이 사서 모란이나 그렸을 것이네

주석

1) 燕脂(연지): 홍색 안료(顔料).

평설

● 명나라 욱봉경(郁逢慶)의 『서화제발기(書畵題跋記)』에 "이당이 처음 항주(杭州)에 왔을 때 알아주는 자가 없었다. 종이 그림을 팔아서 자급(自給)했는데 날로 몹시 곤궁해졌다. 어떤 중사(中使)가 그 필(筆)을 알아보고 '대조(待詔)의 작품이다'라고 했다. 이당은 그로 인하여 중사를 알현하니, 중사가 상주하여 알렸다. 그래서 이당의 그림을 항주 사람들이 곧 귀하게 여겼다. 이당이 일찍이 시를 짓기를 '雲裏煙村雨裏灘……'라고 했는데, 대략을 볼 수 있다"라고 했다.

조보지 晁補之

조보지(1053-1110), 자는 무구(无咎), 호는 귀래자(歸來子), 제주(濟洲) 거야(巨野: 산동성) 사람. 신종(神宗) 원풍(元豊) 2년(1079) 진사. 비서성정자(秘書省正字)·저작랑(著作郎)을 지냈다. 휘종(徽宗) 때 이부원외랑(吏部員外郎)·국사편수관(國史編修官)을 지냈다. 당쟁에 연루되어 출척을 당했다. 조보지는 소문사학사(蘇門四學士) 중의 한 사람으로서 시문에 뛰어났으며, 사(詞)의 풍은 소식(蘇軾)에 가까웠다. 『계륵집(鷄肋集)』이 있다.

유민 流民

生涯不復舊桑田　생애가 옛 뽕밭을 회복하지 못하고
瓦釜荊籃止道邊　질가마솥 나무바구니를 길가에 놓았네
日暮榆園拾青荚[1]　석양에 느릅나무 동원에서 푸른 열매를 주우니
可憐無數沈郎錢[2]　가련하다 무수한 심랑전이구나

주석

1) 青荚(청협): 유협(榆荚). 느릅나무 열매. 장(醬)에 절여서 식용하였음. 한(漢)나라 때 주조한 동전의 모양이 유협과 비슷하다고 하여 유협전(榆荚錢)이라고 했음.

2) 沈郎錢(심랑전): 동진(東晋) 심충(沈充)이 주조한 동전의 이름. 나중에 유협(榆荚)을 비유하는 용어로 쓰였음.

귀계는 신주 성남에 있는데, 그 물은 서쪽으로 칠백 리를 흘러서 강으로 들어간다 貴溪在信州城南, 其水西流七百里入江[1]

玉山東去不通州[2]　옥산에서 동쪽으로 가면 고을과 통하지 않는데
萬壑千巖隘上游　만 골짜기 천 바위가 상류를 막았네
應會逐臣西望意[3]　마땅히 축신의 서쪽을 바라는 뜻을 알고서
故教溪水只西流　일부러 개울물을 서쪽으로만 흐르게 했으리라

주석

1) 貴溪(귀계): 신강(信江)의 한 지류. 信州(신주): 강서성 상요시(上饒市). 철종(哲宗) 원부(元符) 2년(1099), 조보지가 신주염주세(信州鹽酒稅)로 좌천되었을 때의 작품임.

2) 玉山(옥산): 일명 회옥산(懷玉山). 강서성 옥산현(玉山縣)에 있는데, 신강의 발원지임.

3) 逐臣(축신): 쫓겨난 신하. 西望意(서망의): 서쪽 경사(京師)로 돌아가려는 뜻을 말함.

하주 賀鑄

하주(1052-1125), 자는 방회(方回), 호는 경호유로(慶湖遺老), 위주(衛州: 하남성 汲縣) 사람. 송태조의 효혜황후(孝惠皇后)의 족손(族孫)인데, 젊어서부터 의기가 호협했다. 우반전직(右班殿直)과 사주(泗州) 및 태평주(太平州)의 통판(通判)을 지냈다.

『노학암필기(老學菴筆記)』에 "하방회(賀方回)는 상모(狀貌)가 기추(奇醜)하여, 세속에서 하귀두(賀鬼頭)라고 불렀다. 글을 교정하는 것을 좋아하여 주황(朱黃)이 손에서 떠난 적이 없었다. 시문(詩文)이 모두 높고, 장단구만이 뛰어났을 뿐이 아니다"라고 했다. 『경호유로집(慶湖遺老集)』이 있다.

병을 앓은 후에 쾌재정에 오르다 病後, 登快哉亭[1)]

經雨淸蟬得意鳴　비를 겪고 맑은 매미는 득의하여 울고
征塵斷處見歸程　길 먼지 끊긴 곳에서 귀정을 보네
病來把酒不知厭　병든 후 술을 들어도 만족을 몰랐는데
夢後倚樓無限情　꿈꾼 후 누대에 기대니 무한한 정이 있네
鴉帶斜陽投古刹　까마귀들 석양을 띠고 고찰로 깃들고
草將野色入荒城　풀들은 들판 색을 이끌고 황성으로 들어가네
故園又負黃華約[2)]　고원의 황화와의 약속을 또 저버리니
但覺秋風鬢上生　다만 가을바람이 귀밑머리에 일어남을 깨닫네

주석

1) 快哉亭(쾌재정): 강소성 동산현(銅山縣) 동남. 세칭 괴각루(拐角樓). 본래 당나라 설능(薛能)의 양춘정(陽春亭) 고지(故址)인데, 송나라 이방직(李邦直)이 다시 건축하였고, 소식(蘇軾)이 지서주(知徐州) 때 쾌재(快哉)라고 이름지었다. 원주에 "을축년 8월 팽성(彭城)에서 지었다"고 했다. 원풍(元豊) 8년, 하주가 서주령보풍감전관(徐州領寶豊監錢官)으로 있을 때 6·7월 동안 병이 들어서 승사(僧寺)에서 치료했는데, 8월에 병이 나아서 쾌재정에 올라 지은 시임.

2) 黃華(황화): 국화.

들길을 걷다 野步[1)]

津頭微徑望城斜　나루 앞 오솔길은 성을 바라보며 기울고
水落孤村格嫩沙　물 빠진 외딴 마을은 가는 모래로 막혀있네

黃草庵中疎雨溼　누런 초가 암자 안은 보슬비로 축축한데
白頭翁媪坐看瓜　백발의 노인과 노파가 앉아서 오이를 살피네

주석

1) 원주에 "경신년 7월 부양(滏陽)에서 읊다"라고 했다.

최약졸의 <사시전가사>에 화답하다 和崔若拙四時田家詞[1)]

野蔓牽花過短牆[2)]　덩굴 뻗은 나팔꽃 낮은 담을 넘고
麥秋時節併蠶忙　보리 익는 시절에 누에치기도 바쁘네
迎門父老延行客　부로들 영접하고 행객들 접대하니
井汲清甘樹陰涼　우물물은 맑고 달며 나무그림자는 서늘하네

주석

1) 원주에 "최(崔)의 자는 지지(至之)이다. 경신년 8월에 부양(滏陽)에서 읊다"라고 했다. 모두 4수임.

2) 野蔓牽花(야만견화): 견우화(牽牛花). 나팔꽃.

진사도 陳師道

진사도(1053-1101), 자는 무기(無己), 또 다른 자는 이상(履常), 호는 후산거사(后山居士), 팽성(彭城: 강소성 徐州) 사람. 원우(元祐) 연간에 소식(蘇軾) 등의 추천으로 서주교수(徐州教授)를 지냈는데, 나중에 소식의 당으로 몰려서 파면되었다. 만년에 비서성정자(祕書省正字)를 지냈다. 평생 가난 속에서 고생하며 포의로서 생을 마쳤다.
진사도의 시는 황정견(黃庭堅)의 영향을 많이 받아서 강서시파(江西詩派)의 일원이 되었다. 『후산선생집(後山先生集)』이 있다.

세 아이와 이별하다 別三子

夫婦死同穴	부부는 동혈에서 죽는다는데
父子貧賤離	부자가 빈천하여 서로 이별하네
天下寧有此	천하에 어찌 이런 일이 있던가?
昔聞今見之	예전에 들은 것을 지금 보게 되네
母前三子後	어미가 앞서고 세 아이가 뒤따르는데
熟視不得追	똑바로 보아도 따라 갈 수가 없네
嗟乎胡不仁	아! 어찌 하늘은 인자하지 못하여
使我至於斯	우리를 이 지경까지 이르게 하는가?
有女初束髮	딸은 이제 막 머리를 묶었으나
已知生離悲	이미 생이별의 슬픔을 알고서
枕我不肯起	나를 베고서 일어나려 하지 않고
畏我從此辭	내가 이로부터 떠나갈까 두려워하네
大兒學語言	큰 애는 이제 막 말을 배웠는데
拜揖未勝衣	절을 하면서 옷자락을 이기지 못하네
喚爺我欲去	"아빠! 나는 이제 갈거야!"
此語那可思	이 말을 어찌 생각했으랴!
小兒襁褓間	작은 애는 강보에 싸여
抱負有母慈	어미에게 안겨 있건만
汝哭猶在耳	네 곡성이 오히려 귀 안에 있으니
我懷人得知	내 회포를 남들이 알겠는가?

주석

1) 신종(神宗) 원풍(元豊) 7년(1084), 진사도의 장인 곽개(郭概)가 성도부로형옥(成都府路刑獄)이 되었는데, 진사도는 가족을 부양할 수 없는 가난 때문에 처와 1녀 2남을 장인을 따라가게 했고, 자신은 노모 때문에 혼자 남게 되었다. 이때의 심경을 읊은 작품임. 이들 가족은 4년 후에야 서로 상봉하게 되었다.

쾌재정에 오르다 登快哉亭[1]

城與清江曲	성은 푸른 강의 굽이와 함께 하고
泉流亂石間	샘물은 어지러운 바위 사이를 흐르네
夕陽初隱地	석양이 처음 땅으로 숨고
暮靄已依山	저녁놀은 이미 산에 기대었네
度鳥欲何向[2]	지나가는 새는 어디를 향하는가?
奔雲亦自閑[3]	달리는 구름 또한 절로 한가롭네
登臨興不盡	올라와 임하여 흥이 다하지 않았는데
稚子故須還	어린애 때문에 돌아가야만 하네

주석

1) 快哉亭(쾌재정): 강소성 동산현(銅山縣) 동남. 세칭 괴각루(拐角樓). 원부(元符) 원년(1098), 진사도가 고향에서 지은 작품임.

2) 度鳥(도조): 비조(飛鳥).

3) 奔雲(분운): 유운(流雲).

평설

- 『영규율수휘평』에 "방회(方回): '……내가 이 시를 선발한 것은 배우는 자들이 처묵(處默)과 장호(張祜)의 시를 읽고, 공교(工巧)함은 알지만, 초오(超悟)함은 알지 못함을 두려워해서이다. 「度鳥」와 「奔雲」 구에는 무궁한 맛이 있다. 전편(全篇)이 경건청수(勁健淸瘦)한데, 미구(尾句)는 더욱 유수(幽邃)하다. 이 때문에 아마 노두(老杜: 두보)에게 핍근하다고 한 것이다.' 기윤(紀昀): '미구는 도리어 주작처(做作處)가 있으니, 이는 송파(宋派)이지, 결코 노두(老杜)가 아니다. 걸핏하면 두보를 끌어와서 그의 군사로 펼쳐놓는데, 이는 허곡(虛谷: 方回)의 습기(習氣)이다.' 풍서(馮舒): '이와 같은 시는 또한 그것이 송(宋)인지 변별할 수 없다.' 육이전(陸貽典): '5·6구는 「痛快」 2글자를 묘사했다. 기탁(寄託) 또한 원대하다.' 사신행(査愼行): '5·6구에서 취한 경(境)이 특별하다.' 기윤(紀昀): '각의도세(刻意陶洗)하고, 기격(氣格)이 노건(老健)하다. 제4구 「依」자는 미눈(微嫩)하고, 5·6구는 정발(挺拔)한데, 이는 후산(後山)의 신력(神力)이 큰 곳이다. 만당인(晩唐人)은 이에 이르면, 평평(平平)하게 아래로 끌고 간다'"라고 했다.

봄의 회포를 이웃 마을에 보이다 春懷示鄰里

斷牆著雨蝸成字[1]　끊긴 담은 비에 젖어 달팽이가 글자를 쓰고
老屋無僧燕作家　낡은 집엔 승려도 없는데 제비가 집을 지었네
剩欲出門追語笑[2]　몹시 문을 나가 웃음소리 따라가고 싶건만
却嫌歸鬢著塵沙　도리어 돌아오는 귀밑머리에 먼지 붙을까 꺼리네
風翻蛛網開三面[3]　바람이 거미줄을 뒤집어 삼면을 열고

雷動蜂窠趁兩衙[4]　천둥이 벌집을 흔들어 양아를 좇게 하네
屢失南鄰春事約　여러 번 남쪽 이웃의 춘사의 약속을 저버렸지만
只今容有未開花　지금 또한 미처 피지 못한 꽃이 있으리라

주석

1) 蝸成字(와성자): 달팽이가 기어가며 남긴 점액질이 전자(篆字) 같은 것.

2) 剩欲(잉욕): 갱욕(更欲).

3) 開三面(개삼면): 은(殷)나라 탕왕(湯王)이 들에 쳐진 사면(四面)의 사냥 그물을 보고 그 삼면(三面)을 거두게 했는데, 제후들이 듣고서 "탕의 덕이 지극하다! 금수에까지 미치는구나!"라고 했다는 고사를 빌려왔음.

4) 蜂窠(봉과): 벌집. 兩衙(양아): 벌떼가 두 번 모이는 것. 아(衙)는 벌떼가 순식간에 모이는 것이 마치 관리들이 관아에 모이는 것과 같다는 것. 『비아(埤雅)』에 "蜂有兩衙應潮"라고 했음. 벌이 두 번 모이면 장차 조수(潮水)가 이를 조짐이라는 것.

평설

● 『영규율수』에 "담박함 중에 미려(美麗)함을 감추었는데, 곳곳에 공교함을 붙여서 그 힘이 배천알지(排天斡地)할 수 있다. 이것이 후산(后山)의 시이다"라고 했다.

십칠일에 조수를 구경하다 十七日觀潮[1]

漫漫平沙走白虹[2] 드넓은 모래밭에 흰 무지개가 달리니
瑤臺失手玉杯空[3] 요대에서 실수로 옥배를 쏟은 것이네
晴天搖動淸江底 갠 하늘은 맑은 강 아래서 요동하고
晩日浮沈急浪中 저녁 해는 급한 물결 속에서 부침하네

주석

1) 원래 3수임.

2) 멀고 넓게 끝이 없는 모양.

3) 瑤臺(요대): 전설 속 신선이 거주한다는 곳.

절구 絶句[1]

書當快意讀易盡 글이 유쾌하게 하면 쉽게 다 읽을 수 있고
客有可人期不來[2] 객 가운데 지기가 있지만 기다려도 오지 않네
世事相違每如此 세상 일이 서로 어긋남이 이와 같으니
好懷百歲幾回開 좋은 회포를 백 년 동안 몇 번이나 풀겠는가?

주석

1) 원래 4수임.

2) 可人(가인): 지기(知己). 마음을 알아주는 사람.

조설지 晁說之

조설지(1053-1139), 자는 이도(以道), 제주(濟州) 거야(鉅野: 산동성) 사람. 단언(端彦)의 아들. 자호는 경우생(景迂生). 신종(神宗) 원풍(元豐) 5년(1082) 진사. 소식(蘇軾)이 저술과(著述科)로써 추천했다. 정경(靖康) 초에 자작랑(著作郎) · 시중서사인(試中書舍人) · 동궁첨사(東宮詹事)를 지냈다. 건담(建炎) 초에 휘유각대제(徽猷閣待制)로 관직을 마쳤다. 시문에 능했고, 산수를 잘 그렸다. 『경우생집(景迂生集)』이 있다.

명황타구도 明皇打毬圖[1]

宮殿千門白晝開　궁전의 천문이 대낮에 열리고
三郎沈醉打毬回[2]　삼랑이 타구에 심취했다가 돌아오네
九齡已老韓休死[3]　구령은 이미 늙고 한휴는 죽었으니
明日應無諫疏來[4]　내일은 마땅히 간소 오는 것이 없으리라

주석

1) 明皇(명황): 당나라 현종(玄宗). 打毬(타구): 타구(打球). 가죽으로 만든 공을 치는 유희의 일종.

2) 三郎(삼랑): 현종(玄宗). 예종(睿宗)의 셋째 아들이기 때문에 삼랑이라고 했음.

3) 九齡(구령): 현종 때 재상을 지낸 장구령(張九齡). 韓休(한휴): 현종 때 재상을 지냈음.

4) 諫疏(간소): 신하가 임금에게 올리는 간하는 상소.

평설

- 『노학암필기』에 "조이도(晁以道)의 〈명황타구도(明皇打毬圖)〉 시에 '宮殿千門白晝開……'라고 했고, 또 장사동(張杲洞)의 시에 '怪底君王懃漢武, 不誅方士守輪臺'라고 했는데, 모두 위론(偉論)이다"라고 했다.

장뢰 張耒

장뢰(1054-1114), 자는 문잠(文潛), 호는 가산(柯山), 조적(祖籍)은 박주(亳州) 초현(譙縣: 안휘성)이고, 초주(楚州) 회음(淮陰: 강소성 淸江)에서 태어났다. 신종(神宗) 희녕(熙寧) 6년(1073) 진사. 철종(哲宗) 원우(元祐) 원년(1086)에 시학사원(試學士院)이 되어 기거사인(起居舍人)에 이르렀다. 소성(紹聖) 중에 감황주주세(監黃州酒稅)로 축출당했다. 휘종(徽宗) 때 태상소경(太常少卿)으로 소환되었으나, 원우당(元祐黨)에 연좌되어 다시 방주별가(房州別駕)로 쫓겨나서 황주(黃州)에 안치되었다. 나중에 진주(陳州)에서 살았다.

장뢰는 소문사학사 중의 한 사람으로서 시는 백거이(白居易)와 장적(張籍)의 영향을 받았으며, 시풍은 박실평이(朴實平易)했다. 『가산집(柯山集)』이 있다.

칠석가 七夕歌

人間一葉梧桐飄	인간세상에 오동잎 한 닢 날리니
蓐收行秋回斗杓[1]	욕수가 가을을 행하여 북두칠성 자루가 돌고
神宮召集役靈鵲[2]	신궁에서 사역할 영작을 소집하니
直渡銀河雲作橋	곧장 은하수를 건너 구름으로 다리를 만드네
橋東美人天帝子[3]	다리 동쪽의 미인은 천제의 손녀인데
機杼年年勞玉指	베틀 북에 해마다 옥 손가락을 수고롭게 하네
織成雲霧紫綃衣	운무 같은 자초 옷을 짜는데
辛苦無歡容不理	고생하며 즐거움도 없어 용모도 단장하지 않네
帝憐獨居無與娛	천제가 홀로 즐거워할 사람도 없음을 동정하여
河西嫁與牽牛夫[4]	은하수 서쪽의 견우부에게 시집보냈네
自從嫁得廢織絍	시집간 후 베짜기를 그만두고
綠鬢雲鬟朝暮梳[5]	검은 머리의 구름머리를 아침저녁으로 빗네
貪歡不歸天帝怒	즐거움을 탐하여 돌아오지 않으니 천제가 노하여
謫歸却理來時路	돌아가도록 벌하니 다시 왔던 때의 길을 가네
但令一歲一相見	다만 한 해에 한 번만 서로 만나도록 하니
七月七日橋邊渡	칠월 칠일 다리 가의 나루이네
別長會少知奈何	이별은 길고 만남은 적으니 어찌 할 것인가?
却憶從來歡愛多	도리어 종래의 즐거움이 많았음을 추억하네
忽忽恩愛說不盡	홀홀히 은애를 다 말할 수 없는데
燭龍已駕隨羲和[6]	촉룡을 이미 매어 희화를 따르네
河邊靈官曉催發[7]	은하수 가의 영관이 새벽에 출발을 재촉하며
令嚴不管輕離別	영이 엄하여 이별의 가벼움을 관리하지 않네

空將淚作雨滂沱[8) 공연히 눈물을 비로 쏟아지게 하니
淚痕有盡愁無歇 눈물 흔적은 말라도 수심은 그치지 않네
我言織女若莫歎[9) 내 직녀에게 말하노니 그대는 한탄하지 마오
天地無情會相見 천지는 무정하나 때마다 상견할 수 있으니
猶勝姮娥不嫁人[10) 오히려 시집갈 수 없는 항아가
夜夜孤眠廣寒殿[11) 밤마다 광한전에서 외롭게 자는 것보단 낫다오

주석

1) 蓐收(욕수): 서방(西方)의 신 이름. 사추령(司秋令). 斗杓(두표): 북두칠성의 자루.

2) 靈鵲(영작): 까치. 일명 희작(喜鵲). 전설에 칠석날 견우와 직녀를 만나게 하기 위해 까치들이 다리를 놓는다고 함.

3) 橋東美人(교동미인): 직녀(織女). 天帝子(천제자): 체제의 자손. 전설에 직녀는 천제의 손녀라고 함.

4) 牽牛夫(견우부): 견우랑(牽牛郞).

5) 綠鬢(녹빈): 검고 광택이 나는 머리털. 雲鬟(운환): 구름이 서린 듯한 둥근 모양의 머리묶음.

6) 燭龍(촉룡): 신화 속의 신수(神獸). 서북의 해가 없는 곳에서 초를 물고 어두운 곳을 비춘다고 함. 羲和(희화): 태양의 수레를 모는 신.

7) 靈官(영관): 견우와 직녀를 감시하는 천신(天神).

8) 滂沱(방타): 비가 억수로 쏟아지는 모양.

9) 若(약): 그대. 직녀를 말함.

10) 姮娥(항아): 전설 속의 달의 선녀. 본래 후예(后羿)의 처였는데, 나중에 남편의 불사약을 훔쳐서 월궁으로 달아났다고 함.

11) 廣寒殿(광한전): 광한궁(廣寒宮). 전설 속의 달에 있다는 궁전.

평설

- 청나라 여악(厲鶚)의 『송시기사(宋詩紀事)』에 “『후청록(侯鯖錄)』에 ‘이 노래를 동파(東坡)가 칭찬했다’고 했다”라고 했다.

찢어진 휘장 破幌

破幌一點白	찢어진 휘장 한 구멍이 희니
臥知千里明	누워서 천리의 밝음을 아네
低牕通雪氣	낮은 창에는 눈기운이 통하는데
喬木尙風聲	교목엔 오히려 바람소리가 있네
傳警軍城靜[1]	전하는 경각소리에 군성이 조용해지고
鳴鐘梵刹淸	종소리에 범찰이 맑네
高眠尋斷夢	깊은 잠에서 끊긴 꿈을 찾는데
鄰樹已烏驚	인근 나무엔 이미 까마귀가 나네

주석

1) 傳警(전경): 군중(軍中)에서 새벽에 부는 경각(警角) 소리.

북쪽 이웃에서 떡을 파는데, 항상 오고 새벽이면 거리를 돌며 소리쳐서 판다. 비록 큰 추위나 열풍 때라도 그만두지 않는데, 그러나 시간은 대략 약간의 차이가 있다. 그로 인하여 시를 지었는데, 또한 경계할 바가 있어서 거와 갈에게 보인다
北鄰賣餠兒, 每五鼓未旦卽遶街呼賣, 雖大寒烈風不廢, 而時略不少差也. 因爲作詩, 且有所警, 示秬秸[1)]

城頭月落霜如雪　　성 머리에 달 떨어지고 서리는 눈발 같은데
樓頭五更聲欲絶　　누대 머리의 오경의 소리가 끊기려 하네
捧盤出戶歌一聲　　소반 받들고 문을 나와 노래 한 곡 부르는데
市樓東西人未行　　시루 동서엔 사람들이 아직 다니지 않네
北風吹衣射我餠　　북풍이 옷자락 들추어 내 떡에 불어대니
不憂衣單憂餠冷　　홑옷은 걱정하지 않으나 떡 식을까 근심이네
業無高卑志當堅　　직업에 귀천이 없으니 뜻을 견고히 해야 하리
男兒有求安得閒　　남아가 추구함이 있는데 어찌 한가할 것인가?

주석

1) 五鼓(오고): 오경(五更). 秬秸(거갈): 장뢰의 두 아들 거와 갈. 나중에 진주(陳州)에서 병란(兵亂)으로 모두 죽었음. 그 아우 장화(張和)가 두 형을 귀장(歸葬)했는데, 상화 또한 도적에게 피살당하여 장뢰의 후사가 끊기고 말았다.

지붕 동쪽 屋東

蒼鳩呼雨屋東啼[1)] 비둘기가 비를 부르며 지붕 동쪽에서 울고
麥穗初長燕子飛 보리이삭 막 자라나고 제비들 나는데
竹裏人家鷄犬靜 대숲 인가엔 닭과 개의 소리 조용하고
水邊官舍吏民稀 물가 관사엔 관리와 사람들 드므네
溪聲夜漲寒通枕 개울소리 밤에 넘쳐서 한기가 침상에 통하고
山色朝晴翠染衣 산색은 아침에 개어서 푸름이 옷을 물들이네
賴有西隣好詩句 다행히 서쪽 이웃에 좋은 시구가 있어서
賡酬終日自忘飢[2)] 화답하느라 종일 스스로 배고픔도 잊었네

주석

1) 蒼鳩呼雨(창구호우): 옛말에 비둘기가 울면 비가 온다고 함.

2) 賡酬(갱수): 남의 시에 화답하는 것.

여름날 夏日

長夏江村風日清 긴 여름 강촌에 풍광이 맑은데
簷牙燕雀已生成[1)] 처마 틈의 제비 참새들 이미 성장했네
蝶衣晒粉花枝午[2)] 나비 날개의 분가루 말리는 꽃가지의 정오인데
蛛網添絲屋角晴 거미그물에 실을 더하는 지붕 모퉁이가 갰네
落落疎簾邀月影[3)] 성긴 발은 낙락한 달그림자를 부르고
嘈嘈虛枕納溪聲[4)] 빈 베개는 졸졸대는 개울소리를 받아들이네

久斑兩鬢如霜雪　오래 얼룩진 양 귀밑머리는 눈서리와 같아서
直欲樵漁過此生　곧장 나무꾼 어부가 되어 이 생애를 보내려 하네

주석

1) 簷牙(첨아): 처마의 기와와 기와가 맞물린 틈새.
2) 蝶衣(접의): 나비 날개.
3) 落落(낙락): 성긴 모양.
4) 嘈嘈(조조): 서로 뒤섞이는 소란한 소리.

밤에 앉아서 夜坐

庭戶無人秋月明　정원엔 인적 없고 가을 달 밝은데
夜霜欲落氣先清　밤 서리가 떨어지려고 기운이 먼저 맑네
梧桐直不甘衰謝　오동잎은 다만 기꺼이 시들지 않고
數葉迎風尚有聲　여러 잎이 바람 맞이하여 여전히 소리를 내네

가을 밤 秋夜

微雲淡月夜朦朧　작은 구름 맑은 달빛에 밤이 몽롱한데
幽草蟲鳴樹影中　깊은 풀밭에 우는 벌레 나무 그림자 속에 있네
不待南城吹鼓角　남성에서 부는 호각과 북소리를 기다리지 않고
桐聲長報五更風　오동잎 소리가 오래 오경의 바람을 알리네

주방언 周邦彦

주방언(1056-1121), 자는 미성(美成), 호는 청진거사(淸眞居士), 전당(錢唐: 절강성 杭州市) 사람. 원풍(元豊) 2년(1079)에 태학(太學)에 들어가서, 〈변도부(汴都賦)〉를 올려서 변경(卞京)의 성대함과 신법(新法)를 찬양했다. 신종(神宗)이 태학정(太學正)으로 발탁했다. 휘종(徽宗) 때 휘유각대제(徽猷閣待制) 제거대성부(提擧大晟府)를 지냈다. 나중에 지순창부(知順昌府)로 나가서, 만년에는 명주(明州)에서 살았다.

주방언은 음률에 정통하여 스스로 곡을 살필 줄 알았는데, 완약파(婉約派)의 집대성(集大成) 혹은 격률파(格律派)의 창시자로 불렸다. 시 또한 명성이 있었다. 『편옥집(片玉集)』이 있다.

봄비 春雨

耕人扶耒語林丘[1]　밭 가는 사람이 쟁기를 잡고 숲 언덕을 말하니
花外時時落一鷗　꽃 너머로 때때로 한 갈매기가 떨어진다네
欲驗春來多少雨　봄이 온 후 몇 차례의 비를 확인해보고 싶은가?
野塘漫水可回舟　들못의 넘치는 물에 배를 돌릴 수 있다오

주석

1) 耒(뢰): 쟁기의 일종.

왕채 王寀

왕채(1068-1119), 자는 보도(輔道) 혹은 도보(道輔), 강주(江州) 덕안(德安: 강서성) 사람. 왕소(王韶)의 아들. 과거에 올라 교서랑(校書郎) · 한림학사(翰林學士) · 병부시랑(兵部侍郎)을 지냈다. 선화(宣和) 중에 좌도(左道)로서 임령소(林靈素)의 모함을 받아 기시(棄市)되었다.

물결의 꽃 浪花[1)]

一江秋水浸寒空　한 강의 가을 물이 찬 허공까지 침범하고
漁笛無端弄晩風　어적을 무단히 저녁바람 속에 부네
萬里波心誰折得[2)]　만 리의 파도를 누가 꺾을 수 있겠는가?
夕陽影裏碎殘紅　석양빛 속에 남은 붉은 빛이 부서지네

주석

1) 浪花(낭화): 파도의 포말(泡沫).

2) 波心(파심): 파도의 중심.

평설

● 『송시기사』에 "『이견지(夷堅志)』에 '조도충(曹道沖)이 경도(京都)에서 시를 팔았다. 제목을 정해주면 곧 올렸는데, 여러 사람들은 올리지 못하고 괴롭게 여겼다. 〈낭화(浪花)〉 시 절구를 구했는데, 홍(紅) 자를 운(韻)으로 삼게 했다. 조(曹)가 사양하기를 「내가 지을 수 있는 것이 아니다. 오직 남훈문(南薰門) 밖의 국파(菊坡) 왕보도(王輔道) 학사(學士)만이 지을 수 있다」고 했다. 내가 말하길 「나는 본래 그 이름을 안 지가 오래이다. 다만 저는 관각(館閣)에 있고, 우리는 소인들인데, 우리가 오는 것을 어찌 용납하겠는가?」라고 했다. 조(曹)가 말하기를 「시험 삼아 좋을 지필을 가지고 가서 배알하고 요청해봅시다. 반드시 얻을 것입니다」라고 했다. 이에 서로 이끌고 가서 배알하고 요청을 했다. 왕채가 흔연히 붓을 잡고 한 번 휘둘러서 완성하니, 독자들이 탄복했다'고 했다"라고 했다.

당경 唐庚

당경(1071-1121), 자는 자서(子西), 미주(眉州) 단릉(丹稜: 사천성 단릉현) 사람. 철종(哲宗)소성(紹聖) 연간의 진사. 휘종 때 조정으로 들어가서 종자박사(宗子博士)가 되었다. 장상영(張商英)이 그 재능을 추천하여 제거경기상평(提擧京畿常平)이 되었다. 장상영이 재상에서 물러나자, 당경 또한 연좌되어 혜주(惠州)에 안치되었다. 나중에 사면을 받아 승의랑(承議郎)·제거상청태평궁(提擧上淸太平宮)을 지내고, 촉(蜀)으로 귀향하던 도중에 죽었다.

당경은 소식(蘇軾)과 동향으로서 소식을 존경했는데, '소동파(小東坡)'라고 불렸다. 시는 전인의 말을 답습하지 않고, 정밀하게 글자와 구를 단련했다. 『미산집(眉山集)』이 있다.

봄이 돌아오다 春歸[1]

東風定何物　　봄바람은 진정 무엇인가?
所至輒蒼然　　이르는 곳마다 곧 창연하네
小市花間合　　작은 시장은 꽃 사이에서 모이고
孤城柳外圓　　외딴 성은 버들 너머로 둥그네
禽聲犯寒食　　새소리는 한식에 가깝고
江色帶新年　　강의 색은 새해를 띠었네
無計驅愁得　　근심을 쫓아낼 계책이 없는데
還推到酒邊　　도리어 술잔 옆으로 이르게 하네

주석

1) 당경은 휘종(徽宗) 대관(大觀) 4년(1110) 겨울에 혜주(惠州)로 쫓겨났는데, 혜주에서 지은 작품임.

봄날의 교외 春日郊外

城中未省有春光　　성 안에서 봄빛이 있음을 살피지 못했는데
城外楡槐已半黃　　성 밖에 느릅나무 홰나무가 반이나 노랗네
山好更宜餘積雪　　산이 좋은데 더욱 남은 적설이 어울리고
水生看欲倒垂楊　　봄물이 차오르니 버들가지가 드리우려 하네
鶯邊日暖如人語　　꾀꼬리는 햇볕 따뜻한 곳에서 소곤대는 듯하고
草際風和作藥香　　풀들은 바람 온화한 곳에서 약초향기를 피우네

疑此江頭有佳句　　이 강 머리에 좋은 시구가 있는 듯하여
爲君尋取却茫茫　　그대 위해 찾으려는데 도리어 망망하네

평설

- 『영규율수』에 "이 시는 구마다 공치(工緻)하다. '水生看欲到垂楊'은 몹시 기이하다. 미구(尾句)는 곧 간재(簡齋: 陳與義)가 이른 바 '忽有好詩生眼底, 安排句法已難尋'이라는 것이다"라고 했다.

승혜홍 僧惠洪

승혜홍(1071-1123), 자는 각범(覺範). 속성은 팽(彭). 균주(筠州) 신창(新昌: 강서성 宜豊) 사람. 송나라 시대의 뛰어난 시승(詩僧). 송나라 오증(吳曾)의 『능개재만록(能改齋漫錄)』에 "홍각범(洪覺範)에게 〈상원숙악록사(上元宿嶽麓寺)〉 시가 있다. 채원도(蔡元度)의 부인 왕씨(王氏)는 형공(荊公)의 딸이다. '十分春瘦緣何事? 一掬鄉心未到家' 구를 읽고는 말하기를 '낭자화상(浪子和尙)일 뿐이다'라고 했다"라고 했다.

그네 鞦韆

畫架雙裁翠絡偏	고운 시렁에 두 가닥 푸른 그넷줄을 매달고
佳人春戲小樓前	가인의 봄놀이가 작은 누대 앞에 있네
飄揚血色裙拖地	핏빛 치마를 날렸다가 땅을 쓸어오고
斷送玉容人上天	예쁜 미인을 높이 밀쳐 보내어 하늘로 올리네
花板潤沾紅杏雨	꽃 그네 판은 붉은 행화우에 촉촉이 젖고
綵繩斜挂綠楊煙	채색 줄은 초록 버들의 안개에 비껴 매달렸네
下來閑處從容立	내려와서 한가로운 곳에 조용히 서니
疑是蟾宮謫降仙	월궁에서 귀양 와서 내려온 선녀인가 싶네

평설

- 『영규율수』에 "이 시는 비록 속되어서, 속인들이 더욱 기쁘게 말하고, 또한 승도의 입에서 나왔기 때문에 마땅히 버려야 하지만, 제목을 붙인 시 중에서 소홀히 취급할 바가 아니기 때문에 기록해둔다"라고 했다.

서부 徐俯

서부(1075-1141), 자는 사천(師川), 자호는 동호거사(東湖居士), 홍주(洪州) 분녕(分寧: 강서성 修水縣) 사람. 부친이 죽은 일로 인하여 통직랑(通直郎)이 되었다. 소흥(紹興) 초에 사진사출신(賜進士出身)으로 단명전학사(端明殿學士)·첨서추밀원사(簽書樞密院事)·권참지정사(權參知政事) 등을 지냈다.

서부는 황정견(黃庭堅)의 외조카로서 그 영향을 받아 강서시파에 들어갔으나, 만년에는 평이함을 추구하여 스스로의 시풍을 세웠다. 『동호집(東湖集)』이 있었으나 지금은 전하지 않는다.

봄에 호수를 유람하다 春遊湖[1]

雙飛燕子幾時回　쌍으로 나는 제비들 언제나 돌아오려나?
夾岸桃花蘸水開[2]　협안의 복사꽃은 수면에 닿아서 피었네
春雨斷橋人不渡　봄비가 다리 끊어 사람들 건너지 못하고
小舟撑出柳陰來　작은 배가 버들 그늘에서 노를 저어 나오네

주석

1) 제목이 〈춘일유호상(春日遊湖上)〉으로 된 판본도 있음.

2) 夾岸(협안): 양안(兩岸).

좌위 左緯

좌위, 자는 경신(經臣), 호는 위우거사(委羽居士), 황암(黃巖: 절강성) 사람. 정화(政和) 중에 시로써 이름을 떨쳤다. 『위우거사집(委羽居士集)』이 있다.

허소이가 부름을 받아서, 좇아가 전송하려고 백사령에 이르렀으나 미치지 못했다 許少伊被召, 追送至白沙不及[1]

短棹無尋處[2]　　작은 배를 찾을 곳이 없는데
嚴城欲閉門[3]　　높은 성은 문을 닫으려 하네
水邊人獨自　　물가에 사람은 혼자인데
沙上月黃昏　　모래 위엔 달이 황혼이네

주석

1) 許少伊(허소이): 허경형(許景衡). 자는 소이(少伊). 온주(溫州) 서안(瑞安) 사람. 원우(元祐) 9년(1094) 진사. 감찰어사 · 중서사인(中書舍人) · 상서우승(尙書右丞)을 지냈음. 선화(宣和) 6년(1124)에 감찰어사로 부름을 받았는데, 권신들의 배척으로 쫓겨났다가, 나중에 두 번 조정으로 들어갔음. 白沙(백사): 백사령(白沙嶺). 절강성 낙청현(樂淸縣) 경계에 있음.

2) 短棹(단도): 소주(小舟)를 말함.

3) 嚴城(엄성): 고성(高城).

평설

- 『시인옥설』에 "이 20글자는 석별의 정을 다 말했다고 하겠다. 지금 사람들에게 읽게 한다면 암연(黯然)히 넋을 잃을 것이다"라고 했다.

송별 送別

騎馬出門三月暮	말 타고 문을 나오니 삼월이 저무는데
楊花無賴雪漫天	버들꽃 무뢰하게 하얗게 하늘에 가득하네
客情惟有夜難過	나그네 심정은 오직 밤을 지내기 어려운데
宿處先尋無杜鵑	숙처를 먼저 찾는 두견이가 없길 바라네

홍염 洪炎

홍염, 자는 옥보(玉父), 남창(南昌: 강서성 남창시) 사람. 원우(元祐) 말에 과거에 올랐다. 남도(南渡) 후 비서소감(祕書少監)을 지냈다. 황정견(黃庭堅)의 외조카로서 강서시파에 들어갔다. 『서도집(西渡集)』이 있다.

산중에서 두견새의 소리를 듣다 山中聞杜鵑[1]

山中二月聞杜鵑　산중에서 이월에 두견새 소리를 들으니
百草爭芳已消歇　온갖 화초들 다투던 향기 이미 사라졌네
綠陰初不待薰風　녹음은 비로소 훈풍을 기다리지 않는데
啼鳥區區自流血　우는 새는 구구하게 스스로 피를 토하네
北窗移燈欲三更　북창으로 등불 옮기니 삼경이 되려는데
南山高林時一聲　남산의 높은 숲에 때때로 한 차례 우네
言歸汝亦無歸處[2]　돌아감을 말하지만 너 또한 돌아갈 곳이 없는데
何用多言傷我情　어찌 많은 말로 내 정을 슬프게 하는가?

주석

1) 杜鵑(두견): 전설에 고대 촉(蜀)나라 망제(望帝) 두우(杜宇)가 제위(帝位)를 잃고 서산(西山)에 은거했는데, 죽어서 두견새가 되었다고 함. 음력 2월부터 밤낮으로 피를 토하며 운다고 함.
2) 言歸(언귀): 두견새의 울음소리가 "불여귀거(不如歸去)"라고 말하는 것과 같다고 함. 그래서 그 이름이 일명 '불여귀'라고 한다.

4월 23일 저녁에 태충·표지·공실과 함께 들을 걷다 四月二十三日晚, 同太沖·表之·公實野步[1]

四山矗矗野田田[2]　사방 산들 우뚝 솟았고 들은 푸르고
近是人家遠是村　근처는 인가들인데 멀리 산촌이 있네

鳥外疎鐘靈隱寺[3)] 새들 너머로 성근 종소리 들리는 영은사인데
花邊流水武陵源 꽃 옆의 흐르는 물은 무릉도원과 같네
有逢卽畵原非筆 가는 곳마다 그림인데 원래 붓으로 그릴 수 없고
所見皆詩本不言 보는 것마다 모두 시인데 본래 말로 지을 수 없네
看揷秧針欲忘返 모를 심는 것을 구경하다 돌아가길 잊었는데
杖藜徙倚到黃昏 지팡이 짚고 일어서니 황혼에 이르렀네

주석

1) 太沖 · 表之 · 公實(태충 · 표지 · 공실): 작자의 친구들.

2) 矗矗(촉촉): 우뚝 솟아있는 모양. 田田(전전): 선명하고 푸른 모양.

3) 靈隱寺(영은사): 항주(杭州) 서호(西湖)의 북쪽 영은산(靈隱山)에 있음. 동진(東晋) 함화(咸和) 원년(326)에 건립되었다.

오항 吳沆

오항, 자는 덕원(德遠), 무주(撫州) 숭인(崇仁: 강서성) 사람. 정화(政和) 중에 아우 해(澥)와 함께 저서를 올렸는데, 임용되지 못하고 환계(環溪)에 은거했다. 『환계시화(環溪詩話)』가 있다.

봄에 유람하며 읊다 春遊吟

鳥語煙光裏　　새소리는 안개 빛 속에 있고
人行草色中　　사람 행적은 풀 색 안에 있네
池邊各分散　　못 가에서 각각 분산했다가
花下復相逢　　꽃 아래서 다시 상봉하네

평설

- 오항(吳沆)의 『환계시화(環溪詩話)』에 "이대제(李待制)가 '이는 이른바 시중유화(詩中有畵)이다'라고 했다"라고 했다.

이강 李綱

이강(1083-1140), 자는 백기(伯紀), 소무(邵武: 복건성) 사람. 휘종(徽宗) 정화(政和) 2년(1112) 진사. 선화(宣和) 7년(1125) 겨울에 금병(金兵)이 침입하자, 흠종(欽宗)이 즉위했는데, 이강은 병부시랑(兵部侍郎)을 지내며 힘써 항전을 주장했다. 나중에 주화파 경남중(耿南仲) 등에게 배척을 당하여 파직되었다. 고종(高宗)이 즉위하자, 상서좌복야(尙書左僕射)·문하시랑(門下侍郎)을 지냈다. 나중에 호광선무사(湖廣宣撫使)·지담주(知潭州) 등을 지냈다. 『양계집(梁溪集)』이 있다.

병든 소 病牛[1)]

耕犁千畝實千箱[2)]	천 묘를 밭 갈아 곡식이 천 수레상자인데
力盡筋疲誰復傷	힘 빠지고 근육 피로함을 누가 동정하겠는가?
但願衆生皆得飽	다만 중생이 모두 배부름을 얻길 바라니
不辭羸病臥殘陽	쇠약한 병을 사양 않고 남은 햇볕에 누웠네

주석

1) 소흥(紹興) 2년(1132)의 작품. 당시 진동(陳東)이 이강의 직책을 회복시켜달라고 상소했다가 피살되었는데, 이강은 파직되어 악주(鄂州)에 있었다.

2) 耕犁(경리): 밭을 가는 것. 畝(무): 면적의 단위. 實(실): 추수한 곡식을 말함. 箱(상): 거상(車箱). 곡식을 싣기 위해 수레에 설치한 판자상자.

이청조 李清照

이청조(1084-?), 호는 이안거사(易安居士), 제남(濟南: 산동성) 사람. 이격비(李格非)의 딸. 18세 때 조정지(趙挺之)의 아들 태학생(太學生) 명성(明誠)과 결혼했다. 송나라가 남도(南渡)하자, 그녀는 책을 실은 수레 15대를 이끌고 회수와 장장을 건너 건강(建康)으로 갔다. 건담(建淡) 3년(1129)에 남편 조명성이 죽고, 금나라 군의 침입을 당하여 그녀는 조주(趙州)와 태주(台州) 등지에서 3년간 피난생활을 했다. 49세에 항주(杭州)로 갔는데, 병중(病中)에 장여주(張汝舟)에게 개가했다. 그러나 불과 3·4개월 만에 이혼했다.

이청조는 여류 중에서 최고의 사인(詞人)이지만, 시 또한 능숙했다. 『수옥집(漱玉集)』이 있다.

〈오계중흥송〉 시로 장문잠에 화답하다

語溪中興頌詩, 和張文潛[1)]

君不見　　　　　　그대는 보지 못했는가?
驚人廢興傳天寶[2)]　사람들 놀라게 했던 폐흥을 전했던 천보 때를!
中興碑上今生草　　중흥비 위엔 지금 풀이 자라났는데
不知負國有姦雄[3)]　나라 저버린 간웅이 있었음은 알 수 없고
但說成功尊國老[4)]　다만 공을 이룬 국로를 존숭함만 말했네
誰令妃子天上來[5)]　누가 비자를 천상에서 오게 했던가?
虢秦韓國皆天才[6)]　괵국 진국 한국부인들 모두 천생의 재질이네
苑桑羯鼓玉方響[7)]　뽕나무 갈고와 옥장식의 방향 소리에
春風不敢生塵埃　　봄바람도 감히 먼지를 일으키지 못했네
姓名誰復知安史[8)]　성명이 안사임을 누가 알았으랴?
健兒猛將安眠死　　건아와 맹장들이 깊은 잠 속에서 죽었네
去天尺五抱甕峯[9)]　하늘과의 거리가 지척인 옹봉을 껴안고
峯頭鑿出開元字　　봉우리 머리에 개원 글자를 새겼었네
時移勢去眞可哀　　시절 바뀌어 권세가 떠나감이 참으로 슬프니
姦人心醜深如崖[10)]　간인의 마음 추함이 벼랑처럼 깊었네
西蜀萬里尚能反　　서촉 만 리에서 오히려 돌아올 수 있었는데
南內一閉何時開[11)]　남내가 한 번 닫히니 언제나 열릴 것인가?
可憐孝德如天大[12)]　가련하다 효덕이 하늘처럼 크건만
反使將軍稱好在[13)]　도리어 장군에게 장사들의 문후를 묻게 했네
嗚呼奴輩乃不能道輔國用事張后尊[14)]
　　　　　　　　　아! 노비 무리는 보국의 용사와 장후의 전횡은 말

하지 못하고

乃能念春薺長安作斤賣[15)]

봄 냉이를 장안에서 근으로 팔 것만 생각했네

주석

1) 원래 2수임. 浯溪中興頌(오계중흥송): 속칭 마애송(磨崖頌)이라고 함. 張文潛(장문잠): 장뢰(張耒). 이 시는 장뢰의 〈題中興頌碑後〉 시를 차운한 것임.

2) 당나라 현종(玄宗)은 천보 연간에 양귀비(楊貴妃)를 총애하여, 이림보(李林甫)와 양국충(楊國忠) 등을 중용하여서 조정은 날로 부패해지고, 끝내 안사(安史)의 반란을 초래하였다. 천보 연간은 당나라의 폐흥의 관건이었다.

3) 姦雄(간웅): 간신 이림보(李林甫) 등을 말함.

4) 國老(국로): 안사의 난을 평정한 대장 곽자의(郭子儀). 장뢰의 시에 "金戈鐵馬從西來, 郭公凜凜英雄才"라고 했음.

5) 妃子(비자): 양귀비(楊貴妃).

6) 虢秦韓國(괵진한국): 괵국부인(虢國夫人)·진국부인(秦國夫人)·한국부인(韓國夫人). 모두 양귀비의 자매들로서 봉호를 받았다. 天才(천재): 천생재질(天生才質). 타고난 미모를 말함.

7) 苑桑羯鼓(원상갈고): 원림의 뽕나무로 만든 갈고. 남탁(南卓)의 『갈고록(羯鼓錄)』에 "산뽕나무로 갈고를 만든다"라고 했음. 갈고는 본래 서역 갈족(羯族)의 악기인데, 현종은 항상 스스로 갈고를 쳤다고 함. 方響(방향): 경(磬)과 같은 타악기의 일종.

8) 安史(안사): 안록산(安祿山)과 사사명(史思明).

9) 去天尺五(거천척오): 하늘과의 거리가 불과 1척 5촌으로 하늘에 가깝다는 것. 甕峯(옹봉): 옹두봉(甕肚峯). 화산(華山)의 봉우리의 하나. 현종은 일찍이 옹두봉의 높음을 찬양하고, 그 곳에 '개원(開元)' 2글자를 새겨서 백여 리의 사람들이 다 볼 수 있도록 하려고 했으나, 간관(諫官)들이 막아서 그만

두었다고 함.

10) 姦人(간인): 환관 이보국(李輔國)을 말함. 숙종의 황후 장후(張后)와 결탁하여 현종을 핍박하였음.

11) 南內(남내): 현종이 경사로 돌아온 후 거처했던 흥경궁(興慶宮). 현종은 이보국에 의하여 남내에 유폐되어 외부와의 연락마저 끊기었음.

12) 숙종이 현종에게 효덕을 다하지 못했음을 말한 것임.

13) 將軍(장군): 현종의 총신 고력사(高力士)를 말함. 고력사는 표기대장군(驃騎大將軍)을 지냈음. 이보국은 숙종의 명이라고 사칭하고, 현종을 서내(西內) 태극궁(太極宮)으로 옮겨가게 했는데, 압송하는 병사들이 칼을 빼들고 위협하여 현종은 공포 속에서 여러 번 말에서 떨어졌다. 이때 고력사가 말을 타고 달려와 이보국을 꾸짖고, 현종의 전지(傳旨)를 대신하여 장사들에게 문후(問候)하기를 "장사들은 각자 잘 있는가?"라고 했다. 이에 이보국은 장사들에게 칼을 칼집에 넣게 했다.

14) 奴輩(노배): 고력사를 말함. 환관은 본래 황제의 가노(家奴)이다. 輔國用事(보국용사): 이보국의 농권(弄權)을 말함. 張后尊(장후존): 존(尊)은 일작 전(專), 숙종의 황후 장후는 이보국과 결탁하여 숙종마저 두려워할 정도로 권력을 전횡하였음.

15) 현종이 태극궁에 유폐된 후 고력사는 추방당했는데, 무주(巫州)에 이르렀을 때 땅에 냉이가 많은데 주민들이 먹지 않음을 보고, 자신의 처지를 슬퍼하며 시를 읊기를 "兩京作斤賣, 五溪無人採. 地利雖有殊, 氣味終不改"라고 했다.

참고

- 장뢰(張耒)의 〈題中興頌碑後〉: 玉環妖血無人掃, 漁陽馬厭長安草. 潼關戰骨高于山, 萬里君王蜀中老. 金戈鐵馬從西來, 郭公凜凜英雄才. 擧旗爲風偃爲雨, 灑掃九廟無塵埃. 元功高名誰與紀, 風雅不繼騷人死. 水部胸中星斗文, 太師筆下蛟龍字. 天遣二子傳將來, 高山十丈磨蒼崖. 誰持此碑入我室, 使我一見昏眸開? 百年廢興增歎慨, 當時數子今安在. 君不見荒涼浯

水棄不收? 時有遊人打碑賣.

여름날 절구를 짓다 夏日絶句[1)]

生當作人傑　　살아서는 마땅히 인걸이 되어야 하고
死亦爲鬼雄　　죽어서도 또한 귀웅이 되어야 하리
只今思項羽[2)]　　지금 항우를 생각하니
不肯過江東　　강동으로 건너가려 하지 않았네

주석

1) 제목이 〈오강(烏江)〉으로 된 판본도 있음. 오강은 안휘성 화현(和縣) 동북에 있는데, 부근에 오강정(烏江亭)이 있었음. 일찍이 초패왕(楚霸王) 항우(項羽)가 해하(垓下)에서 패전하고 오강정까지 도망 왔는데, 강을 건너 강동으로 돌아가서 훗날을 기약하자는 권고를 거절하고 자결했다.

2) 項羽(항우): 이름은 적(籍), 우(羽)는 자이다. 진(秦)나라 말에 강동(江東)에서 숙부 항량(項梁)과 함께 기의(起義)하여 강동 8천 자제(子弟)를 이끌고 강을 건너 서쪽으로 진격했다. 나중에 유방(劉邦)과 천하를 다투다가 패배하여 오강정에서 자결했다.

봄이 저물다 春殘

春殘何事苦思鄉　　봄 저문데 어찌 괴롭게 고향생각 하는가?
病裏梳頭恨最長　　병들어 머리 빗으니 한이 몹시 기네

梁燕語多終日在　대들보 제비의 재잘댐이 종일 있고
薔薇風細一簾香[1]　장미의 미풍 속 한 주렴의 향기가 있네

주석

1) 고병(高駢)의 〈산정하일(山亭夏日)〉 시에 "水晶簾動微風起, 滿架薔薇一院香" 이라 했음.

팔영루에 적다 題八咏樓[1]

千古風流八詠樓　천고 풍류의 팔영루
江山留與後人愁　강산에 남아서 후인의 수심과 함께 하네
水通南國三千里　물은 남국 삼천 리에 통하고
氣壓江城十四州[2]　기세는 강성 십사 주를 누르네

주석

1) 八咏樓(팔영루): 절강성 금화성(金華城) 서남. 원래 이름은 원창루(元暢樓). 남조 제(齊)나라 융창(隆昌) 원년(494)에 심약(沈約)이 동양태수(東陽太守) 때 세운 것이라고 함.

2) 十四州(십사주): 송나라 때 양절로(兩浙路)를 2부(府)와 12주(州)로 분할했음.

여본중 呂本中

여본중(1084~1145), 자는 거인(居仁), 호는 자미(紫微), 세칭 동래선생(東萊先生). 수주(壽州: 안휘성 壽縣) 사람. 고종(高宗) 소흥(紹興) 6년(1136)에 진사출신(進士出身)를 하사 받고, 중서사인(中書舍人)·권직학사원(權直學士院)을 지냈다. 나중에 진회(秦檜)에게 꺼림을 당하여 탄핵을 받고 파직되었다.
여본중은 황정견(黃庭堅)을 몹시 추숭했는데, 일찍이 〈강서시사종파도(江西詩社宗派圖)〉를 작성한 바 있다. 『동래집(東萊集)』이 있다.

병란 후 잡시 兵亂後雜詩[1)]

1

晩逢戎馬際[2)]	만년에 전란 시절을 만나니
處處聚兵時	곳곳에서 병사들을 모집하는 때이네
後死翻爲累	나중에 죽는 것은 도리어 허물이 되는데
偷生未有期	살려고 해도 기약할 수가 없네
積憂全少睡	근심 쌓으며 전혀 잠 못 자고
經劫抱長饑	호겁을 겪고 오랜 굶주림을 껴안네
欲逐范仔輩[3)]	범자의 무리를 좇아가서
同盟起義師	동맹하여 의병을 일으키고 싶네

주석

1) 원래 29수임. 『영규율수』에 5수가 채록되었음. 이 시는 대략 정강(靖康) 2년(1127) 봄에 금(金)나라 군대가 변경(汴京)에서 철수하여, 휘종(徽宗)과 흠종(欽宗)을 포로로 데리고 북쪽으로 돌아간 후 지은 작품임.

2) 晩(만): 만년(晩年). 당시 작자의 나이는 44세였음. 戎馬(융마): 병마(兵馬). 전란(戰亂)을 말함.

3) 范仔(범자): 당시 하북(河北) 일대에서 금나라 군에 항거하였던 의병의 수령.

2

萬事多翻覆	만사가 번복됨이 많으니
蕭蘭不辨眞[1)]	쑥과 난의 참됨을 분별하지 못하네
汝爲誤國賊	너는 나라를 망친 역적이 되고

我作破家人	나는 집안을 부순 사람이 되었네
求飽羹無糝	배불리 먹으려 해도 국에는 쌀가루도 없고
澆愁爵有塵[2]	근심을 풀려 해도 술잔엔 먼지만 있네
往來梁上燕	왕래하는 대들보의 제비들은
相顧却情親	서로 돌아보며 도리어 정이 친하네

주석

1) 蕭蘭(소란): 쑥과 난. 악인과 선인을 상징함. 굴원(屈原)의 〈이소(離騷)〉에 "戶服艾以盈要兮, 謂幽蘭其不可佩"라고 했음.

2) 爵(작): 술잔.

병란으로 작은 마을에 우거하며 짓다 兵亂寓小巷中作[1]

城北殺人聲徹天	성북에서 살인하니 비명이 하늘까지 들리고
城南放火夜燒船	성남에서 방화하니 밤에 배를 불태우네
江河夢斷不得往	강하의 꿈 끊겨서 머물 수 없는데
問君此住何因緣	그대는 무슨 연고로 이곳에 머무는가?
竄身窮巷米如玉	궁항으로 피난오니 쌀이 옥처럼 귀하고
翁尋濕薪媼爨粥	노인은 젖은 땔나무를 찾고 노파는 죽을 끓이네
明日開門雪到簷	내일 문을 열면 눈이 처마까지 쌓이리라
隔墻更聽鄰家哭	담 너머로 다시 인가의 곡성을 듣네

주석

1) 정강(政康) 원년(1126) 겨울에 금나라 군대가 변경(汴京)을 포위하여 함락시키고, 방화와 살인을 하며 노략질을 했다. 여본중이 성안에서 몸소 '정강(靖康)의 난'을 겪으며 지은 작품임.

밤비 夜雨

夢短添惆愴　　꿈 짧은데 슬픔을 더하고
更深轉寂寥　　더욱 깊을수록 더욱 적료하네
如何今夜雨　　오늘밤 비가 어떠한가?
只是滴芭蕉[1]　　단지 파초잎에 방울지리라

주석

1) 당나라 서응(徐凝)의 〈宿冽上人房〉 시에 "覺後始知身是夢, 更聞寒雨滴芭蕉"라고 했다.

평설

- 『성재시화』에 "퇴지(退之: 韓愈)는 '如何連曉語, 祇是說家鄉'이라고 하고, 여거인(呂居仁)은 '如何今夜雨, 祇是滴芭蕉'라고 했는데, 이는 모두 고인(古人)의 구율(句律)을 사용했지만 그 구의(句意)는 사용하지 않았다. 옛것을 새롭게 한 탈태환골(奪胎換骨)이다"라고 했다.

금릉을 바라보다 우연히 두 절구를 짓다 望金陵, 偶成兩絶[1]

臺城南望入斜陽[2] 대성을 남쪽으로 바라보며 석양으로 들어가니
尚想能詩玉樹郎[3] 오히려 시에 능했던 옥수랑을 생각하네
乘興風流莫相笑 흥겨운 풍류를 서로 비웃지 마오
眼看直北走雷塘 시야가 곧장 북쪽 뇌당으로 달려가네

주석

1) 金陵(금릉): 강소성 남경(南京). 옛 이름은 건강(建康). 삼국의 오(吳)·동진(東晋)과 남조(南朝)의 송(宋)·제(齊)·양(梁)·진(陳) 등이 모두 이곳에 도읍했었음.

2) 臺城(대성): 『청통지』에 "강소(江蘇) 강녕부(江寧府): 옛 대성(臺城)이 상원현(上元縣) 치소 북쪽 현무호(玄武湖) 옆에 있다"라고 했음. 진(晉)나라 성제(成帝) 때 세운 건강궁(建康宮)인데, 일명 원성(苑城)이라 함.

3) 玉樹郎(옥수랑): 진(陳)나라 후주(後主) 진숙보(陳叔寶). 후주는 성색(聲色)에 빠져서 비빈(妃嬪) 및 행신(倖臣)들과 환락을 즐기다가 수(隋)나라에 의해 멸망당했음. 일찍이 〈옥수후정화(玉樹後庭花)〉를 지었는데, 후세에서 망국지음(亡國之音)이라고 했다.

4) 雷塘(뇌당): 일명 뇌파(雷坡). 강소성 강도현(江都縣) 북쪽. 수양제(隋煬帝)는 금군장령(禁軍將領) 우문화급(宇文化及) 등에게 강도(康都)에서 액살(縊殺)당한 후 오공대(吳公臺) 아래 묻혔다가, 당나라 고조(高祖) 때 뇌파 남평강(南平岡) 위로 개장(改葬)되었다.

이별의 밤 別夜

薄酒殘燈欲別情　묽은 술로 잔등 아래 이별의 정을 말하려니
暗螢依草不能明　어두운 반딧불은 풀에 붙어서 밝지 못하네
縣知先入他年話[1)]　타년의 얘깃거리로 먼저 들어갈 것을 미리 아니
一夜蛙聲連雨聲　한 밤의 개구리소리가 빗소리를 잇네

주석

1) 縣知(현지): 요지(料知). 예지(預知).

목부용 木芙蓉[1)]

小池南畔木芙蓉　작은 못 남쪽 가의 목부용
雨後霜前著意紅　비 온 후 서리 전에 붉은 기운 붙였네
猶勝無言舊桃李[2)]　오히려 말없는 옛 복사꽃 오얏꽃보다 나으니
一生開落任東風　일생의 피고 시듦을 동풍에 맡기네

주석

1) 木芙蓉(목부용): 목련(木蓮)의 이칭.

2) 옛 속담에 "도리는 말하지 않아도, 아래에 절로 길을 이룬다(桃李不言, 下自成蹊)"라고 했다.

증기 曾幾

증기(1084-1166), 자는 길보(吉甫), 호는 다산거사(茶山居士). 원적은 공주(贛州: 강서성 공현)인데, 하남(河南) 낙양(洛陽)으로 옮겨 살았다. 고종(高宗) 때 강서(江西)·절서제형(浙西提刑)을 지냈다. 진회(秦檜)와 화합하지 못하여 관직을 버리고 상요(上饒) 다산사(茶山寺)에서 7년 동안 은거했다. 진회가 죽자, 비서소감(秘書少監)·예부시랑(禮部侍郎)·부문각대제(敷文閣待制) 등을 역임했다.

증기는 공평중(孔平仲)의 외조카로서 어려서는 외가에서 수업했다. 나중에 육유(陸游)의 스승이 되었다. 시는 두보와 황정견을 종으로 삼았는데, 언어는 자연스러웠고, 풍격은 청준(淸俊)했고, 우국(憂國)적인 내용이 많았다. 『다산집(茶山集)』이 있다.

삼구로 가는 도중에 三衢道中[1]

梅子黃時日日晴[2]　매실이 노란 시절에 매일 맑으니
小溪泛盡却山行　작은 개울의 뱃길이 다하여 다시 산행을 하네
綠陰不減來時路　녹음이 올 때의 길보다 덜하지 않는데
添得黃鸝四五聲　꾀꼬리의 네다섯 소리를 더 보태었네

주석

1) 三衢(삼구): 삼구산(三衢山). 절강성 구현(衢縣)에 있음.
2) 매실이 노랗게 익는 초여름에는 항상 장맛비가 내리는데, 이를 매우(梅雨)라고 함.

서명숙의 <방대도>에 적다 書徐明叔訪戴圖[1]

小艇相從本不期　작은 배로 찾아감은 본래 기약 없었는데
剡中雪月並明時[2]　섬중에 눈과 달빛이 모두 밝을 때였네
不因興盡回船去　흥이 다하여 배를 돌려 떠나가지 않았다면
那得山陰一段奇[3]　어찌 산음의 일단의 기이한 일을 얻었겠는가?

주석

1) **徐明叔**(서명숙): 서긍(徐兢), 자는 명숙(明叔), 휘종(徽宗) 때 사람으로 산수와 인물을 잘 그렸다. **訪戴圖**(방대도): 진(晉)나라 왕휘지(王徽之)가 눈 내리는 달밤에 배를 타고 대규(戴逵)를 찾아가는 그림. 『세설신어(世說新語)·임

탄(任誕)』에 "왕자유(王子猷: 徽之)는 산음(山陰)에 살았는데, 밤에 대설(大雪)이 내리자 잠을 깨고서 문을 열고 술상을 차려오게 했다. 사방을 둘러보니 교연(皎然)하여, 일어나 서성이며 좌사(左思)의 〈초은시(招隱詩)〉를 읊었다. 문득 대안도(戴安道: 逵)가 생각났다. 이때 대안도는 섬(剡)에 있었는데, 즉시 작은 배를 타고 찾아갔다. 밤을 지내고 비로소 그 문에 이르렀는데, 들어가지 않고 돌아갔다. 사람들이 그 까닭을 물으니, 왕휘지가 '나는 본래 홍이 나서 갔는데, 홍이 다하여 돌아왔다. 어찌 반드시 대안도를 만날 필요가 있겠는가?'라고 했다"라고 했다.

2) 剡(섬): 섬계(剡溪). 조아강(曹娥江)의 상류.

3) 山陰(산음): 절강성 소흥(紹興).

진여의 陳與義

진여의(1090-1138), 자는 거비(去非), 호는 간재(簡齋), 낙양(洛陽: 하남성 낙양시) 사람. 휘종(徽宗) 정화(政和) 3년 진사. 태학박사(太學博士)를 지냈다. 고종(高宗) 소흥(紹興) 연간에 참지정사(參知政事)를 지냈다.

진여의의 시는 소식 · 황정견 · 진사도의 영향을 받았는데, 전란을 겪으면서 시사에 감개하고 우국적 내용의 시를 많이 지었다. 그 시의 풍격은 창량격월(蒼涼激越)하여 자못 두보에 가까웠다. 『간재집(簡齋集)』이 있다.

『시림광기』에 "유후촌(劉後村)이 '원우(元祐) 연간 후 시인들이 차례로 일어났는데, 일종은 파란(波瀾)이 풍부하였으나 구율(句律)은 성글었고, 또 일종은 단련(鍛鍊)이 정밀했으나 정성(情性)은 멀었다. 요컨대 소식과 황정견의 두 체(體)를 벗어나지 못했을 뿐이다. 간재(簡齋)가 나오자, 비로소 두보를 스승으로 삼았는데, 그 품격이 마땅히 제가들의 위에 있다'고 했다"라고 했다.

『창랑시화』에 "간재는 스스로 한 체(體)인데, 또한 강서파(江西派)에 근본을 두었으나 약간 다를 뿐이다"라고 했다.

시사에 감개하다 感事[1)]

喪亂那堪說	상란을 어찌 말할 수 있으랴?
干戈竟未休[2)]	전쟁이 끝내 그치지 않네
公卿危左衽[3)]	공경들은 좌임을 위급하게 여기는데
江漢故東流	강한은 예전대로 동으로 흘러가네
風斷黃龍府[4)]	바람 끊긴 황룡부
雲移白露洲[5)]	구름 옮겨간 백로주
云何舒國步[6)]	국운을 어찌 펼치랴?
持底副君憂[7)]	무엇으로 임금의 근심을 덜겠는가?
世事非難料	세상일을 헤아리기 어렵지 않건만
吾生本自浮	내 생애가 본래 스스로 부질없네
菊花紛四野	국화는 사방의 들에 분분한데
作意爲誰秋[8)]	일부러 누굴 위해 가을 색을 띠었는가?

주석

1) 휘종(徽宗)과 흠종(欽宗)이 건담(建淡) 원년 3·4월 중에 금나라의 포로가 되어 북으로 끌려갔는데, 이 시는 같은 해 9월에 지은 것임.

2) 干戈(간과): 전쟁을 말함.

3) 左衽(좌임): 옷깃을 좌측으로 여미는 것. 중국 밖의 이민족의 풍속임. 『논어·헌문(憲問)』에 "子曰: 微管仲, 吾其被髮左衽矣"라고 했음.

4) 黃龍府(황룡부): 길림성 농안(農安). 휘종과 흠종이 북으로 끌려간 곳.

5) 白露洲(백로주): 강소성 남경(南京) 수서문(水西門) 밖에 있음. 금릉(金陵: 남경)에 있는 고묘(高廟)를 말함.

6) 云何(운하): 여하(如何). 國步(국보): 국운(國運).

7) 持底(지저): 저(底)는 하(何). 무엇에 의지하여. 副(부): 보좌하다.

8) 作意(작의): 고의(故意).

평설

- 『영규율수』에 "위(危)와 고(故) 2글자가 가장 아름답다. 황룡부(黃龍府)는 두 황제가 북쪽으로 끌려간 곳이다. 백로주(白鷺洲)는 고묘(高廟)가 금릉(金陵)에 있음을 말한 것이다"라고 했다.

제야 除夜[1]

城中爆竹已殘更　성안의 폭죽소리 이미 끝난 때인데
朔吹翻江意未平[2]　북풍이 불어 강을 뒤집으니 마음 편하지 않네
多事鬢毛隨節換　다사로운 귀밑머리는 시절 따라 바뀌고
盡情燈火向人明[3]　다정한 등불은 사람을 향해 밝네
比量舊歲聊堪喜　작년에 비교하면 잠시 기뻐할 만한데
流轉殊方又可驚　타향을 떠도니 또한 놀랄 만하네
明日岳陽樓上去[4]　내일 악양루에 올라가면
島煙湖霧看春生[5]　섬 연기와 호수 안개에서 봄기운이 핌을 보리라

주석

1) 진여의는 단강(端康) 원년(1126)에 변경(汴京)이 함락된 후, 이리저리 떠돌았

는데, 이 시는 건담(建淡) 2년(1128)의 작품임.

2) 朔吹(삭취): 북풍(北風).

3) 盡情(진정): 다정(多情)함을 말함.

4) 岳陽樓(악양루): 호남성 악양시(岳陽市) 서문(西門)의 성루(城樓).

5) 島煙湖霧(도연호무): 군산(君山)과 동정호(洞庭湖)의 연기와 안개를 말함.

다시 악양루에 올라 감개하여 시를 짓다 再登岳陽樓感慨賦詩

岳陽壯觀天下傳　악양루의 장관을 천하에서 전하는데
樓陰背日隄綿綿[1]　악양루 북쪽에 해를 등지고 제방이 이어지네
草木相連南服內[2]　초목들 서로 이어져 남방 안에 있고
江湖異態闌干前　강호의 다른 모습이 난간 앞에 있네
乾坤萬事集雙鬢　건곤의 만사가 두 귀밑머리에 모였고
臣子一謫今五年[3]　신하는 한 번 귀양을 와서 지금 오 년이 되었네
欲題文字弔今古　글을 지어서 고금을 조문하려는데
風壯浪湧心茫然　바람 웅장하고 파도 용출하여 마음이 망연하네

주석

1) 綿綿(면면): 길게 이어지는 모양.

2) 南服(남복): 남방(南方) 지역.

3) 진여의는 선화(宣和) 6년(1124)에 좌천되었는데, 이 시는 건담(建淡) 2년(1128)의 작품임.

평설

- 『영규율수』에 "간재(簡齋)의 〈등악양루(登岳陽樓)〉는 모두 3편의 시인데, 또 〈파구서사(巴丘書事)〉 1편의 시가 있다. 모두 비장격렬(悲壯激烈)한데, '晩木聲酣洞庭野, 晴天影抱岳陽樓. 四年風露侵游子, 十月江湖吐亂洲'라고 했고, 또 '乾坤萬事集雙鬢, 臣子一謫今五年'이라고 했는데, 산곡(山谷: 황정견)에게 핍진하고, 멀리 노두(老杜: 두보)에게 이르렀다. 지금 전체를 취한 이 시는 곧 건담(建炎) 중에 피난했을 때의 시이다. 백락천(白樂天: 白居易)에게도 이 누대의 시가 있는데, '春岍綠時連夢澤, 夕波紅處近長安下'라고 했다. 1구는 좋은데, 위의 1구는 장점(粧點)을 했다"라고 했다.

- 송나라 나대경(羅大經)의 『학림옥로(鶴林玉露)』에 "진사도(陳師道)와 황정견(黃庭堅) 이후의 시인들 중 진간재를 넘을 사람이 없다. 그 시는 간고(簡古)함을 따라서 농섬(穠纖)함을 폈다. 정강(靖康)의 난을 당하여 기구하게 유락(流落)하며, 시대에 감개하고 이별을 한스러워했다. 자못 한 번의 식사 때라도 임금을 잊지 못하는 뜻을 지님이 있었다. '涼風又落南宮木, 老鴈孤鳴漢北州'·'乾坤萬事集雙鬢, 臣子一謫今五年'·'天翻地覆傷春色, 齒豁頭童祝聖時'·'近得會稽消息不, 稍傳荊渚路歧寬'·'東南鬼火成何事, 終籍胡銓作爭臣'·'龍沙此日西風冷, 誰折黃花壽兩宮' 등은 모두 음미할 만하다"라고 했다.

봄을 슬퍼하다 傷春

廟堂無策可平戎[1)] 묘당에선 오랑캐를 평정할 계책이 없어
坐使甘泉照夕烽[2)] 감천궁에 저녁 봉화를 비추게 하네

初怪上都聞戰馬[3)] 처음엔 상도에 전마소리 들림을 괴이 여겼는데
豈知窮海看飛龍[4)] 먼 바다에서 비룡을 볼 줄 어찌 알았으랴?
孤臣霜髮三千丈[5)] 외로운 신하는 백발이 삼천 장인데
每歲煙花一萬重 매년마다 연화가 일만 겹이네
稍喜長沙向延閣[6)] 장사의 향연각을 자못 기뻐하니
疲兵敢犯犬羊鋒[7)] 피로한 군대로 감히 견양의 창날을 대항했네

주석

1) 廟堂(묘당): 조정(朝廷).

2) 坐(좌): 인(因). 甘泉(감천): 한(漢)나라 때 황제의 행궁(行宮). 섬서성 삼원현(三原縣) 감천산(甘泉山) 위에 있었음.

3) 上都(상도): 북송의 도성 변경(汴京).

4) 窮海(궁해): 먼 바다. 飛龍(비룡): 황제를 상징함. 이 시는 건염(建炎) 4년(1130) 봄에 지은 작품인데, 건염 3년 겨울에 금나라 군이 장강을 건너와 남경(南京)을 함락하자, 송나라 고종(高宗)은 바다에서 배를 타고 도망하였음.

5) 霜髮(상발): 백발. 三千丈(삼천장): 이백(李白)의 〈추포가(秋浦歌)〉에 "白髮三千丈, 緣愁似個長"이라고 했음.

6) 向延閣(향연각): 향자인(向子諲). 자는 백공(伯共). 일찍이 비각직학사(秘閣直學士)를 지냈기 때문에, 한대(漢代)의 사관(史官)의 칭호인 연각(延閣)을 차용한 것임. 향자인은 장사태수(長沙太守)로 있으면서 군민(軍民)을 조직하여 금나라 군대에 저항하였다.

7) 犬羊(견양): 금나라 군대를 말함.

모란 牡丹

一自胡塵入漢關[1)] 한 번 호 땅 먼지가 한나라 관문으로 들어오니
十年伊洛路漫漫[2)] 십 년간 이수와 낙수의 길이 아득하네
青墩溪畔龍鍾客[3)] 청돈계 가의 구부정한 나그네
獨立東風看牡丹[4)] 봄바람 속에 홀로 서서 모란을 바라보네

주석

1) 胡塵(호진): 금(金)나라의 침범을 말함. 漢關(한관): 북송을 말함.

2) 十年(십년): 단강(端康) 2년(1126)에 금나라 군대가 변경(汴京)을 함락시켰는데, 이 시는 소흥(紹興) 6년(1136)에 지은 작품임. 伊洛(이락): 이수(伊水)와 낙수(洛水). 모두 하남(河南) 경내에 있는데, 낙양으로 흘러감. 작자의 고향 낙양을 말함. 漫漫(만만): 아득한 모양.

3) 青墩溪(청돈계): 절강성 동향현(桐鄕縣) 북쪽. 청돈(青墩)은 송나라 진(鎭)의 이름. 龍鍾(용종): 노년의 사람이 행동이 불편한 모양.

4) 모란의 별칭은 낙양화(洛陽花)로서, 고향 낙양을 그리워함을 말함.

아침에 길을 가다 早行

露侵駝褐曉寒輕[1)] 이슬이 낙타털옷을 적셔서 새벽 한기가 가볍고
星斗闌干分外明[2)] 북두성은 기운 채 특별히 밝네
寂寞小橋和夢過 적막한 작은 다리를 꿈결 속에 지나니
稻田深處野蟲鳴 논 깊은 곳에서 들 벌레가 우네

주석

1) 駝褐(타갈): 낙타털로 짠 털옷.

2) 闌干(난간): 횡사(橫斜)한 모양.

가을밤 秋夜

中庭淡月照三更　뜰 안의 맑은 달빛이 삼경을 비추고
白露洗空河漢明　흰 이슬이 허공을 씻으니 은하수가 밝네
莫遣西風吹葉盡　서풍이 낙엽을 다 불어가게 하지 마오
却愁無處著秋聲　도리어 가을소리를 붙일 곳이 없을까 근심이네

대나무 竹

高枝已約風爲友　높은 가지는 이미 바람을 벗하기로 약속했고
密葉能留雪作花　우거진 잎은 눈을 꽃으로 머물러 둘 수 있네
昨夜常娥更瀟洒[1)]　어젯밤 상아가 다시 한가로워서
又携疎影過窗紗　또한 성근 그림자 끌고 비단창문을 지나갔네

주석

1) 常娥(상아): 달에 산다는 선녀. 달을 말함. 瀟洒(소쇄): 유한자재(悠閑自在)함.

묵매 墨梅

1

含章簾下春風面[1]　아름다운 머금은 주렴 아래의 춘풍의 얼굴인데
造化功成秋兎毫　조화의 공이 이룬 가을토끼털 붓의 솜씨이네
意足不求顏色似　뜻이 풍족하고 안색의 비슷함을 구하지 않았으니
前身相馬九方皐[2]　전신이 말을 감별하는 구방고이네

주석

1) 含章(함장): 함미(唅美).

2) 九方皐(구방고): 춘추시대의 유명한 말 감별사. 백락(伯樂)이 그를 칭찬하여 "그 정수를 얻고, 그 조악함은 잊었고, 그 내면을 살피고, 그 외면은 잊었다"라고 했다.

평설

- 『죽장시화』에 "『운어양추(韻語陽秋)』에 '먼저 문강공(文康公)이 지여주(知汝州)로 있을 때, 거비(去非)의 〈묵매〉 시를 격진(繳進)했는데, 이에 태학박사(太學博士)에 임명했다'고 했다. 『어은총화(漁隱叢話)』에 '거비의 시는 평담(平淡)하면서 공교한데, 〈묵매〉 절구에 ……라고 했다. 휘조(徽廟)가 불러서 보고 칭찬했다. 이로부터 유명해졌다'고 했다"라고 했다.

2

粲粲江南萬玉妃	찬란한 강남의 만 옥비들인데
別來幾度見春歸	이별한 후 몇 번이나 봄이 돌아감을 보았던가?
相逢京洛渾依舊	경락에서 상봉하니 예전과 꼭 같은데
只恨緇塵染表衣	다만 검은 먼지가 겉옷에 물은 것이 한스럽네

평설

- 『죽장시화』에 "용재속필(容齋續筆)에 '간재(簡齋)의 〈묵매〉 1편에…… 라고 했다. 어의(語意)가 모두 묘절하다. 진(晉)나라 육기(陸機)의 〈爲顧榮贈婦〉 시에서 「京洛多風塵, 素衣化爲緇」라고 하고, 제(齊)나라 사원휘(謝元暉)의 〈酬王晉安〉 시에 「誰能久京洛, 緇塵染素衣」라고 했는데, 바로 이것들을 사용한 것이다'고 했다"라고 했다.

해당 海棠

海棠黙黙要詩催	해당화가 묵묵히 시를 재촉하며
日暮紫綿無數開	석양에 붉은 비단을 무수하게 펼쳐놓았네
欲識此花奇絶處	이 꽃의 빼어난 곳을 알려거든
明朝有雨試重來	내일아침 비 내릴 때 다시 와보구려

평설

- 『시림광기』에 "『복재만록(復齋謾錄)에 '정곡(鄭谷)이 일찍이 〈해당화〉

시에서 「穠艶最宜新着雨, 妖嬈全在欲開時」라고 했는데, 구공(歐公: 구양수)이 정곡의 시를 격이 낮다고 했다. 거비(去非)의 시는 이 뜻을 사용했다. 그러나 진(陳)은 비록 정(鄭)의 뜻에 근본하였으나, 곧 재력(才力)은 서로 멀어서 같지 않음을 깨닫는다. 산곡(山谷: 황정견) 또한 「紫綿揉色海棠開」란 구가 있다"라고 했다.

등숙 鄧肅

등숙(1091-1132), 자는 지굉(志宏), 사현(沙縣: 복건성) 사람. 태학(太學)에 입학하여 풍자시 〈화석강(花石綱)〉 11수를 지었는데, 당권자에 의하여 추방당했다. 흠종(欽宗) 때 승무랑(承務郎)이 되었다. 장방창(張邦昌)이 참위(僭位)하자, 남경(南京)으로 가서 좌정언(左正言)이 되었다. 항전파 이강(李綱)을 변호하다가 파직되어 고향으로 돌아갔다. 『병려집(栟櫚集)』이 있다.

화석시 花石詩[1)]

蔽江載石巧玲瓏	강을 덮은 배들에 실은 바위들 교묘히 영롱한데
雨過嶙峋萬玉峰	비가 지나자 우뚝한 만 옥봉우리들이네
艫尾相銜貢天子[2)]	뱃머리와 꼬리가 서로 이어져 천자에게 바치니
坐移蓬島到深宮[3)]	봉래도를 옮겨서 심궁에 이르렀네

주석

1) 원래 11수임. 휘종(徽宗)은 동경(東京: 하남성 開封)에 수산간악(壽山艮岳)을 건설했는데, 숭녕(崇寧) 4년(1105)에 주면(朱勔)에게 소항응봉국(蘇杭應奉局)을 맡게 하여 민간의 기화이석(奇花異石)을 찾아서 담과 지붕을 허물고 강탈하여 동경으로 실어오게 했다. 그 화석을 실은 선대(船隊)를 화석강(花石綱)이라고 불렀다.

2) 艫尾相銜(노미상함): 뱃머리와 꼬리가 서로 이어질 정도로 배가 많다는 것.

3) 蓬島(봉도): 전설 속의 삼신산(三神山) 중의 하나인 봉래도(蓬萊島). 深宮(심궁): 깊은 궁궐.

유자휘 劉子翬

유자휘(1101-1147), 자는 언충(彦沖), 호는 병옹(病翁), 숭안(崇安: 복건성) 사람. 북송 말에 승무랑(承務郎)을 지내고, 남송 초에 흥화군통판(興化軍通判)이 되었는데, 병으로 고향 병산(屛山)으로 돌아갔다. 세칭 병산선생(屛山先生)이라 불린다. 도학가(道學家)로서 주희(朱熹)의 스승이었다. 『병산집(屛山集)』이 있다.

장정의 벽 사이에 차운하다 次韻長汀壁間[1]

竄鼠驚殘夢	달아나는 쥐소리에 남은 꿈이 놀라고
蕭蕭老屋虛	쓸쓸한 낡은 집이 비어 있네
風聲傳遠瀨	바람소리는 먼 여울소리를 전하고
寒意入秋蔬	찬 기운이 가을 채소로 들어가네
客路漂搖入	객로로 표요하며 들어가니
歸身憔悴餘	돌아가는 몸이 초췌해진 뒤이네
西窗滿殘照	서창에 남은 달빛 가득하니
彷彿似吾廬	어렴풋이 내 오두막 같네

주석

1) 長汀(장정): 지금의 복건성에 속함.

변경기사 汴京紀事[1]

1

帝城王氣雜妖氛[2]	제성의 왕기에 요기가 섞이니
胡虜何知屢易君[3]	오랑캐가 어찌 알아서 자주 임금을 바꾸는가?
猶有太平遺老在[4]	여전히 태평시절의 유로가 남아서
時時洒淚向南雲[5]	때때로 남쪽 구름을 향해 눈물을 뿌리네

주석

1) 원래 20수임. 汴京(변경): 북송의 도성으로 지금의 개봉(開封).

2) 帝城(제성): 변경(汴京). 王氣(왕기): 제왕의 상서로운 기운. 妖氛(요분): 요기(妖氣).

3) 胡虜(호로): 금(金)나라를 말함. 금나라는 변경을 함락하고 휘종(徽宗)과 흠종(欽宗)을 포로로 북으로 붙잡아가고, 변경에다 선후로 장방창(張邦昌)을 초제(楚帝)로 세우고, 유예(劉豫)를 제제(齊帝)로 세웠다.

4) 太平遺老(태평유로): 북송(北宋)의 유민(遺民).

5) 南雲(남운): 남송(南宋)을 가리킴.

2

聯翩漕舸入神州[1]	줄을 이은 조운선들 신주로 들어갔는데
梁主經營授宋休[2]	양주가 경영하여 송나라에 주어서 그치게 했네
一自北人來飲馬[3]	북인들이 한 번 들어와 말에 물 먹이니
春波惟見斷氷流	봄 물결에서 다만 끊긴 얼음만이 흘러감을 보네

주석

1) 聯翩(연편): 끊기지 않고 이어짐. 漕舸(조가): 조운선(漕運船). 관청의 전곡(錢穀)을 수로(水路)를 통해 운반하는 배. 神州(신주): 북송의 도성 변경을 말함.

2) 梁主(양주): 오대(五代) 후량(後梁)의 태조 주전충(朱全忠).

3) 北人(북인): 금나라 사람. 飲馬(음마): 침입을 말함.

3

內苑珍林蔚絳霄[1]　내원의 진기한 숲이 강소루에 울창한데
圍城不復禁芻蕘[2]　성을 포위하니 다시 나무꾼을 막지 못하네
舳艫歲歲銜淸汴　배들이 해마다 맑은 변하로 이어졌는데
纔足都人幾炬燒　또한 도성 사람들이 거의 땔감으로 불태웠네

주석

1) 內苑(내원): 어화원(御花苑). 珍林(진림): 기화이목(奇花異木)의 숲. 絳霄(강소): 강소루(絳霄樓). 휘종(徽宗) 때 건설한 어화원의 간악(艮嶽) 중의 누대 이름.

2) 圍城(위성): 금나라의 침입을 말함. 芻蕘(추요): 나무꾼.

3) 舳艫(축로): 배의 이물과 고물. 즉 배의 앞부분과 뒷부분. 배를 말함. 銜(충): 이어진다는 말. 汴(변): 변하(汴河).

4

空嗟覆鼎誤前朝[1]　공연히 보정을 엎어 전조를 망친 것을 탄식하니
骨朽人間罵未銷　간신들 뼈가 썩어도 세상은 욕을 그치지 않으리
夜月池臺王傅宅[2]　밤 달 뜬 지대는 왕부댁이고
春風楊柳太師橋[3]　봄바람 속 버들은 태사의 문전 다리에 있네

주석

1) 覆鼎(복정): 보정(寶鼎)을 엎음. 국가를 전복함을 말함. 前朝(전조): 북송.

2) 王傅(왕부): 태부(太傅) 왕보(王黼). 휘종 때의 재상으로 전횡하며 나라를 망

친 간신. 이른바 육적(六賊) 중의 한 사람이었음.

3) 太師(태사): 채경(蔡京)을 말함. 북송 말에 재상을 지내며 나라를 패망하게 한 간신. 육적(六賊)의 우두머리.

5

梁園歌舞足風流[1]　양원의 가무는 풍류가 족한데
美酒如刀解斷愁[2]　좋은 술은 칼처럼 수심을 끊을 수 있네
憶得少年多樂事　젊은 시절 즐거움 많았음을 추억하며
夜深燈火上樊樓[3]　밤 깊은데 등불 켜고 번루에 오르네

주석

1) 梁園(양원): 토원(兎園). 한(漢)나라 때 양효왕(梁孝王)이 건설한 원림으로 '양원(梁苑)'이라고도 함. 지금의 하남성 상구(商丘) 동쪽에 있었음.

2) 이백(李白)의 〈宣州謝朓樓餞別校書叔雲〉 시에 "抽刀斷水水更流, 擧杯消愁愁更愁"라고 했음.

3) 樊樓(번루): 북송 변경에 있었던 유명한 술집. 널리 술집을 지칭함.

6

輦轂繁華事可傷[1]　연곡의 번화했던 일 슬퍼할 만한데
師師垂老過湖湘[2]　이사사는 늙어서 호상을 지나갔네
縷衣檀板無顏色[3]　누의와 단판엔 안색이 없는데
一曲當時動帝王[4]　당시엔 한 곡조로 제왕을 감동시켰네

주석

1) 輦轂(연곡): 황제의 수레. 도성 변경을 대칭했음.

2) 師師(사사): 이사사(李師師). 북송 말 변경의 명기(名妓). 일찍이 송 휘종의 총애를 받았음. 湖湘(호상): 동정호(洞庭湖)와 상강(湘江). 호남 일대를 말함. 이사사는 북송이 망한 후 호남으로 와서 떠돌았음.

3) 縷衣(누의): 금실로 누빈 무의(舞衣). 檀板(단판): 박달나무로 만든 박판(拍板).

4) 帝王(제왕): 휘종(徽宗)을 말함.

평설

- 『석주시화』에 "유병산(劉屛山)의 〈변경기사〉 여러 작품은 정묘(精妙)함이 비상(非常)하다. 이는 등병려(鄧栟櫚: 肅)의 〈화석강시(花石綱詩)〉와 함께 모두 한 시대의 사적(事跡)과 관련이 있어서, 화월(花月)을 조평(嘲評)한 작품일 뿐만이 아니다. 송인(宋人)의 칠절(七絶)은 스스로 이러한 종류를 정예(精詣)로 삼았다"라고 했다.

호전 胡銓

호전(1102-1180), 자는 방형(邦衡), 호는 담암(澹菴), 노릉(盧陵: 강서성 吉安) 사람. 건담(建炎) 2년 진사. 추밀원편수관(樞密院編修官)을 지냈다. 소흥(紹興) 8년(1138), 진회(秦檜)가 화의(和議)를 주장하자, 그는 상소하여 왕륜(王倫)과 진회를 참수하라고 했다. 이로 인하여 길양군(吉陽軍)으로 귀양을 갔다. 20여 년 동안 적소(謫所)에 있다가 진회가 죽은 후 비로소 형주(荊州)로 안치되었다. 효종(孝宗) 때 중서사인(中書舍人)·국자좨주(國子祭酒)·권병부시랑(權兵部侍郎) 등을 지냈다. 『담암집(澹菴集)』이 있다.

담석암 潭石巖

此處山皆石　　이곳의 산들은 모두 바위인데
他山盡不如[1]　　타산의 바위들도 모두 그만 못하네
固非從地出　　본래 땅에서 솟아난 것이 아니고
疑是補天餘[2]　　하늘을 막고 남은 것들이리라
下陋一拳小　　아래로는 한 주먹만한 작음을 비루하게 여기고
高凌千仞虛　　위로는 천 길의 허공을 능가하네
奇章應未見[3]　　기장이 마땅히 보지 못했지만
名豈下中書　　명성이 어찌 중서 아래겠는가?

주석

1) 『시경·소아(小雅)·학명(鶴鳴)』에 "他山之石, 可以攻玉"이라고 했음.

2) 補天(보천): 전설에 여와(女媧)가 오색석(五色石)을 단련하여 하늘의 터진 곳을 막았다고 했음.

3) 奇章(기장): 기장군공(奇章郡公)에 봉해진 당나라 우승유(牛僧孺). 관직은 중서문하동평장사(中書門下同平章事)를 지냈다. 회남(淮南)태수로 있을 때 널리 가목(嘉木)과 괴석(怪石)을 구하여 계단에 늘어놓았다.

주애로 추방되어, 임고로 가던 도중 매수촌이 있는데, 예로부터 대구(對句)가 없어서 마상에서 읊다 貶朱崖行臨高道中買愁村, 古未有對, 馬上口占[1]

北往長思聞喜縣[2]　　북쪽으로 가며 오래 문희현을 생각했는데

南來怕入買愁村　남쪽으로 와서 매수촌으로 들어감을 두려워하네
區區萬里天涯路[3]　만리 하늘 끝의 길에서 분주히 가니
野草荒煙正斷魂　들풀과 황량한 연기에 진정 애가 끊기네

주석

1) 朱崖(주애): 주애(珠崖). 광동성 해구(海口). 臨高(임고): 광동성에 속함. 買愁村(매수촌): 임고 동남쪽 나분령(那盆嶺) 아래에 있음. 口占(구점): 입으로 나오는 대로 즉석에서 읊는 것.

2) 聞喜縣(문희현): 산서성에 속함.

3) 區區(구구): 분주히 뛰어다니는 모양.

악비 岳飛

악비(1103-1142), 자는 붕거(鵬擧), 상주(相州) 탕음(湯陰: 하남성 탕음) 사람. 농가(農家) 출신으로 행오(行伍)에서 일어나서 많은 전공을 세웠다. 소흥(紹興) 10년(1140)에 소보(少保)가 되어서, 언성(郾城)에서 금병(金兵)을 대파하고, 주선진(朱仙鎭)으로 진격하여 정주(鄭州)와 낙양(洛陽) 등지를 회복했다. 당시 고종(高宗)과 진회(秦檜)는 금나라에 화의를 구하면서, 악비에게 퇴각을 명했다. 나중에 진회의 모함으로 살해되었다. 영종(寧宗) 때 악왕(鄂王)으로 추봉되었다. 악비는 문무를 겸비했는데, 『악무목집(岳武穆集)』이 있다.

지주 취미정 池州翠微亭[1]

經年塵土滿征衣[2]　해를 지내며 먼지가 갑옷에 가득한데
特特尋芳上翠微[3]　특별히 꽃을 찾아 취미정에 올랐네
好水好山看不足　좋은 물과 산들을 보아도 부족한데
馬蹄催趁月明歸　말발굽이 달 밝은 귀로를 재촉하여 달리네

주석

1) 池州(지주): 안휘성 귀지현(貴池縣). 翠微亭(취미정): 귀지현 남쪽 제산(齊山) 기슭에 있음. 당나라 두목(杜牧)이 건축한 것임.

2) 征衣(정의): 전포(戰袍).

3) 特特(특특): 특의(特意). 특별한 뜻.

증계리 曾季貍

증계리, 자는 구보(裘父), 호는 정재(艇齋), 남풍(南豊: 강서성) 사람. 과거에 응시했으나 합격하지 못했다. 한자창(韓子蒼)·여거인(呂居仁)에게서 배우고, 주희(朱熹)·장식(張栻) 등과 서신으로 문답했다. 『정재잡저(艇齋雜著)』가 있다.

진녀행 秦女行

정강(靖康)[1] 연간에 어떤 여자가 금인(金人)에게 붙잡혀갔는데, 스스로 진학사(秦學士)[2]의 딸이라고 말하고 도중에 시를 적기를 "눈앞에 고향으로 돌아가는 길이 있건만, 말 위에선 나를 풀어줄 정이 없네(眼前雖有還鄕路, 馬上曾無放我情)"라고 했다. 그것을 읽는 사람은 슬퍼했다. 나는 젊은 시절 일찍이 그 일을 기록하려고 했는데, 수십 년이 흐르도록 이루지 못했다. 임진(壬辰)년[3] 9월에 채염(蔡琰)[4]의 〈호가십팔박(胡笳十八拍)〉을 읽다가 개연(慨然)이 마음속에 감개가 있어서 그 일을 돌이켜 읊고, 〈진녀행(秦女行)〉이라고 이름 지었다.

妾家家世居淮海　　첩의 집은 대대로 강회에서 살았는데
郎罷聲名傳海內[5]　　부친은 명성을 해내에 전했지요
自從貶死古藤州[6]　　옛 등주에 귀양을 와서 죽은 후로
門戶凋零三十載　　집안이 영락한 지 삼십 년이랍니다
可憐生長深閨裏　　가련하게 깊은 규방에서 생장하여
耳濡目染知文字[7]　　귀로 듣고 눈으로 보아 문자를 알았지요
亦嘗强學謝女詩[8]　　또한 일찍이 사녀의 시를 열심히 배웠지만
未敢女中稱博士　　감히 여자 중의 박사라고 칭하진 않았답니다
年長以来逢世亂　　나이 든 이래 세상의 난리를 만나서
黃頭鮮卑来入漢[9]　　황두의 선비족들이 한나라로 침입하니
妾身亦復墮兵間　　첩의 몸 또한 다시 전쟁 속에 떨어졌는데
往事不堪回首看　　지난 일을 돌아볼 수가 없군요
飄然一身向邊垂　　표연히 한 몸이 변방으로 향해 가는데

被驅不異犬與鷄　내몰림을 당함이 개와 닭과 다르지 않았답니다
奔馳萬里向沙漠　만 리를 내달려 사막을 향하니
天長地久無還期　천지는 영원하지만 돌아올 기약이 없군요
北風蕭蕭易水寒[10)]　북풍이 소소히 불고 역수는 차가운데
雪花席地經燕山[11)]　눈꽃이 땅을 덮은 연산을 지났답니다
千杯濁酒安能醉　천 잔의 탁주인들 어찌 취할 수 있겠습니까?
一曲琵琶不忍彈　한 곡조 비파도 탄주할 수 없었답니다
呑聲飮恨從誰訴　곡성 삼키고 원한 품고 누구에게 호소하나요?
偶然信口題詩句　우연히 입 따라 시구를 적었는데
眼前有路可還鄕　눈앞에 고향으로 돌아갈 길이 있건만
馬上無人容我去　마상에는 나를 풀어줄 사람이 없네라고 했지요
詩成吟罷只茫然　시 완성하여 읊조리니 다만 망연한데
豈意漢地能流傳　어찌 한나라 땅에 전해질 줄 알았겠습니까?
當時情緒亦可想　당시의 정서를 또한 상상할 수 있는데
至今聞者猶悲酸　지금 들은 자도 오히려 슬퍼하네
憶昔中郎有女子[12)]　옛날 중랑에게 딸이 있었는데
亦陷虜中垂一紀　또한 오랑캐에게 붙잡혀 십이 년을 보냈네
暮年不料逢阿瞞[13)]　모년에 아만을 만날 줄 생각 못했는데
厚幣贖之歸故里　후한 폐백으로 속량시켜서 고향으로 돌아왔네
惜哉此女不得如　애석하다 이 여자는 그렇지 못하고
終竟老死留穹廬[14)]　끝내 늙어죽도록 궁려에 머물렀네
空敎詩語傳悽惻　공연히 시어로 슬픔을 전하니
不減胡笳十八拍　〈호가십팔박〉에 뒤지지 않네

주석

1) 靖康(정강): 송나라 흠종(欽宗)의 연호(1126-1127).

2) 秦學士(진학사): 진관(秦觀)을 말함.

3) 壬辰(임진)년: 송나라 효종(孝宗) 건도(乾道) 8년(1172).

4) 蔡琰(채염): 한(漢) 나라 말의 여류시인. 자는 문희(文嬉), 채옹(蔡邕)의 딸. 한말의 난리 속에서 동탁(董卓)의 부장(部將)에게 포로로 잡혔다가, 남흉노(南匈奴) 좌현왕(左賢王)에게 시집가서 흉노에 12년간 머물렀음. 조조(曹操)가 채옹의 후사가 없음을 염려하여 금벽(金璧)으로 속량하여 귀환시켜서 동사(董祀)에게 재가하게 했다. 〈비분시(悲憤詩)〉로 당시의 심경을 그려놓았다. 또한 금가사(琴歌辭) 〈호가십팔박(胡笳十八拍)〉도 그녀의 작품이라고 전한다.

5) 郎罷(낭파): 민인(閩人)들은 부친을 낭파라고 부름.

6) 藤州(등주): 광서성 등현(藤縣). 진관(秦觀)은 원부(元符) 3년(1100)에 추방당했는데, 도중에 등주에서 병사했음.

7) 耳濡目染(이유목염): 귀와 눈으로 접촉함.

8) 謝女(사녀): 동진(東晋)의 여류시인 사도온(謝道韞).

9) 黃頭鮮卑(황두선비): 여진족(女眞族)을 말함. 금나라를 말함. 漢(한): 중국의 대칭. 송나라를 말함.

10) 易水(역수): 하북성 서부에 있음. 대청하(大淸河) 상원(上源)의 지류(支流). 전국시대 말 형가(荊軻)가 진왕(秦王)을 암살하기 위해 떠나면서, 역수 가에서 "風蕭蕭兮易水寒, 壯士一去兮不復還"이라고 노래했음.

11) 이백(李白)의 〈북풍행(北風行)〉에 "燕山雪花大如席"이라고 했음. 연산(燕山)은 하북성 북부에 있음. 조하곡(潮河谷)에서 동쪽으로 산해관(山海關)에 이르는 곳.

12) 中郎(중랑): 채옹(蔡邕). 좌중랑장(左中郎將)을 지냈음.

13) 阿瞞(아만): 조조(曹操)의 소명(小名).

14) 穹廬(궁려): 유목민족이 거주하는 전장(氈帳). 양탄자 천막.

왕작 王灼

왕작, 자는 회숙(晦叔), 호는 이당(頤堂), 수녕(遂寧: 사천성) 사람. 고종(高宗) 소흥(紹興) 중에 막관(幕官)을 지냈다. 『이당선생집(頤堂先生集)』이 있다.

청동 말을 노래함 銅馬歌

비성(郫城)[1]의 촌민(村民)이 고묘(古墓)를 파다가 마침내 한 동마(銅馬)를 얻었는데, 높이가 3척쯤이고, 제작(制作)이 정묘(精妙)했다. 이전의 간지수(簡池守)[2] 경계연(景季淵)이 그것을 취하여 돌아갔는데, 한밤중에 비바람이 치고 곧 말이 우는 소리가 들렸다. 그것을 괴상하게 여기고, 감히 머물러둘 수가 없어서, 불사(佛寺)로 옮겨 보냈다. 소흥(紹興) 병자(丙子)년[3]에 나는 일 때문에 성도(成都)에 왔는데, 황배연(黃伯淵)의 부탁을 받고 〈동마가銅馬歌)〉를 지었다.

君不見　　그대는 보지 못했는가?
武皇逸志凌九垓[4]　　무황의 빼어난 뜻이 구해를 능가하여
追風躡影思龍媒[5]　　바람 따르고 그림자 붙잡는 용매를 생각하여
魯班門外立銅馬[6]　　노반의 문 밖에 청동말을 세우니
天廐萬匹皆塵埃[7]　　천구의 만 필이 모두 먼지와 같네
又不見　　또 보지 못했는가?
伏波將軍破交賊[8]　　복파장군이 교지의 적을 격파하고
歸來殿前獻馬式　　돌아와서 전 앞에서 말을 바치던 의식을?
據鞍習氣殊未衰　　안장에 걸터앉는 습관이 특히 쇠퇴하지 않았으니
想見老子眞矍鑠[9]　　노인이 참으로 정신이 왕성했음을 상상해보네
兩京翻覆知幾秋[10]　　양경이 무너진 지 몇 세월이던가?
只有山河供客愁　　다만 산하만 남아서 나그네 수심을 더해주네
孤煙落日蠶叢國[11]　　외로운 연기 지는 해의 잠총국
出此神物于荒丘　　황폐한 언덕에서 이 신물을 발굴했네

千年黃壤誰作主　천년의 황토 아래서 누가 주인이었던가?
猶把歸心泣風雨　오히려 돌아갈 마음으로 풍우 속에 우네
但恐一朝去無蹤　다만 하루아침에 종적 없이 떠날까 두려우니
有似豐城寶劒化雙龍[12)]
풍성의 보검이 쌍룡으로 변한 것과 같네

주석

1) 郫城(비성): 비현(郫縣) 현성(縣城). 사천성 성도(成都) 평원 중부에 있음.

2) 簡池守(간지수): 간지는 간주(簡州). 지금의 사천성 간양(簡陽).

3) 紹興(소흥) 병자(丙子)년: 소흥 26년(1166).

4) 武皇(무황): 한무제(漢武帝). 逸志(일지): 초매(超邁)한 뜻. 九垓(구해): 4면 8방의 구주(九州).

5) 追風躡影(추풍섭영): 말이 빨리 달림을 말함. 龍媒(용매): 준마(駿馬).

6) 魯班(노반): 춘추시대 노(魯)나라 공장(工匠)의 이름. 공손씨(公孫氏), 이름은 반(般).

7) 天廄(천구): 황실의 마구간.

8) 伏波將軍(복파장군): 동한의 명장 마원(馬援). 복파장군이었음. 일찍이 서북에서 말을 길렀는데, 『동마상법(銅馬相法)』을 저술했음. 交賊(교적): 교지(交阯)의 적(賊). 마원은 일찍이 남방 교지를 토벌했음.

9) 矍鑠(확삭): 노인의 정신이 왕성한 것.

10) 兩京(양경): 송나라의 동경(東京) 개봉부(開封府)와 서경(西京) 하남부(河南府).

11) 蠶叢國(잠총국): 촉(蜀) 지역을 말함. 잠총은 전설 속의 촉국(蜀國)의 국왕(國王).

12) 왕가(王嘉)의 『습유기(拾遺記)』에, 진(晉)나라 사공(司空) 장화(張華)가 밤에 자기(紫氣)가 두우성(斗牛星) 사이에 쏘아지고 있는 것을 보고, 뇌환(雷煥)을 풍성령(豊城令)으로 파견하여 보검을 찾게 했다. 뇌환은 간장(干將)과 막야

(莫邪) 두 보검을 찾았는데, 간장 한 자루만 장화에게 보내고 나머지 한 자루는 자신이 간직했다. 두 사람이 죽은 후 두 용검(龍劍)이 물속으로 날아가서 합쳐져서 쌍룡이 되었다고 함.

육유 陸游

육유(1125-1210), 자는 무관(務觀), 호는 방옹(放翁), 조부(越州) 산음(山陰: 절강성 紹興市) 사람. 음보(陰補)로써 등사랑(登仕郎)이 되었다. 효종(孝宗) 때 진사출신(進士出身)을 하사받고, 추밀원편수관(樞密院編修官)·진강부통판(鎭江府通判) 등을 지냈다. 나중에 장준(張浚)의 북벌(北伐)을 지지하여, 탄핵을 받고 파직되었다. 범성대(范成大)가 사천제치사(四川制置使)가 되어 그를 불러서 참의관(參議官)을 삼았다. 보장각대제(寶章閣待制)를 지냈다.

육유는 양만리(楊萬里)·범성대(范成大)·우무(尤袤)와 함께 중흥사대시인(中興四大詩人)으로 불리고, 사(詞)에도 뛰어나서 자성일가를 이루었다. 『검남시고(劍南詩稿)』·『위남문집(渭南文集)』·『노학암필기(老學庵筆記)』·『남당서(南唐書)』가 있다.

조선 정조(正祖)의 『홍제전서(弘齊全書)·일득록(日得錄)』에 "당에 있어서 두보의 율시와 송에 있어서 유유의 율시는 즉 율가(律家)의 대장(大匠)이다. 하물며 소릉(少陵)의 직설(稷契: 后稷과 契)에 대한 뜻과 방옹의 춘추필은 천년 이후에 사람을 격앙(激昂)하게 하니, 시도(詩道)로써만 말할 수 없다"라고 했다.

조선 신정하(申靖夏)의 「방옹율초발(放翁律鈔跋)」에서 "나는 고금의 시인 중에 두자미(杜子美: 杜甫) 이후에는 오직 육무관(陸務觀) 한 사람뿐이라고 생각한다. 대개 시는 자미에 이르러서 그 변화를 지극히 했는데, 자미가 말하지 않은 바는 무관이 말했으니, 시는 무관에 이르러서 또한 끝났다고 할 수 있다"라고 했다.

조선 황현(黃玹)의 〈논시잡절(論詩雜絶)〉에서 "번뇌어린 취한 눈동자 거울에 비추는데, 영양괘각엔 본래 지엽이 없다네, 방옹은 늙어가면서 문심이 세심해져, 해탈금단을 다만 스스로 깨달았네(纈眼空華鏡裏垂, 羚羊掛角本無枝. 放翁老去文心細, 解脫金丹只自知)"라고 했다.

5월 11일 한밤중에 꿈속에서 대가의 친정을 따라가서 한나라 당나라의 옛 땅을 전부 수복했다. 성읍과 인물의 번성하고 화려함을 보았는데, 서경부라고 했다. 몹시 기뻐서 마상에서 장구를 지었는데 다 짓기 전에 깨어났다. 곧 그것을 완성했다

五月十一日夜且半, 夢從大駕親征,[1] 盡復漢唐故地, 見城邑人物繁麗, 云西涼府也.[2] 喜甚馬上作長句, 未終篇而覺, 乃足成之

天寶胡兵陷兩京[3]	천보 연간에 호병이 양경을 함락하니
北庭安西無漢營[4]	북정과 안서엔 한나라 병영이 없어졌네
五百年間置不問[5]	오백 년간 조치를 묻지도 않았는데
聖主下詔初親征	성주께서 명을 내려 비로소 친정을 했네
熊羆百萬從鑾駕[6]	웅비 같은 백만 군이 난가를 뒤따르니
故地不勞傳檄下[7]	옛 땅을 격문을 전할 필요도 없이 항복시켰네
築城絶塞進新圖[8]	절새에 축성하여 새 지도를 올리니
排仗行宮宣大赦	행궁에 의장을 펼치고 큰 사면을 선포했네
岡巒極目漢山川	산과 언덕 시야 끝까지 한나라 산천이니
文書初用淳熙年[9]	문서를 처음 사용한 순희 연간이었네
駕前六軍錯錦繡	수레 앞 육군들의 비단 수가 뒤섞이고
秋風鼓角聲滿天	가을바람 속 북과 호각소리 하늘에 가득하네
苜蓿峯前盡亭障[10]	목숙봉 앞은 모두 정장들이고
平安火在交河上[11]	평안화는 교하 위에 있네
涼州女兒滿高樓	양주의 여아들 높은 누대에 가득하고
梳頭已學京都樣	머리 빗기도 이미 경도의 법식을 배웠네

주석

1) 大駕(대가): 황제의 수레.

2) 西涼府(서량부): 양주(涼州). 치소(治所)는 감숙성 무위(武威). 당나라 때 서북 경제의 중심으로 번성했던 곳인데, 송나라 때 서하(西夏)에게 점령당했음.

3) 당나라 현종(玄宗) 천보(天寶) 14년(755)에 안록산(安綠山)이 반란을 일으켜서 동도 낙양(洛陽)과 장안(長安)을 차례로 점령했다.

4) 北庭安西(북정안서): 한나라 때 오손국(烏孫國)과 구자국(龜玆國)의 옛 지역으로서 당나라 때 북정도호부와 안서도호부 두 도호부(都護府)를 설치했다. 치소는 신강성 길목살이(吉木薩爾)와 토노번(吐魯番). 당나라 정원(貞元) 중에 두 곳 모두 토번(吐蕃)에게 점령당했음.

5) 五百年間(오백년간): 이 시는 순희(淳熙) 7년(1180)의 작품으로서, 천보 14년(755)으로부터 425년이 되었음. 5백 년은 대략 말한 것임.

6) 熊羆(웅비): 곰처럼 용맹한 용사를 말함. 鑾駕(난가): 황제의 수레.

7) 檄(격): 군사 문서. 여기서는 토벌명령을 말함.

8) 絕塞(절새): 지극히 먼 변새.

9) 淳熙(순희): 송나라 효종(孝宗)의 연호.

10) 苜蓿峯(목숙봉): 감숙성과 신강성의 변경에 있음. 停障(정장): 변경의 군사 보루.

11) 平安火(평안화): 평안함을 알리는 봉화. 交河(교하): 지금의 토노번(吐魯番) 서북에 있었던 당나라 때의 현 이름.

밤에 병서를 읽다 夜讀兵書[1]

孤燈耿霜夕[2]　　외로운 등불 가을 저녁에 빛나는데
窮山讀兵書　　깊은 산에서 병서를 읽네

平生萬里心[3]　　평생 만 리를 달리는 마음으로
執戈王前驅[4]　　창을 들고 왕의 전구가 되려 하네
戰死士所有　　전사함은 지사가 지녀야 할 바인데
恥復守妻孥[5]　　수치스럽게 다시 처노를 지키고 있네
成功亦邂逅　　공을 이루고 다시 해후할 것을
逆料政自疎[6]　　미리 헤아려보니 진정 스스로 소활하네
陂澤號飢鴻[7]　　낮은 습지에선 굶주린 기러기가 우는데
歲月欺貧儒　　세월은 가난한 유자를 속이네
歎息鏡中面　　거울 속 얼굴을 탄식하는데
安得長膚腴　　어떻게 오래 피부가 윤택할 수 있겠는가?

주석

1) 고종(高宗) 소흥(紹興) 26년(1156) 가을, 육유가 26세 때 고향 산음(山陰: 절강성 紹興市)에서 지은 작품임.

2) 霜夕(상석): 가을 저녁.

3) 萬里心(만리심): 만리 밖에서 전공(戰功)을 세우려는 마음.

4) 前驅(전구): 선봉(先鋒).

5) 妻孥(처노): 처노(妻帑)와 같음. 처와 자식들.

6) 逆料(역료): 예료(豫料).

7) 陂澤(피택): 지대가 낮은 물이 고인 곳. 飢鴻(기홍): 굶주린 백성들을 말함.

산서촌을 유람하다 遊山西村[1]

莫笑農家臘酒渾[2]　농가의 섣달 술이 혼탁하다고 비웃지 마오
豊年留客足鷄豚　풍년이라 객을 머물러두고 닭과 돼지도 풍족하네
山重水複疑無路　산 겹치고 물 거듭하여 길이 없나 싶은데
柳暗花明又一村　버들 어둡고 꽃 밝은 곳에 또 한 마을이 있네
簫鼓追隨春社近[3]　소고 소리 따라가니 춘사가 가깝고
衣冠簡朴古風存　의관은 간박하여 고풍이 남아있네
從今若許閒乘月　지금부터 한가히 달빛 타고 오는 것을 허락하면
拄杖無時夜叩門　지팡이 짚고 때도 없이 밤에 문을 두드리리라

주석

1) 건도(乾道) 3년(1167) 초봄에 고향 산음에서 지은 작품임.

2) 臘酒(납주): 음력 12월에 빚는 술.

3) 春社(춘사): 입춘 후 5번째 무일(戊日)에 토지와 오곡의 신에게 올리는 제사.

평설

- 『당송시순』에 "탄환 같은 재빠른 손놀림이 있는 듯하여서, 형용하기 어려운 경치를 잘 묘사했을 뿐이 아니다"라고 했다.

- 『석주시화』에 "왕반산(王半山: 王安石)의 '青山繚繞疑無路, 忽見千帆隱映來'는 진소유(秦少游: 秦觀)의 '菰蒲深處疑無地, 忽有人家笑語聲'을 조술한 것이다. 육방옹의 '山重水複疑無路, 柳暗花明又一村'은 곧 또한 변화시켜 대구로 지은 것일 뿐이다"라고 했다.

황주 黃州[1)]

局促常悲類楚囚[2)] 움츠린 채 항상 슬퍼하니 초수와 같고
遷流還嘆學齊優[3)] 떠돌며 다시 탄식하니 제우를 배우는 것 같네
江聲不盡英雄恨 강물 소리는 영웅의 한을 다하지 않고
天地無私草木秋 천지는 초목의 가을에 무정하네
萬里羇愁添白髮 만 리의 나그네 근심에 백발을 더하고
一帆寒日過黃州 한 돛으로 추운 날 황주를 지나가네
君看赤壁終陳迹[4)] 그대는 적벽의 묵은 자취가 끝났음을 보구려
生子何須似仲謀[5)] 아들 낳음이 어찌 반드시 중모와 같을 것인가?

주석

1) 黃州(황주): 호북성 황강(黃岡).

2) 局促(국촉): 속박을 받아 펴지 못하는 모양. 楚囚(초수): 초(楚)나라 사람 종의(鍾儀)를 말함. 정(鄭)나라 사람에게 포로로 붙잡혀 진(晉)나라에 바쳐졌는데, 감옥에서 조국 초나라의 음악을 금(琴)으로 연주하며 슬퍼하였음.

3) 齊優(제우): 공자(孔子)가 노(魯)나라의 대사구(大司寇)로 있을 때 제(齊)나라에서 여악(女樂)을 바치자, 노나라 군주가 종일 여악을 관람하느라 정사에 태만하자, 공자가 노나라를 떠나갔음.

4) 赤壁(적벽): 황주의 적비기(赤鼻磯). 한말(漢末)에 주유(周瑜)가 조조(曹操)를 격파한 적벽은 호북(湖北) 포은(蒲垠)의 장강(長江) 남안(南岸)에 있음. 황주의 적비기를 포은의 적벽으로 오인한 것은 육유 이전에도, 당나라 두목(杜牧)의 〈적벽시〉와 소식(蘇軾)의 〈적벽부(赤壁賦)〉에서 또한 그러하였음.

5) 仲謀(중모): 손권(孫權)의 자. 조조가 오나라를 공격할 때 손권의 군대의 진용이 엄정한 것을 보고 탄식하기를, "아들을 낳으면 마땅히 손중모와 같아야 한다"라고 했다고 함.

애영 哀郢[1]

遠接商周祚最長[2]　멀리 상과 주와 접하여 국운이 가장 길고
北盟齊晉勢爭强[3]　북으로 제와 진과 맹약하여 세력을 다투었네
章華歌舞終蕭瑟[4]　장화대의 가무가 끝내 소슬해지고
雲夢風煙舊莽蒼[5]　운몽택의 풍연이 예로부터 망창했네
草合故宮惟雁起　풀 덮인 옛 궁전엔 오직 기러기만 날고
盜穿荒冢有狐藏　도굴당한 황량한 무덤엔 여우만 숨어 있네
離騷未盡靈均恨[6]　〈이소〉에 영균의 한을 다 풀지 못하여
志士千秋淚滿裳　지사들의 천추의 눈물이 옷자락에 가득하네

주석

1) 哀郢(애영): 영(郢)은 전국시대 초(楚)나라의 도성. 지금의 호북성 강릉현(江陵縣). 굴원(屈原)의 〈구장(九章)〉 중에 〈애영〉 편이 있음. 이 시는 육유가 건도(乾道) 6년(1170) 9월에 호북 강릉을 지나가면서 지은 작품임.

2) 전설에 의하면, 초(楚)의 선조는 황제(黃帝)의 손자 전욱(顓頊) 고양씨(高陽氏)인데, 상(商)나라 때는 후백(侯伯)이었고, 주(周)나라 성왕(成王) 때 초(楚)에 봉해져서 건국하였다고 함. 춘추시대에는 왕(王)이라 칭했다. 祚(조): 국운(國運).

3) 춘추시대 초나라는 북방의 제(齊)와 진(晉)과 패권을 다투었음.

4) 章華(장화): 장화대(章華臺). 춘추시대 초나라 영왕(靈王)이 건설했음. 옛 터는 호북성 감리현(監利縣) 서북. 蕭瑟(소슬): 황량(荒涼).

5) 雲夢(운몽): 초나라의 큰 늪지의 이름. 호북성 남부와 호남성 북부 일대 지역. 莽蒼(망창): 넓고 멀어서 아득한 모양.

6) 離騷(이소): 굴원(屈原)의 장편 서정시. 참소를 당하여 쫓겨난 울분과 조국에 대한 우국의 심정을 그렸음. 靈均(영균): 굴원의 자.

동호의 새 대나무 東湖新竹[1]

插棘編籬謹護持[2]	멧대추나무를 꽂아 엮은 울타리로 보호하고
養成寒碧映淪漪	서늘한 푸른 대나무를 키워서 물결에 비추었네
清風掠地秋先到	맑은 바람이 땅을 쓸며 가을이 먼저 오니
赤日行天午不知[3]	붉은 해가 하늘을 지나는 정오를 모르겠네
解籜時聞聲簌簌[4]	대껍질 터지는 속속 소리를 때때로 듣고
放梢初見影離離	대나무 끝의 그림자 무성함을 비로소 보네
官閑我欲頻來此	관청일 한가하여 내 빈번히 이곳에 오니
枕簟仍教到處隨	베개와 자리를 가는 곳마다 따르게 하네

주석

1) 東湖(동호): 절강성 소흥시(紹興市) 근교에 있음.

2) 棘(극): 멧대추나무. 가시가 많아서 울타리로 사용함.

3) 赤日(적일): 여름 해를 말함.

4) 解籜(해탁): 대나무 껍질이 대나무의 성장으로 인하여 갈라터지는 것. 簌簌(속속): 대나무 껍질이 터지는 소리.

5) 放梢(방초): 죽순에서 대나무 끝이 성장하여 나오는 것. 離離(이리): 초목이 무성한 모양.

임안의 봄비가 비로소 개다 臨安春雨初霽[1]

世味年来薄似紗　세상사의 맛이 연래에 비단처럼 얇은데
誰令騎馬客京華[2]　누가 말 타고 경성으로 오게 했는가?
小樓一夜聽春雨　작은 누대에서 하룻밤 봄비소리 들었는데
深巷明朝賣杏花　깊은 거리 다음날 아침에 살구꽃을 파네
矮紙斜行閑作草　짧은 종이에 비껴 그으며 한가히 초서를 쓰고
晴窓細乳戲分茶[3]　갠 창가에서 세유를 보며 재미로 차를 품평하네
素衣莫起風塵嘆　흰 옷에 먼지바람 일으킴을 탄식하지 마오
猶及清明可到家　오히려 청명 때는 집에 도착할 수 있으리라

주석

1) 臨安(임안): 남송의 도성. 지금의 절강성 항주(杭州). 효종(孝宗) 순희(淳熙) 13년(1186) 봄에 육유는 부름을 받고 임안으로 와서 조청대부(朝請大夫)(종6품)가 되어 권지엄주사(權知嚴州事)에 임명되었다. 이때 서호(西湖) 부근의 전가항(磚街巷) 객사에 머물면서 지은 작품임.

2) 京華(경화): 경성(京城) 임안(臨安).

3) 細乳(세유): 차를 끓일 때 수면으로 떠오르는 하얗고 작은 포말. 分茶(분다): 품다(品茶). 차를 분별하여 품평하는 것.

평설

- 『후촌시화』에 "육방옹(陸放翁)이 젊어서 임안(臨安)에서 벼슬할 때 시구를 얻기를 '小樓一夜聽春雨, 深巷明朝賣杏花'라고 했는데, 금중(禁中)에 전해져서 사릉(思陵)이 칭상(稱賞)했다. 이로부터 유명해졌다"라고 했다.

● 『당송시순』에 "함련(頷聯)은 단전탈구(團轉脫口)하여 나왔는데, 한 번 진박(湊泊)하게 되면, 이 말의 묘를 잃게 된다. 구우(瞿佑)가 말하기를 '진간재(陳簡齋: 陳與義)의 시에 「客子光陰詩卷裏, 杏花消息雨聲中」이라 했고, 육방옹(陸放翁)의 시에 「小樓一夜聽春雨, 深巷明朝賣杏花」라고 했는데, 모두 가구(佳句)이다. 섭정일(葉靖逸: 葉紹翁)의 시에 「春色滿園關不住, 一枝紅杏出牆來」라고 하고, 대석병(戴石屛: 戴復古)의 시에 「一冬天氣如春暖, 昨日街頭賣杏花」라고 했는데, 구의 뜻이 아름다워서, 그것을 추급(追及)할 수 있다'고 했다. 우세각(盧世漼)이 '3 · 4구에는 당인(唐人)의 풍운(風韻)이 있다'고 했다. 방회(方回)가 '〈臨安春雨初霽〉 1수는 『검남집(劍南集)』에 엄주조사(嚴州朝辭) 때 지은 것에 묶여 있는데, 『후촌시화(後村詩話)』에서 「젊어서 도성에 가서 지은 것인데, 사릉(思陵)이 상음(賞音)했다」고 한 것은 잘못인 듯하다'고 했다"라고 했다.

가을생각 秋思

利欲驅人萬火牛[1]	이욕이 사람을 몰아댐은 만 마리 불소와 같고
江湖浪迹一沙鷗	강호를 떠도는 자취는 한 갈매기와 같네
日長似歲閑方覺	하루가 일 년처럼 기니 한가함을 비로소 깨닫고
事大如山醉亦休	일이 산처럼 크니 취하는 것도 또한 그만두네
衣杵相望深巷月	다듬질하며 깊은 거리의 달을 서로 바라보고
井桐搖落故園秋[2]	우물가의 오동잎 떨어진 고향의 가을이네
欲舒老眼無高處	늙은 시야를 펴보고 싶지만 높은 곳이 없으니
安得元龍百尺樓[3]	어디서 원룡의 백 척 누대를 얻겠는가?

주석

1) 萬火牛(만화우): 전국시대 제(齊)나라 장군 전단(田單)이 연(燕)나라와 전쟁할 때, 천여 마리의 소의 머리에 병기를 묶고, 소의 꼬리에 불을 붙여서 연(燕)나라 군대로 몰아대며, 야습하여 대승을 이루었음.

2) 井桐(정오): 우물가의 오동나무. 육조 때부터 우물가에 오동나무를 심는 풍속이 있었음. 搖落(요락): 나뭇잎이 지는 것. 故園(고원): 고향.

3) 元龍(원룡): 삼국시대 위(魏)나라 진등(陳登)의 자. 百尺樓(백척루): 높은 누대. 『三國志 · 魏志 · 陳登傳』에 "허사(許汜)가 말하기를 '지난날 난리를 당하여 하비(下邳)로 찾아가서, 원룡(元龍: 陳登)을 만났는데, 원룡이 객주(客主)의 뜻이 없어서, 오래 서로 이야기하지 않았습니다. 자신은 큰 침상에 올라가서 자고, 객에게는 침상 아래에서 자게 했습니다'라고 했다. 유비(劉備)가 '그대가 밭을 구하고 집을 구했는데, 그 말에서는 취할 것이 없었다. 이 때문에 진등이 피했던 것이었다. 무슨 까닭으로 그대와 더불어 이야기를 하겠는가? 소인(小人) 같으면, 백 척의 누대에서 자면서, 그대를 땅바닥에 재웠을 것이다. 어찌 다만 침상의 위아래 간격뿐이겠는가?'라고 했다"라고 했다.

비분을 적다 書憤[1]

早歲那知世事艱	젊은 날에 어찌 세상일이 간난할 줄 알았으랴?
中原北望氣如山	중원을 북으로 바라보며 의분이 산과 같았네
樓船夜雪瓜洲渡[2]	누선은 밤 눈발 속에 과주 나루에 있었고
鐵馬秋風大散關[3]	철마는 가을바람 속 대산관에 있었네
塞上長城空自許[4]	변새의 장성이라고 공연히 스스로를 허락했는데
鏡中衰鬢已先斑	거울 속 쇠한 머리는 이미 먼저 백발이 되었네
出師一表眞名世[5]	한 편의 <출사표>가 참으로 세상에 유명한데

千載誰堪伯仲間　　천년 후 누가 백중함을 감당하랴?

주석

1) 순희(淳熙) 13년(1186) 봄에 고향 산음에서 지은 작품임. 당시 육유의 연세는 62세였다.

2) 樓船(누선): 큰 전선(戰船). 瓜洲(과주): 과주진(瓜洲鎭). 강소성 양주시(揚州市) 남쪽 장강(長江) 연안. 고종(高宗) 소흥(紹興) 31년(1161) 겨울에 금나라 임금 완안량(完顔亮)이 대거 남침하여 과주진을 점령하고, 강을 건너 남경성(南京城)을 공격하려고 했다. 당시 오윤문(吳允文)과 유기(劉錡) 등의 부대와 수많은 백성들이 금군에 저항했다. 나중에 금군은 내변이 일어나서 완안량이 부하에게 피살되고, 금군의 전체가 궤멸되었다.

3) 大散關(대산관): 섬서성 보계시(寶鷄市) 서남쪽 대산령(大散嶺) 위에 있었던 요충지. 고종 소흥 31년 가을에 금군이 대산관을 침략하여 송나라 오린(吳璘)의 부대와 격전을 치렀다. 이듬해 봄에 송나라 장군 양종의(陽從儀)가 대산관을 수복했다.

4) 남조(南朝) 유송(劉宋)의 장군 단도제(檀道濟)가 북조(北朝) 위(魏)나라의 남침을 막아내고, 자칭 국가의 만리장성이라고 했음.

5) 出師一表(출사일표): 삼국시대 촉한(蜀漢) 제갈량(諸葛亮)의 〈출사표〉를 말함.

버드나무 다리에서 저녁에 조망하다 柳橋晩眺

小浦聞魚躍　　작은 물가에서 물고기 뛰는 소리를 듣고
橫林待鶴歸　　비낀 숲에서 학을 기다려 돌아오네
閑雲不成雨　　한가한 구름은 비를 이루지 않고
故傍碧山飛　　일부러 푸른 산 옆에서 나네

검문산으로 가는 중에 보슬비를 맞다 劍門道中遇微雨[1]

衣上征塵雜酒痕　옷 위 먼지에 술 얼룩이 섞이고
遠遊無處不消魂　먼 여행길에 애끊지 않는 곳이 없네
此身合是詩人未　이 몸은 마땅히 시인이 아니던가?
細雨騎驢入劍門[2]　보슬비 속 나귀 타고 검문산으로 들어가네

주석

1) 劍門(검문): 검문산(劍門山). 사천성 검각현(劍閣縣) 북쪽. 효종(孝宗) 건도(乾道) 8년(1172) 겨울, 육유는 한중(漢中)에서 성도(成都)로 가서, 성도부안무사참의관(成都府按撫司參議官)에 부임했는데, 그 도중에 지은 작품임.

2) 騎驢(기려): 당나라의 시인들에게 나귀 위에서 시를 지었던 고사가 많은데, 정계(鄭棨)는 "시사(詩思)는 파교(灞橋)의 풍설(風雪) 중 나귀의 등 위에 있다"라고 했음.

평설

- 청나라 진연(陳衍)의 『석유실시화(石遺室詩話)』에 "검남(劍南)의 칠절(七絶)은 송인(宋人) 중에서 가장 상봉(上峰)을 차지했는데, 이 시는 또한 가장 상봉으로서 곧장 당인(唐人)의 누(壘)에 도달했다"라고 했다.

용흥사에서 소릉선생의 우거에 조문하다

龍興寺弔少陵先生寓居[1]

中原草草失承平[2] 증원이 초초하여 태평시절을 잃으니
戍火邊塵到兩京[3] 봉화와 변경의 먼지가 양경에 이르렀네
扈蹕老臣身萬里[4] 호필 노신의 몸이 만 리를 떠돌며
天寒來此聽江聲 날 찬데 이곳에 와서 강물소리를 들었네

주석

1) 龍興寺(용흥사): 사천성 충현(忠縣)에 있음. 少陵先生(소릉선생): 두보(杜甫). 영태(永泰) 원년(765)에 두보는 성도(成都)를 떠난 후 용흥사에 약 2개월 동안 머물렀음. 두보의 시에 〈題忠州龍興寺所居院壁〉이 있다. 육유의 원주(原注)에 "소릉의 시로써 살펴보니, 대개 가을과 겨울 사이에 이 고을에 머물렀다. 절 문에서 강물소리가 몹시 웅장하게 들린다"라고 했다.

2) 草草(초초): 시절이 쇠망한 모양.

3) 戍火(수화): 봉화(烽火). 천보(天寶) 14년(755)에 안록산이 반란을 일으켜서 선후로 동도(東都) 낙양(洛陽)과 경성 장안(長安)을 함락시켰다.

4) 扈蹕(호필): 호종(扈從). 임금의 수레를 따르는 것. 두보는 반란군에 의해 장안에 억류되어 있다가 장안을 탈출하여 숙종(肅宗)이 있는 봉상(鳳翔)으로 갔고, 나중에 또 숙종을 따라 장안으로 돌아왔다.

심원 沈園[1]

1

城上斜陽畵角哀[2] 성 위 석양에 화각소리 애달프고
沈園非復舊池臺 심원은 다시 옛날의 지대가 아니네
傷心橋下春波綠[3] 다리 아래 봄물결의 푸름을 상심해하니
曾是驚鴻照影來[4] 일찍이 놀란 기러기 그림자 비춰 왔었네

주석

1) 절강성 소흥시(紹興市) 우적사(禹迹寺) 남쪽에 있었던 심씨(沈氏)의 원림(園林). 이 시는 경원(慶元) 5년(1199) 봄, 육유가 75세 때 고향 산음(山陰)에서 44년 전 죽은 전처 당완(唐婉)을 애도한 시이다. 당완은 본래 육유의 외종 누이로서 결혼 후 부부의 금실이 좋았는데, 모친의 강요로 이혼했다. 그 후 각자 재혼을 했는데, 소흥(紹興) 25년(1155) 봄에 두 사람은 우연히 심원에서 상봉했다. 이에 육유는 감개하여 〈차두봉(釵頭鳳)〉 사를 지어 심원의 벽에 적었다. 이 해에 당완은 한을 품고 죽었고, 44년 후 심원을 다시 찾은 육유는 그 옛날의 상봉을 추억하며 지은 작품이다.

2) 畵角(화각): 채색한 대나무 관악기의 일종. 본래 서강(西羌)의 악기로서 군대에서 경계용으로 사용했다.

3) 橋(교): 일명 춘파교(春波橋). 하지장(賀知章)의 "春風不改舊時波" 구절로 인하여 이름이 붙여졌음.

4) 驚鴻(경홍): 조식(曹植)의 〈낙신부(洛神賦)〉에 "翩若驚鴻"이라 했는데, 미인(美人)의 날렵한 자태를 말함.

2

夢斷香消四十年　꿈 끊기고 향기 사라진 지 사십 년인데
沈園柳老不吹綿[1)]　심원의 버들은 늙어서 솜을 날리지 않네
此身行作稽山土[2)]　이 몸은 장차 회계산의 흙이 되려는데
猶弔遺蹤一泫然　오히려 남은 자취에 조문하며 눈물 뿌리네

주석

1) 綿(면): 유서(柳絮).

2) 稽山(계산): 회계산(會稽山). 절강성 소흥시(紹興市) 동남에 있음.

평설

- 송나라 주밀(周密)의 『제동야어(齊東野語)』에 "육무관(陸務觀)은 처음에 당씨(唐氏)에게 장가갔는데, 그 모부인에게 질녀가 된다. 부부는 서로 사이가 좋았는데, 그 시어머니에게 받아들여지지 못했다. 이미 나가게 했지만, 차마 절연하지 못하고, 별관(別館)을 지어 주고 때때로 가서 보았다. 시어머니가 알고서 그것을 막으려 했다. 비록 먼저 알고서 이끌고 갔지만, 그러나 일을 감출 수가 없어서 마침내 절연했다. 당씨는 나중에 동군(同郡)의 종자(宗子) 조사정(趙士程)에게 개가했다. 일찍이 봄날 놀러나갔다가 우적사(禹蹟寺) 남쪽 심씨(沈氏)의 원림(園林)에서 상봉했다. 당씨가 조사정에게 말하여 술과 안주를 보냈다. 옹(翁)은 슬프게 오래 있다가 한 편의 〈차두봉(釵頭鳳)〉 사(詞)를 지어서 원림의 벽 사이에 적었다. 실로 소흥(紹興) 을해년이었다. 옹은 감호(鑑湖)의 삼산(三山)에 살았는데, 만년에 매번 성에 들어가면 반드시 절에 올라가서 조망하면서 정을 이기지 못했다. 오래지 않아서 당씨가 죽었는데, 일찍이 지은 시가

모두 5수이다"라고 했다.

- 『송시정화록』에 "이와 같이 절등(絶等)한 상심(傷心)스러운 사건은 없고, 이와 같이 절등한 상심스러운 시는 없다. 백 년으로써 논한다면 누가 이런 일이 있기를 원하겠는가? 천 년으로써 논한다면 이런 시가 없을 수 없다"라고 했다.

참고

- 육유의 〈차두봉(釵頭鳳)〉: 紅酥手, 黃藤酒, 滿城春色宮牆柳. 東風惡, 歡情薄. 一懷愁緖幾年離索錯錯錯. // 春如舊人, 空瘦泪痕, 紅浥鮫綃透桃花. 落閒池, 閣山盟. 雖在錦書難托, 莫莫莫.

가을 회포 秋懷

園丁傍架摘黃瓜　원정은 시렁 옆에서 노란 오이를 따고
村女沿籬採碧花[1)]　시골 아낙은 울타리 가에서 벽화를 따네
城市尚餘三伏熱　성시엔 여전히 삼복의 더위가 남았는데
秋光先到野人家　가을빛이 먼저 시골집에 이르렀네

주석

1) 碧花(벽화): 나팔꽃의 일종.

가을밤이 새려할 때 울타리 문에 나가서 서늘함을 맞이하며 감개가 있었다 秋夜將曉, 出籬門, 迎涼有感[1]

三萬里河東入海　삼만 리 황하는 동쪽 바다로 들어가고
五千仞嶽上摩天[2]　오천 길 산악은 위로 하늘에 닿았네
遺民淚盡邊塵裏　유민은 변방 먼지 속에 눈물 다 뿌리고
南望王師又一年[3]　남쪽으로 왕사를 바란 지가 또 일 년이네

주석

1) 원래 2수임.

2) 仞(인): 8척(尺)의 길이.

3) 王師(왕사): 왕의 군대.

아이들에게 보이다 示兒[1]

死去元知萬事空　죽어가며 원래 만사가 부질없음을 깨닫는데
但悲不見九州同　다만 구주의 통일을 보지 못함이 슬프네
王師北定中原日　우리 군대가 북으로 중원을 평정하는 날에
家祭無忘告乃翁[2]　집 제사를 지내 너희 애비에게 알릴 것을 잊지 말라

주석

1) 헌종(憲宗) 가정(嘉定) 2년(1209) 겨울, 육유가 85세로 임종할 때 절필의 작품임. 육유에게는 6명의 아들이 있었음.

2) 乃翁(내옹): 너희 아버지.

평설

• 『시수』에 "충분(忠憤)의 기운이 28자 사이에 낙락(落落)하다. 임경희(林景熙)가 송나라 두 황제의 유골을 수습하여, 동청나무(冬青: 사철나무)를 심고, 다시 〈제육방옹시권후(題陸放翁詩卷後)〉 시에서 '青山一髮愁濛濛, 干戈已滿天南東. 來孫却見九州同, 家祭如何告乃翁'이라고 했다. 매번 이것을 읽어보면 눈물이 나지 않은 적이 없다"라고 했다.

• 청나라 하이손(賀貽孫)의 『시벌(詩筏)』에 "충효의 시는 공졸(工拙)을 물을 필요가 없다. 육방옹이 만년에 지어서 아들들에게 준 시에 '死去元知萬事空……家祭無忘告乃翁'이라고 했는데, 대개 남송(南宋)이 변경(汴京)을 회복할 수 없음을 상심한 것이다. 송나라가 망한 후에 임경희(林景熙) 등이 송나라 황제의 유골을 수습하여 매장하고 동청(冬青)나무를 심었다. 경희는 곧 방옹의 시 뒤에다가 절구 한 수를 적기를 '青山一髮愁濛濛, 干戈已滿天南東. 來孫却見九州同, 家祭如何告乃翁'이라고 했다. 두 시는 솔직한 뜻을 그대로 썼는데, 비장침통(悲壯沈痛)함과 고충지성(孤忠至性)이 귀신도 울릴 수 있다. 어찌 송나라나 원나라라고 하여 그 훌륭함을 덜 수가 있겠는가? 이로 추측하건대, 송인들은 학문이 정묘(精妙)하고, 재정(才情)이 수일(秀逸)하여 삼당(三唐)에 양보하지 않는다. 구양수(歐陽修) · 소식(蘇軾) · 황정견(黃庭堅) · 매요신(梅堯臣) · 진관(秦觀) · 진사도(陳師道) 등 여러 사람 외에도 작자들이 숲처럼 섰으니, 무명인이라도 또한 한둘의 가구(佳句)가 있어서 그 시집에 산견(散見)된다……"라고 했다.

• 『구북시화』에 "방옹은 선화(宣和) 때 태어나서 남도(南渡)에서 성장했다. 그 출사(出仕)는 소흥(紹興) 말에 있었다. 화의(和議)가 오래 이루어

졌는데…… 그 당시 조정에서는 화강수맹(畵疆守盟)과 식사녕인(息事寧人)을 상책으로 삼지 않음이 없었다. 그러나 방옹은 홀로 원수를 갚고 수치를 씻으려고 했다. 장편과 단송(短誦)에다 그 비분함을 붙였다. 어떤 이는 서생의 습기(習氣)가 대언(大言)을 이루기를 좋아하는데, 이를 빌려다가 시를 지었다고 의심한다. 지금 전집(全集)을 열람해보고, 비로소 허교(虛矯)의 기(氣)를 다한 것이 아님을 알았다. ……죽음에 임하여 오히려 '王師北定中原日, 家祭無忘告乃翁'이란 구가 있었으니, 방옹의 평소의 의지를 볼 수 있다"라고 했다.

- 청나라 황자운(黃子雲)의 『야홍시적(野鴻詩的)』에 "무관(務觀)은 송나라에서 또한 정시(正始)라고 칭할 만하다. 그 천약(淺弱)함으로 흘러가고, 고혼뢰기(高渾磊氣)가 없음을 애석하게 여겼는데, 임종 때의 시 '王師北定中原日, 家祭無忘告乃翁' 두 말은 용중교교(庸中佼佼)한 것이다"라고 했다.

범성대 范成大

범성대(1126-1193), 자는 치능(致能), 호는 석호거사(石湖居士), 오군(吳郡: 강소성 蘇州市) 사람. 소흥(紹興) 24년(1154) 진사. 건도(乾道) 6년(1170)에 예부원외랑(禮部員外郎) 겸 숭정전대학사(崇政殿大學士)로서 금(金)나라에 사신으로 다녀왔다. 중서사인(中書舍人) 등을 거쳐 참지정사(參知政事)를 지냈다. 만년에 소주(蘇州) 석호(石湖)에 은거했다.

범성대는 남송 중흥사대시인 중의 한 사람이었다. 『석호거사시집(石湖居士詩集)』·『석호사(石湖詞)』 등이 있다.

『송시초』에 "그 시는 채색을 빚지 않았고, 위축되어 군색하지 않고, 신청무미(新淸嫵媚)함은 포조(鮑眺)와 사령운(謝靈運)을 덮어 지니고, 분일위궁(奔逸俊偉窮)함은 태백(太白: 이백)을 추구했다. 이 당시에 석호(石湖)는 양성재(楊誠齋: 楊萬里)·육방옹(陸放翁: 陸游)·우수초(尤遂初: 尤袤)와 함께 모두 남도(南渡)의 대가였다"라고 했다.

명주실 뽑기 繅絲行[1]

小麥青青大麥黃[2]　밀은 푸릇푸릇하고 보리는 누런데
原頭日出天色凉　들머리에 해 뜨자 하늘색이 처량하네
姑婦相呼有忙事　시어머니 며느리가 서로 부르며 일이 바쁜데
舍後煮繭門前香　집 뒤에서 누에고치를 삶으니 문전에 향기나네
繅車嘈嘈似風雨[3]　물레소리 덜컹덜컹 비바람소리 같은데
繭厚絲長無斷縷　고치 두텁고 실이 길어 끊긴 가닥이 없네
今年那暇織絹著　금년에도 어찌 한가롭게 비단을 짤 것인가?
明日西門賣絲去　내일 서문으로 실을 팔러 가야 하리라

주석

1) 繅絲行(소사행): 소사(繅絲)는 누에고치에서 실을 뽑아내는 것. 행(行)은 악부(樂府)와 고시(古詩)의 일종 체제. 노래라는 의미.

2) 小麥(소맥): 밀. 大麥(대맥): 보리. 한(漢)나라 동요(童謠)에 "小麥青青大麥枯, 誰其穫者婦與姑"라고 했음.

3) 繅車(소거): 고치에서 실을 뽑아내는 물레. 嘈嘈(조조): 소란한 소리.

세금 독촉 催租行

輸租得鈔官更催[1]　세금 내고 호초를 받았는데 관에서 또 재촉하니
踉蹡里正敲門來[2]　비슬비슬 걷는 이정이 문을 두드리려 왔네
手持文書雜嗔喜　손에 문서를 들고 화냈다 웃곤 하는데

我亦來營醉歸耳　나 역시 와서 취해 돌아가고자 하는 것뿐이라네
牀頭慳囊大如拳　상머리에 인색한 전대의 크기가 주먹만 한데
撲破正有三百錢　쳐서 깨뜨리니 바로 삼백 전이네
不堪與君成一醉　그대를 한 번 취하게 할 수 없지만
聊復償君草鞋費　부디 그대의 짚신 값이나 하시구려

주석

1) 輸租得鈔(수조득초): 세금을 완납한 후 관청에서 발급한 호초(戶鈔). 호초는 곧 영수증.

2) 踉蹡(낭장): 똑바로 걷지 않고 좌로 우로 비슬비슬 걷는 모양.

11월 12일 침상에서 새벽에 짓다 十一月十二日枕上曉作

竹響風成陣　대숲 울리니 바람이 진을 이루었고
窓明雪已花　창 밝으니 눈이 이미 꽃을 피웠네
柴扉吟凍犬　사립문엔 추운 개가 짖고
紙瓦啄飢鴉　종이 천장을 굶주린 까마귀가 쪼네
宿酒欺寒力　어젯밤의 술기운은 찬 기운을 기만하고
新詩管歲華　새 시는 세월을 관리하네
日高猶擁被　해 높은데 여전히 이불을 껴안고
蓐食媿鄰家[1]　잠자리에서 아침식사 하는 이웃집에 부끄럽네

주석

1) 蓐食(욕식): 새벽의 잠자리에서 아침식사를 하는 것. 새벽에 잠자리에서 식사하고 이미 일하러 나간 이웃에 부끄럽다는 것.

푸른 기와 碧瓦

碧瓦樓頭繡幙遮　푸른 기와의 누대 머리는 수막이 쳐졌고
赤欄橋外綠溪斜　붉은 난간의 다리 너머엔 초록 개울이 비껴있네
無風楊柳漫天絮　바람 없어도 버들솜은 하늘에 가득하고
不雨棠梨滿地花[1]　비 오지 않아도 팥배나무의 꽃은 땅에 가득하네

주석

1) 棠梨(당리): 팥배나무.

횡당 橫塘[1]

南浦春來綠一川[2]　남포에 봄이 오니 한 냇물이 초록이고
石橋朱塔兩依然[3]　돌다리와 붉은 탑이 둘 다 의연하네
年年送客橫塘路　해마다 객을 전송하는 횡당 길엔
細雨垂楊繫畫船[4]　보슬비 속 수양버들에 배를 매어놓았네

주석

1) 橫塘(황당): 강소성 오현(吳縣) 서남쪽에 있음.

2) 南浦(남포): 널리 전송하는 장소를 말함. 강엄(江淹)의 〈별부(別賦)〉에 "送君南浦, 傷如之何?"라고 했음.

3) 石橋(석교): 풍교(楓橋)를 말함. 횡당의 북쪽에 있음. 朱塔(주탑): 한산사(寒山寺)를 말함.

4) 畫船(화선): 화려하게 채색한 배.

변하 汴河[1]

指顧枯河五十年[2] 잠깐 사이에 말라버린 변하가 오십 년인데
龍舟早晚定疏川[3] 용주는 언제나 하천을 소통시킬 것인가?
還京却要東南運[4] 변경에 돌아오면 다시 동남의 조운을 요구하리니
酸棗棠梨莫蓊然[5] 멧대추나무와 팥배나무는 무성하지 못하리라

주석

1) 汴河(변하): 변수(汴水). 송나라 때 동남 지역의 양곡이 변하를 통하여 경사로 들어왔음. 원주에 "변하가 사천(泗州) 이북이 모두 말라버려서, 초목이 자라났다. 주민들이 말하기를, '본조(本朝)가 회복되어 어가가 돌아오면 곧 변하가 다시 열릴 것이라고 한다'고 했다"라고 했다. 효종(孝宗) 건도(乾道) 6년(1170) 금나라에 사신으로 가던 중에 지은 작품임.

2) 指顧(지고): 가리키고 돌아보는 잠깐 사이. 五十年(오십년): 북송(北宋)이 함몰된 기간을 말함.

3) 龍舟(용주): 황제의 배. 早晚(조만): 하시(何時). 定(정): 구경(究竟). 疏(소):

소통(疏通).

4) 京(경): 변경(汴京). 북송의 도성이었던 하남성 개봉시(開封市).

5) 酸棗棠梨(산조당리): 멧대추나무와 팥배나무. 말라버린 변하에서 자라는 잡목을 말함. 蓊然(옹연): 수목이 무성한 모양.

주교 州橋[1]

州橋南北是天街[2]　주교의 남북은 천가인데
父老年年等駕回[3]　부로들은 해마다 어가의 귀환을 기다리네
忍淚失聲詢使者　눈물 참으며 실성하여 사자에게 묻는데
幾時眞有六軍來[4]　언제나 참으로 육군이 올 것인가?

주석

1) 州橋(주교): 일명 천한교(天漢橋). 북송의 도성 변경(汴京)의 변하(汴河)에 걸쳐있음. 원주에 "남으로는 주작문(朱雀門)을 바라보고, 북으로는 선덕루(宣德樓)를 바라보는데, 모두 옛 어로(御路)이다"라고 했음. 주작문은 변경 도성의 정남문(正南門). 선덕루는 궁성 정문의 문루(門樓). 효종(孝宗) 건도(乾道) 6년(1170) 금나라에 사신으로 가던 중에 지은 작품임.

2) 天街(천가): 어로(御路).

3) 等(등): 기다리다. 청나라 고사기(高士奇)의 『천록식여(天祿識餘)』에 "북인(北人)의 토속어에 후(候)를 등(等)이라고 하는데, 시인 중에 사용한 자가 없었다. ……범석호의 〈주교〉 시에서…… 등(等)을 사용했는데, 또한 참신하다"라고 했다.

4) 六軍(육군): 천자의 군대. 송나라의 군대를 말함.

사시전원잡흥 四時田園雜興

순희(淳熙) 병오(丙午: 1186)년에 깊은 고질이 약간 나아서, 다시 석호(石湖)의 옛 은거지에 이르러서 야외의 즉사를 곧 절구 한 수로 지었다. 한 해 동안 60편을 얻었는데 〈사시전원잡흥(四時田園雜興)〉이라고 이름을 지었다.

1

步屧尋春有好懷　나막신 신고 봄을 찾으니 좋은 회포가 있는데
雨餘蹄道水如杯[1)]　비온 후 말발굽 찍힌 길엔 괸 물이 술잔 같네
隨人黃犬攙前去[2)]　사람 따르는 누렁이는 앞장서서 뛰어나가
走到溪邊忽自回　개울가에 갔다가 문득 스스로 돌아오네

주석

1) 蹄道(제도): 말이 지나가서 발굽이 찍혀있는 길.
2) 攙前(참전): 앞질러 가는 것.

2

胡蝶雙雙入菜花　호랑나비 쌍쌍이 채소꽃으로 날아들고
日長無客到田家　해 긴데 전가에 오는 객도 없네
鷄飛過籬犬吠竇　닭이 울타리를 날아 넘고 개가 구멍에서 짖으니
知有行商來買茶　행상이 차를 팔러온 것을 알겠네

3

梅子金黄杏子肥　매실은 황금색이고 살구 살찌고
麥花雪白菜花稀　보리꽃 하얗고 채소꽃은 드무네
日長籬落無人過　해 긴데 담장엔 지나는 사람 없고
惟有蜻蜓蛺蝶飛[1)]　다만 잠자리와 호랑나비만 나네

주석

1) 蜻蜓(청정): 잠자리. 蛺蝶(협접): 호접(蝴蝶). 호랑나비.

4

晝出耘田夜績麻[1)]　낮엔 나가서 밭 갈고 밤엔 길쌈을 하는데
村莊兒女各當家　시골의 아낙들은 각자 집안일을 담당하네
童孫未解供耕織　어린 손자들은 농사일을 도울 줄 모르나
也傍桑陰學種瓜　또한 뽕나무 그늘 가에서 오이 심기를 배우네

주석

1) 耘(운): 김을 매는 것. 제초(除草). 績麻(적마): 삼실을 짜는 것.

5

黄塵行客汗如漿[1)]　누런 먼지 속의 행객이 땀이 범벅인데
少住儂家漱井香　잠시 내 집에 머물러 향기로운 우물물에 씻네

借與門前磐石坐　문전의 반석을 빌려줄 터이니 앉으시오
柳陰亭午正風涼　버들 그늘 정오에 지금 바람이 서늘하다오

주석

1) 汗如漿(한여장): 땀이 범벅이 된 모양. 『세설신어(世說新語)』에 "汗出如漿"이라 했음.

6

采菱辛苦廢犂鉏　마름 따며 고생하며 김매기를 그만두니
血指流丹鬼質枯　선혈 흐르는 손가락은 귀신처럼 말랐네
無力買田聊種水　힘이 없어 밭을 팔고 잠시 마름을 심었는데
近來湖面亦收租　근래 호수 면에도 또한 조세를 거둔다네

7

靜看簷蛛結網低　조용히 처마에 늘어진 거미줄을 바라보니
無端妨礙小蟲飛　무단히 작은 벌레들의 날아감을 방해하네
蜻蜓倒挂蜂兒窘　잠자리가 거꾸로 걸리고 벌이 군색하니
催喚山童爲解圍　산동을 급히 불러 풀어주도록 하네

8

新築場泥鏡面平　새로 쌓은 타작마당 호수 면처럼 고르고
家家打稻趁霜晴　집집마다 나락타작이 서리 갠 날을 따르네

笑歌聲裏春雷動　웃음과 노래 속에 봄기운 뇌동하고
一夜連枷響到明　온 밤에 이어진 도리깨질 소리가 새벽까지 닿네

9

撥雪挑來踏地菘[1]　눈을 파고 답지숭을 파내니
味如密藕更肥醲　맛이 치밀한 연근 같고 또 짙은 술맛이네
朱門肉食無風味　부잣집 육식은 풍미가 없고
只作尋常菜把供　단지 평범한 채소를 올릴 뿐이네

주석

1) 踏地菘(답지숭): 겨자과 채소의 일종으로 추위를 잘 견딤.

10

榾柮無煙雪夜長[1]　땔감의 불에 연기 없고 눈 오는 밤이 긴데
地爐煨酒煖如湯　땅 화덕에 술을 데우니 탕처럼 따뜻하네
莫嗔老婦無盤飣　노처에게 소반에 음식 없다고 화내지 마오
笑指灰中芋栗香　웃으며 잿더미를 가리키니 토란과 밤 향기 나네

주석

1) 榾柮(골돌): 나무를 베고 남은 그루터기 땔감.

향촌의 사월 鄉村四月

綠遍山原白滿川　　녹음은 산과 들에 고르고 흰 물 냇물에 가득한데
子規聲裏雨如煙　　두견새소리 속에 비가 연기 갈네
鄉村四月閑人少　　향촌 사월에 한가한 사람 드무니
纔了蠶桑又插田　　누에치기 끝내자 다시 모를 심네

양만리 楊萬里

양만리(1127-1206), 자는 정수(廷秀), 호는 성재(誠齋), 길주(吉州) 길수(吉水: 강서성) 사람. 소흥(紹興) 24년(1154) 진사. 광종(光宗) 때 비서감(祕書監)을 지내고, 나가서 강동전운부사(江東轉運副使)를 지냈다. 영종(寧宗) 때 보모각학사(寶謨閣學士)를 지냈다.

양만리는 중흥사대시인 중의 한 사람인데, 그의 시를 세간에서 성재체(誠齋體)라고 불렀다. 엄우(嚴羽)의 『창랑시화(滄浪詩話)』 등에서 성재체(誠齋體)를 설명하기를 "처음에는 반산(半山:王安石)과 후산(后山: 陳師道)을 배웠고, 최후에는 또한 당인(唐人)에게서 절구를 배웠는데, 나중에는 제가(諸家)의 체(體)를 다 버리고 별도로 기저(機杼)를 냈다. 대개 그 자서(自序)가 이와 같다"라고 했다. 『성재집(誠齋集)』이 있다.

여름밤에 달을 감상하다 夏夜玩月

仰頭月在天	머리 들면 달이 하늘에 있는데
照我影在地	나를 비춰 그림자가 땅에 있네
我行影亦行	내가 가면 그림자 역시 가고
我止影亦止	내가 멈추면 그림자 또한 멈추네
不知我與影	나와 그림자가
爲一定爲二	하나이면서 끝내 둘임을 깨닫지 못하는데
月能寫我影	달은 나와 그림자를 능히 배껴내는데
自寫却何似	스스로를 배껴냄은 도리어 무엇 같은가?
偶然步溪旁	우연히 개울가로 걸어가니
月却在溪裏	달빛이 개울 속에 있네
上下兩輪月	위아래의 두 둥근 달 중에서
若箇是眞底[1]	어떤 것이 진짜인가?
唯復水似天[2]	다만 도리어 물이 하늘 같고
唯復天似水	다만 도리어 하늘이 물 같네

주석

1) 若箇(약개): 숙개(孰箇).

2) 唯復(유부): 억혹(抑或), 환시(還是).

모심기 노래 插秧歌[1]

田夫抛秧田婦接　농부가 모를 던지면 아낙이 받고
小兒拔秧大兒插　작은 애가 모를 뽑고 큰 애가 심네
笠是兜鍪蓑是甲[2]　삿갓은 투구고 도롱이는 갑옷인데
雨從頭上濕到胛　빗물이 머리 위에서 젖어 어깨로 흐르네
喚渠朝餐歇半霎[3]　아침을 먹으라고 그들을 불러도 잠깐 멈췄다가
低頭折腰只不答　고개 숙이고 허리 꺾은 채 대답도 않네
秧根未牢蒔未匝　모 뿌리가 견실하지 못하여 두루 심지 못하고
照管鵝兒與雛鴨[4]　거위와 오리병아리들을 살펴 관리하네

주석

1) 효종(孝宗) 순희(淳熙) 6년(1179) 4월에 양만리가 상주(常州)를 떠나 고향으로 돌아가다가 구주(衢州)에서 큰 비를 만나서 머물러 있으면서 지은 작품임.
2) 兜鍪(두무): 투구.
3) 半霎(반삽): 매우 짧은 시간.
4) 雛鴨(추압): 오리병아리.

단호 蜑戶[1]

天公分付水生涯　천공이 물 위의 생애를 분부하니
從小教他踏浪花[2]　어릴 때부터 그들에게 파도를 밟도록 가르치네
煮蟹當糧那識米　게를 잡아 식량으로 삼으니 어찌 쌀을 알 것인가?

緝蕉爲布不須紗　파초잎을 이어서 베로 삼으니 비단이 필요 없네
夜來春漲呑沙嘴[3]　밤에 봄물이 넘쳐서 모래 연안을 삼키면
急遣兒童劚荻芽[4]　급히 얘들을 보내 물억새의 싹을 베어오게 하네
自笑平生老行路　스스로 우습나니 평생 항상 길을 가며
銀山堆裏正浮家[5]　은산이 쌓인 속에 바로 떠있는 집이 있네

주석

1) 蜑戶(단호): 광동성 · 광서성 · 복건성 일대의 수상주민(水上住民). 물고기와 게를 잡고, 진주를 채취하거나 운송을 주업으로 삼음. 순희(淳熙) 8년(1181) 봄에 양만리가 광동제거상평다염(廣東提擧常平茶鹽)으로 부임하면서 지은 작품임.
2) 浪花(낭화): 파도.
3) 沙嘴(사취): 모래 여울의 뾰쪽한 연안.
4) 荻芽(적아): 물억새의 싹. 국으로 끓여먹음.
5) 銀山(은산): 하얀 물결. 浮家(부총): 배를 집으로 삼은 것을 말함.

농사를 근심하다 憫農

稻雲不雨不多黃[1]　나락 구름은 비 오지 않아 누런 것이 많지 않고
蕎麥空花早著霜　메밀과 보리는 빈 꽃에 일찍 서리를 붙였네
已分忍飢度殘歲　굶주리며 남은 해를 보내야 함을 이미 깨닫는데
更堪歲裏閏添長　더욱이 세월에 윤달이 끼어서 더 기네

주석

1) 稻雲(도운): 논의 벼들이 구름처럼 깔려있는 것. 黃(황): 벼가 누렇게 익은 것.

2) 空花(공화): 가뭄으로 결실하지 못한 꽃.

한가한 거처에서 초여름 낮잠에서 일어나다 閑居初夏午睡起[1]

梅子留酸濺齒牙　매실은 신맛 남겨 이빨로 흘러들고
芭蕉分綠上窗紗　파초는 초록을 나누어 비단 창까지 올라왔네
日長睡起無情思　해 길고 낮잠에서 깨어나 정사도 없는데
閑看兒童捉柳花[2]　한가히 아이들이 버들꽃을 잡는 것을 보네

주석

1) 원래 2수임.

2) 柳花(유화): 버드나무의 씨앗을 날아가게 하는 솜. 공중에 날아가는 버들솜을 말함.

평설

• 『지봉유설』에 "양성재(楊誠齋)의 절구에 '梅子留酸濺齒牙……'라고 했는데, 장자암(張紫巖)이 '정수(廷秀)의 흉금이 투탈(透脫)했다'고 했다. 나는 자암의 품평이 지나치다고 여긴다. 또한 '착(捉)' 자는 고아하지 못하니, '진(趁)' 자로 바꾸는 것이 어떠한가?"라고 했다.

원진과 백거이의 두 〈장경집〉의 시를 읽다 讀元白長慶二集詩[1]

讀徧元詩與白詩　원진과 백거이 시를 다 읽어보니
一生少傅重微之[2]　일생 동안 소부는 미지를 중시했네
再三不曉渠何意　재삼 읽어도 무슨 의도였는지 알 수가 없는데
半是交情半是私　반은 교정 때문이고 반은 사심 때문이리라

주석

1) 元白長慶二集(원백장경이집): 원진(元稹)의 〈元氏長慶集〉과 백거이(白居易)의 〈白氏長慶集〉. 백거이와 원진은 평생 시우(詩友)로서 우정이 남달랐음. 그러나 시인으로서의 평가는 백거이가 원진보다 훨씬 뛰어나다는 것이 공론임.
2) 少傅(소부): 백거이를 말함. 태자소부분사(太子少傅分司)를 지냈음. 微之(미지): 원진의 자.

추운 참새들 寒雀[1]

百千寒雀下空庭　수많은 추운 참새들이 빈 뜰로 내려오고
小集梅梢話晚晴　몇 마리는 매화가지에서 맑은 석양에 재잘대네
特地作團喧殺我[2]　특별히 무리를 이루어 나를 시끄럽게 하는데
忽然驚散寂無聲　갑자기 놀라 흩어지니 적막하게 소리가 없네

주석

1) 寒雀(한작): 추운 날의 참새.
2) 喧殺(훤살): 몹시 시끄럽게 함.

아이의 얼음 놀이 稚子弄氷

稺子金盆脫曉氷[1] 아이가 금분에서 새벽 얼음을 뽑아내어
綵絲穿取當銀鉦[2] 채색 실로 꿰어서 은징으로 만들었네
敲成玉磬穿林響 쳐서 옥경소리를 내니 숲을 뚫고 울리는데
忽作玻璃碎地聲[3] 갑자기 유리가 땅에서 부서지는 소리가 나네

주석

1) 金盆(금분): 청동 항아리를 말함.

2) 銀鉦(은정): 은빛 징.

3) 玻璃(파리): 유리.

석마령을 지나는데, 모두 밭으로 만들어서 곧장 그 정상까지 이르렀다 過石磨嶺, 皆創爲田, 直至其頂[1]

翠帶千環束翠巓[2] 천 요대의 푸른 띠로 푸른 봉우리를 묶고
青梯萬級搭青天 만 급의 푸른 사다리로 푸른 하늘에 이어졌네
長淮見說田生棘[3] 긴 회하 가의 밭에 가시나무 자란다고 들었는데
此地都將嶺作田 이 땅은 모두 산기슭을 밭으로 만들었네

주석

1) 石磨嶺(석마령): 『청통지(淸統志)』에 "계동현(桂東縣) 남쪽 40리에 있다. 18 봉우리가 나란히 사람 모습처럼 늘어져 있고, 구강(漚江)이 이곳을 지나는데,

높이가 10여 장으로 물결이 세차서 배가 지나지 못한다"라고 했음. 중국 남방지역의 계단식 밭을 읊은 시임.

2) 環(환): 요대(腰帶).

3) 長淮(장회): 긴 회하(淮河). 송나라와 금나라는 회하를 경계로 삼았기 때문에 회하 가의 밭들은 경작하지 못하여 황무지가 되고 말았음.

새벽에 정자사를 나와서 임자방을 전송하다
曉出淨慈, 送林子方[1]

畢竟西湖六月中　마침내 서호의 유월이 되니
風光不與四時同　풍광이 사계절과 같지 않네
接天蓮葉無窮碧　하늘에 이어진 연잎들은 무궁히 푸르고
映日荷花別樣紅　햇살 비추는 연꽃들은 유별나게 붉네

주석

1) 淨慈(정자): 사찰 이름. 본이름은 정자보은광효선사(淨慈報恩光孝禪寺). 서호(西湖)의 남안에 있음. 林子方(임자방): 양만리의 친구. 일찍이 직각비서(直閣秘書) 등의 관직을 지냈음.

호수 하늘의 저녁경치 湖天暮景[1]

坐看西日落湖濱　앉아서 서쪽 해가 호수가로 지는 걸 보니
不是山銜不是雲　산이 머금지도 않고 구름이 머금지도 않네

寸寸低來忽全沒　조금씩 낮아져서 갑자기 전체가 없어지니
分明入水只無痕　분명히 물속으로 들어갔는데 흔적이 없네

주석

1) 모두 5수임.

비로소 회하로 들어가다. 4절구 初入淮河四絶句

1

船離洪澤岸頭沙[1)]　배가 홍택 연안 머리 모래밭을 떠나서
入到淮河意不佳　회하로 들어가니 심경이 좋지 않네
何必桑乾方是遠[2)]　하필 상건하만을 멀다고 할 것인가?
中流以北卽天涯[3)]　중류 이북이 곧 하늘 끝이네

주석

1) 洪澤(홍택): 호수 이름. 강소성과 안휘성 사이에 있음.
2) 桑乾(상건): 상건하(桑乾河). 일명 영정하(永定河). 산서성에서 발원하여 북경(北京) 서남을 지나 바다로 들어감. 본래 금나라에 속하여 천애(天涯)라고 했음.
3) 회하 중류 이북은 금나라의 점령지가 되었으므로 천애라고 한탄했음.

2

劉岳張韓宣國威[1) 유악장한이 국위를 떨쳤고
趙張二相築皇基[2) 조장 두 재상이 황실의 기틀을 쌓았는데
長淮咫尺分南北 긴 회하가 지척인데 남북으로 나눠지니
淚濕秋風欲怨誰 가을바람 속 눈물 적시며 누구를 원망하려는가?

주석

1) 劉岳張韓(유악장한): 남송 초에 금나라에 항전한 4명의 장군들인 유기(劉錡)・악비(岳飛)・장준(張俊)・한세충(韓世忠).
2) 趙張(조장): 남송 초에 재상을 지냈던 조정(趙鼎)과 장준(張浚).

3

兩岸舟船各背馳 양안의 배들이 서로 등지고 달리니
波痕交涉亦難爲 파도 흔적의 교섭도 또한 이루어지기 어렵네
只餘鷗鷺無拘管[1) 다만 갈매기 해오라기만 구속받지 않고
北去南來自在飛 남북으로 오가며 자유롭게 나네

주석

1) 拘管(구관): 구속(拘束).

4

中原父老莫空談[1]　중원의 부로들은 공연히 말하지 마오
逢着王人訴不堪[2]　사신을 만나서 감당할 수 없음을 호소하네
却是歸鴻不能語　도리어 돌아가는 기러기는 말할 수 없지만
一季一度到江南　한 계절에 한 차례 강남에 이른다네

주석

1) 中原父老(중원부로): 금나라 점령지에 있는 북송의 유민들.

2) 王人(왕인): 황제가 파견한 사자(使者). 작가 자신을 말함. 순희(淳熙) 16년(1189) 12월에 금나라가 사신을 보내 명년 정단(正旦)을 축하할 때, 양만리는 접반사(接伴使)가 되어 북행 도중에 지은 작품들임.

죽지가 竹枝歌[1]

저녁에 단양관(丹陽館)[2] 아래에서 출발하여, 5경(更)에 단양현(丹陽縣)에 도착했다. 뱃사공과 견부(牽夫)[3] 들이 밤새도록 노래했는데, 대개 구음(謳吟)과 소학(嘯謔)으로써 그 노고를 위로했다. 그 가사 또한 대략 분별할 수 있었는데, "장가가(張哥哥)여, 이가가(李哥哥)여, 모두들 힘을 내어 일제히 이끌자꾸나!"라고 하고, 또 "하나도 휴휴(休休)이고, 둘도 휴휴인데, 달빛은 굽이굽이 몇 고을을 비추는가?"라고 했다. 그 소리가 처완(凄婉)했는데, 한 사람이 선창하면 모두가 화답했다. 그로 인하여 그것을 은괄(檃括)하여 〈죽지가〉를 지었다.

晚發丹陽館下，五更至丹陽縣．舟人及牽夫終夕有聲，蓋謳吟嘯謔以相其勞者. 其辭亦畧可辨, 有云: "張哥哥, 李哥哥, 大家著力一齊拖." 又云: "一休休, 二休休, 月子彎彎照幾州." 其聲凄婉, 一唱衆和, 因檃括之爲〈竹枝歌〉云.

주석

1) 모두 7수임.
2) 丹陽館(단양관): 강소성 진강현(鎭江縣) 남쪽.
3) 牽夫(견부): 배가 강의 급류로 올라갈 때 연안에서 배를 줄로 매어 끌고 가는 인부들.

1

岸傍燎火莫闌殘[1] 연안 가의 화톳불을 꺼지게 하지 마오
須念兒郎手脚寒 아이들 손발이 차가움을 생각하시구려
更把綠荷包熱飯 다시 초록 연잎으로 익힌 밥을 싸니
前頭不怕上高灘 앞머리 높은 여울로 오르는 것이 두렵지 않네

주석

1) 燎火(요화): 화톳불. 闌殘(난잔): 불을 쇠잔하게 하는 것.

2

月子彎彎照幾州[1] 달빛은 굽이굽이 몇 고을을 비추는가?
幾家驩樂幾家愁 몇 집에서 즐거워하고 몇 집에서 수심을 짓는가?

愁殺人來關月事　근심어린 사람이 오면 달빛에 관심을 두겠는가?
得休休處且休休　즐거운 곳을 얻으면 또한 즐거워해야 하리라

주석

1) 彎彎(만만): 만곡(彎曲)한 모양.

우중에 성에 들어가서 조길주 기지를 전송하다
雨中入城, 送趙吉州器之[1]

村店農忙半不開　마을 상점은 농사가 바빠서 반은 열지 않아
入城客子去還來　성으로 들어간 나그네들이 오고 가네
阿爺烏傘兒青笠　애비는 검은 우산을 쓰고 아이는 푸른 삿갓을 쓰고
賣却松柴買菜回　소나무 땔감을 팔아 채소를 사서 돌아오네

주석

1) 원래 2수임. 趙吉州器之(조길주기지): 길주지주(吉州知州) 조기지(趙器之). 이름은 정(鼎).

새벽에 정자사로 나와서 임자방을 전송하다

曉出淨慈寺, 送林子方[1)]

畢竟西湖六月中　서호의 유월 중에 이르자

風光不與四時同　풍광이 사시와 같지 않네

接天蓮葉無窮碧　하늘에 잇닿은 연잎들은 끝없이 푸르고

映日荷花別樣紅　햇살 비추는 연꽃은 유별나게 붉네

주석

1) 淨慈寺(정자사): 영은사(靈隱寺)와 함께 항주(杭州) 서호(西湖) 가에 있는 유명한 절. 林子方(임자방): 양만리의 친구. 관직은 직각비서(直閣秘書)를 지냈음. 원래 2수임.

우무 尤袤

우무(1127-1194), 자는 연지(延之), 호는 수초거사(遂初居士), 상주(常州) 무석(無錫: 강소성) 사람. 소흥(紹興) 18년(1148) 진사. 태흥현령(泰興縣令)·추밀원정(樞密院正)·좌유덕(左諭德)을 지냈다. 광종(光宗) 때 예부상서(禮部尙書)를 지냈다.

우무는 중흥사대시인 중의 한 사람인데, 시는 대부분 없어졌고, 후인이 편찬한 『양계유고(梁溪遺稿)』가 있다. 방만리(方萬里: 回)는 우무 시집의 발문에서 "송나라 중흥 이래, 시를 말할 때면 반드시 '우(尤)·양(楊)·범(范)·육(陸)을 말한다. 성재(誠齋: 楊萬里)는 때때로 기초(奇峭)함을 냈고, 방옹(放翁: 陸游)은 비장(悲壯)함을 잘 지었고, 공(公: 尤袤)과 석호(石湖: 范成大)는 관면패옥(冠冕佩玉)하고 도소완아(度騷婉雅)하다"라고 했다.

회민의 노래 淮民謠[1]

東府買舟船　　동부에선 배를 사들이고
西府買器械　　서부에선 병기를 사들이네
問儂欲何爲　　너희에게 물어보자 무엇을 하려는가?
團結山水寨[2]　　산수채를 단결할 것이라네
寨長過我廬　　영채의 길이는 겨우 내 집을 넘지만
意氣甚雄麄　　의기는 몹시 웅대하네
青衫兩承局[3]　　청삼 입은 두 승국이
暮夜連勾呼[4]　　밤중에 연이어 소환하는데
勾呼且未已　　소환함에만 그치지 않고
椎剝到鷄豕[5]　　가혹한 수탈이 닭과 돼지에까지 이르네
供應稍不如　　바치고 응함이 조금이라도 어긋나면
向前受笞箠　　앞으로 나가 매질을 당해야 하네
驅東復驅西　　동쪽으로 내몰리고 다시 서쪽으로 내몰리며
棄卻鉏與犂　　호미와 쟁기를 내버렸네
無錢買刀劍　　도검을 살 돈이 없어서
典盡渾家衣[6]　　처자의 옷을 모두 전당 잡혔네
去年江南荒　　거년에는 흉년이 들어서
趁熟過江北[7]　　식량을 구하려 강북으로 넘어갔는네
江北不可住　　강북에서 살 수 없지만
江南歸未得　　강남으로 돌아올 수도 없네
父母生我時　　부모가 나를 낳을 때
教我學耕桑　　나에게 농사를 가르쳤네

不識官府嚴　　관부의 지엄함을 알지 못하는데
安能事戎行[8)]　　어찌 융행을 섬길 수 있겠는가?
執槍不解刺　　창을 들고도 찌를 줄 모르고
執弓不能射　　활을 들고도 쏠 줄을 모르니
團結我何爲　　단결하여 내가 무엇을 할 것인가?
徒勞定無益　　쓸데없이 진정 무익하네
流離重流離　　떠돌며 또 떠돌면서
忍凍復忍飢　　추위 참고 또 굶주림을 견디네
誰謂天地寬　　누가 천지가 넓다고 했는가?
一身無所依　　일신을 의지할 곳이 없네
淮南喪亂後　　회남이 전란을 당한 후
安集亦未久　　편안한 모임이 또한 오래가지 못하여
死者積如麻　　죽은 자가 삼대처럼 쌓였는데
生者能幾口　　산 자는 몇이나 될 것인가?
荒村日西斜　　황폐한 마을에 해가 서쪽으로 기우는데
破屋兩三家　　부서진 집 두세 채가 남았네
撫摩力不給[9)]　　구휼하려 해도 힘이 없으니
將奈此擾何　　장차 이 어지러운 백성들을 어쩔 것인가?

주석

1) 송나라 서몽신(徐夢莘)의 『삼조회맹회편(三朝北盟會編)』에 "소흥(紹興) 31년에 …… 금나라 임금 양(亮)이 온 나라를 기울려 양주(揚州)를 공격해왔는데, 이때 태주(泰州) 태흥현지현(泰興縣知縣) 우무는 여전히 태흥을 지키며 떠나

가지 않았다. 우무는 자가 연지(延之)인데, 일찍이 회남에 산수채(山水寨)를 설치하자 소민(擾民)들이 그 가속(家屬)을 보호할 수 없었다. 그는 그것을 슬프게 여기고 〈회민요〉 1편을 지었다"라고 했다.

2) 團結(단결): 결성(結成). 山水寨(산수채): 지방의 무장한 향병(鄕兵)의 영채(營寨).

3) 承局(승국): 공차(公差). 관부의 관리.

4) 勾呼(구호): 소환(召喚).

5) 椎剝(추박): 가혹한 수탈.

6) 渾家(혼가): 처자(妻子).

7) 趁熟(진숙): 풍년이 든 지역으로 가는 것.

8) 戎行(융행): 전쟁.

9) 撫摩(무마): 구휼(救恤).

눈 雪

睡覺不知雪	잠 깨어 눈 내린 줄 모르고
但驚窗戶明	다만 창문의 밝음에 놀랐네
飛花厚一尺	나는 눈꽃이 일 척으로 두텁게 쌓여
和月照三更	달빛과 삼경을 비추네
草木淺深白	얕고 깊은 초목들 모두가 하얗고
邱塍高下平	높고 낮은 언덕과 밭두덕이 모두 평평하네
饑民莫咨怨	기민들은 원망하지 마오
第一念邊兵	제일로 변방 병사들이 염려스럽네

평설

- 『영규율수』에 "눈을 보고 백성들의 굶주림을 염려함은 일상의 일이다. 지금은 백성들의 굶주림뿐만 아니라 변방의 병사들을 염려함이 있다. 구양(歐陽: 歐陽修)의 시에 '可憐鐵甲冷徹骨, 四十餘萬屯邊兵'이라고 했는데, 이로써 안상(晏相)의 뜻을 거슬렀다. 안상 또한 이에 연좌되어 재상에서 파직되었다. 그렇다면 대개 읊은 것이 어찌 다만 물색(物色)을 묘사했을 뿐이겠는가?"라고 했다.

소덕조 蕭德藻

소덕조, 자는 동부(東夫), 호는 천암거사(千巖居士), 민청(閩淸: 복건성) 사람. 소흥(紹興) 21년(1151) 진사. 일찍이 오정령(烏程令)을 지내고, 나중에 오정의 병산(屛山)에서 살았다. 증기(曾幾)에게서 시를 배웠는데, 육유 · 범성대 · 양만리 등과 제명(齊名)했다. 『천암적고(千巖摘藁)』가 있다. 양만리의 「천암적고서(千巖摘藁序)」에 "근세시인 중에 범석호(范石湖: 범성대)의 청신(淸新), 우량계(尤梁溪: 우무)의 평담(平澹), 육방옹(陸放翁: 육유)의 부유(敷腴), 소천암(蕭千巖)의 공치(工致)는 모두 내가 두려워하는 바이다"라고 했다.

채련곡 采蓮曲

清曉去采蓮　　맑은 새벽 연밥 따러 갔는데
蓮花帶露鮮　　연꽃에 맺힌 이슬 신선하네
溪長須急槳　　개울 길어 급한 노질이 필요한데
不是趁前船　　앞 배를 좇아가는 것은 아니라네

고매 古梅[1)]

湘妃危立凍蛟脊[2)]　　상비가 얼어붙은 교룡의 등에 높이 서있고
海月冷挂珊瑚枝　　바다 달빛이 산호가지에 차갑게 매달렸네
醜怪驚人能嫵媚　　추괴함이 도리어 놀랍게 아리따울 수 있는데
斷魂只有曉寒知　　애끊는 혼을 다만 새벽 한기 속에서 아네

주석

1) 원래 2수임.

2) 湘妃(상비): 순의 비(妃)인 아황(娥皇)과 여영(女英). 죽어서 상수(湘水)의 신이 되었다고 함. 냉염(冷艶)한 매화를 비유했음. 凍蛟脊(동교척): 매화가지를 말함.

평설

- 『송시정화록』에 "매화시의 공교함은 이에 이르러, 감탄하며 관지(觀止)하게 된다. 화정(和靖: 林逋)이 상상하여 도달할 수 있는 바가 아니다"라고 했다.

나무꾼 樵夫

一擔乾柴古渡頭　옛 나루머리에 마른 땔나무 한 짐 지니
盤纏一日頗優游　하루 생활비가 자못 넉넉하네
歸來澗底磨刀斧　돌아와 개울 아래서 도끼를 갈아서
又作全家明日謀　또 온 가족의 내일의 생계를 이루네

악양루에 오르다 登岳陽樓[1]

不作蒼茫去　창망하게 떠나가지 못하고
眞成浪蕩遊　참으로 질탕한 유람을 이루었네
三年夜郎客[2]　삼 년간 야랑의 객이 되어
一柁洞庭秋　한 번 동정호 가을에 배를 띄우네
得句鷺飛處　해오라기 나는 곳에서 시구를 얻고
看山天盡頭　하늘 끝머리에서 산을 보네
猶嫌未奇絶　오히려 빼어나지 않음이 불만스러워
更上岳陽樓　다시 악양루에 오르네

주석

1) 岳陽樓(악양루): 호남성 악양시(岳陽市) 서문(西門)의 성루(城樓). 동정호(洞庭湖) 가에 있음.

2) 夜郎(야랑): 호남성 원릉(沅陵) 서쪽에 있었음. 당나라 정관(貞觀) 때 두었던 현 이름.

평설

- 『송시정화록』에 "작자의 수필(手筆)은 참으로 장길(長吉: 李賀) · 동야(東野: 孟郊) · 낭선(閬仙: 賈島)을 겸하여 지녔다. 노동(盧仝)의 장단구는 비교할 수 없으니, 성재(誠齋: 양만리)가 한 번 보고 추허(推許)한 것이 마땅하다"라고 했다.

왕질 王質

왕질(1127-1189), 자는 경문(景文), 호는 설산(雪山). 그 선조는 운주(鄆州: 산동성 東平) 사람인데, 나중에 홍국군(興國軍: 호북성 陽新縣)으로 옮겨 살았다. 소흥(紹興) 30년(1160) 진사. 일찍이 태학정(太學正)을 지냈다. 효종(孝宗) 때 추밀원편수관(樞密院編修官)이 되었는데, 권귀에게 배척을 당하여 쫓겨났다. 『설산집(雪山集)』과 『소도집(紹陶集)』이 있다.

산행 즉사 山行卽事

浮雲在空碧	뜬구름은 허공에서 푸른데
來往議陰晴	오가며 흐림과 맑음을 의론하네
荷雨洒衣濕	연잎의 비는 옷에 뿌려 축축하고
蘋風吹袖淸[1)]	네가래의 바람은 소매를 불며 맑네
鵲聲喧日出	까치소리는 해 뜰 때 소란하고
鷗性狎波平	갈매기 본성은 물결 잔잔함을 친하네
山色不言語	산색은 말하지 않는데
喚醒三日酲	삼 일간의 숙취를 불러 깨우네

주석

1) 蘋(빈): 네가래. 수초의 일종. 흰 꽃이 피므로 백빈(白蘋)이라고 함.

감개가 있어서 有感

北斗闌干外	북두성이 비껴있는 밖에
浮雲拄杖中	뜬 구름이 지팡이를 짚는 중에 있네
天高千嶂立[1)]	하늘 높은데 천 봉우리가 서 있고
月靜一江空	달빛 고요한데 한 강이 비어있네
宇宙橫揮麈[2)]	우주에 휘주를 비껴두고
乾坤落轉蓬[3)]	건곤에 전봉이 떨어지네
浩歌聊擧酒	크게 노래하며 잠시 술잔을 드니

無淚哭英雄　　　영웅을 곡할 눈물이 없네

주석

1) 障(장): 병장(屛障). 산봉우리를 말함.

2) 揮麈(휘주): 주미(麈尾). 불진(拂麈) 혹은 불자(拂子)라고도 함. 실이나 양털 혹은 말꼬리 등으로 만드는데 먼지를 털거나 파리 등을 쫓는 도구. 위진(魏晉) 이래 승려나 도사가 항상 지니고 다녔음.

3) 轉蓬(전봉): 바람에 날리는 망초꽃. 망초꽃이 말라서 결실한 민들레꽃처럼 날리는 것. 흔히 정처 없이 표류함을 말함. 봉(蓬)은 한국에서는 쑥을 지칭하는 글자로 사용하지만, 중국에서는 망초를 지칭하는 글자임.

동류 가는 도중에 東流道中[1]

山高樹多日出遲　　산 높고 나무 많아 일출이 더디고
食時霧露且雰霏　　식사 때 안개 이슬이 또한 자욱하네
馬蹄已踏兩郵舍[2]　　말발굽이 이미 두 우사를 밟아오니
人家漸開雙竹扉　　인가의 두 짝 대나무사립문이 점차 열리네
冬青匝地野蜂亂[3]　　사철나무 두루 심어져 야생벌들이 요란하고
蕎麥滿園山雀飛[4]　　메밀이 동원에 가득한데 박새들이 나네
明朝大江載吾去　　내일 아침 큰 강이 나를 싣고 가면
萬里天風吹客衣　　만 리의 천풍이 객의 옷을 불리라

주석

1) 東流(동류): 현 이름. 장강(長江)의 남안에 있음. 지금의 안휘성 동지현(東至縣).

2) 郵舍(우사): 공문서를 전달하고 숙소를 제공하는 객사.

3) 冬青(동청): 사철나무. 상록교목의 일종.

4) 山雀(산작): 박새.

등불 燈火

造化管不得[1] 조화도 관리할 수 없으니
要開時便開 피우고 싶을 때 곧 피울 수 있네
洗天風雨夜 하늘을 씻는 비바람의 밤에도
春色滿銀臺 춘색이 은촛대에 가득하네

주석

1) 造化(조화): 조물주.

주희 朱熹

주희(1130-1200), 자는 원회(元晦), 호는 회암(晦庵), 별호는 자양(紫陽), 휘주(徽州) 무원(婺源: 강서성 무원현) 사람. 소흥(紹興) 18년(1148) 진사. 고종(高宗) · 효종(孝宗) · 광종(光宗) · 영종(寧宗) 4조에 걸쳐 벼슬하며, 보문각대제(寶文閣待制)에 이르렀다. 만년에 건양(建陽) 고정(考亭)에 살며 자양서원(紫陽書院)에서 주강(主講)했다. 한탁주(韓侂胄)가 집정할 때 그의 학설을 위학(僞學)으로 삼아서 엄금시켰다. 『회암선생주문공집(晦庵先生朱文公集)』 · 『회암사(晦庵詞)』 · 『사서집주(四書集注)』 · 『시집전(詩集傳)』 · 『초사집주(楚辭集注)』 등이 있다.

책을 보며 감개가 있어서 觀書有感[1)]

半畝方塘一鑑開[2)]　반 묘의 방당에 한 거울이 열리니
天光雲影共徘徊　하늘빛과 구름 그림자가 함께 배회하네
問渠那得清如許[3)]　저에게 어떻게 이처럼 맑음을 얻었는지 물어보니
爲有源頭活水來　근원에서 활수가 흘러오기 때문이라네

주석

1) 원래 2수임.

2) 畝(무): 넓이의 단위. 方塘(방당): 네모난 못. 鑑(감): 거울면 같은 고요한 물을 말함.

3) 渠(거): 타(他). 방당(方塘)을 말함. 如許(여허): 여차(如此).

평설

- 『송시정화록』에 "회옹(晦翁)은 산에 오르고 물에 임하면, 곳곳에서 시를 지었는데, 대개 도학(道學) 중의 가장 활발한 자이다. 그러나 시어는 끝내 평평(平平)하고 기특함이 없으니, 그 사물에 붙여서 이치를 말하면서 부패하지 않은 것을 선발함만 못하다"라고 했다.

순희 갑진년 중춘에 정사에서 한가하여 장난삼아 <무이도가> 10수를 지었다. 여러 동유자들에게 주어서 서로 함께 한차례 웃고자 한다 淳熙甲辰仲春, 精舍閒居, 戲作<武夷櫂歌>十首, 呈諸同遊相與一笑[1)]

1

武夷山上有仙靈[2)]　무이산 위에는 선령이 있어
山下寒流曲曲清　산 아래 차가운 물은 굽이굽이 맑네
欲識箇中奇絕處　그 가운데 기이한 절경을 알고 싶은데
棹歌閑聽兩三聲　뱃노래 두세 소리 한가히 듣네

주석

1) 1곡은 승진동(升眞洞), 2곡은 옥녀봉(玉女峰), 3곡은 선기암(仙機岩), 4곡은 금계암(金鷄岩), 5곡은 철적정(鐵笛亭), 6곡은 선장봉(仙掌峰), 7곡은 석당사(石唐寺), 8곡은 고루암(鼓樓岩), 9곡은 신촌시(新村市)를 읊었다.

2) 武夷山(무이산): 복건성 숭안현(福建城 崇安縣) 남쪽에 있는 산. 선하산맥(仙霞山脈)의 기정(起頂). 신인(神人) 무이군(武夷君)이 거주한다고 전해와서 무이산으로 이름지었음. 삼십육봉(三十六峰)과 삼십칠암(三十七巖)이 있음. 그 사이에 개울이 굽이져 흘러서 구곡(九曲)을 이룸. 도서(道書)에서는 이 산을 제십육동(第十六洞) 화원지천(化元之天)으로 삼아서 서로 전해옴.
주희의 「무이도서(武夷圖序)」에 "무이군(武夷君)의 이름은 한(漢)나라 시대부터 드러났는데, 건어(乾魚)로써 제사를 지낸다고 했다. 과연 어떤 신인지 알 수 없다. 지금 건녕부(建寧府) 숭안현(崇安縣) 남쪽 20여 리에 산이 있는데 이름이 무이(武夷)이다. 서로 전해오기를 신이 집으로 삼은 곳이라고 한다. 봉만(峰巒)과 암학(嵓壑)이 수발(秀拔)하고 기위(奇偉)한데, 청계(淸溪) 구곡(九曲)이 그 사이에서 흘러나온다. 양안(兩崖)의 절벽은 인적이 이를 수 없는 곳인데, 종종 마른 뗏목이 바위 틈 사이에 꽂혀서 주선(舟船)과 관구(棺柩) 등속을 받히고 있다. 널 속에는 유해(遺骸) 외에도 도기(陶器)가 늘어져 있는데 여전히 모두 부서지지 않았다. 자못 전세(前世)에 도로가 막혀서 통하지 못하고, 냇물이 막혀서 흐르지 못했을 때, 이락(夷落: 소수민족)이 살던 곳인데, 한나라에서 제사 지낸 자는 곧 그 군장(君長)이다. 대개 또한 세상을 피해온 인사가 살아서는 무리들에게 신복(臣服)을 당하고, 죽어서는 신선이라고 전해진 것이다. 지금 산의 여러 봉우리 중에 가장 높고 또한 바른 것을 오히려 대왕(大王)으로 이름을 삼았는데, 반 정상에 작은 언덕이 있는 것은 아마 곧 군(君)의 거처이던가?"라고 했다.

2

一曲溪邊上釣船 첫째 굽이의 개울가에서 낚싯배에 오르니
幔亭峰影蘸晴川 만정봉의 그림자 맑은 내에 잠겨 있네
虹橋一斷無消息 무지개다리 한 번 끊어지니 소식이 없고
萬壑千峰鎖翠煙 만 골짜기 천 봉우리만 푸른 연기에 싸여 있네

3

二曲亭亭玉女峰 둘째 굽이의 우뚝 솟은 옥녀봉
插花臨水爲誰容 꽃 꽂고 물에 임하니 누구를 위한 단장인가?
道人不復荒臺夢 도인은 다시 황대의 꿈을 꾸지 않고
興入前山翠幾重 흥이 나서 앞산에 들어가니 푸름이 몇 겹인가?

4

三曲君看架壑船	셋째 굽이에서 그대 골짜기에 걸친 배를 보오
不知停棹幾何年	노를 멈춘 것이 몇 해나 되었는지 모르겠네
桑田海水今如許	뽕밭이 바다 된 지 지금 얼마나 되었나?
泡沫風燈敢自憐	물거품과 바람 앞 등불처럼 스스로 가련하네

5

四曲東西兩石巖	넷째 굽이의 동서의 두 바위
巖花垂路碧람毿	바위꽃은 이슬 띠고 푸르게 늘어졌네
金鷄叫罷無人見	금계는 울기를 그쳤는데 보는 사람 없고
月滿空山水滿潭	달빛 빈산에 가득하고 물은 못에 가득하네

6

五曲山高雲氣深	다섯째 굽이는 산 높고 구름기운 깊어
長時烟雨暗平林	오랫동안 안개비에 평평한 숲이 어둡네
林間有客無人識	숲에 객이 있어도 아는 사람 없는데
欸乃聲中萬古心	어기여차 소리 속에 만고의 마음이 있네

7

六曲蒼屛遶碧灣	여섯째 굽이의 창병봉은 푸른 만을 둘렀는데
茅茨終日掩柴關	띠집은 종일 사립문 닫았네
客來倚棹巖花落	객이 와서 노에 기대는데 바위꽃 떨어지고

猿鳥不驚春意閑　원숭이 새들 봄의 뜻 한가함을 놀라지 않네

8
七曲移船上碧灘　일곱째 굽이에서 배를 저어 푸른 여울로 올라
隱屛仙掌更回看　은병과 선장을 다시 돌아보네
人言此處無佳景　사람들의 말에 이곳에는 좋은 경치 없고
只有石堂空翠寒　다만 석당이 있어 허공의 푸르름 차갑다네

9
八曲風煙勢欲開　여덟째 굽이의 바람 안개의 형세가 개려는데
鼓樓巖下水縈洄　고루암 아래엔 물길이 도네
莫言此處無佳景　이곳에 좋은 경치 없다고 말하지 마오
自是遊人不上來　이로부터 유람객 올라오지 않으리

10
九曲將窮眼豁然　아홉째 굽이가 다하니 시야가 확 트이어
桑麻雨露見平川　뽕과 삼밭 비이슬 속 평평한 내가 보이네
漁郎更覓桃園路　어부는 다시 도원의 길을 찾으니
除是人間別有天　이 인간세상이 아닌 특별한 천지가 있네

평설

- 기대승(奇大升)의 「고봉퇴계왕복서 · 별지무이도가화운(高峰退溪往復書 · 別紙武夷櫂歌和韻)」에 "제 생각으로는 주자의 '구곡십장(九曲十章)'은 외물을 보고 흥을 일으켜[因物起興] 가슴 속의 느낌을 묘사한 것으로서, 그 뜻의 붙임과 그 말의 펼침이 진실로 모두 '청고화후(淸高和厚)'하고 '충담쇄락(沖澹灑落)'하여 바로 '욕기기상(浴沂氣象)'의 쾌활(快活)함을 함께 하였다고 봅니다. 어찌 일개(一箇)의 '입도차제(入道次第)'를 장찬(粧撰)하여 암암리에 〈구곡도가〉 가운데에 묘사하여 은미한 뜻의 이치를 담았겠습니까? 성현의 마음은 이와 같이 번잡하고 기이하지 않았다고 생각합니다"라고 했다.

- 이황(李滉)의 「답이성보별지(答李成甫別紙)」에 "대저 〈구곡〉 시 열 절구는 모두 처음부터 학문차제(學問次第)의 뜻이 없었는데, 주석가들이 천착부회하여 마디마디 억지로 끌어다 맞춘 것에 불과합니다. 이는 모두 선생의 본래의 뜻이 아닙니다. 그래서 황(滉)은 일찍이 그 잘못을 분별했고 기대승(奇大升) 또한 그렇다고 했습니다"라고 했다.

- 조익(趙翼)의 「무이도가십수해(武夷櫂歌十首解)」에 "주자가 이 열 수를 지은 것은 산수(山水)에다 흥을 붙여 깨우침으로 삼은 것이다. 아래 9수(首)는 도(道)에 나아가는 차례를 말하였다. 이 첫 수는 총서(總序)로서 시작한 것이다"라고 했다.

- 이익(李瀷)의 「서무이구곡도(書武夷九曲圖)」에 "나는 〈무이구곡〉 시를 읽다가, '옥녀삽화(玉女挿花)'의 구에 이르러 그 어의(語意)가 고르지 않음이 의아했다. 깊이 살펴보고서야 비로소 그것이 도를 깨우치는 계급(階級)임을 깨달았다"라고 했다.

- 『성호사설』에 "주자(朱子)의 〈무이〉 시에 '二曲亭亭玉女峰……'이라고

했는데, 이는 비록 산 이름 때문에 말한 것이지만, 사실이 아니다. 비록 있더라도, 산령(山靈)의 존귀함을 마땅히 희롱하지 말아야 한다고 생각한다. 양대(陽臺)의 요몽(妖夢)은 마땅히 끌어올 바가 아니다"라고 했다.

주숙정 朱淑貞

주숙정, 호는 유서거사(幽棲居士), 전당(錢唐: 절강성 杭州) 사람. 부유한 가정의 출신으로 음률과 시사(詩詞)에 능했는데, 시정인(市井人)에게 시집가서 결혼생활이 원만하지 못했다고 한다. 죽은 후 완릉(宛陵)의 위중공(魏仲恭)이 그녀의 시를 편집하여 『단장집(斷腸集)』이라고 이름 붙였다. 또한 후인이 편집한 『단장사(斷腸詞)』가 있다.

봄노래 春詞

屈指清明數日期　청명일이 며칠 남았나 손꼽아보니
紛紛紅紫競芳菲　분분한 붉은 꽃들 향기 다투네
池塘水暖鶼鶼幷[1]　못의 물이 따뜻하여 겸겸이 나란하고
巷陌風輕燕燕飛[2]　거리의 바람 가벼워 제비들이 나네
柳帶萬條籠淑景[3]　버들은 만 가지를 드리워 좋은 경치를 감싸고
游絲千尺舞晴暉　날리는 거미줄은 천 척으로 맑은 빛 속에 춤추네
人間何處無春色　세상 어딘들 춘색이 없겠는가?
只是西樓人未歸　다만 서루의 사람이 돌아오지 않았네

주석

1) 鶼鶼(겸겸): 전설 속의 비익조(比翼鳥).

2) 燕燕(연연): 제비.

3) 淑景(숙경): 봄날의 좋은 경치.

봄나들이를 약속했으나 가지 못하다 約遊春不去[1]

鄰姬約我踏青遊[2]　이웃 여자가 나와 답청놀이를 약속하여
强拂愁眉下小樓　억지로 근심 어린 눈썹을 펴고 소루를 내려왔네
出戶欲行還自省　문을 나서 가려다가 다시 스스로 반성하니
也知憔悴見人羞　또한 초췌함이 남들에게 부끄럼을 당하리라

주석

1) 원래 2수임.

2) 踏靑遊(답청유): 춘유(春遊).

가을밤 秋夜

凉天如水夜澄鮮　물빛 같은 서늘한 하늘 밤이 맑은데
桂子風淸懶去眠　계수열매의 바람 맑고 나른하게 잠자러 가네
多謝嫦娥知我意[1]　항아가 내 뜻을 알아줌을 몹시 감사하니
中秋未到月先圓　중추가 되기 전에 달이 먼저 둥글어졌네

주석

1) 嫦娥(항아): 항아(姮娥).

동마승 東馬塍[1]

一塍芳草碧芊芊　한 밭두둑 향기로운 풀이 푸르게 우거지고
活水穿花暗護田　흐르는 물이 꽃밭을 뚫고 몰래 밭을 보호하네
蠶事正忙農事急　누에치기도 분주하고 농사도 바쁜데
不知春色爲誰姸　춘색은 누구를 위해 어여쁘던가?

주석

1) 馬塍(마승): 절강성 항주(杭州) 전당문(錢塘門) 밖에 있음. 동서의 마등이 있는데, 오월(吳越) 때 말을 키우던 장소였음.

자책 自責

女子弄文誠可罪　여자가 글을 짓는 것은 참으로 죄가 되니
那堪詠月更吟風　어찌 달을 읊고 바람을 노래하랴?
磨穿鐵硯非吾事　쇠 연적을 갈아 뚫는 것은 내 일이 아니니
繡折金針却有功　수 놓으며 금침을 부러뜨림이 도리어 공이 있네

낙화 落花

連理枝頭花正開[1]　연리지 위에 꽃이 막 피었는데
妬花風雨便相催　꽃샘바람과 비가 서로 재촉하네
願教青帝長爲主[2]　청제가 오래 주관하게 하여서
莫遣紛紛點翠苔　분분히 푸른 이끼에 점찍지 말게 하구려

주석

1) 連理枝(연리지): 두 그루의 나뭇가지가 서로 붙어서 한 몸이 된 나뭇가지.

2) 青帝(청제): 봄의 신.

임승 林升

임승, 자는 몽병(夢屛), 평양(平陽: 절강성) 사람. 대략 고종(高宗) 소흥(紹興) 연간에서 효종(孝宗) 순희(淳熙) 연간(1131-1189) 때의 사람. 섭적(葉適)과 교유했음. 시 1수가 전함.

임안의 여관에 적다 題臨安邸[1)]

山外青山樓外樓　산 밖에도 청산이고 누대 밖에도 누대인데
西湖歌舞幾時休　서호의 가무는 언제나 그치려나?
暖風熏得遊人醉　따뜻한 바람이 향기로워 나그네를 취하게 하니
直把杭州作汴州[2)]　곧장 항주를 변주로 만들었네

주석

1) 臨安(임안): 지금의 절강성 항주시(杭州市). 남송의 도성이었음.

2) 汴州(변주): 북송의 도성 개봉(開封)을 말함.

진조 陳造

진조(1133-1203), 자는 당경(唐卿), 호는 강호장옹(江湖長翁), 고우(高郵: 강소성) 사람. 순희(淳熙) 2년 진사. 번창위(繁昌尉)·정해지현(定海知縣)을 지내고, 회절안무사참의(淮浙安撫使參議)가 되었다.

진조는 강서시파(江西詩派)의 영향을 벗어나지 못했는데, 중흥사대시인들이 칭송했던 시인이었다. 특히 양만리와 창화한 시가 많다. 『강호장옹문집(江湖長翁文集)』이 있다.

망부산 望夫山[1)]

亭亭碧山椒[2)]	정정한 푸른 산꼭대기
依約凝黛立[3)]	흐릿하게 눈썹 그리고 서있네
何年蕩子婦[4)]	언제 탕자의 부인이 되어
登此望行役[5)]	이곳에 올라 행역을 기다렸던가?
君行斷音信	그대 떠나서 소식 끊기니
妾恨無終極	첩의 한은 끝이 없네
堅誠不磨滅	견고하여 참으로 마멸되지 않으니
化作山上石	변하여 산 위의 바위가 되었네
煙悲復雲慘	안개가 슬퍼하고 구름이 참담해 하는데
彷彿見精魄[6)]	방불하게 혼령을 보는 듯하네
野花徒自好	들꽃은 부질없이 스스로 곱고
江月爲誰白	강달은 누구를 위해 하얀가?
亦知江南與江北	또한 강남과 강북의
紅樓無處無傾國[7)]	홍루에 미인이 없는 곳이 없음을 아네
妾身爲石良不惜	첩의 몸이 바위가 됨은 참으로 아깝지 않지만
君心爲石那可得	그대 마음이 바위가 됨을 어떻게 얻겠는가?

주석

1) 望夫山(망부산): 안휘성 당도현(當塗縣) 서북에 있음. 전설에 어떤 사람이 초(楚)로 가서 수년 동안 돌아오지 않자, 그 처가 이곳에 올라가 기다리다가 바위가 되었다고 함.

2) 亭亭(정정): 장구(長久)함. 椒(초): 정상(頂上).

3) 依約(의약): 은약(隱約). 凝黛(응대): 산석에 어린 푸름을 여인의 수심어린 눈썹으로 비유했음.

4) 蕩子(탕자): 멀리 떠나서 돌아오지 않는 나그네.

5) 行役(행역): 돌아오지 않은 남편을 말함.

6) 精魄(정백): 탕자 부인의 혼백을 말함.

7) 傾國(경국): 경국지색(傾國之色). 미인.

유과 劉過

유과(1154-1206), 자는 개지(改之), 호는 용주도인(龍洲道人), 길주(吉州) 태화(太和: 강서성) 사람. 일찍이 조정에 글을 올려 중원회복의 방략을 피력했는데, 받아들여지지 않자 평생 포의로서 강호를 방랑했다. 『용주집(龍洲集)』이 있다.

사경도 일리의 〈춘우도〉 뒤에 적다 題謝耕道一犂春雨圖後[1]

阿耘無田食破硯　　김맬 밭이 없어 부서진 벼루로 먹고 사는데
奉親日糴供朝飯　　부모 봉양에 매일 쌀을 사서 아침식사를 올리네
有田正恐拙把犂　　밭이 있어도 진정 쟁기질이 서툴까 두려운데
何得更爲圖畵看[2]　　어찌 다시 그림을 그려서 보는가?
汝父名汝汝當知　　그대 부친이 그대 이름 지은 뜻을 마땅히 알리라
有田無田未可期　　밭이 있고 없음은 기약할 수 없다네
有田不耕汝懶病　　밭이 있는데 갈지 않음은 그대의 게으른 병인데
無田畵田眞畵餠　　밭이 없는데 밭을 그림은 참으로 그림 속 떡이네
畵田之外更畵牛　　밭을 그리고서도 다시 소를 그리니
捕風捉影何時休　　바람과 그림자를 포착하는 것을 언제 그치려나?
頭上安頭入詩軸[3]　　두상안두를 시축에 들이니
全家不應猶食粥　　온 식구가 마땅히 죽도 못 먹으리라

주석

1) 謝耕道(사경도): 사운(謝耘), 자는 운도(耕道), 자호는 일리(一犁), 천태(天台) 사람. 〈이춘도(犁春圖)〉 그림이 있음.

2) 3·4구가 『송시기사(宋詩紀事)』에는 "飯凝塵壁上挂瓶罌, 寒日窗前照藜莧"으로 되어 있음.

3) 頭上安頭(두상안두): 머리 위에 머리를 두는 것. 번쇄하고 중복됨을 말함.

다경루에 오르다 登多景樓[1)]

壯觀東南二百州[2)] 장관의 동남 이백 고을인데
景於多處更多愁 풍경이 많은 곳이라서 더욱 수심이 많네
江流千古英雄淚 강은 천고의 영웅의 눈물을 흐르게 하고
山掩諸公富貴羞[3)] 산은 제공들의 부귀의 수치를 가렸네
北固懷人頻對酒 북고산에서 사람 그리며 빈번히 술잔 대하고
中原在望忍登樓[4)] 중원을 바라보려고 누대에 오르네
西風戰艦今何在[5)] 서풍 속 전함은 지금 어디 있는가?
空送年年使客舟[6)] 공연히 해마다 사신의 배를 보내네

주석

1) 多景樓(다경루): 강소성 진강(鎭江) 북고산(北固山)의 감로사(甘露寺) 경내에 있음. 송(宋)나라 군수(郡守) 진천린(陳天麟)이 당나라 때의 임강정(臨江亭) 옛 터에 세웠음.

2) 북송의 강역은 본래 4백 주였음. 남송 때 그 절반으로 줄었음.

3) 諸公(제공): 진회(秦檜)와 같은 주화파들을 말함.

4) 中原(중원): 북송의 경사 변경(汴京) 일대의 지역.

5) 건염(建炎) 4년(1130) 3월에 한세충(韓世忠)이 북고산에 복병을 설치하여 금나라 장수 올출(兀朮)을 격파할 때, 아울러 금산(金山) 아래 전함을 정박하고 세충의 부인 양홍옥(梁紅玉)이 북을 쳐서 응원하여 올출을 달아나게 만들었다.

6) 使客(사객): 사신(使臣).

평설

- 『매간시화』에 "전편(全篇)이 경발(警拔)하다. 강호(江湖) 간에서 몹시 칭찬했다. 어떤 이는 유개(劉改)의 시라고 여기는데, 잘못이다"라고 했다.

강기 姜夔

강기(1155-1220), 자는 요장(堯章), 호는 백석도인(白石道人), 요주(饒州) 파양(鄱陽: 강서성 파양) 사람. 평생 벼슬에 나가지 못하고, 글씨를 팔고, 지우들의 도움으로 생활했다. 범성대(范成大)·우무(尤袤)·소덕조(蕭德藻)·신기질(辛棄疾)·장자(張鎡) 등과 친했다.

강기는 음률에 정통하고, 시와 사(詞)에 뛰어났는데, 시는 황정견(黃庭堅)의 영향을 받았다. 『백석도인가곡(白石道人歌曲)』과 『백석도인시집(白石道人詩集)』이 있다.

제야에 석호에서 초계로 돌아오다 除夜自石湖歸苕溪[1]

1

細草穿沙雪半銷　작은 풀들 모래를 뚫고 나와 눈이 반이 녹고
吳宮烟冷水迢迢[2]　오궁의 안개 차고 물은 아득하네
梅花竹裡無人見　대숲의 매화는 보는 이가 없는데
一夜吹香過石橋　하룻밤에 향기 불어 석교를 지나네

주석

1) 원래 10수임. 石湖(석호): 강소성 소주(蘇州) 서남에 있음. 오현(吳縣)과 오강(吳江) 사이에 있음. 범성대가 만년에 그곳에 거주했음. 苕溪(초계): 절강성 오흥(吳興)의 별칭. 경내에 초계가 있어서 얻은 명칭임. 강기의 거주지였음.

2) 吳宮(오궁): 소주는 춘추시대 오나라 국도였음.

2

黃帽傳呼睡不成[1]　뱃사공이 전하는 외침에 잠 못 이루고
投篙細細激流冰　상앗대를 던지니 자잘한 격류의 얼음들이네
分明舊泊江南岸　분명 예전에 정박했던 강남의 언덕인데
舟尾春風颭客燈　배꼬리의 봄바람이 객등에 부네

주석

1) 黃帽(황모): 황모랑(黃帽郎). 뱃사공. 한(漢)나라 때부터 뱃사공은 황색 모자를 썼음. 구설에 토(土)는 수(水)를 이기는데, 그 색이 황색이므로 뱃사공들이 모두 황색 모자를 썼다고 함.

3

千門列炬散林鴉　모든 집에 등불 늘어놓으니 숲까마귀들 흩어지고

兒女相思未到家　아녀자가 그리워하는 사람은 집에 오지 않았네

應是不眠非守歲[1)]　마땅히 잠 못 이루는 것은 수세가 아닌데

小窗春色入燈花　작은 창의 춘색이 등불로 들어오네

주석

1) 守歲(수세): 옛 풍속에 제야에 날을 새며 새해 첫날을 맞이하였는데, 이를 수세라고 함.

4

笠澤茫茫雁影微[1)]　입택이 망망하여 기러기 그림자 작고

玉峯重疊護雲衣[2)]　옥봉은 중첩되어 구름옷을 걸쳤네

長橋寂寞春寒夜　긴 다리 적막하고 봄의 추운 밤인데

秖有詩人一舸歸　다만 시인의 한 배가 돌아가고 있네

주석

1) 笠澤(입택): 송강(松江: 지금의 吳淞江)의 별칭. 태호(太湖)의 지류인 삼강(三江)의 하나. 입택은 또한 태호의 별칭이기도 한데 여기서는 송강을 말함.

2) 玉峯(옥봉): 눈이 쌓인 봉우리를 말함.

5

少小知名翰墨場[1)]　젊어서 한묵장에서 이름 떨쳤는데
十年心事只凄凉　십년의 심사가 다만 처량하네
舊時曾作梅花賦　옛날 일찍이 〈매화부〉를 지었는데
研墨于今亦自香　벼루와 먹에선 지금도 또한 절로 향기나네

주석

1) 翰墨場(한묵장): 문단(文壇).

2) 研(연): 연(硯)과 통용.

평설

- 송나라 마단림(馬端臨)의 『문헌통고(文獻通考)』에 "직재(直齋) 진씨(陳氏)가 말하기를 '양성재(楊誠齋)가 이 열 절구를 칭찬하여, 구름을 오려 내고 달빛으로 재봉한 묘사(妙思)와 쇠를 두들기고 옥을 부딪히는 기이한 소리가 있다고 여겼다'고 했다"라고 했다.

고소회고 姑蘇懷古[1)]

夜暗歸雲繞柁牙[2)] 밤 어둠 속 돌아가는 구름이 키를 감고
江涵秋影鷺眠沙 강은 가을빛 머금고 해오라기는 모래에서 자네
行人悵望蘇臺柳[3)] 행인은 고소대의 버들을 슬프게 바라보니
曾與吳王掃落花[4)] 일찍이 오왕과 함께 낙화를 쓸었다네

주석

1) 姑蘇(고소): 소주(蘇州)의 별칭. 서남쪽에 고소산(姑蘇山)이 있어서 붙여진 이름.

2) 柁牙(타아): 배의 키가 수면으로 돌출한 부분.

3) 蘇臺(소대): 고소대(姑蘇臺). 일명 서대(胥臺). 고소산 위에 있음. 춘추시대 오왕(吳王) 합려(闔閭)가 건축했음. 그의 아들 부차(夫差)가 대 위에 춘소궁(春宵宮)를 세우고, 서시(西施)와 향락을 즐겼음.

4) 吳王(오왕): 부차(夫差)를 말함.

수홍교를 지나다 過垂虹[1)]

自譜新詞韻最嬌 스스로 새 가사를 지으니 음절이 가장 아름답고
小紅低唱我吹簫[2)] 소홍이 나직이 부르고 나는 소를 부네
曲終過盡松陵路[3)] 곡이 끝나니 송릉로를 다 지나와서
回首烟波十四橋 머리 돌리니 연파 속에 십사교가 있네

주석

1) 垂虹(수홍): 강소성 오강현(吳江縣) 송릉진(松陵鎭) 위에 있는 다리 이름. 북송 경력(慶歷) 8년(1048)에 건설된 목교(木橋). 원나라 때 석교(石橋)로 바뀌었음.

2) 小紅(소홍): 범성대(范成大)의 가기(家妓). 나중에 강기를 따라서 함께 오흥(吳興)으로 돌아갔음.

3) 松陵(송릉): 강소성 오강현(吳江縣)에 있는 진(鎭) 이름. 오강현의 별칭이기도 함.

평설

- 원나라 육우인(陸友仁)의 『연북잡지(硯北雜志)』에 "소홍(小紅)은 순양공(順陽公: 范成大)의 청의(青衣)인데, 미색과 재예가 있었다. 순양공이 청로(請老: 致仕)했을 때 강요장(姜堯章)이 찾아갔다. 하루는 편지를 보내 신곡(新聲)을 요청하니, 요장(堯章)이 〈암향(暗香)〉과 〈소영(疎影)〉 2곡을 제작했다. 공이 두 기녀에게 그것을 익히게 했는데, 음절이 청완(淸婉)했다. 강요장이 오흥(吳興)으로 돌아갈 때, 공은 곧 소홍을 그에게 주었다. 그날 저녁에 대설이 내렸는데, 수홍(垂虹)을 지나면서 시를 짓기를 '……'라고 했다. 순영공(順陽公)은 곧 범석호(范石湖)이다"라고 했다.

호숫가에서 우거하며 읊다 湖上寓居雜詠[1]

荷葉披披一浦涼[2] 연잎 나부끼는 한 물가가 서늘한데
青蘆奕奕夜吟商[3] 푸른 갈대 산들산들 밤에 가을을 읊조리네

平生最識江湖味　　평생 강호의 맛을 가장 잘 알았는데
聽得秋聲憶故鄉　　가을소리를 들으니 고향이 생각나네

주석

1) 모두 14수임. 湖上(호상): 항주(杭州) 서호(西湖)를 말함.

2) 披披(피피): 표동(飄動)하는 모양.

3) 奕奕(혁혁): 유한(悠閑)한 모양. 商(상): 가을을 말함. 『예기(禮記)・월령(月令)』에 "孟秋之月, 其音商"이라고 했음.

갈천민 葛天民

갈천민, 자는 무회(無懷), 산음(山陰: 절강성 紹興) 사람. 처음에는 승려가 되어 이름을 의섬(義銛)이라 하고, 자를 박옹(朴翁)이라 했다. 그의 본 성씨는 섬(銛)이라고 한다. 나중에 환속하여 서호(西湖) 가에 살았다. 양만리와 강기 등과 교유했다. 근체시(近體詩)에 뛰어났고, 백묘(白描)로써 장기를 보였다.

절구 絶句

二十四友金谷宴[1)] 이십사우의 금곡원의 잔치
千三百里錦帆遊[2)] 천삼백 리의 비단 돛의 유람
人間無此春風樂 인간 세상에 이런 봄바람의 즐거움이 없었는데
樂極人間無此愁 극락과 인간 세상에 이런 근심도 없었네

주석

1) 二十四友(이십사우): 서진(西晉)의 권귀(權貴) 가밀(賈謐)이 권세를 휘두를 때 석숭(石崇)·구양건(歐陽建)·반악(潘岳)·육기(陸機)·육운(陸雲) 등 24명이 모두 서로 의부(依附)했는데, 이를 '이십사우'라고 불렀다. 석숭은 일찍이 하남성 낙양(洛陽) 서북의 금곡간(金谷澗)에 원림(園林)을 조성했는데, 세칭 금곡원(金谷園)이라 했다. 항상 이곳에서 벗들을 불러 연회를 베풀었다. 나중에 가밀이 피살되자, 석숭과 반악도 피살되었다.

2) 수양제(隋煬帝)는 일찍이 강도(江都)로 3번이나 유람을 갔는데, 비단 돛을 단 용주(龍舟)에서 나는 향기가 10리까지 풍겼다고 한다. 3번째 유람을 할 때 이연(李淵)이 태원(太原)에서 군사를 일으켰고, 1년 후에 수양제는 우문화급(宇文化及) 등에게 액살(縊殺)되었다.

평설

- 송나라 장단의(張端義)의 『귀이집(貴耳集)』에 "박옹(朴翁)의 절창(絶唱)이다"라고 했다.

북쪽 배를 맛보다 嘗北梨

每到邊頭感物華　매번 변방머리로 가면 물화가 감개한데
新梨嘗到野人家　새 배를 맛보러 시골집에 이르렀네
甘酸尙帶中原味　달면서 신 것이 여전히 중원의 맛을 지녔는데
腸斷春前不見花　애끊는 봄 전에는 꽃을 볼 수가 없네

절구 絶句

夜雨漲波高一尺　밤비에 넘친 파도 높이가 일 척인데
失却擣衣平正石　빨래하는 평평한 바위가 잠기고 말았네
天明水落石依然　날 밝아 물 빠지니 바위가 의연하니
老夫一夜空相憶　노부는 하룻밤 공연히 걱정했네

승지남 僧志南

승지남, 남송 때의 승려. 송나라 조여(趙與)의 『오서당시화(娛書堂詩話)』에 "승지남(僧志南)은 시에 능했는데, 주문공(朱文公: 朱熹)이 일찍이 그 시권에 발(跋)을 쓰기를 '지남의 시는 청려(淸麗)함에 남음이 있고, 격력(格力)은 한가(閑暇)하여 소순기(蔬筍氣)가 없다'고 했다"라고 했다.

절구 絶句

古木陰中繫短篷[1]　고목 그늘에 작은 배를 매어놓고
杖藜扶我過橋東　지팡이에 의지하여 다리 동쪽을 찾아가네
沾衣欲濕杏花雨[2]　행화우에 옷이 젖어 축축해지려 하는데
吹面不寒楊柳風　바들 바람이 얼굴에 불어도 춥지 않네

주석

1) 短篷(단봉): 작은 거룻배.

2) 杏花雨(행화우): 살구꽃이 필 때 내리는 비.

평설

- 『시인옥설』에서 『유계근록(柳溪近錄)』을 인용하여 "승지남(僧志南)의 시에 '古木陰中……'이라 했는데, 회암(晦庵: 주희)이 그 시권에 발(跋)을 쓰기를……라고 했다. 나는 그것을 몹시 사랑하여 나중에 편지를 써서 원매암(袁梅巖)에게 추천했다. 원(袁)이 시를 짓기를 '上人解作風騷話, 雲谷書來特地誇. 楊柳杏花風雨後, 不知詩軸在誰家'라고 했다"라고 했다.

허급지 許及之

허급지(?-1209), 자는 심보(深甫), 온주(溫州) 영가(永嘉: 절강성 溫州市) 사람. 융흥(隆興) 원년(1163) 진사. 영종(寧宗) 때 참지정사(參知政事)와 지추밀원사(知樞密院事)를 지냈다. 『북정기행시집(北征紀行詩集)』이 있다.

조아의 사당에 적다 題曹娥廟[1)]

當日曹娥念父心　당일 조아가 부친을 염려했는데
千年江水有哀音　천 년 후의 강물에 슬픈 소리가 있네
可憐七尺奇男子　가련하다 칠 척의 기남자는
忍使神州半陸沈[2)]　신주를 반이나 침몰시켰네

주석

1) 曹娥(조아): 동한(東漢) 때의 효녀. 회계군(會稽郡) 상우현(上虞縣) 사람. 그의 부친이 5월 5일에 신을 맞이하다가 강물에 익사했는데, 시신이 흘러가버렸다. 조아는 14살이었는데, 강을 따라가며 17일 동안 곡하며 부르다가 투신하여 죽었다고 한다. 나중에 후인들이 그녀의 비와 사당을 세웠는데, 그 묘는 지금의 절강성 소흥시(紹興市) 동쪽에 있다.

2) 神州(신주): 북송을 말함. 陸沈(육침): 국토의 침륜(沈淪)을 비유했음.

왕신 汪莘

왕신(1155-?), 자는 숙경(叔耕), 호는 방호거사(方壺居士), 휴녕(休寧: 안휘성) 사람. 젊어서 성명(性命)의 설을 좋아하여, 『역경(易經)』과 황로(黃老)의 책들을 깊이 연구했다. 가정(嘉定) 중에 포의로서 3차례나 조정에 상소했으나 뜻을 이루지 못했다. 나중에 황산(黃山)에 은거했다. 『방호존고(方壺存稿)』가 있다.

여름날 서호의 한가한 거처에서 夏日西湖閑居[1]

1

十里湖山苦見招　십 리의 호수와 산들에게 몹시 부름을 받는데
柳隄荷蕩赤闌橋　버들 제방과 연꽃 못과 붉은 난간 다리가 있네
待他朝市人歸後[2]　저들 조시의 사람들이 돌아간 후를 기다려
獨泛扁舟吹玉簫　홀로 편주를 띄우고 옥소를 불리라

주석

1) 원래 10수인데, 『방호존고(方壺存稿)』에 8수가 남아있다.

2) 朝市(조시): 조정과 시정(市井).

2

露冷風清斗柄遷　이슬 차고 바람 맑은데 북두칠성 자루가 옮겨지고
芙蕖零落謝家船[1]　연꽃이 영락한 사가의 배이네
都人正作黃粱夢[2]　도성 사람들은 진정 황량몽을 꾸는데
獨占西湖明月天　서호의 밝은 달빛 하늘을 독점했네

주석

1) 芙蕖(부거): 연꽃의 별칭. 謝家船(사가선): 사삼랑(謝三郎)의 어선. 사삼랑은 복주(福州) 민현(閩縣) 사람으로 젊어서부터 낚시를 좋아했는데, 나중에 승려가 되었음.

2) 黃粱夢(황량몽): 덧없는 꿈을 말함. 당나라 심기제(沈旣濟)의 『침중기(枕中

記)』에서, 노생(盧生)이 한단(邯鄲)의 객점에서 잠을 자며 꿈속에서 온갖 부귀영화를 누리고 깨어났는데, 황량(黃粱: 기장) 밥이 익지도 않은 짧은 시간에 불과했다고 한다.

고저 高翥

고저, 자는 구만(九萬), 호는 국간(菊磵), 여요(餘姚: 절강성) 사람. 효종(孝宗) 때의 사람으로서 강호시파(江湖詩派)의 고수였다. 『국간소집(菊磵小集)』이 있다.

선호 船戶[1)]

盡將家具載輕舟　가벼운 배에 가구를 모두 싣고
來往長江春復秋　장강을 왕래하니 봄과 가을이 되네
三世兒孫居柁尾　삼 세대의 아손들이 배 뒷면에서 살고
四方知識會沙頭　사방의 아는 사람들이 모래발 가에 모이네
老翁曉起占風信　노옹은 새벽에 일어나 바람의 조짐을 예측하고
少婦晨粧照水流　며느리는 새벽 단장을 흐르는 물에 비춰보네
自笑此生漂泊甚　이 생애가 심하게 떠돎이 스스로 우스운데
愛渠生理付浮悠　저들이 생리를 수상생활에 부친 것이 사랑스럽네

주석

1) 船戶(선호): 배를 집으로 삼아 수상생활을 하는 것.

수졸 부인의 노래 戍婦吟[1)]

辭家出戍邊　집 떠나 변방 수루로 나가니
北望隔靑煙　북쪽을 바라보아도 푸른 연기로 막혔네
怕作沙場夢[2)]　전장의 꿈을 꿀까 두려워서
秋宵不敢眠　가을밤에 감히 잠자지 않네

주석

1) 원래 2수임.

2) 沙場(사장): 전장(戰場).

길 가는 기러기 行雁

老翁八十鬢如絲　팔십 노옹의 귀밑머리가 백발인데
手縛黃蘆作短籬　손수 누런 갈대를 묶어 낮은 울타리를 만드네
勸客莫嗔無凳坐　객에게 권할 걸상이 없음을 책망하지 말라 하며
去年今日是流移[1]　작년 오늘 이곳으로 흘러들어왔다고 하네

주석

1) 流移(유이): 유망(流亡). 전쟁으로 피난온 것을 말함.

서조 徐照

서조(?-1211), 자는 도회(道暉)·영휘(靈暉), 호는 산민(山民), 영가(永嘉: 절강성 溫州市) 사람. 동향의 서기(徐璣: 호는 靈淵)·옹권(翁卷: 자는 靈舒)·조사수(趙師秀: 호는 靈秀)와 함께 영가사령(永嘉四靈)의 한 사람. 영가사령은 모두 영가(永嘉) 출신이고, 그들의 자와 호에 '영(靈)' 자가 공통으로 들어 있어서 붙여진 이름이다. 이들은 가도(賈島)와 요합(姚合)의 시를 배워서 시풍이 청수(淸瘦)한 것이 특징이었다. 『방란헌집(芳蘭軒集)』이 있다.

촉촉사 促促詞[1)]

促促復促促	바쁘고 또 바쁜데
東家歡欲歌	동가에선 즐거워서 노래하려 하는데
西家悲欲哭	서가에선 슬퍼서 곡을 하려 하네
丈夫力耕長忍飢	장부는 힘써 밭을 갈지만 오래 굶주림을 참고
老婦勤織長無衣	늙은 부인은 열심히 베를 짜지만 오래 옷이 없네
東家鋪兵不出戶[2)]	동가는 포병인데 집을 나가지 않고
父爲節級兒抄簿[3)]	부친이 절급이라서 아들은 문서만 베끼네
一年兩度請官衣	일 년에 두 번 관복을 청하고
每月請米一石五	매월 쌀 한 섬 다섯 말을 청한다네
小兒作軍送文字	작은 애가 군인이 되어 문서를 우송하는데
一旬一輪怨辛苦	열흘마다 한 번 수송하여 고생이 원망스럽다네

주석

1) 促促詞(촉촉사): 고악부의 제목. 促促(촉촉): 바쁘고 급박하다는 뜻.

2) 鋪兵(포병): 야간순찰과 문서전달을 담당하는 병졸.

3) 節級(절급): 저급 무관직의 하나. 동가의 아들은 부친이 절급이기 때문에 포병에 이름만 걸어두고 문서전달의 일은 하지 않고, 집에서 문서만 베끼면 그만이라는 것.

석문폭포 石門瀑布[1)]

一派從天下	한 물줄기가 하늘에서 떨어짐을
曾經李白看[2)]	일찍이 이백이 보았었네
千年流不盡	천년이 지나도 흐름이 다하지 않아서
六月地長寒	유월에도 땅이 오랫동안 차갑네
灑木跳微沫	나무를 씻는 작은 물방울이 도약하고
衝崖作怒湍	절벽을 치며 노한 급류가 되네
人言深碧處	사람들이 말하길 시퍼런 곳엔
常有老龍盤	항상 늙은 용이 서려있다네

주석

1) 石門(석문): 작자의 고향인 영가(永嘉) 북쪽 석문산(石門山). 위에 명승지가 많고 폭포로 유명함. 일찍이 영가태수를 지낸 남조(南朝) 송(宋)나라의 사령운(謝靈運)이 이곳을 유람하고 시를 지었음.

2) 현존하는 이백의 시에는 이곳 폭포를 읊은 작품이 남아있지 않음.

평설

- 『재주원시화』에 "서조의 〈폭포시〉는 평소 진발(振拔)하다고 불렀는데, '千年流不盡, 六月地長寒'은 작자에 부끄럽지 않다"라고 했다.

강심사 江心寺[1]

兩寺今爲一	두 절이 지금은 하나가 되어
僧多外國人	승려 중엔 외국인이 많네
流來天際水[2]	흘러온 것은 하늘 끝의 물이고
截斷世間塵	절단한 것은 세간의 먼지이네
鴉宿腥林徑	까마귀 깃들어 숲길이 비리고
龍歸損塔輪[3]	용이 돌아가서 탑륜이 없어졌는데
却疑成片石	도리어 편석이 되어서
曾坐謝公身[4]	일찍이 사공의 몸을 앉게 했나 싶네

주석

1) 江心寺(강심사): 절강성 온주시(溫州市) 북쪽 구강(甌江)의 섬 안에 있음. 처음에 당나라 함통(咸通) 연간에 동탑보적원(東塔寶寂院)과 서탑정신원(西塔淨信院)을 건립했다. 남송 건담(建淡) 4년(1130)에 용상(龍翔)과 흥경(興慶) 이원(二院)으로 고쳤다. 소흥(紹興) 연간에 촉승(蜀僧) 청료(淸了)가 용상원에 주지하면서 비로소 두 절을 하나로 합쳤다.

2) 天際水(천제수): 구강(甌江)을 말함.

3) 塔輪(탑륜): 보탑(寶塔) 꼭대기의 장식물.

4) 謝公(사공): 남조 송나라 사령운(謝靈運). 일찍이 영가태수를 지냈음.

서기 徐璣

서기(1160-1214), 자는 문연(文淵) · 치중(致中), 호는 영연(靈淵), 영가(절강성 溫州市) 사람. 무당(武當)과 장태(長泰) 현령을 지냈다. 영사사령 중의 한 사람. 근체시에 치중하여 오언율시를 잘 지었다. 『천산집(泉山集)』과 『이미정집(二薇亭集)』이 있다.

산거 山居

柳竹藏花塢　　버들과 대숲은 꽃밭을 가리고
茅茨接草池　　초가집은 풀 자란 못에 접했네
開門驚燕子　　문을 열면 제비들을 놀라게 하고
汲水得魚兒　　물을 길으면 물고기를 얻게 되네
地僻春猶靜　　땅이 외져서 봄에도 오히려 조용하고
人閑日自遲　　사람이 한가하여 날도 스스로 더디네
山禽啼忽住　　산새가 울며 잠시 머물다가
飛起又相隨　　날아올라서 다시 서로 따르네

평설

- 『영규율수』에 "난숙(爛熟)함에 가깝다. 그러나 또한 버릴 수 없다"라고 했다.

새 봄의 기쁜 비 新春喜雨

農家不厭一冬晴　　농가에선 한 겨울의 맑음을 싫어하지 않지만
歲事春來漸有形[1)]　　농사가 봄이 오면 점차 형상이 드러나니
昨夜新雷催好雨　　어젯밤 새 천둥이 좋은 비를 재촉하여
蔬畦麥隴最先青[2)]　　채소밭과 보리밭이 가장 먼저 푸르렀네

주석

1) 歲事(세사): 농사(農事).

2) 蔬畦麥隴(소휴맥롱): 채소밭과 보리밭. 휴(畦)는 밭을 구획하는 길이. 농(隴)은 농(壟)과 통용. 밭두둑.

건주와 검주로 가는 도중에 建劍道中[1]

雲麓煙巒知幾層　구름 낀 산기슭과 안개 낀 봉우리가 몇 층인가?
一灣溪轉一灣淸　한 굽이의 개울이 도니 또 한 굽이가 맑네
行人只在淸灣裏　행인은 단지 맑은 물굽이에 있는데
盡日松聲雜水聲　종일 솔바람소리에 물소리가 섞이네

주석

1) 建劍(건검): 건(建)은 건주(建州). 지금의 복건성 건구(建甌). 검(劍)은 검주(劍州). 지금의 복건성 남평시(南平市).

새 가을의 서늘함 新涼[1]

水滿田疇稻葉齊　물 가득한 논에 벼잎이 가지런하고
日光穿樹曉煙低　햇살이 숲을 뚫고 새벽안개 나직하네
黃鶯也愛新涼好　꾀꼬리도 새 가을의 서늘함이 좋음을 사랑하여
飛過靑山影裏啼　푸른 산의 그림자 속을 날아가며 우네

주석

1) 新涼(신량): 초가을의 서늘한 날씨.

옹권 翁卷

옹권, 자는 속고(續古) · 영서(靈舒), 영가(永嘉: 절강성 溫州市) 사람. 평생 관직에 나가지 않고 포의로 지냈다. 영가사령 중의 한 사람. 『서암집(西巖集)』과 『위벽헌집(葦碧軒集)』이 있다.

산비 山雨

一夜滿林星月白　밤 내내 숲 가득히 별과 달빛이 하얗고
且無雲氣亦無雷　구름 기운도 천둥소리도 없었네
平明忽見溪流急　새벽에 문득 개울물 급한 것을 보고
知是他山落雨來　다른 산에 내린 빗물이 흘러옴을 알았네

시골 마을의 사월 鄕村四月

綠遍山原白滿川　초록은 산과 들에 가득하고 흰색은 냇물에 가득한데
子規聲裡雨如烟[1]　두견이 울음 속에 보슬비가 안개 같네
鄕村四月閑人少　시골마을 사월에는 한가한 사람 적으니
纔了蠶桑又插田　누에치기를 마치자마자 또 밭을 가네

주석

1) 子規(자규): 두견(杜鵑)의 별칭.

들에서 조망하다 野望

一天秋色冷晴灣　한 하늘의 가을색이 맑은 물굽이에 차갑고
無數峯巒遠近間　무수한 산봉우리가 원근 사이에 있네

閑上山來看野水　　한가히 산에 올라와 들물을 보는데
忽於水底見青山　　문득 물 아래서 푸른 산을 보네

조사수 趙師秀

조사수(1170-1220), 자는 자지(紫芝)·영지(靈芝)·영수(靈秀), 호는 천락(天樂), 영가(永嘉: 절강성 溫州市) 사람. 소희(紹熙) 원년(1190) 진사. 상원현주부(上元縣主簿)와 고안추관(高安推官) 등을 지냈다. 영가사령의 한 사람. 『청원재집(淸苑齋集)』이 있다.

안탕 보관사 雁蕩寶冠寺[1)]

行向石欄立	돌난간을 향해 가다가 서니
淸寒不可云	맑고 서늘함을 말할 수 없네
流來橋下水	흘러오는 다리 아래 물이
疑是洞中雲	골짜기 안의 구름인가 싶네
欲住逢年盡	머물려다 연말을 만나니
因吟過夜分[2)]	그로 인해 읊조리며 한밤중을 지내네
蕩陰當絶頂[3)]	탕음이 꼭대기에 있는데
一雁未曾聞	한 기러기소리도 들리지 않네

주석

1) 雁蕩(안탕): 산 이름. 남안탕과 북안탕이 있음. 남안탕은 절강성 평양(平陽) 서남에 있고, 북안탕은 낙청(樂淸) 동쪽에 있음. 꼭대기에는 호수가 있는데, 물이 항상 마르지 않아서 봄에 돌아가는 기러기들이 그곳에서 머물러 자기 때문에 붙여진 이름이다.

2) 夜分(야분): 야반(夜半).

3) 蕩陰(탕음): 절정에 있는 호수를 말함.

평설

● 『영규율수』에 "두순학(杜荀鶴)이 '衹應松上鶴, 便是洞中人'이라고 했는데, 이 3·4구도 서로 범했다. 5·6구가 맛이 있다"라고 했다.

객과 약속하다 約客

黃梅時節家家雨　누런 매실의 시절에 집집마다 비 내리고
青草池塘處處蛙　푸른 풀의 지당엔 곳곳마다 개구리가 우네
約客不來過夜半　약속한 객이 오지 않고 한밤중이 지났는데
閑敲棊子落燈花　한가히 바둑알 두드리니 등불 불똥이 떨어지네

평설

- 송나라 호자(胡仔)의 『어은총화(漁隱叢話)』에 "초계어은(苕溪漁隱)이 말하기를, 「'梨花一枝春帶雨'·'桃花亂落如紅雨'·'小院深沉杏花雨'·'黃梅時節家家雨'는 모두 고금의 시사(詩詞) 중에서 경구(警句)이다」라고 했다"라고 했다.

대민 戴敏

대민, 자는 민재(敏才), 호는 동고자(東皐子). 태주(台州) 황암(黃巖: 절강성 황암) 사람. 대복고(戴復古)의 부친. 평생 과거에 응시하지 않았다. 『동고집(東皐集)』이 있다.

초여름에 장원을 유람하다 初夏遊張園

乳鴨池塘水淺深　　어린 오리의 못은 물이 얕고도 깊고
熟梅天氣半晴陰　　익은 매실의 날씨는 반은 맑고 반은 어둡네
東園載酒西園醉　　동원에서 술을 싣고 서원에서 취하여
摘盡枇杷一樹金[1]　　한 그루 비파의 황금열매를 다 땄네

주석

1) 枇杷(비파): 남방의 열대과일나무. 겨울에 꽃이 피고 봄에 결실하고, 초여름에 열매가 황금색으로 익는다.

대복고 戴復古

대복고(1167-1243?), 자는 식지(式之), 호는 석병(石屛), 황암(黃巖: 절강성) 사람. 강호시파(江湖詩派) 중의 명가(名家)로서 일찍이 육유(陸游)에게서 시를 배웠고, 두보(杜甫)를 추숭했다. 또한 영가사령(永嘉四靈)이 제창한 만당시풍(晩唐詩風)도 배웠다. 『석병집(石屛集)』과 『석병사(石屛詞)』가 있다.

『흠정사고전서(欽定四庫全書)』의 『석병시집(石屛詩集)』 서문에 "복고(復古)의 시필(詩筆)은 준상(俊爽)하여 몹시 당대에서 추허(推許)를 받았다. 요용(姚鏞)이 그 천연스러움은 부착처(斧鑿處)를 낭비하지 않았고, 몹시 고삼십오(高三十五: 高適)의 무리와 같으니, 만당제자(晩唐諸子)들은 마땅히 일면(一面)을 양보해야 한다고 칭찬했다. 방회(方回) 또한 그가 청건경쾌(淸健輕快)하여 자성일가(自成一家)했다고 칭찬했다. 비록 모두 그 실상을 약간 과장했음을 면하지 못하지만, 그 연각처(硏刻處)는 요컨대 스스로 정휴(町畦)를 홀로 개척할 수 있었다"라고 했다.

제비를 꾸짖다 詰燕

去年汝來巢我屋　　작년에 네가 와서 내 집에 둥지를 틀어서
梁間汙泥高一尺　　대들보 사이에 더러운 진흙의 높이가 일척이었네
啄腥抛穢不汝厭　　비린 것을 쪼고 오물을 버려도 널 싫어하지 않고
生長羣雛我護惜　　자라는 여러 새끼들을 나는 보호하고 아꼈네
家貧惠愛不及人　　집이 가난하여 은애가 남에겐 미치지 못하지만
自謂於汝獨有力　　스스로 너에게는 유독 힘을 쏟았다고 여겼네
不望汝如靈蛇銜寶珠[1]
　　네가 신령한 뱀처럼 보주를 물어오고
雀獻金環來報德[2]　　참새처럼 금환으로 보답하기를 바라지 않지만
春風期汝一相顧　　봄바람 속에 네가 한 번 돌아봐주고
對語茅簷慰岑寂　　초가 처마에서 재잘대며 적막을 위로하길 바랐네
如何今年來　　어찌하여 금년에 와서는
於我絶蹤跡　　나에게 종적을 끊었는가?
일람렴막화당間　　몹시 주렴 장막의 화당 사이를 탐내어
便視吾廬爲棄物　　곧 내 오두막을 버릴 물건으로 여겼던가?

주석

1) 靈蛇銜寶珠(영사함보주): 춘추시대 수후(隨侯)가 큰 뱀이 다친 것을 보고 약으로 치료해주었는데, 나중에 뱀이 강 속에서 큰 보주를 물어다가 보답했다고 함. 그 보주를 수후주(隨侯珠)라고 함.

2) 雀獻金環(작헌금환): 한(漢)나라 양보(楊寶)가 9살 때 참새 한 마리가 올빼미에게 채어서 땅에 떨어진 것을 보고, 가져와서 길렀다. 나중에 날아갔는데,

그날 밤 황의동자(黃衣童子)가 와서 백환(白環) 4매(枚)를 바치면서, 훗날 자손들이 결백하여 삼공(三公)의 지위에 오를 것이라고 축하했다고 함.

소고산에서 바람으로 길이 막혔다. 그로 인하여 소시를 지었는데, 마침 배 안에 포성 사람이 있어서, 베껴서 진서산에게 부치다 小孤山阻風, 因成小詩, 適舟中有浦城人, 寫寄眞西山[1]

羣山勢如奔	여러 산의 형세가 내달리는 듯
欲渡長江去	장강을 건너가려고 하는데
孤峯拔地起	외로운 봉우리가 땅을 뽑아 일으켜서
毅然能遏住	의연히 막아 머물게 했네
屹立大江干[2]	큰 강가에 우뚝 서서
仍能障狂瀾	미친 파도를 막을 수 있는데
人不知此山	사람들은 이 산이
有功天地間	천지간에 공이 있음을 모르네

주석

1) 小孤山(소고산): 속명은 계산(髻山). 강서성 팽택현(彭澤縣) 북쪽 큰 강의 안에 솟아 있음. 眞西山(진서산): 진덕수(眞德秀). 이종(理宗) 때의 명유(名儒), 복건성 포성(浦城) 사람. 학자들이 서산선생(西山先生)이라고 불렀다.

2) 干(간): 수변(水邊).

달밤에 배 안에서 月夜舟中

滿船明月浸虛空　배에 가득한 밝은 달빛 허공에 스미고
綠水無痕夜氣沖　초록 물 흔적 없고 밤기운이 공허하네
詩思浮沈檣影裏　시사는 돛 그림자 속에서 오르내리고
夢魂搖曳櫓聲中　몽혼은 노 소리 안에서 흔들어 끌어오네
星辰冷落碧潭水　별들은 푸른 물에 차갑게 떨어지고
鴻雁悲鳴紅蓼風　기러기는 붉은 여뀌바람에서 슬피 우네
教點漁燈依古岸　어선 등불을 켜서 옛 강 언덕에 의지하니
斷橋垂露滴梧桐　끊긴 다리의 오동나무에 내린 이슬이 맺혔네

우이에서 북쪽을 바라보다 盱眙北望[1]

北望茫茫渺渺間　북쪽을 바라보니 아득히 끝없는 사이에
鳥飛不盡又飛還　새가 날기를 그치지 않고 또 날아오네
難禁滿目中原淚　눈에 가득한 중원의 눈물을 금하기 어려우니
莫上都梁第一山[2]　도량산과 제일산엔 오르지 마오

주석

1) 盱眙(우이): 강소성 서부지역으로 북쪽으로 홍택호(洪澤湖)와 접해 있음.

2) 都梁(도량): 산 이름. 우이 동남쪽에 있음. 第一山(제일산): 우이현 동쪽에 있음. 옛 이름은 자씨산(慈氏山), 위에 미불(米芾)의 '제일산'이란 글씨가 있어서 붙여진 이름임.

회촌의 전쟁 이후 淮村兵後[1]

小桃無主自開花　작은 복숭아나무 주인도 없는데 절로 꽃피고
烟草茫茫帶曉鴉　안개 속 풀은 망망하게 아침 까마귀 떼를 띠었네
幾處敗垣圍故井　몇 곳의 무너진 담은 옛 우물을 둘렀으니
向來一一是人家　예전엔 하나하나가 인가였었네

주석

1) 淮村(회촌): 회하(淮河) 가의 향촌들.

강음의 부원당 江陰浮遠堂[1]

橫崗下瞰大江流[2]　횡강에서 큰 강의 흐름을 내려다보니
浮遠堂前萬里愁　부원당 앞에 만 리의 수심이네
最苦無山遮望眼　시야를 가릴 산이 없어 가장 괴로운데
淮南極目盡神州　회남의 아득한 곳이 모두 신주이네

주석

1) 江陰(강음): 강소성 강음시(江陰市). 浮遠堂(부원당): 강음성(江陰城) 북쪽 군산(君山) 꼭대기에 있음. 부원당은 송나라 말에 전쟁으로 불타버렸음.

2) 橫崗(횡강): 동서로 향한 산언덕. 군산(君山)을 말함.

화악 華岳

화악, 자는 자서(子西), 호는 취미(翠微), 귀지(貴池: 안휘성) 사람. 가정(嘉定) 중에 무과제일(武科第一)에 올라 전전사관(殿前司官)이 되었다. 승상 사미원(史彌遠)을 제거하려다가 발각되어 임안동시(臨安東市)에서 장살(杖殺)을 당했다. 『취미남정록(翠微南征錄)』이 있다.

전가 田家[1]

1

鷄唱三聲天欲明　닭 울음 세 번에 하늘이 밝으려는데
安排飯椀與茶甁　밥사발과 다병을 늘어놓네
良人猶怒催耕早　낭인은 오히려 화를 내며 밭갈이를 재촉하며
自拙蓬窗看曉星[2]　스스로 봉창을 열고 새벽별을 살피네

주석

1) 본래 10수임.

2) 蓬窗(봉창): 봉초(蓬草: 망초)로 엮은 창문.

2

拂曉呼兒去採樵[1]　새벽에 아이 불러 나무하러 보내고
祝妻早辦午炊燒[2]　처에게 빨리 점심을 지으라고 하네
日斜枵腹歸家看[3]　날 저물어 주린 배로 집에 돌아와 보니
尙有生枝炙未焦　아직 생 나뭇가지가 다 타지 않았네

주석

1) 拂曉(불효): 날이 밝으려 할 때.

2) 祝(축): 요청.

3) 枵腹(효복): 굶주린 배.

위료옹 魏了翁

위료옹(1178-1237), 자는 화보(華甫), 호는 학산(鶴山), 공주(邛州) 포강(蒲江: 사천성) 사람. 경원(慶元) 원년(1195) 진사. 비서성정자(秘書省正字)·병부랑관(兵部郎官)·이부상서(吏部尙書)·첨서추밀원사(簽書樞密院事) 등을 지냈다. 두 번 탄핵을 받고 폄관(貶官)되었다. 『학산집(鶴山集)』·『구경요의(九經要義)』·『고금고(古今考)』·『학산사(鶴山詞)』 등이 있다.

12월 9일 눈이 녹은 밤에 일어나 날을 새다

十二月九日, 雪融夜起達旦

遠鐘入枕報新晴　먼 종소리 침실로 들어와 새 맑음을 알리는데
衾鐵棱棱夢不成[1]　이불은 쇠처럼 추워서 꿈을 이루지 못하네
起傍梅花讀周易　일어나 매화 옆에서 〈주역〉을 읽는데
一窗明月四簷聲　한 창의 밝은 달빛과 사방 처마에 소리가 있네

주석

1) 棱棱(능릉): 추위가 엄한 모양.

평설

- 『매간시화』에 "후 2구는 기흥(寄興)이 고원(高遠)하여 사람들이 전송(傳誦)하는 바이다"라고 했다.

왕매 王邁

왕매(1184-1248), 자는 실지(實之), 호는 구헌거사(臞軒居士), 흥화군(興化軍) 선유(仙遊: 복건성) 사람. 가정(嘉定) 10년 진사. 담주관찰추관(潭州觀察推官)·지소무군(知邵武軍)·시우랑관(侍右郎官) 등을 지냈다. 성품이 강직하고 직언을 서슴치 않아서 대관(臺官)의 탄핵을 받았고, 이종(理宗)에게 '광생(狂生)'이라고 불리며 배척당했다. 『구헌집(臞軒集)』이 있다.

<도강제현전>을 읽다 讀渡江諸將傳[1)]

讀到諸賢傳	<제현전>을 읽게 되니
令人淚灑衣	사람을 옷에 눈물을 뿌리게 하네
功高成怨府[2)]	공이 높으면 원부를 이루고
權盛是危機	권세가 성하면 위기가 되네
勇似韓彭有[3)]	용맹은 한신과 팽월 같음이 있지만
心如廉藺希[4)]	마음은 염파와 인상여와 같음이 드무네
中原豈天上	중원이 어찌 천상일 것인가?
尺土不能歸	한 척의 땅도 수복할 수가 없네

주석

1) 渡江諸將傳(도강제장전): 장영(章穎)의 『남도십장전(南渡十將傳)』을 말함. 유기(劉錡)·악비(岳飛)·이현충(李顯忠)·위승(魏勝)·한세충(韓世忠)·장준(張俊)·노윤문(虞允文)·장자개(張子蓋)·장종안(張宗顔)·오개(吳玠)의 전이다.

2) 怨府(원부): 원망이 몰리는 곳.

3) 韓彭(한팽): 한신(韓信)과 팽월(彭越). 한(漢)나라 초의 맹장들. 건국의 공적이 높았지만 나중에 피살되었음.

4) 廉藺(염린): 염파(廉頗)와 인상여(藺相如). 전국시대 조(趙)나라의 장군과 재상으로서 서로 문경지교(刎頸之交)를 이루었음.

대보름의 관등 元宵觀燈[1)]

元宵燈火費科條[2)]　대보름 등불에 세금을 낭비하며
鬪巧爭姸照綵鰲[3)]　교묘함과 아름다움을 다투어 채오를 비추네
官府只知行樂好　관부에선 단지 행락의 좋음만 아니
誰知點點是民膏　누가 하나 하나가 백성의 고혈임을 아는가?

주석

1) 元宵(원소): 음력 1월 15일 대보름.
2) 科條(과조): 여러 가지 잡세(雜稅)의 조목.
3) 綵鰲(채오): 원소절에 채색 등불을 산 모양으로 쌓는 것을 채오라고 함.

조빈 曹豳

조빈, 자는 서사(西士), 호는 동무(東畝)·동견(東畎), 온주(溫州) 서안(瑞安: 절강성) 사람. 가태(嘉泰) 2년(1202) 진사. 비서승(祕書丞)·창부랑관(倉部郎官)을 지내고, 지복주(知福州)로 나갔다. 좌사간(左司諫)이 되어 왕만(王萬)·곽뢰경(郭磊卿)·서청수(徐淸叟)와 함께 '가희사간(嘉熙四諫)'이라 불렸다. 보장각대제(寶章閣待制)로서 치사(致仕)했다.

연간기를 읊다 詠緣竿伎[1)]

又被鑼聲送上竿　　또 징소리를 당하여 장대 위로 올려지니
者番難似舊時難　　이번의 어려움이 전번보다 더 어려울 듯하네
勸君著脚須教穩　　그대여 발딛음을 부디 평안히 하시구려
多少旁人冷眼看　　다소의 구경꾼들이 싸늘한 눈초리로 보고 있다네

주석

1) 緣竿伎(연간기): 장대놀이의 일종. 상간(上竿)이라고도 함. 송나라 때의 잡희(雜戲)의 하나. 이 시는 조규(趙葵)가 권병부상서(權兵部尙書)로서 금나라를 정벌하려고 떠날 때 적을 얕보지 말고 신중하게 처신할 것을 경계시킨 내용이다. 『제동야어(齊東野語)』에 "조서사(曹西士)의 〈상간시(上竿詩)〉: 조남중(趙南仲: 趙葵)이 이전(李仝)을 죽인 공(功)으로써 조청신(趙淸臣)에게 꺼림을 당했는데, 사규(史揆)가 매번 좌지우지하여서 마침내 조정에 머물러 두었다. 그 후에 회복사(恢復事)가 일어나자, 그에게 변면(邊面)을 맡겼다. 진(鎭)에 부임하는 날에 조신(朝紳)들이 술자리를 마련하여 전별했는데, 마침 연간기(緣竿伎)를 올린 자가 있었다. 조서사(曹西士)가 시를 짓기를 '……'라고 했다. 오래지 않아서 군대는 결국 승리하지 못했다"라고 했다.

갈장경 葛長庚

갈장경, 자는 백수(白叟), 호는 백옥섬(白玉蟾)·해남자(海南子), 민청(閩淸: 복건성) 사람. 집은 경주(瓊州: 海口市)에 있었다. 무이산(武夷山)에 들어가 도를 닦았다. 가정(嘉定) 중에 조정의 부름을 받고 태을궁(太乙宮)에 상주하며 자청명도진인(紫淸明道眞人)에 봉해졌다. 『해경집(海瓊集)』이 있다.

중추월 仲秋月[1]

千崖爽氣已平分[2]　천 벼랑의 가을색이 이미 고르게 분포되고
萬里青天輾玉輪[3]　만 리의 푸른 하늘에 밝은 달이 도네
起向錢唐江上望　일어나 전당강 가를 향해 바라보니
相逢都是廣寒人[4]　상봉하는 이들 모두가 광한궁 사람들이네

주석

1) 제목이『서호유람지(西湖遊覽志)』에는 〈대월루(得月樓)〉로 되어 있음.

2) 爽氣(상기): 추색(秋色), 추기(秋氣).

3) 玉輪(옥륜): 명월(明月).

4) 廣寒(광한): 광한궁(廣寒宮). 전설 속의 달에 있다는 월궁(月宮).

조춘 早春

南枝才放兩三花　남쪽가지에 두세 송이가 막 피었는데
雪里吟香弄粉些[1]　눈 속에서 향기 읊으며 흰 꽃을 완상하네
淡淡著烟濃著月[2]　담담한 안개 띠고 짙은 달빛 띠니
深深籠水淺籠沙[3]　깊은 물을 감싸고 옅은 모래를 감싼 듯하네

주석

1) 弄(롱): 완상(玩賞)함. 些(사): 어조사. 粉(분): 매화의 흰 꽃.

2) 淡淡(담담): 매화의 옅은 흰색. 濃(농): 매화의 짙은 흰색.

3) 당나라 두목(杜牧)의 〈박진회(泊秦淮)〉 시 "안개는 찬 물을 감싸고, 달빛은 모래를 감쌌네(烟籠寒水月籠沙)"를 이용한 것임.

노매파 盧梅坡

노매파, 송나라 때의 시인. 생평은 알려지지 않았음.

설매 雪梅

1

梅雪争春未肯降　매화와 눈이 봄을 다투며 항복하려 하지 않는데
騷人閣筆費平章　시인이 붓을 놓고 골똘히 논평을 하네
梅須遜雪三分白　매화는 눈보다 삼분의 흰빛이 모자라고
雪却輸梅一段香　눈은 도리어 매화의 일단의 향기가 없네

2

有梅無雪不精神　매화만 있고 눈이 없으면 정신을 이루지 못하고
有雪無詩俗了人　눈만 있고 시가 없으면 사람을 속되게 하네
薄暮詩成天又雪　황혼에 시를 이루니 하늘이 또 눈을 내리어서
與梅併作十分春　매화와 함께 완벽한 봄을 이루었네

유극장 劉克莊

유극장(1187-1269), 자는 잠부(潛夫), 호는 후촌거사(後村居士), 보전(莆田: 복건성) 사람. 순우(淳祐) 6년(1246)에 동진사출신(同進士出身)을 하사받았다. 공부상서(工部尚書) 겸 시독(侍讀)을 지내고, 용도각직학사(龍圖閣直學士)로서 치사(致仕)했다.

유극장은 처음에는 영가사령(永嘉四靈)의 영향을 받아서 만당체(晩唐體)를 배웠고, 나중에 육유와 양만리를 배웠다. 『후촌집(後村集)』이 있다.

명황안악도 明皇按樂圖[1]

鶯啼花開春晝遲	꾀꼬리 울고 꽃 핀 봄 낮이 더딘데
掖庭無事方遨嬉[2]	액정에서 일도 없이 지금 즐겁게 노네
廣平策免曲江去[3]	광평은 면책되고 곡강은 떠나가서
十郎談笑居臺司[4]	십랑이 담소하며 대사에 있네
屛間無逸不復覩[5]	병풍의 〈무일〉은 다시 보지 않고
教鷄能鬪馬能舞[6]	닭을 가르쳐 싸우게 하고 말을 춤추게 하네
嗚呼寧哥吹玉笛[7]	아! 영가는 옥적을 불고
催喚花奴打羯鼓[8]	화노를 재촉해 불러 갈고를 치게 하네
南衙羣臣朝玉陛[9]	남아의 군신들은 옥계에서 조알하고
老伶巨璫前後趨[10]	노령과 거당은 앞뒤로 달리네
阿瞞半醉倚玉座[11]	아만은 반쯤 취하여 옥좌에 기대있고
袖有曲譜無諫書	소매 속엔 곡보만 있고 간서는 없네
金盆皇孫眞龍種[12]	금분의 황손들은 참으로 용종들이고
浴罷六宮競圍擁[13]	목욕 끝낸 육궁들 다투어 옹위하네
惜哉傍有錦綳兒[14]	애석하다 옆에 비단 포대기의 애가 있어서
蹴破咸秦跳河隴[15]	함진을 차서 깨뜨리고 하롱으로 뛰어왔네
古來治亂本無常	예로부터 치란은 본래 무상한데
東封未了西幸忙[16]	동봉을 마치지 못하고 서행이 바쁘네
輦邊貴人亦何罪[17]	수레 옆의 귀인이 또한 무슨 죄던가?
禍胎似在偃月堂[18]	화근은 언월당에 있었던 듯하네
今人不識前朝事	지금 사람은 전조의 일을 알지 못하고
但見斷縑妝束異[19]	단지 낡은 그림 속의 복식이 다름만을 보네

豈知當日亂離人　어찌 당일의 난리 속 사람들은
說着開元總垂淚[20)] 개원시절을 말하며 모두 눈물 뿌렸던가?

주석

1) 明皇按樂圖(명황안악도): 명황(明皇)은 당나라 현종(玄宗). 안악(按樂)은 악기를 연주하는 것.

2) 掖庭(액정): 황궁의 궁빈(宮嬪)들이 거주하는 곳. 심궁(深宮)을 말함. 遨嬉(오희): 오유(娛游).

3) 廣平(광평): 현종 때의 현상(賢相) 송경(宋璟). 광평군공(廣平郡公)에 봉해졌음. 송경은 현공에게 여러 번 규간(規諫)을 했는데, 개원(開元) 20년에 연로함으로써 치사를 요청하니 현종이 손수 허락하였음. 曲江(곡강): 현종 때의 현상 장구령(張九齡). 소주(韶州) 곡강(曲江) 사람. 일찍이 현종에게 안록산의 야심을 상주하고, 죽여서 후환을 없앨 것을 건의했다가 쫓겨났음.

4) 十郎(십랑): 이림보(李林甫). 안록산이 그와 결탁했을 때, 그를 십랑이라고 불렀음. 이림보는 재상이 되어 권력을 전횡하였음. 臺司(대사): 조정의 성서(省署).

5) 無逸(무일): 『상서(尙書)』의 편명. 주공(周公)이 성왕(成王)에게 일락(逸樂)을 탐구(貪求)하지 말라고 경계한 내용임.

6) 현종은 투계(鬪鷄)를 좋아하여 궁중에 계방(鷄坊)을 짓게 하고, 건아(健兒) 5백 인을 선발하여 닭들을 길들여 키우게 했다. 또한 말을 훈련시켜 서서 음악에 맞추어 춤추게 했는데, 말의 몸을 금수(錦繡)와 보옥으로 장식하고, 장사들에게 탑(榻)을 들게 하고 그 위에서 말을 춤추게 했다. 두보(杜甫)의 〈투계(鬪鷄)〉 시에 "鬪鷄初賜錦, 舞馬又登床"이라 했다.

7) 寧哥(영가): 현종의 장형(長兄)인 영왕(寧王) 이헌(李憲). 적(笛)을 잘 불었다고 함.

8) 花奴(화노): 영왕의 장자인 여남군왕(汝南郡王) 이진(李璡). 일찍이 현종이

그를 화노라고 불렀음. 羯鼓(갈고): 본래 갈족(羯族)의 악기로서 소리가 급박함.

9) 南衙(남아): 조정의 관아(官衙)가 궁성 남쪽에 있었기 때문에 남아라고 했음.

10) 老伶(노령): 이원제자(梨園弟子) 중 늙은 예인(藝人)을 말함. 巨璫(거당): 고력사(高力士) 등 권세있는 환관들을 말함. 후한(後漢) 때 환관들이 권세를 누렸을 때 상품(上品)의 당(璫)으로 관식(冠飾)을 하여서 환관을 대칭하게 되었음.

11) 阿瞞(아만): 현종이 자신을 아만이라고 자칭했음.

12) 龍種(용종): 황손(皇孫)에 대한 미칭. 두보(杜甫)의 〈애왕손(哀王孫)〉에 "龍種自與常人殊"라고 했음.

13) 六宮(육궁): 후궁의 비빈(妃嬪)들을 말함.

14) 錦繃兒(금붕아): 안록산(安祿山). 양귀비(楊貴妃)가 안록산의 생일 3일 후에 금수(錦繡)로 큰 강보(襁褓)를 만들어 안록산을 싸고서, 그를 위해 세아례(洗兒禮)를 행했는데, 현종이 양귀비에게 세아금은전(洗兒金銀錢)을 내렸다.

15) 咸秦(함진): 함양(咸陽)과 진(秦) 지역. 河隴(하롱): 황하의 농산(隴山) 지역. 안록산의 반란군이 서북 일대를 침범한 것을 말함.

16) 東封(동봉): 현종은 일찍이 동악(東嶽) 태산(泰山)으로 가서 봉선(封禪)을 했음. 西幸(서행): 안록산의 난이 일어나자 현종은 서쪽 촉중(蜀中)으로 피난갔음.

17) 輦(연): 황제의 수레. 貴人(귀인): 양귀비(楊貴妃)를 말함. 현종을 따라 촉중으로 피난을 가다가 마외파(馬嵬坡)에서 죽임을 당했음.

18) 禍胎(화태): 화근(禍根). 偃月堂(언월당): 이림보(李林甫)를 말함. 일찍이 언월(偃月) 모양의 당(堂)을 건축하여 월당(月堂)이라 하고 온갖 음모를 그곳에서 꾸몄음.

19) 斷縑(단겸): 잔결(殘缺)한 비단 그림. 妝束(장속): 복식(服飾).

20) 開元(개원): 현종의 연호. 천보(天寶) 연간에 안록산의 난을 만난 사람들이 개원 시절의 태평성대를 말한다는 것. 두보의 〈억석(憶昔)〉 시에 "憶昔開元全盛日"이라 했음.

축성행 築城行

萬夫喧喧不停杵[1)] 만 장부들 소란하게 공이질 멈추지 않고
杵聲丁丁驚后土[2)] 공이소리 쿵쿵 후토를 놀라게 하네
徧村開田起窰竈[3)] 온 마을 밭에다 요조를 일으키고
望青斫木作樓櫓[4)] 푸른 숲을 바라보며 나무 베어 망루를 만드네
天寒日短工役急 날 차고 해 짧은데 공역이 급하니
白棒訶責如風雨[5)] 큰 몽둥이가 풍우처럼 큰소리로 꾸짖네
漢家丞相方憂邊[6)] 한나라 승상이 변방을 근심하여
築城功高除美官 축성의 공이 높아 좋은 관직에 임명되었네
舊時廣野無城處 예전의 넓은 들에 성이 없었는데
而今烽火列屯戍[7)] 지금은 봉화가 둔수에 늘어졌네
君不見 그대는 보지 못했는가?
高城鬣鬣如魚鱗[8)] 높은 성이 들쭉날쭉 물고기 비늘 같은데
城中蕭疎空無人 성안은 쓸쓸하게 비어서 인적이 없음을?

주석

1) 喧喧(훤훤): 소란한 소리. 杵(저): 성을 쌓는 흙을 다지는 공이질.
2) 丁丁(정정): 공이질의 소리. 后土(후토): 토지신.
3) 窰竈(요조): 연기를 피워서 적을 방어하는 군사시설.
4) 樓櫓(누로): 적정을 살피기 위한 망루(望樓).
5) 白棒(백봉): 백부(白棓). 대곤(大棍).
6) 漢家丞相(한가승상): 한(漢)나라 승상 병길(丙吉)을 말함.
7) 屯戍(둔수): 변경의 초소(哨所).

8) 齾齾(알알): 이가 빠진 듯 성의 높낮이가 들쭉날쭉한 것.

새벽길 早行

店媼明燈送　　여관의 노파가 밝은 등불을 보내니
前村認未眞　　앞마을은 분명히 볼 수 없네
山頭雲似雪　　산머리의 구름은 눈과 같고
陌上樹如人　　밭두둑 위 나무는 사람 같네
漸覺高星少　　점차 높은 별들 적어짐을 깨달으니
纔分遠燒新　　곧 먼 곳의 밥 짓는 불이 새로움을 분간하네
何煩看堠子[1]　　어찌 번거롭게 이정표를 보는가?
來往暗知津　　오가며 어두워도 나루를 알고 있다네

주석

1) 堠子(후자): 이정표.

성안에서 모병하는 소리를 듣고 감개가 있었다 聞城中募兵有感[1]

調發多年籍半空[2]　　다년간 징병하여 호적이 비었는데
虎符招補至閩中[3]　　호부의 모병이 민중에 이르렀네

莊農戎服來操戟　농장의 농부가 융복 입고 창을 들고 오고
太守儒裝學拍弓　태수는 유복 차림으로 활쏘기를 배우네
去日初辭鄕樹綠　지난날 처음 떠날 땐 고향 나무들 푸르렀는데
到時愁見戍旗紅　돌아와선 수루 깃발의 붉음을 근심스레 보네
募金莫作纏頭費[4]　모금을 전두비로 쓰지 말고
留製衣袍禦北風　도포를 지어서 북풍을 막기 바라오

주석

1) 원래 2수임.

2) 調發(조발): 징병(徵兵). 籍(적): 호구(戶口).

3) 虎符(호부): 구리로 주조한 호랑이 모양의 병부(兵符). 閩中(민중): 복건성 등 서남 일대지역.

4) 纏頭費(전두비): 가무인(歌舞人)에게 연희의 대가로 주는 재물. 원래 비단을 머리에 둘러주었음.

국상행 國殤行[1]

官軍半夜血戰來　관군들은 한밤중에 혈전을 치르고 돌아와서
平明軍中收遺骸　새벽에 군중에서 유해를 수습하네
埋時先剝身上甲　매장할 때 먼저 몸에 걸친 갑옷을 벗겨내고
標成叢塚高崔嵬[2]　표시하여 총총을 만드니 우뚝이 높네
姓名虛挂陣亡籍　성명을 헛되이 진망적에 걸어놓고
家寒無俸孤無澤　가난한 집은 봉양할 수 없고 외롭게 은택도 없네

烏虖諸將官日穹　아! 여러 장수들은 관직이 날로 높아지건만
豈知萬鬼號陰風　어찌 만 귀신들이 음풍 속에 곡함을 알겠는가?

주석

1) 國殤(국상): 국가를 위해 전쟁에서 희생한 사람.

2) 叢塚(총총): 전사자를 한 곳에 묻은 분묘.

3) 陣亡籍(진망적): 전사한 자의 명부.

무진년 사건을 적다 戊辰書事[1)]

詩人安得有靑衫　시인이 어떻게 청삼을 입을 수 있겠는가?
今歲和戎百萬縑　올해 오랑캐와 화의하여 백만 필 비단을 바쳤네
從此西湖休插柳　이로부터 서호에는 버들을 심지 말고
剩栽桑樹養吳蠶　뽕나무를 더 많이 심어 누에를 쳐야 하리라!

주석

1) 戊辰(무진): 영종(寧宗) 가정(嘉定) 원년(1208). 개희(開禧) 3년(1207)에 송나라는 북벌(北伐)을 실패하고, 이듬해 금나라와 화의를 맺어서 송나라 임금은 금나라 임금을 백부(伯父)라고 부르고, 은(銀) 3백만 냥을 바쳤다. 이후 매년은 3백만 냥과 견(絹) 30만 필을 금나라에 바쳤다.

중제에게 화답하다 和仲弟[1]

一春簷溜不曾停　한 봄의 처마 물방울이 멈추지 않으니
滴破空階蘚暈青　물방울이 빈 섬돌을 깨뜨리고 이끼자국 푸르네
便是兒時對牀雨　곧 어릴 때 함께 침상에서 듣던 빗소리인데
絶憐老大不同聽　늙어서 함께 듣지 못함이 진정 가련하구나

주석

1) 본래 10수임.

앵사 鶯梭[1]

擲柳遷喬大有情[2]　버드나무 높은 가지로 던져져 몹시 정이 있고
交交時作弄機聲[3]　꾀꼴꾀꼴 때때로 베틀 놀리는 소리를 짓네
洛陽三月花如錦　낙양 삼월의 꽃이 비단 같은데
多少功夫織得成　다소의 공부로 베를 짜놓았네

주석

1) 꾀꼬리가 이리저리 날아다니는 것이 베틀의 북이 끊임없이 왕래하는 것과 같다는 의미로 앵사라고 했음.

2) 遷喬(천교): 『시경 · 小雅 · 伐木』에 "出自幽谷, 遷于喬木"이라고 했음.

3) 交交(교교): 꾀꼬리가 우는 소리.

섭채 葉采

섭채, 자는 중규(仲圭), 호는 평암(平巖), 소무(邵武: 복건성) 사람. 남송 이종(理宗) 보경(寶慶) 2년(1226)에 비서감(秘書監)을 지냈다.

늦봄의 경치 暮春卽事

雙雙瓦雀行書案　쌍쌍의 지붕 참새들이 서안을 지나가고
點點楊花入硯池　점점의 버들꽃이 연지로 들어오네
閒坐小窗讀周易　작은 창가에 한가히 앉아 주역을 읽는데
不知春去已多時　봄이 지나간 지 얼마인지 모르겠네

엄인 嚴仁

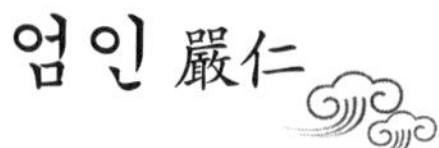

엄인, 자는 차산(次山), 호는 초계(樵溪), 소무(邵武: 복건성) 사람. 엄우(嚴羽)와 엄삼(嚴參)과 함께 '소무삼엄(邵武三嚴)'이라 불렸다. 『애내집(欸乃集)』이 있다.

새하곡 塞下曲

漠漠孤城落照間[1)] 막막한 외딴 성의 낙조 사이에
黃楡白葦滿關山 누런 느릅나무 흰 갈대가 관산에 가득하네
千支羌笛連雲起 천 가락 강적소리가 이어진 구름에서 일어나니
知是邊方牧馬還 호아들이 말을 방목하고 돌아감을 알겠네

주석

1) 漠漠(막막): 적막하게 소리가 없는 모양.

오잠 吳潛

오잠(1196-1261), 자는 의부(毅夫), 호는 이재(履齋), 선주(宣州) 영국(寧國: 안휘성) 사람. 가정(嘉定) 10년(1217) 진사제일. 상서금부원외랑(尙書金部員外郎)·회서총령(淮西總領)·절동안무사(浙東按撫使)·참지정사(參知政事) 등을 지내고, 좌승상(左丞相)이 되어 허국공(許國公)에 봉해졌다. 직언으로써 권간(權奸) 가사도(賈似道)를 거슬러서 순주(循州)에 안치되었다가 죽었다. 『이재유집(履齋遺集)』이 있다.

절구 絶句

編茅爲屋竹爲椽　띠를 엮어 지붕을 이고 대나무로 서까래 만드니
屋上青山屋下泉　지붕 위엔 청산이고 아래엔 샘물이네
半掩柴門人不見　반 닫은 사립문엔 사람을 볼 수 없고
老牛將犢傍籬眠　늙은 소가 송아지 데리고 울타리 옆에 자고 있네

풍취흡 馮取洽

풍취흡, 자는 희지(熙之), 호는 쌍계옹(雙溪翁), 연평(延平: 복건성 平南市) 사람. 황승(黃昇)과 같은 시기의 사람으로 함께 창화했다. 대략 순우(淳祐) 8년(1248) 무렵에 이미 나이가 60여 세였다. 『쌍계집(雙溪集)』이 있다.

교유의 풍월루에 스스로 적다 自題交游風月樓

平揖雙峯俯霽虹　쌍봉과 나란히 읍하며 갠 무지개를 내려다보고
近窺喬木欲相雄　가까이 교목을 엿보며 자웅을 겨루려 하네
一溪流水一溪月　한 개울의 흐르는 물에 한 개울의 달빛이 있고
八面疎櫺八面風　팔면의 성근 창살에 팔면의 바람이 있네
取用自然無盡藏　취하여 쓰는 것이 자연스럽게 무진장한데
高寒如在太虛空　높은 한기가 하늘에 있는 듯하네
落成恰値三秋半　낙성일이 마침 삼추의 반에 당하여
爲我吹開白兎宮[1)]　나를 위해 백토궁을 열어주네

주석

1) 白兎宮(백토궁): 월궁(月宮). 중추(仲秋)의 달을 말함.

평설

- 『시인옥설』에 "'一溪流水' 1연은 시림(詩林)에서 모두 수걸(秀傑)한 시구로 여겼다"라고 했다.

방악 方岳

방악, 자는 거산(巨山), 호는 추애(秋崖), 기문(祁門: 안휘성) 사람. 소정(紹定) 5년(1232) 진사. 이부시랑(吏部侍郎)을 지내고, 나가서 원주(袁州) 등의 지주(知州)를 지냈다. 『추애선생소고(秋崖先生小稿)』가 있다.

호숫가에서 湖上[1]

1

沙暖鴛鴦傍柳眠	모래밭 따뜻하여 원앙이 버들 가에서 자고
春來亦嬾避湖船	봄이 오니 또한 나른하게 호수의 배를 피하네
佳人窈窕惜顔色[1]	가인은 아름다운 안색을 아끼는데
自照晴波整翠鈿[2]	스스로 맑은 물결에 비춰보며 취전을 정돈하네

주석

1) 본래 8수임.

2) 窈窕(요조): 아름다운 모양.

3) 翠鈿(취전): 비취옥으로 만든 머리장식.

2

連天芳草晩凄凄	하늘에 이어진 향기로운 풀 저녁에 처량하고
蹀躞花邊馬不嘶	꽃밭 옆을 지나가는 말은 울지 않네
蜂蝶已歸絃管靜	벌 나비도 이미 돌아가고 관현소리 조용한데
猶聞人語畫橋西	오히려 사람 말소리를 화교 서쪽에서 듣네

3

游人抵死惜春韶[1]	유람인은 죽도록 봄의 풍광을 아끼는데
風暖花香酒未消	따뜻한 바람과 꽃향기에 술기운 깨지 않네

須向先賢堂上去[2] 반드시 선현당에 올려가 보오
畵船無數泊長橋[3] 화려한 배들이 무수하게 장교에 정박해 있다오

주석

1) 抵死(저사): 목숨을 버릴 정도라는 뜻. 春韶(춘소): 봄의 아름다운 풍광.

2) 先賢堂(선현당): 일명 앙고당(仰高堂). 항주(杭州) 서호(西湖) 삼제로(三堤路) 소제(蘇堤) 남쪽의 영파교(映波橋) 북쪽에 있음. 허유(許由) 등 40인의 선현들과 손부인(孫夫人) 등 5인의 효절(孝節) 부인을 모신 사당이다.

3) 長橋(장교): 정자사(淨慈寺) 북쪽, 경락원(慶樂園) 앞에 있음.

전가를 가다 行田

屋頭烏臼午陰密[2] 지붕머리 오구나무의 낮 그늘이 짙고
牛與牧童相對眠 소와 목동이 서로 마주하고 잠자네
不是官中催稅急 관청에서 세금을 급히 재촉하지 않는다면
十年前已學耕田 십 년 전에 이미 농사를 배웠으리라

주석

1) 烏臼(오구): 오구(烏桕)나무. 열매는 기름을 짜고 밀랍을 만든다.

이남금 李南金

이남금, 자는 진경(晉卿), 자호는 삼계빙설옹(三谿冰雪翁), 낙평(樂平: 강서성) 사람. 보경(寶慶) 2년(1226) 진사, 나대경(羅大經)과 동년에 등과(登科)했다. 광화군교수(光化軍教授)를 지냈다.

등제 후, 화사가 그린 관상사진에다 장난삼아 적다
登第後, 畵師以冠裳寫眞戲題[1)]

落魄江湖十二年	강호에서 낙백한 이십 년 동안
布衫闊袖裏風煙	베옷의 넓은 소매는 풍연만 감쌌는데
如今各樣新裝束	지금 각종 의복을 새로 갖추고
典却淸狂賣却顚[2)]	청광은 전당잡히고 전광은 매각했네

주석

1) 寫眞(사진): 초상화(肖像畫)을 말함.

2) 淸狂(청광): 방일(放逸)하여 억매이지 않는 것. 顚(전): 전광(顚狂). 떠돌며 구속받지 않는 것.

평설

- 『학림옥로』에 "한 때의 희어(戲語)인데 또한 스스로 맛이 있다"라고 했다.

왕동조 王同祖

왕동조, 자는 여지(與之) 호는 화주(花洲), 금화(金華: 절강성) 사람. 가희(嘉熙) 원년(1237)에 조산랑(朝散郎)·대리사주부(大理寺主簿)를 지냈다. 순우(淳祐) 중에 건강부통판(建康府通判)과 첨차연강제치사기의문자(添差沿江制置司機宜文字)를 지냈다. 『학시초집(學詩初集)』이 있다.

천진교 天津橋[1]

行闕千重鎖暮烟	행궐이 천 겹 저녁 안개에 잠기고
山如洛邑水如瀍[2]	산은 낙읍 같고 물은 전수 같네
黃塵障斷中原路	누런 먼지가 중원로를 막아 끊으니
悲立橋頭聽杜鵑	다리 앞에 슬프게 서서 두견새울음을 듣네

주석

1) 天津橋(천진교): 하남성 낙양(洛陽)에 있음. 원주에 "다리는 금릉(金陵) 행궁(行宮) 앞에 있는데, 옛 사람들이 산이 낙읍((洛邑) 같고, 물이 전간(瀍澗) 같기 때문에 천진교라고 이름 붙였다고 한다"라고 했다. 작자가 건강부통판(建康府通判) 때 지은 시이다. 남도(南渡) 초년에 송나라 고종(高宗)이 건강(建康)에 머문 적이 있어서 그의 행궁이 있게 되었다.

2) 洛邑(낙읍): 낙양(洛陽). 瀍(전): 물 이름. 하남성 낙양시 서북에서 발원하여, 동남으로 흘러서 옛 현성(縣城)을 경유하여 동쪽으로 낙수(洛水)로 들어감.

이등 利登

이등, 자는 이도(履道), 호는 벽간(碧澗), 금천(金川: 사천성) 사람. 순우(淳佑) 원년(1241) 진사. 『피고(骳稿)』가 있다.

전가 田家

小雨初晴歲事新[1]　보슬비 처음 그치고 농사가 새로운데
一犂江上趁初春　강가의 밭갈이 초봄을 따르네
豆畦種罷無人守　콩밭에 파종하고 지키는 사람 없는데
縛得黃茅更似人[2]　누런 띠풀을 묶어놓으니 진짜 사람 같네

주석

1) 歲事(세사): 농사.

2) 縛得黃茅(박득황모): 허수아비를 만들었다는 것.

일찍 일어나 눈을 보다 早起見雪

折竹聲高曉夢驚　대나무 부러지는 소리 높아 새벽꿈이 놀라고
寒鴉一陣噪冬青[1]　추운 까마귀 한 떼가 사철나무에서 우짖네
起來檐外無行處　일어나니 처마 밖에 다닐 길이 없는데
昨夜三更猶有星　어젯밤 삼경에도 오히려 별이 있었네

주석

1) 冬青(동청): 사철나무.

섭소옹 葉紹翁

섭소옹, 자는 사종(嗣宗), 호는 정일(靖逸). 처주(處州) 용천(龍泉: 절강성 용천) 사람. 건안(建安) 사람이라는 설도 있음. 일찍이 전당(錢唐) 서호(西湖) 가에 은거하며 갈천민(葛天民)과 수창했음. 또한 진덕수(眞德秀)와 친했음. 학문은 주희(朱熹)를 종(宗)으로 삼았고, 영종(寧宗)과 이종(理宗) 때의 강호시파의 시인이었음. 산수의 묘사에 뛰어났으며, 특히 칠언절구를 잘 지었다. 『정일소집(靖逸小集)』과 『사조문견록(四朝聞見錄)』 등이 있다.

원림에 놀러 갔으나 주인을 만나지 못했다 遊園不値

應憐屐齒印蒼苔　나막신자국이 푸른 이끼에 찍히는 것 꺼렸으리라
小扣柴扉久不開　사립문을 작게 두들겼으나 오랫동안 열지 않네
春色滿園關不住　봄의 색이 원림에 가득하여 머물러 두지 못하니
一枝紅杏出牆來　한 가지 붉은 살구꽃이 담장 밖으로 나와 있네

주석

1) 屐齒(극치): 나막신의 굽.

평설

- 명나라 구우(瞿佑)의 『귀전시화(歸田詩話)』에 "진간재(陳簡齋: 陳與義)의 시에 '客子光陰詩卷裏, 杏花消息雨聲中'이라 하고, 육방옹(陸放翁: 陸游)의 시에 '小樓一夜聽春雨, 深巷明朝賣杏花'라 했는데, 모두 가구이지만 애석하게도 전편(全篇)이 고르지 못하다. 섭정일의 시에 '春色滿園關不住, 一枝紅杏出牆來'라고 하고, 대석병(戴石屛: 戴復古)의 시에 '一冬天氣如春暖, 昨日街頭賣杏花'라고 했는데, 구의 뜻이 또한 아름다워서 앞의 것들을 추급할 수 있다"라고 했다.

- 청나라 조정동(曹庭棟)의 『송백가시존(宋百家詩存)』에 "『정일소고(靖逸小藁)』 1권이 있다. 말은 담백하고 뜻은 원대하여 자못 사람들에게 씹어서 맛보게 한다. 예를 들면 '春色滿園關不住, 一枝紅杏出牆來'는 지금도 사람들이 회자(膾炙)하여, 비록 시골거리의 부녀자나 애들일지라도 모두 그것을 암송할 수 있다"라고 했다.

전가삼영 田家三詠

1

織籬爲界編紅槿　울타리로 경계 삼아 붉은 무궁화를 엮었고
排石成橋接斷塍　돌을 늘어놓은 다리는 끊긴 밭두둑에 접했네
野老生涯差省事　시골 노인의 생애가 살피는 일이 약간인데
一間茅屋兩池菱　한 칸 초가와 두 못의 마름이라네

2

田因水壞秧重播　논에 물이 빠져서 모를 다시 심고
家爲蠶忙戶緊關　집은 누에치기 바빠서 문이 굳게 닫혔네
黃犢歸來莎草闊[1)]　누런 송아지 돌아오는 사초밭이 넓고
綠桑采盡竹梯閑　초록 뽕잎 다 따니 대나무사다리가 한가하네

주석

1) 莎草(사초): 향부자(香附子). 잡초의 일종.

3

抱兒更送田頭飯　아이 안고 다시 밭으로 밥을 보내고
畫鬢濃調竈額烟[1)]　귀밑머리 짙게 그린 것은 굴뚝의 그을음이네
爭信春風紅袖女　어찌 봄바람 속 붉은 소매의 여자들이
綠楊庭院正秋千　초록 버들의 정원에서 그네 타는 것을 믿겠는가?

주석

1) 竈額(조액): 조돌(竈突). 굴뚝.

엄우 嚴羽

엄우, 자는 단구(丹丘)·의경(儀卿), 자호는 창랑포객(滄浪逋客), 소무(邵武: 복건성) 사람. 평생 과거에 응시하지 않았다. 대복고(戴復古)와 동시대 사람이다.

그의 저서 『창랑시화(滄浪詩話)』는 후대에 많은 영향을 미쳤다. 시집으로는 『창랑집(滄浪集)』이 있다.

상관위장의 <무성만조>에 화답하다 和上官偉長蕪城晩眺[1]

平蕪古堞暮蕭條　평원의 풀밭 옛 성가퀴의 저녁이 쓸쓸한데
歸思憑高黯未消　돌아갈 생각 높아서 암담하게 가시질 않네
京口寒烟鴉外滅[2]　경구의 찬 안개는 까마귀 너머로 사라지고
歷陽秋色雁邊遙[3]　역양의 가을색은 기러기 옆에서 머네
淸江水落長疑雨　맑은 강은 물 빠져서 오래 비를 의심하고
暗浦風多欲上潮　어두운 포구는 바람 많아서 조수를 올리려 하네
惆悵此時頻極目　슬픈 이때에 빈번히 멀리 바라보니
江南江北路迢迢　강남과 강북의 길이 아득하네

주석

1) 上官偉長(상관위장): 이름은 양사(良史), 호는 낭풍산인(閬風山人). 蕪城(무성): 광릉성(廣陵城). 지금의 강소성 강도(江都) 경내.

2) 京口(경구): 강소성 진강(鎭江).

3) 歷陽(역양): 안휘성 화현(和縣).

규원 閨怨

欲作遼陽夢[2]　요양의 꿈을 꾸려고 해도
愁多自不成　근심 많아서 스스로 이룰 수 없는데
錯嫌烏臼鳥[3]　오구조를 오해하여 원망하니
半夜隔牕鳴　한밤중에 창 너머에서 우네

주석

1) 원래 2수임.

2) 遼陽(요양): 요하(遼河) 일대의 변경지역.

3) 烏臼鳥(오구조): 일명 여작(黎雀). 악부(樂府) 〈烏夜啼〉에 "可憐烏臼鳥, 彊言知天曙, 無故三更啼, 歡子冒闇去"라고 했음.

연못에 임하여 臨池

乍涼池館雨初收　잠깐 서늘한 지관에 비가 비로소 그치고
菱角蓮房共趁秋　마름열매 연밥이 함께 가을을 좇네
獨恨碧波渾占却　다만 한스러운 것은 푸른 물결을 모두 점거하여
更無剩水浴沙鷗　다시 갈매기를 목욕시킬 남은 물이 없음이네

새하곡 塞下曲[1]

一身遠客逐戎旌[2]　한 몸이 먼 객이 되어 군대깃발을 좇으니
落日蕭條望古城　지는 해 쓸쓸한데 옛 성을 바라보네
漸近磧西無水草　점차 사막 서쪽이 가까우니 수초가 없고
北風沙起橐駞驚[3]　북풍이 모래 날리니 낙타가 놀라네

주석

1) 모두 6수임.

2) 戎旌(융정): 군기(軍旗).

3) 橐駞(탁타): 낙타(駱駝).

조여수 趙汝燧

조여수, 자는 명옹(明翁), 원주(袁州: 강서성 宜春) 사람. 가태(嘉泰) 중의 진사. 가정(嘉定) 중 분사진강관권(分司鎭江管權)을 지냈다. 그의 고체(古體)는 왕건(王建) · 장적(張籍) · 이백(李白) · 노동(盧仝) 등을 배웠고, 근체는 사령(四靈)과 양만리(楊萬里)를 배웠다. 강호시파 중에서 가장 호방한 시인이었다. 『야곡시집(野谷詩集)』이 있다.

농가에서 쉬다 憩農家

似陰還似晴	흐릴 듯하다가 다시 갤 듯하고
好風弄輕柔	좋은 바람이 가볍고 부드러운데
土膏春犁滑	흙 기름져서 봄쟁기가 미끄럽고
竹深鳴禽幽	대숲 우거져 새소리가 깊네
農家頗瀟洒	농가가 자못 소쇄한데
滮滮淸泉流[1]	졸졸 맑은 샘물이 흐르네
蹇予入茅簷[2]	내 옷자락을 끌어 띠처마로 들어가니
解帶爲小留	허리띠를 풀고 잠시 머무르네
荊釵三兩婦	나무비녀를 꽂은 두세 아낙이
競將機杼投	다투어 베틀북을 던지네
吹爐問官人	화롯불을 불며 묻기를 관인께서는
肯喫村茶不	시골 차를 마시지 않겠소?
羣兒窗下讀	여러 아이들이 창 아래서 독서하는데
千字文蒙求[3]	<천자문>과 <몽구>이네
余因拊其背	나는 그들 등을 어루만지며
勸汝早休休	너희는 일찍 그만두는 것이 나으리라
泓穎纔識面[4]	벼루와 붓을 겨우 손댔는데
白盡少年頭	젊은 머리를 다 백발로 만들었다네
耕食而鑿飮[5]	밭 갈아 먹고 샘 파서 마시는데
胡不安箕裘[6]	어찌 가업을 편안히 여기지 않는가?
乃翁聽我言[7]	그 부친이 내 말을 듣고
急把書卷收	급히 책을 거둬들이고

遣兒出門去　　아이들을 문밖으로 나가게 하니
一人騎一牛　　한 사람마다 한 마리 소를 타네

주석

1) 潅潅(괵괵): 물이 흐르는 소리.
2) 蹇(건): 건(褰)과 통용.
3) 千字文(천자문): 남조 양무제(梁武帝) 때 주홍사(周興嗣)가 편찬한 계몽서. 蒙求(몽구): 당나라 이한(李瀚)이 편찬한 계몽서.
4) 泓穎(홍영): 벼루와 붓.
5) 耕食而鑿飮(경식이착음): 『격양가(擊壤歌)』에 "日出而作, 日入而息. 鑿井而飮, 耕田而食, 帝力於我何有哉"라고 했음.
6) 箕裘(기구): 가업을 계승함을 말함. 『禮記 · 學記』에 "良冶之子必學爲裘, 良弓之子必學爲箕"라고 했음.
7) 乃翁(내옹): 너의 부친. 여기서는 3인칭 '그 부친'으로 사용했음.

하정 下程[1]

下程疑頗早　　머무름이 너무 이르지 않나 싶은데
店主勸予休　　여관 주인이 나에게 쉬기를 권하네
今晩莫貪路　　지금은 저물었으니 길을 탐하지 말라며
明朝便到州　　내일 아침 곧 주에 도착할 거라 하네
疏籬編馬眼[2]　　성근 울타리는 마안으로 엮었고
新笋護猫頭[3]　　새 죽순은 묘두를 보호하네

六七歲童子	육칠 세의 동자
一人隨數牛	한 사람이 여러 소를 따라가네

주석

1) 下程(하정): 머묾. 휴식.

2) 馬眼(마안): 바둑판의 눈.

3) 猫頭(묘두): 묘두죽(猫頭竹). 대나무의 일종.

법운사에 오르다 登法雲寺

雲林擁深寂	구름 낀 숲은 깊은 적막함을 품고
山寺倚崔嵬	산사는 높은 곳에 의지했네
童子請先坐	동자가 먼저 앉기를 청하며
師僧恐便回	사승이 곧 돌아올 거라 하네
庭黃霜到橘	마당의 노란색은 서리 맞은 귤들이고
堦綠雨滋苔	섬돌의 초록색은 비 젖은 이끼들이네
掛樹猿相玩	나무에 매달린 원숭이들이 구경하는데
呼之却不來	불러도 도리어 오지 않네

농수 隴首[1]

隴首多逢采桑女　발머리에서 뽕잎 따는 여인들을 많이 만나니
荆釵蓬鬢短青裙　나무비녀 쑥대머리 짧은 청치마 차림이네
齋鐘斷寺鷄鳴午[2]　재종소리 끊긴 절에 닭이 정오를 알리고
吟杖穿山犬吠雲[3]　읊조리며 산길을 뚫어가니 개가 구름 향해 짖네
避石牛從斜路轉　바위 피해서 소는 비탈을 따라 돌아가고
作陂水自半溪分[4]　언덕 이루니 물은 절로 개울을 반으로 나누었네
農家說縣催科急　농가에서 현에서 세금 재촉이 급하다며
留我茅簷看引文[5]　나를 초가처마에 머물게 하고 문서를 보게 하네

주석

1) 隴首(롱수): 농(隴)은 농(壟)과 통용. 밭두둑 머리.
2) 齋鐘(재종): 정오의 종소리. 불가에서 정오를 지나서 먹지 않는 것을 재(齋)라고 하는데, 정오를 재시(齋時)라고 함.
3) 吟杖(음장): 읊조리며 지팡이를 짚고 가는 것.
4) 陂(피): 소택지에서 물을 막는 언덕.
5) 引文(인문): 관청에 내려 보낸 세금명단.

서원걸 徐元杰

서원걸(1196?-1245), 자는 백인(仁伯), 신주(信州) 상요(上饒: 강소성 상요시) 사람. 소정(紹定) 5년(1232) 진사제일(進士第一). 태상시소경(太常寺少卿) 및 국자좨주(國子祭酒) 등을 지냈다.

호숫가에서 湖上

花開紅樹亂鶯啼　꽃 핀 붉은 나무에 꾀꼬리소리 요란하고
草長平湖白鷺飛　풀 자란 평평한 호수에 백로가 나네
風日晴和人意好　풍광이 청화하여 사람 기분이 좋은데
夕陽簫鼓幾船歸　석양의 소고 소리에 몇 척의 배가 돌아오는가?

조빈 曹豳

조빈, 자는 서사(西士), 호는 동견(東畎), 온주(溫州) 서안(瑞安: 절강성) 사람. 가태(嘉泰) 2년(1202) 진사. 비서승창부랑((秘書丞倉部郎)이 되고, 지복주(知福州)를 거쳐 보장각대조(寶章閣待制)로 치사(致仕)했다. 졸시(卒謚)는 문공(文恭)이다.

늦봄 暮春

門外無人問落花　　문 밖엔 낙화를 묻는 사람도 없고
綠陰冉冉徧天涯　　녹음이 점점 하늘 끝까지 펼쳐졌네
林鶯啼到無聲處　　숲 꾀꼬리 우는 소리도 없는 곳
春草池塘獨聽蛙　　봄풀 자란 못에서 다만 개구리 울음만 듣네

두뢰 杜耒

두뢰, 자는 자야(子野), 호는 소산(小山), 우강(盱江: 강서성 臨川) 사람. 일찍이 회동안무제치사(淮東安撫制置使) 허국(許國)의 막객(幕客)을 지냈다. 보경(寶慶) 원년(1225)에 허국은 충의군(忠義軍) 수령 이전(李全)에게 피살되었는데, 두뢰 또한 전란 중에 죽었다.

추운 밤 寒夜

寒夜客來茶當酒　추운 밤 객이 오니 차로 술을 대신하니
竹爐湯沸火初紅　죽로의 끓는 소리에 불길이 비로소 붉네
尋常一樣窗前月　항상 똑같던 창 앞의 달이
纔有梅花便不同　막 매화가 피어나니 곧 예전과 다르네

평설

- 『시인옥설』에 “두소산(杜小山)의 시 ‘尋常一樣窗前月, 纔有梅花便不同’과 소소수(蘇召叟: 蘇泂) 시 ‘人家一樣垂楊柳, 種在宮牆自不同’ 두 연은 한 뜻이다”라고 했다.

악뢰발 樂雷發

악뢰발, 자는 성원(聲遠), 자호는 설기선생(雪磯先生), 용릉(舂陵: 호남성 寧遠 서북) 사람. 여러 번 과거에 낙방한 후, 보우(寶祐) 원년(1253)에 특과제일(特科第一)에 올라서 한림(翰林)이 되었다.

악뢰발은 강호시파에 속하는데, 풍격은 비교적 웅위(雄偉)했다. 『설기총고(雪磯叢稿)』가 있다.

오오가 烏烏歌[1]

莫讀書莫讀書	독서하지 말라! 독서하지 말라!
惠施五車今何如[2]	혜시의 다섯 수레의 책은 지금 어디 있는가?
請君爲我焚却離騷賦[3]	그대는 나를 위해 〈이소부〉를 불태워주구려
我亦爲君擘碎太極圖[4]	나도 또한 그대 위해 〈태극도〉를 찢어버리겠소
朅來相就飮斗酒	어찌 앞으로 와서 함께 말술을 마시며
聽我仰天呼烏烏	내가 하늘을 우러러 〈오오가〉를 부름을 듣지 않는가?
深衣大帶講唐虞[5]	심의와 큰 띠 차림으로 당우를 강론함은
不如長纓繫單于[6]	긴 모자끈으로 선우를 결박함만 못하리라
吮毫搦管賦子虛[7]	붓털을 빨고 붓대를 잡아 〈자허부〉를 짓는 것은
不如快鞭躍的盧[8]	채찍 휘둘러 적로를 뛰게 함만 못하리라
君不見	그대는 보지 못했는가?
前年敵兵破巴渝[9]	전년에 적병이 파투를 깨뜨리고
今年敵兵屠成都[10]	금년엔 적병이 성도를 도륙했음을!
風塵澒洞兮旂戟塞途	풍진이 가득하고 깃발과 창날이 길을 메웠고
殺人如麻兮流血成湖	삼대 베듯 살인하니 유혈이 호수가 되었네
眉山書院嘶哨馬[11]	미산서원엔 초병의 말이 울고
浣花草堂巢妖狐[12]	완화계의 초당엔 요사한 여우 소굴이 됐네
何人笞中行[13]	누가 중항열에게 채찍질을 하겠는가?
何人縛可汗[14]	누가 가한을 결박하겠는가?
何人丸泥封函谷[15]	누가 진흙덩이로 함곡관을 봉쇄할 것인가?
何人三箭定天山[16]	누가 세 화살로 천산을 평정할 것인가?

大冠若箕兮高劒拄頤	대관은 키와 같은데 고검으로 턱을 괴고
朝談回軻兮夕講濂伊[17]	아침엔 안회와 맹가를 말하고 저녁엔 염계와 이천을 강론하네
綬若若兮印纍纍[18]	끈 늘어지고 인장이 매달렸는데
九州博大兮君今何之	구주는 넓고 큰데 그대는 지금 어디로 가는가?
有金須碎作僕姑[19]	금이 있으면 부수어 복고를 만들어야 하고
有鐵須鑄作蒺藜[20]	철이 있으면 주물하여 질려를 만들어야 하리라
我當贈君以湛盧青萍之劒[21]	내 마땅히 그대에게 담로와 청평의 검을 줄 테니
君當報我以太乙白鵲之旗[22]	그대는 마땅히 나에게 태을과 백작의 깃발로 보답하구려
好殺敵人取金印	적인을 잘 죽이면 금인을 취하는데
何用區區章句爲	구구한 장구를 어디에 쓰겠는가?
死諸葛兮能走仲達[23]	죽은 제갈량은 중달을 패주시켰고
非孔子兮孰却萊夷[24]	공자가 아니면 누가 내이를 몰아냈겠는가?
噫歌烏烏兮使我心不怡	아! 〈오오가〉를 노래하니 내 마음이 기쁘지 않네
莫讀書成書癡	독서하지 말라! 독서하지 말라!

주석

1) 烏烏歌(오오가): 오오(烏烏)는 오오(嗚嗚)와 같음. 한(漢)나라 양웅(揚雄)의 〈報孫會宗書〉에 "酒後耳熱, 仰天撫缶而呼嗚嗚"이라고 했음. 악뇌발의 후손 악선(樂宣)의 「설기총고발(雪磯叢稿跋)」에 의하면, 악뇌발은 보우(寶祐) 원년(1253)에 특과제일(特科第一)에 올라서 한림(翰林)이 되었는데, 그 때 원(元)나라 군사가 크게 일어나서 북쪽에 근심이 많아서 〈오오가〉와 〈거공부(車攻賦)〉를 지어서 뜻을 격려하고 분노를 발했다고 했다.

2) 惠施五車(혜시오거): 혜시는 전국시대 사상가로서 명가(名家)의 대표인물. 『장자(莊子)·천하(天下)』에 "혜시의 책이 다섯 수레이다"라고 했다.

3) 離騷賦(이소부): 전국시대 굴원(屈原)의 초사(楚辭) 〈이소(離騷)〉.

4) 太極圖(태극도): 북송 유학자 주돈이(周敦頤)의 작품.

5) 深衣大帶(심의대대): 관대(寬大)한 의복과 허리띠로서 유학자들의 복식. 唐虞(당우): 당요(唐堯)와 우순(虞舜). 유학자들이 추숭하는 고대의 성군(聖君)들.

6) 長纓(장영): 긴 모자끈. 한(漢)나라 종군(從軍)이 긴 모자끈을 받아서 남월왕(南越王)을 결박해 오겠다고 했음. 單于(선우): 흉노(匈奴) 수령의 호칭. 여기서는 원(元)나라 왕을 지칭함.

7) 子虛(자허): 한(漢)나라 사마상여(司馬相如)의 〈자허부(子虛賦)〉.

8) 的盧(적로): 명마의 이름. 촉(蜀)나라 유비(劉備)가 적로마(的盧馬)를 타고 단계(檀溪)를 뛰어넘어 적의 추적에서 벗어났음.

9) 巴渝(파투): 사천성 중경(重京) 일대지역. 가희(嘉熙) 3년(1239) 8월에 원나라 군대가 중경과 미주(眉州) 등을 점령했음.

10) 성도(成都): 사천성 성도. 이종(理宗) 순우(淳祐) 원년(1241) 11월에 원나라 군이 성도를 함락시켰음.

11) 眉山書院(미산서원): 미주(眉州) 손가(孫家)의 장서루(藏書樓) 겸 학당(學堂)의 이름.

12) 浣花草堂(완화초당): 일찍이 두보(杜甫)가 살았던 성도(成都)의 초당.

13) 中行(중항): 중항열(中行說). 한나라 가의(賈誼)의 주소(奏疏)에 "신의 계책

을 시행한다면, 반드시 선우(鮮于)의 목을 묶어 그 목숨을 제압할 수 있고, 중항열을 굴복시켜서 그 등에 채찍질을 할 수 있을 것입니다"라고 했다. 중항열은 한나라 공주가 흉노에게 시집가는 것을 호송했던 한인(漢人)인데, 흉노에 머물면서 한나라의 사정을 흉노에게 알려주었던 자였다.

14) 可汗(가한): 원나라 수령의 호칭.

15) 한나라 왕원(王元)이 외효(隗囂)에게 크게 소리치기를 "한 덩이의 진흙으로 동쪽 함곡관을 봉쇄할 수 있다"라고 했다.

16) 당나라 설인귀(薛仁貴)를 찬양하는 노래에 "장군이 세 대의 화살로 천산을 평정하니, 장사들은 길게 노래하며 한관(漢關)으로 들어오네(將軍三箭定天山, 壯士長歌入漢關)"라고 했다.

17) 回軻(회가): 안회(顏回)와 맹가(孟軻). 濂伊(염이): 염계(濂溪) 주돈이(周敦頤)와 이천(伊川) 정이(程頤).

18) 綬(수): 인(印)을 매는 끈. 若若(약약): 길게 늘어진 모양. 纍纍(뉴류): 꿰어져 매달린 모양.

19) 僕姑(복고): 금복고(金僕姑). 화살 이름.

20) 蒺藜(질려): 마름쇠.

21) 湛盧青萍(담로청평): 담로와 청평은 전설 속의 고대 명검의 이름.

22) 太乙白鵲(태을백작): 태을과 백작은 전쟁의 승리를 상징하는 깃발들.

23) 仲達(중달): 위(魏)나라 사마의(司馬懿)의 자. 『한진춘추(漢晉春秋)』에 실려 있는 민요에 "죽은 제갈량이 산 중달을 패주시켰다(死諸葛走生仲達)"라고 했다.

24) 『좌전(左傳)』 정공(定公) 10년에 의하면, 제후(齊侯)가 노후(魯侯)와 회합할 때 제후는 내인(萊人)에게 군대를 거느리고 노후를 겁박하게 했는데, 공사가 말하기를 "사사(士師)는 이들을 다스리시오! 두 임금이 우호를 맺는데, 오랑캐의 포로들이 병기를 들고 나리를 일으키는 것은 제나라 임금이 제후를 명령할 수 있는 바가 아니오"라고 하니, 이에 내인들이 퇴각했다고 한다.

상녕 가는 중에 허개지를 생각하다 常寧道中, 懷許介之[1]

雨過池塘路未乾　비 지난 지당에 길이 마르지 않았고
人家桑柘帶春寒　인가의 뽕나무는 봄 한기를 띠었네
野巫豎石爲神像　시골 무당은 바위를 세워 신상으로 삼았고
稚子搓泥作藥丸　어린애는 진흙을 이겨서 환약을 만드네
柳下兩姝爭餉路　버들 아래 두 여자가 들밥 내는 길을 다투고
花邊一犬吠征鞍　꽃 옆에선 개 한 마리가 나그네 말을 향해 짖네
行吟不得東溪聽　가며 읊조린 것을 동계에서 들을 수 없으니
借硯村廬自寫看　시골집에서 벼루 빌려 스스로 써서 보네

주석

1) 常寧(상녕): 호남성에 속함. 許介之(허개지): 허개(許玠), 자는 개지(介之), 형양(衡陽) 사람. 일찍이 형양의 동계(東溪)에 집을 짓고 살았는데, 『동계시고(東溪詩稿)』가 있다.

가을날 시골길을 가다 秋日行村路

兒童籬落帶斜陽　울타리 옆 아이들은 석양빛을 띠고 있고
豆莢薑芽社內香　콩깍지와 생강 싹이 사당 안에서 향기롭네
一路稻花誰是主　한 길의 벼꽃은 누가 주인인가?
紅蜻蜓伴綠螳螂　고추잠자리가 초록 사마귀를 동반했네

여름날 우연히 쓰다 夏日偶書

蜾蠃啣蟲入破牕[1] 나나니벌이 벌레를 물고 창구멍으로 들어오고
枕書一垜竹方牀 베개로 벤 책 한 무더기가 대나무 평상에 있네
家童偶見草頭字 아이들이 우연히 초두자를 보고
誤認離騷是藥方[2] 〈이소〉를 약방으로 오인하네

주석

1) 蜾蠃(과라): 나나니벌. 청흑색으로 허리가 가는 벌의 일종. 벌레를 잡아다가 그 몸속에다 알을 낳고, 나무구멍 등에 저장하고는 입구를 진흙으로 봉한다.
2) 離騷(이소): 굴원의 초사작품. 〈이소〉에는 수많은 식물들이 인용되어, 초두자(艹)가 붙은 글자가 많은데, 아이들이 약방(藥方)의 글로 오인했다는 것.

허비 許棐

허비, 자는 침부(忱夫), 해염(海鹽: 절강성) 사람. 수희(嘉熙) 중에 진계(秦溪)에 은거하여 매화 수십 그루를 심어놓고, 집을 짓고 독서했는데 자호를 매옥(梅屋)이라 했다. 강호시파의 한 사람인데, 백거이와 소식을 배웠다. 절구를 잘 지었다. 『매옥집(梅屋集)』이 있다.

니해아 泥孩兒[1)]

牧瀆一塊泥[2)]	목장의 도랑 속 한 덩이 진흙이
裝塑恣華侈	토우로 빚어져 화려함을 뽐내는데
所恨肌體微	한스러운 것은 몸이 작아서
金珠載不起	금 구슬을 이고서 일어나지 못함이네
雙罩紅紗厨	쌍으로 붉은 비단 상자에 담겨
嬌立瓶花底[3)]	아리땁게 병화저에 서 있는데
少婦初嘗酸[4)]	젊은 아낙이 처음 임신하여
一玩一心喜	가지고 놀 때마다 속으로 기뻐하며
潛乞大士靈[5)]	몰래 대토령에게 빌기를
生子願如爾	낳은 아들이 너와 같기를 바란다네
豈知貧家兒	어찌 가난한 집 아이가
呱呱瘦於鬼	귀신보다 깡말라서 우는 것을 알리오?
棄臥橋巷間	다리와 골목 사이에 버려져 누워있어도
誰或顧生死	누가 그 생사를 살피겠는가?
人賤不如泥	사람이 천하면 진흙만도 못하니
三歎而已矣	세 번 탄식할 뿐이네

주석

1) 泥孩兒(니해아): 일명 마갈악(磨喝樂). 토우(土偶). 흙으로 빚어 만든 완구(玩具). 중국의 칠석(七夕) 풍속에 토우를 신에게 제물로 받쳤음. 맹원로(孟元老)의 『동경몽와록(東京夢華錄)』에 "모두 마갈악(磨喝樂)을 파는데, 곧 토우를 작게 만든 것이다. 모두 나무로 조각하여 채색으로 장식한 난간 좌석을 사용하고, 혹은 홍사벽롱(紅紗碧籠)을 사용하거나, 혹은 금주(金珠)와 아취

(牙翠)로 장식하는데, 일대(一對)의 가격이 수천 전이다”라고 했다.

2) 牧瀆(목독): 소에게 물을 먹이는 도랑.

3) 瓶花底(병화저): 꽃문양의 장식이 있는 좌대.

4) 嘗酸(상산): 임신(妊娠)을 말함.

5) 大士(대사): 보살(菩薩)의 통칭. 아기를 보내주는 관음(觀音)을 말함.

악부 樂府

1

妾心如鏡面	첩의 마음은 거울 면과 같아서
一規秋水清	한 둥근 가을 물처럼 맑은데
郎心如鏡背	낭군의 마음은 거울 등과 같아서
磨殺不分明	닳아져서 분명하지 않네

2

郎心如紙鳶	낭군의 마음은 종이연과 같아서
斷線隨風去	줄 끊어져서 바람 따라 가버리는데
願得上林枝[1]	상림원의 가지에 걸려서
爲妾縈留住	첩을 위해 휘감겨 머물러 주구려

주석

1) 上林(상림): 상림원(上林園). 진(秦)·한(漢) 때의 어원(御苑)의 이름.

무연 武衍

무연, 자는 조종(朝宗), 자호는 적안(適安), 개봉(開封: 하남성) 사람. 순우(淳佑) 때의 사람. 강호시파에 속하는데, 칠언절구를 잘 지었다. 방회(方回)가 그의 시를 칭찬하여 "정치(情致)가 미미(亹亹)하여 단청(丹青)에다 적을 만한 것이 많다"라고 했다. 칠언절구 시집 『장졸여고(藏拙餘稿)』가 있다.

궁사보유 宮詞補遺

牡丹春籞正穠華　모란이 봄의 어원에서 진정 무성하고 화려한데
有旨今年不賞花　금년엔 꽃구경을 하지 않는다는 명이 있어서
翦落金槃三百朶　잘려진 금반의 삼백 송이를
內批分賜近臣家　근신들 집에 나누어 주라고 하였네

궁사 宮詞

梨花風動玉蘭香　배꽃에 바람 불어 옥란의 향을 날리고
春色沈沈鎖建章[1)]　춘색이 침침히 잠긴 건장궁인데
惟有落紅官不禁[2)]　다만 낙화는 관에서 금하지 않으니
儘敎飛舞出宮牆　모두 날아 춤추며 궁궐 담을 나가게 하네

주석

1) 建章(건장): 건장궁(建章宮). 한(漢)나라 때의 궁궐 이름. 섬서성 장안현(長安縣) 서쪽에 있었음. 널리 궁궐을 말함.

2) 落紅(낙홍): 낙화(落花).

섭인 葉茵

섭인, 자는 경문(景文), 입택(笠澤: 강소성 吳江) 사람. 서기(徐璣)와 임홍(林洪)과 서로 수창한 강호시파의 한 사람이다. 『순적당음고(順適堂吟稿)』가 있다.

향렴체 香匳體[1)]

1

千里相思兩寂寥　천리의 그리움 양쪽 다 적료한데
東陽應減舊時腰[2)]　동양은 마땅히 예전의 허리가 줄었으리라
書中喜有歸來字　편지 안에 돌아오겠다는 글자가 있어서
攜傍紅窓把筆描　붉은 창으로 가지고 가서 붓 들고 베껴보네

주석

1) 香匳體(향렴체): 연인들의 생활감정을 읊는 시체(詩體)의 일종.

2) 東陽(동양): 양(梁)나라 심약(沈約). 동양태수(東陽太守)를 지냈음. 일찍이 친구 서면(徐勉)에게 보낸 편지에서 자신의 병이 많음을 언급하며, 허리가 줄어서 "혁대(革帶)가 항상 구멍을 옮긴다"라고 했음.

2

倚樓目斷暮江邊　누대에 기대 저무는 강가를 아득히 보는데
約定歸期夜不眠　약속한 돌아올 날에 밤에 잠 못 이루네
香篆有煙燈有暈[1)]　향심지엔 연기 있고 등불에 불꽃 무리가 있는데
笑移針線向牀前　미소 띠며 침선을 침상 앞으로 옮기네

주석

1) 香篆(향전): 향주(香炷). 방약.

정회 鄭會

정해, 자는 유극(有極) 호는 역산(亦山). 남송(南宋) 사람. 생평 미상.

여관의 벽에 적다 題邸間壁[1)]

酴醿香夢怯春寒[2)] 찔레 향기 속 꿈결에 봄추위를 겁내는데
翠掩重門燕子閒 푸름에 싸인 중문엔 제비들 한가롭네
敲斷玉釵紅燭冷[3)] 옥비녀 부러뜨리니 붉은 촛불이 차가운데
計程應說到常山[4)] 여정이 곧 상산에 도착할 것이라 하네

주석

1) 邸(저): 여관을 말함.

2) 酴醿(도미): 도미(荼蘼). 찔레꽃.

3) 玉釵(옥차): 옥비녀. 끝이 2개의 다리로 나뉘어 있는데, 그것으로 타버린 촛불심지를 잘라냈음.

4) 常山(상산): 현(縣) 이름. 절강성 서쪽 지역에 있음.

나여지 羅與之

나여지, 자는 여보(與甫), 호는 설파(雪坡), 길안(吉安: 강서성) 사람. 단평(端平) 연간에 여러 번 과거에 응했으나 합격하지 못하고 은거했다. 강호시파 중의 한 사람이다. 『설파소고(雪坡小稿)』가 있다.

상가 商歌[1]

東風滿天地	봄바람 천지에 가득한데
貧家獨無春	가난한 집엔 홀로 봄이 없어서
負薪花下過	땔나무 지고 꽃 아래를 지나가니
燕語似譏人	제비 재잘댐이 사람을 놀리는 듯하네

주석

1) 원래 3수임.

기의곡 寄衣曲[1]

1

憶郎赴邊城	낭군이 변성에 간 것을 생각하니
幾個秋砧月	몇 번의 가을 다듬이질의 달이던가?
若無鴻鴈飛	만약 기러기 날아옴이 없다면
生離卽死別	생이별이 곧 사별이리라

주석

1) 寄衣曲(기의곡): 악부 제목. 내용은 주로 변방에 있는 남편에게 겨울옷을 부치는 규방의 심회를 노래한 것이다. 원래 3수임.

2

此身倘長在	이 몸이 혹시 오래 산다 해도
敢恨歸無日	감히 돌아올 날이 없음을 원망하겠는가?
但願郞防邊	다만 낭군께서 변방을 지킴을
似妾縫衣密	첩이 옷에 촘촘히 바느질하듯 하소서

연잎을 보다 看葉

紅紫飄零草不芳	붉은 꽃잎 떨어지니 화초에 향기나지 않는데
始宜撰杖向池塘	비로소 마땅히 지팡이 짚고 지당을 향하네
看花應不如看葉	꽃 보는 것은 잎을 보는 것만 못하니
綠影扶疎意味長[1]	초록 그림자 조밀하여 의미가 기네

주석

1) 扶疎(부소): 지엽이 우거져 펼쳐진 것.

사방득 謝枋得

사방득(1226-1289). 자는 군직(君直), 호는 첩산(疊山), 신주(信州) 익양(弋陽: 강서성) 사람. 보우(寶祐) 4년(1256) 진사. 사람됨이 호상(豪爽)하고 직언을 좋아했는데, 충의(忠義)로써 자임(自任)했다. 건녕부교수(建寧府敎授)로서 고관(考官)을 지냈다. 나중에 가사도(賈似道)에게 죄를 얻어 귀양갔다가 사면을 받아 풀려났다. 덕우(德祐) 원년(1275) 강동제형(江東提刑)·강서초유사(江西招諭使)·지신주(知信州)를 지내며 거병하여 원나라에 대항했다. 나중에 송나라가 망하자 변성명하고 복건(福建)으로 도망쳐서 점(占)을 팔며 살았다. 지원(至元) 26년(1289)에 원나라 군에 붙잡혀서 북쪽 대도(大都: 북경)로 끌려갔는데, 5일 만에 음식을 끊고 죽었다. 후인이 편찬한 『첩산집(疊山集)』이 있다.

무이산중 武夷山中[1]

十年無夢得還家　십 년간 귀가하는 꿈을 못 꾸고
獨立青峰野水涯　푸른 봉우리 들물 가에 홀로 서있네
天地寂寥山雨歇　천지가 적막하고 산비 그쳤는데
幾生修得到梅花　얼마나 살아서 오래 매화에 오겠는가?

주석

1) 武夷山(무이산): 복건성 숭안(崇安) 서남에 있음. 전설 속의 한(漢)나라 때의 신인(神人) 무이군(武夷君)이 살았기 때문에 무이산이라 하였다고 함. 이 시는 사방득이 변성명하고 복건에 피신생활을 할 때 지은 것임.

경전암의 복사꽃 慶全菴桃花

尋得桃源好避秦[1]　도원을 찾으니 진나라를 피하기가 좋은데
桃紅又見一年春　복사꽃 붉으니 또 한 해의 봄을 보네
花飛莫遣隨流水　꽃잎 날아서 물에 흘러가게 하지 마오
怕有漁郎來問津　어부가 와서 나루를 물을까 두렵다오

주석

1) 桃源(도원): 도연명(陶淵明)의 「도화원기(桃花原記)」 속의 무릉도원(武陵桃源)을 말함. 이 시는 앞의 〈무이산중〉 시처럼 원나라의 침략으로 인한 난세의 심경을 그렸음.

누에 치는 여인의 노래 蠶婦吟

子規啼徹四更時[1]　두견새 우는 사경 때
起視蠶稠怕葉稀　누에 조밀함을 보고 뽕잎 적은 걸 근심하네
不信樓頭楊柳月　누대 위 버들에 걸린 달을 믿지 못하겠으니
玉人歌舞未曾歸　옥인의 가무는 아직 돌아가지 않았네

주석

1) 子規(자규): 두견새의 이칭. 四更(사경): 날이 밝기 직전의 시각.

주밀 周密

주밀(1232-1298), 자는 공근(公謹), 호는 초창(草窗)·빈주(蘋洲)·사수잠부(四水潛夫), 제남(濟南) 사람. 나중에 오흥(吳興: 절강성)으로 옮겨 살았다. 순우(淳祐) 중에 의오령(義烏令)을 지냈다. 송나라가 망한 후 항주(杭州)에서 살면서 유민(遺民)으로 자거(自居)했다.

주밀은 남송에서 강기(姜夔)와 함께 사인(詞人)으로서 저명하며, 그의 시는 이하(李賀)·두목(杜牧) 등 만당체를 배웠다. 『납극집(蠟屐集)』·『제동야어(齊東野語)』·『계신잡지(癸辛雜識)』 등 많은 저서를 남겼다.

밤에 정박하다 夜泊

月沈江路黑　　달 지자 강 길 어둡고
傍岸已三更　　옆 연안은 이미 삼경이네
知近人家宿　　가까이에 인가가 있음을 아니
林西犬吠聲　　숲 서쪽에 개 짖는 소리가 있네

밤에 돌아가다 夜歸

夜深歸客倚筇行　　밤 깊어 귀객이 지팡이에 의지해 가는데
冷燐依螢聚土塍　　찬 도깨비불이 반딧불에 의지해 밭둑에 모였네
村店月昏泥徑滑　　마을 주점은 달빛 어둡고 진흙길 미끄러운데
竹窗斜漏補衣燈　　죽창에서 옷을 깁고 있는 등불이 새어 나오네

봄밤 春夜

九曲闌干六曲屛　　아홉 굽이 난간과 여섯 굽이 병풍
翠窗羅薄護寒輕[1]　　푸른 창의 비단 얇아 추위 막기 어렵네
空堂燕子歸期誤　　빈 당엔 제비가 돌아올 기한을 어기고
分咐梨花管月明　　배꽃에게 밝은 달빛을 관리하라 분부하네

주석

1) 護寒輕(호한경): 추위를 막기 어렵다는 것.

들길을 걷다 野步

麥隴風來翠浪斜[1]　보리밭에 바람 부니 초록물결 기울고
草根肥水噪新蛙　풀뿌리에 물이 차니 새 개구리들 시끄럽네
羨他無事雙蝴蝶　저 일없는 쌍 호랑나비가
爛醉東風野草花　봄바람 속 들꽃에 난취함이 부럽네

주석

1) 翠浪(취랑): 초록 보리의 물결을 말함.

서쪽 밭두둑에서 즉경을 읊다 西塍秋日卽事[1]

絡緯聲聲織夜愁[2]　귀뚜라미 귀뚤귀뚤 밤의 수심을 짜고
酸風吹雨水邊樓[3]　찬바람은 물가 누대에 비를 부네
堤楊脆盡黃金線　제방의 버들은 황금빛 가지가 시들었는데
城裏人家未覺秋　성안의 인가에선 가을을 깨닫지 못하네

주석

1) 卽事(즉사): 즉경(卽景).

2) 絡緯(낙위): 귀뚜라미. 예로부터 그 우는 소리가 베틀소리와 같다고 여겼음.

3) 酸風(산풍): 사람을 찌르는 찬바람.

서쪽 밭두둑의 황폐한 밭 西塍廢圃

吟蛩鳴蜩引興長[1] 우는 귀뚜라미와 매미가 이끄는 흥이 길고
玉簪花落野塘香 옥잠화 떨어진 들못이 향기롭네
園翁莫把秋荷折 원포의 노인은 가을 연잎을 꺾지 말고
留與游魚蓋夕陽 노는 물고기에게 남겨주어 석양을 가리게 하구려

주석

1) 吟蛩鳴蜩(음공명조): 우는 귀뚜라미와 매미.

왕중 王中

왕중, 자는 적옹(積翁), 송나라 시인. 생평은 미상.

간과 干戈[1]

干戈未定欲何之	전쟁이 끝나지 않으니 어디로 가려는가?
一事無成兩鬢絲	한 일도 이룸이 없이 두 귀밑머리만 쇠어졌네
蹤跡大綱王粲傳[2]	종적의 대강은 왕찬전과 같고
情懷小樣杜陵詩[3]	정회의 작은 모양은 두릉시와 같네
鶺鴒信斷雲千里[4]	할미새의 소식 끊기고 구름만 천리인데
烏鵲驚飛月一枝[5]	오작이 놀라서 나니 달이 한 가지에 있네
安得中山千日酒[6]	어디서 중산의 천일주를 얻어서
陶然直到太平時	도연히 취해 곧장 태평시절로 이를 것인가?

주석

1) 『송시기사(宋詩紀事)』에서는 제목을 〈題襄陽光孝寺壁〉이라 하고, 작가는 북쪽에서 온 무명씨라고 했다. 그 후주에 "『귀이집(貴耳集)』에 '신묘년에 북쪽에서 온 사람들이 수백의 무리인데, 양양부(襄陽府) 광효사(光孝寺)에서 잠시 살았다. 한 사람이 벽에 쓰기를 …… 운운했다'고 했다"라고 했다. 간과(干戈)는 방패와 창. 전쟁을 말함.

2) 王粲(왕찬): 자는 중선(仲宣), 동한(東漢) 말의 사람인데, 재략과 시문에 뛰어났다. 처음에는 유표(劉表)에게 의탁했으나 중용되지 못하고, 나중에 조조(曹操)에게 의탁했다. 건안칠자(建安七子) 중의 한 사람이다. 일찍이 「등루부(登樓賦)」를 지어 전란 속에서 떠도는 자신의 처지를 탄식했다.

3) 杜陵(두릉): 당나라 두보(杜甫).

4) 鶺鴒(척령): 할미새. 형제를 말함. 『시경 · 小雅 · 棠棣』에 "脊令在原, 兄弟急難"이라고 했는데, 이로 인하여 척령은 형제를 의미하게 되었음.

5) 조조(曹操)의 〈단가행(短歌行)〉에서 "月明星稀, 烏鵲南飛. 繞樹三匝, 何枝可依?"라고 한 것을 이용했음.

6) 中山千日酒(중산천일주): 『수신기(搜神記)』에 "적희(狄希)는 중산인(中山人)이다. 천일주(千日酒)를 빚을 수 있는데, 그것을 마시면 또한 천일을 취하게 된다"라고 했다.

문천상 文天祥

문천상(1236-1282), 자는 송서(宋瑞)·이선(履善), 자호는 문산(文山), 노릉(盧陵: 강서성 吉安) 사람. 보우(寶祐) 4년(1256) 진사제일(進士第一). 강서제형(江西提刑)·평강지부(平江知府) 등을 지내고, 우승상(右丞相) 겸 추밀사(樞密使)가 되고, 소보(少保)로서 신국공(信國公)에 봉해졌다. 덕우(德祐) 원년(1275)에 원병(元兵)이 강을 건너 남침하자, 사신으로 원군에게 갔다가 구류되었다. 곧 탈출하여 복건(福建)으로 가서 다시 기병하여 원군에 대항했다. 상흥(祥興) 원년(1278)에 광동(廣東) 오파령(五坡嶺) 전투에서 패배하여 포로가 되어 연경(燕京)으로 끌려갔다. 3년간 포로로 수감되어 있다가 끝까지 항복하지 않고 죽임을 당했다. 『지남록(指南錄)』과 『음소집(吟嘯集)』이 있다.

정기가 正氣歌

나는 북정(北庭)에 갇혀서 한 토실(土室)에 앉아 있다. 토실의 너비는 8척이고, 깊이는 4심(尋)이고, 외짝 문은 낮고 작으며, 창살 사이는 짧고 협소하고, 더러운 아래는 깊고 어둡다. 이 여름날을 당하여, 여러 기(氣)가 모여들고, 빗물이 사방에서 모여서, 침상과 안석으로 떠오르는데, 때가 되면 수기(水氣)가 된다. 진흙이 반나절이면 수증기의 거품이 마구 일어나는데, 때때로 토기(土氣)가 된다. 금방 날이 개고 폭염이 나고, 바람 부는 길이 사방이 막히면, 때때로 일기(日氣)가 된다. 처마 그늘에서 땔나무를 태워서 무더위의 사나움을 조장(助長)하면, 때때로 화기(火氣)가 된다. 창고의 썩은 곡식이 쌓여 있어서, 진진(陳陳)히 사람에게 끼쳐 오면, 때때로 미기(米氣)가 된다. 어깨를 나란히 뒤섞여 땀과 때가 흘러내리면, 때때로 인기(人氣)가 된다. 혹은 뒷간의 혼탁함, 혹은 썩은 시체, 혹은 썩은 쥐 등의 악기(惡氣)가 섞여 나오면, 때때로 예기(穢氣)가 된다. 이들 여러 기(氣)가 쌓였는데, 그것을 당하게 되는 자는 염병(染病)에 걸리지 않음이 드물다. 그러나 나는 잔약(孱弱)한 몸으로써 그 사이에서 지낸 지가 지금 2년이다. 이는 거의 양성함이 이루어진 듯하다. 그러나 어찌 양성한 바가 무엇인지 알겠는가? 맹자(孟子)가 말하기를 "나는 나의 호연지기(浩然之氣)를 잘 기른다"라고 했다. 저 기(氣)들은 일곱인데, 나의 기는 하나이다. 하나로써 일곱을 대적할 수 있다면, 내 어찌 근심할 것인가! 하물며 호연(浩然)이란 것은 곧 천지의 정기(正氣)이다. 〈정기가(正氣歌)〉 1수를 짓는다.

予囚北庭, 坐一土室. 室廣八尺, 深可四尋, 單扉低小, 白間短窄, 汙下而幽暗. 當此夏日, 諸氣萃然, 雨潦四集, 浮動牀几, 時則爲水氣; 塗泥半朝, 蒸漚歷瀾, 時則爲土氣; 乍晴暴熱, 風道四塞, 時則爲日氣; 簷陰薪爨, 助長炎虐，時則爲火氣；倉腐寄頓，陳陳逼人，時則爲米氣；騈肩雜遝，淋漓汗垢，時則爲人氣；或圊溷，或毁屍，或腐鼠，惡氣雜出，時則爲穢氣．疊是數氣，當之者，鮮不爲厲，而予以孱弱俯仰其間，于玆二年矣．是殆有養致然爾，然亦安知所養何哉？孟子曰："我善養吾浩然之氣．"彼氣有七，吾氣有一，以一敵七，吾何患焉！况浩然者，乃天地之正氣也．作〈正氣歌〉一首．

天地有正氣	천지에 정기가 있으니
雜然賦流形[1]	잡연히 유형을 부여하여
下則爲河嶽	아래에선 강과 산악이 되고
上則爲日星	위에선 해와 별이 되고
於人曰浩然	사람에게서는 호연이라 하고
沛乎塞蒼冥[2]	충만하게 창명을 채우면
皇路當淸夷[3]	국운이 태평시절을 당하여
含和吐明庭[4]	밝은 조정을 머금어 토한다
時窮節乃見[5]	시세가 궁하면 기절이 드러나서
一一垂丹靑[6]	하나하나 단청에 드리우게 된다
在齊太史簡[7]	제나라에선 태사의 죽간이 되고
在晋董狐筆[8]	진나라에선 동호의 붓이 되고
在秦張良椎[9]	진나라에선 장량의 철추가 되고
在漢蘇武節[10]	한나라에선 소무의 부절이 되고
爲嚴將軍頭[11]	엄장군의 머리가 되고
爲嵇侍中血[12]	혜시중의 피가 되고
爲張睢陽齒[13]	장휴양의 이가 되고

爲顔常山舌[14]	안상산의 혀가 되고
或爲遼東帽[15]	혹은 요동의 모자가 되니
淸操厲氷雪	맑은 지조가 빙설보다 엄하고
或爲出師表[16]	혹은 출사표가 되니
鬼神泣壯烈	귀신도 그 장렬함에 울고
或爲渡江楫[17]	혹은 강을 건너는 노가 되니
慷慨呑羌羯[18]	강개함이 강갈을 삼키고
或爲擊賊笏[19]	혹은 적을 치는 홀이 되니
逆豎頭破裂	역적의 머리가 부서지네
是氣所旁薄[20]	이 기가 방박한 바가
凜烈萬古存	늠렬히 만고에 남아있어서
當其貫日月	마땅히 그것이 일월을 관통하니
生死安足論	생사를 어찌 논하랴!
地維賴以立[21]	지유는 그것에 의지하여 서고
天柱賴以尊[22]	천주는 그것에 의지하여 존귀하네
三綱實係命[23]	삼강이 실로 그로써 생명을 유지하고
道義爲之根	도의가 그로써 뿌리를 이루네
嗟予遘陽九[24]	아! 내 불행을 당했는데
隷也實不力[25]	노예가 또한 실로 힘이 없네
楚囚纓其冠[26]	초수가 그 모자 끈을 묶고
傳車送窮北[27]	전거로 북쪽 끝으로 보내졌네
鼎鑊甘如飴[28]	정확 형벌을 엿처럼 달게 여기나
求之不可得	요구해도 얻을 수 없네

陰房闃鬼火[29] 어두운 감방에 귀신불만 고요하고
春院閟天黑 춘원은 닫혀서 하늘이 어둡네
牛驥同一皁[30] 소와 천리마가 한 구유를 함께 사용하고
鷄棲鳳凰食 닭이 봉황의 음식에 깃들었네
一朝蒙霧露 하루아침에 안개와 이슬을 맞아서
分作溝中瘠[31] 봇도랑 속에서 썩은 시신이 될 것을 헤아리네
如此再寒暑 이와 같이 추위와 더위를 거듭 지내니
百沴自辟易[32] 온갖 악기가 스스로 물러나네
嗟哉沮洳場[33] 아! 이 낮고 음습한 땅에서
爲我安樂國 나의 안락국을 이루었네
豈有他繆巧[34] 어찌 다른 무교가 있겠는가?
陰陽不能賊[35] 음양도 해칠 수가 없네
顧此耿耿在[36] 이 경경함이 있음을 돌아보고
仰視浮雲白[37] 뜬구름 흰 것을 우러러 보네
悠悠我心悲 유유히 내 마음 슬픈데
蒼天曷有極 푸른 하늘이 어찌 끝이 있겠는가?
哲人日已遠 철인은 날로 더욱 멀어지고
典刑在夙昔[38] 전형은 종전에 있네
風簷展書讀 바람 부는 처마에서 책 펴고 읽는데
古道照顔色 옛 도가 내 안색을 비추네

주석

1) 流形(유형): 만물이 운동하여 변화하는 형체. 만물의 온갖 형태.

2) 沛乎(패호): 충만한 모양. 蒼冥(창명): 창천(蒼天).

3) 皇路(황로): 국운(國運). 淸夷(청이): 청이(淸彝). 태평(太平).

4) 明庭(명정): 밝은 조정.

5) 時窮(시궁): 시세(時世)가 간난(艱難)함. 節(절): 기절(氣節).

6) 丹靑(단청): 사책(史冊).

7) 太史簡(태사간): 춘추시대 제(齊)나라 대부(大夫) 최저(崔杼)가 그 임금을 시해했는데, 태사(太史: 史官)가 사실대로 "최저가 그 임금을 시해했다"라고 적었다. 최저가 그 태사를 죽였는데, 태사의 두 아우가 다시 그대로 적었다. 최저는 또 그들을 죽여 버렸는데, 최저의 아우가 다시 사실대로 적으니, 최저도 어쩔 수가 없었다.

8) 董狐筆(동호필): 동호는 춘추시대 진(晉)나라의 사관(史官). 진나라 영공(靈公)이 대부(大夫) 조순(趙盾)을 살해하려 하자, 조순은 도망쳤다. 나중에 조천(趙穿)이 영공을 시해했는데, 조순이 곧 돌아왔다. 이에 동호는 "조순이 그 임금을 시해했다"라고 적었다. 조순이 반대하자, 동호가 말하기를 "그대는 정경(正卿)의 신분으로서 도망쳤는데 국경을 벗어나지도 않았고, 돌아와서는 또한 조천을 평정하지 않은 죄가 있다. 그대는 마땅히 임금을 시해한 책임을 져야 한다"라고 했다.

9) 張良椎(장량추): 장량은 한(韓)나라 사람인데, 한나라가 진(秦)나라에게 멸망당하자 복수를 결심하고 한 역사(力士)와 함께 120근의 큰 철추(鐵椎)를 주조하여 진시황(秦始皇)이 박랑사(博浪沙)를 지나갈 때 공격했으나 실패했다.

10) 蘇武節(소무절): 한무제(漢武帝) 때 소무는 사신으로 흉노(匈奴)에 갔다가 억류되어, 북해(北海: 貝加爾湖)로 보내져 양(羊)을 쳤다. 그러나 굴하지 않고 항상 한나라에서 가지고 온 사신의 부절(符節)을 지니고 있었다.

11) 嚴將軍頭(엄장군두): 삼국시대 엄안(嚴顔)이 장비(張飛)에게 사로잡혀서 투항을 요구받자, 말하기를 "머리가 잘린 장군은 있지만, 투항한 장군은 없다"라고 했다.

12) 嵇侍中血(혜시중혈): 진(晉)나라 혜제(惠帝) 때 시중(侍中) 혜소(嵇紹)가 황실에 내란이 일어나자, 사마충(司馬衷)을 수행하여 반란한 귀족들과 전투를

했는데, 사마충의 시위들이 모두 궤멸되자 자신의 몸으로 사마충의 몸을 감싼 채 피살되어 그 피가 사마충의 옷을 다 적혔다.

13) 張睢陽齒(장휴양치): 당나라 안록산(安綠山)이 반란했을 때, 휴양(睢陽)을 지키던 장순(張巡)은 매번 군사들에게 고함을 질러 독전하다가 이가 모두 부서졌다고 함.

14) 顔常山舌(안상산설): 안록산의 반란 때 안과경(顔果卿)은 상산태수(常山太守)였는데, 성이 함락되어 포로가 되자, 적에게 욕설을 그치지 않았다. 적이 그 혀를 칼로 잘라 버렸는데도 욕설을 그치지 않고 죽임을 당했다.

15) 遼東帽(요동모): 동한(東漢) 말에 관녕(管寧)이 요동으로 피란을 했는데, 관직을 바라지 않고 항상 흰 모자를 쓰고 있었다.

16) 出師表(출사표): 제갈량(諸葛亮)이 위(魏)나라를 정벌하려 갈 때 촉한(蜀漢) 후주(後主) 유선(劉禪)에게 올린 표문.

17) 渡江楫(도강즙): 동진(東晋)의 조적(祖逖)이 북벌할 때 강을 건너면서 노로 뱃전을 치며 맹세하기를 "중원(中原)을 맑게 하지 못하면 다시 건너올 수 없는 것은 이 강물과 같을 것이다"라고 했다.

18) 羌羯(강갈): 고대 중국 북방민족. 후조(後趙)의 석륵(石勒)을 말함.

19) 擊賊笏(격적홀): 당나라 덕종(德宗) 때 주차(朱泚)가 모반했을 때 은수실(殷秀實)이 이에 동조하지 않고 들고 있던 홀(笏)로 갑자기 주차의 머리통을 가격했다. 그리고 주차에게 살해당했다.

20) 旁薄(방박): 광대하고 끝이 없는 모양.

21) 地維(지유): 대지(大地)를 묶어놓은 끈. 땅의 사각(四角)을 말함.

22) 天柱(천주): 하늘을 받힌 기둥. 전설에 곤륜산(崑崙山)에 큰 구리기둥이 박혀 있어서 하늘을 지탱한다고 함.

23) 三綱(삼강): 봉건사회의 숭고한 도덕규범인 군위신강(君爲臣綱)·부위자강(父爲子綱)·부위처강(夫爲妻綱).

24) 陽九(양구): 불길한 때.

25) 隸(예): 노예(奴隸). 자신의 겸칭.

26) 楚囚(초수): 초(楚)나라 종의(鍾儀)가 포로가 되어 진(晉)나라 옥에 갇혀서 남쪽 초나라 관(冠)을 쓰고 있었음. 『좌전(左傳)·성공(成公) 9년』에 "진후(晉侯)가 군부(軍府)를 살펴보다가 종의를 보고서 묻기를 '남관(南冠)을 쓰고 있는 자가 누구인가?'라고 하니, 대답하기를 '정인(鄭人)이 바친 초나라 수인입니다'라고 했다"라고 했다. 여기서는 작자 자신을 말함.

27) 傳車(전거): 역거(驛車).

28) 鼎鑊(정확): 솥에 넣어서 삶아서 죽이는 형벌.

29) 陰房(음방): 뇌옥(牢獄). 闃(격): 고요히 쓸쓸한 함.

30) 驥(기): 천리마. 양마(良馬). 皁(조): 구유 혹은 마구간.

31) 分(분): 헤아리다. 瘠(척): 부패된 시체.

32) 百沴(백진): 온갖 질병. 辟易(벽이): 퇴피(退避). 물러나다.

33) 沮洳場(저여장): 낮고 음습한 땅.

34) 繆巧(무교): 사술(詐術)과 기교(機巧).

35) 陰陽(음양): 추위와 더위. 賊(적): 상(傷)하게 하다.

36) 耿耿(경경): 밝은 모양. 자신의 충심(忠心)을 말함.

37) 浮雲白(부운백): 『논어·술이(述而)』에 "不義而富且貴, 于我如浮雲"이라 했음.

38) 典刑(전형): 전범(典範). 夙昔(숙석): 종전. 과거.

양자강 揚子江[1]

幾日隨風北海游　며칠이나 바람 따라 북해에서 표류했던가?
回從揚子大江頭　우회하여 양자 큰 강의 머리로 돌아왔네
臣心一片磁針石[2]　신하의 마음은 한 조각 자침석이니
不指南方不肯休　남방을 가리키지 않으면 멈추려 하지 않네

주석

1) 揚子江(양자강): 작가의 소서(小序)에 "통구(通州: 강소성 南通)에서 양자강 입구(揚子津: 강소성 江都 남쪽)에 이르는 것은 두 번의 조수(潮水)면 도착할 수 있다. 강섬과 모래여울을 피하기 위해 허포(許浦)로 가서, 여러 종행자(從行者)들을 돌아보고, 일부러 멀리 돌아가서 북해(北海)를 빠져나온 연후에 양자강(楊子江)을 건넜다"라고 했다. 남송이 망한 후 작자는 고정산(皐亭山: 절강성 餘杭)에 가서 원나라 승상(丞相) 백안(伯顔)과 항론(抗論)했는데, 그로 인하여 억류당했다. 나중에 경구(京口: 강소성 鎭江)에서 탈출하여, 통주(通州)를 거쳐 복건(福建)으로 가서 송나라 단종(端宗) 조하(趙昰)와 합류했다. 덕우(德佑) 2년(1176) 2월에 지은 시이다.

2) 磁針石(자침석): 지남침(指南針).

영정양을 지나다 過零丁洋[1]

辛苦遭逢起一經[2]　고생 끝에 과거급제를 만났는데
干戈落落四周星[3]　전쟁이 끊임없이 사 년이 지났네
山河破碎風抛絮　산하는 파괴되어 바람이 버들솜을 버리고
身世飄搖雨打萍　신세가 표요한데 빗발은 개구리밥을 치네
惶恐灘頭說惶恐[4]　황공탄 앞에서 황공을 말하고
零丁洋裏歎零丁　영정양 안에서 영정을 탄식하네
人生自古誰無死　인생은 예로부터 누가 죽음이 없겠는가?
留取丹心照汗青[5]　단심을 남겨두어 역사책을 비추리라

주석

1) 零丁洋(영정양): 광동성 주강구(珠江口) 밖에 있음. 영정양(伶仃洋)이라고도 적음. 이 시는 상흥(祥興) 원년(1278)에 문천상이 전투에 패하여 포로가 된 후, 이듬해 원나라 총수(總帥) 장굉범(張宏范)이 그에게 송나라 장군 장세걸(張世杰)에게 투항하라는 편지를 쓸 것을 강요하자 거절하며 지은 작품임.

2) 起一經(기일경): 경서에 정통하여 과거시험에 합격했음을 말함. 문천상은 보우(寶祐) 4년(1256)에 명경고(明經考)로써 장원급제했음.

3) 干戈(간과): 전쟁. 落落(낙락): 끊이지 않는 모양. 四周星(사주성): 4년.

4) 惶恐灘(황공탄): 황공탄(皇恐灘). 원명은 황공탄(黃公灘). 강서성 만안현(萬安縣) 경내에 있는 공강(贛江)의 18탄(灘) 중의 한 여울.

5) 汗青(한청): 푸른 대나무를 불에 쬐여서 진액을 제거한 것. 죽간(竹簡)을 오래 보관하기 위한 것임. 사책(史冊) 혹은 서책(書冊)을 말함.

금릉역 金陵驛[1]

草合離宮轉夕暉[2]　풀은 이궁을 덮고 석양이 도는데
孤雲飄泊復何依　외로운 구름은 떠돌며 다시 어디에 의지하는가?
山河風景元無異　산하의 풍경은 원래 다름이 없는데
城郭人民半已非　성곽의 인민들은 반이 이미 달라졌네
滿地蘆花和我老　땅에 가득한 갈꽃은 나와 늙어가는데
舊家燕子傍誰飛　옛 집의 제비들은 누구 옆에서 날고 있는가?
從今別却江南日　지금부터 강남의 해를 이별하여 떠나가면
化作啼鵑帶血歸　우는 두견새가 되어 피를 머금고 돌아오려네

주석

1) 金陵(금릉): 지금의 강소성 남경시(南京市). 문천상이 포로가 되어 연경(燕京)으로 압송될 때 금릉을 지나가면서 지은 작품임.

2) 離宮(이궁): 행궁(行宮).

임경희 林景熙

임경희(1242-1310), 자는 덕양(德陽), 호는 제산(霽山), 온주(溫州) 평양(平陽: 절강성) 사람. 30세에 태학상사(太學上舍)로서 벼슬에 나아가서, 천주교수(泉州教授)가 되고, 종정랑(從政郎)이 되었다. 송나라가 망한 후 출사하지 않고 고향에 은거했다.

동청화 冬青花[1)]

冬青花	동청화가
花時一日腸九折	꽃이 필 때 하루에 내장이 아홉 번 꺾이네
隔江風雨清影空[2)]	강 건너 풍우 속 맑은 그림자가 비었고
五月深山護微雪[3)]	오월 깊은 산에서 미설을 보호하네
石根雲氣龍所藏[4)]	석근의 구름 기운은 용이 숨은 곳인데
尋常螻蟻不敢穴	보통의 땅강아지 개미도 감히 굴을 파지 않네
移來此種非人間	이 품종을 옮겨오니 세상의 것이 아닌데
曾識萬年觴底月[5)]	일찍이 만년상 속의 달빛을 알았다네
蜀魂飛繞百鳥臣[6)]	촉혼을 온갖 새 신하들이 날아 에워싸니
夜半一聲山竹裂	한밤중에 한차례 우니 산죽이 찢어지네

주석

1) 冬青花(동청화): 사철나무. 상록교목. 원주에 "동청(冬青)은 일명 여정목(女貞木)·만년지(萬年枝)라고 한다. 한(漢)나라 궁궐에서 일찍이 심었는데, 후세에서 인습했다. 송나라 여러 능에 또한 이 나무를 많이 심었다"라고 했다. 지원(至元) 21년(1284: 일작 경염(景炎) 3년(1278))에 원나라 승려 양련진가(楊璉眞伽)가 소흥(紹興) 일대에서 남송의 제후(帝后)들의 능묘를 발굴하여 순장했던 재보(財寶)를 가져갔다. 사건 후에 남송의 유로(遺老) 임경희와 사고(謝翶) 등이 고종(高宗)과 효종(孝宗)의 해골을 난정(蘭亭)에 매장하고, 송나라 궁궐의 동청수를 그 위에 이식하여 표지로 삼았다. 그 때의 일을 읊은 시인데, 임경희에게는 따로 4수의 〈몽중작(夢中作)〉이 있고, 사고에게는 〈동청수인별옥잠(冬青樹引別玉簪)〉이란 시가 있다.

2) 강 건너 임안(臨安) 고궁(古宮)의 동청수를 말함.

3) 소흥(紹興)의 송나라 왕릉에 심은 동청수를 말함.

4) 황제를 매장한 장소라는 뜻임.

5) 萬年觴(만년상): 황제의 술잔을 말함.

6) 蜀魂(촉혼): 두견새의 별칭.

산 속의 창문을 새로 발랐는데, 옛 조정의 봉사고가 있어서 읽어보고 감개가 있었다 山窗新糊, 有故朝封事稿, 閱之有感[1]

偶伴孤雲宿嶺東　우연히 외로운 구름을 동반해 영동에서 숙박하니

四山欲雪地爐紅　사방 산에 눈 오려 하고 화로불은 붉네

何人一紙防秋疏[2]　누가 한 문서의 방추소를 올렸던가?

却與山窗障北風　도리어 산 속 창문에게 북풍을 막게 했네

주석

1) 故朝(고조): 멸망한 송나라를 말함. 封事(봉사): 밀봉한 장주(章奏).

2) 防秋疏(방추소): 북방 유목민이 가을에 군사를 발동하여 쳐들어오는 것을 방어하는 내용의 장주(章奏).

사고 謝翶

사고(1249-1295), 자는 고우(皐羽)·고보(皐父), 자호는 희발자(晞髮子), 민(閩)의 장계(長溪: 복건성 霞浦 남쪽) 사람. 함순(咸淳) 중에 진사시험에 응했으나 낙방했다. 임안(臨安)이 함락된 후, 문천상(文天祥)이 우승상(右丞相)으로서 추밀사개부남검주(樞密使開府南劍州)가 되자, 그는 가산을 기울려 향병(鄕兵)을 이끌고 가서 자의참군(諮議參軍)에 임명되었다. 나중에 문청상과 이별하고 떠난 후 민간에 숨었다. 원나라 승려 양련진가(楊璉眞加)가 송나라 왕릉을 발굴하여 유물을 강탈해가자, 당각(唐珏)·임경희(林景熙) 등과 함께 해골을 수습하여 안장했다. 절동(浙東)에서 문사(文社)를 결성하여 석사(汐社)라고 했다. 항주(杭州)에서 죽었는데, 그 우인(友人)이 그의 유지에 따라 조대(釣臺)에 매장했다. 『희발집(晞髮集)』이 있다.

『사고총목제요(四庫總目提要)』에 "남송(南宋) 말에는 문체(文體)가 비약(卑弱)하였는데, 다만 사고의 시문은 걸오(桀驁)하여 기기(奇氣)가 있고, 절개(節概) 또한 탁연(卓然)하여 전해질 만하다"라고 했다.

『송시초』에 "고시(古詩)는 창곡(昌谷: 李賀)과 힐항(頡頏)하고, 근체(近體)는 탁련침착(卓鍊沈着)하여 장길(長吉: 이하)이 미칠 바가 아니다"라고 했다.

홍문연 鴻門宴[1)]

天雲屬地汗流宇[2)] 하늘 구름이 땅에 닿아 지붕에 흘러내리고
杯影龍蛇分漢楚[3)] 술잔에 비친 용사가 한나라와 초나라로 나뉘졌네
楚人起舞本爲楚[4)] 초인이 일어나 춤춘 것은 본래 초를 위한 것인데
中有楚人爲漢舞[5)] 그중에 한 초인이 한나라를 위해 춤췄네
鸊鵜淬光雎不語[6)] 벽제검의 칼날 빛에 무력하게 말이 없어
楚國孤臣泣俘虜[7)] 초나라 외로운 신하는 포로가 될 것을 슬퍼하네
他年疽背怒發此[8)] 후년에 등창이 이 때문에 노하여 터지니
碭碭雲歸作風雨[9)] 망산과 탕산에 구름 돌아와 풍우가 되었네
君看楚舞如楚何 그대는 초나라 춤을 보는데 초는 어찌 됐던가?
楚舞未終聞楚歌 초나라 춤은 끝내 초나라 노래를 듣지 못하네

주석

1) 鴻門(홍문): 섬서성 임동(臨潼) 동쪽에 있음. 항우(項羽)가 이곳에 군대를 주둔시키고, 유방(劉邦)과 함께 연회를 열었던 장소임.

2) 屬(속): 이어지다. 닿다.

3) 龍蛇(용사): 용(龍)은 한(漢)나라 유방, 사(蛇)는 초(楚)나라 항우를 가리킴.

4) 항우의 모사(謀士) 범증(范增)이 항장(項莊)을 시켜서 검무(劍舞)를 추면서 유방을 찔러죽이게 하였음.

5) 항우의 숙부 항백(項伯)이 항장의 속셈을 알고서 함께 춤추면서 몸으로 유방을 보호하여 항장이 손을 쓰지 못하게 하였음.

6) 鸊鵜(벽제): 오리의 일종. 벽체(鷿鷉)와 같음. 여기서는 벽제의 기름을 발라 빛나게 한 검(劍)을 말함. 양웅(揚雄)의 『방언(方言)』에 "벽제는 야생오리이다. 매우 작은데 물속에 들어가는 것을 좋아한다. 그 기름은 도검(刀劍)을

빛나게 할 수 있다"라고 했다. 淬光(쉬광): 칼을 담금질하며 물에 넣었을 때 나오는 빛. 여기서는 칼날을 말함. 雌不語(자불어): 자(雌)는 쇠약한 모양. 범증이 여러 번 항우에게 안색으로 뜻을 표하고, 패용한 옥결(玉玦)을 들어서 유방을 죽일 것을 결단하도록 촉구했으나 항우는 끝내 묵묵히 응하지 않았음.

7) 항우가 범증의 계책을 쓰지 않아서 유방이 달아나자, 범증이 탄식하기를 "수자(竪子)와는 함께 일을 꾀할 수 없다. 항왕(項王)에게서 천하를 탈취할 사람은 반드시 패공(沛公: 유방)일 것이다. 우리들은 지금 그의 포로가 될 것이다"라고 했다.

8) 항우가 유방의 이간책을 믿고, 범증이 두 마음을 품었다고 의심하자, 범증이 격분하여 떠나갔는데 도중에 등창이 터져서 사망했음.

9) 碭碭(망탕): 망산(碭山)과 탕산(碭山). 안휘성 탕산현 동남쪽에 있음. 두 산의 거리는 8리이다. 유방이 망명(亡命)했을 때 망산과 탕산에 숨었는데, 여후(呂后)와 사람들이 그를 찾아냈다. 유방이 그것을 괴상히 여기고 묻자, 여후가 대답하기를 "그대가 있는 장소 위에는 항상 구름기운이 있기 때문에 좇아가면 항상 찾을 수 있었다"라고 했다.

평설

- 양신(楊愼)의 『승암시화(升庵詩話)』에 "사고우(謝皐羽)의 『희발집(晞發集)』의 시는 모두 정치기초(情致奇峭)하여 당인(唐人)의 풍(風)이 있으니, 송시(宋詩)의 예(例)로서 볼 수 없다. 나는 더욱 그의 〈홍문연〉 1편을 사랑하는데…… 이 시는 이하(李賀)를 다시 살아나게 하더라도 또한 마땅히 심복(心服)할 것이다. 이하의 시집 중에 또한 〈홍문연〉 1편이 있는데 이것에 미치지 못함이 매우 심하니, 청출어람이라 할 것이다. 원나라 양렴부(楊廉夫)의 악부는 이하를 힘써 추구하여서 또한 이 시편이 있지만 더욱 고우에 미치지 못한다"라고 했다.

우인이 항주에서 건주로 돌아감에, 이별시를 부치다
友人自杭回建, 寄別[1]

水到衢城盡[2] 물길은 구성에 이르러 그치고
梅花上嶺生[3] 매화는 고개로 올라가 피었으니
不如寄明月[4] 차라리 명월에게 부쳐서
步步送君行 걸음걸음 그대를 전송하게 함만 못하리라

주석

1) 원래 3수임. 杭(항): 항주(杭州). 建(건): 건주(建州). 남송 때 건녕부(建寧府)로 고쳤음. 그 치소는 지금의 복건성 건구(建甌)에 있었음.

2) 水(수): 전당강(錢塘江)을 말함. 衢城(구성): 구주(衢州). 지금의 절강성 구현(衢縣).

3) 嶺(영): 선하령(仙霞嶺)을 말함. 절(浙)과 민(閩) 지역을 육로로 잇는 교통로였음. 육개(陸凱)의 〈증범엽시(贈范曄詩)〉에 "折花逢驛使, 寄與隴頭人. 江南無所有, 聊贈一枝春"이라 했음.

4) 이백(李白)의 〈聞王昌齡左遷龍標遙有此寄〉 시에 "我寄愁心與明月, 隨風直到夜郎西"라고 했음.

항주 고궁을 방문하다 過杭州故宮[1]

紫雲樓閣宴流霞[2] 자운누각에서 좋은 술로 연회를 했는데
今日凄涼佛子家 오늘은 처량하게 불자의 집이 되었네
殘照下山花霧散[3] 석양빛은 산을 내려가고 낙화는 흩어지고

萬年枝上挂袈裟[4] 만년지 위에 가사가 걸려있네

주석

1) 원래 2수임.

2) 紫雲樓閣(자운루각): 남송 시절의 여러 누각을 말함. 자운(紫雲)은 상서로운 구름. 流霞(유하): 선주(仙酒)의 이름. 널리 미주(美酒)를 말함.

3) 花霧散(화무산): 심약(沈約)의 〈會圃臨春風〉 시에 "落花紛似霧"라고 했음.

4) 萬年枝(만년지): 동청수(冬青樹)의 별칭. 사철나무.

왕원량 汪元量

왕원량, 자는 대유(大有), 호는 수운(水雲), 전당(錢唐) 사람으로 알려져 있으나 본래 오현(吳縣) 사람이다. 처음에는 금(琴) 연주로 사후(謝后)와 왕소의(王昭儀)를 섬겼다. 송나라가 망한 후 삼궁(三宮)을 수행하여 연경(燕京)으로 가서 회동관(會同館)에 머물렀다. 나중에 도사(道士)의 신분으로 남쪽으로 돌아왔다. 광려(匡廬)와 팽려(彭蠡) 간에서 지내다가 생을 마쳤다. 남송이 망하는 과정의 사건들을 시로 많이 남겨서 시사(詩史)라고 불렀다. 『수운집(水雲集)』과 『호산류고(湖山類稿)』가 있다.

취가 醉歌[1)]

1

淮襄州郡盡歸降[2)] 회양의 주군들이 모두 항복하니
鞞鼓喧天入古杭[3)] 비고 소리 하늘에 울리며 고항으로 들어왔네
國母已無心聽政[4)] 국모는 이미 청정에 무심한데
書生空有淚成行 서생이 공연히 눈물 흘리네

주석

1) 원래 10수임.

2) 함순(咸淳) 9년(1273) 2월에 송나라 양양지부(襄陽知府) 겸 경서안무부사(京西安撫副使) 여문환(呂文煥)이 원나라에 항복하자, 강회(江淮)의 여러 군(郡)들이 앞뒤로 항복했다. 3년 후 원군은 도성 임안(臨安)으로 들어왔다.

3) 鞞鼓(비고): 작은 북의 일종. 널리 전고(戰鼓)를 말함. 古杭(고항): 남송의 도성 임안(臨安).

4) 國母(국모): 사태후(謝太后).

2

亂點連聲殺六更[1)] 어지러운 시계소리 이어져 육경이 지나고
熒熒庭燎待天明[2)] 희미한 궁정의 횃불이 날 밝기를 기다리네
侍臣已寫歸降表[3)] 시신들이 이미 항복문서를 써놓으니
臣妾僉名謝道清[4)] 신첩이라 서명한 사도청이네

주석

1) 六更(육경): 매일 밤의 시간을 5경(更)으로 나누고, 매 경을 5점(點)으로 나누었음. 송나라 궁중의 경루(更漏)는 민간에 비하여 짧았는데, 5경은 민간의 4경에 해당되어서, 다시 1경을 더하여 궁문을 열었기 때문에 속칭 6경이라고 함.

2) 熒熒(형형): 빛이 미약한 모양.

3) 歸降表(귀항표): 항복문서.

4) 臣妾(신첩): 고대 부녀자가 군주(君主)에게 자칭하던 명칭. 僉(첨): 첨(簽)과 같음. 謝道淸(사도청): 송나라 이종(理宗)의 황후. 사태후(謝太后).

3

南苑西宮棘露牙[1] 남원의 서궁엔 멧대추나무 자라나고
萬年枝上亂啼鴉 만년지 위엔 까마귀소리 어지럽네
北人環立闌干曲[2] 북인들이 난간 굽이에 둘러서서
手指紅梅作杏花 홍매를 가리키며 살구꽃이라고 하네

주석

1) 棘(극): 멧대추나무. 형(荊: 가시나무)과 함께 황폐함을 상징하는 잡목임.

2) 北人(북인): 원나라 사람들.

호주가 湖州歌[1]

1

殿上羣臣嘿不言　전상의 군신들 묵묵히 말이 없고
伯顔丞相趣降箋　백안승상은 항복문서를 재촉하네
三宮共在珠簾下　삼궁이 모두 주렴 아래 있는데
萬騎虬鬚遶殿前[2]　만 기마의 규수들이 궁전 앞을 에워쌌네

주석

1) 湖州歌(호주가): 모두 98수임. 덕우(德祐) 2년(1176) 2월에 원나라 장수 백안(伯顔)이 남송의 수도 임안(臨安) 동북쪽 고정산(皐亭山)에서 진군하여 호주에 주둔하고, 임안으로 사람을 보내어 송나라의 항복을 받았다. 태황태후(太皇太后) 사씨(謝氏)·황태후(皇太后) 전씨(全氏)·유주(幼主)·궁녀·내시·악관(樂官) 등을 포로로 잡아서 북쪽으로 끌고 갔는데, 〈호주가〉는 이 과정을 그린 것이다.

2) 虬鬚(규수): 꼬불꼬불하게 말린 수염. 원나라 병사를 말함.

2

謝了天恩出內門[1]　천은에 감사하려 내문에서 나오니
駕前喝道上將軍[2]　수레 앞에서 갈도하는 상장군이네
白旄黃鉞分行立[3]　백모와 황월이 행렬을 나누어 섰는데
一點猩紅似幼君　한 점 성홍빛이 어린 군주인가 싶네

주석

1) 天恩(천은): 항복을 받아주는 원나라 황제의 은혜를 말함.

2) 喝道(갈도): 관리의 행차 때 앞에서 소리를 쳐서 길을 여는 것.

3) 白旄(백모): 군대 깃발의 하나. 깃봉에 모우(牡牛)의 꼬리로 장식한 깃발로 전군을 지휘하는 데 사용함. 黃鉞(황월): 황금으로 장식한 자루의 도끼. 황제의 의장(儀仗)임.

3

北望燕雲不盡頭[1]　북쪽으로 연운 땅을 바라보니 끝이 없고
大江東去水悠悠　큰 강이 동으로 흘러가며 아득하네
夕陽一片寒鴉外　석양 한 조각이 추운 까마귀 너머에 있는데
目斷東西四百州　동서 사백 고을을 아득히 바라보네

주석

1) 燕雲(연운): 연운 16주(州). 지금의 하북성 산서성 지역의 북방을 말함.

4

太湖風起浪頭高[1]　태호에 바람 일어나 물결머리가 높으니
錦柁搖搖坐不牢　비단 배 흔들흔들 앉아 있을 수도 없네
靠着篷窗垂兩目　봉창에 기대어 두 눈을 드리운데
船頭船尾爛弓刀　배의 앞뒤엔 활과 칼들이 번뜩이네

주석

1) 太湖(태호): 지금의 강소성 남부에 있음.

5

暮雨瀟瀟酒力微　저녁 비 소소하고 술기운 미약한데
江頭楊柳正依依　강 머리 버들은 진정 의의하네
宮娥抱膝船窗坐　궁아는 무릎 껴안고 선창에 앉아
紅淚千行濕繡衣　붉은 눈물 천 가닥으로 옷을 적시네

6

蘆荻颼颼風亂吹[1)]　갈대와 억새밭에 수수히 바람 어지럽게 불고
戰場白骨暴沙泥　전장의 백골들은 모래밭에 드러나 있네
淮南兵後人烟絕[2)]　회남은 전쟁 후 인적이 끊겼는데
新鬼啾啾舊鬼啼[3)]　새 귀신들 처량히 통곡하니 옛 귀신들도 우네

주석

1) 颼颼(수수): 바람소리.

2) 淮南(회남): 회남로(淮南路). 지금의 강소성과 안휘성 일대.

3) 啾啾(추추): 처량하게 곡하는 소리.

7

青天澹澹月荒荒[1)]　푸른 하늘 드넓고 달빛 어둑어둑한데

兩岸淮田盡戰場　양 언덕 회수가의 밭이 모두 전장이었네

宮女不眠開眼坐　궁녀들은 잠들지 않고 눈 뜨고 앉아서

更聽人唱哭襄陽[2)]　사람들이 〈곡양양〉을 부르는 것을 다시 듣네

주석

1) 澹澹(담담): 광막(廣漠)한 모양. 荒荒(황황): 달빛이 어둑어둑한 모양.

2) 哭襄陽(곡양양): 송나라 말의 양양(襄陽) 일대의 민가(民歌). 송나라 함순(咸淳) 3년(1267)에 원나라 군이 양양을 포위하여, 함순 9년(1273)까지 곤경에 처해있었다. 그러나 재상 가사도(賈似道)가 수수방관하여 결국 양양의 장수 여문환(呂文煥)은 성을 바치고 항복했다. 이에 백성들이 가사도를 욕하는 노래를 지어 불렀다.

찾아보기

ㅂ

ㅅ

ㅇ

ㅈ

ㅊ

ㅌ

ㅍ

ㅎ

기태완(奇泰完)

중앙대학교 문예창작과 졸업
성균관대학교 일반대학원 국어국문학과 석사 · 박사 졸업(문학박사)
성균관대학교 동아시아학술원 대동문화연구원 선임연구원
홍익대학교 겸임교수
전남대학교 호남문화연구소 전임연구원 등을 역임
연세대학교 국학연구원 연구교수
저서로 『황매천시연구』·『곤충이야기』·『한위육조시선』·『당시선』 上, 下·『천년의 향기-한시산책』·『화정만필』 등이 있고,
역서로 『거오재집』·『동시화』·『정언묘선』·『고종신축의궤』·『호응린의 역대한시 비평-시수』·『퇴계 매화시첩』·『심양창화록』 등이 있음.

한중역대한시선03
송시선

2009년 7월 20일 초판 1쇄 펴냄

선 역 기태완
발행인 김흥국
발행처 도서출판 보고사

등록 1990년 12월 13일 제6-0429호
주소 서울특별시 성북구 보문동7가 11번지 2층
전화 922-5120~1(편집), 922-2246(영업)
팩스 922-6990
메일 kanapub3@chol.com
http://www.bogosabooks.co.kr

ISBN 978-89-8433-749-7 93820

정가 35,000원